碧血劍

前頁圖／
石濤「細雨虬松圖」（部分）。

石濤原名朱若極，明朝宗室。

明亡後為僧，名道濟，字石濤，

號清湘遺人、大滌子、苦瓜和尚等，

與八大山人、弘仁、髡殘合稱

「明末四僧」。

本圖極澹宕空靈之致，

畫家稱為「細筆石濤」。

右頁圖／
山海關的關門。

左頁圖／
山海關詳圖：

圖頂的「一片石」，即

清兵與吳三桂聯軍大敗李自成軍處。

右頁圖／
明成祖坐像：原藏故宮。

左頁圖／
明朝皇帝龍袍前胸及
後背所釘金龍板：
金龍有五爪，
中間一顆大珍珠及
鑲嵌的大部分寶石已失落。
現藏倫敦大英博物院。

袁督師遺詩

東莞張伯楨篁溪篆　　醴泉宋伯魯芝田書

心術不可得罪於天地
言行要留好樣與兒孫
壬申〇月
袁崇煥

右圖/
袁督師遺詩石刻：在袁督師廟內。

左圖/
袁崇煥的書法：
「心術不可得罪於天地
言行要留好樣與兒孫」

明軍出師圖；
明軍出發征剿倭寇，該圖為
「倭寇圖卷」之一部分。

明軍大帳圖：
明軍於萬曆年間出師朝鮮，
協抗日本進犯。
圖示明軍統帥為文官，
武官旁坐。
該圖為長卷之一部分，
原件現在美國舊金山，私人收藏。

明軍海軍：
明軍援助朝鮮抗日的海軍，
長卷的一部分。

右上圖／

袁崇煥像。

右下圖／

袁崇煥墓：

在北京廣渠門內，

墓碑立於清道光十一年，

中華民國五年及

一九五二年重修。

左圖／

袁督師廟：

在北京左安門內龍潭，

門外對聯係康有為撰並書：

「其身世繫中夏存亡，

千秋享廟，死重泰山，

當時乃蒙大難。

聞鼙鼓思東遼將帥，

一夫當關，隱若敵國，

何處更得先生。」

舊小說中之李自成繡像。

李公

長城：明朝末年，滿清軍隊曾五次越長城而進犯內地。

上圖／崇禎十年的大統曆：該年袁承志十四歲，發現金蛇郎君的遺物。

中圖／話劇「李闖王」中李自成的造型。

下右圖／李自成所發官印「通政司右參議之記」。

下左圖／李自成所發官印的背面。

右圖／
袁崇煥像。

左上圖／
福建邵武縣崇禎十六年
上繳的元寶：重五十兩。
袁崇煥在邵武曾做過三年知縣。

左下圖／
明代鈔票：
桑皮紙，高一尺，闊六寸，青色。
圖為一貫者，合銅錢一千文或銀一兩，
四貫合黃金一兩。鈔上注明：
「戶部奏准印造大明寶鈔，
與銅錢通行使用。偽造者斬。
告捕者賞銀兩百五十兩，
仍給犯人財產。」各朝均用
明太祖「洪武」年號。
此鈔係明末發行，
明初者註明告捕者賞銀二十五兩。

明兵部行稿之一：「為死賊假仁假義、眾心如醉如痴等事」中，奏報李自成大得民心，崇禎批令奏明「倡迎逆寇的是何姓名」。

其時離北京城破已只兩個月，崇禎仍不思爭取民心，而要查明「迎賊者的姓名」以便處刑。

明兵部行稿之二：兵部的奏章，
紅色「行」字是皇帝批示照准（不一定是親筆）。

碧血劍

（一）

金庸

「金庸作品集」新序

小說是寫給人看的。小說的內容是人。

小說寫一個人、幾個人、一輩人、或成千成萬人的性格和感情。他們的性格和感情從橫面的環境中反映出來，從縱面的遭遇中反映出來，從人與人之間的交往與關係中反映出來。長篇小說中似乎只有《魯濱遜飄流記》，才只寫一個人，寫他與自然之間的關係，但寫到後來，終於也出現了一個僕人「星期五」。只寫一個人的短篇小說多些，尤其是近代與現代的新小說，寫一個人在與環境的接觸中表現他外在的世界、內心的世界，尤其是內心世界。有些小說寫動物、神仙、鬼怪、妖魔，但也把他們當作人來寫。

西洋傳統的小說理論分別從環境、人物、情節三個方面去分析一篇作品。由於小說作者不同的個性與才能，往往有不同的偏重。

基本上，武俠小說與別的小說一樣，也是寫人，只不過環境是古代的，主要人物是有武功的，情節偏重於激烈的鬥爭。任何小說都有它所特別側重的一面。愛情小說

寫男女之間與性有關的感情，寫實小說描繪一個特定時代的環境與人物，而《三國演義》與《水滸》一類小說敘述大羣人物的鬥爭經歷，現代小說的重點往往放在人物的心理過程上。

小說是藝術的一種，藝術的基本內容是人的感情和生命，主要形式是美，廣義的、美學上的美。在小說，那是語言文筆之美、安排結構之美，關鍵在於怎樣將人物的內心世界通過某種形式而表現出來。甚麼形式都可以，或者是作者主觀的剖析，或者是客觀的敘述故事，從人物的行動和言語中客觀的表達。

讀者閱讀一部小說，是將小說的內容與自己的心理狀態結合起來。同樣一部小說，有的人感到強烈的震動，有的人卻覺得無聊厭倦。讀者的個性與感情，與小說中所表現的個性與感情相接觸，產生了「化學反應」。

武俠小說只是表現人情的一種特定形式。作曲家或演奏家要表現一種情緒，用鋼琴、小提琴、交響樂、或歌唱的形式都可以，畫家可以選擇油畫、水彩、水墨、或版畫的形式。問題不在採取甚麼形式，而是表現的手法好不好，能不能和讀者、聽者、觀賞者的心靈相溝通，能不能使他的心產生共鳴。小說是藝術形式之一，有好的藝術，也有不好的藝術。

好或者不好，在藝術上是屬於美的範疇，不屬於真或善的範疇。判斷美的標準是美，是感情，不是科學上的真或不真（武功在生理上或科學上是否可能），道德上的善或不善，也不是經濟上的值錢不值錢，政治上對統治者的有利或有害。當然，任何藝術作品都會發生社會影響，自也可以用社會影響的價值去估量，不過那是另一種評價。

在中世紀的歐洲，基督教的勢力及於一切，所以我們到歐美的博物院去參觀，見到所有中世紀的繪畫都以聖經故事為題材，表現女性的人體之美，也必須通過聖母的形象。直到文藝復興之後，凡人的形象才在繪畫和文學中表現出來，所謂文藝復興，是在文藝上復興希臘、羅馬時代對「人」的描寫，而不再集中於描寫神與聖人。

中國人的文藝觀，長期以來是「文以載道」，那和中世紀歐洲黑暗時代的文藝思想是一致的，用「善或不善」的標準來衡量文藝。《詩經》中的情歌，要牽強附會地解釋為諷刺君主或歌頌后妃。陶淵明的〈閒情賦〉，司馬光、歐陽修、晏殊的相思愛戀之詞，或者惋惜地評之為白璧之玷，或者好意地解釋為另有所指。他們不相信文藝所表現的是感情，認為文字的唯一功能只是為政治或社會價值服務。

我寫武俠小說，只是塑造一些人物，描寫他們在特定的武俠環境（中國古代的、

沒有法治的、以武力來解決爭端的不合理社會）中的遭遇。當時的社會和現代社會已大不相同，人的性格和感情卻沒有多大變化。古代人的悲歡離合、喜怒哀樂，仍能在現代讀者的心靈中引起相應的情緒。讀者們當然可以覺得表現的手法拙劣，技巧不夠成熟，描寫殊不深刻，以美學觀點來看是低級的藝術作品。無論如何，我不想載甚麼道。我在寫武俠小說的同時，也寫政治評論，也寫與歷史、哲學、宗教有關的文字，那與武俠小說完全不同。涉及思想的文字，是訴諸讀者理智的，對這些文字，才有是非、真假的判斷，讀者或許同意，或許只部份同意，或許完全反對。

對於小說，我希望讀者們只說喜歡或不喜歡，只說受到感動或覺得厭煩。我最高興的是讀者喜愛或憎恨我小說中的某些人物，如果有了那種感情，表示我小說中的人物已和讀者的心靈發生聯繫了。小說作者最大的企求，莫過於創造一些人物，使得他們在讀者心中變成活生生的、有血有肉的人。藝術是創造，音樂創造美的聲音，繪畫創造美的視覺形象，小說是想創造人物、創造故事，以及人的內心世界。假使只求如實反映外在世界，那麼有了錄音機、照相機，何必再要音樂、繪畫？有了報紙、歷史書、記錄電視片、社會調查統計、醫生的病歷紀錄、黨部與警察局的人事檔案，何必再要小說？

武俠小說雖說是通俗作品，以大眾化、娛樂性強為重點，但對廣大讀者終究是會發生影響的。我希望傳達的主旨，是：愛護尊重自己的國家民族，也尊重別人的國家民族；和平友好，互相幫助；重視正義和是非，反對損人利己；注重信義，歌頌純真的愛情和友誼；歌頌奮不顧身的為了正義而奮鬥；輕視爭權奪利、自私可鄙的思想和行為。武俠小說並不單是讓讀者在閱讀時做「白日夢」而沉緬在偉大成功的幻想之中，而希望讀者們在幻想之時，想像自己是個好人，要努力做各種各樣的好事，想像自己要愛國家、愛社會、幫助別人得到幸福，由於做了好事，作出積極貢獻，得到所愛之人的欣賞和傾心。

武俠小說並不是現實主義的作品。有不少批評家認定，文學上只可肯定現實主義一個流派，除此之外，全應否定。這等於是說：少林派武功好得很，除此之外，甚麼武當派、崆峒派、太極拳、八卦掌、彈腿、白鶴派、空手道、跆拳道、柔道、西洋拳、泰拳等等全部應當廢除取消。我們主張多元主義，既尊重少林武功是武學中的泰山北斗，而覺得別的小門派也不妨並存，它們或許並不比少林派更好，但各有各的想法和創造。愛好廣東菜的人，不必主張禁止京菜、川菜、魯菜、徽菜、湘菜、維揚菜、杭州菜、法國菜、意大利菜等等派別，所謂「蘿蔔青菜，各有所愛」是也。不必把武俠小說提得高

過其應有之份，也不必一筆抹殺。甚麼東西都恰如其份，也就是了。

撰寫這套總數三十六冊的《作品集》，是從一九五五年到七二年，前後約十三、四年，包括十二部長篇小說，兩篇中篇小說，一篇短篇小說，一篇歷史人物評傳，以及若干篇歷史考據文字。出版的過程很奇怪，不論在香港、臺灣、海外地區，還是中國大陸，都是先出各種各樣翻版盜印本，然後再出版經我校訂、授權的正版本。在中國大陸，在「三聯版」出版之前，只有天津百花文藝出版社一家，是經我授權而出版了《書劍恩仇錄》。他們校印認真，依足合同支付版稅。我依足法例繳付所得稅，餘數捐給了幾家文化機構及支助圍棋活動。這是一個愉快的經驗。除此之外，完全是未經授權的，直到正式授權給北京三聯書店出版。「三聯版」的版權合同到二〇〇一年底期滿，以後中國內地的版本由另一家出版社出版，主因是地區鄰近，業務上便於溝通合作。

翻版本不付版稅，還在其次。許多版本粗製濫造，錯訛百出。還有人借用「金庸」之名，撰寫及出版武俠小說。寫得好的，我不敢掠美；至於充滿無聊打鬥、色情描寫之作，可不免令人不快了。也有些出版社翻印香港、臺灣其他作家的作品而用我筆名

出版發行。我收到過無數讀者的來信揭露，大表憤慨。也有人未經我授權而自行點

評，除馮其庸、嚴家炎、陳墨三位先生功力深厚、兼又認真其事，我深為拜嘉之外，

其餘的點評大都與作者原意相去甚遠。好在現已停止出版，出版者正式道歉，糾紛已

告結束。

有些翻版本中，還說我和古龍、倪匡合出了一個上聯「冰比冰水冰」徵對，真正

是大開玩笑了。漢語的對聯有一定規律，上聯的末一字通常是仄聲，以便下聯以平聲

結尾，但「冰」字屬蒸韻，是平聲。我們不會出這樣的上聯徵對。大陸地區有許許多

多讀者寄了下聯給我，大家浪費時間心力。

為了使得讀者易於分辨，我把我十四部長、中篇小說書名的第一個字湊成一副對

聯：「飛雪連天射白鹿，笑書神俠倚碧鴛」。（短篇《越女劍》不包括在內，偏偏我

的圍棋老師陳祖德先生說他最喜愛這篇《越女劍》。）我寫第一部小說時，根本不知

道會不會再寫第二部；寫第二部時，也完全沒有想到第三部小說會用甚麼題材，更加

不知道會用甚麼書名。所以這副對聯當然說不上工整，「飛雪」不能對「笑書」，

「連天」不能對「神俠」，「白」與「碧」都是仄聲。但如出一個上聯徵對，用字完全

自由，總會選幾個比較有意思而合規律的字。

7

有不少讀者來信提出一個同樣的問題：「你所寫的小說之中，你認為哪一部最好？最喜歡哪一部？」這個問題答不了。我在創作這些小說時有一個願望：「不要重複已經寫過的人物、情節、感情，甚至是細節。」限於才能，這願望不見得能達到，然而總是朝著這方向努力。大致來說，這十五部小說中的正面人物，為了他們的遭遇而快樂或惆悵、悲傷，有時會非常悲傷。至於寫作技巧，後期比較有些進步。但技巧並非最重要，所重視的是個性和感情。

這些小說在香港、臺灣、中國內地、新加坡曾拍攝為電影和電視連續集，有的還拍了三、四個不同版本，此外有話劇、京劇、粵劇、音樂劇等。跟著來的是第二個問題：「你認為哪一部電影或電視劇改編演出得最成功？劇中的男女主角哪一個最符合原著中的人物？」電影和電視的表現形式和小說根本不同，很難拿來比較。電視的篇幅長，較易發揮；電影則受到更大限制。再者，閱讀小說有一個作者和讀者共同使人物形象化的過程，許多人讀同一部小說，腦中所出現的男女主角卻未必相同，因為在書中的文字之外，又加入了讀者自己的經歷、個性、情感和喜憎。你會在心中把書中的男女主角和自己或自己的情人融而為一，而每個不同讀者、他的情人肯定和你的不

同。電影和電視卻把人物的形象固定了，觀眾沒有自由想像的餘地。我不能說那一部最好，但可以說：把原作改得面目全非的最壞、最自以為是，瞧不起原作者和廣大讀者。

武俠小說繼承中國古典小說的長期傳統。中國最早的武俠小說，應該是唐人傳奇的《虬髯客傳》、《紅線》、《聶隱娘》、《崑崙奴》等精彩的文學作品。其後是《水滸傳》、《三俠五義》、《兒女英雄傳》等等。現代比較認真的武俠小說，更加重視正義、氣節、捨己為人、鋤強扶弱、民族精神、中國傳統的倫理觀念。讀者不必過份推究其中某些誇張的武功描寫，有些事實上不可能，只不過是中國武俠小說的傳統。聶隱娘縮小身體潛入別人的肚腸，然後從他口中躍出，誰也不會相信是真事，然而聶隱娘的故事，千餘年來一直為人所喜愛。

我初期所寫的小說，漢人皇朝的正統觀念很強。到了後期，中華民族各族一視同仁的觀念成為基調，那是我的歷史觀比較有了些進步之故。這在《天龍八部》、《白馬嘯西風》、《鹿鼎記》中特別明顯。韋小寶的父親可能是漢、滿、蒙、回、藏任何一族之人。即使在第一部小說《書劍恩仇錄》中，主角陳家洛後來也對回教增加了認識和好感。每一個種族、每一門宗教、某一項職業中都有好人壞人。有壞的皇帝，也

9

有好皇帝；有很壞的大官，也有真正愛護百姓的好官。書中漢人、滿人、契丹人、蒙古人、西藏人……都有好人壞人。和尚、道士、喇嘛、書生、武士之中，也有各種各樣的個性和品格。有些讀者喜歡把人一分為二，好壞分明，同時由個體推論到整個羣體，那決不是作者的本意。

歷史上的事件和人物，要放在當時的歷史環境中去看。宋遼之際、元明之際、明清之際，漢族和契丹、蒙古、滿族等民族有激烈鬥爭；蒙古、滿人利用宗教作為政治工具。小說所想描述的，是當時人的觀念和心態，不能用後世或現代人的觀念去衡量。我寫小說，旨在刻畫個性，抒寫人性中的喜愁悲歡。小說並不影射甚麼，如果有所斥責，那是人性中卑污陰暗的品質。政治觀點、社會上的流行理念時時變遷，人性卻變動極少。

在劉再復先生與他千金劉劍梅合寫的《父女兩地書》（共悟人間）中，劍梅小姐提到她曾和李陀先生的一次談話，李先生說，寫小說也跟彈鋼琴一樣，沒有任何捷徑可言，是一級一級往上提高的，要經過每日的苦練和積累，讀書不夠多就不行。我很同意這個觀點。我每日讀書至少四五小時，從不間斷，在報社退休後連續在中外大學

中努力進修。這些年來，學問、知識、見解雖有長進，才氣卻長不了，因此，這些小說雖然改了三次，相信很多人看了還是要嘆氣。正如一個鋼琴家每天練琴二十小時，如果天份不夠，永遠做不了蕭邦、李斯特、拉赫曼尼諾夫、巴德魯斯基，連魯賓斯坦、霍洛維茲、阿胥肯那吉、劉詩昆、傅聰也做不成。

這次第三次修改，改正了許多錯字訛字、以及漏失之處，多數由於得到了讀者們的指正。有幾段較長的補正改寫，是吸收了評論者與研討會中討論的結果。仍有許多明顯的缺點無法補救，限於作者的才力，那是無可如何的了。讀者們對書中仍然存在的失誤和不足之處，希望寫信告訴我。我把每一位讀者都當成是朋友，朋友們的指教和關懷，自然永遠是歡迎的。

二○○二年‧四月 於香港

《碧血劍》 目錄

張朝唐與楊鵬舉見殿中塑著一座神像，頭戴金盔，身穿緋袍，左手捧著一柄寶劍，右手手執令旗。那神像臉容清癯，三綹長鬚，狀貌威嚴，身子稍側，目視遠方，眉梢眼角之間，似乎帶有憂思。

第一回

危邦行蜀道　亂世壞長城

大明成祖皇帝永樂六年八月乙未，西南海外浡泥國國王麻那惹加那乃，率同妃子、

弟、妹、世子、及陪臣來朝，進貢龍腦（樟腦中之精美者）、鶴頂、玳瑁、犀角、金銀寶器等諸般物事。成祖皇帝大悅，嘉勞良久，賜宴奉天門。

那浡泥國即今婆羅洲北部的婆羅乃，又稱文萊（浡泥、婆羅乃、文萊、以及英語Brunei均係同一地名之音譯），雖和中土相隔海程萬里，但向來仰慕中華。宋朝太平興國二年，其王向打（即蘇丹，中國史書上譯音爲「向打」）曾遣使來朝，進貢龍腦、象牙、檀香等物，其後朝貢不絕。

麻那惹加那乃國王眼見天朝上國民豐物阜，文治教化、衣冠器具，無不令他歡喜讚歎，明帝又相待甚厚，竟然留戀不去。到該年十一月，一來年老畏寒，二來水土不服，患病不治。成祖深爲悼惜，爲之輟朝三日，賜葬南京安德門外（今南京中華門外聚寶山麓，有王墓遺址，俗呼馬回回墳）又命世子遐旺襲封浡泥國王，遣使者護送歸國，並賞賜大量金銀、器皿、錦綺、紗羅等物。此後洪熙、正德、嘉靖年間，該國君王均有朝貢。

中國人去到浡泥國的，有此還做了大官，被封爲「那督」。到得萬歷年間，浡泥國內忽起內亂，《明史，浡泥傳》載稱：「其王卒，無嗣。族人爭立，國中殺戮幾盡，乃立其女爲王。漳州人張姓者，初爲其國那督，華言尊官也，因亂出奔，女王立，迎還之。其女出入王宮，得心疾，妄言父有反謀。女主懼，遣人按問其家，那督自殺。國人爲訟冤。女主悔，絞殺其女，授其子官。」

這位張那督的女兒爲何神經錯亂，向女王誣告父親造反，以致釀成這個悲劇，想必

另有曲折內情，史書並未詳載，後人不得而知。福建漳州張氏在浡泥國累世受封那督，親民善理，頗有權勢，爲其國人所敬。

華人在彼邦經商務農，數亦不少，披荊斬棘，甚有功績，和當地土人相處融洽。費信《星槎勝覽》一書中記云：「浡泥國……其國之民崇佛像，好齋沐。凡見唐人至其國，甚有愛敬。有醉者，則扶歸家寢宿，以禮待之若故舊。」有詩爲證，詩曰：

「浡泥滄海外，立國自何年？夏冷冬生熱，山盤地自偏。

積修崇佛教，扶醉待賓賢。取信通商舶，遺風事可傳。」

浡泥國那督張氏數傳後是爲張信，膝下惟有一子。張信不忘故國，爲兒子取名朝唐。到張朝唐十二歲那一年，福建有一士人屢試不第，棄儒經商，隨鄉人來到浡泥國。這人不善經營，本錢蝕得乾乾淨淨，無顏回鄉，就此流落異邦。有人薦他去見張信，想要謀個生計。張信和他一談之下，心下大喜，便即聘爲西賓，教兒子讀書。

張朝唐開蒙雖遲，但天資聰穎，十年之間，四書五經俱已熟習。那老師力勸張信遣子回中土應試，若能考得個秀才、舉人，有了中華的功名，回到浡泥來大有光采。張信也盼兒子回鄉去觀光上國風物，於是重重酬謝了老師，打點金銀行李，再派僮兒張康跟隨，命張朝唐隨同老師回漳州原籍應試。

其時正是崇禎六年，逆奄魏忠賢雖已伏誅，但在天啓朝七年之間禍國殃民，殺害忠良，明朝元氣大傷，兼之連年水旱成災，流寇四起。張朝唐等三人從廈門上岸，僱船西

上漳州。不料只行出數十里，四鄉忽然大亂，一羣盜賊湧上船來，不由分說，便將那教書先生殺了。張朝唐主僕幸好識得水性，跳水逃命，才免了一刀之厄。

兩人在鄉間躲了三日，聽得四鄉饑民聚眾要攻漳州、廈門。這一來，只將張朝唐嚇得滿腔雄心，登化烏有，眼見危邦不可居，還是急速回家的爲是。其時廈門已不能再去，主僕兩人一商量，決定從陸路西赴廣州，再乘海船出洋。兩人買了兩匹坐騎，膽戰心驚，沿路打聽，向廣東而去。

幸喜一路無事，經南靖、平和，來到三河壩，已是廣東省境，再過梅州、水口，向西迤邐行來。張朝唐素聞廣東是富庶之地，但沿途所見，盡是饑民，心想中華地大物博，百姓人人死繫於一線，涒泥只是海外小邦，男女老幼卻安居樂業，無憂無慮，不由得嘆息，心想中國山川雄奇，眼見者百未得一，但如此朝不保夕，還是去涒泥椰子樹下唱歌睡覺，安樂得多了。

這一日行經鴻圖嶂，山道崎嶇，天色向晚，兩人焦急起來，催馬急奔。一口氣奔出十多里地，到了一個小市鎮上，主僕兩人大喜，想找個客店借宿，那知市鎮上靜悄悄的一個人影也無。張康下馬，走到一家掛著「粵東客棧」招牌的客店之外，高聲叫道：

「喂，店家，店家！」店房靠山，山谷響應，只聽得「喂，店家，店家」的回聲，店裏卻毫無動靜。正在這時，一陣北風吹來，獵獵作響，兩人都感毛骨悚然。

張朝唐拔出佩劍，闖進店去，只見院子內地下倒著兩具屍首，流了一大灘黑血，蒼蠅繞著屍首亂飛。腐臭撲鼻，看來兩人已死去多日。張康驚恐大叫，轉身逃出。

張朝唐四下瞧去，到處箱籠散亂，門窗殘破，似經盜匪洗劫。張康見主人不出來，一步一頓的又回進店。張朝唐道：「到別處看看。」又去了三家店鋪，家家都是如此。

有的女屍身子赤裸，顯是曾遭強暴而後遭害。一座市鎮之中，到處陰風慘慘，屍臭陣陣。兩人不敢停留，忙上馬向西。

主僕兩人行了十幾里，天色全黑，又餓又怕，正狼狽間，張康忽道：「公子，你瞧！」張朝唐順著他手指看去，只見遠處有一點火光，喜道：「咱們借宿去。」

兩人離開大道，向著火光走去，越走道路越窄，不是自投死路？」張朝唐嚇了一跳，道：「那麼別去吧。」張朝唐忽道：「倘若那是賊窟，豈有雨意，說道：「先悄悄過去瞧一瞧。」下了馬，把馬縛在路邊樹上，躡足向火光處走去。行到臨近，見是兩間茅屋，張朝唐想到窗口往裏窺探，忽然一隻狗大聲吠叫，撲將過來。張朝唐揮動佩劍，那狗才不敢走近，不停吠叫。

柴扉開處，一個老婆走了出來，手舉油燈，顫巍巍的詢問。張朝唐道：「我們是過路客人，想在府上借宿一晚。」老婆婆微一遲疑，道：「請進來吧。」張朝唐走進茅屋，見屋裏只一張土床，桌椅俱無。床上躺著一個老頭，不斷咳嗽。張朝唐命張康去把馬牽來。張康想起剛才見到的死人慘狀，畏畏縮縮的不敢出去。那老頭兒挨下床來，陪著他去牽了馬來繫在屋邊。老婆婆拿出幾個玉米餅來饗客，燒了壺熱水給他們喝。

張朝唐吃了一個玉米餅，問道：「前面鎮上殺了不少人，是甚麼匪幫幹的？」老頭兒嘆了口氣，道：「甚麼匪幫？土匪有這麼狠嗎？那是官兵幹的好事。」張朝唐大吃一

驚，道：「官兵？官兵怎麼會如此無法無天、奸淫擄掠？他們長官不理嗎？」

老頭兒冷笑一聲，說道：「你這位小相公看來是第一次出門，甚麼世情也不懂的了。長官帶頭幹呀，好的東西他先拿，好看的娘們他先要。」張朝唐道：「老百姓怎不向官府去告？」老頭兒道：「告有甚麼用？你一告，十之八九還得賠上自己性命。」張朝唐道：「那怎樣說？」老頭兒道：「那還不是官官相護！別說官老爺不會准你狀子，還把你一頓板子收了監。你沒錢孝敬，就別想出來啦。」

張朝唐不住搖頭，又問：「官兵到山裏來幹麼？」老頭兒道：「說是來剿匪殺賊，其實山裏的盜賊，十個中倒有八個是給官府逼得沒生路才幹的。官兵下鄉來捉不到強盜，擄掠一陣，再亂殺些老百姓，提了首級上去報功，發了財，還好升官。」那老頭兒說得咬牙切齒，又不停咳嗽。老婆婆不住向他打手勢，叫他停口，怕張朝唐識得官家，多言惹禍。

張朝唐聽得悶悶不樂，想不到世局敗壞如此，心想：「爹爹常說，中華是文物禮義之邦，王道教化，路不拾遺，夜不閉戶，人人講信修睦，仁義和愛。今日眼見，卻大不盡然，還遠不如浮泥國蠻夷之地。」感嘆了一會，在一張板凳上睡了。

剛矇矓合眼，忽聽得門外犬吠之聲大作，跟著有人怒喝叫罵，蓬蓬的猛力打門。老婆婆下床來要去開門，老頭兒搖手止住，輕聲對張朝唐道：「相公，你到後面躲一躲。」張朝唐和張康走到屋後，聞到一陣新鮮的稻草氣息，想是堆積柴草的所在，兩人縮身在稻草堆中。只聽得格啦啦一陣響，屋門推倒，一人粗聲喝道：「幹麼不開門？」

8

也不等回答，啪的一聲，有人給打了記耳光。

老婆婆道：「上差老爺，我……我們老夫妻年老胡塗，耳朵不好，沒聽見。」不料又是一記耳光，那人罵道：「沒聽見就該打。快殺雞，做四個人的飯。」老頭兒道：「我們人都快餓死啦，那有甚麼雞？」只聽蓬的一聲，似乎老頭兒給推倒在地，老婆婆哭叫起來。

又聽另一個聲音道：「老王，算了吧，今日跑了整整一天，只收到三兩七錢稅銀，大家心裏本不痛快，你拿他出氣也沒用。」那老王道：「這種人，你不用強還行？這幾兩銀子，不是我打斷那鄉下佬的狗腿，這些土老兒們肯乖乖拿出來嗎？」另一個嘶啞的聲音道：「這些鄉下佬也真是的，窮得米缸裏數來數去也只得十幾粒米，再逼實在也逼不出甚麼來啦，只是大老爺又得罵咱們兄弟沒用……」

正說話間，忽然張朝唐的馬嘶叫起來。幾名公差一驚，出門查看，見到兩匹馬，議論起來，說乘馬之人定在屋中借宿，看來倒有筆油水，當即興興頭頭的進屋來尋。

張朝唐大驚，一把張康的手，悄悄從後門溜出。兩人一腳高一腳低，在山裏亂走，見無人追來，才放了心，幸喜所帶的銀兩張康都揹在背上。

兩人在樹叢中躲了一宵，等天色大亮，才慢慢摸上大道。主僕兩人行出十多里，商量到前面市鎮再買代步腳力。張康不住痛罵公差害人。正罵得痛快，忽然斜刺小路裏走來四名公差，手中拿著鍊條鐵尺，後面兩人各牽一匹馬，正是他們的坐騎。

張朝唐和張康面面相覷，這時要避開已然不及，只得裝作若無其事，繼續走路。

那四名公差不住向他們打量，一名滿臉橫肉的公差斜眼問道：「喂，朋友，幹甚麼的？」張朝唐一聽口音，正是昨晚打人的那個老王。張康走上一步，道：「那是我們公子爺，要上廣州去讀書。」

老王一把揪住，挾手奪過他背上包裹，打了開來，見累累的盡是黃金白銀，不由得驚喜交集，喝道：「甚麼公子爺？瞧你兩個不是好東西！這些金銀那裏來的？定是偷來騙來的，好，現今拿到賊贓啦，跟我見大老爺去。」他見這兩人年幼好欺，想把他們嚇跑。那知張康道：「我們公子爺是外國大官，知府大人見了他也必定客客氣氣。見你們大老爺去，那再好也沒有啦！」搶過包裹，忙負在背上。

一名中年公差聽了這話，眉頭一皺，心想這事只怕還有後患，一不做二不休，索性殺了這兩個雛兒，發筆橫財再說，突然抽刀向張康劈去。張康大駭，急忙縮頭，那刀從頭頂掠過。他挺身擋住公差，叫道：「公子快逃。」張朝唐轉身就奔。

那公差反手又是一刀，這次張康有了防備，側身閃過，仍然沒給砍中。主僕兩人沒命價奔逃。四名公差手持兵刃，吆喝著追來。

張朝唐平時養尊處優，加上心中一嚇，那裏還跑得快，眼見就要給公差追上，忽然迎面一騎馬奔馳而來。那中年公差見有人來，高聲叫道：「反了，反了，大膽盜賊，竟敢拒捕？」另外幾名公差也大叫：「捉強盜，捉強盜。」他們誣陷張朝唐主僕是盜匪，心想殺了人誰敢前來過問。

迎面那乘馬漸漸奔近。馬上乘客眼見前面兩人奔逃，後面四名公差大呼追逐，只道

10

真是捉拿強人，催馬馳來，奔到張朝唐主僕之前，俯身伸臂，一手一個，拉住兩人後領，提了起來。四名公差也已氣喘吁吁的趕到。

馬上乘者把張朝唐主僕二人往地下一擲，笑道：「強盜捉住了。」跳下馬來。這人身材魁梧，聲音洪亮，滿臉濃鬚，約莫四十來歲年紀。

四名公差見他身手矯捷，氣力甚大，當下含笑稱謝，將張朝唐主僕拉起。

那乘馬客見張朝唐一身儒服，張康青衣小帽，是個書僮，那裏像是強盜，不禁一怔。張康叫了起來：「英雄救命！他們要謀財害命。」那人喝問：「你們幹甚麼的？」

張康叫道：「這是我家公子，去廣州趕考……」話未說完，已給一名公差按住了嘴。乘馬客道：「你放開手，讓他說。」張朝唐道：「老兄，你走你的道吧，莫管我們衙門的公事。」乘馬客道：「還要多嘴？」反手一記巴掌打去。

乘馬客鞭揮出，鞭上革繩捲住公差手腕，這一掌便沒打著。乘馬客問道：「到底怎麼回事？」張康道：「我家公子要去廣州考秀才，遇上這四人。他們見到我們的銀子，就想殺人。」說到這裏，跪下叫道：「英雄救命！」

乘馬客問公差道：「這話可真？」眾公差冷笑不答。那老王站在他背後，乘他不覺，突然舉刀摟頭砍落。乘馬客聽得腦後風生，更不回頭，身子向左微挫，右足「烏龍掃地」，橫掃而出，正中老王足脛，將他踢出數步。餘下三名公差大叫：「真強盜來啦！」兩個舉起鐵尺，一個揮動鐵鏈，向乘馬客圍攻過來。

11

張朝唐見他手無寸鐵，不禁暗暗擔憂。乘馬客挺然不懼，左躲右閃，三名公差的兵刃始終傷他不著。那老王站起身來，掄刀上前夾攻，乘馬客大喝一聲，老王吃了一驚，一刀沒砍準，乘馬客劈面一拳，打得他鼻血直流。老王只顧護痛，雙手掩面，噹啷一聲，手中單刀跌落。乘馬客搶過單刀，回手揮出，砍中一名手持鐵尺的公差右肩。他兵刃在手，如虎添翼，刀光閃處，手持鐵鏈的公差左腿中刀，跌倒在地。賸下一名公差不敢再戰，不顧同伴死活，和老王兩人撒腿就逃。乘馬客哈哈大笑，將單刀往地下一擲，躍上馬背。

張朝唐忙上前道謝，請問姓名。乘馬客見兩名公差躺在地上哼哼唧唧的叫痛，向他怒目而視，說道：「這裏不是說話之所，咱們上馬再談。」張康牽過馬來，三人並轡而行。張朝唐說了家世姓名。乘馬客道：「原來是張公子。在下姓楊，名鵬舉，江湖上人稱摩雲金翅，是武會鏢局的鏢頭。」張朝唐道：「今日若非閣下相救，小弟主僕兩人準沒命了。」楊鵬舉道：「這一帶亂得著實厲害，兵匪難分，公子還是及早回去外國的為是。在下也正要去廣州，公子若不嫌棄，咱們便可結伴而行。」

張朝唐大喜，一再稱謝。這幾日來他嚇得心神不定，現今得和一位鏢師同行，適才又見到他武功了得，登時大感心安。

三人行了二十幾里路，尋不到打尖的店家。楊鵬舉身上帶著乾糧，取出來分給兩人吃了。張康找到個破瓦罐，撿了些乾柴，想燒些熱水來喝，忽聽得身後有人大叫：「強盜在這裏了！」張康一驚手抖，將瓦罐中的水都潑在柴上。

12

楊鵬舉回過頭來，見剛才逃走的公差老王一馬當先，領了十多名軍士，騎馬趕來。

楊鵬舉叫道：「快上馬。」三人急忙上馬。楊鵬舉讓二人先走，抽出掛在馬鞍旁的鋼刀，在後掩護。眾軍士高叫：「捉強盜哪！」縱馬追來。

楊鵬舉等逃出一程，見追兵漸近，軍士紛紛放箭。楊鵬舉揮刀撥打，忽見前面有條岔路，叫道：「走小路！」張朝唐縱馬向小路馳去，張康和楊鵬舉跟隨在後，追兵毫不放鬆。那公差老王大嚷：「追啊，抓到了強盜，大夥兒分他金銀。」

楊鵬舉索性勒轉馬來，大喝一聲，揮刀砍去。老王嚇得倒退，其餘軍士卻挺槍攢刺。楊鵬舉敵不過人多，混戰中腿上中了一槍，雖只皮肉輕傷，卻已不敢戀戰，雙腿一夾，提韁縱馬向前急衝，揮刀將一名軍士左臂砍斷。其餘軍士嚇得紛紛後退，楊鵬舉回馬順小路疾馳。眾軍士見他逃跑，膽氣又壯，吶喊追來。不一刻楊鵬舉已追上張氏主僕，道路漸窄，眾軍士畏懼楊鵬舉勇猛，不敢十分逼近。

三人縱馬奔跑一陣，山道彎曲，追兵呼叫聲雖清晰可聞，人影卻已不見。急馳中前面突然出現三條小岔路，楊鵬舉低喝：「下馬！」三人把馬牽到樹叢中躲了起來，片刻間追兵也已趕到。那老王略一遲疑，領著軍士向一條岔路趕了下去。

楊鵬舉道：「他們追了一陣不見，必定回頭。咱們快走。」撕下衣襟裏好腿傷，三人上馬向另一條岔路馳去。

過不多久，後面追兵聲又隱隱傳來，楊鵬舉甚是惶急，見前面有三間瓦屋，屋前有

個農夫正在鋤地，便下馬走前，說道：「大哥，後面有官兵要害我們，請你找個地方給躲一躲。」那農夫只管鋤地，便似沒聽到他說話。張朝唐也下馬央告。

那農夫抬頭，向他們仔細打量。這時前面樹叢中傳來牛蹄踐土之聲，一個牧童騎在牛背上轉了出來。那牧童十歲上下年紀，頭頂用紅繩紮了個小辮子，臉色黝黑，笑嘻嘻地，一雙大眼炯炯有神。那農夫對牧童道：「你把馬帶到山裏放草，天黑了再回來吧。」

小牧童望了張朝唐三人一眼，應道：「好！」牽了三匹馬便走。

楊鵬舉不知那農夫是甚麼用意，可是他言語神情之中，似有一股威勢，竟不敢出言阻止牧童牽馬。這時追兵聲更加近了，張朝唐急得連說：「怎麼辦，怎麼辦？」

那農夫道：「跟我來。」帶領三人走進屋內。廳堂上木桌板凳，牆上掛著簑衣犂頭，收拾潔淨，不似尋常農家。那農夫直入後進，三人跟了進去，走過天井，來到一間臥房。那農夫撩起帳子，露出牆來。伸手在牆上一推，一塊大石翻了進去，牆上現出一個洞來。那農夫道：「進去吧！」

三人依言入內，原來是個寬敞的山洞。這屋倚山而建，剛造在山洞之前，如不把房屋拆去，誰也猜不到有此藏身之所。三人躲好，那農夫關上密門，自行出去鋤地。不一刻，公差老王已率領軍士追到。老王向農夫大聲吆喝：「喂，有三個人騎馬從這邊過去嗎？」那農夫向小路的一邊指了一指，道：「早過去啦！」公差軍士奔出了七八里地，不見張朝唐等蹤跡，掉轉馬頭，又來詢問。那農夫裝聾作啞，話也說不大清楚。一名軍士罵道：「他媽的，多問這傻瓜有屁用？走吧！」一行

人又向另一條岔路追了下去。

張朝唐和楊鵬舉、張康三人躲在山洞之內，隱隱聽得馬匹奔馳之聲，過了一會，聲音聽不見了，那農夫始終不來開門。楊鵬舉焦躁起來，使力拉門，拉了半天，石門紋絲不動。三人只得坐在地上打盹。楊鵬舉創口作痛，不住咒罵公差軍士。

也不知過了幾個時辰，石門忽然軋軋作響的開了，透進光來。那農夫手持燭台，說道：「請出來吃飯吧。」

楊鵬舉首先跳起，走了出去，張氏主僕隨後走到廳上。只見板桌上擺了熱騰騰的飯菜，大盆青菜豆腐之外，居然還有兩隻肥雞。楊鵬舉和張氏主僕都暗暗歡喜。

廳上除了日間所見的農夫和牧童，還有三人，都作農夫打扮。張朝唐和楊鵬舉拱手相謝，道了自己姓名，又請問對方姓名。

一個面目清癯、五十來歲的農夫道：「小人姓應。」指著日間指引他們躲藏的人道：「這位姓朱。」一個身材極高的瘦子自稱姓倪，一個肥肥矮矮的則說姓羅。張朝唐道：「我還道各位是一家人，原來都不是同姓。」那姓應的道：「我們都是好朋友。」

張朝唐見他們說話不多，神色凜然，舉止端嚴，絕不似尋常農夫。那姓朱和姓倪的尤具威猛之氣，姓應的則氣度高雅，似是位飽讀詩書的士人，幾人說的都是北方官話。

張朝唐試探了幾句，姓應的唯唯否否，並不接口。

飯罷，姓應的問起官兵追逐原因，張朝唐原原本本的說了。他口才便給，描述途中所見慘況，以及公差欺壓百姓、誣良為盜的種種可惡情狀，說來有聲有色。那姓倪的氣得

15

猛力在桌上一拍，鬚眉俱張，開口欲罵。姓應的使個眼色，他就不言語了。

張朝唐又說到楊鵬舉如何出手相援，將他大大的恭維了一陣。楊鵬舉甚是得意，說道：「這算得甚麼，想當年在江西我獨力殺死鄱陽三兇，那才教露臉呢。」便縱談當時情勢如何危急、自己如何英勇、如何敗中取勝，說得口沫橫飛。他越說越得意，將十多年來在江湖上的遭遇大吹特吹，加油添醬，說得自己英雄蓋世，當世無敵。他不住口談論江湖事蹟。張朝唐聞所未聞，甚感興味，張康小孩脾氣，更連連驚嘆詢問。

楊鵬舉後來說到了武技，舉手抬足，一面講一面比劃。幾個農夫卻似乎聽得意興索然，姓羅的胖子打了個呵欠道：「不早啦，大家睡吧！」

小牧童過去關上了門，姓朱的從暗處提出一塊大石，放在門後。楊鵬舉一見之下，不由得倒抽一口涼氣，暗道：「這人好大力氣，這塊石頭少說也有三百來斤，他居然毫不費力的提來提去。」姓應的見他面色有異，說道：「山裏老虎多，有時半夜裏撞進門來，因此要用石頭堵住門戶。」

當晚張朝唐和楊鵬舉、張康三人同處一室。張康著枕之後立即酣睡。張朝唐想起此行風波萬里，徒然擔驚受怕，不知此去廣州，是否尚有凶險，思潮起伏，一時難以入睡。過了一會，忽聽得書聲朗朗，那小牧童讀起書來。

張朝唐側耳細聽，書聲中說的似是兵陣戰鬥之事，不禁好奇心起，披衣下床，走到廳上。只見桌上燭光明亮，小牧童正自讀書。姓應的坐在一旁教導，見他出來，只向他點了點頭，又低下頭來，指著書本講解。

張朝唐走近前去，見桌上還放了幾本書，拿起一看，書面上寫著「紀效新書」四字，原來是本朝戚繼光將軍所著的兵法。戚繼光之名，張朝唐在浡泥國也有所聞，知是擊破倭寇的名將，後來鎮守薊州，強敵不敢犯境，用兵如神，威震四海。

張朝唐向姓應的道：「各位決計不是平常人，卻不知如何以隱居在此，可能見告麼？」

姓應的道：「我們是尋常老百姓，種田打獵，讀書識字，那是最平常不過的。公子為何覺得奇怪？難道只有官家子弟才可讀書嗎？」張朝唐心想：「原來中土尋常農夫，也有如此學養，果非蠻邦之人可比。」心下佩服，說了聲「打擾」，又回房去睡。

朦朦朧朧的睡了一回，忽覺有人相推，驚醒坐起，只聽楊鵬舉低聲道：「這裏只怕是盜窟，咱們快走吧！」張朝唐大吃一驚，低問：「怎麼樣？」

楊鵬舉點燃燭火，走到一隻木箱邊，掀起箱蓋道：「你看。」

張朝唐一看，只見滿箱盡是金銀珠寶，一驚之下，做聲不得。

楊鵬舉把燭台交他拿著，搬開木箱，下面又有一隻木箱，伸手便去扭箱上銅鎖。張朝唐道：「別看旁人隱私，只怕惹出禍來。」楊鵬舉道：「這裏氣息古怪。」張朝唐忙問：「甚麼氣息？」楊鵬舉道：「血腥氣。」張朝唐便不敢言語了。

楊鵬舉輕輕扭斷了鎖，靜聽房外並無動靜，揭開箱蓋，移近燭台一照，兩人登時嚇得目瞪口呆。箱中赫然是兩顆首級，一顆砍下時日已久，血跡已然變黑，但未腐爛。另一顆卻是新斬下的。兩顆首級都用石灰、藥料醃著，是以鬚眉俱全，面目宛然。楊鵬舉饒是久歷江湖，也不由得手腳發軟，張朝唐那裏還說得出話來。

17

楊鵬舉輕輕把箱子還原放好，說道：「快走！」到炕上推醒了張康，摸到廳上。三人躡足走到門邊，楊鵬舉摸到大石，暗暗叫苦，竭盡全力，又怎搬它得動？剛只推開尺許，忽然火光閃亮，那姓朱的拿著燭台走了出來。

楊鵬舉手按刀柄，明知不敵，身處此境，也只有硬起頭皮一拚。那知姓朱的並不理會，說道：「要走了嗎？」伸手將大石提在一邊，打開大門。

楊鵬舉和張朝唐不敢多言，喃喃謝了幾句，低頭出門，上馬向西疾馳。

奔了十幾里地，料想已脫險境，正感寬慰，忽然後面馬蹄聲響，有人厲聲叫道：

「喂，站住，站住！」三人那裏敢停，縱馬急行。

突然黑影一晃，一人從馬旁掠過，搶在前面，手一舉，楊鵬舉坐騎受驚，長嘶一聲，人立起來。楊鵬舉揮刀向那人當頭砍去。那人空手拆了數招，忽地高躍，伸左拳向楊鵬舉右太陽穴打落。楊鵬舉單刀「橫架金樑」，向他手臂疾砍。豈知那人這拳乃是虛招，半路上變拳為掌，身未落地，已勾住楊鵬舉手腕，喝聲：「下來！」將他拖下馬來，順手奪過了他手中鋼刀，擲在地下。

星光熹微中看那人時，正是那姓朱農夫。

那人冷冷的道：「回去！」回過身來，騎上馬當先就走，也不理會那三人是否隨後跟來。楊鵬舉知道反抗固然無益，逃也逃不了，只得乖乖的上馬，三人跟著他回去。

一進門，廳上燭火明亮，那小牧童和其餘三人坐著相候，神色肅然，一語不發。

楊鵬舉自忖不免一死，索性硬氣一點，昂然道：「楊大爺今日落在你們手中，要殺

就殺，不必多說。」

姓朱的道：「應大哥，你說怎麼辦？」姓應的沉吟不語。姓倪的道：「張公子主僕放走，把姓楊的宰了。」姓應的道：「這姓楊的幹保鏢生涯，做有錢人走狗，能是甚麼好人！但他昨天見義勇為，總算做了好事，就饒他一命。羅兄弟，把他招子廢了。」

姓羅的站起身來，楊鵬舉慘然變色。

張朝唐不懂江湖上的說話，不知「把招子廢了」便是剜去眼睛之意，但見了各人神情，想來定是要傷害楊鵬舉，正想開口求情，那小牧童道：「應叔叔，我瞧他可憐的，就饒了他吧。」姓應的與眾人對望了一眼，頓了一頓，對楊鵬舉道：「有人給你求情，也罷，你能不能立個誓，今晚所見之事，決不洩漏一言半語？」楊鵬舉大喜，忙道：「今晚之事，在下實非有意窺探，但既見到了，自怪楊某有眼無珠，不識各位英雄好漢。各位的事在下立誓守口如瓶，將來如違此誓，天誅地滅，死得慘不堪言。」姓應的道：「好，我們信得過你是條漢子，你去吧。」楊鵬舉一拱手，轉身要走。姓倪的突然站起來，厲聲喝道：「就這樣走麼？」楊鵬舉一楞，懂了他意思，慘然苦笑，說道：「好，請借把刀給我。」姓朱的從桌下抽出一把利刃，輕輕倒擲過去。楊鵬舉伸手接住，走近幾步，左手平放桌上，颼的一刀，砍下兩根手指，笑道：「光棍一人作事一身當，這事跟張公子全沒干係……」眾人見他手上血流如注，居然還硬挺住，也佩服他的氣概。姓倪的大拇指一挺，道：「好，今晚的事就這般了結。」轉身入內，拿出刀傷藥和白布來，給他止血，縛了

傷口。楊鵬舉不願再行停留，轉身對張朝唐道：「咱們走吧。」

張朝唐見他臉色慘白，自是痛極，想叫他在此休息一下，可是又說不出口。

姓應的道：「張公子來自萬里之外，我們驚嚇了遠客，很是過意不去，別讓你回到外國，說我們中土人士都是窮凶極惡之輩。這位楊朋友也很夠光棍。我送你這個東西吧。」說著從袋裏掏出一塊東西，交給張朝唐。

張朝唐接過一看，輕飄飄的是塊竹牌，上面烙了「山宗」兩字，牌背烙了此花紋，看不出有甚麼用處。

姓應的道：「眼前天下大亂，你一個文弱書生不宜在外面亂走，我勸你趕快回家。這幾天在路上要是遇上甚麼危難，拿出這塊竹牌來，或許有點兒用處。過得幾年……唉，或者是十年，二十幾年，你聽得中土太平了，這才再來吧！亂世功名，得之無益，反足惹禍。」

張朝唐再看竹牌，實不見有何奇特之處，不信它有何神秘法力，想是吉祥之物，隨口謝了一聲，交給張康收入衣囊中。三人告辭出來，騎上馬緩緩而行。回到適才和那姓朱的交手所在，見鋼刀兀自在地，閃閃發光，楊鵬舉拾了起來，心想：「我自誇英雄了得，碰在人家手裏，屁也不值！」

天明時，到了一個小市鎮上，張朝唐找了客店，讓楊鵬舉安睡了一天一晚。次晨才再趕路。行到中午時分，打過尖，上馬又行了二十多里路，忽然蹄聲響處，一騎馬迎面

奔來，掠過身旁，向三人望了一眼，絕塵而去。這次楊鵬舉和張朝唐都看得清楚，馬上那人青巾包頭，眉目之間英悍之氣畢露，從三人身旁掠過，疾馳而前。

那騎馬追了上來。行了五六里路，後面馬蹄聲又起，仍是那騎馬追了上來。

張朝唐道：「這人倒也古怪，怎麼去了又回來。」楊鵬舉道：「張公子，待會你自行逃命罷，不用等我。」張朝唐驚道：「怎麼？又有強盜麼？」楊鵬舉道：「走不上五里，必有事故，不過咱們後無退路，也只有向前闖了。」

三人惴惴不安，慢慢向前挨去，只走了兩里多路，只聽得噓哩哩一聲，一枝響箭射上天空，三乘馬自路旁林中竄出，攔在當路。

楊鵬舉催馬上前，抱拳說道：「在下會鏢局姓楊，路經貴地，並非保鏢，沒向各位當家投帖拜謁。這位張相公來自外國，他是讀書人，請各位高抬貴手，讓一條道。」

他在江湖上本來略有名頭，手上武藝也自不弱，不過剛斷了手指，又想這一帶道上的朋友多半與姓應姓朱的是一夥，是以措詞謙恭，好言相求。

三乘中當中一人雙手空空，笑道：「我們少了盤纏，要借一百兩銀子。」他說的是浙南土話，楊鵬舉和張朝唐愕然相對，不知他說些甚麼。

剛才騎馬來回相探的那人喝道：「借一百兩銀子，懂了沒有？」楊鵬舉見他們如此無禮，不禁大怒，喝道：「要借銀子，須憑本事！」當先那人喝道：「好！這本事值一百兩銀子？」從背上取下彈弓，叭叭叭，三粒彈子打上天空，等彈子勢完落下，又是連珠三彈，六顆彈子在空中分成三對，互相撞得粉碎，變成碎泥紛紛下墮。

楊鵬舉見到這神彈絕技，剛只一呆，突覺左腕劇痛，單刀噹的一聲落在地下，才知已給他彈子打中手腕。

對面第三人手持軟鞭，縱馬過來，一招「枯藤纏樹」，向他腰間盤打而至。楊鵬舉勒馬避開。那人軟鞭鞭頭乘勢在地下捲起單刀，抄在手中，長笑一聲，縱馬疾馳，掠過張康身邊時，白光閃動，鋼刀兩揮，已割斷他背上包裹兩端布條。他毫不停留，催馬向前。包裹正從張康背上滑落，打彈子那人恰好馳到，手臂探出，不待包裹落地，已俯身提起，掂了掂重量，笑道：「多謝了。」轉眼間三人已向來路跑得無影無蹤。

楊鵬舉只是嘆氣，無話可說。張康急道：「我們的盤費銀兩都在包裹，這……這……怎麼回家呢？」楊鵬舉道：「留下你這條小命，已算不錯的啦，走著瞧吧。」三人垂頭喪氣的又行。走不到一頓飯時分，忽然身後蹄聲雜沓，回頭望時，只見塵頭起處，那三人又追了轉來。楊鵬舉和張朝唐都倒抽一口涼氣，心想：「搶了金銀也就罷了，難道還非要了性命不可？」

那三人馳到跟前，一齊滾鞍下馬，當先一人抱拳說道：「原來是自己人，得罪，得罪。我們不知，多有冒犯，請勿見怪。」另一人雙手托住包裹，交給張康。張康卻不敢接，眼望主人。張朝唐點點頭，張康這才接過。

當先那人道：「剛才聽得這位言道，一位是楊鏢頭，一位是張公子，都是真姓麼？」

張朝唐道：「正是！」說了兩人的姓名來歷。

三人聽了，均有詫異之色，互相望了一眼。當先那人說道：「在下姓黃，這兩位是

22

親兄弟，姓劉。張公子，你早拿出竹牌來就好了，免得我們無禮。」張朝唐聽了這話，才知道這塊竹牌果真效力不小，心神不定之際，也不知說甚麼話好。

那姓黃的又道：「兩位一定也是去聖峯嶂了，咱們一路走吧。」

張朝唐和楊鵬舉都料想他們是一幫聲勢浩大的盜夥，遠避之惟恐不及，怎敢再去招惹？張朝唐道：「我和這位朋友要趕赴廣州，聖峯嶂是不去了。」

姓黃的臉帶怒色道：「再過三天就是八月十六，我們千里迢迢的趕來粵東，你們到了這裏，怎不上山？」上山做甚麼，八月十六是甚麼日子，張朝唐和楊鵬舉兩人全不知情，可是又不敢直認。張朝唐硬了頭皮，說道：「兄弟家有急事，須得馬上回去。」

姓黃的怒道：「上山也耽擱不了你兩天。督師的忌辰，你們過山不拜，算得甚麼山宗的朋友？」張朝唐更加摸不著頭腦，不知「督師忌辰」和「山宗」是甚麼東西。

楊鵬舉畢竟閱歷多，情知聖峯嶂是非去不可的了，雖有凶險，也只有聽天由命，而且瞧他們神色語氣，也似並無惡意，便道：「三位既如此美意，我和張公子同上山去便是。」說著向張朝唐使個眼色，示意不可違拗。

姓黃的霍然色喜，笑道：「本來嘛，我想你們也不會這般不講義氣。」

六人結伴同行，一路打尖住店，都由那姓黃的出頭，他只做幾個手勢，說了幾句古裏古怪的話，沿途飯館客店便都不收錢，而且招待得加意的周到客氣。

走了兩天，前面一座高山聳立入雲，姓黃的說道便是聖峯嶂。只見沿途勁裝結束之人絡繹不絕，都是向聖峯嶂而去，肥瘦高矮，各色各樣的人都有，神色舉止，顯得都是

武人。這些人與姓黃的以及劉氏兄弟大半熟識，見了面就執手道故。

張楊兩人抱定宗旨決不再窺探別人隱私，見他們談話，就站得遠遠的，楊鵬舉聽這些人招呼的聲音南腔北調，遼東河朔、兩湖川陝各地都有。瞧各人行裝打扮，大都來自遠地，人人風塵僕僕。張楊兩人暗暗納罕，又感慄慄危懼。

楊鵬舉心想：「看來這些人是各地山寨的大盜，多半要聚眾造反。我是身家清白的良民，跟眾反賊混在一起，走又走不脫，真是倒楣之極了。」

這天晚上，張朝唐等歇在聖峯嶂山腳下的一所店房裏，待次日一早上山。眾人正要吃晚飯，忽然一人奔進店來，叫道：「孫相公到啦！」此言一出，店中客人十之八九都立即站起，湧出店去。楊鵬舉一扯張朝唐的衣袖，說道：「瞧瞧去。」

走出店房，只見眾人夾道垂手肅立，似在等甚麼人。過了一陣，西面山道上傳來一陣馬蹄聲，眾人都提高了腳跟張望，只見一個四十來歲的書生騎在馬上，緩緩而來。他見眾人站在道旁迎接，催馬快行，馳到跟前，跳下馬來。

那書生一路過來，和眾道一點頭招呼。他走到張朝唐跟前，見他也是書生打扮，微微一愕，雙手一拱，問道：「這位是誰？」張朝唐道：「在下姓張，請教閣下尊姓大名。」那書生道：「在下姓孫，名仲壽。」張朝唐拱手說道：「久仰，久仰。」孫仲壽微微一笑，進店房去了。

晚飯過後，楊鵬舉低聲對張朝唐道：「這姓孫的書生相公看來很有權勢。張公子，你去跟他說說，請他放咱們走。大家是讀書人，話總容易說的通。」

24

張朝唐心想不錯，踱到孫仲壽門口，咳嗽一聲，舉手敲門。只聽到房裏有誦讀詩文之聲，他敲了幾下，讀書聲就停了。房門打開，孫仲壽迎了出來，說道：「客店寂寞，張兄來談談，最好不過。」張朝唐一揖進去，見桌上放著一本攤開手抄書本，一瞥之下，見寫著「遼東」、「寧遠」、「臣」、「皇上」等等字樣，似是一篇奏章。張朝唐只怕又觸人所忌，不敢多看，便坐了下來。

孫仲壽先請問他家世淵源，張朝唐據實說了。孫仲壽說道：「張兄這番可來得不巧了。中華朝政糜爛，不知何日方得清明。以兄弟之見，張兄還是暫回浮泥，俟中華聖天子在位，再來應試的為是。」張朝唐稱是，說道正要歸去。接著把自己如何躲避官差、楊鵬舉如何相救、如何得到竹牌等事說了一遍，只是夜中見到箱內人頭一事略去不提。

孫仲壽道：「我們在此相遇，可算有緣。明日張兄隨小弟上山，也好知道我中土的一件千古奇冤。只要不向外人洩露此行所見所聞，小弟擔保張兄決無災害。」張朝唐謝了，卻不敢多問。

孫仲壽問起浮泥國人的風土人情，聽張朝唐所述，皆是聞所未聞，喟然說道：「不知幾時我中華百姓才得如浮泥國一般，安居樂業，不憂溫飽，共享太平之福？」兩人直談到二更天時，張朝唐才告別回房。楊鵬舉已等得十分心焦，聽他轉告了孫仲壽之言，才放下了心。

次日正是中秋佳節，張朝唐、楊鵬舉和張康隨著大眾一早上山。中午時分，半山裏

有十多人擔著飯菜等候，都是素菜，眾人吃了，休息一陣，繼續再行。此後一路都有人把守，盤查甚嚴。查到張楊三人時，孫仲壽點一點頭，把守的人便不問了。張朝唐暗叫：「好險！要是昨晚沒跟他這一夕談話，今日是死是活，實所難料。」

傍晚時分，已到山頂，數百名漢子排隊相迎。

山上疏疏落落有數十間房屋，最大的一座似是所寺廟。這些屋宇模樣也甚平常，並無碉堡望樓等守禦設施，不像是盜幫山寨。

楊鵬舉在山上見了眾人的勢派，料想山上建構必定雄偉威武，壁壘森嚴，那知渾不是這麼回事，暗暗稱奇。他在江湖上混了十多年，見聞算得廣博，這一次卻半點摸不著頭腦。更有一椿奇事，這些人萬里來會，瞧各人神情親密，都是知交好友，但相見時卻殊無歡愉之意，並不大聲談笑，每人神色間都顯悲戚憤慨。

張楊三人給引進一間小房，一會兒送進飯菜。四盤都是素菜。張朝唐和楊鵬舉悄悄議論，猜不透這些人到底在幹甚麼，對孫仲壽所說「千古奇冤」云云，更難明所指。有的頭上疤痕累累，有的斷手折足，個個是身經百戰、飽歷風霜的模樣。張楊兩人怕生事惹禍，走了一會便即回房，不再出去。這天整日吃的仍是素菜。楊鵬舉肚裏暗罵：「他媽的賊強盜死了老祖宗，叫老子吃這般嘴裏淡出鳥來的青菜豆腐。」

次日張楊二人起身後，用過早點，在山邊漫步，見到處都是長大漢子。

傍晚時分，忽聽得鐘聲鏜鏜。不久一名漢子走進房來，說道：「孫相公請兩位到殿上觀禮。」張楊二人跟他出去。張康也想跟去，那人道：「小兄弟，你早些睡吧。」

26

張楊二人隨著他繞過幾間瓦屋，來到寺廟之前。張朝唐抬頭看時，見一塊橫匾上寫著「忠烈祠」三個大字，心想：「原來是座祠堂，不知供的是誰？」隨著那漢子穿過前堂和院子，見兩旁陳列著兵器架子，架上刀槍斧鉞、叉矛戟鞭，十八般兵刃一應俱全，都擦得雪亮耀眼。

來到大殿，但見殿上黑壓壓的坐滿了人，總有兩三千之眾。張楊二人暗暗心驚，不料想這荒山之上，竟聚集了這許多人。

張朝唐抬頭看時，見殿中塑著一座神像，本朝文官裝束，但頭戴金盔，身穿緋袍，外加黃色罩甲，左手捧著一柄寶劍，右手手執旗。那神像臉容清癯，三綹長鬚，狀貌威嚴，身子稍側，目視遠方，眉梢眼角之間，似乎帶有憂思。神像兩側供著兩排靈位。

張朝唐隔得遠了，看不清楚神主上所書的名諱。大殿四壁掛滿了旌旗、盔甲、兵刃、馬具之類，旌旗或黃或白、或紅或藍，也有黃色鑲紅邊的，有的是白色鑲紅邊。

張朝唐滿腹狐疑，但見滿殿人眾容色悲戚，肅靜無聲。忽然神像旁一個身材瘦長的漢子站了起來，點燭執香，高聲叫道：「致祭。」殿上登時黑壓壓的跪得滿地，張朝唐和楊鵬舉也只得跟著跪下。

孫仲壽越眾而前，捧住祭文朗誦起來。楊鵬舉不懂祭文中文謅謅的說些甚麼，張朝唐卻愈聽愈驚。

只聽得祭文文意甚是憤慨激昂，既把滿清韃子罵了個狗血淋頭，而對當今崇禎皇帝竟也絲毫不留情面，說他「昏庸無道，不辨忠奸」、「剛愎自用，傷我元戎」、「自壞神

州萬里長城，甘為炎黃苗裔罪人」。對當今皇上如此肆口痛詆，豈不是公然要造反了嗎？

張朝唐聽得驚疑不定。那知祭文後面愈來愈兇，竟把崇禎皇帝的列祖列宗也罵了個痛快，甚麼「功勳蓋世則魏公遭毒，底定中土而青田受酖」，那是說明太祖殺害徐達、劉基等功臣之事；後來又罵神宗亂徵礦稅，荼毒百姓；熹宗任用奄瑠，朝中清流君子，不是殺頭，便是入獄，如熊廷弼等守土抗敵大臣，都慘遭殺害。

這篇祭文理直氣壯，一字一句都打入張朝唐心坎裏去，他雖遠在外國，但中土大事，也曾知聞。祭文後半段是「我督師威震寧遠，殲彼巨酋」等一大段頌揚武功的文字，更後來又再痛罵崇禎殺害忠良。

張朝唐聽到這裏，才知道這神像原來是連破清兵、擊敗清太祖努爾哈赤、使清人聞名喪膽的薊遼督師袁崇煥。他抬頭再看，見那神像栩栩如生，雙目遠矚，似是痛惜異族入侵，佔我河山，傷我黎民，恨不能復生而督師遼東，以禦外侮。

這時祭文行將讀完，張朝唐卻聽得更加心驚，原來祭文最後一段是與祭各人的誓言，立誓：「並誅明帝清酋，以雪此千古奇冤，而慰我督師在天之靈。」祭文讀畢，贊禮的人唱道：「對督師神像暨列位殉難將軍神主叩首。」眾人俯身叩頭。

一個幼童全身縞素，站在前列，轉身伏在地下向眾人還禮。張朝唐和楊鵬舉又吃了一驚，原來這幼童便是那天農舍中所遇的小小牧童。

眾人叩拜已畢，站起身來，都是淚痕滿面，悲憤難禁。孫仲壽對張朝唐道：「張兄大才，小弟這篇祭文有何不妥之處，請予刪削。」張朝唐連稱：「不敢。」孫仲壽命人

28

拿過文房四寶來，說道：「小弟邀張兄上山，便是要借重海外才子大手筆，於我袁督師的動業更增光華。也好教世人知道，袁督師蒙冤遭難，普天共憤，中外同悲，並非只是我們舊部的一番私心。」

張朝唐心想，你叫我上山，原來爲此，不由得好生爲難，是因崇禎胡塗昏庸，不明忠奸是非，聽信奸臣和太監的挑撥，天下都知冤枉，自己在浔泥之時，也曾聽得幾個廣東商人痛哭流涕的說起過。但既由皇帝下旨而明正典刑，再說冤枉，便是誹謗今上。皇帝倘若知道了，一紙詔書來到浔泥國，連父親都不免大受牽累。

可是孫仲壽既這麼說，在勢不能拒絕，情急之下，靈機忽動，想起在浔泥國時所看過的兩部小說，一部是《三國演義》，一部是《精忠岳傳》。他讀書有限，不能如孫仲壽那麼駢四驪六的大做文章，當下微一沉吟，振筆直書：「黃龍未搗，武穆蒙冤。漢祚待復，諸葛星殞。嗚呼痛哉，伏維尙饗。」他說的是古人，萬一這篇短短的祭文落入皇帝手中，也不能據此而定罪名。

孫仲壽本想他是一個海外士人，沒甚麼學問，也寫不出甚麼好句子來，只盼他稱讚幾句袁督師的功績，也就是了，待見他寫下了這六句，十分高興。張朝唐把袁崇煥比之於諸葛亮和岳飛，自是推崇備至，無以復加。諸葛亮名垂古今，人人崇仰。清人爲金人後裔，皆爲女眞族，自稱後金，滿清初立國時，國號便仍稱爲「金」。岳飛與袁崇煥皆抗金有功而死於昏君奸臣之手，兩人才略遭遇，頗有相同之處，倒不是胡亂瞎比的。

孫仲壽把這幾句話向衆人解釋了，大家轟然致謝，對張楊兩人神態登時便親熱得

多，不再以外人相待了。孫仲壽道：「張兄文筆不凡，武穆諸葛這兩句話，榮寵九泉。小弟待會叫他們刻在祠堂旁邊的石上，要令後人得知，我們袁督師英名遠播，連萬里之外的異邦士民也盡皆仰慕。」張朝唐作揖遜謝。

各人叩拜已畢，各就原位坐下。那贊禮的人又喊了起來：「某某營某某將軍」、「某某鎮某總兵」，喊了一個武將官銜，便有一人站起來大聲說話。張朝唐聽了官銜和言中之意，得知這些人都是袁崇煥的舊部，他被害之後，各人憤而離軍，散處四方，今日是袁督師遭難的三週年忌辰，是以在他故鄉廣東東莞附近的聖峯嶂相聚，祭奠舊帥。聽他們話中之意，似乎尚有甚麼重大圖謀。

當贊禮人叫到「薊鎮副總兵朱安國」時，一人站了起來，張朝唐和楊鵬舉都心頭一震，原來這人便是引導他們躲入密室的那個農夫。楊鵬舉心想：「原來他是抗清的薊遼大將，那麼我敗在他手裏，也不枉了。」

只聽他朗聲說道：「袁公子這三年來身子壯健，武藝大有進步，書也讀了不少，我和倪、羅兩位兄弟的武功已盡數傳給了他，請各位另推明師。」孫仲壽道：「咱們兄弟中，還有誰武功高得過你們三位的，朱將軍不必太謙。」朱安國道：「袁公子學武聰明得很。我們三個已掏完了袋底身家，真的沒貨色啦，的確要另請名師，以免耽誤他功夫。」孫仲壽道：「好吧，這事待會再議。誅奸的事怎麼了？」

那個先前會過的姓倪的農夫站起身來，說道：「那姓范的奸賊是羅參將前個月趕到浙江誅滅的。姓史的奸賊，十天前給我在潮州追到。兩人的首級在此。」說罷從地上提

起布囊，取出兩個人頭來。

眾人有的轟然叫好，有的切齒痛罵。孫仲壽接過人頭，供在神像桌上。

張朝唐這才明白，他們半夜裏在箱中發現的人頭，原來是袁崇煥的仇人，那定是與陷害袁崇煥一案有關的奸人了。這時不斷有人出來呈獻首級，一時間神像前的供桌上擺了十多個人頭。聽這些人的稟報，人頭中有一個是當朝姓高的御史，曾誣奏袁崇煥通敵賣國。另一個是參將謝尚政，本是袁崇煥的同鄉死黨，袁崇煥對他一向提攜，但他為圖升官，竟誣告恩人造反，眾人對他憤恨尤深。

各人稟告完畢，孫仲壽說道：「小奸誅了不少，大仇卻尚未得報，韃子皇太極和昏君崇禎仍然在位。如何為督師公報仇雪恨，各位有甚麼高見？」一個矮子站了起來，說道：「孫相公！」孫仲壽道：「趙參將有甚麼話請說。」那矮子說道：「依我說……」

剛說了三個字，門外一名漢子匆匆進來稟道：「山西三十六營王將軍派了人來求見。」眾人一聽，都轟叫起來。孫仲壽道：「趙參將，咱們先迎接三十六營的使者。」

趙參將道：「對。」首先搶出，眾人都站起身來。

大門開處，兩條大漢手執火把，往旁邊一站，走進三個人來。楊鵬舉已久聞三十六營的名頭，知道山西二十餘萬起義民軍結成同盟，稱為「三十六營」，以「紫金梁」王自用為盟主，這幾年來殺官造反，聲勢極大，三十六營之中以闖王高迎祥最為出名，他麾下外甥李自成自稱為闖將，英雄了得，威震晉陝。

只見當先一人四十來歲年紀，滿臉麻皮，頭髮蓬鬆，身穿粗布衫褲，膝蓋手肘處都

已擦壞，到處打滿補釘，腳下赤足穿草鞋，腿上滿是泥污，純是個莊稼漢模樣。他身後跟著兩人，一個三十多歲，皮膚白淨；另一個廿多歲，身材魁梧，面容黝黑，也是農夫模樣。這三人看上去忠厚老實，怎知他們竟是橫行秦晉的「流寇」。

當先那人走進大殿，先不說話，往神像前一站。那白臉漢子從背後包袱中取出香燭，在神像前點上，三人拜倒在地，磕起頭來。那小牧童在供桌前跪下磕頭還禮。

三人拜畢，臉有麻子的漢子朗聲說道：「我們王將軍知道袁督師在關外打韃子，立了大功，很是佩服。袁督師為昏君冤枉害死，天下老百姓都氣憤得很。王將軍、高闖王、李闖將派我們來代他向督師的神位磕頭。現今官逼民反，我們為了要吃飯，只好抗糧殺官。求袁大元帥英魂保佑，我們打到北京，捉住昏君奸臣，一個個殺了，給大元帥和天下的老百姓報仇。」說完又拜了幾拜。眾人見王自用的使者尊重他們督師，都心存好感，聽了他這番話，雖然語氣粗陋，卻是至誠之言。

孫仲壽上前作揖，說道：「多謝，多謝。請教高姓大名。」那漢子說道：「我叫田見秀。王將軍得知今日是袁大元帥忌辰，因此派我前來在靈前拜祭，並和各位相見。」

孫仲壽道：「多承王將軍厚意盛情，在下姓孫名仲壽。」那白淨面皮的人道：「啊，相公是孫祖壽將軍的弟弟。孫將軍和韃子拚戰陣亡，我們一向是很敬仰的。」

孫祖壽是抗清大將，在邊關多立功勳，於清兵入侵時隨袁崇煥捍衛京師。袁崇煥下獄後，孫祖壽憤而出戰，在北京永定門外和大將滿桂同時戰死，名揚天下。孫仲壽文武全才，向為兄長的左右手，在此役中力戰得脫，憤恨崇禎冤殺忠臣，和袁崇煥的舊部散

在江湖，撫育幼主，密謀復仇。他精明多智，隱為袁黨的首領。

孫祖壽慷慨重義，忠勇廉潔，《明史》上記載了兩個故事：

孫祖壽鎮守固關抵抗女真時，出戰受傷，瀕於不起。他妻子張氏割下手臂上的肉，煮了湯給他喝，同時絕食七日七夜，祈禱上天，願以身代。後來孫祖壽痊愈而張氏卻死了。孫祖壽感念妻恩，終身不近婦人。

他身為大將時，有一名部將路過他昌平故鄉，送了五百兩銀子到他家裏。在當時原甚尋常，但他兒子堅決不受。後來他兒子來到軍中，他大為嘉獎，請兒子喝酒，說：「不受贈金，深得我心。倘若你受了，這一次非軍法從事不可。」《明史》稱讚他「其秉義執節如此。」

孫仲壽為人處事頗有兄風，是以眾所欽佩。

袁承志使開火叉，

安小慧舞動長劍，與那大漢鬥了起來。

那大漢雖然刀沉力猛，

一時之間卻也奈何不得兩個小孩，

不由得心下焦躁。

第二回

恩仇同患難　死生見交情

眾人正要敘話，田見秀的黑臉從人忽然從後座上直縱出去，站在門口。眾人出其不意，不知發生何事，都站了起來。只見那黑臉少年指著人叢中兩個中年漢子喝道：「你們是曹太監的手下，到這裏來幹甚麼？」

此言一出，眾人都大吃一驚，均知崇禎皇帝誅滅魏忠賢和客氏之後，宮中朝中奄豎逆黨雖一掃而空，然而皇帝生性多疑，又秉承自太祖、成祖以來的習氣，對大臣多所猜忌，所任用的仍是他從信王府帶來的太監，其中最得寵的是曹化淳。此人統率皇帝的御用探子「東廠」和錦衣衛衛士，即所謂「廠衛」，刺探朝中大臣和各地將帥的隱私，文武大臣往往不明不白為皇帝下旨誅殺，或任意逮捕，不必有罪名便關入天牢，所謂「下詔獄」，都是由於曹化淳的密報。曹太監的名頭，當時一提起來，當真人人談虎色變。

那兩人一個滿腮黃鬚，四十上下年紀，另一個卻面白無鬚，矮矮胖胖。那矮胖子面色條變，隨即鎮定，笑道：「你是說我嗎？開甚麼玩笑？」黑臉少年道：「哼，開玩笑！你們兩個鬼鬼祟祟在客店裏商量，要混進山宗來，又說已稟告了曹太監，要派兵來一網打盡，這些話都給我聽見啦！」

黃鬚人拔出鋼刀，作勢便要撲上廝拚。那白臉胖子卻哈哈一笑，說道：「王自用想收併山宗的朋友，成為第三十七營，居心險惡，那一個不知道了？你想來造謠生事，挑撥離間，那可不成。」他說話聲又細又尖，儼然太監聲口，可是這幾句話卻也生了效。

袁黨中便有多人側目斜視，對王自用的使者起了疑心。

田見秀雖出身農家，但久經戰陣，百鍊成鋼，見了袁黨諸人的神色，知道此人的言

語已打動眾心，便即喝道：「閣下是誰？是山宗的朋友麼？」這句話問中了要害，那人登時語塞，只是冷笑。

孫仲壽喝問：「朋友是袁督師舊部麼？我怎地沒見過？你是那一位總兵手下？」

那白臉人知道事敗，向黃鬚人使個眼色，兩人陡地躍起，雙雙落在門口。黃鬚人揮刀向黑臉少年砍去。那白臉人看似半男半女，行動卻甚迅捷，腕底翻處，已抽出判官雙筆，向黑臉少年胸口點到。

黑臉少年因是前來拜祭，為示尊崇，又免對方起疑，上山來身上不帶兵刃。眾人見他雙手空空，驟遭夾擊，便有七八人要搶上救援。不料那少年武功了得，左手如風，施展擒拿手法，便抓黃鬚客的手腕，同時右手駢起食中兩指，搶先點向白臉人的雙目。這兩招遲發先至，立時逼得兩名敵人都退開了兩步。

袁黨眾人見他只一招之間便反守為攻，暗暗喝采，俱各止步。那兩人見衝不出門去，知道身處虎穴，情勢凶險之極，剛向內退得兩步，便又搶上。黑臉少年使開雙掌，在單刀雙筆之間穿梭來去，攻多守少。那兩人幾次搶到門邊，都讓他逼了回來。

三人在大殿中騰挪來去，鬥到酣處，黃鬚人突然驚叫一聲，單刀脫手向人叢中飛去。朱安國躍起伸手抄出，接在手中。就在此時，黑臉少年踏進一步，左腿起處，飛腳把黃鬚人踢倒。他左腿尚未收回，右腿乘勢又起，白臉人一驚，只想逼開敵人，奪門逃走下山，奮起平生之力，雙筆一先一後反點敵胸。黑臉少年右手陡出，抓住左筆筆端，使力扭轉，已把判官筆搶過。這時對方右筆跟著點到，他順手將筆梢砸去。雙筆相交，

37

噹的一聲，火星交迸，白臉人虎口震裂，右筆跟著脫手。

黑臉少年一聲長笑，右手抓住他胸口，一把提起，左手扯住他的褲腰，雙手分處，嗤的一聲，白臉人一條褲子已扯將下來，裸出下身。眾人愕然之下，黑臉少年笑道：「你是不是太監，大家瞧瞧！」眾人目光全都集到那白臉人的下身，果見他是淨了身的。

鬨笑聲中，眾人圍了攏來，見這黑臉少年出手奇快，武功高明，都甚欽佩。

這時早有人擁上去將白臉人和黃鬚人按住。孫仲壽喝問：「曹太監派你們來幹甚麼？還有多少同黨？怎麼混進來的？」兩人默不作聲。孫仲壽使個眼色，羅參將提起單刀，呼呼兩刀割下兩人首級，放在神像前供桌上。

孫仲壽拱手向田見秀道：「若不是三位發現奸賊，我們大禍臨頭還不知道。」田見秀道：「那也是湊巧。我們在道上遇見這兩個傢伙，見他們神色古怪，身手又甚靈便，晚上便到客店去查探，僥倖查明了他們的底細。」

孫仲壽向田見秀的兩位從人道：「請教兩位尊姓大名。」兩人報了姓名，膚色白淨的叫劉芳亮，黑臉少年名叫崔秋山。朱安國過去拉住崔秋山的手，說了許多讚佩的話。

田見秀和孫仲壽及袁黨中幾個首腦人物到後堂密談。田見秀說道，王將軍盼望大家攜手造反，共同結盟，他們三人是闖將李自成的麾下，闖將是闖王高迎祥的外甥，是三十六營中聲勢最盛的一支。袁黨的人均感躊躇。眾人雖然憎恨崇禎皇帝，決意暗中行刺，殺官誅奸之事也已作了不少，但人人本來都是大明命官，要他們造反，卻是不願，只求刺死崇禎後，另立宗室明君。何況王自用總是「流寇」，雖然名頭極大，但打家劫

舍，流竄擄掠，幹的是強盜勾當，大家心中一直也不大瞧得起。而且三十六營遠在晉陝，也支援不到。袁黨眾人離軍之後，爲了生計，有時也難免做幾椿沒本錢買賣，卻從來不公然自居盜賊。雙方身分不同，議論良久難決。

最後孫仲壽道：「咱們的事已給曹太監知道，如不和王將軍合盟以舉大事，不但剌殺崇禎爲袁督師報仇之事難以成功，只怕曹太監還要派人到處截殺。咱們勢孤力弱，難免遭了毒手。田兄，咱們這樣說定成不成？我們山宗幫王將軍打官兵，王將軍大事成功之後，須得竭力去打建州韃子。咱們話可說明在先，日後王將軍要做皇帝，我們山宗朋友卻不奉命，須得由太祖皇帝子孫姓朱的來做。」

田見秀道：「王將軍和高闖王、李闖將軍都給官府逼迫不過，爲了活命，這才造反，自己決計不想做皇帝，這件事兄弟拍胸擔保。人家叫我們流寇，其實我們只是種田的莊稼漢子，只盼有口飯吃，頭上這顆腦袋保得牢，也就是了。我們東奔西逃，那是無可奈何。憑我們這樣的料子，也做不來皇帝大官。至於打建州韃子嘛，李將軍的心意跟各位一模一樣，平時說起，李將軍對韃子實是恨到骨頭裏去。我們唯闖將李大哥之命是從。李大哥眞是大大的英雄豪傑，爲人仁義，那定是信得過的。」三十六營的盟主雖是王自用，但聽他們言下之意，似對李自成更爲信服。

孫仲壽道：「那再好也沒有了。」袁黨眾人更無異言，於是結盟之議便成定局。

裏面在商議結盟大計，殿上朱安國和倪浩拉著崔秋山的手，走到個僻靜角落裏。

朱安國道：「崔大哥，咱們雖是初會，可是一見如故，你別當我們是外人。」崔秋

山道：「兩位大哥以前打韃子、保江山，兄弟一向是很欽佩的。今日能見到山宗這許多

英雄朋友，兄弟實在高興得很。」倪浩道：「我冒昧請問，崔大哥的師承是那一位前輩

英雄？」崔秋山道：「兄弟的受業恩師，是山西大同府一聲雷白野白老爺子。他老人家

已去世多年了。」朱安國和倪浩互望了一眼，均感疑惑。倪浩說道：「一聲雷白老前輩

的大名，我們是久仰的了。」崔秋山默然不語。朱安國道：「雖然青出於藍，徒弟高過師父的事也

還不及崔大哥。」崔秋山道：「不過有一句話崔大哥請勿見怪。白老前輩武功雖高，但似乎

是常見，但剛才我看崔大哥打倒兩個奸細的身法手法，卻似另有真傳。」

崔秋山微一遲疑，道：「兩位是好朋友，本來不敢相瞞。我師父逝世之後，我機緣

巧合，遇著一位世外高人。他老人家點撥了我一點武藝，但要我立誓不許說他名號，因

此要請兩位大哥原諒。」倪朱兩人見他說得誠懇，忙道：「崔大哥快別這麼說，我們有

一事相求，因此才大膽請問。」崔秋山道：「兩位有甚麼事，便請直言。大家是自己

人，何必客氣？」朱安國道：「這個崔兄弟武藝高強，咱們這

裏沒一個及得上。聽他說話，性格也甚豪爽。」倪浩道：「就是說到師承時有點吞吞吐

吐。」於是覆述了崔秋山的話。

那姓應的名叫應松，是袁崇煥帳下謀士，當年寧遠築城，曾出不少力量。姓羅的名

大千，是著名砲手，寧遠一戰，他點燃紅夷大砲，轟死清兵無數，因功升到參將。應松

道：「咱們不妨直言相求，瞧他怎麼說？」朱安國道：「這事當先問過孫相公。」應松

道：「不錯。」

　　轉到後殿，見孫仲壽和田見秀正談得投契，於是把孫仲壽請出來商量。朱安國等所擅長的是行軍打仗，衝鋒陷陣，長槍硬弩，十盪十決，那是勇不可當，但武學中的拳腳器械功夫，卻均自知不及崔秋山。

　　孫仲壽道：「應師爺，這件事關係幼主的終身，你先探探那姓崔的口氣。」應松點頭答應，與朱安國、倪浩、羅大千三人同去見崔秋山。

　　應松道：「我們有一件事，只有崔大哥幫得這個忙，因此上……」崔秋山見他們欲言又止，一副好生為難的神氣，便道：「兄弟是粗人，各位有甚麼吩咐，只要兄弟做得到的，無不從命。」

　　應松道：「崔兄很爽快，那麼我們直說了。袁督師被害之後，留下一位公子，那時還只七歲。我們跟昏君派來逮捕督師家屬的錦衣衛打了三場，死了七個兄弟，才保全袁督師這點骨血。」崔秋山嗯了一聲。應松道：「這位幼主名叫袁承志，由我們四人教他識字練武。他聰明得很，一教就會，但再跟著我們，練下去進境一定不大。我們身在草莽，防身武功要緊過行軍打仗的本事。」

　　崔秋山已明白他們意思，說：「各位要他跟我學武？」朱安國道：「剛才見崔大哥出手殺賊，武功勝過我們十倍，要是崔大哥肯收這個徒弟，栽培他成材，袁督師在天之靈，定也感激不盡。」說罷四人都作下揖去。

崔秋山還禮後沉吟道：「承各位瞧得起，兄弟原不該推辭，不過兄弟現下是在闖將李大哥軍中，來去無定，常跟官軍接仗，也不知能活到那一天。要袁公子跟我上山外有山，人上有人，自己憑這點微末功夫，居然能挨到今日，算得是僥倖之極，此裏，一則怕我沒空教他，二則委實也太危險。」應松等均想這確是實情，好生失望。

應松把袁承志叫了過來，和崔秋山見面。崔秋山見他靈動活潑，面貌黝黑，全無半分富貴公子嬌生慣養的情狀，很是喜歡。問他所學的武藝，袁承志答了，問道：「崔叔叔，你剛才抓住那兩個壞人，使的是甚麼功夫？」崔秋山道：「那叫做伏虎掌法。」袁承志道：「這樣快，我看都看不清楚。」崔秋山笑道：「你想不想學？」袁承志忙道：

「崔叔叔，請你教我。」

崔秋山向應松笑道：「我跟田將軍說，在這裏多躭幾天，就把這路掌法傳給他吧！」

袁承志和應朱倪三人俱各大喜，連聲稱謝。

次日一早，孫仲壽和張朝唐、楊鵬舉等三人告別，說道：「咱們相逢一場，總算有緣。這裏的事只要洩漏半句，後果如何，也不必兄弟多說。」張楊兩人喏喏連聲。孫仲壽對二人各贈了五十兩銀子盤費，派了兩位兄弟送下山去。

張朝唐和楊鵬舉逕赴廣州，途中更無他故。楊鵬舉遭此挫折，心灰意懶，知道江湖上山外有山，人上有人，自己憑這點微末功夫，居然能挨到今日，算得是僥倖之極，此番若非袁承志這小小孩童一言相救，已變成沒眼睛的廢人，想想暗自心驚，當即向鏢局辭了工，便欲回家務農。張朝唐感他救命之恩，見他心情鬱鬱，便邀他同去浡泥國遊覽

散心。楊鵬舉眼見左右無事，自己又無家累，當即答允。

三人在廣州僱了海船，前往涔泥。楊鵬舉住了月餘，見當地太平安樂，真如世外桃源一般，竟然不興歸意，便在張朝唐之父張信的那督府中擔任個小小職司。每日當差一兩個時辰，餘下來喝酒賭錢，甚是逍遙快樂。

田見秀和孫仲壽等說妥結盟之事，眾人在袁崇煥神像前立下重誓，山宗朋友和闖將相結為友，決不相負。田見秀正要和袁黨著意結納，聽說崔秋山要教袁承志武藝，甚是歡喜，當下和劉芳亮先下山去。

袁黨各路好漢，有的逕去投王自用；有的各歸故鄉，籌備舉事；也有的言明不願造反作亂，但決不洩露機密，也決不跟眾弟兄作對為敵。人各有志，旁人也不勉強。

孫仲壽、朱安國、倪浩、應松等留在山上，詳商袁承志日後的出處。

袁承志自崔秋山答應教他伏虎掌後，歡喜得一夜沒睡好覺。翌日大家忙著結盟，沒功夫理會這事。下午眾人紛紛下山，臨行時每人都和幼主作別，又忙碌了半天。

到得晚上，孫仲壽和應松命人點了紅燭，設了交椅，請崔秋山坐在上面，要袁承志行拜師之禮。崔秋山道：「袁家小兄弟我一見就很喜歡，他愛我這套伏虎掌，我就破費幾天功夫，傳授個大概。但他能不能在這幾天之內學會，學了之後能不能用，可得瞧他的悟性和以後的練習了。這只是朋友之間的切磋，師徒的名份是無論如何談不上的。」

應松道：「只要教得一招兩式，就是終身為師。崔大哥何必太謙？」崔秋山一定不肯，

大家也只得罷了。

眾人知道武林中的規矩，傳藝時別人不便旁觀，道了勞後，便告辭出來。

崔秋山等眾人出去，正色說道：「承志，這套伏虎掌法，是一位前輩高人傳給我的。我不能盡數領會其中的精奧，功夫也著實還差得遠，但在江湖上對付尋常敵人，也已足夠。他老人家傳授這套掌法之時，曾叫我立誓，學會之後，決不能用來欺壓良善，傷害無辜。」袁承志一聽，已明其意，當即跪下，說道：「弟子袁承志，學會了伏虎掌法之後，決不敢欺壓良善，傷害無辜，否則，否則……」他不知立誓的規矩，道：「否則就給崔叔叔打死。」

崔秋山一笑，道：「很好。」忽然身子一晃，人已不見。承志急轉身時，崔秋山已繞到他身後，在他肩頭一拍，笑道：「你抓住我。」

袁承志經過朱安國和倪浩、羅大千三位師父的指點，武功已稍有根基，立即矮身，左手虛晃，右手圈轉，竟不回身，聽風辨形，便向崔秋山腿上抓去。

崔秋山喜道：「這招不錯！」話聲方畢，手掌輕輕在他肩頭一拍，人影又已不見。

承志凝神靜氣，一對小掌伸了開來，居然也護住身上各處要害，眼見崔秋山身法奇快，再也抓他不住，當下不再跟他兜圈子捉迷藏，一步一步退向牆壁，突然轉身，靠著牆壁，笑道：「崔叔叔，我見到你啦！」

崔秋山不能再繞到他身後，停住腳步，笑道：「好，好，你很聰明，伏虎掌一定學得成。」於是一招一式的從頭教他。

44

這路掌法共一百單八式，每式各有變化，奇正相生相剋。承志默默記憶，學了幾遍，已把招式記得大致無誤。崔秋山連比帶說，再把每一招每一變的用法細加傳授。承志武功本有根柢，悟性又強，崔秋山一說，便能領會。一個教得起勁，一個學得用心，直至深夜。

第二天一早，崔秋山在山邊散步，見承志正在練拳，施展伏虎掌一百單八招的變化，於那勾、撇、捺、劈、撕、打、崩、吐八大要訣，居然也能明其大旨，知其精要。崔秋山很是歡喜，當他練到入神之時突然躍前，抬腿向他背心踢去。

承志忽聽背後風聲響動，側身避過，回手便拉敵人右腿，一眼瞥見是崔秋山，急忙縮手，驚叫：「崔叔叔！」崔秋山笑道：「別停手，打下去。」劈面一掌。

承志知他是和自己拆招，當下踏步避過，小拳攢擊崔秋山腰胯，正是伏虎掌第八十九招「深入虎穴」。崔秋山讚道：「不錯，就是這樣。」口中指點，手下不停，和他對拆起來，見承志出招有誤，便即糾正。兩人拳來足往，把伏虎掌一百單八式翻來覆去的拆解。承志見這套掌法變化多端，崔秋山運用時愈出愈奇，歡喜無限，用心記憶。拆解良久，崔秋山見他頭上出汗，知道累了，便停住手，要他坐下休息，一面比劃講解。講了一個多時辰，又叫他站起來過招。

兩人自清晨直至深夜，除了吃飯之外，不停的拆練掌法。如此練了七日，到了第八天晚上，崔秋山道：「我所會的已全部傳了給你，你要好好記住。日後是否有成，全憑你自己練習了。臨敵時局面千變萬化，七分靠功夫，三分靠機靈，一味蠻打，決難取

勝。」承志點頭受教。崔秋山道：「明天我就要回到李將軍那裏，今後盼你好好用功。傳我掌法的那位高人教我，武學高低的關鍵，是在頭腦而不在手腳，因此多想比多練更要緊。可惜我的腦筋實在不大靈光，難有太大進境，盼你日後練得能勝過了我。」

袁承志和崔秋山相處雖只八九天，但他把伏虎掌法傾囊以授，教誨之勤，顯見眷愛之深，聽說明天就要分手，不覺眼眶紅了，便要掉下淚來。崔秋山見他對自己甚是依戀，也不由得感動，輕輕撫摸他頭，說道：「似你這般聰明資質，武林中實在少見，可惜我們沒機緣長久相聚。」袁承志道：「崔叔叔，我跟你到李將軍那裏。」崔秋山笑道：「你這樣小，那怎麼成？我們跟著李將軍，時時刻刻都在拚命，飽一頓飢一頓，今天不知明天的事。」

正說話間，忽聽得屋外有野獸一聲怪叫，承志奇道：「那是甚麼？不是老虎，也不是狼。」崔秋山道：「是豹子。」靈機一動，道：「咱們去把豹子捉來，我有用處。」承志大為興奮，忙問：「甚麼用處？」崔秋山笑而不答，匆匆走了出去。承志忙跟出去，見他不帶兵刃，又問：「崔叔叔，你用甚麼兵器打豹子？」

崔秋山不從正門出去，走到內進孫仲壽房外，叫道：「朱大哥、倪大哥都在麼？」朱安國等在房內聚談，聽得叫聲，開門出來。崔秋山笑道：「請各位幫手，把外面那豹子逼進屋來，我有用處。」倪浩是殺虎能手，連說：「好，好。」拿了獵虎叉，搶先出門。崔秋山叫道：「倪大哥，別傷那畜生。」倪浩遙遙答應，不一會，呼喝聲已起。崔秋山和朱安國、羅大千三人也縱出門去。袁承志拿了短鐵槍想跟出去。孫仲壽道：「承

46

志，別出去，咱們在這裏看。」袁承志無奈，只得和孫仲壽、應松三人憑在窗口觀看。

只見三人拿了火把，分站東西北三方。倪浩使開獵虎叉，在山邊和一頭軀體巨大的

金錢豹正自翻翻滾滾的拚鬥。他一柄叉護住全身，不讓豹子撲近，卻也不出叉戳刺。豹

子見到火光，驚恐想逃，卻給朱、崔、羅三人阻住去路。豹子見崔秋山手中沒兵器，大

吼著向他撲來。崔秋山閃身避開利爪，右掌在豹子額頭一擊，豹子登時翻了個觔斗，轉

身向南。南面房門大開，豹子不肯進屋，東西亂竄，但給眾人逼住了，無路可走。崔秋

山縱身而前，在豹子後臀上猛力一腳。豹子負痛，吼叫一聲，直竄進屋。

那時應松已把各處門戶緊閉，僅留出西邊偏殿的門戶。豹子見兩人手持火把追來，

東爬西搔，胡胡吼叫，奔進西殿。羅大千關上殿門，一頭大豹已關在殿內。

眾人都很高興，望著崔秋山，不知他要豹何用。崔秋山笑道：「承志，你進去打

豹！」此言一出，眾人都吃了一驚。孫仲壽道：「這怕不大妥當吧？」崔秋山道：「我

在旁邊瞧著，這畜生傷不了他。」承志道：「好！」挺了短槍，就去開門。崔秋山道：

「放下槍，空手進去！」

袁承志一怔，隨即會意是要他以剛學會的伏虎掌打豹，不禁膽怯。崔秋山道：「你

怕了麼？」承志更不遲疑，拔開殿門上木塞，推門進去，只聽「胡」的一聲巨吼，一團

黑影迎面撲來。他右腿後挫，讓開來勢，反手出掌，打在豹子耳上，使的正是伏虎掌法

中的「羅漢傳經」。這掌雖然打中，可是手小無力，豹子不以為意，回頭便咬。袁承志竄

到豹子背後，拉住豹尾急扯。

這時崔秋山已在旁衛護，惟恐豹子猛惡，承志制牠不住，但見他所學伏虎掌法已使得頗熟，豹子三撲三抓，始終沒碰到他衣衫，反中了他一掌一腳，心下暗喜。

孫仲壽等見承志空手鬥豹，雖說崔秋山在旁照料，畢竟關心，各人拿了火把，站在殿角旁觀。朱安國和倪浩手扣暗器，以便緊急時射豹救人。火光中承志騰挪起伏，身法靈活，初時還東逃西竄，不敢和豹子接近，後來見所學掌法施展開來妙用甚多，閃避攻擊，得心應手，不由得越打越精神。

他見手掌打上豹身並無用處，突然變招，改打為拉，每一掌擊到，回手便扯下一把毛來。豹子受痛，吼叫連連，對他的小掌也有了忌憚，見他手掌伸過來時，不住吼叫退避，露齒抵抗。但承志手法甚快，豹子每每閃避不及，一時殿中豹毛四處飛揚，一頭好好的金錢豹子，給他東一塊西一塊的扯去了不少錦毛。眾人都笑了起來。

豹毛雖給他扯去，但空手終究制牠不住，酣鬥中他突使一招「菩薩低眉」，矮身正面向豹子衝去。豹子受驚，退了兩步，隨即飛身前撲，一剎那間，承志已在豹子腹下。

倪浩大驚，雙鏢飛出。那豹伸右腳撥落雙鏢。這時承志卻已不見。眾人凝目看時，只見他躲在豹子腹底，一雙腿勾住豹背，腦袋頂住豹子下頦，叫牠咬不著抓不到。豹子猛跳猛竄，翻身打滾，承志始終不放。他知時刻久了，自己力氣不足，只要一鬆手腳，不免傷於豹子爪牙，忙叫：「崔叔叔，快來！」

崔秋山道：「取牠眼睛！」一言提醒，承志右臂穿出，兩根手指插向豹子右眼，豹子痛得狂叫，竄跳更猛。崔秋山踏上幾步，蓬蓬連環兩掌，將豹子打得頭昏腦脹，翻倒

48

在地，隨即一把抱起承志，笑道：「不壞，不壞，眞難爲你了。」

孫仲壽等人俱已驚得滿頭大汗，均想：「崔秋山爲人雖然不錯，但在李自成手下，每日裏幹的盡是亡命生涯，大膽妄爲。他不知袁公子這條命可有多尊貴。」又想：「袁公子經他教了八天，武藝果然大有長進。」崔秋山打開殿門，在豹子後臀上踢了一腳，笑道：「放你走吧！」那豹子直竄出去，忽然外面有人驚叫起來。

眾人只道豹子奔到外面傷了人，忙出去看時，這一驚非同小可。只見滿山都是點點火光，火光照耀下刀槍閃閃發亮，原來官兵大集，圍攻聖峯嶂來了。看這聲勢，要脫逃實非容易。在山下守望的黨人想來均已被害，是以事前毫無警報，而敵兵突然來臨。

孫仲壽等身經百戰，雖然心驚，卻不慌亂，均想：「可惜山上的弟兄都已散了，否則當年在寧遠大戰，十幾萬韃子精兵，也給我們打得落荒而逃，又怎怕你們這些廣東官兵？」其時遼朔兵精，甲於天下，袁崇煥的舊部向來不把南方官兵放在眼裏。

孫仲壽當即發令：「羅將軍，你率領煮飯、打掃、守祠的衆兄弟到東邊山頭放火吶喊，作爲疑兵。」羅大千應令去了。孫仲壽又道：「朱將軍、倪將軍，你們兩位到前山去，每人各射十箭，教官兵不敢過份逼近，射後立刻回來。」朱倪二人應令去了。

孫仲壽道：「崔大哥，有一件重任要交託給你。」崔秋山道：「要我保護承志？」孫仲壽道：「正是。」說著和應松兩人拜了下去。崔秋山吃了一驚，連忙還禮，說道：

「兩位有何吩咐，自當遵從，休得如此。」

只聽得喊聲大作，又隱隱有金鼓之聲，聽聲音是山上發出，原來羅大千已把祠中的

大鼓大鐘抬出來狂敲猛打，擾亂敵兵。孫仲壽道：「袁督師只有這點骨血，請崔大哥護送他脫險。」崔秋山道：「我必盡力。」

這時朱安國和倪浩已射完箭回來。孫仲壽道：「我和朱將軍一路，會齊羅將軍後，從東邊衝下，應先生和倪將軍一路，從西邊衝下。我們先衝，把敵兵主力引住。崔大哥和承志再從後山衝下，大家日後在李闖將軍那裏會齊。」眾人齊聲答應。

承志得應松等數載教養，這時分別，心下甚是難過，跪下去拜了幾拜，說道：「孫叔叔、應叔叔、朱叔叔、倪叔叔，我，我……」喉中哽住了說不下去。孫仲壽道：「你跟著崔叔叔去，要好好聽他的話。」承志點頭答應。

只聽得山腰裏官兵發喊，向山上衝來，應松道：「我們走吧。崔大哥，你稍待片刻再走。」眾人各舉兵刃，向下衝去。

倪浩見崔秋山沒帶兵器，把虎叉向他擲去，說道：「崔大哥，接住。」崔秋山道：「還是倪兄自己用吧！」接住虎叉想擲還給他。倪浩已去得遠了，於是右手持叉，左手拉著袁承志向山後走去。只見後山山坡上也滿是火把，密密層層的不知有多少官兵。山下箭如飛蝗，亂射上來，崔秋山退回祠中，跑到廚下，揭了兩個鍋蓋，一大一小，自己拿了大的，把小鍋蓋遞給承志，說道：「這是盾牌，走吧！」兩人展開輕身功夫，向黑暗中竄去。

不一會，官兵已發現兩人蹤跡，吶喊聲中追來，數十枝箭同時射到。

崔秋山擋在承志身後，揮動鍋蓋，一一擋開來箭，只聽得登登登之聲不絕，不少箭

枝射上鍋蓋。兩人直闖下山。眾官兵上來攔阻，崔秋山使開獵虎叉，又刺桿打，霎時傷了十多名官兵，承志的短鐵槍雖難以傷人，卻也儘可護身。官兵見是個幼童，也不怎麼理會。片刻間兩人已奔到山腰。

剛喘得一口氣，忽聽喊聲大作，一股官兵斜刺裏衝到，當先一名千戶手持大刀，惡狠狠的砍來。崔秋山舉叉架開，覺他臂力頗大，一叉「毒龍出洞」，直刺過去。那千戶舉刀格開，叫道：「弟兄們上啊！」崔秋山不願戀戰，舉鍋蓋向那千戶一晃。那千戶向右閃避，崔秋山大喝一聲，手起叉落，從他脅下插了進去，待拔出叉來，轉頭卻不見了承志，不禁大驚，只見左邊一羣人圍著吆喝。

他大踏步趕過去，挺叉亂戳，官兵紛紛閃避，奔到近處，果見承志給圍在垓心，手中短鐵槍已遭打落，正展開伏虎掌法和三名官兵對敵，畢竟年幼力弱，掌法又是初學，左支右絀，情勢危急。崔秋山更不打話，唰唰兩叉，刺倒兩名官兵，左手拉了承志便走。官兵大叫追來，崔秋山陡然回頭，唰唰兩叉，又刺倒了追得最近的兩名官兵，再踏上一步，又桿下抄，挑起一名官兵，直擲在山石之上。那兵登即跌死。

眾官兵見他勇悍，嚇得止步不追。崔秋山把承志挾在脅下，展開輕功提縱術，直向黑暗無人處竄去，不一會便和眾官兵離得遠了。

崔秋山放下承志，問道：「沒受傷吧？」承志舉手往臉上抹汗，只覺黏膩膩的，月光下一看，滿手是血，看崔秋山時，臉上、手上、衣上，盡是血跡斑斑，說道：「崔叔，血……血……」崔秋山道：「不要緊，是敵人的血，你身上有那裏痛麼？」承志

51

道：「沒有。」崔秋山道：「好，咱們再走！」

兩人矮了身子，在樹叢中向下趕行，走了小半個時辰，樹叢將完，崔秋山探頭前望，見山下火把明亮，數百名官兵守著，悄聲道：「不能下去，後退。」兩人回身走了數百步，見有個山洞，洞前生著一排矮樹，便鑽進洞去。

承志畢竟年幼，雖身在險地，疲累之餘，躺下不久便睡著了。崔秋山把他輕輕抱起，倚在自己懷裏，側耳靜聽。只聽呼喊聲連續不斷，過了一會，眼見山頂黑煙冒起，紅光沖天，想是袁崇煥的祠堂給官兵燒了。又過半個多時辰，聽得山上吹起號角，崔秋山跟官兵大小打過數十仗，知是收隊下山的號令。不一會，大隊人馬之聲經身旁過去，崔秋絡繹不絕，原來這山洞就在官兵下山道路之旁。

再過一會，忽聽外面樹叢中有人坐了下來，崔秋山右手提起鋼叉，左手放在承志嘴邊，防他在夢中發出聲響，凝神靜聽。只聽一人喝道：「那姓袁的逆賊留下一個兒子，到那裏去了？」這句話聲音很響，登時把承志吵醒。崔秋山左手輕輕按住他嘴。

聽得那人喝道：「你說不說？不說我先砍斷你一條腿。」一個聲音罵道：「你砍就砍！我們在邊庭上一刀一槍打韃子，豈能怕你？」聽口音正是應松的聲音。承志悄聲道：「應叔叔！」那人又罵：「你真的不說？」應松呸的一聲，似乎一口唾沫吐向他的臉上，接著一聲慘叫，似乎已給他一刀砍傷。

承志再也忍耐不住，用力掙脫了崔秋山拉住他的手，大叫一聲：「應叔叔！」直竄出去。火光中見一人正提刀向摔跌在地的應松砍落，他和身縱上，施展伏虎掌中的左擊

52

右擒之法，一拳正中那人右眼。那人只覺眼中金星直冒，手腕一痛，手中刀已給奪去。承志順手揮刀，砍中他肩頭，雖然力弱，沒把一條肩膀卸下，也已痛得他怪聲大叫。眾官兵出其不意，都吃了一驚，登時逃散，待得看清楚只是個幼童，當即回轉身來，刀槍並舉，眼見就要把他砍成碎塊。

突然火光中一柄鋼叉飛出，各官兵虎口劇震，兵刃紛紛離手。崔秋山一把抓住承志後心，直縱出去。但見他脅下挾著個幼童，但仍縱跳如飛，迅捷異常，一名番子取出一枝甩手箭，使足手勁，擲了出去。

崔秋山這一露形，奉太監曹化淳之命前來搜捕的東廠番子之中，便有四名好手跟蹤下來。崔秋山聽得腦後生風，立即矮身，那枝箭從頭頂飛了過去，就這麼停得一停，另一人已扣住三枝鋼鏢，連珠發出。崔秋山把承志往地下放落，左手迴抄，接住兩枝鋼鏢，避開了第三枝，正待發回，敵人的袖箭、飛蝗石已紛紛打來。崔秋山手接叉撥，閃避暗器，拉著承志向山下逃去。

四名番子見崔秋山武功精強，不敢再追，站定了破口大罵，紛發暗器，居高臨下，勢頭甚勁。

崔秋山黑暗中聽得颼颼之聲不絕，忙把承志拉在胸前，竄高伏低的閃避，畢竟手中抱了人，縱跳不便，避開了右邊打來的三枝菩提子，只覺左腿一痛，已中了一枚短箭。

崔秋山黑暗中聽得颼颼之聲不絕，避開了右邊打來的三枝菩提子，只覺左腿一痛，已中了一枚短箭。傷處剛痛過，立即發癢，心中大驚，知道箭上有毒，不敢停留，急向山下奔逃，但這一

來，毒發更快，再跑得幾步，左腿麻痺，一個踉蹌，跌倒在地。承志大驚，急叫：「崔叔叔。」四名番子見他跌倒，高呼大叫，隨後趕來。

崔秋山道：「承志，快走，快走，我擋住他們。」袁承志雙掌一錯，躍到崔秋山身後，只待擋敵。崔秋山心想：「憑你這點功夫，居然想保護我。」但心中也自感動。

轉眼間敵人追到，兩個使刀的奔在最前。使鬼頭刀的人想生擒活捉，翻轉刀背，向承志足踝上擊來。承志躍起避過。

崔秋山撐起右腿，半跪在地，在地下抓起一塊石頭向使雙刀的頭上擲去。那人待要避讓，已然不及，石塊正中他額頭，登時暈倒。使鬼頭刀的人一呆，崔秋山和身撲上，十指緊緊鉗住他喉嚨，那人揮刀向崔秋山臂上砍來，崔秋山手上加勁，那人這一刀雖然砍中，卻已無力，片刻間便即氣絕而死。其餘兩人見敵人兇悍，嚇得魂飛魄散，連忙逃回。崔秋山臂上流血，幸好傷勢不重，但左腿已全無知覺。

他咬緊牙關，拾起刀撐在地下，左手握住，站了起來。這時敵人雖已逃走，但不久定然召援再來，當地決計不能多留，只得左腿虛懸，向山下走去。袁承志站在他右邊，讓他右手搭在自己肩上，一跛一拐的向前趕路。

走了一陣，崔秋山左腿毒性向上延伸，牽動左手也漸漸無力，只得以右手支撐。袁承志只覺肩頭越來越重，但他一聲不哼，奮力扶持著崔秋山前行。

又走一陣，兩人實已筋疲力盡。袁承志見山邊有間農舍，說道：「崔叔叔，前面有人家，咱們進去躲一躲。你再熬一下吧！」崔秋山點點頭，勉力拖著半邊身子向前挨

54

去，到得門邊，全身脫力，摔倒在地。

袁承志大驚，俯身連叫：「崔叔叔！」農舍門呀的一聲開了，出來個中年婦人。袁承志道：「大娘，我們遇到官兵。我叔叔受了傷，求求你讓我們借宿一晚。」

那農婦叫出一個十六七歲的少年，命他幫著把崔秋山扶進去，拼起三條長凳，讓他躺下。崔秋山中毒不淺，虧得武功精湛，心智倒沒昏亂，叫承志把油燈移近左腿處察看。兩人都嚇了一跳，原來那左腿已腫大了幾乎一半，紫中帶黑，甚是怕人。

崔秋山請那農家少年裹好他臂上傷口，再用布條在自己左腿腿根處用力纏緊，以防毒氣攻心，然後抓住箭羽，用力拔出，跟著流出來的都是黑血，但腿子腫大，嘴巴夠不到。承志俯下身去，把傷口中的黑血一口口的吸了出來，吐在地下，吸了三四十口之後，血色才漸變紅。崔秋山歎了口氣道：「這毒藥總算還不是最厲害的那種。你快漱口。」那農婦在旁瞧著，不住唸佛。

次日午後，那少年報說官兵已經退盡。崔秋山腿腫漸消，但全身發燒，胡言亂語起來。承志沒了主意，只急得要哭。

那農婦道：「這位小官，我瞧你叔叔的毒氣還沒去盡，總得到鎮上請大夫瞧瞧才好。」袁承志道：「是、是，可是怎麼去？」那農婦心腸甚好，借了輛牛車，命少年送了他們到鎮上。崔袁兩人出來時身上都沒帶錢，袁承志不知如何是好，望著床上昏迷不醒的崔秋山發愁。店伴來問吃甚麼東西，承

55

志答不上來，只好推說不餓，一個人坐著想哭。

過了良久，崔秋山終於醒來，袁承志忙問他怎麼辦。崔秋山道：「你身上帶著甚麼值錢的東西沒有？」袁承志道：「這項圈成嗎？」說著從衣內貼肉處除了下來。崔秋山一看，見項圈是金的，鑲著八顆小珍珠，項圈鎖片上刻著「富貴恆昌」四個大字，還有兩行小字，一行是「袁公子承志週歲之慶」，一行是「小將趙率教敬贈」，才知是承志做週歲時，他父親部下大將趙率教所贈。

趙率教和祖大壽、何可綱、滿桂三人是袁崇煥部下的四大名將。當年寧錦大捷，趙率教率部殺傷清兵甚眾，官封左都督、平遼將軍。崇禎二年十月，清兵繞過山海關，由大安口入寇京師，袁崇煥率四將千里回援，反為崇禎見疑而下獄。趙率教和滿桂出戰，先後陣亡。祖大壽與何可綱憤而率部自行離去，後來袁崇煥在獄中寫信去勸，祖何二將才再歸朝抗敵，守衛京師。

趙率教是袁崇煥部下名將，天下知聞，但這時崔秋山迷迷糊糊，未能細想，便道：「叫店伴陪你到當舖去，把項圈當了吧，將來咱們再來贖回。」袁承志說：「好，我就去。」於是請店伴同去鎮上的當舖。

當舖朝奉拿到項圈，一看之下，吃了一驚，問道：「小朋友，這項圈你從那裏來的？」袁承志道：「是我自己的。」那朝奉臉色登時變了，向袁承志上上下下打量良久，說道：「你等一下。」拿了項圈到裏面去，半天不出來。袁承志和那店伴等的著急，又過了好一會，那朝奉才出來，說道：「當二十兩。」袁承志也不懂規矩，還是那

56

店伴代他多爭了二兩銀子。袁承志拿了銀子和當票，順道要店伴陪去請了大夫，這才回店，那知身後已暗暗跟了兩名公差。

袁承志回到店房，見崔秋山已沉沉睡熟，額上仍然火燙，大夫還沒到來。他心中焦急，走到店門外面張望，忽見七八名公差手持鐵鍊鐵尺，搶進店來。一人說道：「就是這孩子！」為首的公差喝道：「喂，孩子，你姓袁嗎？」

袁承志嚇了一跳，道：「我不是。」那公差哈哈一笑，從懷中掏出那個金項圈來，說道：「這項圈你那裏偷來的？」承志急道：「不是偷的，是我自己的。」那公差笑道：「袁崇煥是你甚麼人？」承志不敢回答，奔進店房，猛力去推崔秋山，只聽得外面公差喊了起來：「聖峯嶂的奸黨躲在這裏，莫讓逃了。」崔秋山霍地坐起，要待掙下地來，卻那裏能夠？腳剛著地，便即跌倒。

眾公差湧到店房門口，承志不及去扶崔秋山，縱出門來，雙掌一錯，擋在門口，當時心中只一個念頭：「決不能讓他們捉了崔叔叔去。」

門外是個大院子，客店中夥計客人聽說捉拿犯人，都擁到院子裏來瞧熱鬧，見七八名公差對著一個十歲左右的孩子發威，均覺奇怪。

只見一名公差抖動鐵鍊，往承志頭上套去。承志退後一步，仍攔在門外，不讓公差進門。那公差抖動鐵鍊套人，本是吃了十多年衙門飯的拿手本事，手到擒來，百不失一，豈知一個小小孩童居然身手敏捷，這一下竟沒套住，老羞成怒，伸右手來揪他頭上的小辮子。承志見這許多公差聲勢洶洶，本已嚇得要哭，但見對方伸手抓到，自然而然的使

出伏虎掌法中的「橫拖單鞭」，在他手腕上一拉。那公差腳步踉蹌，險些跌倒，怒火更熾，飛腿猛踢，罵道：「小雜種，老子今日要你好看。」

承志蹲下身來，雙手托住他大腿和後臀，借力乘勢，向外推送，那公差肥肥一個身軀登時凌空飛出，砰的一聲，結結實實的摔落。承志本來也沒這麼大氣力，全是乘著那公差腳踢之勢，斜引旁轉，將他狠狠摔了一交。這一招仍是伏虎掌法。

旁觀眾人齊聲叫好。他們本來憤恨大人欺侮小孩，何況官府公差橫行霸道，素為眾百姓所側目切齒，這時見公差落敗，更敗得如此狼狽，不由得大聲喝采。

其餘的公差也都一楞，暗想這孩子倒有點邪門，互使眼色，手舉單刀鐵尺，齊擁而上。旁觀眾人見他們動了傢伙，俱都害怕，紛紛退避。承志雖學了數年武藝，畢竟年幼，又敵不過對方人多，無可奈何之中，只有奮力抵擋。不久肩頭便吃鐵尺重重打中了一下，忍不住便哭出聲來。

正在危急之際，忽然左邊廂房中奔出一條大漢，飛身縱起，落在承志面前，伸出雙手亂抓亂拿，也不知他使了甚麼手法，頃刻之間，已把眾公差的兵刃全都奪下。幾名公差退得稍遲，吃他幾拳打得眼青口腫。這大漢啊啊大叫，聲音古怪。

一名公差喝道：「我們捉拿要犯，你是甚麼人？快快滾開。」那大漢全不理會，身子一晃，已欺到他身前，右手抓住他胸口，往外擲出。那公差猶如斷線鳶子一般，悠悠晃晃的飛出，砰蓬一聲，摔得半死。其餘的公差再也不敢停留，一鬨出外。

那大漢走到承志跟前，雙手比劃，口中啞啞作聲，原來是個啞巴，似在問他來歷。

承志不知如何告訴他才好，甚是焦急。

那大漢忽然左掌向上，右掌向地，從伏虎掌的起手式開始，練了起來，打到第十招「避撲擊虛」便收了手。袁承志會意，從第十一招「橫端虎腰」起始，接下去練了四招。

那啞巴一笑，點點頭，伸臂將他抱起，神態甚是親熱。

袁承志指指店房，示意裏面有人。那啞巴抱著他進房，見崔秋山坐在地下，臉色猶如死灰，吃了一驚，放下承志，走上前去。崔秋山卻認得他，做做手勢，指指自己的腿。那啞巴點頭，左手牽著承志，右手抱起了崔秋山，大踏步走出客店。崔秋山是條一百幾十斤重的大漢，但啞巴如抱小孩，毫不費力，步履如飛的出去。

兩名公差躲在路旁，見那啞巴向西走去，遠遠跟隨，想是要知道他落腳之所，再邀人大舉拿捕。

這時崔秋山又昏了過去，人事不知。啞巴聽不到身後聲息，袁承志拉拉啞巴的手，嘴巴向後一努。啞巴回過頭來，見到了公差，卻似視而不見，續向前行。

走出兩三里路，四下荒僻無人，啞巴忽把崔秋山往地下一放，縱身欺近。兩公差轉身想逃，那裏來得及，早給他一手一個，揪住後心，直向山谷中摔了下去，長聲慘呼下，先後跌死。

啞巴摔死公差，抱起崔秋山，健步如飛的向前疾走。這一來承志可跟不上了，他勉力對付，兩條小腿拚命搬動，但只跑了里許，已氣喘連連。啞巴一笑，俯身把他抱在手中，他雙手分抱兩人，反而跑得更快，跑了一會，折而向左，朝山上奔去。

59

翻過兩個山頭，只見山腰中有三間茅屋，啞巴逕向茅屋跑去。快要到時，屋前一人

迎了過來，走到臨近，是個二十多歲的少婦。她向啞巴點了點頭，見到崔袁兩人，似感

訝異，和啞巴打了幾個手勢，領著他們進屋。

那少婦叫道：「小慧，快拿茶壺茶碗來。」一個女孩的聲音在隔房應了一聲，提了

一把粗茶壺和幾隻碗過來，怔怔的望著崔袁兩人，一對圓圓的眼珠骨溜溜的轉動。

那少婦粗衣布裙，長身玉立，面目姣好，那女孩也甚靈秀。

那少婦向袁承志道：「這孩子，你叫甚麼名字？怎麼遇上他的？」袁承志知她是啞

巴的朋友，於是毫不隱瞞的簡略說了。

那少婦聽得崔秋山中毒受傷，忙拿出藥箱，從瓶中倒出些白色和紅色的藥粉，混在

一起，調了水給崔秋山喝了，又取出一把小刀，將他腿上腐肉刮去，敷上些黃色的藥

末，過了一陣，用清水洗去，再敷藥末。這般敷洗了三次，崔秋山哼出聲來。那少婦向

承志一笑，說道：「不妨事了。」打手勢叫啞巴把崔秋山抱入內堂休息。

那少婦收拾藥箱，對承志道：「我姓安，你叫我安嬸嬸好啦。這是我女兒，她叫小

慧，你就就在我這裏。」袁承志點點頭。安大娘隨即下廚做麵。承志吃過後，疲累了一

天一夜，再也支持不住，便伏在桌上睡著了。

次晨醒來時發覺已睡在床上。小慧帶他去洗臉。承志道：「我去瞧瞧崔叔叔，他傷

勢好些麼？」小慧道：「啞巴伯伯早揹了他去啦！」承志驚道：「當真？」小慧點點

頭。承志便奔到內室，果然不見崔秋山和啞巴的蹤影。他茫然無主，哇的一聲哭了出來。

小慧忙道：「別哭，別哭！」承志那裏肯聽。小慧叫道：「媽媽，媽媽，快來！」安大娘聞聲趕來。小慧道：「他見崔叔叔他們走了，哭起來啦！」

安大娘說道：「好孩子，你崔叔叔受了傷，很厲害。不過不能當真治好，因此啞巴伯伯揹他去請另外一個人醫治。等他醫好之後，就會來瞧你的。」承志慢慢止了哭泣。安大娘又道：「我只能暫行救他，讓他傷口的毒氣不行開來。不過不能當真治好，因此啞巴伯伯揹他去請另外一個人醫治。等他醫好之後，就會來瞧你的。」承志慢慢止了哭泣。安大娘道：「他就會好的。快洗臉，洗了臉咱們吃飯。」

吃過早飯後，安大娘要他把過去的事再詳詳細細說一遍，聽得不住歎息。就這樣，承志便在安大娘家中住了下來。

安大娘叫他把所學武功練了一遍，看後點點頭說：「也真難為你了。」此後安大娘每日叫他自行練武，不管練得好不好，卻從不加指點，在他練的時候也極少在旁觀看。

小慧本來常跟他在一起，在他練武之時，卻總讓媽媽叫了開去。

承志從小沒了父母，應松、朱安國等人雖對他照顧周到，但這些叱吒風雲的大將，照料孩子總不在行。現下安大娘對他如慈母般照料，親切周到，又有小慧作伴，這時候所過的，可說是他近年來最溫馨的日子了。只是每日裏記掛崔叔叔何時回來。

如此過了十多天，這一日安大娘到鎮上去買油鹽等物，還要剪些粗布，給承志縫一套衫褲。那日他在聖峯嶂遇難，連滾帶爬，衣服給山石樹枝撕得甚是破爛。安大娘雖早

給他縫補好了，但滿身補釘，總不好看。安大娘叮囑兩個孩子在家裏玩，別去山裏，怕遇上狼。兩個孩子答應了。

安大娘走後，兩個孩子果然聽話不出，在屋裏講了幾個故事，又捉了半天迷藏，後來拿些小碗小筷，假裝煮飯。小慧道：「你在這裏殺雞，我去買肉。」所謂殺雞，是把蘿蔔切成一塊一塊，而買肉則是在門口撿野栗子。

小慧去了一會，好久不見回來，袁承志大叫：「小慧，小慧。」不見答應，想起安大娘的話，怕真遇上了狼，忙在灶下拿了一根火叉，衝出門去。

剛出大門，一驚非小，只見小慧給一個武官挾在脅下，正要下山，小慧大聲叫喊掙扎。承志大喊一聲，挺叉向那武官背後刺去。那武官大漢猝不及防，總算承志人矮，沒刺到背心，後臀卻已重重的吃了一叉，只是火叉頭鈍，刺不入肉。大漢大怒，放下小慧，拔出單刀，轉身砍來。承志曾跟倪浩學過槍法，將火叉照著「岳家神槍」槍法使了開來，竟有攻有守，和那大漢對打。

那大漢力大刀勁。承志仗著身法靈便，居然也對付著拆了十來招。那大漢見戰不下一個小孩，心中焦躁，雙腿略蹲，刀法忽變。那大漢起初出招，倒有一大半都砍空了，只因承志身矮，大漢砍向對方上身的刀招，全都砍空了，他覺察之後，便改使地堂刀法，只是覺得對付一個小小孩童，不必小題大做，是以並不躺下地來。

這一來承志登感吃力，正危急間，忽見安小慧拿了一柄長劍，挺劍向大漢身上刺去。大漢罵道：「呸！你這小妞也來找死。」單刀橫砍，想震去她手中長劍。小慧身手

小孩鬧了個手忙腳亂，回劍剌向大漢後胯，同時承志也已挺火叉剌去。那大漢一時竟給兩個

袁承志起初見小慧過來幫手，擔心她受傷，但三招兩式之後，見她身手便捷，劍法

使得也頗純熟，他小孩好勝，不甘落後，一柄火叉使得更加緊了。

那大漢見兩個小孩的槍法和劍法竟都頭頭是道，然而力氣太小，總歸無用，於是封

緊門戶，又笑又罵的一味游鬥。耗了一陣，兩個小孩果然支持不來了。

那大漢提起單刀，對準小慧長劍猛力劈去，小慧避讓不及，長劍給單刀碰上，拿捏

不住，登時脫手飛出。承志大駭，火叉在大漢面前作勢虛晃。大漢舉刀架開，飛腳踢倒

小慧。袁承志不顧性命的舉叉力攻，但心中慌亂，火叉已使得不成章法。

大漢哈哈大笑，上步揮刀當頭砍下。承志橫叉招架，大漢左手已拉住叉頭，用力旁

扭。承志只覺虎口劇痛，火叉脫手。那大漢不去理他，隨手把火叉擲落，奔到小慧身

旁，右手抄出，已抱住她腰，向前奔去。

袁承志手上雖痛，但見小慧被擒，拾起火叉隨後趕來。大漢罵道：「你這小鬼，不

要性命了？」左手抱住小慧，右手挺刀回身便砍，拆得五六招，袁承志左肩給單刀削去

一片衣服，皮肉也已受傷，鮮血直冒。大漢笑道：「小鬼，你還敢來麼？」拿了火叉，緊追不捨。那

袁承志竟不畏縮，叫道：「你放下小慧，我就不追你。」

大漢怒從心起，惡念頓生，想道：「今日不結果這小鬼，看來他要糾纏不休。」大喝一

聲，回身挺刀狠砍，數合拆過，右腳橫掃，踢倒承志，再不容情，舉刀砍落。

63

小慧大驚，雙手拉住大漢手臂，狠狠在他手腕上咬落。大漢吃痛，哇哇怒吼，承志乘機滾開。大漢反手打了小慧個耳光，又舉刀向承志砍來。承志側身急避，吃他刀尖在額上帶過，左眉上登時劃了道口子，鮮血直流。

大漢料想他再也不敢追來，提了小慧就走。那知承志猶如瘋了一般，緊緊抱住大漢左腳，百忙中還使出伏虎掌法，一招「倒扭金鐘」，將他左腿扭轉。承志秉承著父親那股寧死不屈的倔強性子，雖情勢危急，仍不讓小慧給敵人擒去。

那大漢又痛又氣，右腿起處，把他踢了個觔斗，舉刀正要砍下，忽聽背後有人喝斥，跟著後腦上咚的一聲，一陣疼痛，後頸中跟著濕淋淋、黏膩膩地，不知是不是給人打得後腦杓子流血，驚惶中回過頭來，只見安大娘雙手揚起，站在數丈之外。

那大漢知她厲害，捨了承志，抱住小慧要走。安大娘右手連揚，三枚雞蛋接連向他面門打去。大漢東躲西閃，避開了兩枚，第三枚再也閃避不開，撲的一聲，正中鼻樑，滿臉子都是蛋黃蛋白。安大娘從籃中一掏，摸到最後一枚雞蛋，又是一下打在他左目之上。

那大漢罵道：「他奶奶的，你不炒雞蛋請老子吃，卻用雞蛋打老子！」拋下小慧，左手在眼上抹了幾下，舉刀向安大娘殺來。安大娘手中沒兵刃，只得連連閃避。

承志見她危急，挺叉叉向大漢後心刺去，他見來了幫手，精神大振，一柄火叉挑刺遮攔，「岳家神槍」的槍法居然使得有三分影子。

安大娘緩出了手，靈機一動，從籃中取出買來給承志做衣衫的一疋布，迎風抖開，

她手勁不弱，雖是枚雞蛋，卻也打得他頭暈眼花。

拋入身後小溪，跟著撿起三塊石子向大漢打去。那大漢既要閃避石子，又要招架承志的火叉，連退了三步。

安大娘拿起浸濕的布疋，喝道：「胡老三，你乘我不在家，上門來欺侮小孩子，算是那一門子的好漢？」呼喝聲中，濕布已向大漢迎面打去。她的內力雖還不足以當真束濕成棍，把濕布當作棍子使，但長布浸水，揮出來卻也頗有力道。胡老三皺起眉頭，抬腿把袁承志踹倒，與安大娘鬥了起來。袁承志爬起身來，挺火叉再鬥。

安大娘的武功本就在胡老三之上，此時心中憤恨，一定濕布揮出來更加有力。胡老三背上連給布端打中，水珠四濺，只覺背心隱隱發痛，出手稍慢，單刀突為濕布裏住。

安大娘用力迴扯，胡老三單刀脫手。

他縱出兩步，獰笑道：「我是受你老公之託，來接他女兒回去。陰魂不散，總有一天再找上你。小潑婦，我們錦衣衛的人你也敢得罪，當真不怕王法麼？」安大娘秀眉直豎，揮濕布橫掃過去。胡老三早防到她這著，話剛說完，已轉身躍出，遠遠的戟指罵道：「他媽的，今天你請我吃生雞蛋，老子下次捉了你關入天牢，請你屁股吃筍炒肉，十根竹籤插進你的指甲縫，那時你才知道滋味！今日瞧在你老公份上，且饒你一遭。」

罵了幾句，向山下疾奔而去。安大娘也不追趕，回頭來看小慧與承志。

小慧並沒受傷，只嚇得怔怔的傻了一般，隔了一會，才撲在母親懷裏哭了出來。安大娘忙給他洗抹乾淨，取出刀傷藥給他裹好，幸而兩處刀傷口子都不深，流血雖多，並無大礙。安大娘把他抱到床上睡了，小慧才一五一十地把他志卻滿臉滿身都是鮮血。承

剛才捨命相救的情形說了。

安大娘望著承志，心想：「瞧不出他小小年紀，居然有此俠義心腸。咱們在這裏是不能躭了，倒要好好成全他一番。」對小慧道：「你也去睡，今天晚上咱們就得走。」

小慧隨著她母親東遷西搬慣了的，也不以為奇。安大娘收拾了一下隨身物件，打了兩個包裹。三人吃過晚飯後，秉燭而坐。她並不問，似乎另有所待。

袁承志見她秀眉緊蹙，支頤出神，一會兒眼眶紅了，便似要掉下淚來，心想：「那胡老三說，安嬸嬸的丈夫派他來接小慧回去，不知為了甚麼。她丈夫欺侮安嬸嬸，等我長大了，練好了武藝，定要打她丈夫一頓，給安嬸嬸出氣。只是小慧見我打她爹爹，不知會不會不高興。」又想：「那胡老三說他是錦衣衛的，哼，錦衣衛的人壞死了，我媽便是給他們捉去害死的。終有一天，我要大殺錦衣衛的人，給媽媽報仇。」

袁崇煥為崇禎處死後，兄弟妻子都為皇帝下旨充軍三千里。錦衣衛到袁家拿人，袁崇煥的舊部先已得訊，趕去將承志救了出來，袁夫人卻未能救出。當年錦衣衛抄家拿人、如虎似狼的兇狠模樣，已深印在承志小小的腦海之中。

只見石壁上刻滿了密密層層的人形，似乎都是武功的招數。

石壁上露出一個劍柄，袁承志伸手去拔，稍有鬆動，便不敢拔了。

第三回

經年親劍鋏　長日對揪枰

二更時分，門外輕輕傳來腳步聲，一人飄然進來，便是那個啞巴。他身材魁梧壯實，行路卻輕飄飄的，落地僅有微聲。

袁承志見到啞巴，心中大喜，撲上去拉住了他，連問：「崔叔叔呢？他好麼？」竟忘了他是啞的。啞巴咧開了嘴只傻笑，顯然再見到袁承志也很高興，過了一會，才向安大娘指手劃腳的作了一陣手勢。

安大娘向袁承志道：「崔叔叔沒事，你放心。」和啞巴打了一陣手勢，啞巴不住點頭乾笑，雙手連連鼓掌，拍拍聲響。袁承志卻不知他對甚麼事如此衷心贊成。

安大娘拉著袁承志，走到內室，並排坐在床沿上，說道：「承志，我一見你就很喜歡，就當你是我的親兒子一般。今日你不顧性命的相救小慧，我更加永遠忘不了你。今晚我要到一個很遠的地方去。你跟著啞伯伯去。」袁承志道：「安嬸嬸，我要跟你一起去。」安大娘微笑道：「我也捨不得你啊。我要啞伯伯帶你到一個人那裏。他曾教過你崔叔叔武功。你崔叔叔只跟他學了兩個月武藝，就這般了得。這位老前輩的武功天下無雙，我要你去跟他學。」袁承志聽得悠然神往。

安大娘道：「他平生只收過兩個真正的徒弟，那都是許多年前的事了，只怕他未必肯再收徒弟。不過你資質好，心地善良，我想他一定喜歡。啞伯伯是他僕人，我請他帶你去求他。你好好去吧。要是他真的不肯收你，啞伯伯會把你送回到我這裏。」承志點頭答應，心想那人如不肯收我，倒也很好。

安大娘又叮囑道：「這位老前輩脾氣很古怪，你不聽話，他固然不喜歡，太聽話

了，他又嫌你太蠢，沒自己主意，只好碰你的緣法吧。」從腕上脫下一隻金絲鐲子，給他戴在腕上，輕輕一捏，金絲鐲子便即收小，不再落下，笑道：「等你武功學好，成為大孩子時，別忘記安孃孃和小慧妹子！」

承志道：「我永遠不會忘記。要是那位老前輩肯收我，安孃孃你有空時，就帶小慧妹妹來瞧瞧我。」安大娘眼圈紅了，說道：「好的，我會時時記著你。」

安大娘寫了封信，交給啞巴轉呈他主人。四人出門，分道而別。

袁承志與安大娘及小慧雖然相處並無多日，但母女二人待他極為親切，日間一戰，更是共經生死患難，分別時均感戀戀不捨。

啞巴知承志受了傷，流血甚多，身子衰弱，於是把他抱在手裏，邁開大步，行走若飛。這般曉行夜宿，不斷向北行了一個多月。袁承志傷處也已好了，只是左眉上留下個小小疤痕。每日傍晚，啞巴也不在客店投宿，隨便找個岩洞或是破廟歇了。在客店打尖時，都是承志出口要食物。啞巴對吃甚麼並無主見，拿來就吃，一頓至少要吃兩斤麵。

袁承志打手勢問他到甚麼地方，他總是向西北而指。

又行多日，深入羣山，愈走愈高，到後來已無道路可循。啞巴手足並用，攀藤附葛，盡往高山上爬去，過了一峯又一峯，山旁盡是萬丈深谷。袁承志攬住他頭頸，雙手拚命摟緊，唯恐一失手便粉身碎骨。如此攀登了一天，上了一座高峯的絕頂，峯頂是塊大平地，四周古松聳立，穿過松林，眼前出現五六間石屋。

啞巴臉露笑容，拉著袁承志的手走進石屋，屋內塵封蛛結，顯是許久沒人住了。他拿了一把大掃帚，裏裏外外打掃乾淨，然後燒水煮飯。在這險峯頂上，也不知糧食和用具是如何搬運上來的。

過了三天，袁承志心急起來，做手勢問師父在甚麼地方。啞巴指指山下，袁承志示意要下去，啞巴搖頭不許。袁承志無奈，只得苦挨下去，與啞巴言語不通，險峯索居，頗苦寂寥，憶及與安大娘母女相處時的溫馨時日，恨不能插翅飛了回去。

一天晚上，睡夢中忽覺燈光刺眼，揉揉眼睛，坐起身來，只見一個老人手執蠟燭，站在床前。那老人鬚眉俱白，但紅光滿面，笑嘻嘻的打量自己。

袁承志爬下炕來，恭恭敬敬的向他磕了四個頭，叫道：「師父，你老人家可來啦！」那老人呵呵大笑，說道：「你這娃兒，誰教你叫我師父的？你怎知我準肯收你為徒？」

袁承志聽他語氣，知道他是肯收了，心中大喜，說道：「是安嬸嬸教我的。」那老人道：「她就是給我添麻煩。好吧，瞧你故世的父親份上，就收了你吧！」袁承志又要磕頭，那老人道：「夠了，夠了，明天再說。」

次日早晨天還沒亮，袁承志就即起身。啞巴知道老人答允收他，喜得把他拋向空中，隨手接住，連拋了四五次。

那老人聽得袁承志嘻笑之聲，踱出房來，笑道：「好啊，你小小年紀，居然已知行俠仗義，救人婦孺。可了不起哪！你有甚麼本事，倒使出來給我瞧瞧。」袁承志給他說得面紅過耳，忸怩不安。

那老人笑道：「不讓我瞧你的功夫，怎麼教你啊？」

袁承志才知師父並非開玩笑，於是把崔秋山所傳的伏虎掌法從頭至尾練了起來。

那老人一面看一面微笑，待他練完，笑道：「秋山不住誇你聰明，我先還不信，他只教了你幾天，便學到這個地步，算挺不錯了。」

袁承志聽到崔秋山的名字，便想問他安危，可是老人在說話，不敢打斷他話頭，等他停口，忙問：「崔叔叔在那裏？他好嗎？」那老人道：「他身子好了，回到李闖將軍那裏打仗去啦。」袁承志聽了，很是歡喜。

啞巴擺了張香案。那老人取出一幅畫，畫上繪的是個中年書生，空手作著個持劍姿式。那老人點了香燭，對著畫像恭恭敬敬的磕了頭，對袁承志道：「這是咱們華山派的開山祖師風祖師爺，你過來磕頭。」袁承志向畫中人瞧了兩眼，心道：「你可比我師父年輕得多啦，怎麼反而是祖師爺？」當下過去磕頭，不知該磕幾個頭，心想總是越多越好，直磕到那老人笑著叫他停止才罷。那老人笑吟吟的正要開口說話，袁承志又跪下磕頭，算是正式拜師。

那老人微笑著受了，說道：「從今而後，你是我華山派的弟子了。我多年前收過兩個徒弟，此後一直沒再遇到聰穎肯學的孩子，這些年來沒再傳人。你是我的第三個弟子，也是我的關門徒弟。你可得好好學，別給我丟人現眼。」袁承志連連點頭。

那老人道：「我姓穆，叫做穆人清，江湖上朋友叫我做神劍仙猿。你記著點，下次別讓人家問住，你師父叫甚麼呀？啊喲，對不住，這可不知道。」

袁承志哈的一聲，笑了出來，心想安大娘說他脾氣古怪，心裏一直有點害怕，那知

其實他和藹可親，談吐頗為詼諧。

神劍仙猿穆人清武功之高，當世已可算得第一人，在江湖上行俠仗義，近二十年來從未遇過對手，只因所作所為大半在暗中行事，不留姓名，是以名氣卻不甚響晚。他脾氣本很孤僻，這次見袁承志孤零零一個孩子很是可憐，又得崔秋山與安大娘全力推薦，加之敬他父親袁崇煥為國殺敵，含冤而死，是位大大的忠臣，是以對他破例的青眼有加。穆人清無子無女，一劍獨行江湖，臨到老來，忽然見到一個聰明活潑的孩童，心中的歡喜，實不下於袁承志的得遇明師，不由得竟大反常態，跟他有說有笑起來。

穆人清又道：「你那兩個師兄都比你大上二三十歲。他們的徒弟都比你大得多啦。他們說不定會怪我，到這時還給他們添個娃娃師弟。嘿嘿，要是你不用功，將來給他們的徒子徒孫比下去，他們可更有道理來怪我這老胡塗啦。」

袁承志道：「弟子一定用功。」又問：「崔叔叔也是你老人家的徒弟嗎？」穆人清道：「他要跟著闖將打仗，沒時候跟我好好學，我只傳了他一套伏虎掌法，不能算是徒弟。再說，憑他資質，也不能做我徒弟。」指指啞巴道：「像他，天天瞧著瞧著，也學了不少招兒去啦，不過跟我兩個徒兒相比，可就天差地遠了。」袁承志見啞巴兩次手擲公差，出手似電，一直對他佩服得了不得，聽師父說自己兩位師兄比他本領還高得多，那麼只要自己用功，即使及不上師兄，至少也可趕到啞巴，心下甚喜。

穆人清道：「咱們華山派有許多規條，甚麼戒淫、戒仕、戒保鏢，現下跟你說，你

也不懂。我只囑咐你三句話：要聽師父的話，不可做壞事，不得隨便殺人傷人。你可得

記住了。」袁承志道：「我一定聽師父的話，也不敢做壞事，更不會隨便殺人傷人。」

穆人清道：「好，現下咱們便來練功夫。你崔叔叔因時候緊迫，把一套伏虎掌一古

腦兒的傳給了你。這套掌法太過深奧繁複，你年紀太小，學了也不能好好的用。我先教

你一套長拳十段錦。」

袁承志道：「這個我會，倪叔叔以前教過的。」穆人清道：「你會？學得幾路勢

子，就算會了嗎？差得遠呢！你要是真的懂了長拳十段錦的奧妙，江湖上勝得過你的人

就不多了。」袁承志小臉兒脹得通紅，不敢再說。

穆人清拉開架式，將十段錦使了出來，式子拳路，便和倪浩所使的一模一樣。袁承

志暗暗納罕，心想這有甚麼不同？穆人清道：「你當師父騙你是不是？來來來，你來

抓我衣服，只要碰得到我一片衣角，算你有本事。」袁承志不敢和師父賭氣，笑著不

動。穆人清道：「快來，這是教你功夫啊！」

袁承志聽說是教功夫，便搶上前去，伸手去摸師父長衫後襟，眼見便可摸到，衣襟

忽然一縮，就只這麼差了兩三寸。袁承志手臂又前探數寸，正要向衣襟抓去，師父忽然

不見，在他頸後輕捏一把，笑道：「我在這裏。」

袁承志一個「鷂子反身」，雙手反抱，那知師父人影又已不見，急忙轉身，見師父已

在兩丈之外。他甚覺有趣，心想：「非抓住你不可。」縱上前去扯他袖子。穆人清大袖

一拂，身子盪開。

承志嘻嘻哈哈的追趕，一轉身，忽見啞巴在打手勢，要他留神，承志心中一動，暗想：「師父使的果然都是十段錦身法，但他怎能如此快法？」當下一面追捉，一面注視師父身法，十段錦他練得本熟，然見師父進退趨避，靈便異常，同樣的一招一式，在他使出來，另有異常巧思。承志追趕之際，暗學訣竅，過不多時，在追趕之中竟也用上了一些師父的縱躍趨退之術，登時迅捷了許多。穆人清暗暗點頭，深喜孺子可教。

這時承志把這趕得緊，穆人清也避得快，兩人急奔疾趨，廣場上只見兩條人影，飛來舞去。承志早忘了嬉笑，全神貫注的模學身法，追捉師父。忽然穆人清哈哈大笑，迴臂一把將他抱起，笑道：「好徒弟，乖孩子！」又道：「好啦，這些已夠你練啦。」把他放落，叫他複習幾遍，自行入內。

袁承志把這路拳法從頭至尾練了十多遍，除了牢記師父身法之外，又自行悟出了一些巧妙。只把他喜得抓耳爬腮，一夜沒好好睡，就是在夢中也是在練拳。

等到天一微亮，生怕忘了昨天所學，又到廣場上照練。越打越起勁，忽聽得背後一聲咳嗽，忙轉過身來，見師父笑吟吟的站在身後，叫了聲：「師父！」垂手站立。

穆人清道：「你自己悟出這幾招都還不錯。但這一招快是快了，下盤露出空隙。敵人如是好手，他的腳這麼一勾，你就糟糕，因此該當這樣。」連說帶比的教導。袁承志大是欽服，這一天又學了不少訣竅。

一晃三年，袁承志已十三歲了。這三年之中，穆人清又傳了他「破玉拳」和「混元掌」。「混元掌」雖是掌法，卻是修習內功之用。自來武學各派修練內功，都講究呼吸吐

納，打坐練氣，華山派的內功卻別具蹊徑，自外而內，於掌法中修習內勁。這門功夫雖費時甚久，見效頗慢，但修習時既無走火入魔之虞，練成後又威力奇大。因內外同修，臨敵時一招一式之中，皆自然而有內勁相附，能於不著意間制勝克敵。待得「混元功」大成，那更是無往不利、無堅不摧了。袁承志練武時日尚淺，「混元功」自未有成，但身子已出落得壯健異常，百病不侵。穆人清有時下山，一去便兩三月、三四月不等，回山後查考武功，見他用功勤奮，進境迅速，每次均獎勉有加。

這一年端午節，吃過雄黃酒，穆人清又請出祖師爺的畫像，自己磕了頭，又命袁承志磕頭，說道：「今天教你拜祖師，你知為了甚麼？」袁承志道：「請師父示知。」

穆人清從室內捧出一隻長木匣，放在案上，木匣蓋一揭開，只見精光耀眼，匣中橫放著一柄明晃晃的三尺長劍。

袁承志驚喜交集，心中突突亂跳，顫聲道：「師父，你教我學劍。」穆人清點點頭，從匣中提起長劍，臉色一沉，說道：「你跪下，聽我說話。」袁承志依言下跪。

穆人清道：「劍為百兵之祖，最是難學。本派劍法更博大精深，加之自歷代祖師以降，每一代都有增益。別派武功，師父常留一手看家本領，以致一代不如一代，越傳到後來精妙之著越少。本派卻非如此，選弟子之時極為嚴格，選中之後，卻傾囊相授。單以劍法而論，每一代便都能青出於藍。你聰明勤奮，要學好劍術，不算難事，所期望於你的，是日後更要發揚光大。更須牢記：劍乃利器，以之行善，其善無窮，以之行惡，其惡亦無窮。今日我要你發個重誓，一生之中，決不可妄殺一個無辜之人。」

袁承志道：「師父教了我劍法，要是以後我劍下殺了一個好人，一定也給人殺死。」

穆人清道：「好，起來吧。」袁承志站起。

穆人清道：「我知你心地仁厚，決不會故意殺害好人。不過是非之間，有時甚難分辨，世情詭險，人心難料，好人或許是壞人，壞人說不定其實是好人。但只要你常存忠恕寬容之心，就不易誤傷了。」承志點頭答應。穆人清又道：「崇禎皇帝殺了你爹爹，在他心中，只道你爹爹是壞人，他殺得一點兒也不錯，那知卻大大的錯了。崇禎皇帝這些年來殺了不少大臣大將，有的固是壞人，好人可也給他殺了不少。他不明是非，又無絲毫寬厚之心，他這麼亂殺一通，這大明江山，怕要斷送在他手裏。」承志黯然點頭，知道師父提出崇禎殺他父親的事來，是要他將「是非難辨、不可妄殺」的教訓深記在心，再也不忘。

穆人清左手捏個劍訣，右手長劍挺出，劍走龍蛇，白光如虹，一套天下無雙的劍法展了開來。日光下長劍閃爍生輝，舞到後來，但見一團白光滾來滾去。承志跟著師父練了三年拳法，眼光與以前已大不相同，饒是如此，師父的劍法、身法還是瞧不清楚，只覺凝重處如山嶽巍峙，輕靈處若清風無跡，變幻莫測，迅捷無倫。舞到急處，穆人清大喝一聲，長劍忽地飛出，嗤的一聲，插入了山峯邊一株大松樹中，劍刃直沒至柄。

承志知道松樹質地緻密，適才見師父舞劍之時，劍身不住顫動，可見劍刃剛中帶柔，那知這一擲之下，一柄長劍的劍身全部沒入，不覺驚奇得張大了嘴，合不攏來。

忽聽身後一人大叫一聲：「好！」

78

承志在山上三年，除了師父的聲音之外，從來沒聽見過第二人的說話，雖然還有個啞巴，可是啞巴不會出聲。他急忙回頭，只見一個老道笑嘻嘻的走上峯來。

那道人身穿青色粗布道袍，一張臉黃瘦乾枯，頭髮稀稀落落，白多黑少，挽著個小小道髻，大聲說道：「老猴兒，這一招『天外飛龍』，世間更沒第二人使得出，老道今日大開眼界。十多年沒見你用劍，想不到更精進如此！」

穆人清哈哈大笑，說道：「妙極，妙極，甚麼風把你吹來的？一上華山，便送我一頂大大的高帽。承志，這位木桑道長，是師父的好朋友，快給道長磕頭。」

承志忙過來跪下磕頭。木桑道人笑道：「罷了！」伸手一扶，把他扯起。

凡學武之人，遇到外力時不由自主的會運功抵禦。木桑道人這麼一扯，承志這時一隻腳已踏進了棺材，居然還找到這樣個好娃娃。」

穆人清跟他打趣慣了的，聽他稱讚自己的小徒兒，也不禁拈鬚微笑，怡然自得。

木桑道人道：「啊喲，今天沒帶見面錢，可也不好生受你這幾個頭，怎麼辦呢？」

穆人清聽他這麼一說，靈機一動，心想：「這老道武功有獨到之處，江湖上人稱『千變萬劫』。如肯傳點甚麼給承志，倒可令他得益不淺。只是這人素來不肯收徒，倒要想法子擠他一擠。」說道：「承志，道長答應給你好處，快磕頭道謝。」承志聽師父這麼說，當即又跪下磕頭。

木桑道人哈哈大笑，說道：「好好好，有其師必有其徒，師父不要臉，徒弟也沒出息。喂，娃兒，你聽我說，爲人可要正正派派，別學你師父這麼厚臉皮，聽到人家說給東西，連忙敲釘轉腳，難道我老人家還騙你孩子不成？這樣吧，今兒乘我老人家高興，把這個給了你吧。」說著從背囊中掏出一團東西來給他。

承志謝了，恭恭敬敬的雙手接過，站起身來，抖開一看，見是黑黝黝的一件背心，拿在手裏重甸甸的，非絲非革，不知是甚麼東西所製，正自疑惑，聽得穆人清道：「道兒，別開玩笑，這件寶物怎能給他？」

承志一聽，才知是件貴重寶物，雙手捧著忙即交還。木桑道人不接，說道：「呸！老道那會像你師父這麼寒酸，送出了的東西怎能收回？乖乖的給我拿去吧！」承志不敢收，望著師父聽他示下。穆人清道：「既是這樣，那麼多謝道長吧。」承志跪下叩謝。穆人清正色道：「這是道長當年花了無數心血，拚了九死一生才得來的防身至寶，你穿上了。」承志依言把背心穿上，只覺太大了些，不甚合身。

穆人清縱到松樹之前，食中兩隻手指勾住劍柄，輕輕一提，已拔出長劍，說道：「這件背心是用烏金絲、頭髮、和金絲猿毛混同織成，任何厲害的兵刃都傷他不得。」說著隨手一劍向承志胸口刺去。

這一劍迅捷無比，承志怎能避讓，大驚之下，卻見劍尖碰到背心，便輕輕反彈出來，心中大喜，又跪下向木桑磕頭道謝。

木桑道人笑道：「你見過這件東西墨黑一團，毫不起眼，先前磕了頭，只怕很覺得

有點兒冤，這一次才真心甘情願了。」承志給他說得臉紅過耳，笑嘻嘻的不答。

說了一陣話，穆人清問道：「那人近來有消息沒有？」木桑道人本來滿臉笑容，聽他提到「那人」，不由得嘆了口氣，神色登時不愉，說道：「不瞞你說，這傢伙不知在甚麼地方混了一段日子，最近卻又在山海關內外出沒。老道不想見他，說不得，只好避他一避。來到華山，老道是逃難來啦。」穆人清道：「道兄何以長他人志氣，滅自己威風？憑著道兄這身出神入化的功夫，難道會對付他不了？」

木桑搖了搖頭，神色沮喪，道：「也不是對付他不了，只老道狠不下這個心。這些年來，我曾和他兩次相鬥。第一次我已佔了上風，最後終於念著同門情誼，先師臨終時又叮囑我好好照顧他，老道教導無方，致他誤入歧途，陷溺日深，老道心中有愧，最後這一擊便下不了手。第二次動手，他不知在何處學來了一些邪派的厲害功夫，一劍刺在我心口，幸賴這件背心護身，劍尖刺不進去。他吃了一驚，只道我練成奇妙武功，這麼一疏神，又給我制住。我好好勸了他一場，他卻只冷笑，臨別時說道：『我想明白了，原來你不過仗著寶衣護身。下次動手，我剌你頭臉，你又如何防備？』」

穆人清怒道：「這人如此狂妄。道兄念著同門情義，一再饒他性命，姓穆的跟他可沒甚麼瓜葛。道兄，你在敝處盤桓小住，我這就下山去找他。只要見到他仍在為非作歹，老穆提了他首級來見你。」

木桑道：「多謝你好意。但我總盼他能夠悔悟，痛改前非。這幾年來，對他的邪門武功我曾細加揣摩，真要再動手，也未必勝他不了。我躲上華山來，求個眼不見為淨，

81

耳不聞不煩，也就是了。他如能悔改，自是我師門之福，否則的話，讓他多行不義必自斃吧。」說著嘆了口氣，又道：「他能悔改？唉，很難，很難！」

穆人清道：「這人貪花好色，壞了不少良家婦女的名節，近來更變本加厲。這武林敗類下次落在道兄手裏，不可再舊情。道兄清理門戶，剷除不肖，便是維護尊師的令名，報答尊師的恩德。」木桑點頭道：「穆兄說的是。唉！」說著嘆了口長氣。

袁承志聽著二人談話，似乎木桑道人有一個師兄弟品性不端，武功卻甚高強，捧著那件背心，對木桑道：「道長，你要除那惡人，還是穿了這件背心穩當些。等你除去了他，再賜給弟子吧。弟子武功沒學好，不會去跟壞人動手，這件寶貝還用不著。」

木桑拍拍他肩膊，道：「多謝你一番好心。但就算沒背心護身，諒他也殺不了我。這惡人的邪門功夫只能攻人無備，可一而不可再。小娃娃倒不用為我擔心。」

穆人清見他鬱鬱不樂，知道天下只一件事能令他萬事置諸腦後，說道：「這件事多說敗人清興。牛鼻子，你的棋藝……」木桑一聽到「棋藝」兩字，臉上肌肉一跳，登時容光煥發，斗然間宛如年輕了二十歲，只聽穆人清道：「……這些年來，可稍為長進了些沒有？」他忙道：「甚麼？老道的武功向來不及你，下棋的本事卻大可做你師父。你若不信，咱們便……」穆人清笑道：「好，我來領教領教『千變萬劫』功夫，你的吃飯傢伙帶來了嗎？」

木桑笑吟吟的從背囊中拿出一隻圍棋盤、兩包棋子，笑道：「這傢伙老道是片刻不離身的。你怕了我想避戰，推說華山上沒棋盤棋子，那可賴不掉，哈哈，哈哈！」

82

啞巴搬出枙椅，兩人就在樹蔭下對起局來。袁承志不懂圍棋，木桑一面下，一面給他解釋，同時不住口的吹噓自己這著如何高明，他師父如何遠遠不是敵手。穆人清只微笑沉思，任由他自吹自擂。圍棋易學難精，下法規矩，一點就會。袁承志看了一局，已明大要。他見這棋盤是精鋼所鑄，黑棋子是黑鐵，白棋子是鑌鐵外鍍白銅。兩人落子時發出錚錚之聲，甚是動聽。

這一局果然是木桑勝了兩子。老朋友倆從日中直下到天黑，一共下了三局，木桑兩勝一負，還想再下，穆人清道：「我可沒精神陪你啦！」木桑這才戀戀不捨的去睡。

一連三天，木桑總是纏著穆人清下棋。袁承志旁觀，倒也津津有味。到了第四天上，穆人清道：「今天咱們休兵一日，待我先傳授徒弟劍法再說。」

木桑心想這是正事，不便阻撓，可是只等得心癢難搔，好容易穆人清傳完劍法，他馬上一把拉住，說道：「來來來，再殺三局。」穆人清教了半天劍，已微感疲乏，但知木桑棋癮極大，如不相陪，只怕他整晚睡不安樂，於是和他到樹下對局。袁承志練了一會新學的劍法，忽聽木桑喜叫：「承志，快來看！你師父大大的糟糕！」於是奔過去觀看。穆人清棋力本來不如木桑，這時又是勉強奉陪，下得更加不順，不到中局，已處處受制，眼見一塊白子形勢十分危急，即使勉強做眼求活，四隅要點都將為對方佔盡。他拈了一粒棋子，沉吟不語，始終放不下去。

袁承志在一旁觀看，實在忍不住了，說道：「師父，你下在這裏，木桑師伯定要去救。你再下這著，就可衝出去了。不知弟子說得對不對。」穆人清素來恬退，不似木桑

自負好勝，也就照著徒兒指點，下了這著，一大片白棋果真衝出，反而把黑子困死了一小塊。這局棋穆人本來大輸特輸，這麼一來一去，結果只輸五子。

木桑大讚袁承志心思靈巧，讓他九子，與他下了一局。

袁承志雖不知前人之法，然而圍棋一道，最講究悟性，常言道：「二十歲不成國手，終身無望。」意思是說下圍棋之人如不在童年技成，將來再下苦功，也終為碌碌庸手。以蘇東坡如此聰明之人，經史文章、書畫詩詞，無一不通，無一不精，然而圍棋始終下不過尋常俗手，成為他生平一大憾事。他曾有一句詩道：「勝固欣然敗亦喜」，後人讚他胸襟寬博，不以勝負縈懷。豈知圍棋最重得失，一子一地之爭，必須計算清楚，毫不放鬆，才可得勝，若常存「勝固欣然敗亦喜」的心意下棋，作為陶情治性，消遣暢懷，固無不可，不過定是「欣然」的時候少，而「亦喜」的時候多了。

穆人清性情淡泊，木桑和他下棋覺得搏殺不烈，不大過癮，此刻與承志對局，竟然大不相同。承志於此道頗有天份，加以童心甚盛，千方百計的要戰勝這位師伯。這一局結果雖木桑贏了，但中間險象環生，並非一帆風順的取勝。

次日一早，木桑又把承志拉去下棋，承志連勝三局，木桑只能讓他三子，這才互有勝敗。不到一月，他記憶木桑所用的各種巧術妙著，棋力大進，從讓九子改為讓八子。

承志在圍棋上一用心，練武的時刻自然減少，學劍進展之速不如習拳掌之時。穆人清礙於老友情面，起初還不說甚麼，後來見這一老一小終日廢寢忘食的在楸枰上打交道，實在太不成話，於是暗中囑咐承志，每日只可與木桑下一局棋，其餘的時候要用來

84

練武。承志經師父提醒，心想這許多天的確荒疏了武功，暗暗慚愧，忙趕練劍法。一連兩天，木桑叫他下棋，他總推說要練劍。木桑說道：「你來陪我下棋，下完之後，我教你一門功夫，你師父一定歡喜。」承志道：「我去問過師父。」木桑道：「好，你去問吧。」承志奔進去把木桑的話對師父說了。穆人清一聽大喜。

木桑道人外號「千變萬劫」。他年輕之時，因輕功卓絕，身法變幻無窮，江湖上送他一個外號，叫做「千變萬化草上飛」。後來他耽於下棋。圍棋之道，講究「打劫」，無數變化俱從打劫而生。木桑武功甚高，自己反稱平平無奇，棋藝不過中上，卻自負得緊，竟自行改了外號，叫做「千變萬劫棋國手」。旁人礙於他面子，不便對他自改的外號全不理會，可是又知他棋藝和「國手」之境委實相去太遠，於是折衷而簡化之，稱之為「千變萬劫」。這四字其實還是恭維他武功千變萬化，殺得敵人「萬劫不復」。但如有人當面如此解釋，木桑勢必大為生氣，定要對方承認這外號是指他棋藝而言，跟武功全不相干，才肯罷休。

穆人清一直佩服他武功上有獨得之秘，但他從來不肯授徒，現下他竟答應傳授承志武功，那定是實在熬不過棋癮了，忙拉了承志的手走出來，向木桑一揖，說道：「你肯成全小徒，我這裏先謝謝啦。」叫承志向木桑磕頭拜師。

袁承志跪了下去。木桑縱身而起，雙手亂搖，說道：「我不收徒弟。他要我教功夫，得憑本事來贏。」穆人清道：「這小娃兒甚麼事能贏得了你？」

木桑道：「劍法拳術，你老穆天下無雙，我老道甘拜下風，這孩子只消能學到你功

夫的兩三成，江湖上已難覓敵手。但說到輕功、暗器，只怕我老道也還有兩下子！」

穆人清道：「誰不知道你『千變萬劫』，花樣百出！」木桑笑道：「『千變萬劫』是指老道棋藝天下無雙，跟武功決計沾不上邊，萬萬不可混為一談。只因你自居一派宗師，事事講究冠冕堂皇、風度氣派，於輕功暗器不肯多下功夫，才讓老道能在這兩門上出出風頭。這樣罷，你讓承志每天跟我下兩盤棋，我贏了，那就是陪師伯消遣，算他的孝心。要是他贏得一局，我就教他一招輕功，連贏兩局，輕功之外再教一招暗器。咱們下棋講究博采，那便是采頭了。你說這麼著公不公平？」

穆人清想這老道當真滑稽，說道：「好，就這麼辦。我本來怕承志下棋耽誤了功夫，現下既有這樣的大好處，你們每天下十局八局我也不管。」木桑和承志一聽大喜，一老一小又下棋去了。

木桑這天一勝一負，棋局既終，對承志道：「今日教你一招輕身功夫，雖只一招，你用心去練，可也夠你終身受用。仔細瞧著。」話剛說畢，也不見他彎腿作勢，忽然全身拔起，已竄到了大樹之巔，一個倒翻觔斗，又站在他面前。承志看得目瞪口呆，拍掌叫好。木桑當下把這招「攀雲乘龍」的輕身功夫教了他，雖只一招，可是其中腰腿勁力，步法眼神，皆有無數奧妙。承志用心學習，一時卻也不易領會。

第二日承志連輸兩局，一無所獲，木桑大喜，自吹不已。第三天上，承志突出奇兵，把邊角全部放棄，盡佔中央腹地，居然兩局都勝。木桑不服氣，又下兩局，這次是一勝一負，結算下來，木桑該教他三招。

木桑教了他兩招輕功，見他記住了，說道：「你可知我對敵時使甚麼兵器？」承志搖搖頭。木桑道人抓起棋盤，笑道：「本來我也使劍，但近年卻已改用這傢伙。」

承志早見這棋盤是精鋼所鑄，以為他喜愛弈道，隨身攜帶棋局，為怕棋盤損壞，特用鋼鑄，那知竟是對敵的兵器。木桑又拈起一把棋子，笑道：「這是我的暗器！」隨手擲出，十幾顆棋子向天飛去。待棋子落下，木桑舉起棋盤一接，只聽得噹的一聲大響，十幾顆棋子同時落上棋盤。承志伸出了舌頭，半晌說不出話來。

本來十幾顆棋子拋上天空，落下時定有先後，黑鐵棋子和白鐵棋子碰到鋼棋盤，必是叮叮噹噹的一陣亂響，那知十幾顆棋子落下來竟同時碰上棋盤，然則拋擲上去時手力的均勻，實是驚人。更奇的是，十幾顆棋子落上棋盤，竟無一顆彈開落地，但見他右手微微一沉，已消了棋子下落之勢，一顆顆棋子就似用手擺在棋盤上一般。

木桑笑道：「打暗器要先練力，再練準頭，發出去的輕重有了把握，再談得上準不準。」於是把投擲棋子用力使勁的心法傳授了他。

木桑在華山絕頂一住就是半年，天天與這位小友對弈，流連忘返，樂而忘倦，而一身輕身功夫和打棋子的心法，在這半年中也毫不藏私的傳了給他。

這天已是初冬，承志上午練了拳劍，下午和木桑在樹下對弈。這時他棋力早已高出木桑一先，可是木桑好勝，每次還是要讓他平手先行，那更加勝少敗多了。縱然「千變萬劫」，變來變去，也仍不免落敗。敗得越多，傳授武功的次數也越密。好在他棋藝上變

87

化有限，武學卻極廣博，輸棋雖多，盡有層出不窮的招數來還債。

這天教的仍是發暗器的「滿天花雨」手法，一手同時撒出七顆棋子，要顆顆打中敵人穴道。這項上乘武功自非朝夕之間所能學會，承志在這功夫上已下了兩個多月苦功，可是同時發出三四顆棋子，每次總只一二顆打中。

木桑做了個木牌，牌上畫了人形，叫啞巴舉了木牌奔跑。木桑喊道：「天宗、肩貞、玉枕！」承志三顆棋子發出，打中了天宗、玉枕兩穴，肩貞穴卻打偏了。木桑又喊：「關元、神封、中庭。」啞巴一邊跑，一邊把木牌亂晃。承志展開輕身功夫，追趕上去，手剛揮動，木桑已叫了起來：「關元穴沒中。」正要再喊，忽聽得承志大聲驚叫，搶上去拉住啞巴手臂，向後力扯。

啞巴一呆，回過頭來，只見一頭巨猿站在身後，神態猙獰，張牙舞爪，作勢欲撲。

啞巴舉起木牌劈頭向巨猿打下，突然左臂一緊，已讓木桑拉了回來。

木桑叫道：「承志，你對付牠！」承志知木桑師伯考查他功夫，大聲答應，雙掌分錯，輕飄飄的縱到巨猿之前。

巨猿見他來得快速，轉身想走，承志使重手啪的一聲，在牠背上擊落。巨猿痛得哇哇怪叫，轉身揮長臂來抓。承志托地跳開，正要乘隙迎擊，忽覺身後生風，似有敵人來襲。他不及回頭，左腳力撐，躍在空中，人未落地，已見襲擊他的原來是另一頭巨猿。他上山後練了這些年武功，只與師父拆解，從未與人當真動過手，兩頭巨猿雖然獰惡，他也不畏懼，展開伏虎掌法與之相鬥。此時的掌法勁力，比之當年在聖峯嶂扯拔豹毛之

88

時，自已不可同日而語。

呼喝聲中，穆人清也奔了出來，見袁承志力鬥兩獸，手掌所到，巨猿總痛得嗬嗬大叫，心下欣喜：「這孩子不枉了我一番心血。」

兩頭巨猿吃了苦頭，不敢迫近，只竄來跳去，俟機進撲。

穆人清見承志掌法儘可制得住兩頭畜生，要再看他劍法，奔進去取出長劍，叫道：

「接劍！」將劍擲向空中。

承志縱身，右手抄出接住劍柄，長劍在手，登時如虎添翼，人未落下，一招「穿針引線」，向一頭巨猿肩上刺去，那巨猿急忙後退。承志長劍使了開來，登時把兩頭巨猿裹在劍光之中。木桑叫道：「承志，別傷牠們性命。」承志答應一聲，長劍使得更加緊了，這時候他要刺殺巨猿，已易如反掌。兩頭巨猿轉眼間臂上、肩上、腿上、頭上，劍創纍纍，他始終未下絕招，每手都是淺傷即止。

兩頭巨猿頗有靈性，起初還想奮力逃命，後來見微一縱開，劍鋒隨到，只要停步，對方也就收招，知他有意不下殺手，忽然同時叫了幾聲，蹲在地下，雙手抱頭，不再撲，四隻眼珠角碌碌的轉動，望著承志，露出哀求神色。

啞巴見承志制服了兩頭畜生，高興得拍手頓足，奔進去取出一綑麻繩來，將兩頭巨猿縛住。雙猿起初還露齒咆哮，但啞巴用力一捏，巨猿筋骨劇痛，不再反抗，只得乖乖受縛，只嘰嘰咕咕的叫個不休。

木桑與穆人清都讚承志近來功力大進，著實勉勵了幾句。承志很是高興，用金創藥

敷上雙猿傷口，又採些果子、栗子給牠們吃了。

養了七八天，巨猿野性漸除，又得食物飼養，解去繩子後，居然並不逃走。承志大喜，給雄猿取名「大威」，雌猿叫做「小乖」，一呼名字，兩猿便至。穆人清與木桑見雌猿如此毛茸茸的一頭龐然大物，竟取了這般小巧玲瓏的名字，都不禁失笑。

大威和小乖越養越馴，承志一發命令，雙猿立即遵行。

這一天，兩頭巨猿攀到峯西絕壁上採摘果子，這絕壁一面較斜，尚可攀援，另一面卻如一大堵平牆，無處可容手足。雙猿摘果嬉戲，小乖忽然失足，從樹上跌落，直向絕壁一面溜下。這峭壁離地四十多丈，一掉下去自是粉身碎骨。大威嚇得魂飛魄散，趕到山壁上看時，見小乖幸喜並未掉下，兩條長臂攀在山壁上一個洞裏。這洞穴年深月久，本有山泥封住，小乖掉下來時在山壁上亂抓亂爬，恰好抓破封泥，手指勾住洞穴。但身子掛在半空，上不得，下不去，甚為狼狽。

大威無法可施，飛奔下山，來討救兵。承志正在練劍，見牠滿身給荊棘刺得斑斑血跡，神態驚惶，不住跳躍，吱吱亂叫，知小乖必定出事，忙招呼啞巴，一起跟大威出去。大威指著峭壁，亂跳亂叫。袁承志和啞巴奔近看時，見到小乖吊在半空。

袁承志回到石屋取了幾條長繩，和啞巴、大威從斜坡爬上峭壁，將三條長繩接了起來，懸垂下去。小乖這時已累得筋疲力盡，一見繩子，雙手雙腳死命拉住。啞巴和大威一齊用力，將牠拉上。

小乖身上給山石擦傷了數處，受傷不重，但牠吱吱而叫，把右掌直伸到承志面前。

承志看時，見手掌上釘著兩枚奇形暗器，鑄成小蛇模樣，伸手去拔，竟拔不下來，小乖卻已痛得亂跳，知道暗器上生有倒刺。承志一驚，心想：「難道來了敵人？」忙打手勢問小乖，暗器是誰打的？小乖指手劃腳，示意說伸手到洞中時刺上的。

袁承志很是奇怪，心想這峭壁上的洞穴素不露形，而且上距山頂、下離地面都遠，怎會有暗器藏在其中？想了一會，難以索解，便去見師父和木桑道人。

兩人聽他說明情由，見了小乖掌上的暗器，江湖上各家各門的暗器都見識過，這蛇形小錐今日卻首次見到。老穆，這可把我考倒啦。」穆人清也暗暗納罕，說道：「先起出來再說。」

木桑回入房中，從藥囊裏取出一把鋒利小刀，割開小乖掌上肌肉，將兩枚暗器挖了出來。小乖知是給牠治傷，毫不抗拒。木桑給牠敷上藥，用布紮好傷口。小乖經過這次大難，甚為委頓。大威給牠搔癢捉虱，拚命討好，以示安慰。

那兩枚暗器長約二寸八分，打成昂首吐舌的蛇形，蛇舌尖端分成雙叉，每叉都有一個倒刺。蛇身黝黑，積滿了青苔穢土。木桑拿起來細細察看，用小刀挑去蛇身各處污泥，那蛇形錐漸漸燦爛生光，竟是黃金所鑄。木桑道：「怪不得一件小暗器有這麼沉，原來是金子打的。使這暗器的人好闊氣，一出手就是一兩多金子。」

穆人清突然伸手在腿上一拍，說道：「這是金蛇郎君的。」木桑道：「金蛇郎君？」

「不錯，正是

你說是夏雪宜？聽說此人已死了十多年啦！」剛說了這句話，忽然叫道：

91

他。」小刀挑刮下，蛇錐的蛇腹上現出一個「雪」字。另一枚蛇錐上也刻著這字。

承志問道：「師父，金蛇郎君是誰？」穆人清道：「這事待會再說。道兄，你說他的暗器怎會藏在這洞裏？」木桑沉思不語，呆呆出神。

承志見師父和木桑師伯神色鄭重，便也不敢多問。晚飯過後，穆人清與木桑剪燭對談，說了許多話，承志都不大懂，聽他們說的都是仇殺、報復等事。

木桑忽道：「那麼你說金蛇郎君是為避仇而到這裏？」穆人清道：「以他的武功機智，似不必遠從江南逃到此處，躲在這荒山之中。」木桑道：「難道這人還沒死？」穆人清道：「此人行事向來神出鬼沒，咱們在江湖中這些年，只聽到他的名頭，當真可說威名遠震，卻從來沒見過他面。聽人說他已死了，但誰也不知怎麼死的。」木桑嘆道：「這人行事也真古怪，有時窮凶極惡，有時卻又行俠仗義，教人捉摸不定。我幾次想要找他，都沒能找到。」穆人清道：「咱們別瞎猜啦，明兒到山洞去瞧瞧。」

次日一早，穆人清、木桑、承志、啞巴四人帶了繩索兵刃，爬上峭壁之頂。木桑道：「我下去。」穆人清點點頭，說道：「小心了。」將繩索縛在他腰裏，與啞巴兩人緊緊拉住，慢慢將他縋落。

木桑一手持著精鋼棋盤，一手扣了三枚棋子，溜到洞口，向下望去，只見腳下霧氣一團團的隨風飄過，竟不見地，雖然他輕功卓絕，絕峯險嶺，於他便如平地，這時卻也不由得心驚，轉頭向洞裏張望，黑沉沉的看不清楚，只覺得洞穴很深。洞口甚小，人鑽不進去，於是用布包住了手，輕輕到洞裏一探，碰到幾枚尖利之物，插在洞口，一摸之

92

下就知是金蛇錐，輕輕拔出，一共拔了十四枚，就沒有了。再伸手進去，直到面頰抵住洞口，也再摸不到甚麼，縱聲叫道：「拉我上來。」

穆人清緩緩收索，拉了上來。拉到離崖頂二丈多時，木桑右腳在峭壁上一點，竄了上來，棋盤中托了一大把金蛇錐，笑道：「老穆，咱哥兒們發財啦，這麼多金子。」

穆人清臉色卻甚沉重，雙眉微蹙，說道：「這怪人將這些東西放在這裏，不知是甚麼意思。洞裏還有甚麼？待我下去瞧瞧。」木桑道：「你下去也白饒，洞口太小，鑽不進去。」穆人清滿腹心事，低頭不語。

承志忽道：「師伯，我成嗎？」木桑喜道：「你也許成，但這樣高，你敢下去嗎？」

承志道：「我敢。師父，我下去好不好？」穆人清尋思：「這江湖異人把他防身至寶放在此地，必有用意，便在我居處之側，豈可不探查明白？但只怕洞內有險，讓這孩子孤身犯難，倒令人擔心。」說道：「只怕洞裏有危險呢。」承志忙道：「師父，我小心著就是啦。」

穆人清見他神色興奮，躍躍欲試，就點頭道：「好吧，你點一個火把，伸進洞去，倘若火熄，千萬不可進去。」

承志答應了，右手執劍，左手拿著火把，縋繩下去。他遵照師父吩咐，先伸火把入洞。小乖弄破洞外泥封，山頂風勁，一晚間已把洞中穢氣吹盡，火把並不熄滅。

於是他慢慢爬了進去，見是一條狹窄的天生甬道，其實是山腹內的一條裂縫，爬了

十多丈遠，甬道漸高，再前進丈餘，已可站直。他挺一挺腰，向前走去，甬道忽然轉彎。他不敢大意，右手長劍當胸，走了兩三丈遠，前面豁然空闊，出現一個洞穴，便如是座石室。

舉起火把照時，登時吃了一驚，只見對面石壁上斜倚著一副骷髏，身上衣服已爛了七八成，那骷髏宛然尚可見到是個人形。

他見到這副情形，一顆心別別亂跳，見石室中別無其他可怖事物，於是舉火把仔細照看。骷髏前面橫七豎八的放著十幾把金蛇錐，石壁平滑，壁上有無數用利器劃成的簡陋人形，每個人形均不相同，舉手踢足，似在練武。他挨次看去，密密層層的都是圖形，心下不解，不知劃在這裏有甚麼用意。

圖形盡處，石壁上出現了幾行字，也是以利器所劃，湊過去看時，見劃的是十六個字：「重寶秘術，付與有緣，入我門來，遇禍莫怨。」字形歪歪斜斜，入石甚淺，似乎劃字者手上無力。十六字之旁，有個劍柄凸出在石壁之上，似是一把劍插入了石壁，直至劍柄。

他好奇心起，握住劍柄向外力拔，微覺鬆動，便不敢再拔了。

正想再看，聽得洞口隱隱似有呼喚之聲，忙奔出去，轉了彎走到甬道口，聽得木桑在叫自己名字，忙高聲答應，爬了出去。

原來木桑和穆人清在山頂見繩子越扯越長，等了很久不見出來，焦急掛念，木桑也縋下去查看。他爬不進去，只得在洞口叫喊。

承志爬了出來，對木桑道：「洞裏有許多古怪東西。」扯動繩子，上面穆人清和啞巴忙拉上兩人。承志定了定神，才將洞中的情形說了出來。

穆人清道：「他留的這十六字是甚麼意思？」穆人清沉吟道：「看樣子似乎他在洞中埋藏了甚麼寶物。石壁上所刻圖形，當是他的武功了。這十六字留言頗為詭奇，似說誰得到他的遺贈，就得算他的門人，而且說不定會有禍患。」木桑道：「按字義推詳，該當如此，只不知這怪人還有甚麼奇特花樣。」

穆人清嘆道：「咱們也不貪圖他的甚麼重寶秘術。承志，明兒你再進去，把這位前輩的遺骨葬了，點了香燭在他靈前叩拜一番，也對得起他了。」承志答應了。

次日清晨，承志拿了把鋤頭，和啞巴兩人爬上峭壁。這次穆人清和木桑知道洞裏沒危險，沒再和他們同去。承志和啞巴將長索一端緊緊繫在峭壁彼端的一株大樹上。承志心想埋葬骸骨，費時不少，特地帶了三個火把，爬進洞後，用鋤頭在地下挖了個小洞，插入火把，用泥土護住，轉身瞧那骷髏。

他心想：聽師父說，這人生前是位怪俠，不知何以落得命喪荒山，死在這隱秘的洞穴之中，骸骨無人殮埋。心下惻然，在骷髏面前跪下，叩了幾個頭，暗暗祝告：「弟子袁承志無意中得見遺體，今日給前輩落葬，你在地下長眠安息吧！」禱祝方罷，一陣冷風颼颼的颳進洞來，只覺寒氣逼人，不禁毛骨悚然。

他不敢在洞中多躭，便用鋤頭在地下挖掘，心想地下岩石堅硬，倘若挖不下去，只

有把白骨撿到洞外去埋葬了。

那知一鋤下去，地面應鋤而開，原來石窟中四周石質均甚鬆軟，與泥土相差不遠，挖掘甚易。挖了一會，忽然叮的一聲，鋤頭碰到一件鐵器。移近火把看時，見底下有塊鐵板，再用鋤頭挖了幾下，撥開旁邊泥土，竟是一隻兩尺見方的大鐵盒。

他把鐵盒捧了出來，見那盒子高約一尺，然而入手輕飄飄地，似乎盒裏並沒藏著甚麼東西。打開盒蓋，那盒子竟淺得出奇，離底僅只一寸，他心下奇怪，一隻尺來高的盒子，怎地盒裏卻這般淺？料得必有夾層。

盒中有個信封，封皮上寫著八字：「得我盒者，開啓此束。」拆開信封，裏面有張白箋，年深日久，紙箋早已變黃。箋上寫道：「盒中之物，留贈有緣。惟得盒者，務須先葬我骸骨，方可啓盒，要緊要緊。」字跡是用墨筆所寫。信封中又有兩個小封套，一個封套上寫著「啓盒之法」，一個封套上寫著「葬我骸骨之法」。

承志舉起盒子一搖，裏面果然有物，心想：「師父憐你暴骨荒山，才命我給你收葬，又不是貪圖你的物事。」

於是拆開寫著「葬我骸骨之法」的封套，見裏面又有白箋，寫道：「君如誠心葬我骸骨，請在坑中再向下挖掘三尺，然後埋葬，使我深居地下，不受蟲蟻之害。」

承志心想：「我好人做到底，索性照你的吩咐做吧。」於是又向地下挖掘，好在山石鬆軟，挖掘並不費力。堪堪又將挖了三尺，忽然叮的一聲，鋤頭又碰到一物。撥開泥土，又是一隻鐵盒，不過這隻盒子小得多，只一尺見方，暗想：「這位怪俠當真古怪，

不知這盒中又有甚麼東西。」打開盒蓋看時，只驚得一身冷汗。

原來盒中一張箋上寫道：「君乃忠厚仁者，葬我骸骨，當酬以重寶秘術。大鐵盒開啟時有毒箭射出，盒中書譜地圖均非眞物，且附有劇毒，以懲貪欲惡徒。眞者在此小鐵盒內。」

承志不敢多看，將兩隻鐵盒放在一旁，把金蛇郎君的骸骨依次搬入穴中，蓋上石土，點上了香燭，拜了幾拜，捧了鐵盒，回身走出。

火光照耀下見洞口是用石塊砌成，想是金蛇郎君當日進洞之後，再用岩石封住。否則從骷髏看來，他身裁高大，又怎進得洞來？只時日已久，洞外土積藤攀，又生滿了雜草青苔，只道洞口原來便如此細小。承志挖開石塊，開大洞口，以備師父與木桑道人進來查看。出洞後以繩繫腰，啞巴將他拉上。他拿了兩隻鐵盒，去見師父。

穆人清與木桑正在弈棋，見他過來，便停弈不下。袁承志把經過一說，兩人看了幾封書柬，都暗暗心驚，又把大鐵盒中寫著「啓盒之法」的封套拆開，裏面一張紙寫道：

「鐵盒左右，各有機括，雙手捧盒同時力掀，鐵盒即開。」

木桑向穆人清伸了伸舌頭，道：「承志這條小命，今日險此送在山洞之中，要是他稍有貪心，不先埋葬骸骨而即去開啓盒子，只怕難逃毒箭。」

叫啞巴搬了一隻大木桶來，在木桶靠底處開了兩個相對的洞孔，將鐵盒打開了蓋放在桶內，再用木板蓋住桶口，然後用兩根小棒從孔中伸進桶內，與袁承志各持一根小棒，同時用力一抵，只聽得呀的一聲，想是鐵盒第二層蓋子開了，接著嗤嗤東東之聲不

絕，木桶微微搖晃。承志聽箭聲已止，正要揭板看時，木桑一把拉住，喝道：「等一會！」話聲未絕，果然又是嗤嗤數聲。

隔了良久再無聲息，木桑揭開木板，果然板上桶內釘了數十枝短箭，或斜飛，或直射，方向各不相同，枝枝深入木內。木桑拿了鉗子，輕輕拔下，放在一邊，不敢用手去碰，嘆道：「這人也太工心計了，惟恐第一次射出時給人避過，毒箭分作兩次射。」

穆人清搖頭道：「倘若好奇心起，先瞧瞧鐵盒中有何物事，也是人情之常，未必就不葬他的骸骨。再說，就算不葬他的骸骨，也不至於就該死了。此人用心深刻，實非端士。承志本來小孩心性，這次竟忍得住手，不先開盒子來張上一張，可說天幸。」

從木桶中取出鐵盒，見盒子第二層蓋下鋼絲糾結，都是放射毒箭的彈簧機括。木桑鉗去鋼絲，下面是一本書，上寫《金蛇秘笈》四字，用鉗子揭開數頁，見寫滿密密小字，又有許多圖畫，有的是地圖，有的是武術姿勢，更有些刀機關的圖樣。

再打開小鐵盒時，裏面也有一書，形狀大小，字體裝訂，無不相同，略加對照，便見兩書內容卻是大異。

穆人清道：「此人為了對付不肯葬他骸骨之人，不惜花費偌大功夫，造這樣一本偽書，安置這許多毒箭。其實人都死了，別人對你是好是壞，又何苦如此斤斤計較？」木桑道：「這人就是因為想不開，才落得如此下場。不過這偽書與鐵盒，卻多半是早就造好了，要用來對付敵人的。臨死之時，料來也無暇再幹這些害人勾當，在山洞之中，手邊也不會有這些工具機括。」

穆人清點頭嘆息，命承志把兩隻鐵盒收了，說道：「此人行為乖僻，他的書觀之無益。那本僞書上更有劇毒，碰也碰不得。」袁承志答應了。

此後練武弈棋，忽忽數年，木桑已把輕功和暗器的要訣傾囊以授。

袁承志棋藝日進，木桑和之對弈，反要他饒上二子，而袁承志故意相讓之跡，越來越難遮掩。木桑興味索然，自覺這「千變萬劫棋國手」的七字外號，早已居之有愧，明覺得承志的棋藝也只平平，可是自己不知怎的，卻偏偏下他不過，只怕自己的棋藝並不如何高明，也是有的，但說自己棋藝不高，卻又決無是理。這一日大敗之餘，不待局終，推枰而起，承志連聲道歉，木桑一笑，飄然下山去了。

這時承志人長高了，武功練強了，初上華山時還只是個黃毛孩子，此刻已是個身材粗壯、英氣勃勃的青年。

這幾年之間，承志所練華山本門的拳劍內功，與日俱深，天下事卻已千變萬化，眼下更是如沸如羹，百姓正遭逢無窮無盡的劫難。

這些時日中，連年水災、旱災、蝗災相繼不斷，關外滿洲人不住兵侵襲，朝廷無策抗敵，百姓饑寒交迫，流離遍道，甚至以人為食。朝廷反而加緊搜刮，增收田賦，加派遼餉、練餉，名目不一而足，秦晉豫楚各地，羣雄蜂起。起義軍首領王自用、高迎祥等先後戰死。闖將李自成時勝時敗，屢遇危難，他多謀善戰，往往反敗為勝，羣豪歸心，部屬漸增。其後造反民軍十三家七十二營大會河南滎陽，李自成聲勢大振，隱然為衆軍首腦，不久即稱「闖王」，攻城掠地，連敗官軍。

其間穆人清仍時時下山，回山後和承志說起生民疾苦，並說已和闖王結交，頗得尊崇，勉他藝成之後，務當盡一己之力，對百姓扶難解困，又說所以要勤練武功，主旨正是在此。承志每次均肅然奉命。

承志兼修兩派上乘武功，已是武林中罕有高手。不過此歲月中他一步沒下山，江湖上自不知華山派已出了這樣一位少年英雄。

這天正是初春，承志正在練武，啞巴從屋內出來，向他做個手勢。承志知是師父召喚，走進屋內，見師父身旁站著兩條大漢。這華山絕頂上除木桑外，從沒來過外客，他見了兩人，很感詫異。

穆人清道：「這位是王大哥，這位是高大哥，你過來見見。」袁承志見是師父朋友，過去拜倒，口稱：「王師叔，高師叔。」那兩人忙即跪下，連稱：「不敢，袁師叔請起。」袁承志聽他們反叫自己師叔，甚是奇怪。

穆人清呵呵大笑，說道：「大家起來。」承志站起身來，見兩人都是莊稼人打扮，神情卻英武矯挺。

穆人清對承志笑道：「你從來沒跟我下山，也不知道自己輩份多大，別客氣過頭啦！你們誰也別叫誰師叔，大家按年紀兄弟相稱吧。」原來這姓王與姓高的是師兄弟，他們的師父叫穆人清為師叔，但也不是真的有甚麼師門之誼，只不過這麼稱呼、尊他為長輩而已。如此算來，兩人還比承志小著一輩。

穆人清道：「這兩位大哥從山西奉闖王之命前來，要我去商量一件事。我明天就要下山。」承志道：「師父，這次我想跟你去瞧瞧崔叔叔。可以嗎？」他在山上實在悶得膩了，好幾次想跟師父下山，都沒得到准許，這次又求。

穆人清微微一笑。王高二人知道他們師徒有話要商量，告退了出去。

穆人清道：「眼前義軍聲勢大張，秦晉兩省轉眼可得，這也正是你報父仇的良機。你曾幾次求我帶你去行刺崇禎皇帝，我始終沒允准，你可知是甚麼原因？」承志道：「定是弟子的功夫沒學好。」穆人清道：「這固然是原因，但另有更重要的關鍵。你坐下聽我說。」承志依言坐下。

穆人清道：「這幾年來，關外軍情緊急，滿洲人居心叵測，千方百計想入寇關內。崇禎這人雖然疑心重，做事三心兩意，但以抗禦滿清而言，比之前朝萬歷、天啓那些昏君，總算還是竭力以赴的。要是你為了私仇，進宮刺死了他，繼位的太子年幼，權柄落入宦官奸臣手裏，只怕咱們漢人的江山馬上就得斷送，你豈非成了天下罪人？你父親終身以抵禦滿洲、平定遼東為己志，他在天之靈知道了，一定也要怒你不忠不孝吧。」承志聽師父一言提醒，不覺嚇出了一身冷汗。

穆人清道：「國家事大，私仇事小。我不許你去行刺復仇，就是這個道理。但現下局面不同了，闖王節節勝利，洛陽已得，一兩年內，便可進取北京。闖王英明神武，那時由他來主持大局，又怎怕遼東滿洲人入寇？」承志聽得血脈賁張，興奮異常。

穆人清道：「眼下你武功已頗有根柢，雖武學永無止境，但我所知所能，已盡數傳

你，以後就全憑你自己用功。明天我下山去，要跟高王二人去辦幾件事。你的混元功尚差了最後一關，少則十日，多則一月，便能圓熟如意，融會貫通。下山奔波，諸事分心，練功沒山上安靜。待得混元一氣遊走全身，更無絲毫窒滯，你再下山，到闖王軍中來找我吧。一路之上，如見到不公不平之事，便須伸手。行俠仗義，助弱解困，救死扶傷，乃我輩份所當為，縱是萬分艱難危險，也不可袖手不理。」

承志答應了，聽師父准許他下山，甚是歡喜。

穆人清平時早已把本門門規，以及江湖上諸般禁忌規矩、幫會邪正、門派淵源、武功家數告知了他，這時又擇要一提，最後道：「你為人謹慎正直，我是放心得過的。只是你年輕之人，血氣方剛，於『女色』一關要加意小心。多少大英雄大豪傑只因在這事上失了足，弄得身敗名裂。你可要牢牢記住師父這句話。」承志凜然受教。

次日天亮，承志起身後，就如平時一般，幫啞巴燒水做飯，等一切弄好再到師父房裏請安，卻見穆人清和兩位客人早已走了。承志望著師父的空床出了一會神，想到不久就可下山，打手勢告訴了啞巴。啞巴愀然不樂，轉身走出。

承志和他相處十餘年，早已親如兄弟，知他不捨得與自己分離，心下也感悵惘。

忽忽過了十七八天，承志照常練功，想到不久便要離去，對山上一草一木不由得加是順暢，快速異常，知道師父所云最後一關亦已打通，心下甚喜。正要熄燈睡覺，啞巴走進房來，做手勢說山中似乎來了生人。袁承志要奔出去察看，啞巴示意已前後查過，意愛惜起來。這天用過晚飯，坐在床上又練了一遍混元功，但覺內息遊走全身經脈，極

未見有何不妥之處。

承志不放心，帶了兩頭猿猴山前山後查看，沒發現有何異狀，也就回來睡了。

睡到半夜，忽聽得外房中大威與小乖吱吱亂叫，承志翻身坐起，側耳細聽，忽然間一陣甜香撲鼻，暗叫：「不好！」閉氣縱出，正感腳下陡然無力，一個踉蹌，險些跌倒。那是他從所未有之事，正感驚訝，室門砰的一聲給人踢開，一條黑影竄進來，黑暗中刀風颯然，當頭砍到。袁承志只覺頭腦發暈，站立不定，危急中強自支持，身子向左偏讓，右掌反擊。那人揮刀直劈，削他手臂。

袁承志猝遇強敵，不容對方有緩手機會，黑暗中聽聲辨形，欺進一步，左掌噗的一聲，擊在那人肩頭，但手臂酸軟，使出來的還不到平時一成功力，饒是如此，那人還是單刀脫手，身不由主的直摜出去。外面一人伸手拉住，問道：「點子爪子硬？」

承志待要撲出追敵，突覺一陣迷糊，暈倒在地。

也不知隔了多少時候，方才醒來，只感渾身酸軟，手足一動，吃驚非小，原來全身已給繩子縛住。只見室中燈火輝煌，兩個人正在翻箱倒篋的到處搜檢。

他知遭人暗算，心中自責無用，師父下山沒多天，就給人掩上山來擒住了，還說得上甚麼闖江湖報父仇。這時兀自頭暈目眩，於是潛運內功，片刻間便即寧定。

當下假裝昏迷未醒，眼睜一線偷看，只見一人身材瘦削，四十多歲年紀，面容乾枯，另一個頭頂光禿，身軀高大，瞧身形就是適才與自己交手之人。他想：「山上有甚麼貴重東西，值得他們來搶？這裏就只有師父留下給我做盤纏的五十兩銀子。但這二人

絕非尋常盜賊，這禿子武功不弱，想那瘦子也自了得。若說是來找師父報仇，為甚麼不殺我，卻到處搜尋東西？」暗運功力，想崩斷手上所縛繩索繩子。不料敵人知他武功精強，已在他雙手之間插了枝空竹，只要一用力，竹子先破，立發聲響。承志微微一掙，便即發覺，於是停手不動，尋思脫身之計。

那禿子忽然高興大叫：「在這裏啦！」從床底下捧出一隻大鐵盒，正是金蛇郎君的遺物。瘦子與禿子坐在桌邊，打開鐵盒，取出一本書來，見封面上寫著「金蛇秘笈」四字。禿子大笑道：「果然在這裏，張師哥，咱們這十八年功夫可沒白費。」揭開秘笈，見書頁上畫著許多圖形，寫滿小字，喜得晃頭搔耳，樂不可支。

瘦子忽叫：「咦，那人要逃！」說著向承志一指。承志吃了一驚。禿子回過頭來，那瘦子手腕翻處，波的一聲，一柄匕首插進了禿子背脊，直沒至柄，隨即躍開數尺，拔出長劍，護住門面。

禿子驚愕異常，忽然慘笑，說道：「二十幾個師兄弟尋訪了十八年，今日我和你才得到這寶貝，張師哥，你要獨吞，竟對我下這毒……手……哈哈……哈哈……你……你當然連棋仙派也叛了。可是要瞞過五位老爺子，只怕沒這麼容易，我……瞧你有甚麼好下場……嚇嚇……」

那禿子反手去拔背上匕首，卻總是夠不到，驀地裏長聲慘呼，撲在地下，抽搐了幾下，就不動了。

靜夜中聽到這慘厲的冷笑聲，承志全身寒毛直豎。

104

瘦子怕他沒死，又過去在他背上刺了兩劍，哼了一聲，道：「我不殺你，怕你不會殺我麼？那又何必客氣？」隨即又在禿子的屍身上重重踢了一腳，說道：「你說我瞞不過那五個糟老頭子？你瞧我的！」

他不知承志已醒，陰惻惻的笑了兩聲，彈去了蠟燭上燈花，打開秘笈看了起來，身子微微晃動，滿臉喜色。他翻了幾頁，有幾頁黏住了揭不開來，伸食指在口中一舐，蘸了些唾液又去翻閱，這般翻了幾張，承志突然想起，書本上附有劇毒，他如此翻閱，勢必中毒，不由得「呀」的一聲叫了出來。

那瘦子聽到了，轉過頭來，見承志臉上盡是驚惶之色，便緩緩站起，從禿子背上拔出比首，走上兩步，說道：「我跟你無怨無仇，可是今日卻不能饒你性命。」說著眼露兇光，舉起比首，獰笑兩聲，說道：「此時殺你，只怕你到了陰間也不知原因。」老實跟你說，我是浙江衢州棋仙派的張春九。我們棋仙派跟金蛇郎君是死對頭，他奸淫了我們師妹，逃得不知去向。我們十多年來到處找他，那知他的物事竟在你這小子手裏。金蛇郎君在那裏？」說著向窗外一瞧，不由自主的臉露畏懼，似乎怕金蛇郎君突然出現。

承志如稍有江湖經歷，自會出言恐嚇，縱不能將他驚走，也可使他心有顧忌，不敢便加害自己，但此時六神無主，那想得到騙人？只道：「金蛇郎君早已死了，他……他的屍骨也是我葬的。」張春九大喜，又問一句：「金蛇郎君果然死了？」承志點點頭。

張春九喝問：「他怎麼死的？」承志道：「我不知道，真的不知道。」

張春九滿臉猙獰之色，惡狠狠的道：「你這小子住在華山之上，決非好人，料來跟

金蛇郎君蛇鼠一窩，殺了你也不冤。你做了鬼要報仇，到衢州靜岩來找我張春九吧，嘿嘿，不過我今後衢州也永不回去了，只怕你變了鬼也找我不到……」提劍便要往承志頭上斬落，突然之間，打了個跟蹌。

承志知危機迫在目前，全身力道都運到了雙臂之上，啪的一聲，跟著繩索迸斷，揮掌正要打出，張春九忽然仰天便倒。

承志怕他有詐，手持斷繩，在面前揮動，呼呼生風。卻見他雙腳一登，便不動了，眼中、鼻中、耳中、口中，都流出黑血，才知他已中毒而死，俯身解開自己腳上繩索，奔到外室，見啞巴也已遭縛，雙目圓睜，動彈不得，忙給他解了縛。又見大威與小乖昏倒在地，心中吃驚，忙去端了一盆冷水從頭淋落，兩頭巨猿漸漸甦醒。

承志打手勢把經過情形告訴啞巴。等天明後，兩人把兩具死屍抬到後山。承志想這大鐵盒是害人之物，便與毒書一起投入坑裏，與兩具死屍葬在一處，想起夜來情事，不由得暗暗心驚：「這二人所以綁住我與啞巴，不即一刀殺死，自是為了要拷問金蛇郎君的下落。若非他們另有圖謀，這時葬在這坑中的，卻是我與啞巴的屍首了。」

握住劍柄，臂上微一使力，嗤的一聲響，拔了出來，劍柄下果然連有劍身。

劍作金色，形狀奇特，

就如是一條金蛇蜿蜒盤曲，

蛇尾勾成劍柄，蛇頭則是劍尖，蛇舌伸出分叉。

第四回

矯矯金蛇劍　翩翩美少年

袁承志在十四歲上無意中發現鐵盒，這些年來早把這件事忘得乾乾淨淨，眼看這張春九與禿子的神情，猜想《金蛇秘笈》中必定藏有重大秘密，否則他們不會連續找上十八年之久，找到之後，又如此你搶我奪的性命相搏。「到底秘笈中寫著甚麼？」此念一動，再也不能克制，於是在床底角落中把那隻塵封蛛結的小鐵盒找了出來。這隻盒子小得多，張春九和禿頭一時沒發見。兩人一見到大鐵盒中的假秘笈，便欣喜若狂，再也不去找尋別物了。

袁承志打開鐵盒，取出真本《金蛇秘笈》放在桌上，翻開閱讀，那書較小，但頁多書厚，前面是些練功秘訣及發射暗器的心法，與他師父及木桑道人所授大同小異，此外還詳述各家各派的武功祕奧，以及諸般破解之法，可說洋洋大觀，另有金蛇郎君本身原學和自創的武功。約略看去，秘笈中所載，頗有不及自己所學的，但手法之陰毒狠辣，卻遠有過之。心想，這次險些中了敵人卑鄙詭計，日後在江湖上行走，難保不再遇到陰毒對手，這些人的手法自己雖不屑使用，但知己知彼，為了克敵護身，卻不可不知，於是對秘笈中所述心法細加參研。

一路讀將下去，不由得額頭冷汗涔涔而下，世上竟有這種種害人的毒法，當真匪夷所思，相較之下，張春九和那禿子用悶藥迷人，可說毫不足道。

讀到第三日上，見秘笈所載武功已與自己過去所學全然不同，不但與華山派武功無絲毫共通之處，而且從來不曾聽師父或木桑道長提到過，那也並非僅是別有蹊徑而已，委實異想天開，往往與武學要旨背道而馳，卻也自具克敵制勝之妙。他一藝通百藝通，

110

武學上既已有頗深造詣，再學旁門自是點到即會。秘笈中所載武功奇想怪著，紛至沓來，一學之下，再也不能自休，當下照著秘笈一路學將下去。

他既有混元功的深厚根柢，要學任何武功皆輕而易舉，但練到二十餘日後卻遇上了難關，秘笈中要訣關竅，記載詳明，然根基所在的姿勢卻無圖形，訣要甚是簡略，不知招式，只得略過不練。

後來十餘頁的功夫，都是用來對付一個叫做「五行陣」的陣法，要他先熟習八卦方位，諸般生剋變化。這陣法變幻多端，組成陣法的對手五人此來彼去，互補互救，金蛇郎君以極巧妙方法，將之一舉摧破，其中包含了不少高明武功。袁承志心想，這「五行陣」日後未必真會遇上，但諸般破陣的功夫，用途甚廣，學了卻大有用處，於是花了幾日苦功，一一學會。秘笈中記載其他武功，大都心平氣和，析其優劣，但這十餘頁講述「五行陣」，語氣中頗含怨毒，對此敵手五人敵意甚盛，所用武功也均狠辣強勁，每一招均欲殺敵而後快。承志習練之時暗暗搖頭：「何必生這麼大的氣，破了陣法也就是了。」

看來這套武功乃有所爲而作，對手實有其人，並非憑虛說武。承志學其招式，然不記其陰毒之意，心想：「師父常教我說，自己武功既強，便須時時存著『手下容情，留有餘地』的念頭。」

再翻下去是一套「金蛇劍法」，心想：此劍法以「金蛇」爲名，金蛇郎君定然十分重視，必有獨到之處。照式練去，初時還不覺甚麼，到後來轉折起伏、刺打劈削之間，甚是不順，有些招式更絕無用處，連試幾次總感不對，便即想起，金蛇郎君埋骨的洞中壁

上有許多圖形，莫非與此有關？

一想到這事，再也忍耐不住，招了啞巴，帶了繩索火把，又去洞中。這時他身材已經高大，幸而當年曾將洞口拆大，於是鑽進洞內，舉起火把往壁上照去，對圖形一加琢磨，果是秘笈中要訣的圖解。山壁石質雖甚鬆軟，但圖形潦草，筆劃入石極淺，花了幾個時辰，將圖形盡數記熟了，在金蛇郎君墓前又拜了兩拜，謝他遺書教授武功。

正要走出，一瞥間見到洞壁上的那個劍柄，當日年幼，未敢拔出，此時緊緊握住劍柄，臂上微一使力，嗤的一聲響，拔了出來，劍柄下果然連有劍身。劍鋒插入處石壁上原有一條深縫，否則金蛇郎君插劍時如已無多大力氣，未必能將劍身插入石壁。

突然之間，全身涼颼颼地只感寒氣逼人，只見那劍劍身金色，形狀甚奇，與先前所見的金蛇錐依稀相似，整柄劍就如一條金蛇蜿蜒盤曲，蛇尾彎成劍柄，蛇頭則是劍尖，蛇舌伸出分叉，劍尖竟有左右兩叉。那劍金光燦爛，握在手中頗為沉重，似是黃金混和了其他五金所鑄，劍身上一道血痕，發出碧油油暗光，極是詭異。

觀看良久，心中隱生懼意，尋思這一道碧綠的血痕，不知是何人身上的鮮血所化？是仁人義士，還是大奸大惡？又還是千百人的頸血所凝聚？

持劍微一舞動，登時明白了「金蛇劍法」的怪異之處，原來劍尖兩叉既可攢刺，亦可勾鎖敵人兵刃，倒拖斜戳，皆可傷敵，比之尋常長劍增添了不少用法，先前覺得「金蛇劍法」中頗多招式全無用處，但用在這柄特異的劍上，盡成厲害招術。

舞到酣處，無意中揮劍削向洞壁，一塊岩石應手而落，如削爛泥，這劍竟是鋒銳絕倫。他又驚又喜，轉念又想：「金蛇郎君並未留言贈我此劍，我見此寶劍，便欲據為己有，未免貪心，還是讓它在此伴著舊主吧。」提起劍來，向石壁上插了下去。這一插未使全力，又非順石縫而入，劍身尚有尺許露在石外，未及柄而止。劍刃微微搖晃，劍上碧綠的血痕映著火光，似一條活蛇不住扭動身子，拚命想鑽入石壁。

再看石壁上那「重寶秘術，付與有緣，入我門來，遇禍莫怨」那十六個字，不由得怔怔的出了神，心想這位金蛇前輩不知相貌如何？不知生平做過多少驚世駭俗的奇事？到頭來又何以會死在這山洞之中？

他見了金蛇劍後，對《金蛇秘笈》中所載武功更增嚮往，而不知不覺間，心中對這位怪俠又多了幾分親近之意。出得洞來，又花了二十多天功夫，將秘笈中所錄的武功盡數學會了，其中發金蛇錐的手法尤為奇妙，與木桑道人的暗器心法可說各有千秋。

讀到最後三頁，只見密密麻麻的用炭條寫滿了口訣，參照前面所載，有些地方變化精奧，頗增妙悟，但一大半卻全不可解。埋頭細讀這三頁口訣，苦思了兩天，總覺其中矛盾百出，必定另有關鍵，但把一本秘笈翻來覆去的細看，所有功訣法門實已全部熟讀領會，更無遺漏。他重入山洞，細看壁上圖形，仍難索解。

再讀下去，只見許多招式的名稱甚為古怪，「去年別君時」、「忍淚佯低面」、「含羞半斂眉」、「柔腸百結」、「粉淚千行」、「半羞還半喜」、「欲去又依依」、「淚珠難寄」、「舊歡如夢」、「勸我早歸家」、「孤雁淒涼」、「同生共死」、「望郎何日來」等

113

等，皆是男女歡愛之辭，似是一個少女傷心情郎別去，苦思苦憶的心情。袁承志其時不明兒女情懷，又沒讀過多少詩詞，只覺這些招式名稱纏綿悱惻，甚是無聊，試著使動拳腳劍法，每一招往往欲進又卻，若即若離，虛招極多而實招希見，倒似是遊戲玩意，而不是性命相搏的招式，臨敵之時並無多大用處。

待看到一招「意假情眞」，見《秘笈》中詳述這一招如何似眞似幻，說道「人間假意多而眞情罕見，種種試探，欲明對方眞意所在，而眞意殊不易知，此所以惆悵長夜而柔腸百轉欲斷也。」這一招中包含了無數虛招，最後說道：「別道人家有無眞情，即令自己，此招終歸何處，自家總亦不知。」最後一擊，似虛似實，心意不定。金蛇郎君想到這裏，已近乎走火入魔，我可不能跟著學了。」掩過秘笈，猛覺這一招虛虛實實，變幻多端，委實巧妙無比，出招者自己既不知此招擊向何處，對手自然更加不知，只因不知其何來何去，自是難以閃避拆格。這可說是一招根本不能抵擋的武學招術。天下武功招數，不論如何奇奧巧妙，必可拆解應付，左來則右擋，攻前則退後，但這招不知擊向何處，任何擋格可能均係錯著，自是招架不來。

「師父常告誡，修習武功，須防走火入魔，一旦入魔，精神紛亂，不易收拾。金蛇郎君想這天晚上，他因參究不出其中道理，在床上翻來覆去，始終睡不安穩，只見窗外一輪明月射進室來，照得滿地銀光，忽想：「我混元功早已練成，爲了這部金蛇秘笈，卻在山上多耽了兩個月功夫。師父曾說金蛇郎君爲人怪僻，他的書觀之無益。一招招式連自己也不知擊向何處，心意不定，那算是甚麼武功招數？不過這招『意假情眞』，也委實

巧妙之至。」

　　他武學修為既到如此境界，見到高深的武功秘奧而竟不探索到底，實所難能，心想：「眼不見為淨，我一把火將它燒了便是。」主意已定，下炕來點亮油燈，拿起秘笈放在燈上焚燒。但燒了良久，那書的封面只薰得一片烏黑，卻不能著火。

　　他心中大奇，用力拉扯，那書居然紋絲不動。他此時混元功已成，雙手具極強內家勁力，這一扯力道非同小可，就算鐵片也要拉長，不料想這書居然不損，情知必有古怪，細加審視，原來封面是以烏金絲和不知甚麼細線織成，共有兩層。

　　他拿小刀割斷釘書的絲線，拆下封面，再把秘笈在火上焚燒，登時火光熊熊，金蛇郎君平生絕學燒成了灰燼。再看那書封面，夾層之中似乎另有別物，細心挑開兩層之間連繫的金絲，果然中間藏有兩張紙箋。

　　一張紙上寫著：「重寶之圖」四字，旁邊畫了一幅地圖，又有許多記號。圖後寫著兩行字：「得寶之人，真乃我知己也。務請赴浙江衢州靜岩，尋訪女子溫儀，贈以黃金十萬兩。」心想：「這話口氣好大！」只見箋末又有兩行小字：「此時縱聚天下珍寶，亦焉得以易半日聚首？重財寶而輕別離，愚之極矣，悔甚，恨甚！」小字之下，斑斑點點，沾有不少淚痕。凝思半晌，不明其意。

　　另一張紙箋上寫的，卻密密的都是武功訣要，與秘笈中不解之處一加參照，登時豁然貫通，果然妙用無窮。他眼望天上明月，《金蛇秘笈》中種種武功秘奧，有如一道澄澈的小溪，緩緩在心中流過，清可見底，更無半分渣滓，直到紅日滿窗，這才醒覺。只

這些武功似過份繁複，花巧太多，想來是金蛇郎君的天性使然，喜在平易處弄得峯迴路轉，使人眼花繚亂。這兩張紙箋上的字是用墨筆寫成，當非困居山洞時所寫。然係其武學總訣，融會貫通之後，於其後炭筆所書的千奇百怪招數，亦能明其原委。

經此一晚苦思，不但通解了金蛇郎君的遺法，而對師父及木桑道人所授諸般上乘武功，也有更深一層體會。

他望著兩頁白箋，一堆灰燼，呆呆出神，暗歎金蛇郎君工於心計，一至於斯，故意在秘笈中留下令人不解之處，誘使得到秘笈之人刻意探索，終於找到藏寶地圖。如果秘笈落入庸人之手，不去鑽研武功的精微，那麼多半也不會發見地圖。他把兩張紙箋仍夾在兩片封面之間，再去山洞取出金蛇劍，練熟了劍法，才將劍插還原處。

又過兩日，袁承志收拾行裝，與啞巴告別。他在山上居住多年，忽然離去，心下難過。大威與小乖頗通靈性，拉住了他衣衫吱吱亂叫，不放他走。袁承志更是難分難捨。啞巴帶了兩頭巨猿直送到山下，這才洒淚而別。

袁承志藝成下山，所聞所見，俱覺新奇，一路行來，見百姓人人衣服襤褸，餓得面黃肌瘦。行出百餘里，見數十名百姓在山間挖掘樹根而食。他身邊有師父留下的銀兩，卻也無處可買食物，只得施展武功，捕捉鳥獸為食。又行數十里，見倒斃的饑民不絕於途，甚感悽惻。

行了數日，將到山西境內，見饑民煮了餓死的死屍來吃，他不敢多看，疾行而過。

這一日來到一處市鎮，見饑民大集，齊聲高唱，唱的是：

「吃他娘，穿他娘，開了大門迎闖王。闖王來時不納糧。」

「朝求升，暮求合，近來貧漢難存活。早早開門拜闖王，管教大家都歡悅。」

一名軍官帶了十多名兵卒，大聲吆喝：「你們唱這等造反的妖歌，不怕殺頭嗎？」揮動鞭子，向眾百姓亂打。眾饑民叫道：「闖王不來，大家都是餓死，我們正是要造反！」一擁而上，抓住了官兵，又打又咬，登時將十多名官兵活活打死了。

袁承志見了這等情景，心想：「無怪闖王聲勢日盛。百姓饑不得食，也只好殺官造反了。」向一名饑民問道：「這位大哥，可知闖王在那裏，我想前去相投。」那饑民說道：「聽說闖王大軍眼下在襄陵、聞喜一帶，就要過來。我們大夥也要去投軍。」袁承志又問：「剛才聽得大家唱的歌兒甚好，還有沒有？」那饑民道：「還有好多。那都是闖王屬下的李公子所作。」又唱了幾首，歌意都是勸人殺官造反，迎接闖王。

袁承志沿途打聽，在黃河邊上遇到了小部闖軍。帶兵的首領聽說是來找闖王的，不敢怠慢，忙派人陪他到李自成軍中。

闖王聽得是神劍仙猿穆人清的弟子到來，雖在軍務倥傯之際，仍親自接見。袁承志見他氣度威猛，神色和藹，甚是敬佩。闖王說他師父去了江南，想是穆人清在言語中對這年輕愛徒頗為獎許，是以闖王對他甚加器重，言下頗有招攬之意。

袁承志聽得師父不在，登時忽忽不樂，再問起崔秋山，則是和穆人清同到江南蘇杭一帶籌措軍餉去了。袁承志說要去尋師，稟明師父之後，再來效力。闖王也不勉強，命

117

制將軍李岩接待，又送了一百兩銀子作路費。袁承志謝過受了。

那李岩雖是闖軍中帶兵的將官，但身穿書生服色，吐屬儒雅。原來他是前兵部尚書李精白之子，本是舉人，因振濟災民，得罪了縣官和富室，遭誣陷入獄。有一位女俠仰慕他為人，率領災民攻破牢獄，救他出來。那女俠愛穿紅衣，眾人叫她紅娘子。李岩實逼處此，已非造反不可，便和紅娘子結成夫婦，投入闖王軍中，獻議均田免賦，善待百姓。闖王言聽計從，極為重用。闖軍本為饑民、叛兵、及失業驛卒所聚，造反不過為求一飽，原無大志，所到之處，不免劫掠，因之人心不附，東西流竄，時勝時敗，難成氣候。自得李岩歸附，李自成整頓軍紀，嚴禁濫殺奸淫，登時軍勢大振。

李岩治軍嚴整，又編了許多歌兒，令人教小兒傳唱，四處流播。百姓正自饑不得食，官府又來拷打逼糧催餉，聽說「闖王來時不納糧」，自是人人擁戴。因此闖軍未到，有此城池已不攻自破。

李岩對袁崇煥向來敬仰，聽說袁督師的公子到來，相待盡禮，接入營中，請夫人紅娘子出見。紅娘子英風爽朗，豪邁不讓鬚眉。三人言談投機。袁承志除武功之外，見識甚淺，李岩熟識古今史事、天下興亡之理，跟他縱談大勢，袁承志聽了有如茅塞頓開，對李岩甚為欽佩。兩人意氣相投，於是相互八拜，結成了義兄弟。袁承志在李岩營中留了三日，直至闖軍要拔營北上，這才依依作別。

袁承志初出茅廬，對李岩的風儀為人，暗生模倣之心，便去買了書生衣巾，學著也作書生打扮。他不知師父在江南何處，只有逕向南行，隨遇而安。

江南地方富庶，雖然官吏一般的貪污虐民，但眾百姓尚堪溫飽，比之秦晉饑民的苦況，卻是如在天堂了。

這日來到贛東玉山，吃過飯後，到碼頭去搭船東行，見江邊停了艘大船，相問之下，說是上饒一個富商包了到浙江金華去買賣商貨的，袁承志便求附載。船老大貪著多得幾個船錢，向包船的富商龍德鄰商量。龍德鄰見他是個儒生，也就允了。

船老大正要拔篙開航，忽然碼頭上匆匆奔來一個少年，叫道：「船老大，我有急事要去衢州，請你行個方便，多搭我一人。」

袁承志聽這人聲音清脆悅耳，抬頭看時，不禁一呆，見是一個面貌俊秀的美貌少年。這人十八九歲年紀，穿一件石青色緞衫，頭頂青巾上鑲著塊白玉，衣履精雅，背負包裹，膚色白膩，一張臉白裹透紅，說得上是雪白粉嫩。龍德鄰見這少年服飾華貴，人才出眾，心生好感，命船老大放下跳板，把他接上船來。

那青衫少年踏步上船，那船便微微一沉，袁承志心下暗奇，瞧他身形瘦弱，不過百斤上下，但這船一沉之勢，卻似有兩百多斤重物壓上一般，他背上包裹不大，怎會如此沉重？那少年上船之後，船就開了。

那青衫少年走進中艙，與龍德鄰、袁承志見禮，自稱姓溫名青，因得知母親患病，是以趕著回去探望。他見了龍德鄰不以為意，一雙秀目，卻不住向袁承志打量，問道：「聽袁兄口音，好似不是本地人？」袁承志道：「小弟原籍廣東，從小在陝西居住，江南

還是生平第一次來。」溫青問道：「袁兄去浙江有何貴幹？」袁承志道：「我是去探訪一個朋友。」正說到這裏，忽然兩艘小船運櫓如飛，從坐船兩旁搶了過去。溫青眼盯小船，直望著兩船轉了個彎，為前面的山崖擋住，這才不看。

中飯時分，龍德鄰好客，邀請兩人同吃。袁承志量大，一餐要吃三大碗飯，雞魚蔬菜都吃了不少，溫青卻只吃一碗飯，甚是秀氣文雅。

剛吃過飯，水聲響動，又是兩艘小船搶過船旁。一艘小船船頭站著一名大漢，望著大船狠狠瞪了幾眼。溫青秀眉微豎，滿臉怒色。袁承志心感奇怪：「他為甚麼見了小船生氣？」溫青似乎察覺到了，微微一笑，臉色登轉柔和，接過船夥泡上來的一杯茶，啜了一口，似嫌茶葉粗澀，皺了眉頭，把茶杯放在桌上。

到了傍晚，船在一個市鎮邊停泊了。袁承志想上岸遊覽，龍德鄰不肯遠離貨物，邀溫青時，他嘴唇一扁，神態輕蔑，說道：「這種荒野地方，有甚麼可玩的？」似是譏他沒見過世面。袁承志覺這少年驕氣迫人，卻也不以為忤。他見江南山溫水軟，景色秀麗，與華山的雄奇險峻全然不同，一路上從不肯錯過了遊覽的機緣，便上岸四下閒逛，買了幾斤橘子回船，想請龍德鄰和溫青吃時，見兩人都已睡了，便也解衣就寢。

睡到中夜，睡夢中忽聽遠處隱隱有唿哨之聲，袁承志登時醒轉，想起師父所說江湖上的種種變故情狀，料知有事，悄悄在被中穿了衣服。

不久櫓聲急響，下游有船上來。只見溫青突然坐起，原來他並未脫衣，又見他從被窩中取出一柄精光耀眼的長劍，躍到船頭。袁承志一驚，揣測：「莫非他是水盜派來臥

底的，要打劫這姓龍的商人？」師父離山之時，曾說世間方亂，道路不靖，身上帶劍惹

眼，不免多生事端，因此他遵師父之囑，隨身只帶一柄匕首，那柄平日習練劍法的長劍

留在華山，當下一摸身邊匕首，坐起身來。

只聽得對面小船搖近，船頭上一個粗暴的聲音喝道：「姓溫的，你講不講江湖義

氣？」溫青叱道：「講又怎樣，不講又怎樣？」那人叫道：「我們辛辛苦苦從九江一路

跟下來，你倒好，半路裏殺出來吃橫樑子！」

這時龍德鄰也已驚醒，探頭張望，見四艘小船上火把點得晃亮，船頭上站滿了人，

個個手執兵刃，登時嚇得不住發抖。袁承志已聽出其間過節，安慰他道：「莫怕，沒你

的事！」龍德鄰道：「他……他們不是來搶我貨物……貨物的強人麼？」

溫青喝道：「天下的財天下人發得，難道這金子是你的？」那人道：「快把三千兩

金子拿出來，大家平分了。咱們雙方各得一千兩，就算便宜你。」溫青叫道：「呸，你

想麼？」小船上兩名大漢怒道：「沙大哥，何必跟這橫蠻的東西多費口舌！他不要一千

兩金子，那就一個子兒也不給他。」手執兵刃，向大船上縱來。

龍德鄰聽他們喝罵，本已全身發抖，這時見小船上兩人跳將過來，更是魂飛魄散，

大聲道：「袁……袁相公，強人……強人來打劫……打劫啦。」袁承志將他拉到自己身

後，低聲道：「別怕。」

只見溫青身子稍偏，左足飛起，撲通一聲，將左邊一人踢下江去，跟著右手長劍斬

落。來人舉刀擋架，那知他長劍忽地斜轉，避過刀鋒，順勢削落，喀嚓一聲，那人連肩

帶刀，都給削了下來，跌在船頭，暈了過去。溫青冷笑一聲，叫道：「沙老大，別讓這些贓包來現世啦。」對面那大漢哼了一聲，道：「去抬老李回來。」小船上兩人空手縱將過來，溫青只是冷笑，並不理會，讓兩人將右膀被削之人抬回，不久跌在江中那人也濕淋淋的爬上小船。

沙老大叫道：「我們游龍幫跟你棋仙派素來河水不犯井水。我們當家的衝著你五祖面子，不來跟你為難，可別當我們是好惹的。」

袁承志聽他提到棋仙派，心中一凜：「那天到華山來的張春九，不是自稱棋仙派麼？這姓溫的跟他是一派，只怕也是個邪惡之徒。」

溫青道：「你別向我賣好，打不過，想軟求麼？」沙老大怒道：「你到底按不按江湖規矩辦事？」溫青冷笑道：「我愛怎麼就怎麼，偏有這許多廢話？」沙老大道：「咱們話說在先，我們游龍幫已盡到了禮數，跟你說好話，只盼雙方不傷和氣。你五祖可不能再說我們以多欺少，以大欺小。」袁承志聽他口氣，似乎對溫青的一個甚麼五祖很是忌憚。溫青笑道：「憑你這點玩藝兒，就欺得了我麼？」

袁承志聽雙方越說越僵，知道定要動手，從兩邊言語中聽來，似是游龍幫想劫一批黃金，卻給溫青中間殺出來夾手奪了去，游龍幫不服氣，趕上來要分一半贓。溫青上船時身子如此沉重，想來包裹中就藏著這二千兩黃金了。心想兩邊都非正人，自己裝作不會武功，只袖手旁觀便是。

沙老大大聲呼喝，手握一柄潑風大環刀，躍上船來，十多名大漢跟著紛紛躍過，站

在他身後。沙老大一抱拳，說道：「你棋仙派武功號稱獨步江南，今日姓沙的領教閣下高招！」溫青哼了一聲道：「是你一人和我打呢，還是你們大夥兒齊上？」沙老大怒道：「你也太瞧不起人啦！你船上還有甚麼朋友請他出來作個見證，別讓江湖上朋友說姓沙的不要臉。」他掉頭對住艙口，說道：「叫艙裏的朋友出來吧！」兩名大漢走進艙去，對袁承志和龍德鄰道：「我們大哥要你們出去。」

龍德鄰全身發抖，不敢作聲。袁承志道：「他們要打架，只不過叫咱們作個見證，沒甚麼要緊。出去吧。」拉著他手，走上船頭。

溫青似乎等得不耐煩了，不讓沙老大再交待甚麼場面話，冷笑道：「你定要出醜，可莫怪我手辣，進招。」唰唰兩劍，分刺對方左肩右膀。沙老大身材魁梧，身法卻頗靈動，潑風刀一招「鐵牛頂頸」，反轉刀背，向溫青砸來，這一招既避來劍，又攻敵人，可是手下留情，只以刀背砸打。

溫青叱道：「有甚麼本事，一古腦兒的都抖出來吧，我可不領你情。」口中說著，手上長劍連攻數招。

沙老大微一疏神，嗤的一聲，肩頭衣服給刺破了一片，肩頭也割傷了一道口子，他嘰哩咕嚕的罵了幾句，一柄潑風刀施展開來，狠砍狠殺，招招狠毒。溫青劍走輕靈，盤旋來去，長劍青光閃爍，已把對方全身裹住。

袁承志看兩人拆了數招，已知溫青武功遠在沙老大之上。沙老大刀沉力勁，看來倒也威猛，但刀法呆滯。溫青以巧降力，時刻稍長，沙老大額頭見汗，呼吸漸粗，身法已

不如初戰時的矯捷。

刀光劍影中只聽得溫青一聲呼叱，沙老大腿上中劍。他臉色大變，縱出三步，右手一揚，三枚透骨釘打了過來。溫青揚劍打飛兩枚，另一枚側身避過。他打飛的兩枚透骨釘中，有一枚突向袁承志當胸飛去。

溫青驚呼一聲，心想這一次要錯傷旁人。那知袁承志伸出左手，只兩根手指，便將那枚透骨釘拈住了。沙老大帶來的大漢多人手執火把，將船頭照得明晃晃地，溫青瞧得清楚，不禁一怔：「這手功夫可俊得很哪！原來此人武功著實了得。」

沙老大見溫青注視袁承志，面露驚愕之色，乘他不備，又是三枚透骨釘射了過去。

袁承志情不自禁，急叫：「溫兄，留神！」

溫青急忙轉頭，見三枚透骨釘距身已不過三尺，若非得他及時提醒，至多躲得過一枚，下面兩枚卻萬萬躲避不開，忙側頭讓過一枚，揮劍擊飛另外兩枚，轉身向袁承志點頭示謝，挺起長劍，向沙老大直刺過去。

沙老大一擊不中，早已有備，提起潑風刀一輪猛砍。溫青恨他歹毒，出手盡是殺著。拆了數招，沙老大右膀中劍，嗆啷啷一響，潑風刀跌落船板。溫青搶上一步，揮劍砍斷了他右腿。沙老大慘叫暈去，他手下眾人大驚，擁上相救。溫青掌劈劍刺，登時打死了七八人。袁承志看著不忍，說道：「溫大哥，饒了他們吧！」溫青毫不理會，繼續刺殺，又傷了兩人。餘人見他兇悍，紛紛跳江逃命。溫青順手揮劍，在沙老大胸口刺落，跟著抬腿把他屍身踢入江中。

袁承志心下不快，暗想你既已得勝，何必如此心狠手辣，轉頭看龍德鄰時，他早已嚇得全身癱軟，動彈不得。

跳入江中的游龍幫幫眾紛紛爬上小船，搖動船櫓，迅向下游逃去。

袁承志道：「他們要搶你財物，既沒搶去，也就罷了，何苦多傷性命？」

溫青白了他一眼，道：「你沒見他剛才的卑鄙惡毒麼？要是我落入他手裏，只怕還有更慘的呢。你別以為幫了我一次，就可隨便教訓人，我才不理呢。」袁承志不語，只心想這人不通情理。溫青拭乾劍上血跡，還劍入鞘，向袁承志一揖，甜甜一笑，說道：「袁大哥，適才幸得你出聲示警，叫我避開暗器，謝謝你啦。」

袁承志臉上一紅，還了一揖，登覺發窘，無言可答，只覺這美少年有禮時如斯文君子，兇惡時狠如狼虎，不知到底是甚麼性子。

溫青叫船夫出來，吩咐洗淨船頭血跡，立即開船。船夫見了剛才的狠鬥，那敢不遵，提水洗了船板，拔錨揚帆，連夜開船。

溫青又叫船夫取出龍德鄰的酒菜，喧賓奪主，自與袁承志在船頭賞月。他絕口不提剛才惡鬥，喝了幾杯酒，說道：「明月幾時有，把酒問青天。哼，青天只怕也管他不著呢。明月幾時愛出來，便出來，不愛出來便不出來。袁大哥，你說是不是？」

袁承志聽他忽然掉文，只得隨口嗯了一聲。他小時跟應松念了幾年書，自從跟穆人清學武後，雖然晚間偶然翻閱一下書籍，但不當它正經功課，文字上甚是有限。

溫青道：「袁兄，月白風高，如此良夜，咱們來聯句，好不好？」袁承志道：「聯

句？甚麼叫聯句？我可不會。」溫青一笑不答，給袁承志斟了杯酒。忽見前面江上一葉小舟破浪而來，雖是逆水，但駛得甚快。溫青臉色一變，冷笑數聲，只管喝酒。

座船順風順水，衝向下游，轉眼間兩船駛近。溫青擲下酒杯，突然飛身躍起，雙腳在船篷上點了幾下，落在後稍，從船老大手裏搶過舵來，只一扳，座船船頭向左偏斜，對準了小船直撞過去。小船忙要避讓，又怎還來得及，只聽一聲巨響，兩船已然相撞。

袁承志叫得一聲：「啊喲！」見小船上躍起三人，先後落上大船船頭，身手均頗迅捷。這時小船一側，翻了過去，船底向天。袁承志老遠看出小船上原有五人，除這三人外，尚有兩人，一個掌舵，一個打槳。這兩人不及躍起，都落入水中，只叫得一聲「救命」便沉落江底。這一帶江流水急礁多，就算熟識水性，黑夜中跌入江心也不免凶多吉少。

袁承志暗罵溫青歹毒，無端端的又去傷人，等兩人從水中冒上，當即伸手扯斷帆索，咬在口中，雙足在船舷上一撐，飛身落向江中，一手一個，抓住落水的兩人頭髮，借著牙齒咬住帆索之力，在江面打了半個圈子，提著兩人回到座船，這一下既使上了「混元功」內勁，又用了木桑所授的輕身功夫。只聽四人齊聲喝采。一是溫青，他已從船梢躍回船頭，另外三個則是從小船跳上來的。

袁承志放下兩人，月光下看那三人時，見一個是五十多歲的枯瘦老者，留了疏疏的短鬚，一個是中年大漢，身材粗壯，另一個則是三十歲左右的婦人。

那老者陰惻惻一笑，說道：「這位老弟好俊身手，請教尊姓大名，尊師是那一位？」

126

袁承志抱拳道：「晚生姓袁，因見這兩位落水，怕有危險，這才拉了起來，並非膽敢在前輩面前賣弄粗淺功夫，請勿見怪。」

那老者見他謙恭，頗出意料之外，只道他是怕了自己，冷笑一聲，對溫青道：「怪不得你這娃兒越來越大膽啦，原來背後有這麼個硬幫手。他是你的相好麼？」

溫青登時滿臉通紅，怒喝：「我尊稱你一聲長輩，你可莫捲入是非漩渦之中！」朗聲說道：「在下跟這位溫兄萍水相逢，談不上甚麼交情。我奉勸各位，有事好好商量，不必動刀動槍的傷了和氣。」那老者聽了袁承志口氣，知他不是溫青幫手，喜道：「袁朋友既跟這姓溫的沒瓜葛，那好極啦，等我們事了之後，我再和袁朋友詳談，咱們很可以交交。江湖上見者有份，我們自然守這規矩。」言下頗有結納之意，似乎說待會搶到黃金，也可分此給他。袁承志不便回答，作了一揖，退在溫青身後。

那老者對溫青道：「你小小年紀，做事這等心狠手辣。沙老大打不過你，你趕了他走，也就罷了，幹麼要傷他性命？」

溫青道：「我只一個人，你們這許多大漢子一擁而上，我不狠一些成麼？還說人家呢，也不怕旁人笑你們大欺小，多欺少。有本事哪，就該把人家的金子先給拾奪下來，等我撿了，再陰魂不散的追著來要，想吃現成麼？也不知道要不要臉呢？」他語音清脆，咭咭呱呱的一頓搶白，那老者給說得啞口無言。

那婦人突然雙眉豎起，罵道：「你這小娃兒，你溫家大人把你寵得越來越沒規矩

127

啦。我要問問你爺爺去，是誰教你這般目無尊長？」溫青道：「尊長也要有尊長的樣

兒，想擺擺空架子，來撿便宜，那可不成。」

那老者大怒，右手嘆的一掌，擊在船頭桌上，桌面登時碎裂。溫青道：「榮老爺子的功夫如何，我早就知道，左右也不過這點玩藝兒，又何必在小輩面前賣弄？你要顯功夫，去顯給我爺爺們看。」那老者道：「你別抬出你那幾個爺爺來壓人。你爺爺便怎樣？他們真有本事，也不會讓女兒給人蹧蹋，也不會有你這小雜種來現世啦！」溫青慘然變色，伸手握住了劍柄，一隻白玉般雪白的手不住抖動，顯是氣惱已極。那大漢和婦人卻大笑起來。

袁承志見溫青臉頰上流下兩道清淚，心中老大不忍，暗道：「他行事比我老練得多，怎麼給人一激就哭了起來？這老頭兒跟人吵嘴，怎地又去罵人家的父母？年紀一大把，卻不分說道理，亂七八糟的，儘說此難聽話來損人。」他本來決意兩不相助，然見溫青受人欺侮，動了鋤強扶弱之念。

那老者陰森森的道：「哭有甚麼用？快把金子拿出來。我們自己也不貪，金子要拿去給沙老大的寡婦。再說，這位袁朋友也該分上一份。」袁承志忙搖手道：「我不要！」溫青氣得身子發顫，哭道：「我偏偏不給。」

那大漢哼了一聲，見大船雖已收帆，但仍順水下流，舉起船頭的大鐵錨，在空中舞了個圈，向岸上擲去。那鐵錨連上鐵鍊，當有一百來斤，他擲得這麼遠，力氣確然不小。鐵錨一在岸上鉤住，大船登時停了。那大漢叫道：「你到底拿不拿出來？」

128

溫青舉起左袖，拭乾了淚水，說道：「好，我拿給你們。」奔進船艙，過了一會，雙手捧著一個包裹出來，看模樣甚是沉重。那大漢正要伸手去接，溫青喝道：「呸，有這麼容易！」手上使勁，那包裹直飛出去，撲通一聲大響，落入江心，叫道：「你們有種就把我殺了，要想得金子嗎？別妄想啦！」那大漢氣得哇哇大叫。那老者叫道：「住手！」大漢迴架來劍，躍開兩步。

那老者向溫青側目斜視，冷笑道：「果然龍生龍，鳳生鳳，烏龜原是王八種。有這樣的老子，就生這樣的小畜生。今日再讓你這小輩在老夫面前放肆，我就不姓榮啦。」溫青挺劍刺去，那老者空手進招，也不見他身子晃動，突然拔起身來，落在溫青面前。溫青挺劍刺去，那老者空手進招，運掌成風，掌勢凌厲。溫青雖有長劍在手，卻給逼得連連倒退。拆得十多招，溫青右腕忽給他手指點中，長劍噹啷落地。那老者腳尖一挑，把劍踢將起來，左手握住劍柄，右手搭定劍身，劍尖對住溫青的臉，向他走去。

老者喝道：「今日不在你身上留個記號，只怕你日後忘了老夫的厲害！」手持長劍，向他臉上劃去。溫青驚呼閃避，老者步步進逼，毫不放鬆，左手遞出，劍尖青光閃爍，眼見便要劃到溫青臉上。

袁承志見那老者出手狠辣，心想：「再不出手，他臉上非受重傷不可。」喝道：「前輩請住手，不可傷人！」那老者挺劍而前，全不理會。袁承志從囊中掏出一枚銅錢，向老者手中劍上投去。噹的一聲，老者只感手上劇震，一枚暗器打上劍刃，撞擊之下，

虎口覺痛，長劍竟自脫手。溫青本已嚇得面色大變，這時喜極而呼，縱到袁承志身後，拉著他手臂，似乎求他保護。

那老者姓榮名彩，是游龍幫的幫主，在浙南一帶，除了棋仙派五祖、呂七先生等寥寥數人，武功數他爲最高。他十指練就大力鷹爪功，比尋常刀劍還厲害。那知竟讓對方一枚小小暗器將手中兵刃打落，眞是生平未遇之奇恥大辱，登時面紅過耳，卻又不禁暗暗心驚：「這小夥子的手勁怎地如此了得？」

那大漢和婦人也已看出袁承志武功甚強，心想反正金子已給丟入江中，今日有這硬手在這裏，無論如何佔不到便宜了，不如交待幾句場面話，就此退走。那婦人叫道：「老爺子，咱們走吧」，衝著這位袁朋友，今日就饒了這娃兒。走得了和尚走不了廟。咱們明兒到衢州靜岩去找棋仙派算帳就是。」溫青叫道：「見人家本領好，就想走啦，你們游龍幫就會欺軟怕硬，差也不差？」袁承志眉頭微皺，心想這人剛脫大難，隨即如此尖酸刻薄，不給人留絲毫餘地。那婦人給他說得神情狼狽，滿臉怒容。

榮彩也感難以下台，強笑道：「這位老弟功夫眞俊，今日相逢，也是有緣，咱倆來玩一趟拳腳如何？」他在大力鷹爪手上下過二十餘年苦功，頗具自信，心想你這小子暗器功夫雖好，在拳腳上卻決不能勝得過我。

袁承志尋思：「只要跟這老者一動手，就算是助定了溫青。這棋仙派的少年心胸狹隘，刁鑽狡猾，爲了一些金子便胡亂殺人，決不能是益友。何必爲他而無謂跟人結怨。」便拱手說道：「晚輩初涉江湖，一點兒微末小技，如何敢在老前輩面前獻醜？」榮彩微

微一笑，心想：「這少年倒很會做人。」他乘此收篷，說道：「袁朋友太客氣了！」狠狠瞪了溫青一眼，說道：「終有一天，教你這娃兒知道老夫厲害。」轉頭對那大漢與婦人道：「咱們走吧。」

溫青道：「你有多大厲害，我早就知道啦。見到人家功夫好，就不敢動手，巴不得想早早扯呼，趕回家去，先服幾包定驚散，再把頭鑽在被窩裏發抖。」他嘴上絲毫不肯讓人，立意要挑撥他與袁承志過招。他看出袁承志武功高強，榮彩不是敵手。這一來不但榮彩尷尬萬分，連袁承志也自不快。

榮彩怒道：「這位袁朋友年紀雖輕，可是很講交情，來來來，咱們來玩一手，別讓無知小輩說我沒膽子。」袁承志道：「老前輩何必和他一般見識，他是說玩話呢。」榮彩哈哈一笑，說道：「你放心，我決不和你當真。」

溫青冷冷的道：「還說不怕呢，先套交情，趕快還是別過招的好。我活了這麼大，還沒見過這樣，哼，哼，這樣甚麼？我可說不上來啦。榮老爺子，你既怕得狠了，何不請這位袁相公回去，請他來當游龍幫的幫主呢？」

榮彩臉一板，正待發作，忽見岸上火光閃動，數十人手執兵刃火把奔來。有人叫道：「榮老爺子，那小子抓到了吧？咱們把這小子剮了，給沙老大報仇！」

溫青見對方大隊擁到，雖然膽大妄為，心中也不禁惴惴。

榮彩叫道：「劉家兄弟，你們兩人過來！」岸上兩人應聲走到岸邊，見大船離岸甚遠，撲通兩聲跳入江內，迅速游到船邊，水性極是了得，單手在船舷上一搭，撲地跳了

131

上來。滎彩道：「那包貨色給這小子丟到江心去啦，你哥兒倆去撿起來！」說著向江心一指。劉氏兄弟躍落江中，潛入水內。

溫青一扯袁承志的袖子，在他耳邊低聲說道：「快救救我吧，他們要殺我呢！」

袁承志回過頭來，月光下見他容色愁苦，一副楚楚可憐的神氣，便點了點頭。溫青拉住他的手道：「他們人多勢眾。你想法子斬斷鐵鍊，咱們開船逃走。」袁承志還未答應，只覺溫青的手又軟又膩，柔若無骨，甚感詫異：「這人的手掌像棉花一樣，當真希奇。」

這時滎彩已然留意到兩人在竊竊私議，回頭望來。溫青把袁承志的手捏了一把，突然猛力舉起船頭桌子，向滎彩等三人推去。

那大漢與婦人正全神望著劉氏兄弟潛水取金，出其不意，背上為桌子撞到，驚叫一聲，一齊掉下水去。滎彩縱身躍起，伸掌抓出，五指嵌入桌面，用力一拉，格格兩聲，溫青握著的桌腳已然折斷。滎彩知那大漢與婦人不會水性，這時江流正急，劉氏兄弟相距甚遠，不及過來救援，忙把桌子拋入江中，讓二人攀住了不致沉下，隨即雙掌呼呼兩招，向溫青劈面打來。

溫青提了兩條桌腿，護住面門，急叫：「快！你。」袁承志提起鐵鍊，「混元功」內勁到處，一提一拉，大鐵錨呼的一聲，離岸向船頭飛來。滎彩和溫青大驚，忙向兩側躍開，回頭看袁承志時，但見他手中托住鐵錨，緩緩放落船頭。鐵錨一起，大船登時向下游流去，與岸上眾人慢慢遠離。滎彩見他如此功力，料知若再逗留，決計討不了好，

雙足力頓，提氣向岸上躍去。

袁承志看他身法，知他躍不上岸，提起一塊船板，向江邊擲去。榮彩下落時見足底茫茫一片水光，正自驚惶，突見船板飛到，恰好落在腳下水面之上，大喜過望，左腳在船板上一借力，躍上了岸，暗暗感激他好意，又不禁佩服他的功力，自己人先躍出，他飛擲船板，居然能及時趕到。

溫青哼了一聲，道：「不分青紅皂白，便是愛做濫好人！到底你是幫我呢，還是幫這臭老頭兒？讓他在水裏浸一下，喝幾口江水不好嗎？又不會淹死人。」

袁承志知這人古怪，不願再理，心想這種人以少惹為妙，自己救了他性命，他非但毫不感恩，反如此無禮數說，當下也不接口，回到艙裏睡了。

次日下午船到衢州，袁承志謝了龍德鄰，取出五錢銀子給船老大。龍德鄰定要代付，袁承志推辭不得，只得又作揖相謝。

溫青對龍德鄰道：「我知你不肯替我給船錢，哼，你就是要給，我也不要你的。」從包裹中取出一隻十兩重的銀元寶，擲給船老大，道：「給你。」船老大見這麼大一隻元寶，嚇得呆了，說道：「我找不出。」溫青道：「誰要你找？都給你。」船老大不敢相信，說道：「不用這許多。」溫青罵道：「囉唆甚麼？我愛給這許多，就給這許多，你招得我惱起上來，把你船底上打幾個窟窿，教你這條船沉了！」船老大昨晚見他連殺數人，兇狠異常，不敢多說，連謝也不敢謝，忙收起元寶。

溫青在桌上打開包裹，一陣金光耀眼，包裹中累累皆是黃金，十兩一條的金條總有

二百來條，他右掌在金條堆中切了下去，從中平分爲兩份，將一份包入包裹，負在背上，雙手把另一堆金條推到袁承志面前，說道：「給你！」袁承志不解，問道：「甚麼？」溫青笑道：「你當我真的把金子拋到了江裏嗎？讓他們去江底瞎摸，摸來摸去只是衣服包著的一塊壓艙石。」說著格格大笑，笑得前仰後合，伏在桌子上身子發顫。

袁承志也不禁佩服他的機智，心想這人年紀比自己還輕著一兩歲，連榮彩這樣的老手也給他瞞過，說道：「我不要，你都拿去，我幫你並非爲了金子。」溫青道：「這是我送給你的，又不是你自己拿的，何必裝僞君子？」袁承志不住搖頭。

龍德鄰雖是富商，但黃澄澄一大堆金子放在桌上，一個定然不要，一個硬要對方拿去，這樣的事情固然聞所未聞，此刻親眼目睹，兀自不信，只道袁承志嫌少。

溫青怒道：「不管你要不要，我總是給了你。」突然躍起，縱上岸去。

袁承志出其不意，一呆之下，忙飛身追出，兩個起落，已搶在他面前，雙手一攔，說道：「別走，你把金子帶去！」溫青衝向右，他攔在右面，溫青衝向左，又給他搶先擋住。溫青幾次闖不過，發了脾氣，舉掌向他劈面打去。袁承志舉左掌輕輕一架，溫青已自抵受不住，向後連退三步，這才站住。他知道無法衝過，忽然往地下一坐，雙手掩面，放聲大哭。袁承志大奇，連問：「我震痛了你嗎？」溫青吓了一聲：「你才痛呢！」一笑躍起。

袁承志不敢再追，目送他背影在江邊隱去。

眼見他一身武功，殺人不眨眼，明明是個江湖豪客，那知又哭又笑，竟如此刁鑽古怪，不由得搖搖頭回到船內，把金條包好提起，與龍德鄰拱手作別。

他在衢州城內大街上找了家客店住下，心想：「這一千兩黃金來路不正，我決不能收。我不過見他可憐，才出手相助，豈能收他酬謝？那老頭兒說他們棋仙派在衢州靜岩，我何不找到他家裏去？他如再撒賴，我放下金子便走。」

翌日問明了靜岩的途徑，負了金子，邁開大步走去。靜岩離衢州二十多里，他腳步迅速，不消半個時辰就到了。靜岩是個小鎮，附近便是爛柯山。相傳晉時樵夫王質入山採樵，觀看兩位仙人對弈，等到一局既終，回過頭來，自己的斧頭柄已經爛了，回到家來，人事全非，原來入山一去已經數十年。爛柯山上兩峯之間有一條巨大的石樑相連，鬼斧神工，非人力所能搬上，當地故老相傳是神仙以法力移來，靜岩鎮附近另有一小鎮，名爲石樑，即以此命名。棋仙派之名，也當是從仙人對弈而起。

袁承志來到鎮上，迎面遇見一個農婦，問道：「大嫂，請問這裏姓溫的住在那裏？」那農婦吃了一驚，說道：「不知道！」臉上一副嫌惡的神氣，掉頭便走。

袁承志走到一家店鋪，向掌櫃的請問。那掌櫃淡淡的道：「老兄找溫家有甚麼事？」

袁承志道：「我要去交還一些東西。」那掌櫃冷笑道：「那麼你是溫家的朋友了，又來問我幹甚麼？」袁承志討了個沒趣，心想這裏的人怎地如此無禮，見街邊兩個小童在玩耍，摸出十個銅錢，塞在一個小童的手裏，說道：「小兄弟，你帶我到溫家去。」那小童本已接過了錢，聽了他的話，把錢還他，氣忿忿的道：「溫家？那邊大屋子就是，這鬼地方我可不去。」袁承志這才明白，原來姓溫的在這裏搞得天怒人怨，沒人肯跟他家打交道，倒不是此地居民無禮。

135

他依著小童的指點，向那座大屋子走去，遠遠只聽得人聲嘈雜。走到近處，見數百名農人拿了鋤頭鐵耙，圍在屋前，大叫大嚷：「你們把人打得重傷，眼見性命難保，就此罷了不成？姓溫的，快出來抵命！」人羣中有七八個婦人，披散了頭髮坐在地上哭嚷。袁承志走將過去，問一個農夫道：「大哥，你們在這裏幹麼？」那農夫道：「啊，你是過路的相公。這裏姓溫的強兇霸道，昨天下鄉收租，程家老漢求他寬限幾天，他一下就把人推得撞向牆上，受了重傷。程老漢的兒子姪兒和他拚命，都給他打得全身是傷，只怕三個人都難活命。你說這樣的財主狠不狠？相公你倒評評這個理看。」

正說之間，眾農夫吵得更厲害了，有人舉起鐵耙往門上猛砸，更有人把石頭丟進牆去。忽然大門呀的一聲開了，一個瘦子倏地衝出，眾人還沒看清楚，已有七八名農人給他飛擲出來，跌出兩三丈外，撞得頭破血流。

袁承志心想：「這人好快身手！」定睛看時，見那人身材瘦長，黃澄澄一張面皮，雙眉斜飛，神色剽悍。那人喝道：「你們這批豬狗不如的東西，膽敢到這裏來撒野！活得不耐煩了！」眾人未及回答，那人搶上幾步，又抓住數人亂擲出去。

袁承志見他擲人如擲稻草，毫不用力，心想不知此人與溫青是甚麼干係，倘若前晚他與溫青在一起，那麼他抵敵榮彩等人綽綽有餘，用不到自己出手了。

人羣中三名農夫搶了出來，大聲道：「你們打傷了人，就這樣算了嗎？我們雖窮，可是窮人也是命哪！」那瘦子嚇嚇幾聲冷笑，說道：「不打死幾個，你們還不知道好歹。」身形一晃，已抓住一個中年農夫後心，隨手甩出，把他向東邊牆角摜去。就在這

136

時，兩個青年農夫一齊舉起鋤頭向他當頭扒下。那瘦子左手橫擋，兩柄鋤頭向天飛出，隨即抓住兩人，向門口旗桿石上擲去。

袁承志見這人欺侮鄉民，本甚惱怒，但見他武功了得，若是糾纏上了，麻煩甚多，只想等他們事情了了，便求見溫青，交還黃金之後立即動身，那知這瘦子竟然驟下殺手。眼見這三人分別撞向牆角和堅石，不死也必重傷，不由得激動了俠義心腸，飛身而前，左手抓住中年農夫右腿，將人丟在地下，跟著一招「岳王神箭」，身子當真如箭離弦，急射而出，搶過去抓住兩個青年農夫背心，這才挺腰站直，將兩人輕輕放落。這招「岳王神箭」是木桑道人所傳的輕功絕技，身法之快，任何各派武功均所不及，他本不想輕易顯露，但事急救人，不得不用，心知這一來定招那瘦子之恨，好在溫家地點已知，不如待晚上再來偷偷交還，一放下農夫，轉身便走，更不向瘦子多瞧一眼。

三個農夫死裏逃生，呆在當場，做聲不得。

那瘦子見他如此武功，驚訝異常，見他轉身而去，忙飛身追上，伸手向他肩頭拍去，說道：「朋友，慢走！」這一拍使的是大力千斤重手法。袁承志並不閃避，肩頭微微向下一沉，便將他的重手法化解了，卻也不運勁反擊，似乎毫不知情。那瘦子更是吃驚，說道：「閣下是這批傢伙請來，跟我們爲難的麼？」

袁承志拱手道：「實在對不起，兄弟只怕鬧出人命，大家麻煩，是以冒昧扶了他們一把。這可得罪了。老兄如此本領，何必跟這些鄉下人一般見識？」

那瘦子聽他出言謙遜，登時敵意消了大半，問道：「閣下尊姓？到敝處來有何貴

幹？」袁承志道：「在下姓袁，有一位姓溫的少年朋友，不知是住在這裏的麼？」那瘦子道：「我也姓溫，不知閣下找的是誰？」袁承志道：「在下要找溫青溫相公。」

眾農民見袁承志和那瘦子攀起交情來，不敢再行逗留，紛紛散去，走遠之後，便又大罵，行得越遠，罵得越響。鄉音估屈，袁承志也不懂他們罵些甚麼。

那瘦子也不理會，向袁承志道：「請到舍下奉茶。」

袁承志隨他入內，只見裏面是一座三開間的大廳，當中一塊大匾，寫著三個大字：「八德堂」。廳上中堂條幅，雲板花瓶，陳設考究，一派豪紳大宅的氣派。

那瘦子請袁承志在上首坐了，僕人獻上茶來。那瘦子不住請問袁承志的師承出身，言語雖然客氣，但袁承志隱隱覺得他頗含敵意，當下說道：「請溫青相公出來一見，兄弟要交還他一件東西。」

那瘦子道：「溫青就是舍弟，兄弟名叫溫正。舍弟現下出外去了，不久便歸，請老兄稍待。」袁承志本來不願與這等行為兇暴、魚肉鄉鄰的人家多打交道，但溫青既然不在，只得跟溫正實在沒甚麼話可說，兩人默然相對，均感無聊。

等到中午，溫青仍然沒回，袁承志又不願把大批黃金交與別人。溫正命僕人開出飯來，火腿臘肉，肥雞鮮魚，菜肴豐盛。兩人隨意吃了。

等到下午日頭偏西，袁承志實在不耐煩了，心想反正這是溫青家裏，把金子留下算了，將黃金包裹往桌上一放，說道：「這是令弟之物，就煩仁兄轉交。兄弟告辭了。」

正在此時，忽然門外傳來笑語之聲，都是女子聲音，其中卻夾著溫青的笑聲。溫正

138

道：「舍弟回來啦。」搶了出去。袁承志要跟出去，溫正道：「袁兄請在此稍待。」袁承志只得停步。可是溫青卻不進來。溫正回廳說道：「舍弟要去換衣，一會就出來。」

袁承志心想：「溫青這人實在囉裏囉唆。見個客人又要換衣服？」

又等良久，溫青才從內堂出來，只見他改穿了紫色長衫，加繫了條鵝黃色絲縧，頭巾上鑲著一顆明珠，滿臉堆歡，說道：「袁兄大駕光臨，幸何如之。」袁承志道：「溫兄忘記了這包東西，特來送還。」溫青惱道：「你瞧我不起，是不是？」袁承志道：

「兄弟絕無此意，只是不敢拜領厚賜。就此告辭。」站起來向溫正、溫青各自一揖。

溫青一把拉住他衣袖，說道：「不許你走。」袁承志不禁愕然。溫正也臉上變色。

溫青笑道：「我正有一件要緊事須得請問袁大哥，你今日就在舍下歇吧。」袁承志道：「兄弟在衢州城裏有事要辦，下次若有機緣，當再前來叨擾。」溫青只是不允。溫正道：「袁大哥既然有事，咱們就別躭擱他。」溫青道：「好，你一定要走，那你把這包東西帶走。你說甚麼也不肯在我家住，哼，我知道你瞧我不起。」袁承志微感遲疑，見他留客意誠，便道：「既是溫兄厚意，兄弟就不客氣了。」

溫青大喜，忙叫廚房準備點心。溫正滿臉的不樂意，然而卻不離開，一直陪著，有一句沒一句的閒聊。溫青儘與袁承志談論書本上的事。袁承志對詩詞全不在行，史事兵法卻是從小研讀的。溫青探明了他的性之所近，便談起甚麼淝水之戰、官渡交兵之類史事來。袁承志暗暗欽佩，心想：「這人脾氣古怪，書倒是讀過不少，可不似我這假書生那麼草包。」溫正於文事卻一竅不通，卻又不肯走開。袁承志不好意思了，和他談了幾

句武功。溫正正要接口，溫青卻又插嘴把話題帶了開去。

袁承志見這兩兄弟之間的情形很有點奇怪，溫正雖是兄長，對這弟弟卻顯然頗爲敬畏，不敢絲毫得罪，言談之間常受他無禮搶白，反而陪笑，言語中總是討好於他。如溫青對他辭意略爲和善，他就眉開眼笑，高興非凡。

到得晚間，開上酒席，更是豐盛。用過酒飯，袁承志道：「小弟日間累了，想早些休息了。」溫青道：「小弟僻處鄉間，難得袁兄光臨，正想剪燭夜話，多所請益。袁兄既然倦了，那麼明日再談吧。」

溫正道：「袁兄今晚到我房裏睡吧。」溫青道：「你這房怎留得客人？自然到我房裏睡。」溫正臉色一沉，道：「甚麼？」溫青道：「有甚麼不好？我去跟媽睡。」溫正大爲不悅，也不道別，逕自入內。溫青道：「哼，沒規矩，也不怕人笑話。」

袁承志見他兄弟爲自己鬥氣，很是不安，說道：「我在荒山野嶺中住慣了的，溫兄不必費心。」溫青微微一笑，說道：「好吧，我不費心就是。」拿起燭台，引他進內。

穿過兩個天井，直到第三進，從東邊上樓。溫青推開房門，袁承志眼前一耀，先聞到一陣幽幽的香氣，只見房中點了一支大紅燭，照得滿室生春，床上珠羅紗帳子，白色緞被上繡著一隻黃色鳳凰，滿室錦繡，壁上掛著一幅工筆仕女圖。床前桌上放著一張雕花端硯，幾件碧玉玩物，筆筒中插了大大小小六七枝筆，西首一張几上供著一盆蘭花，架子上停著一隻白鸚鵡。袁承志來自深山，幾時見過這般富貴氣象，不覺呆了。溫青笑道：「這是兄弟的臥室，袁兄將就歇一晚吧。」不等他回答，便已掀帷出門。

袁承志室內四下察看，見無異狀，正要解衣就寢，忽聽有人輕輕敲門。袁承志問道：「那一位？」進來一個十五六歲的丫鬟，手托朱漆木盤，說道：「袁少爺，請用點心。」把盤子放在桌上，盤中是一碗白色膠質物事。

袁承志雖是督師之子，但自幼窮鄉陋居，從來沒見過燕窩，不識得是甚麼東西。

那丫鬟笑道：「我叫小菊，是少爺……少爺，嘻嘻，吩咐我來服侍袁少爺的。袁少爺有甚麼事，差我做好啦。」袁承志道：「沒……沒甚麼事了。」小菊慢慢退出，忽然回頭咭咭一笑，說道：「這燕窩是我家少爺特地燉給袁少爺吃的。」袁承志愕然不知所對。小菊一笑，輕輕把門帶上了。

袁承志將燕窩三口喝完，只覺甜甜滑滑，香香膩膩，也說不上好吃不好吃，解衣上床，抖開被頭，濃香更列，中人欲醉，那床又軟又暖，生平從未睡過，迷迷糊糊間便睡著了。

141

月色溶溶，花香幽幽，
但覺簫聲纏綿，
不禁有如身在仙境，非復人間。

第五回

山幽花寂寂　水秀草青青

睡到中夜，窗外忽然有個清脆的聲音噗哧一笑，袁承志在這等地方原不敢沉睡，立即驚醒，只聽有人在窗格子上輕彈兩下，笑道：「月白風清，這麼好的夜晚。袁兄雅人，不怕辜負了大好時光嗎？」

袁承志聽得是溫青的聲音，從帳中望出去，果見床前如水銀鋪地，一片月光。窗外一人頭下腳上，「倒掛珠簾」，似在向房內窺探。袁承志道：「好，我穿衣就來。」心想這人行事在在令人捉摸不透，倒要看他深更半夜之中，又有甚麼希奇古怪的花樣。穿好衣服，暗把匕首藏在懷裏，推開窗戶，花香撲面，窗外是座花園。

溫青腳下使勁，人已翻起，落下地來，悄聲道：「跟我來。」提起放在地下的一隻竹籃。袁承志不知他搞甚麼鬼，跟著他越牆出外。

兩人緩步向後山上行去。那山只是個小丘，身周樹木蔥翠，四下裏輕煙薄霧，出沒於枝葉之間。良夜寂寂，兩人足踏軟草，連腳步也悄無聲息。將到山頂，轉了兩個彎，清風悄生，四周全是花香。月色如霜，放眼望去，滿坡盡是紅色、白色、黃色的玫瑰。

袁承志讚道：「眞是神仙般的好地方。」溫青道：「這些花是我親手種的，除了媽媽和小菊之外，誰也不許來。」他提了籃子，緩緩而行。袁承志在後跟隨，只覺心曠神怡，原來提防戒備之意，一時在花香月光中暗自消滅。

又走了一段路，來到一個小小亭子，溫青要承志坐在石凳上，打開籃子，取出一把小酒壺，兩隻酒杯，斟滿了酒，說道：「這裏不能吃葷。」承志挾起酒菜，果然都是些香菇、木耳之類的素菜。

144

溫青從籃裏抽出一枝洞簫，說道：「我吹首曲子給你聽。」承志點點頭，溫青輕輕吹了起來。承志不懂音律，但覺簫聲纏綿，如怨如慕，一顆心似乎也隨著婉轉簫聲飛揚，飄飄盪盪地，如在仙境，非復人間。

溫青吹完一曲，笑道：「你愛甚麼曲子？我吹給你聽。」承志嘆道：「我甚麼曲子都不知。你懂得眞多，怎地這等聰明？」溫青下頦一揚，笑道：「是麼？」

他拿起洞簫，又奏一曲，這次曲調更是柔媚，月色溶溶，花香幽幽，承志一生長於兵戈拳劍之間，從未領略過這般風雅韻事，不禁有如習練木桑所授的輕功時飄身在半空之中。溫青擱下洞簫，低聲道：「你覺得好聽麼？」承志道：「世界上竟有這般好聽的簫聲，以前我做夢也沒想到過。這曲子叫甚麼名字？」溫青臉上突然一紅，低聲道：

「不跟你說。」過了一會，才道：「這曲子叫〈眼兒媚〉。」眼波流動，微微淺笑。

這時兩人坐得甚近，袁承志鼻中所聞，除了玫瑰清香，更有淡淡的脂粉之氣，心想這人實在太沒丈夫氣概，他相貌本就已太過俊俏，再這般塗脂抹粉，成甚麼樣子？幸虧自己不是口齒輕薄之人，否則豈不恥笑於他？又想：江南習氣奢華，莫非他富家紈絝子弟，盡皆如此，倒是我山野村夫，少見多怪了。

正自思忖，聽得溫青問道：「你愛不愛聽我吹簫？」袁承志點點頭。溫青又把簫放到唇邊，吹了起來，漸漸的韻轉淒苦。袁承志聽得出神，突然簫聲驟歇，溫青雙手內拗，啪的一聲，把一枝竹簫折成兩截。

袁承志一驚，問道：「怎麼？你……你不是吹得好好的麼？」溫青低下了頭，悄聲

道：「我從來不吹給誰聽。他們就知道動刀動劍，也不愛聽這個。」袁承志急道：「我沒騙你，我真的愛聽呀，真的。」溫青道：「你明天要去啦，去了之後，你永遠不會再來，我還吹甚麼簫？」頓了一下，又道：「我脾氣不好，我自己知道，可是我就管不了自己……我知道你討厭我，心裏很瞧不起我。」袁承志一時不知說甚麼話好。溫青又道：「因此上你永遠不會再來了。我……我再也見你不著了。」

聽他言中之意，念及今後不復相見，竟是說不出的惆悵難過，袁承志不禁感動，說道：「你一定瞧得出，我甚麼也不懂。我初入江湖，沒學會說謊。你說我心裏瞧不起你，覺得你討厭，老實說，那本來不錯，我起初見你動不動殺人，很不以為然。不過現下有些不同了。」溫青低聲道：「是麼？」袁承志道：「我見你本性還是挺良善的，多半受了人欺壓，心中委屈，出不了氣，這才脾氣有點怪，那是甚麼事？能說給我聽麼？或許我能幫你。」

溫青沉吟道：「我跟你說。就怕你會更加瞧我不起。」袁承志道：「一定不會。」溫青咬一咬牙道：「好吧，我說。我媽媽做姑娘的時候，受了人欺侮，生下我來。我五位爺爺打不過這人，後來約了許許多多好手，才把那人打跑，因此我是沒爸爸的人，我是個私生……」說到這裏，語音嗚咽，流下淚來。

袁承志道：「這可怪不得你，也怪不得你媽媽，是那壞人不好。」溫青道：「他……他……是我的爸爸啊。人家……人家背地裏都罵我，罵我媽。」

袁承志道：「有誰這麼卑鄙無聊，我幫你打他。現下我明白了原因，便不討厭你

了。你如真當我是朋友，我一定再來看你。」溫青大喜，跳了起來。

袁承志見他喜動顏色，笑道：「我來看你，你很歡喜嗎？」溫青拉住他雙手輕輕搖晃，道：「喂，你說過的，一定要來。」袁承志道：「我決不騙你。」

忽然背後有聲微響，袁承志站起轉身，只聽一人冷冷道：「半夜三更的，在這裏偷偷摸摸的幹麼？」那人正是溫正。只見他滿臉怒氣，雙手叉腰，大有問罪之意。

溫青本來也吃了一驚，見到是他，怒道：「你來幹甚麼？」溫正道：「問你自己。」

溫青道：「我和袁兄在這裏賞月，誰請你來了？這裏除了我媽媽之外，誰也不許來。三爺爺說過的，你敢不聽話？」溫正向袁承志一指道：「怎麼他又來了？」溫青道：「我請他來的，你管不著！」

袁承志見他兄弟為自己傷了和氣，很是不安，說道：「咱們賞月已經盡興，大家回去安息吧。」溫青道：「我偏不去，你坐著。」袁承志只得又坐了下來。

溫正呆在當地，悶悶不語，向袁承志側目斜睨，眼光中滿是憎惡之意。

溫青怒道：「這些花是我親手栽的，我不許你看。」溫正道：「我看都看過了，你挖出我的眼珠子麼？我還要聞一下。」說著用鼻子嗅了幾下。溫青怒火大熾，忽地跳起身來，雙手一陣亂拔，拔起了二十幾叢玫瑰，隨拔隨拋，哭道：「你欺侮我！你欺侮我！拔掉了玫瑰，誰也看不成，這樣你才高興了吧？」

溫正臉色鐵青，恨恨而去，走了幾步，回頭說道：「我對你一番心意，你卻如此待我，你自己想想，有沒良心。這姓袁的廣東蠻子黑不溜秋的，你……你偏生……」溫青

哭道：「誰要你對我好了？你瞧著我不順眼，你要爺爺們把我娘兒倆趕出去好啦。我和袁兄在這裏，你去跟爺爺們說好了。你自己又生得挺俊嗎？好白白淨淨麼？」溫正嘆了口長氣，垂頭喪氣的走了。

溫青回到亭中坐下。過了半晌，袁承志道：「你怎麼對你哥哥這樣子？」

溫青道：「他又不是我真的哥哥。我媽媽才姓溫，這兒是我外公家。他是我媽媽堂兄的兒子，是我表哥。要是我有爸爸，有自己的家，也用不著住在別人家裏，受別人的氣了。」說著又垂下淚來。

袁承志道：「我瞧他對你倒是挺好的，反而你呀，對他很兇。」溫青忽然笑了出來，道：「我如不對他兇，他更要無法無天呢。」

袁承志見他又哭又笑，一副天真爛漫的樣子，又想到自己的身世，不禁頓興同病相憐之感，說道：「我爸爸給人害死了，那時我還只七歲，我媽媽也是那年死的。」溫青道：「你報了仇沒有？」袁承志嘆道：「說來慚愧，我真不孝……」溫青道：「你報仇時我一定幫你，不管這仇人多厲害，我也必幫你。」袁承志好生感激，握住了他手。

溫青的手微微一縮，隨即給他捏著不動，說道：「你本事比我強得多，但我瞧你對江湖上的事很生，我將來可以幫你出些主意。」袁承志道：「你真好。我沒一個年紀差不多的朋友，現今遇到了你……」溫青低頭道：「就是我脾氣不好，總有一天會得罪你。」袁承志道：「我既當你是朋友，知道你心地好，就算得罪了我，也不會介意。」

溫青大喜，嘆了一口氣道：「我就是這件事不放心。你說過了的，可要算數。你須得真

不介意才好。」

袁承志見他神態大變，溫柔斯文，與先前狠辣的神情大不相同，說道：「我有一句話，不知溫兄肯不肯聽？」溫青道：「這世上我就聽三個人的話，第一個是媽媽，第二個是我親外公三爺爺，第三個就是你了。」

袁承志心中一震，說道：「承你這麼瞧得起我，其實，我……我心裏也喜歡他，那麼不都該聽。」溫青道：「哼，我才不聽呢。誰待我好，我……我心裏也喜歡他，那麼不管他說得對不對，我都聽他的。要是我討厭的人哪，他說得再對，我偏偏不照他的話做。」

袁承志笑道：「真是孩子脾氣，你幾歲了？」溫青道：「我十八歲，你呢？」袁承志道：「我大你兩歲。」溫青低下了頭，忽然臉上一紅，悄聲道：「我沒親哥哥，咱們結拜為兄弟，好不好？」

袁承志自幼便遭身世大變，自然而然的諸事謹細，對溫青的身世實在毫不知情，然見他盜金殺人，行止甚邪，又是棋仙派的人。他對自己雖推心置腹，但提到結拜，那是終身禍福與共的大事，不由得遲疑。

溫青見他沉吟不答，霍地裏站起身來，奔出亭子。袁承志吃了一驚，連忙隨後追去，只見他向山頂直奔，心想這人性情激烈，別因自己不肯答應，羞辱了他，諸事不可逆料，忙展開輕功，幾個起落，已搶在他面前，叫道：「溫兄弟，你生我的氣麼？」

溫青聽他口稱「兄弟」，心中大喜，登時住足，坐倒在地，說道：「你瞧我不起，怎麼又叫人家兄弟？」袁承志道：「我幾時瞧你不起？來來來，咱們就在這裏結拜。」

149

於是兩人向著月亮跪倒，發了有福共享、有難同當的重誓。站起身來，溫青向袁承志一揖，低低叫了一聲：「大哥！」袁承志回了一揖，說道：「我叫你青弟吧。現下不早啦，咱們回去睡吧。」兩人牽手回房。

袁承志道：「你別回去吵醒伯母了，咱們就在這兒同榻而睡吧。」溫青陡然滿臉紅暈，把手一甩，嗔道：「你……你……」隨即一笑，說道：「明天見。」飄然出房，把袁承志弄得愕然半晌，不知所云。

次日一早，袁承志正坐在床上練功，小菊送來早點。袁承志跳下床來，向她道勞，正吃早點，溫青走進房來，道：「大哥，外面來了個女子，說是來討金子的，咱們出去瞧瞧。」袁承志道：「好。」心想奪人財物，終究不妥，如何勸得義弟還了人家才好。

兩人來到廳口，便聽得廳中腳步聲急，風聲呼呼，有人在動手拚鬥，走進大廳，只見溫正快步遊走，舞動單刀，正與一個使劍的年輕女子鬥得甚緊。旁邊兩個老者坐在椅中觀戰。一個老人手拿拐杖，另一個則是空手。溫青走到拿拐杖的老者身旁，在他耳邊說了幾句話。那老者向袁承志仔細打量，點了點頭。

袁承志見那少女約莫十八九歲年紀，雙頰暈紅，容貌娟秀，攻守之間，法度嚴謹。兩人拆了十餘招，一時分不出高下。袁承志對她劍法卻越看越疑心。

只見那少女欺進一步，長劍指向溫正肩頭，溫正反刀格擊，迅速之極，眼見那少女的長劍就要給他單刀砸飛。豈知那少女更快，長劍圈轉，倏向溫正頸中劃來。溫正一

150

驚，連退三步。那少女乘勢直上，唰唰數劍，攻勢迅捷。

袁承志已看明白她武功家數，雖不是華山派門人，但必受過本門中人的指點，否則依她功力，早已支持不住，仗著劍術精奇，才跟溫正勉強打個平手，莫看她攻勢凌厲，其實溫正又穩又狠，後勁比她長得多。溫青也已瞧出那少女非溫正敵手，微微冷笑，說道：「憑這點子道行，也想上門來討東西。」

再拆數十招，果然那少女攻勢已緩，溫正卻一刀狠似一刀，再鬥片刻，那少女更左支右絀，連遇凶險。

承志見情勢危急，忽地縱起，躍入兩人之間。兩人鬥得正緊，兵刃那裏收得住勢？一刀一劍，齊奔他身上砍到。溫青驚呼一聲。那兩個老者一齊站起，只因出其不意，都來不及救援。卻見承志右手在溫正手腕上輕輕一推，左手反手在那少女手腕上微微一擋。兩人兵刃都不由自主的向外盪開，當即齊向後躍。兩個老者都「咦」的一聲，顯然對承志這手功夫甚是驚詫，兩人對望了一眼。

溫正只道承志記著昨夜之恨，此時出手跟自己為難。那少女卻見他與溫青同從內堂出來，自然以為他是對方一黨，眼見不敵，仗劍就要躍出。

承志叫道：「這位姑娘且慢。」那少女怒道：「我打你們不贏，自有功夫比我高的人來討金子，你們要待怎樣？」承志拱手道：「姑娘勿怪，請教尊姓大名，令師是那一位？」那少女「呸」了一聲，道：「誰來跟你囉唆？」陡然躍向門口。

承志左足一點，躍起擋在門外，低聲道：「莫走，我幫你。」那少女一呆，問道：

「你是誰?」承志道:「我姓袁。」

那少女一對烏溜溜的眼珠盯住他的臉,忽然叫了出來:「你識得安大娘麼?」承志全身一震,手心發熱,說道:「我是袁承志,你是小慧?」那少女高興得忘了形,拉住他手,叫道:「是啊,是啊!你是承志大哥。」驟然間想起男女有別,臉上一紅,放下了手。溫青見了這副情狀,臉上登時如同罩了一層嚴霜。

溫正叫了起來:「我道袁兄是誰?原來是李自成派了來臥底的!」

袁承志道:「我跟闖王曾有一面之緣,倒也不錯,可說不上臥底。這位姑娘是我世交。不知兩位因何交手,兄弟斗膽,替兩位說和如何?」安小慧道:「承志大哥,他們既是你朋友,只要把金子交出,那就一切不提。」溫青冷冷的道:「有這麼容易?」

袁承志道:「兄弟,我給你引見,這位是安小慧安姑娘,我們小時在一塊兒玩,已差不多十年不見啦。」溫青冷冷的瞅了安小慧一眼,並不施禮,也不答話。

袁承志很感尷尬,問安小慧道:「你怎麼還認得我?」安小慧道:「你眉毛上的傷疤,我怎會忘記?小時候那壞人來捉我,你拚命相救,給人家砍的,你忘記了麼?」袁承志搶著問:「崔師兄?是崔秋山叔叔吧?」安小慧道:「不,和崔師兄……」袁承志忙道:「等一下,小慧,你怎麼跟這位大哥打了起來?」安小慧道:「我和他是崔秋山叔叔的姪兒。我們護送闖王一筆軍餉到浙東來,那知這人真壞,半路上卻來

溫青更是不悅,悻悻的道:「你們說你們的……青梅竹馬吧,我可要進去啦。」

溫青笑道:「那一天我們還用小碗小鍋煮飯吃呢。」

152

偷了去。」說著向溫青一指。

承志心下恍然，原來溫青所劫黃金是闖王的軍餉，別說闖王對自己禮遇，師父又正全力佐他，便衝著崔秋山、安大娘、安小慧這三人的故人之情，也無論如何要設法幫他找回。何況闖王千里迢迢的送黃金到江南來，定有重大用途，說是軍餉，當爲供軍中糧餉之用，抑或拉攏幫手，或賄賂貪官，均有正途大用，他所興的是仁義之師，欲救民於水火之中，怎可不伸手相助？心意已決，向溫青道：「兄弟，瞧在我臉上，請你把金子還了這位姑娘吧！」溫青哼了一聲，道：「你先見過我兩位爺爺再說。」

袁承志聽說兩位老者是他爺爺，心想既已和他結拜，他們就是長輩，恭恭敬敬的走上前去，向著兩個老者磕下頭去。拿拐杖的老者道：「啊喲，不敢當，袁世兄請起。」拐杖往椅子邊上一倚，雙手托住他肘底，往上抬起。

袁承志突覺一股極大勁力向上托起，立時便要給他拋向空中，當下雙臂下沉，運勁穩住身子，仍向兩人磕足了四個頭才站起身來。那老者暗暗吃驚，心想：「這少年好渾厚的内力。」哈哈一笑，說道：「聽青兒說，袁世兄功夫俊得很，果然不錯。」

溫青道：「這位是我三爺爺。」又指著空手的老者道：「這位是我五爺爺。」說了兩人名號，一個叫溫方山，一個叫溫方悟。袁承志心想：「這兩人想來便是棋仙派五祖中的兩人。那三爺爺的武功比溫正和溫青弟可高得多了。」於是也各叫了一聲：「三爺爺！五爺爺！」兩個老者齊道：「不敢當此稱呼。」臉上神色頗爲不愉。

袁承志暗暗有氣：「我爹爹是抗清名將、遼東督師。我和你們孫兒結拜，也沒辱沒

153

了他。」轉頭向溫青道：「這位姑娘的金子，兄弟便還了她吧！」

溫青慍道：「你就是這位姑娘、那位姑娘的，可一點不把人家放在心上。」袁承志道：「兄弟，咱們學武的以義氣為重，這批金子既是闖王的，你取的時候不知，也就罷了。現下既知就裏，若不交還，豈非對不起人？」

兩個老者本不知這批黃金有如此重大的牽連，只道是那一個富商之物，此時聽安小慧、袁承志一說，也頗不安，知道闖王勢大，江湖豪傑歸附者眾，這批黃金要是不還，來索討的好手勢必源源而至，後患無窮。溫方山微微一笑，說道：「衝著袁世兄的面子，咱們就還了吧。」

溫青道：「三爺爺，那不成！」袁承志道：「你本來分給我一半，那麼我這一半先還了她再說。」溫青道：「你自己要，連我的通統給你。誰又這樣小家氣，幾千兩金子就當寶貝了？不過是這位姑娘、那位姑娘來要，我就偏偏不給。」

安小慧走上一步，怒道：「你要怎樣才肯還？劃下道兒來吧！」溫青對袁承志道：「你到底是幫她，還是幫我？」

袁承志躊躇半刻，道：「我誰也不幫，我只聽師父的話。」溫青道：「師父？你師父是誰？」袁承志道：「我師父是闖王軍中的。」溫青怒道：「哼，說來說去，你還是幫她。好，金子是在這裏，我費心機盜來，你也得費心機盜去。三天之內，你有本事就來取去，過得三天拿不去，我可不客氣了，希裏嘩拉，一天就花個乾淨。」袁承志道：「這麼多黃金，你一天怎花得完？」溫青慍道：「花不完，不會拋在大路上，讓旁人拾去

154

「幫著花麼？」

承志拉拉他衣袖，道：「兄弟，跟我來。」兩人走到廳角。承志道：「昨晚你說聽我話的，怎麼隔不了半天就變了卦？」溫青道：「你待我好，我自然聽你話。」承志道：「我怎麼不待你好？這批金子真的拿不得啊。」溫青眼圈一紅道：「你見了從前的相好，全心全意就迴護著她，那裏還把人家放在心上？闖王的金子我花了怎樣？大不了給他殺了，反正我一生一世沒人疼。」說著又要掉下淚來。

承志見他不可理喻，很不高興，說道：「你是我結義兄弟，她是我故人之女，我是一視同仁，不分厚薄。你怎麼這個樣子？」溫青嗔道：「我就是恨你一視同仁，不分厚薄。哼，不必多說，你三天內來盜吧！」承志拉住他的手欲待再勸，溫青手一甩，走進內堂。

原來安小慧等護送金子的共有三人，中途因事分手，致為溫青所乘。

安小慧見話已說僵，只得與安小慧兩人告辭出去，找到一家農舍借宿，問起失金經過。原來安小慧等護送金子的共有三人，中途因事分手，致為溫青所乘。

安小慧說起別來情由，說她母親也常牽記著他。袁承志從懷中摸出一隻小金絲鐲，說道：「這是你媽從前給我的。你瞧，我那時的手腕只這麼粗。」安小慧噗的一笑，瞧著他手臂，問道：「承志大哥，你這些年來在幹甚麼？」袁承志道：「天天在練武，還下下棋。」安小慧道：「怪不得你武功這麼強，剛才你只把我的劍輕輕一推，我就一點勁也使不上來啦。」袁承志道：「你怎麼也會華山派劍法？誰教你的？」

安小慧眼圈一紅，轉過頭去，才道：「就是那個崔師哥教的，他也是華山派的。」

袁承志忙問：「他受了傷還是怎的？你為甚麼難過？」安小慧道：「他受甚麼傷啊？他不理人家，半路上先走了。」袁承志見其中似乎牽涉兒女私情，不便再問。

等到二更時分，兩人往溫家奔去。袁承志輕輕躍上屋頂，只見大廳中燭光點得明晃晃地，溫方山、方悟兩兄弟坐在桌邊喝酒。溫正、溫青站在一旁伺候。袁承志不知黃金藏在何處，想偷聽他們說話，以便得到些線索。只聽溫青冷笑一聲，抬起頭來，向著屋頂說道：「金子就在這裏！有本領來拿好了。」

安小慧一拉袁承志的衣裾，輕聲道：「他已知道咱們到了。」袁承志點點頭，只見溫青從桌底下取出兩個包裹，在桌上攤了開來，燭光下耀眼生輝，黃澄澄的全是一條條金子。溫青和溫正也坐了下來，把刀劍往桌上一放，喝起酒來。

袁承志心想：「他們就這般守著，除非是硬奪，否則怎能盜取？」等了半個時辰，下面四人毫無走動之意，知道今晚已無法動手，和安小慧回到住宿之處。

次日傍晚，兩人又去溫宅，見大廳中仍是四人看守，只是換了兩個老人，看來也是五兄弟中的，其餘三人多半是在暗中埋伏。

袁承志對安小慧道：「他們有高手守在隱蔽的地方，可要小心。」安小慧點點頭，眉頭一皺，計上心來，忽然縱身下去。袁承志怕她落單，連忙跟下。只見她一路走到屋後，摸到廚房邊，火摺一晃，把屋旁一堆柴草點燃了。

過不多時，火光沖起。溫宅中登時人聲喧嘩，許多莊丁提水持竿，奔來撲救。

156

兩人搶到前廳，廳中燭光仍明，坐著的四人卻已不見。安小慧大喜，叫道：「他們救火去啦！」縱身翻下屋頂，從窗中穿進廳內。承志跟了進去。

兩人搶到桌旁，正要伸手去拿黃金，忽然足下一軟，原來腳底竟是個翻板機關。承志暗叫不妙，陡然拔起身子，右手挽過想拉安小慧，卻沒拉著，他身子騰起，左掌搭上廳中石柱，隨即溜下，右足踏在柱礎之上。這時翻板已經合攏，把安小慧關在底下。

承志大驚，撲出窗外查看機關，要設法搭救。剛出窗子，一股勁風迎風撲到，當即右掌揮出，和擊來的一掌相抵，兩人同時用力，承志借勢躍上屋頂，偷襲之人卻跌下地去。但此人身手快捷，著地後便即躍上屋頂，正是溫正。

承志立定身軀，遊目四顧，倒抽一口涼氣，只見高高矮矮、肥肥瘦瘦，屋頂上竟然站滿了人。承志身入重圍，不知對方心意如何，當下凝神屏氣，一言不發。

人羣中走出五個老人，其中溫方山和溫方悟是拜見過的，另外兩個老人剛才曾坐在廳中看守黃金。餘下一人身材魁梧，比眾人都高出半個頭，那人哈哈一笑，聲若洪鐘，說道：「我兄弟五人僻處鄉間，居然有闖王手下高人惠然光降，真是三生有幸、蓬蓽生輝了。哈哈，哈哈！」

承志上前打了一躬，說道：「晚輩拜見。」他因四週都是敵人，只怕磕下頭去受人暗算，但禮數仍是不缺。

溫青站了出來，說道：「這位是我大爺爺，那兩位是我二爺爺、四爺爺。」承志一作揖行禮，放眼下望，見火光已息，知未延燒，便寬了心。

棋仙派五祖中的大哥溫方達、二哥溫方義、老四溫方施點點頭，卻不還禮，不住向他打量。溫方義怒聲喝道：「你小小年紀，膽子倒也不小，居然敢到我家放火。」

袁承志道：「那是晚輩一個同伴的魯莽，晚輩十分過意不去，幸喜並未成災。晚輩明日再來向各位磕頭賠罪。」

溫正的祖父溫方施身形高瘦，容貌也和溫正頗為相似，發話道：「磕頭？磕幾個頭就能算了？小娃娃膽大妄為，竟到靜岩溫家來撒野。你師父是誰？」溫氏五老雖對闖王的聲勢頗為忌憚，但五兄弟素來愛財，到手了的黃金決不肯就此輕易吐了出去：適才見袁承志一掌震落溫正，武功了得，要先查明他的師承門派，再定對策。

袁承志道：「家師眼下在闖王軍中，只求各位將闖王的金子發還，晚輩改日求家師寫信前來道謝。」溫方達道：「你師父是誰？」袁承志道：「他老人家素來少在江湖上行走，晚輩不敢提他名字。」溫方達哼了一聲，道：「你不說，難道就瞞得過我們？南揚，跟這小子過過招。」心想只消一動上手，非叫你立現原形不可。

人羣中一人應聲而出。這人四十多歲年紀，腮上一叢虯髯，是溫方義的第二個兒子，在棋仙派第二輩中可說是一流好手。他縱身上來，劈面便是一拳。袁承志側頭讓過，溫南揚左手拳跟著打到，拳勁頗為凌厲。袁承志心下盤算：「這許多人聚在這裏，一個個打下去，何時方能了結？如不速戰，只怕難以脫身。小慧又不知怎麼了。」等他左拳打到，右掌突然飛出，在他左拳上輕擋，五指抓攏，已拿住他拳頭，順勢後扯。溫南揚收勢不住，跟跟蹌蹌的向前跌去，腳下踏碎了一大片瓦片，如不是他五叔溫方悟伸

手拉住，已跌下房去，登時羞得滿臉通紅，回身撲來。

承志站著不動，待他撲到，轉身後仰，左腳輕勾，溫南揚又向前俯跌。承志左足方勾，右掌同時伸出，料到他後心要俯跌，已一把抓住他後心提起。溫南揚身子剛要撞到瓦面，驟然為人提起，那裏還敢交手，狠狠望了承志一眼，退了下去。

溫青喝道：「這小子倒果然還有兩下子，老夫來會會高人的弟子。」雙掌一錯，就要上前。溫方義突然縱到他身旁，俯耳說道：「二爺爺，他跟我結拜了，你老人家可別傷他。」溫青拉住他的手，說道：「二爺爺你答允了？」溫方義道：「走著瞧！」右手力甩，溫青立足不穩，不由自主的退出數步。

溫方義穩穩實實的踏上兩步，說道：「你發招！」承志拱手道：「晚輩不敢。」溫方義道：「你不肯說師父名字，你發三招，瞧我知不知道？」承志見他一副老氣橫秋的模樣，心中也道：「那麼晚輩放肆了，晚輩功夫有限，尚請手下留情。」溫方義喝道：「快動手，誰跟你囉囉唆？溫老二手下向來不留情！」

承志深深一揖，衣袖剛抵瓦面，手一抖，袖子突然從橫裏甩起，呼的一聲，向溫方義頭上擊去，勁道著實凌厲。溫方義低頭避過，伸手來抓袖子，卻見他輕飄飄的縱起，左袖兜了個圈子，右袖驀地從左袖圈中直衝出來，迅撲面門，來勢奇急。溫方義避讓不及，當即後仰避開。承志不讓他有餘裕還手，忽然回身，背向對方。

溫方義一呆，只道他要逃跑，右掌剛要發出，忽覺一陣勁風襲到，但見他雙袖反手從下向上，猶如兩條長蛇般向自己腋下鑽來，這一招大出意料之外，忙伸雙手想抓，不

料袖子已拂到他腰上，啪啪兩聲，竟爾打中，只感到一陣發麻，對手已借勢竄出。

袁承志回過身來，笑吟吟的站住。溫青見他身手如此巧妙，一個「好」字險些脫口而出，忙伸手按住了嘴，跟著伸了伸舌頭。

溫方達等四兄弟面面相覷，都覺大奇。

溫方義老臉漲得通紅，鬚眉俱張，突然發掌擊出。月光下承志見他頭上冒上騰騰熱氣，腳步似乎遲鈍蹣跚，其實穩實異常，不敢再行戲弄，矮身避開兩招，捲起衣袖，見招拆招，凝神接戰，他生怕給對方叫破自己門派，使的是江湖上最尋常的五行拳。這路拳法幾乎凡是學武之人誰都練過，溫氏五祖自然難以從他招式中猜測他的師承門戶。

溫方義雖然出手不快，但拳掌發出，挾有極大勁風，拆得八九招，承志忽覺對方掌風中微有熱氣，向他手掌看去，心頭微震，但見他掌心殷紅如血，慘淡月光映照之下，更覺可怖，心想，這人練的是硃砂掌，聽師父說，這門掌力著實了得，可別讓他打中了，於是拳式生變，招數仍然平庸，勁力卻不住增強。酣鬥中溫方義突覺右腕一疼，疾忙跳開，低頭看時，腕上一道紅印腫起，原來已給對方手指劃過，但顯是手下留情。溫方義心頭雖怒，可是也不便再纏鬥下去了。

溫方山上前一步，說道：「這位袁兄弟年紀輕輕，拳腳甚是了得，可不容易得很了。老夫領教領教你兵刃上的功夫。」承志道：「晚輩不敢身攜兵器來到寶莊。」溫方山哈哈一笑，說道：「你禮數倒也週全，這也算藝高人膽大了。好吧，咱們到練武廳去！」手一招，躍下地來。眾人紛紛跳下。承志只得隨著眾人進屋。

溫青走到他身邊，低聲說道：「拐杖裏有暗器。」承志正待接嘴，溫青已轉身對溫正道：「黑不溜秋的廣東蠻子怎麼樣？現下可服了吧？」溫正道：「二爺爺是寵著你，才不跟他當真，有甚麼希奇？」溫青冷笑一聲，不再理他。

眾人走進練武廳，承志見是一座三開間的大廳，打通了成為一個大場子。家丁進來點起數十枝巨燭，照得明如白晝。溫家男女大都均會武藝，聽得三老太爺要和前日來的客人比武，都擁到廳上來觀看，連小孩子也出來了。

最後有個中年美婦和小菊一齊出來。溫青搶過去叫了一聲：「媽！」那美婦滿臉愁容，白了溫青一眼，顯得甚是不快。

溫方山指著四周的刀槍架子，說道：「你使甚麼兵刃，自己挑吧！」

袁承志尋思：今日之事眼見已不能善罷，可是又不能傷了結義兄弟的尊長，剛下山來就遇上這個難題，可不知如何應付才好。

溫青見他皺眉不語，只道他心中害怕，說道：「我這位三爺爺最疼愛小輩的，決不能傷你。」這話一半也是說給溫方山聽的，要他不便痛下殺手。她母親道：「青青，別多話！」溫方山望了溫青一眼，說道：「那也得瞧各人的造化罷。袁世兄，你使甚麼兵刃？」

承志眼觀四方，見一個六七歲男孩站在一旁，手中拿著一柄玩具木劍，漆得花花綠綠地，劍長只有尋常長劍的一半。他心念微動，走過去說道：「小兄弟，你這把劍借給我用一下，好不好？」那小孩笑嘻嘻的將劍遞了給他。承志接了過來，對溫方山道：

161

「晚輩不敢與老前輩動真刀真槍，就以這把木劍討教幾招。」這幾句話說來似乎謙遜，實則是竟沒把對方放在眼裏。他想對方人多，不斷纏鬥下去，不知何時方決，安小慧又已遭困，須得顯示上乘武功，將對方儘快盡數懾服，方能取金救人，既免稽遲生變，又不傷了對溫青的金蘭義氣。適才他在屋頂跟溫方義動手，於對方武功修爲已瞭然於胸，倘若溫氏五老的武功均在伯仲之間，那麼以木劍迎敵，也不算是犯險托大。

溫方山聽了這話，氣得手足發抖，仰天打個哈哈，說道：「老夫行走江湖數十年，如此小覷老夫這柄龍頭鋼杖的，嘿嘿，今日倒還是初會。好吧，你有本事，用這木劍來削斷我的鋼杖吧。」話剛說完，拐杖橫轉，呼的一聲，朝承志腰中橫掃而來。

風勢勁急，承志的身子似乎給鋼杖帶將起來，溫青「呀」了一聲，卻見他身未落地，木劍劍尖已直指對方面門。溫方山鋼杖倒轉，杖頭向他後心要穴點到。

承志心想：「原來這拐杖還可用來點穴，青弟又說杖中有暗器，須得小心。」身子略側，拐杖點空，木劍一招「沾地飛絮」，貼著拐杖直削下去，去勢快極。

溫方山瞧他劍勢，知道雖是木劍，給削上了手指也要受傷，危急中右手鬆指，拐杖落下，剛要碰到地面，左手快如閃電，伸下去抓著杖尾，驀地一抖，一柄數十斤的鋼杖昂頭挺起，反擊對方。承志見他眼明手快，變招迅捷，也自佩服。

兩人越鬥越緊，溫方山的鋼杖使得呼呼風響，有時一杖擊空，打在地下，磚頭登時粉碎，聲勢著實驚人。承志在杖縫中穿來插去，木劍輕靈，招招不離敵人要害。

轉瞬拆了七八十招，溫方山焦躁起來，心想自己這柄龍頭鋼杖威震江南，縱橫無

162

敵，今日卻讓這後生小輩以一件玩物打成平手，一生威名，豈非斷送？杖法突變，橫掃直砸，將敵人全身裹住。

旁觀眾人只覺杖風愈來愈大，慢慢退後，都把背脊靠住廳壁，以防給鋼杖帶到，燭影下只見鋼杖舞成一個亮晃晃的大圈。

溫方山的武功，比之那游龍幫幫主榮彩可高得多了。承志藝成下山，此時方始眞正遇到武功高強的對手，只是不願使動華山派正宗劍法，以免給溫氏五老認出了自己門派，而對方鋼杖極具威勢，欺不近身去，手中木劍又不能與他鋼杖相碰，心想非出絕招，不易取勝，忽地身法稍滯，頓了一頓。

溫方山大喜，橫杖掃來。承志左手運起「混元功」，硬生生一把抓住杖頭，運力下拗，右手木劍直進，嗤的一聲，溫方山肩頭衣服已然刺破，這還是他存心相讓，否則一劍刺在胸口，雖是木劍，但內勁凌厲，卻也是穿胸開膛之禍。

溫方山大驚，虎口劇痛，鋼杖已給夾手奪過。

承志心想他是溫青的親外公，不能令他難堪，當下立即收回木劍，左手前送，已將鋼杖交還在他手中。這只一瞬間之事，武功稍差的人渾沒看出鋼杖忽奪忽還，已轉了一次手，料想令他如此下台，十分顧全了他老人家的顏面。

那知溫方山跟著便橫杖打出。承志心想：「已經輸了招，怎麼如此不講理，全沒武林中高人的身分？」當即向左避開，突然嗤嗤嗤三聲，杖頭龍口中飛出三枚鋼釘，分向上中下三路打到。杖頭和他身子相距不過一尺，暗器突發，那裏避讓得掉？

溫青不由得「呀」的一聲叫了出來，眼見情勢危急，臉色大變。

卻見承志木劍迴轉，啪啪啪三聲，將三枚鋼釘都打在地下。這招華山劍法，有個名目叫作「孔雀開屏」，取義於孔雀開屏，顧尾自憐。這招劍柄在外，劍尖向己，專在緊急關頭擋格敵人兵器。袁承志打落暗器，木劍反撩，橫過來在鋼杖的龍頭上按落。木劍雖輕，這一按卻按在杖腰的全不當力處，正深得武學中「四兩撥千斤」的要旨。

溫方山只覺一股勁力將鋼杖向下捺落，忙運力反挺，卻已慢了一步，杖頭落地。承志惱他以陰毒手法發射鋼釘，左足蹬處，踏上杖頭。溫方山用力回扯，竟沒扯起。承志鬆足向後縱開。溫方山收回鋼杖，只見廳上青磚深深凹下了半個龍頭，鬚牙宛然，竟是杖上龍頭給對手蹬入磚中留下的印痕。四周眾人見了，盡皆駭然。

溫方山臉色大變，雙手將鋼杖猛力往屋頂上擲去，只聽得忽啦一聲巨響，鋼杖穿破屋頂，飛了出去。

他縱聲大叫：「這傢伙輸給你的木劍，還要它幹麼？」

袁承志見這老頭子怒氣勃勃，呼呼喘氣，將一叢鬍子都吹得飛了起來，心中暗笑：

「是你輸了給我，可不是鋼杖輸了給木劍！」

屋頂磚瓦泥塵紛落之中，溫方施縱身而出，說道：「年輕人打暗器的功夫還不壞，來接接我的飛刀怎樣？」隨手解下腰中皮套，負在身上。

承志見他皮套中插著二十四柄明晃晃的飛刀，刃長尺許，心想大凡暗器，均是乘人不備，卒然施發，袖箭藏在袖中，金鏢、鐵蓮子之屬藏在衣囊，他的飛刀卻明擺在身上

當眼之處，料想必有過人之長，知道這時謙遜退讓也已無用，點了點頭，說道：「老前輩手下容情！」將木劍還給小孩，轉過身來。

溫家眾人知道四老爺的飛刀勢頭勁急，捷如電閃，倏然便至。這少年如全數接住，倒也罷了，要是他閃避退讓，飛刀不生眼睛，那可誰也受不住他一刀。當下除了四老之外，餘人紛紛走出廳去，挨在門邊觀看。

溫方施叫道：「看刀！」手一揚，寒光閃處，一刀嗚嗚飛出。原來他的飛刀刀柄鏨空，在空中急飛而過之時，風穿空洞，發出嗚嗚之聲，如吹嗩吶，聲音淒厲。刀發高音，似是先給敵人警告，顯得光明磊落，其實也是威懾恐嚇，擾人心神。

袁承志見飛刀威猛，與一般暗器以輕靈或陰毒見勝者迥異，心想：「我如用手接刀，不顯功夫，難挫他驕氣，總要令他們輸得心悅誠服，才能叫他們放出小慧，交還黃金。」在懷中摸出兩枚銅錢，左手一枚，右手一枚，分向飛刀打去。左手一枚先到，錚的一響，飛刀登時無聲，原來銅錢已把鏨空的刀柄打扁。右手一枚銅錢再飛過去，與飛刀一撞，同時跌落。那飛刀重逾半斤，銅錢又輕又小，然而兩者相撞之後，居然齊墮，顯見他的手勁力道，比溫方施高出何止數倍。

溫方施登時變色，兩刀同時發出。袁承志也照樣發出四枚銅錢，先將雙刀聲音打啞，跟著擊落。

溫方施哼了一聲道：「好本事！好功夫！」口中說著，手上絲毫不緩，六把飛刀一連串的擲出。他這時已知勢難擊中對方，故意將六柄飛刀四散擲出，心想：「難道你還

165

能一一把我飛刀打落？」卻聽得鳴錚、鳴錚接連六響，六柄飛刀竟又給十二枚銅錢打啞碰跌。承志當日在華山絕頂，不知和木桑道人下了多少盤棋，打了多少千變萬化之劫，再加上無數晨夕的苦練，才學會這手世上罕見的「滿天花雨」暗器功夫。木桑若是在旁，說不定還要指摘他手法未純，但溫家諸人卻盡皆心驚。

溫方施大喝一聲：「好！」雙手齊施，六柄飛刀同時向對方要害處擲出，六刀剛出手，又是六刀齊飛，這是他平生絕技，功夫再好的人躲開了前面六刀，決難躲開後面跟上的六刀。十二柄飛刀鳴響，四面八方的齊向袁承志飛去。

溫方達眼見袁承志武功卓絕，必是高人弟子，突見四弟使出最厲害的刀法，心下暗驚，叫道：「四弟，別傷他性命……」話聲未畢，只見袁承志雙手在空中一陣亂抓，隨抓隨擲，十二柄飛刀先後抓在手中，一抓入手，便向兵器架連續擲出。

原來都給他用十二把飛刀斬斷了。飛刀餘勢不衰，插入了牆壁。

刀槍架上本來明晃晃的插滿了刀槍矛戟，但見白光閃爍中，槍頭矛梢，盡皆折斷，突然之間，五老一齊站起，圈在他身周，目露兇光，同時喝道：「你是金蛇奸賊派來的嗎？」

承志空中抓刀的手法，確是得自《金蛇祕笈》，驀見五老神態兇惡，便似要同時撲上來咬噬一般，不禁驚慌，正要回答，一瞥之下，忽見廳外三個人走過，其中一人正是安小慧，給兩名大漢綁著押著，當是剛從翻板下面的地窖給擒了上來。他心急救人，衝出廳去。溫方達與溫方義各抽兵刃，隨後追到。

袁承志不顧追敵，直向安小慧衝去。兩名大漢刀劍齊揚，摟頭砍下。只聽得噹噹兩聲，兩名大漢手中的刀劍脫手飛出。這兩人一呆，見砸去他們兵刃的竟是大老爺和二老爺，嚇了一跳。溫方達與溫方義罵了聲：「膿包！」搶上追趕。

原來承志身手極快，不架敵刃，颼的一下，竟從刀劍下鑽過。那兩名大漢兵刃砍下來時，溫氏二老恰好趕到，一刀一劍，便同時向大老爺、二老爺的頭上招呼。

袁承志雙手分扯，扯斷了縛住安小慧手上的繩索。安小慧大喜，連叫：「承志大哥！」這時那兩人的刀劍正從空中落下，承志甩出斷繩，纏住長劍，扯了回來，對安小慧道：「接著！」繩子鬆開，那劍劍柄在前，倒轉著向她飛去。安小慧伸手接住。

這當兒真是說時遲，那時快，長劍剛擲出，溫方達兩柄短戟已向承志胸前搠到。溫方義嫌他們礙手礙腳，一個掃堂腿踢開了。

卻聽得「啊！哼！」兩聲叫喊，原來那兩名大漢擋在路口，溫方達兩柄短戟已向承志胸前搠到。

袁承志腳步不動，上身後縮，陡然退開兩尺。溫方達雙戟遞空，正要再戳，勁未使出，倏覺雙戟自行向前，燭光映射下，只見對方手中一截斷繩已纏住雙戟，向前拉扯。

溫方達借力打力，雙戟乘勢戳了過去，戟頭鋒銳，閃閃生光。袁承志側過身子，用力一扯斷繩，隨即突然鬆手。溫方達出其不意，收勢不及，向前跟蹌了兩步，看袁承志時，已拉了安小慧搶進練武廳內。

溫方達本已沖沖大怒，這時更加滿臉殺氣，雙手力崩，已將戟上短繩崩斷，縱進廳來。溫家眾人也都回到廳內，站在五老身後。

溫方達雙戟歸於左手，右手指著袁承志，惡狠狠的喝道：「那金蛇奸賊在那裏？快說。」

袁承志道：「老前輩有話好說，不必動怒。」

溫方義怒道：「金蛇郎君夏雪宜是你甚麼人？他在甚麼地方？你是他派來的麼？」

袁承志道：「我從沒見過金蛇郎君的面，他怎會派我來？」溫方山道：「這話當真？」袁承志道：「我幹麼騙你？晚輩在衢江之中，無意跟這位溫兄弟相遇，承他瞧得起，結交爲友，這跟金蛇銀蛇有甚干係？」

五老面色稍和，但仍心存疑竇。溫方達道：「你不把金蛇奸賊藏身之所說出來，今日莫想離開靜岩。」

袁承志心想：「憑你們這點功夫想扣留我，只怕不能。」聽他們口口聲聲的把金蛇郎君叫作「金蛇奸賊」，更是說不出的氣惱，在他內心，金蛇郎君已如半個師父，隱隱與木桑道人相似，但神色間神情仍然恭謹，說道：「晚輩與金蛇郎君無親無故，連面也沒會過。不過他在那裏，我倒也知道，就只怕這裏沒一個敢去見他。」

溫氏五老怒火上沖，紛紛叫道：「誰說不敢？」「這十多年來，我們那一天不在找他！」「這奸賊早已是廢人一個，又有誰怕他了！」「他在那裏？」「快說，快說！」

袁承志淡淡一笑，道：「你們真的要去見他？」溫方達踏上一步，道：「不錯。」

袁承志笑道：「見他有甚麼好？」溫方達怒道：「小朋友，誰跟你開玩笑？快給我說出來！」袁承志道：「各位身子壯健，總還得再隔好多年，才能跟他會面。他已經過世

啦！」

此言一出，各人盡皆愕然。只聽得溫青急叫：「媽媽，媽媽，你怎麼了？」

袁承志回過頭來，見那中年美婦已暈倒在溫青懷中，臉色慘白，連嘴唇都毫無血色。

溫方山臉色大變，連罵：「冤孽！」溫方義對溫青道：「青青，快把你媽扶進去，別丟醜啦，讓人家笑話。」溫青哇的一聲哭了出來，說道：「丟甚麼醜？媽媽聽到爸爸死了，自然要傷心。」

袁承志大吃一驚：「他媽媽是金蛇郎君的妻子？溫青是他兒子？」

溫方義聽得溫青出言衝撞，更在外人之前吐露了溫門這件奇恥大辱，牙齒咬得格格直響，對溫方山道：「三弟，你再寵這娃娃，我可要管了。」溫方山向溫青斥道：「誰是你爸爸？小孩子胡言亂語。還不快進去！」

溫青扶著母親，慢慢入內。那美婦悠悠醒轉，低聲道：「你請袁相公明晚來見我，我有話問他。」溫青點頭，回頭對承志道：「還有一天，明晚你再來盜吧。你就是幫著人家。你，你……發的誓都是騙人的！」向安小慧恨恨的瞪了一眼，扶著母親進內。

袁承志對安小慧道：「走吧！」兩人向外走出。溫方悟站在門口，雙手分攔，厲聲說道：「慢走，還有話問你。」袁承志拱手道：「今日已晚，明日晚輩再來奉訪。」溫方悟道：「那金蛇奸賊死在甚麼地方？他死時有誰見到了？」

袁承志想起那晚張春九刺死他禿頭師弟的慘狀，心想：「你們棋仙派好不奸詐兇

險，那晚在華山之上，我便險些死在你們手中，又何必跟你們說真話？何況你們覷覦金蛇郎君的遺物，我更不能說。」便道：「我也是輾轉聽朋友說起的，金蛇郎君是死在廣東海外的一個荒島之上。」說到這裏，童心忽起，說道：「貴派有一個瘦子，叫作張春九，還有一個禿頭，是不是？金蛇郎君的下落，他師兄弟倆知道得清清楚楚。只消叫他二人來一問，就甚麼都明白了，用不著來問我。」

溫氏五老面面相覷，透著十分詫異。溫方義道：「張春九和汪禿頭？這兩個傢伙不知死到那裏去了，他媽的，回來不剝他們的皮！」

袁承志心道：「你們到廣東海外幾千個荒島上去細細的找吧！要不然，親自去問張春九和那禿頭也好。」向眾人抱拳道：「晚輩失陪。」

溫方悟道：「忙甚麼？」他定要問個清楚，伸臂攔住。袁承志伸掌輕輕向他手臂推去。溫方悟手腕勾轉，要施展擒拿手法拿他手腕。那知袁承志不想再和人動手，這一招其實是虛招，對方手一動，左方露出空隙，他拉住安小慧的手，呼的一聲，恰好從空隙中穿了出去，連溫方悟的衣服也沒碰到。

溫方悟大怒，右手在腰間一抖，已解下一條牛皮軟鞭，揮鞭向他後心打到。武林中的軟鞭有的以精鋼所鑄，考究的更以金絲繞成，但溫方悟內功精湛，所用兵刃就只平平常常的一條皮鞭。皮鞭又韌又軟，在他手裏使開來如臂使指，內勁到處，比之五金軟鞭有過之而無不及。

——袁承志聽得背後風聲，拉著安小慧向前直竄，皮鞭落空，聽得呼的一聲，勁道凌

170

屬，知是一件厲害的軟兵器，他頭也不回，向牆頭縱去。

溫方悟在這條軟鞭上下過數十年的功夫，給他這麼輕易避開，豈肯就此罷手？右手揮出，圈出一個鞭花，向安小慧腳上捲來。這一下避實就虛，知道這少女功力不高，這一招定然躲不開，如把她拉了下來，等於是截住了袁承志。

承志聽得風聲，左手撩出，帶住鞭梢，混元功乘勢運起，上躍之勢竟爾不停，左手使勁，將溫方悟提起。溫家眾人見到，無不大駭。

溫方施要救五弟，右手急揚，兩柄飛刀嗚嗚發聲，向承志後心飛去。

承志左手鬆開皮鞭鞭梢，拉著安小慧向牆外躍出，聽得飛刀之聲，竟不回頭，右手分別在兩柄飛刀刀背上輕擋，飛刀立時倒轉。

溫方悟腳剛落地，兩柄飛刀已當頭射落。他不及起身，抖起皮鞭，想打開飛刀，那知皮鞭忽然寸寸斷裂，原來剛才承志在半空中提起溫方悟，實已使上了混元功的上乘內勁，否則他在半空中無從借力，如何提得起一個一百幾十斤的大漢？這混元勁傳到皮鞭之上，竟將鞭子扯斷了。溫方悟大驚，一個「懶驢打滾」，滾了開去，但一柄飛刀已把他衣襟刺破。他站起來時一身冷汗，半晌說不出話來。

溫方達不住搖頭。五老均暗暗納罕。溫方義道：「這小子不過二十歲左右，就算在娘胎裏起始練武，也不過廿年功力，怎地手下竟如此了得！」溫方山道：「金蛇奸賊這般厲害，也栽在咱們手裏。這小子明晚再來，咱們好好對付他。」

袁承志和安小慧回到借宿的農家。安小慧把這位承志大哥滿口稱讚，佩服得了不

得，說道：「崔師哥老是誇他師父怎麼了不起，我看他師父一定及不上你。」袁承志道：「崔師哥叫甚麼名字？他師父是那一位？」安小慧道：「他叫崔希敏，外號叫甚麼伏虎金剛。他師父是華山派穆老祖師的徒弟，外號叫『銅筆鐵算盤』。我聽了這外號就忍不住好笑，也從來沒問崔師哥他師父叫甚麼名字。」

袁承志點點頭，心想：「原來是黃真大師哥的徒弟，他還得叫我聲師叔呢。」也不與她說穿，兩人各自安寢。

次日晚上，袁承志叫安小慧在農家等他，不要同去。安小慧知道自己功夫太差，只有礙手礙腳，幫不上忙，反要他分心照顧，雖不大願意，還是答應了。

袁承志等到二更天時，又到溫家，只見到處黑沉沉的燈燭無光，正要飛身入內，忽聽得遠處輕輕傳來三聲簫聲，那洞簫一吹即停，過了片刻，又是三聲。袁承志心念微動，知是溫青以簫相呼，心想溫氏五老雖極凶惡，溫青卻對自己尚有結義之情，最好能勸得她交還黃金，不必動手，於是循著簫聲，往玫瑰山坡上奔去。

到得山坡，遠遠望去，見亭中坐著兩人，月光下只見雲鬢霧鬟，兩個都是女子，當即停了腳步，心想：「青弟不在這裏！」只見一個女子舉起洞簫吹奏，聽那曲調，便是溫青那天吹過的音調淒涼的曲子，忍不住走近幾步，想看清楚是誰。

手持洞簫的女子出亭相迎，低低叫了聲：「大哥！」袁承志大吃一驚，月色如水，照見一張俏麗面龐，竟便是溫青。他登時呆了，隔了半晌，才道：「你⋯⋯你⋯⋯」

溫青淺淺一笑，說道：「小妹其實是女子，一直瞞著大哥，還請勿怪！」說著深深

172

彎腰萬福。袁承志還了一揖，以前許多疑慮之處，豁然頓解，心想：「我一直怪她脂粉氣太重，又過於小性兒，沒丈夫氣概，原來竟是個女子。唉，我竟莫名其妙的跟個姑娘拜了把子，當真胡塗，這可從那裏說起？」

溫青道：「我叫溫青青，上次對你說時少了一個青字。」說著抿嘴一笑，又道：

「其實呢，我該叫夏青青才是。」

袁承志見她改穿女裝，秀眉鳳目，玉頰櫻唇，竟是一個絕色的美貌佳人，心中暗罵自己胡塗，這麼一個美人誰都看得出來，自己竟會如此老實，給她瞞了這許多天。他一生之中，除了嬰兒之時，只在少年時和安大娘與安小慧同處過數日，此後十多年在華山絕頂練武，從未見過女子。後來在闖王軍中見到李岩之妻紅娘子，這位女俠豪邁爽朗，與男子無異。因此於男女之別，他實是渾渾噩噩，認不出溫青青女扮男裝。

溫青青道：「我媽在這裏，她有話要問你。」袁承志走進亭去，作揖行禮，叫道：

「伯母，小姪袁承志拜見。」那中年美婦站起身來回禮，連說：「不敢當。」

袁承志見她雙目紅腫，臉色憔悴，知她傷心難受，默默無言的坐了下來，尋思：

「聽青青說，她母親是給人強姦才生下她來，那人自是金蛇郎君了。五老對金蛇郎君深惡痛絕，青青提一聲爸爸，就給她二爺爺喝斥怒罵。可是她媽媽聽得金蛇郎君逝世，立即暈倒，傷心成這個樣子，對他顯然情意很深，其中只怕另有別情。」

青青的母親呆了一陣，低聲問道：「他……他是真的死了？袁相公可親眼見到麼？」

袁承志點點頭。她又道：「袁相公對我青青很好，我是知道的。我決不像我爹爹與叔伯

們那樣，當你是仇人，請……請你把他死時的情形見告。是誰害死他的？他……他死得很苦嗎？」說到這裏，聲音發顫，淚珠撲簌簌的流了下來。

袁承志對金蛇郎君的心情，實在自己也不大明白，聽師父與木桑道人說，這人脾氣古怪，工於心計，為人介於正邪之間。他安排鐵盒弩箭、秘笈劇毒，用心險狠，實非正人端士。可是自從研習《金蛇秘笈》中的武功之後，對這位絕世的奇才不禁暗暗欽佩，在內心深處，不自覺的已把他當作了半位師父。昨晚聽到溫氏五老怒斥金蛇郎君為「奸賊」，心中說不出的憤怒，事後想及，也覺奇怪。這位前輩和我實有師徒之分，我許多武功是從他那裏學的。這位前輩死後的情形，恕我不便對伯母說，只怕有壞人要去發掘他骸骨。

君我沒見過面，不過說起來，這時青青之母問起，便道：「金蛇郎

青青之母身子一晃，向後便倒。青青連忙抱住，叫道：「媽媽，你別傷心。」

過了一會，青青之母悠悠醒來，哭道：「我苦苦等了十八年，只盼他來接我們娘兒離開這地方，那知他竟一個人先去了。青青連她爸爸一面也見不著。」

袁承志道：「伯母不必難過。夏老前輩現今安安穩穩的長眠地下。他的骸骨小姪已經好好安葬了。」又道：「夏前輩死時身子端坐，逝世之前又作了各種安排，顯非倉卒之間給人害死。」

青青之母說道：「原來是袁相公葬的，大恩大德，真不知怎樣報答才好。」說著站起來施了一禮，又道：「青青，快給袁大哥磕頭。」青青拜倒在地，袁承志忙也跪下還禮。青青之母道：「不知他可有甚麼遺書給我們？」

袁承志想起秘笈封面夾層中的地圖和圖上字樣：「得寶之人，務請赴浙江衢州靜

岩，尋訪溫儀，贈以黃金十萬兩。」當時看了這張「重寶之圖」，因無貪圖之念，隨手在

行囊中一塞，此後沒再留意，曾想金蛇郎君以曠世武功，絕頂聰明，竟至喪身荒山，險

些骸骨無人收殮，只怕還是受了這重寶之害。天下奇珍異寶，無不足以招致大禍，這話

師父常常提起，因此對這張遺圖頗有此厭憎之感，這時經青青之母一問，這才記起，說

道：「小姪無禮，斗膽請問，伯母的閨字，可是一個『儀』字？」

青青之母一驚，說道：「不錯，你怎知道？」隨即道：「那定是他……他……遺書

上寫著的了，袁相公可……可有帶著？」神情中充滿盼望和焦慮。

袁承志正要回答，突然右足一頓，從亭子欄干上斜刺躍出。溫儀母女吃了一驚，只

聽有人「啊喲」一聲，袁承志已伸手從玫瑰叢中抓了一個男子出來，走回亭子。那人已

給他點中穴道，手足軟軟垂下，動彈不得。

青青叫道：「是七伯伯。」溫儀嘆了口氣，道：「袁相公，請你放了他吧。溫家門

中，沒一個當我們母女是親人。」袁承志伸手在那人身上拍捏幾下，解開了他穴道。原

來那人是昨晚與他交過手的溫南揚。他是溫方義的兒子，在眾兄弟中排行第七。

溫青青怒道：「七伯伯，我們在這裏說話，你怎麼來偷聽？也沒點長輩樣子。」

溫南揚一聽大怒，便欲發作，但剛才給袁承志擒住時全無抗禦之能，昨晚又在他手

底吃過苦頭，恨恨的瞪了三人一眼，轉頭就走，走出亭子數步，惡狠狠的道：「不要臉

的女人，自己偷漢子不算，還教女兒也偷漢子。」

175

溫儀一陣氣苦，兩行珠淚掛了下來。青青那裏忍得他如此辱罵，追出去喝道：

「喂，七伯伯，你嘴裏不乾不淨的說甚麼？」

溫南揚轉身罵道：「你這賤丫頭要反？是爺爺們叫我來的，你敢怎樣？」

溫青罵道：「你要教訓我，大大方方的當面說便是，幹麼來偷聽我們說話？」溫南揚冷笑道：「我們？也不知是那裏鑽出來的野男人，居然一起稱起我們來啦。溫家十八代祖宗的臉，都給你們丟乾淨了！」青青氣得脹紅了臉，轉頭道：「媽，你聽他說這種話。」

溫儀低聲道：「七哥，請你過來，我有話說。」溫南揚略一沉吟，大踏步走進亭子站定，和袁承志相距甚遠，防他突然出手。

溫儀道：「我們娘兒身遭不幸，蒙五位爺爺和各位兄弟照顧，在溫家又耽了十多年。那姓夏的事，我從來沒跟青青說過，現下既然他已不在人世，也就不必再行隱瞞。這件事七哥頭尾知道得很清楚，請你對袁相公與青青說一說吧。」

溫南揚怫然道：「我幹麼要說？你的事你自己說好啦，只要你不怕醜。」溫儀輕輕嘆了口氣，幽幽的道：「好吧，我只道他救過你性命，你還會有一些感激之心，那知溫家的人，全是那麼忘……忘……唉！」溫南揚怒道：「他救過我性命，那不錯。可是他為甚麼要救我？好，我痛痛快快說出來，免得你自己說時，不知如何胡言亂語，儘說此謊話。」青青怒道：「我媽媽怎會說謊？」溫儀拉了她一把，道：「讓七伯伯說。」

溫南揚坐了下來，說道：「姓袁的，青青，我怎樣識得那金蛇奸賊，現今原原本本

的跟你們說，也好讓你們知道，那奸賊的用心如何險毒。」青青道：「你說他壞話我不聽。」說著雙手掩住耳朵。

溫儀道：「青青，你聽好啦。你過世的爸爸雖不能說是好人，可是比溫家全家的好處還多上百倍。」溫南揚冷笑道：「你忘了自己也姓溫。」

溫儀抬頭遠望天邊，輕聲道：「我……我……早已不姓溫了。」

「只見牆頭一個人跳了下來，

剛好站在我的秋千上。

他用力一盪，秋千飛了起來。

他將我攔腰抱住，

我接著只覺得騰雲駕霧般飛了出去。」

第六回

踰牆摟處子　結陣困郎君

溫南揚說道：「那是二十年前的事了，那時我二十六歲。爹爹叫我到揚州去給六叔做幫手。」袁承志心想：「原來靜岩溫氏五祖本有六兄弟。」溫南揚續道：「我到了揚州，沒遇上六叔。一天晚上出去做案子，不小心失了手。」溫儀冷冷的道：「不知是做甚麼案子？」

溫南揚怒道：「男子漢大丈夫，敢做難道還不敢說？我是瞧見一家大姑娘長得好，夜裏跳進牆去探花。她不從，我就一刀殺了。那知她臨死時一聲大叫，給人聽見了。護院的武師中竟有幾名好手，一齊湧來，好漢敵不過人多，我就給他們擒住了。」

袁承志聽他述說自己的惡行，竟毫無羞愧之意，心想這人當真無恥已極。

溫南揚又道：「他們打了我一頓，將我送到衙門裏監了起來。我可也不怕。我這件案子不是小事，沸沸揚揚的早傳開了。我想六叔既在揚州，他武功何等了得，得知訊息後，自會來救我出獄。那知等了十多天，六叔始終沒來。上官詳文下來，給我判了個斬立決。獄卒跟我一說，我才驚慌起來。」溫青青哼了一聲，道：「我還道你是不怕死的。」

溫南揚不去理她，續道：「過了三天，牢頭拿了一大碗酒、一盤肉來給我吃。我知道明天就要處決了，心想人是總要死的，只不過老子年紀輕輕，還沒好好享夠了福，不免有點可惜，心一橫，把酒肉吃了個乾淨，倒頭便睡。睡到半夜，忽然有人輕輕拍我肩頭。我翻身坐起，聽得有人低聲在我耳邊說道：『別作聲，我救你出去！』接著嚓嚓幾聲響，我手腳的鐵鐐手銬，都讓他一柄鋒利之極的兵刃削斷了。他拉著我的手，跳出獄

去。那人輕功好極，手勁又大，拉著我手，我趕路省了一大半力氣。兩人來到城外一座破廟裏，他點亮神案上的蠟燭，我才看清楚他是個長得挺俊的年輕人，年紀還比我小著幾歲。他是個小白臉，哼！」

說到這裏，向溫儀和青青狠狠的望了一眼，繼續說道：「我便向他行禮道謝。那人驕傲得很，也不還禮，說道：『我姓夏，你是棋仙派姓溫的了？』我點頭說是，這時見他腰間掛著那柄削斷我鑌鐐的兵刃，彎彎曲曲的似乎是柄劍，只是劍頭分叉，模樣很古怪。」

袁承志心想：「那便是那柄金蛇劍了。」他不動聲色，聽溫南揚繼續說下去：「我問他姓名，他冷冷的道：『你不必知道，反正以後你也不會感激我。』當時我很奇怪。跟他救我性命，我當然一輩子感激。那人道：『我是為了你六叔溫方祿才救你的。跟我來！』我跟著他走到運河邊上，上了一艘船，他吩咐船老大向南駛去。那船離開了揚州十多里路，我才慢慢放心，知道官府不會再來追趕了。我問了幾句，他只冷笑不答，忽然從衣囊裏拿出一對蛾眉刺來。這是六叔的兵器，素來隨身不離，怎麼會落在這人手中，我心中奇怪。那人道：『你六叔是我好朋友，哈哈！』怪笑了幾聲，臉上忽露殺氣，我不由得打了個寒噤。他道：『這口箱子，你帶回家去。』說著向船艙中一指，我見那箱子很大，用鐵釘釘得牢固，外面還用粗繩縛住。他道：『你趕快回家，路上不可停留。這口箱子必須交你大伯伯親手打開。』我一一答應了。他又說：『一個月之內，我到你家來拜訪，你家裏長輩們好好接待吧。』我聽他說話不倫不類，但也只得答應。

他囑咐完畢，忽然提起船上的鐵錨，喀喇喀喇，把四隻錨爪都拗了下來。」

溫青青聽到這裏，不由自主的叫了一聲：「好！」溫南揚呀的一聲，在地下吐了一口濃痰。青青性愛潔淨，見他如此蹧蹋自己親手布置的玫瑰小亭，心中難過。袁承志知她心意，伸足把痰擦去。青青望了他一眼，眼光中甚有感激之意。

溫南揚續道：「他向我顯示武功，也不知是何用意，只見他把斷錨往船艙中一擲，說道：『你如不照我的吩咐，開箱偷看，私取寶物，一路上倘若再做案子，這鐵錨便是你的榜樣！』從囊中拿出一錠銀子，擲在船板上，說道：『你的路費！』拔起船頭上的兩枝竹篙，雙手分別握定，兩枝竹篙插入河中，身子已躍入半空，他放開竹篙，在空中翻了幾個觔斗，身法巧妙，一路翻動，一路近岸，落下來時已到了岸上。但聽得他在岸上一聲長笑，身子已消失在黑影之中。」

袁承志心想：「這位金蛇郎君大有豪氣。」他只心裏想想，青青卻公然讚了起來：

「這人真是英雄豪傑。好威風，好氣概！」

溫南揚道：「英雄？呸！英他媽的雄。當時我只道他是我救命恩人，雖見他說話時眼露兇光，似乎對我十分憎厭，還道他脾氣古怪，也不怎麼在意。過江後，我另行僱船，回到家來。一路上搬運的人都說這口箱子好重，我想六叔這次定是發了橫財，箱子中盛滿金銀財寶。我花了這麼多力氣運回家來，叔伯們定會多分給我一份，因此心裏高興。回家之後，爹爹和叔伯們很誇獎我能幹，說第一次出道，居然幹得不壞。」

青青插口道：「的確不壞，殺了個大閨女，帶來一口大箱子。」溫儀道：「青青，

別多嘴，聽七伯伯說下去。」

溫南揚道：「這天晚上，廳上點滿蠟燭，兩名家丁把箱子抬進來。爹爹和四位叔伯坐在中間。我親自動手，先割斷繩子，再把鐵釘一枚枚的起出來。我記得很清楚，大伯伯那時笑著說：『老六又不知看中了那家的娘兒，荒唐得不想回家，把這箱東西叫南揚先帶回來。來，咱們瞧瞧是甚麼寶貝！』我揭開箱蓋，見裏面裝得滿滿的，上面鋪著一層紙，紙上有一封信，信封上寫著『溫氏兄弟同拆』幾個字。我見那幾個字似乎不是六叔的手筆，就把信交給大伯伯。他並不拆信，說道：『下面是甚麼東西？』我把那層紙揭開，下面是方方的一個大包裹，包裹用線密密縫住。大伯伯道：『六嫂，你拿剪刀來拆吧。六弟怎麼忽然細心起來啦？』六嬸拆開縫著的線，把包袱一揭開，突然之間，包裏裏颼颼颼颼的射出七八枝毒箭。」

青青驚呼了一聲。袁承志心想：「這是金蛇郎君的慣技。」

溫南揚道：「這件事現今想起來還是教人心驚膽戰，要是我性急去揭包袱，這條命還在嗎？這幾枝毒箭哪，每一箭都射進了六嬸的肉裏。那是見血封喉、劇毒無比的藥箭，六嬸登時全身發黑，哼也沒哼一聲就倒地死了。」

他說到這裏，轉過頭厲聲對青青道：「那就是你老子幹的好事。這一來，廳上眾人全都轟動。五叔疑心是我使奸，逼我打開包袱。我站得遠遠地，用一條長竿把包袱挑開，總算再沒箭射出來。你道包裹裏是甚麼珍珠寶貝？」青青道：「甚麼？」

溫南揚冷冷的道：「你六爺爺的屍首！給斬成了八塊！」

青青吃了一驚，嚇得嘴唇都白了。溫儀伸手摟住了她。

四人靜默了一陣。溫南揚道：「你說這人毒不毒？他殺了六叔也就罷了，卻把他屍首這般送回家來。」溫儀道：「他爲甚麼這樣做，你可還沒說。」溫南揚道：「哼，你當然覺得挺應該哪。只要是你姘頭幹的事，不論甚麼，你都說不錯。」

溫儀望著天空的星星，出了一會神，緩緩的道：「他是我丈夫，雖然我們沒拜天地，可是在我心中，他是我的親丈夫。青青，那時我比你此刻還小兩歲，比你更加孩子氣，又不愛學武，甚麼也不懂。這些叔伯們在家裏兇橫野蠻，無惡不作，我向來不喜歡他們，見六叔死了，老實說我心裏也不難受。那時我只覺得奇怪，六叔這麼好的武功，怎麼會給人殺死。只聽得大伯伯拿起了那封信，大聲讀了起來。這件事過去有二十年了，可是那天晚上的情形，我還是記得清清楚楚。那封信裏的話，我也記得清清楚楚。

「大伯伯氣得臉色發白，讀信的聲音也發顫了，他這麼唸：『棋仙派溫氏兄弟聽了：送上你們弟弟溫方祿屍首一具，便請笑納。此人當年污辱我親姊之後，又將其殺害，並將我父母兄長，一家五口盡數殺死。我孤身一人逃脫在外，現歸來報仇。血債十倍回報，方解我恨。我必殺你家五十人，污你家婦女十人。不足此數，誓不爲人。金蛇郎君夏雪宜示。』」

她背完那封信，吁了口氣，對溫南揚道：「七哥，六叔殺他全家，這事可是有的？」

溫南揚傲然道：「我們男子漢大丈夫，入了黑道，劫財劫色，殺人放火，那也稀鬆平常。六叔見他姊姊長得不錯，用強不從，拔刀殺了，又有甚麼了不起？本來也不用殺

他滿門，定是六叔跟她家人朝了相，這才要殺人滅口。只可惜當時給這兔崽子漏了網，以致後患無窮。」

溫儀嘆道：「你們男人在外面作了這樣大的孽，我們女子在家裏又怎知道。」

溫南揚道：「大伯伯讀完了信，哈哈大笑，說道：『這賊子找上門來最好，否則咱們去找他，還不知他躲在那裏呢？』他話雖這麼說，可十分謹慎，仔細盤問我這奸賊的相貌和武功，當晚大家嚴行戒備，又派人連夜去把七叔和八叔從金華和嚴州叫回來。」

袁承志心中奇怪：「怎地他們兄弟這麼多？」青青也問了起來：「媽，我們還有七爺爺、八爺爺，怎麼我不知道？」溫儀道：「那是你爺爺的堂兄弟，本來不住在這兒的。八個人，所以溫家叫『八德堂』哪！」青青道：「甚麼德性？」

溫南揚道：「七叔一向在金華住，八叔在嚴州住，雖是一家，外面知道的人不多。那知這金蛇奸賊消息也真靈，七叔和八叔一動身，半路上就給他害死了。這奸賊神出鬼沒，不知在那一天上，把我們家裏收租米時計數用的竹籌偷去了一批。他殺死我們一個人，便在死人身上插一根竹籌，看來不插滿五十根，不肯收手。」

青青道：「咱們宅子裏上上下下一百多人，怎會抵擋不住？他有多少人呢？」

溫南揚道：「他只一個人。這奸賊從來不公然露面，平時也不知躲在甚麼地方，只等我們的人一落單，就出手加害。大伯伯邀了幾十位江湖好手來靜岩，整天在宅子裏吃喝，等這奸賊到來，宅子外面貼了大佈告，邀他正大光明的前來決鬥。但他並不理會，見我們人多，就絕跡不來。過了半年，這些江湖好手慢慢散去了，大房的三哥和五房的

185

九弟忽然溺死在池塘裏，身上又插了竹籤。原來這奸賊也眞有耐心，悄悄的等了半年，看準了時機這才下手。接連十來天，宅子裏天天有人喪命。靜岩鎮上棺材店做棺材也來不及，只得到衢州城裏去買。對外面只說宅子裏撞了瘟神，鬧瘟疫。儀妹妹，這些可怕的日子你總記得吧？」

溫儀道：「那時候全鎮都人心惶惶。咱們宅子裏日夜有人巡邏，爹爹和叔伯們輪班巡守。女人和孩子都聚集在中間屋裏，不敢走出大門一步。」

溫南揚切齒道：「饒是這樣，四房裏的兩個嫂嫂半夜裏還是給他擄了去，當時咱們只道又給他害死了，那知過了一個多月，兩個嫂嫂從揚州捎信來，說給這奸賊賣進了妓院堂子，被迫接了一個月客人。四叔氣得險些暈死過去，這兩個媳婦也不要了，親自去殺光了堂子裏的老鴇龜奴、妓女嫖客，連兩個嫂嫂也一起殺了，又放火連燒了揚州八家堂子。」

袁承志聽得毛骨悚然，心想：「這金蛇郎君雖然是報父母兄姊之仇，但把元兇首惡殺死也已經夠了，這樣做未免過份。」又想：「溫方施怎地遷怒於人，連自己的兩個媳婦也殺了？」不自禁的搖頭，很覺不以為然。

溫南揚道：「最氣人的是，每到端午、中秋、年關三節，他就送封信來，開一張清單，說還欠人命幾條，婦女幾人。棋仙派在江南縱橫數十年，卻給這奸賊一人累得如此之慘，大家處心積慮，要報此仇。但這奸賊身手實在太強，爹爹和叔伯們和他交了幾次手，都拾奪他不下。咱們防得緊了，他接連幾個月不來，只要稍有鬆懈，立刻出事。咱

186

們在明，他在暗裏，大家實在無計可施。兩年之間，咱溫家給他大大小小一共殺死了三十八口人。青青，你說，咱們該不該恨這惡賊？」青青道：「後來怎樣？」溫南揚道：

「讓你媽說下去吧。」

溫儀對袁承志望了一眼，淒然道：「他的骸骨是袁相公埋葬的，那麼我甚麼也不必瞞你，只求袁相公待會把他去世時的情形，說給我母女倆知道……那麼……」

她說到這裏，聲音又咽哽了，隔了一會，說道：「那時我不懂他為甚麼這樣狠，其實也不想懂。爹爹不許我們走出大門一步，我好氣悶，每天只能在園子裏玩，爹爹還說，沒哥哥們陪著，女孩子就是大白天也不能去園子裏。這天是陽春三月，田裏油菜花的香味一陣陣從窗外吹進來，我真想到山坡上去看看花，聞聞田野裏那股風的鮮氣，可是這害死了人的金蛇郎君呀，在這麼好的天氣，卻把我悶悶的關在屋裏。我真想獨自個溜出去一會兒，可是想起爹爹那嚴厲的神氣，又不敢啦。這天下午，我和二房裏的三姊、五房裏的嫂嫂，還有南揚哥你和天霸哥，我們五個人在園子裏玩，我在盪秋千，越盪越高。身子飄了起來，從牆頭上望出去，見到綠油油的楊柳，一株株開得茂盛的桃花，真是高興。忽然，天霸哥怪叫了一聲，仰天跌倒，我嚇了一大跳，後來才知他胸口中了那人一枚金蛇錐，當場就打死了。南揚哥你呢？我記得你馬上逃進了屋，把我們三個女人丟在外面。」

溫南揚脹紅了臉，辯道：「我打不過他，不走豈不是白送性命？我是去叫救兵。」

溫儀道：「我還不明白是怎麼一回事，只見牆頭一個人跳了下來，剛好站在我的秋

187

千上。他用力一盪，秋千竟飛了起來，他將我攔腰抱住，我接著只覺得騰雲駕霧般的飛了出去。我以為這一下兩人都要跌死了，那知他左手抱著我，右手在牆外大樹枝上一扳，便又彈了起來，輕輕的落在數丈之外。這時我嚇胡塗了，舉起拳頭往他臉上亂打。他手指在我肩窩裏一點，我登時全身癱軟，一動也不能動啦。只聽得後面很多人大聲叫嚷追趕，但後來聲音越來越遠。他挾著我奔了半天，上了一座高山峯，進了一個懸崖峭壁上的山洞。他解了我穴道，望著我獰笑。我忽然想起了那兩位嫂嫂，心想與其受辱，不如自己死了乾淨，就一頭向山石上撞去。他在我後心一拉，我才沒撞死，留下了這個疤。」

袁承志見那傷疤隱在頭髮叢裏，露在外面的有一寸來長，深入頭頂，看來當時受傷著實不輕。

溫儀嘆道：「倘若就這麼讓我撞死了，對他自己可好得多，誰知這一拉竟害苦了他。那時我昏了過去，等醒來時，見身上裏著一條毯子，我一驚又險此暈了過去，後來見自己身上衣服穿得好好地，才稍稍放了些心，想是他見我尋死，強盜發了善心，便沒下手害我。我緊緊閉住眼睛，一眼也不敢瞧他，連心裏也不敢去想眼前的事。

「他怕我再尋死，那兩天之中，日夜都守著我。跟我說話，我自然不答。他煮了東西給我吃，我只是哭，甚麼也不吃。到第四天上，他見我餓得實在不成樣子了，於是熬了一大碗肉湯，輕聲輕氣的勸我喝。我不理不睬，他忽然抓住我，捏住我鼻子，把肉湯往我口裏灌，這樣強著我喝了大半碗湯。他手一鬆，我就將一口熱湯噴在他臉上。我是要激他生氣，乾脆一刀殺了我，免得受他欺侮，再把我像二位嫂嫂那樣，賣到妓院堂子裏

去活受罪。那知他並不發怒，只是笑笑，用袖子擦去了臉上湯水，呆呆望著我，不住歎氣。」

袁承志和青青對望了一眼，青青突然間紅暈滿臉。

溫儀道：「那天晚上，他睡在洞口，對我說：『我唱小曲兒給你聽好嗎？』我說：『我不愛聽。』他高興得跳了起來，說道：『我還當你是啞巴，原來是會說話的。』我罵道：『誰是啞巴來著？見了壞人我就不說話。』他不再言語了，高高興興的唱起山歌來，唱了大半夜，直到月亮出來，他還在唱。我一直在大宅子裏住著，那裏聽見過這種……這種山歌。」

溫南揚喝道：「你又怕聽又想聽，是不是？誰耐煩來聽你說這些不要臉的事！」大踏步便向亭外走去。青青道：「他定是去告訴爺爺們。」溫儀道：「由他說去，我早就甚麼都不在乎了。」青青道：「媽，你再說下去。」

溫儀道：「後來我矇矇矓矓的就睡著了。第二日早晨醒來卻不見了他，我想一個人逃回家來。可是這山洞是在一座山峯頂上，山峯好陡，沒路可下，只有似他這般輕功極高的人，纔能上下。到中午時他回來了，給我帶來了許多首飾、脂粉。我不要，拿起來都拋入了山谷裏。他可也不生氣，晚上又唱歌給我聽。

「有一天，他帶了好多小雞、小貓、小鳥龜上山峯來，他知道我不忍心把這些活東西丟下山去。他整天陪我逗貓兒玩，餵小鳥龜吃東西，晚上唱歌給我聽。我在山洞裏睡，他從來不踏進山洞一步。我見他不來侵犯我，放心了些，也肯吃東西了。可是一個多月

中，我一直不跟他說話。他始終對我很溫柔很和氣，爹爹和媽媽都沒他待我這麼好。

「又過得幾天，他忽然板起了臉，惡狠狠的瞧我，我很害怕，哭了起來。他嘆了口氣，哄我別哭。那天晚上我聽得他在哭泣，哭得很傷心。不久，天下起大雨來，他仍不進洞來，我心中不忍，叫他進山洞來躲雨，他也不理。

「我問他為甚麼哭，他粗聲粗氣說：『明天是我爸爸、媽媽、哥哥、姊姊的忌辰。我一家全被你家的人在這天害死了。明天我說甚麼也得殺一個人來報仇。你家裏現下防備很嚴，請了崆峒派的李拙道人和十方寺的清明禪師作幫手，哼，這兩人雖然厲害，我難道就此罷手不成？』他咬牙切齒的，冒著大雨就下峯去了。第二天到傍晚時，他還是沒回來，我倒有些記掛了，暗暗盼望他平安回來。」

聽到這裏，青青偷偷望了袁承志一眼，瞧他是否有輕視之色，但見他端謹恭坐，留神傾聽，這才寬慰，緩緩吁了口氣。

溫儀道：「天快黑了，我幾次到山峯邊眺望。也不知去望了幾次，終於見到對面那座山峯上有四個人在互相追逐，身法都快然不得了。我用心細看，最先一人果然是他，後面一個道士，另一個是和尚。鬥了一會，那和尚一禪杖橫掃過去，眼見他無法避開，我心中著急，大聲叫了起來，那知他金蛇劍回過來一格，竟把禪杖斬去了一截。爹爹聽見叫聲，他們三個，一個個道士，第四個卻是我爹爹。他手中拿的是那把金蛇劍，一個鬥，邊打邊逃。鬥了一會，那和尚一禪杖橫掃過去，眼見他無法避開，我心中著急，大聲叫了起來，那知他金蛇劍回過來一格，竟把禪杖斬去了一截。爹爹聽見叫聲，

「他很是焦急，兩劍把和尚與道人逼開，隨後追趕。這一來，變成我爹爹在前，他在回頭望見了我，不再爭鬥，往我這山峯上奔來。

中間，僧道二人在後。四人不久就奔下山谷。他追上了我爹爹，攔住了不許他到我這邊山峯來。鬥了幾回合，一僧一道趕到，我爹爹抽空跳出，向我這邊攀上來。這四人邊鬥邊奔，追到了我站著的山峯上。我很是高興，大叫：『爹爹，快來！』這時他如發瘋般搶了過來，接連三劍，把爹爹逼得不住倒退。爹爹打他不過，眼見危急，僧道二人也到了。爹爹叫道：『阿儀，你怎樣？』我說：『我很好，爹，你放心。』爹爹道：『好，咱們先料理了這奸賊再說。』三人又把他圍在中間。

「那道人大聲道：『金蛇郎君，我們崆峒派跟你無冤無仇，只不過見你太也過份，因此挺身出來作和事老。我誰也不幫，如你答允罷手，以後不再去溫家惹事，今日之事就此善罷。』他大聲叫道：『父母兄姊之仇，豈能不報？』那和尚道：『你已經殺了這許多人，也該夠了。勸你瞧在我們二人的臉上，就此停手吧！』他忽然挺劍向和尚刺去，那道人的兵刃有點兒古怪，想來武功甚強，和尚的禪杖只剩下半截，使開來風聲呼呼猛響，也很厲害。他越打越不成了，滿頭大汗，忽然一個踉蹌，險些跌倒。

「那和尚揮杖打下去，讓他側身躲過，他身子這樣一側，見到了我的臉。他後來說，他那時候本已筋疲力竭，但一見到我流露出對他十分關懷的神氣，突然間精神大振。他的劍使得越來越快，山谷中霧氣上升，煙霧中只見到金光閃耀。只聽得他叫道：『溫姑娘，別怕，瞧我的！』那和尚大叫一聲，骨溜溜的滾下山去，腦門正中釘了一枚金蛇錐。我爹和那道人都吃了一驚。他挺劍向我爹刺去，那道人乘虛攻他後心。他突然大喝

一聲，左手雙指向道人眼中戳去。道人頭一低，他一劍揮過，將道人攔腰斬為兩截。」

青青呀的一聲叫了出來。溫儀道：「他回手一劍，向我爹爹刺去。爹爹見他接連殺

了兩個大幫手，早嚇得心驚膽戰，鋼杖越使越慢。我忙從洞裏奔出來，叫道：『住手，

住手！』他聽我一叫，就停了手。我道：『這是我爹爹！』他向我爹爹狠狠望了一眼，

說道：『你走吧，饒你性命！』爹爹很感意外，回身要走。這時我因整天沒吃東西，加

之剛才擔心受驚，見他饒了爹爹，心中一喜，突然跌倒。他忙搶過來扶我，我從他肩上

望出去，只見爹爹目露兇光，忽然舉起鋼杖，猛力向他後腦打去。

「他一心只關注著我有沒受傷，全沒想到爹爹竟會偷襲。我忍不住呼叫：『當心！』

他忙將頭側過，腦袋避開了鋼杖，這一杖打中他背。他夾手奪過鋼杖，擲入山谷，雙掌

向爹爹打去。爹爹無法招架，閉目等死。他回頭向我望了一眼，嘆了口氣，對爹爹道：

『你快走。別讓我回心轉意，又不饒你了！』爹爹急奔下山。他背上吃了這杖，受傷著實

沉重，爹爹剛走，他就一口鮮血，噴在我胸前衣上。」

青青哼了一聲道：「爺爺這般不要臉，明裏打不過人家，就來暗下毒手！」

溫儀嘆道：「按理說，他是我家的大仇人，連殺了我家幾十口人。可是見他受人圍

攻暗算，我禁不住心裏向著他，這也叫作前生冤孽。

「他搖搖晃晃的走進洞去，從囊中拿出傷藥來吃了，接連又噴了許多鮮血出來。我嚇

得只是哭。他雖然受傷，神色卻很高興，問我：『你幹麼哭？』我哭道：『你傷得這

樣。』他笑問：『你是為了我才哭？』我回答不出，只覺得很傷心。

『過了一會，他說：『自從我全家的人給你六叔害死之後，從來沒人關心過我。我今日殺了你一個堂兄，前後一共已殺了四十人，本來還要再殺十人，看在你的眼淚份上，就此罷手不殺了。』我只是哭，不說話。他又道：『你家的女人我也不害了，等我傷好之後，送你回家。』我心裏一股說不出的滋味，只覺得他答允不殺人了，那就很好。以後幾天我燒湯煮飯，用心服侍他。可是他不停的嘔血，有時迷迷糊糊的老是叫『媽媽』。

「有一天他整天暈了過去，到了傍晚，眼見不成了。我哭得兩眼都腫了。他忽然睜開眼來，笑了一笑，說道：『不要緊，不會死。』過了兩天，果然慢慢好了起來，一天晚上對我說，那天中了這一杖，本來活不成了，但想到他死之後，我在這高峯絕頂之上走不下去，我家的人又怕了他，不敢來找，那我非餓死不可。為了我，他無論如何要活著。」

青青插嘴道：「媽，他待你很好啊，這人很有良心。」說著狠狠望了袁承志一眼。

袁承志臉上一陣發熱，轉開了頭，眼光不跟她相對。

溫儀又道：「以後他身子漸漸復元，跟我說起小時候的事情，他爸爸媽媽怎樣疼他，哥哥姊姊又怎樣愛護他。有一次他生病，他媽媽三天三夜沒睡覺的守在他床邊。那知一天晚上，六叔竟把他全家殺了。那時我覺得這人雖然手段兇狠毒辣，但說到他親人的時候，語氣卻很良善柔和。他拿出一個繡花的紅肚兜來給我看，說是他週歲時他媽媽繡的。」

她說到這裏，從懷中取了一個小孩用的肚兜出來，攤在桌上。袁承志見這肚兜紅緞

面子，白緞裏子，繡著個光身的胖娃娃睡在一張大芭蕉葉子上。胖娃娃神情憨憨的很是可愛，繡工精緻，想到他媽媽刺繡時滿心是愛子之情。袁承志從小沒爹娘，看到這肚兜，想到自己身世，不禁一陣心酸。

溫儀續道：「他常常唱山歌給我聽，還用木頭削成小狗、小馬、小娃娃給我玩，說我是個不懂事的女娃娃。後來他傷勢完全好了，我見他越來越不開心，忍不住問他原因，他說他捨不得離開我。我說：『那麼我就就在這裏陪你好啦！』」

「他非常開心，大叫大嚷，在山峯上兩株大樹上跳上跳下，像猴子一樣翻觔斗。

「他對我說：他得到了一張圖，知道了一個大寶藏的所在，其中金銀珠寶，多得難以估量。據說從前燕王篡位，從北京打到南京。建文皇帝忽忙逃走，把內庫裏的珍珠寶貝埋在南京一個秘密地方。燕王接位之後，搜遍了南京全城也找不到。他派三保太監幾次下南洋，一來是爲了找尋建文皇帝的下落，二來是爲了探查這批珍寶。」

袁承志心道：「原來在金蛇秘笈中發現的，便是這張寶藏地圖。」

溫儀續道：「他說成祖皇帝一生沒找到這張地圖，但幾百年後，卻讓他無意之中得到了，眼下他大仇已報完了，就要去尋這批珍寶，尋到之後，便來接我，現下先把我送回家去。」

她說到這裏，輕聲道：「他捨不得我離開他，其實我心中也捨不得。可是……可是啊……我總不能就這樣跟了他去。我回家之後，大家卻瞧我不起，我很惱怒，他們沒本事保護自己女兒，我清清白白的回家，大家反來羞辱我。我也就不理他們，不跟他們說

話。」

青青接口道：「媽媽，你很對。你又做錯了甚麼？」

溫儀道：「我在家裏等了三個月，一天晚上，忽然聽得窗下有人唱歌，一聽聲音我就知道是他到了，忙打開窗子讓他進來。我們見了很歡喜。這天晚上我就和他好了，有了你這孩子。那是我自己願意的，到如今我也一點不後悔。人家說他強迫我，不是的。

青兒，你爸爸待你媽媽很好，我們之間一直很恩愛。他始終看重我，從來沒強迫過我。」

袁承志暗暗欽佩她的勇氣，聽她說得一往情深，不禁淒然。

青青忽然低聲唱了起來：

「從南來了一羣雁，也有成雙也有孤單。成雙的歡天喜地聲嘹喨，孤單的落在後頭飛不上。不看成雙，只看孤單，細思量你的淒涼，和我是一般樣！細思量你的淒涼，和我是一般樣。」

歌聲嬌柔婉轉，充滿了哀怨之情。

溫儀淒然道：「那就是她爸爸唱給我聽過的一支小曲。這孩子從小在我懷裏聽這些歌兒，聽得多了，居然也記住了。」

袁承志道：「夏前輩那時候想是已經找到了寶藏？」

溫儀道：「他還沒找到，不過已有了線索。他心中掛念著我，不願再為了寶藏而躭擱時日。他說到寶藏的事，我也沒留心聽。我們商量著第二天一早就偷偷的溜走，心中十分歡喜，甚麼也沒防備，不料想說話卻給人偷聽去了。

「第二日天還沒亮，我收拾好了衣服，留了一封信給爹爹，正想要走，忽然有人敲門。我當然很怕，他說不要緊，就是千軍萬馬也殺得出去。他提了金蛇劍，打開房門，進來的竟是我爹爹和大伯、二伯三人。他們都空著雙手，沒帶兵刃，穿著長袍，臉上居然都笑嘻嘻地，絲毫也沒敵意。我們見他三人這副模樣，很是詫異。

「爹爹說：『你們的事我都知道了，這也是前生的冤孽。上次你不殺我，我也很承你的情。以後咱們結成親家，可不能再動刀動槍。』他以為爹爹怕他再殺人，說道：『你放心，我早答應了你小姐，不再害你家的人！』爹爹說：『私下走可不成，須得明媒正娶，好好拜堂。』他搖頭不信。我爹爹說：『阿儀是我的獨生愛女，總不能讓她跟人私奔，一生一世抬不起頭來。』他想這話不錯。那知他為了顧全我，卻上了爹爹的當。」

袁承志問道：『令尊是騙他的，不是真心？』

溫儀點點頭，說道：『爹爹就留他在厢房裏歇，辦起喜事來。他始終信不過，我家送給他吃的酒飯茶水，他先拿給狗吃。狗吃了一點沒事，但他仍不放心，毫不沾唇，晚上都拿去倒掉，自己在靜岩鎮上買東西吃。

「二天晚上，媽媽拿了一碗蓮子羹來，對我說：『你拿去給姑爺吃吧！』我不懂事，還道媽媽體惜他，高高興興的捧到房裏。他見我親手捧去，喜歡得甚麼也沒防備，幾口吃了下去，正和我說話，忽然臉色大變，站起來叫道：『阿儀，你心腸這樣狠！』我嚇慌了，問道：『甚麼？』他道：『你為甚麼下我的毒？』

「你為甚麼下我的毒？」這句話，雖在溫儀輕柔的語音中說來，還是充滿了森然可怖

196

之意，想見當時金蛇郎君如何憤怒，又如何傷心。袁承志和青青聽了，不由得毛骨悚然。溫儀的眼淚一滴滴落在衣襟之上，再也說不下去。

寂靜之中，忽聽得亭外礫礫怪笑。三人急忙回頭，只見溫氏五兄弟並肩走近，後面跟著二三十人，手中都拿兵刃。

溫方山喝道：「阿儀，你把自己的醜事說給外人聽，還要臉麼？」

溫儀脹紅了臉，要待回答，隨即忍住，轉頭對承志道：「十九年來，我沒跟爹爹說過一句話，以後我也永不會跟他說話。我本來早不該再住在溫家，可是我有了青青，又能去那裏？再說，我總盼望他沒死，有一天會再來找我。我如離開了這裏，他又怎找得到我？他既已死了，我也沒甚麼顧忌了。我不怕他們，你怕不怕？」

袁承志還沒答話，青青已搶著道：「承志大哥不會怕的。」

溫儀道：「好，我就說下去。」提高了聲音，繼續說道：「我急得哭了出來，不知道要怎樣說、怎樣做才好，突然之間，房門給人踢飛，許多人手執刀槍湧了進來。」

她向亭外一指，說道：「當時站在房門外的，就是這些人。他們……他們手裏都拿著暗器。爹爹總算對我還有幾分父女之情，叫道：『阿儀，出來！』我知道他們要等我出去之後，立刻向他發射暗器，房間只是這麼一點地方，他往那裏躲去？我叫道：『我不出來，你們連我一起殺了吧！』我擋在他身前，心中只一個念頭，要給他擋箭，不讓他給人傷害。

「他本來眉頭深鎖，坐在椅上，以為我和家裏的人串通了下毒害他，十分傷心難受，

197

也不想動手反抗，聽我這麼說，突然跳了起來，很開心的道：『你不知蓮子羹裏有毒？』

我端起碗來，見碗裏還賸了些羹汁，一口喝下，說道：『我跟你一起死！』他揮掌把碗打落，但我已經喝了。他笑道：『好，大家一起死！』轉頭向他們罵道：『使這等卑鄙陰毒的手段，你們也不怕醜麼？』

「大伯伯怒道：『誰使毒了？下毒的不是英雄好漢。你自恃本領高，就出來鬥鬥！』

他說：『好！』就出去和他們五兄弟打了起來。他喝的蓮子羹裏雖沒毒藥，但放著他們溫家秘製的『醉仙蜜』，只要喝了，慢慢會全身無力，昏睡如死，要過一日一夜才能醒來。這二人哪，還捨不得用毒藥害死他，想把他迷倒，再慢慢來折磨他。他們……他們當眞是英雄好漢！」說到這裏，語氣中充滿怨毒，只是她生性溫柔，不會以惡語罵人。

溫方施在亭子外大聲怒道：「這無恥賤人，早就該殺了，養她到今日，反而恩將仇報！」青青道：「我娘兒倆在溫家吃了十幾年飯，可是四爺爺，我這兩年來，給你們找了多少金銀財寶？就是一百個人，一輩子也吃不完吧。我娘兒倆欠你們溫家的債，早還清啦！」溫方達不願在外人之前多提家門醜事，叫道：「喂，姓袁的，你敢不敢跟我們五兄弟一起鬥鬥？」

袁承志前兩日念在他們是青青的長輩，對之禮數周到，這時聽溫儀說了他們的陰險毒辣，不覺滿懷憤怒，叫道：「哼，別說五人，你們就是有十兄弟齊上，我又懼！」

溫儀冷笑道：「那天晚上，他們也是五兄弟打他一人，本來他能抵敵得住的，但他喝了『醉仙蜜』之後，越打越手足酸軟。他們五兄弟有個練好了的『五行陣』，打起架

來，五兄弟就如是一個人……」承志聽到「五行陣」三字，陡然想起《金蛇秘笈》中詳述「五行陣」及其破法的記載，恍然大悟：「原來如此！」溫方山喝道：「阿儀，你吃裏扒外，洩漏家的底！」

溫儀不理父親的話，對承志道：「他急著想擊倒五人中的一人，就可破了這五行陣，但他搖搖晃晃的越來越不行。我叫道：『你快走吧，我永不負你！』她這一聲叫喚聲音悽厲，似乎就和那天晚上叫的一樣。青青嚇怕了，連叫：「媽媽！」承志說道：「伯母回房休息吧，我和令尊他們談一談，明兒再來瞧你。」

溫儀拉住他衣袖，叫道：「不，不，我在心中憋了十九年啦，今兒非說出來不可。他們要他的命，可是更加要緊的，他們想發財。他再打一陣，身上受了傷，支持不住，跌在地下，終於……終於給他們擒住了。我撲到他身上，也不知是那一位叔伯將我一腳踢開。他們細搜他身上，果然沒圖。這樣就爲難啦，放了他吧，等藥性一過，沒人再制得住他。殺了他吧，那大寶藏可永遠得不到手。最後還是我爹爹主意兒高明，哈哈，好聰明，不是嗎？那時候他已經昏了過去，我也暈倒了。等我醒來，他們已經把他的腳筋和手筋都割斷了，教他空有一身武功，永遠不能再使勁。然後逼著他去取圖尋寶。真聰明，是不是？哈哈，哈哈！」承志見她眼光散亂，呼吸急促，已有些神智失常，勸道：「伯母，你還是回房去歇歇。」

袁相公，你聽我說呀！」承志聽她話中帶著哭聲，點頭道：「我在這裏聽著。」

溫儀仍然緊緊扯住他衣袖不放，說道：「那圖不在我身上，誰有種就跟我去拿。』他們

溫儀道：「不，等你一走，他們就要把我殺了，我要說完了才能死……他們押著他走了。還有崆峒派的兩名好手同去。大家都想發這筆橫財。但不知怎樣，還是給他逃脫了。多半是他給了他們一張圖，他們一快活，防備就疏了。他們很聰明，我那郎君可也不蠢哪。他們七個人拿到這張藏寶圖，你搶我奪，五兄弟合謀，先把崆峒派的兩人害死了。」

溫方義厲聲罵道：「阿儀，你再胡說八道，可小心著！」

溫儀笑道：「我幹麼小心？你以為我還怕死麼？」轉頭對袁承志道：「那知道這張圖卻是假的。他們五人在南京鑽來鑽去搞了大半年，花了幾千兩銀子本錢，一個小錢也沒找到，哈哈，真是再有趣也沒有啦。」

溫氏兄弟空自在亭外橫眉怒目，卻畏懼袁承志，不敢衝進亭來。

溫儀說到這裏，呆呆的出神，低聲緩緩的道：「他這一去，我就沒再得到他的音訊。他手腳上的筋都斷了，已成廢人。他是這樣的心高氣傲，不痛死也會氣死……」

溫方達又叫：「姓袁的，這小賤人說起我們溫氏的五行陣，你已聽到了，有種的就出來試試。」溫儀低聲道：「你走吧，別跟他們鬥。」輕輕嘆了口氣，說道：「金蛇郎君所遭冤屈，終於有人知道了。」

袁承志曾和溫氏五兄弟一一較量過，知道單打獨鬥，沒一個是自己對手，不過他們五人齊上，再加上有個操練純熟的五行陣，只怕當真難鬥。「五行陣」的陣法與破法，自習了《金蛇秘笈》後，早已了然於胸，無所畏懼，但他五老是青青的尊長，以金蛇郎

200

君所傳之法對付，下手過於狠毒，非己所願，一時頗爲躊躇。

溫方義叫道：「怎麼，不敢麼？乖乖的跟爺爺們磕三個響頭，就放你出去。」溫方

施陰森森的道：「這時候磕頭也不成啦。」

袁承志尋思：「須得靜下來好好想一想，籌思善策。」他初出茅廬，閱歷甚淺，不似江湖上的老手，一遇難題，對策立生，於是朗聲道：「溫氏五行陣既然厲害無比，晚輩倒也想見識見識。不過我現下甚是疲累，讓我休息一個時辰，成嗎？」

溫方義隨口道：「一個時辰就一個時辰，你再挨上十天半月也逃不了。」溫方山低聲道：「這小子別使甚麼詭計，咱們馬上給他幹。」溫方達道：「二弟已答應了他，就讓他多活一個時辰，也教他死而無怨。」

溫儀急道：「袁相公，你別上當，他們行事向來狠辣，肯讓你多休息一個時辰。這些年來，他們念念不忘的就是那個寶藏。他們要想法子害你，要挑斷你的手筋腳筋，逼你去幫著尋寶。你快和青青一起走吧，走得越遠越好。」

溫方達聽她說穿了自己用心，臉色更加鐵青，冷笑道：「你們三個還想走得越遠越好？哼，念頭倒轉得挺美。姓袁的，你到練武廳上休息去吧。待會動手，大家方便些。」

袁承志道：「好吧！」站起身來，料想若不用強，無法取金脫身。溫儀母女知道五行陣的厲害，心中焦急，但也沒法阻攔，只得跟在他身後，一齊出亭。

到了練武廳中，溫方達命人點起數十枝巨燭，說道：「蠟燭點到盡處，你總養足精神了吧？」袁承志點點頭，在中間一張椅上坐下。溫氏五老各自拿起椅子，排成一個圓

圈，將他圍在中間，五人閉目靜坐。在五人之外，溫南揚、溫正等棋仙派中十六名好手，又分坐十六張矮凳，圍成個大圈。

袁承志見這十六人按著八卦方位而坐，乃是作為五行陣的輔佐，心想：「五行陣外又有八卦陣，要破此陣，更難上加難了。」他端坐椅上，細思師門所授各項武功，反覆思考，總覺在這二十一名好手圍攻之下，最多只能自保，要想破陣脫身，只怕難行，時刻一長，精神力氣勢必不濟，終須落敗。就算以木桑道長所傳輕功逃出陣去，那批黃金又怎能奪回？留下溫儀母女，她二人難免殺身之禍，那可如何是好？除了以金蛇秘笈中所傳祕法破陣之外，更無他法。

當時照本研習，除覺手法太過狠毒之外，又始終不明白武功何以要搞得如此繁複，有許多招數顯然頗為蛇足。接戰之際，敵人武功再高，人數再多，也決不能從四面八方同時進攻，不露絲毫空隙，而這套武功明明是為了應付多方同時進攻而創。此刻身處困境，終於省悟，原來金蛇郎君當日誤中奸計，手足俱損，脫逃之後，殫竭心智，創出這套武功來，乃是專為破這五行陣而用。他當然是想來靜岩報仇，可惜手腳筋脈均吃割斷，使不出勁，所以細細計謀，在秘笈中留下招術，自是為了今日洩憤而設。承志心下盤算：自己無意中學到了這套武功，既可脫今日之難，又能為這位沒見過面的恩師一洩當日的怨毒，他在九泉之下，若是有知，也必欣慰，不枉了當年這番苦心。想到這裏，心中大喜，睜開眼來，只見桌上蠟燭已點剩不到一寸。

溫氏五老見他臉上忽憂忽喜，不知他在打甚麼主意，但自恃五行八卦陣威力無窮，

202

也不在意，只是圓睜著十隻眼睛，嚴加防備，怕他乘隙脫逃。

袁承志重又閉眼，將秘笈中所載破陣武功從頭至尾細想一遍，想到最後摧敵致勝那一路「快刀斬亂麻」時，陡然心驚，全身登時冷汗直冒，暗叫：「不好了！」心想：「最後破陣之道，是在自己招數中露出破綻，引得對手來攻，便可尋瑕抵隙，乘虛而入，但必須手有寶刀寶劍護住自身破綻，才不致在敵招來時命喪敵手。金蛇郎君的設想，全從他的金蛇劍著手，但此刻我手頭卻無金蛇劍，這一時三刻之間，卻到那裏找寶刀寶劍去？」

青青在旁邊一直注視著他，驀地裏見他臉上大顯惶急，額頭見汗，心想還未交鋒，已自心怯氣餒，如何得了？不由得代他擔憂。

承志見蠟燭已快燒到盡頭，燭燄吞吐顫動，將滅未滅，但破陣之法，仍未想出，更是憂急。就在這時，一名丫鬟捧了一碗茶走到跟前，說道：「相公請用碗糖茶！」他早已口渴，正自全神貫注的苦思如何在頃刻之間尋把寶劍使用，有茶可飲，恰合心意，隨手接過茶碗，放到唇邊張口要喝，突然手上一震，茶杯給一支袖箭打落，噹啷一聲響，在地下跌得粉碎。承志一晃眼間，見青青右手向後急縮，知道這箭是她所發，心中一驚：「好險，我怎地如此胡塗，竟沒想到他們又會給我喝甚麼醉仙蜜。」

溫方悟見詭計為青青揭破，怒不可遏，破口大罵：「這樣的娘，就生這樣的女兒！溫家祖宗不積德，儘出此向著外人的賤貨！」

青青嘴頭毫不讓人，說道：「溫家祖宗積好大的德呀，修橋鋪路，救濟窮人，甚麼

好事都幹。就是不偷不搶，不殺人放火，決不奸淫擄掠！」

溫方悟大怒，跳起來就要打人。溫方達道：「五弟，沉住氣，留神這小子。」

原來袁承志這時又是滿臉喜色，青青這支袖箭觸動了他靈機：「用暗器！」只見燭火晃動，已有兩支蠟燭熄了，當下站起身來，說道：「好啦，請賜教吧！這次分了勝負之後怎樣？」溫方達道：「你勝了，金子由你帶去。你勝不了，那也不必多說。」

袁承志知道自己倘若落敗，當然性命不保，但如得勝，只怕他們還要抵賴，說道：「你們把金子拿出來，我破陣之後，拿了就走。」

溫氏五老見他死到臨頭，還要嘴硬，心想以金蛇郎君如此高手，尚且為溫氏五行陣所擒，現下經過十多年潛心鑽研，又創了一個八卦陣來作輔佐，你如何能夠脫逃？這陣勢他們平素練得純熟異常，對付三四十名好手尚自綽綽有餘，實是棋仙派鎮派之寶，向來不肯輕用，以免讓人窺知虛實。這次實因袁承志武功太強，五兄弟個個身懷絕藝，卻均給他三招兩式之間便打得一敗塗地。五人一商議，只得拿出這門看家本領來，也顧不得讓他說以眾欺寡。溫方達吩咐家丁換上蠟燭，對青青道：「把金子拿出來。」

青青早在後悔，心想早知如此，把黃金都還給他也就算了，這時想再私下給他，也已來不及了，只得把一大包金條都捧到練武廳中，放在桌上。想到他在這危急當口，仍不忘為安小慧奪還黃金，又不禁氣苦。

溫方達左手在桌上橫掃過去，金包打開，啪啪啪啪一聲響，數十塊金條散滿了一地，燦然生光，冷笑道：「溫家雖窮，這幾千兩金子還沒瞧在眼裏。姓袁的，你有本事破了

我們這五行陣，儘管取去！」五老齊聲呼喝，各執兵刃，將袁承志團團圍住。

袁承志突然心中一凜：「他們連屋上也布了人，這陣法可又如何破解？」卻聽得溫方施道：「屋上有人！」大聲喝道：「甚麼人？都給我滾下來！」

只聽得屋頂上有人哈哈大笑，叫道：「溫家五位老爺子，姓榮的登門請罪來啦！」呼喝聲中，屋上躍下二十多人，當先一人正是游龍幫幫主榮彩。

袁承志登時大為寬懷，向青青望了一眼，見她臉色微變，咬住下唇。

溫方達道：「老榮，你三更半夜光臨舍下，有甚麼指教？啊，方岩的呂七先生也來了。」說著向榮彩身後一個老頭子拱了拱手。那老者拱手還禮，說道：「總算老兄弟們個個清健，這可有好幾年不見了哪！」

榮彩笑道：「五位老爺子好福氣，生得一位武功既高、計謀又強的孫小姐，不但把我們的沙老大和十多個兄弟傷了，連我小老兒也吃了她虧。」

溫氏兄弟不知青青跟他們這層過節，平時棋仙派與游龍幫頗有來往，這時強敵當前，不願再旁生枝節。溫方達道：「老榮，我家小孩兒有甚麼對不起你的，我們決不護短，殺人償命，欠債還錢，好不好呀？」

榮彩一楞，心想：「這個素來蠻橫狂傲的老頭今日竟這麼好說話！難道他當真怕了呂七先生？」一瞥之間見到了袁承志，更是不解：「他們有這樣的一個硬手在此，呂七先生也未必能勝他。我還是見好收篷吧！」便道：「游龍幫跟貴派素來沒過節，衝著各位老爺子的金面，沙老大已死不能復生，總怨他學藝不精。不過這批金子……」眼光向

著地下一塊塊的金條一掃，說道：「我們游龍幫跟了幾百里路程，費了不少心血，又有人為此送命，大家在江湖上混飯吃……」

溫方達聽他說到這裏，便住口不往下說了，知他意在錢財，便道：「黃金都在這裏，你要嘛，都拿去那也不妨。」

榮彩聽他說得慷慨大方，只道是反語譏刺，但瞧他臉色，卻似並無惡意，道：「溫老爺子如肯賜給半數，作為敝幫幾名死傷兄弟的撫卹，兄弟感激不盡。」溫方山道：「你拿吧。」榮彩雙手一拱，說道：「那麼多謝了！」手一擺，他身後幾名大漢俯身去拾金條。

那幾人手指剛要碰到金條。突然肩頭給人一推，只覺一股極大的力量湧來，站立不定，身不由己的倒退數步，抬起頭來，見袁承志已站在面前。

袁承志道：「榮老爺子，這批金子是闖王的軍餉，你要拿去，可不大穩便。」闖王的名頭在北方固然威聲遠震，但在江南，江湖人物卻不大理會。榮彩轉頭對呂七先生笑道：「他拿闖王的名頭來嚇唬咱們。」呂七先生手裏拿著一根粗大異常的旱煙筒，吸一口，噴一口煙，慢條斯理，側目向袁承志打量。

袁承志見他神情無禮，心頭有氣，只是他氣派模樣顯是武林中的成名人物，倒也不敢輕慢，作了一揖，說道：「前輩可是姓呂？晚輩初來江南，恕我不識。」

呂七先生吐了口煙，筆直向袁承志臉上噴去，又吸一口，跟著兩道白蛇般的濃煙從鼻孔中射出，凝聚了片刻不散。袁承志還不怎的，青青瞧著卻已氣往上沖，便想開口說

206

話。溫儀在她臂上輕輕一捏。青青回過頭來，見母親緩緩搖頭，才把一句罵人的話忍住了。只見呂七先生將旱煙袋在磚地上篤篤的敲了一陣，敲去煙灰，又裝上煙絲。

這時連溫氏五老也有點耐不住了，但知他在武林中成名已久，據說當年以一套鶴形拳打敗過無數高手，手中的煙袋更是一件奇形兵刃，擅能打穴，奪人兵刃，可是到底本領如何，卻誰也沒見過。溫氏五老都盼他與袁承志說僵了動手，他能取勝固然最好，否則至少也可消去袁承志此一力氣。

只見呂先生從懷中摸出火石火紙，撲撲的敲擊，煙絲還未點著，忽然屋頂上有人大喝：「快還我們金子！」一個少女、一個粗壯少年雙雙躍下，隨後又溜下一個五十餘歲的中年漢子，瞧打扮似是個生意人，左手拿著一個算盤，右手拿著一枝筆，模樣甚是古怪。他慢吞吞的從牆上溜下，也瞧不出他武功高低。

袁承志見那少女正是安小慧，又喜又憂，喜的是來了幫手，但不知另外兩人武功如何。眼下敵人除了棋仙派外，又多了游龍幫與呂七先生這批人。溫儀與青青母女和溫氏五老撕破了臉，已處於絕大危險之中，非將她們救走不可，要是新來的兩人本領都和安小慧差不多，自己反而要分神照顧，豈不糟糕？

這時溫氏弟子中已有人搶上去攔阻喝問。那少年大聲叫道：「快把我們的金子還來！」見金條散在地下，說道：「啊哈，原來都在這裏！」俯身就拾。袁承志眉頭微皺，心想這人行事魯莽，只怕功夫高得有限。

溫南揚見他俯身，飛足往他臀上踢去。安小慧急叫：「崔師哥當心！」那少年側身

避開，隨即搶攻而前，雙掌疾劈過去。溫南揚不及退讓，也伸出雙掌相抵，啪的一聲大響，四掌相交，兩人各自退開數步。那少年又待上前，那商賈打扮的人叫道：「希敏，慢著。」

袁承志記起安小慧的話，說有一個姓崔的師哥和她一起護送這筆金子，因兩人鬧了別扭，中途分手，至被青青出其不意的盜了去，料想這少年便是崔秋山的姪兒崔希敏了，難道這個形貌滑稽的生意人，竟是大師哥銅筆鐵算盤黃眞？仔細看去，見他右手中那枝筆桿閃閃發光，果是黃銅鑄成，左手中那算盤黑黝黝地，多半是鐵的，這一下喜出望外，忙縱身過去，跪下叩頭，說道：「小弟袁承志叩見大師哥。」

那人正是黃眞，雙手扶起，細細打量，歡然說道：「啊，師弟，你這麼年輕，眞想不到在這裏見到你。」袁承志道：「請問大師哥，恩師現今在那裏？他老人家身子安健？」黃眞道：「恩師此刻在南京，他老人家很好。」

安小慧過來說道：「承志大哥，這就是我說的崔師哥。」袁承志向他點點頭。安小慧見袁承志背上黏了些枯草，伸手拈了下來。袁承志微微一笑，神色表示謝意。

崔希敏瞧著很不樂意。黃眞喝道：「希敏，怎麼這樣沒規矩？快向師叔叩頭！」崔希敏見袁承志比自己還小著幾歲，心頭不服氣，慢吞吞的過來，作勢要跪。袁承志連說：「不敢當！」雙手攔住。崔希敏也就不跪下去了，作了一揖，叫了聲：「小師叔！」

黃眞又罵：「甚麼小師叔大師叔，就算你大過他，師叔總是長輩。我比你老，你又怎不叫我老師父？」袁承志向崔希敏笑道：「你叔叔可好，我惦記他得緊。」崔希敏道：

208

「我叔叔好。」

呂七先生見他們師兄弟、師叔姪見禮敘話，鬧個不完，將旁人視若無物，這時卻輪到他耐不住了，怪目一翻，抬頭望著屋頂，說道：「來的都是些甚麼人？」這一出聲，眾人都嚇了一跳。他說話聲若怪梟，甚是刺耳，沙嗄中夾雜著尖銳之音，難聽異常。

崔希敏踏上一步，說道：「這金子是我們的，給你們偷了來，現今師父帶我們來拿回去。」呂七先生仍是眼望屋頂，口噴白煙，忽然嘿嘿冷笑兩聲。

崔希敏見他老氣橫秋、一副全不把人瞧在眼裏的模樣，氣往上沖，說道：「到底金子還是不還，你明白說一句。要是你作不得主，便讓作得主的人出來說話。」呂七先生又是礫礫兩聲怪笑，轉頭向榮彩道：「你告訴這娃兒，我是甚麼人。」榮彩喝道：「這位是大名鼎鼎的呂七先生，可別把你嚇壞了。年紀輕輕，這等無禮。」

崔希敏不知呂七先生是甚麼人，自然也嚇不壞，叫道：「我管你是甚麼七先生八先生，我們是來拿金子的。」

溫南揚剛才與他交了手，未分勝負，心中不耐，跳出來喝道：「要拿金子，那很容易，得瞧你有沒有本事。先贏了我再說。」不等對方答話，跳過來就是一拳。崔希敏猝不及防，這拳正中肩頭。他大怒之下，立即出拳，蓬的一聲，打在溫南揚肚上。兩人各自負痛跳開，互相瞪眼，重又打在一起。頃刻之間，只聽得砰蓬、砰蓬之聲大作，各人頭上身上都中了十餘拳。兩人打法一般，都是疏於防禦，勇於進攻。

袁承志暗暗嘆氣：「大師哥教的徒弟怎地如此不成話，要是遇到好手，身上中了一

兩拳那還了得，難道崔叔叔也不好好撥他一下？」

他不知崔希敏為人戇直，性子頗為暴躁，學武時不能細心。好在他身子粗壯，挨幾下儘能挺得住。混戰中只見他右拳虛晃，溫南揚向左閃避，他左手一記鉤拳，結結實實的正中對手下顎，砰的一聲，溫南揚跌倒在地，暈了過去。

崔希敏得意洋洋，向師父望了一眼，以為定得讚許，卻見師父一臉怒色，心下大是不解，暗想我打勝了，怎麼師父反而見怪。小慧見他嘴唇腫起，右耳鮮血淋漓，拿手帕給他抹血，低聲道：「你怎不閃避？一味蠻打！」崔希敏道：「避甚麼？一避就打不中他了。」

呂七先生怪聲說道：「打倒一個蠻漢，有甚麼好得意的？你要金子嗎？」突然拔起身子，站到了兩塊金條之上，右手中的旱煙袋點著另一塊金條，說道：「不論你拳打腳踢，只要把這三塊金條從我腳底下弄了開去，所有這些金條都是你的。」此言一出，眾人都覺得他過於狂妄。適才這場打鬥，大家都看了出來，崔希敏武功不高，臂力卻強。

以一根煙管點住金條，料定他無法撥動，也不免太過小覷了人。

崔希敏怒道：「你說話可不許反悔。」呂七先生仰天大笑，向榮彩道：「你聽，他怕我反悔！」榮彩只得跟著乾笑一陣，心中卻也頗感疑惑。

崔希敏道：「好，我來了！」縱上三步，看準了他煙管所點的金條，運力右足，一個掃堂腿橫踢過去。

袁承志看得清楚，估計這一腿踢去，少說也有二三百斤力道，呂七先生功力再高，

也決不能以一根煙管將金條輕點住不動，如非他使甚麼妖法魔術。

眼見崔希敏右腳將到，呂七先生煙管突然一晃，在他右膝彎裏點落。崔希敏一條腿登時麻木，踢到中途，便即軟垂，膝蓋酸彎，不由自主的跪倒。呂七先生連連拱手，一陣怪笑，說道：「不敢當！小兄弟何必多禮？」

安小慧大驚，搶上去把崔希敏扶起，扶到黃真面前，說道：「黃師伯，這老頭兒使奸，您去教訓教訓他。」崔希敏破口大罵：「你暗算傷人，老傢伙，你不是英雄好漢！」

黃真伸手在他腰裏一捏，腿上一戳，解開了閉住的穴道，說道：「原來你小傢伙中了人家暗算，才是英雄好漢，佩服啊佩服！」他見呂七先生手法如此迅捷，也自吃驚，心想在浙南偏僻之地，居然有這等打穴好手。黃真使的兵刃左手是把鐵算盤，專門鎖拿敵人的兵器，右手是一枝銅筆，那自然也擅於打穴。他伸手在算盤上一撥，說道：「這筆帳記下了！咱們現銀交易，不放賒帳，呂七先生，你這就還帳吧！」銅筆前指，便要上前給徒弟找回場子。

袁承志心想：「我是師弟，該當先上！」說道：「大師哥，待小弟先來。我不成時，你再接上。」

黃真見他年紀甚輕，心想他即令學全了本門武功，火候也必不足，未必能勝過崔希敏多少，多半不是這呂七先生對手。師父臨老收幼徒，對他必甚鍾愛，如有失閃，豈不是傷了師父之心。這可與讓崔希敏出陣不同，自己這個寶貝徒兒武功平平，魯莽自大，讓他多吃點苦頭，受些挫折，於他日後藝業大有好處，於是低聲道：「師弟，還是我來

211

吧。」袁承志也放低了聲音道：「大師哥，他們好手很多，這五個老頭兒有一套很厲害的五行陣，待會還有惡鬥。你是咱們主將，還是讓小弟先來。」黃真見他執意要上，心想初生犢兒不怕虎，不便拂了他少年人的興頭，便道：「那麼師弟小心了。」

袁承志點點頭，走上一步，向呂七先生道：「我也來踢一腳，好不好？」

呂七先生見他比崔希敏還年輕，心想剛才那粗豪少年明明吃了苦頭，怎地你還是不知死活。呂七先生與眾人都感愕然，越發不放在心上，笑道：「好吧，咱們話說明在先，你給我行大禮可不敢當。」一邊說，一邊又伸煙管點住了金條。

袁承志也和崔希敏一模一樣，走上三步，提起右足，橫掃過去。崔希敏看得著急，叫道：「小師叔，那不成，老傢伙要點穴！」

溫氏五兄弟卻知袁承志雖然年輕，可是武功奇高，眼見他要重蹈崔希敏的覆轍，都感奇怪，難道他竟能閉住腿上穴道，不怕人點？眾人眼光都望著袁承志那條腿。黃真銅筆交在左手，準擬一見袁承志失利，立即出手，先救師弟，再攻敵人。

只見袁承志右腿橫掃，將要踢到金條，呂七先生那枝煙袋又快如閃電般伸出，向他腿上點去，豈知袁承志這一踢卻是虛招，對方手臂剛動，右腳早已收回。呂七先生一點不中，煙袋乘勢前送。袁承志右腿打了半個小圈，剛好避開煙袋，輕輕一挑，已將金條挑起，右足不停，繼續橫掃。

呂七先生也即變招，煙管向他後心猛砸。袁承志弓身向右斜傾，左手在挑起來的金條上一托，那金條向上飛出，同時左足在呂七先生踏定的兩塊金條上掃去，金條登時飛起，右足不停，繼續橫掃。

起。呂七先生身子一晃，退步拿樁站定。袁承志雙手各抓一塊金條，向內合攏，啪的一聲，將從空落下的第一塊金條夾住，笑道：「這些金條我可都要拿了，呂老前輩的話，總算數吧？」這幾下手法迅捷之極，眾人只覺一陣眼花繚亂，等到兩人分開，袁承志三塊金條已在手中，這一來，青青笑靨如花，黃眞驚喜交集，安小慧和崔希敏拍手喝采，連棋仙派的人也都不自禁的叫好。

呂七先生老臉紅得發紫，更不打話，左掌颼的一聲向袁承志劈來，掌剛發出，右足半轉，後跟反踢，踹向對方脛骨。這是鶴形拳的怪招，雙掌便如仙鶴兩翼撲擊，雙腳伸縮，忽長忽短，就如白鶴相鬥一般。他將煙管縮在右手袖中，手掌翻飛，甚是靈動。

袁承志從沒見過這路怪拳，也沒聽師父說過，一時不敢欺近，繞著他盤旋打轉，越奔越快。呂七先生見他不敢欺近，心想這小子身手雖然敏捷，功力卻淺，登起輕視之心，哈哈一笑，從袖中掏出煙袋大吸一口，噴了口白煙。

袁承志轉了幾個圈子，已摸到他掌法的約略路子，見他吸煙輕敵，正合心意，忽然縱起，劈面一拳向他鼻樑打去。

呂七先生一驚，舉起煙管擋架。袁承志拳已變掌，在煙管上一搭，反手抓住。呂七先生用力後扯。袁承志早料到此招，乘他一扯之際右脅露空，伸手戳去，正中他天府穴。呂七先生右邊身子一陣酸麻，橫跌在地，煙管脫手。

袁承志一瞥之間，見青青笑吟吟的瞧著自己，心想索性再讓她開開心，倒轉煙袋，放到呂七先生鬍子上。

煙袋中的煙絲給他適才一口猛吸，燒得正旺，鬍子登時燒焦，一

陣青煙冒了上來。

黃真叫道：「乖乖不得了！呂七先生拿鬍子當煙絲抽。」袁承志張口在煙管上一吹，煙絲、煙灰、火星、焦鬚一齊飛出，黏得呂七先生滿臉都是。黃真哈哈大笑，縱身過去，推揑幾下，解開呂七先生穴道，夾手奪過煙管，塞在他手裏。

呂七先生站起身來，楞在當地，見眾人都似笑非笑的望著他，只氣得臉色發青，把煙管往地下一摔，轉身奔了出去。榮彩叫道：「呂七先生！」拾起煙管，追上去拉他袖子，給他猛力甩開，打了個跟蹌。呂七先生腳不停步，早去得遠了。

崔希敏問道：「師父，老傢伙打了敗仗，怎地連煙管也不要了？」黃真一本正經的答道：「老傢伙戒了煙啦！」崔希敏搔搔頭皮，可就不明白打了敗仗幹麼得戒煙。他不敢再問師父，向安小慧望去，盼她解明，只見她兀自為呂七先生狼狽敗逃而格格嬌笑。

214

袁承志只是不動。

溫氏五老和外圍的十六名弟子便繞著他急速奔跑。

袁承志待他們奔了一陣，索性臥倒在地，雙手圈在腦後，當作枕頭。

第七回

破陣緣秘笈　藏珍有遺圖

棋仙派諸人見過袁承志的武功，還不怎樣。游龍幫的黨徒素來把呂七先生奉若天神，這時見一個年輕小夥子隨手將他打得大敗而走，都不禁聳然動容。

這些人中最感奇怪的卻是黃眞。他見袁承志在呂七脅下這一戳，確是華山派絕技「鐵指訣」，然而他繞著對方游走、以及抓挾金條的手法，卻與自己所習迥然不同，除了反手抓奪煙管這一招之外，餘下這幾下小巧變幻，都帶著三分詭秘之氣，決非華山派武功以渾厚精奇見長的家數，自不是師父晚年別創新招而傳授了這小師弟，一時也想不明白，當下在鐵算盤上一撥，說道：「剛才那位老爺子說過，只要動了三根金條，全部黃金奉還，兄弟在這裏謝過。」雙手一拱，對崔希敏道：「都撿起來吧。」

崔希敏俯身又去執拾金條。榮彩眼見黃澄澄的許多金條便要落入別人手中，心下大急，明知有袁承志這等高手在側，憑自己功夫絕不能討得了好去，可是江湖上的規矩「見者有份」，游龍幫爲這批黃金損折人命，奔波多日，就算分不到一半，也得分上三成，多多少少也得捧幾根金條回家，欺崔希敏武功平常，當即搶前，橫過左臂在他雙臂上一推。崔希敏退出數步，怒道：「怎麼？你也要見過輸贏是不是？」

黃眞眼看榮彩身法，知道徒兒不是他對手，喝道：「希敏，退下！」搶上來抱拳笑道：「恭喜發財！掌櫃的寶號是甚麼字號？大老闆一向做甚麼生意？想必是生意興隆通四海，財源茂盛達三江。」他是商賈出身，生性滑稽，臨敵時必定說番不倫不類的生意經。榮彩怒道：「誰跟你開玩笑？在下姓榮名彩，忝任游龍幫幫主。還沒請教閣下的萬兒。」黃眞道：「賤姓黃，便是『黃金萬兩』之黃，彩頭甚好。草字單名一個眞字，取

218

其真不二價、貨真價實的意思。一兩銀子的東西，決不敢要一兩另一文，那真是老幼咸宜，童叟無欺。大老闆有甚麼生意，請你幫趁幫趁。」

榮彩聽他說個沒完沒了，越聽越怒，華山派首徒黃真，在北方名頭響亮，在江南卻少人知聞，眼見他形貌猥瑣，也不放在心上，喝道：「拿傢伙來。」游龍幫的兄弟當即遞過一桿大槍。榮彩接槍送前，一個斗大槍花，勢挾勁風，迎面刺出。黃真倒踩七星步，倏然拔起身子，向左跳開，叫道：「啊喲，咱們做生意的，金子可不能不要。」將算盤和銅筆往懷裏一揣，俯身就去撿金條。

溫氏五兄弟見他身法，知是勁敵，又見他適才與袁承志敘話，兩人乃是師兄弟，料知榮彩絕非對手。溫方義、溫方悟兩人同時撲上，叫道：「要拿金子，可沒那麼容易。」黃真見二人來勢猛惡，向右斜身避開，左手「敬德掛鞭」，呼的一聲，斜劈下來。溫方義、方悟兩人一出手走的便是五行陣路子，一招打出，兩人早已退開。溫方達、溫方山兄弟搶了上來。溫方山右手上擋，架開黃真一招，溫方施左拳已向他後心擊到。

黃真雖然說話詼諧，做事卻小心謹慎，加之武功高強，一生與人對敵，極少落於下風，這時陡然陷入五行陣之中，數招一過，溫氏兄弟此去彼來，你擋我擊，五個人就如數十人般源源而上，不由得大驚，心想這是甚麼陣法，怎地如此複雜迅捷，當下抱元守一，見招拆招，不敢進攻。

榮彩見黃真陷入包圍，只見他勉力招架，無法還手，心頭大喜，只道有便宜可撿，使開楊家槍法，疾往黃真後心刺去。

小慧吃了一驚，大叫：「黃師伯留神。」黃真是穆人清的開山大弟子，武功深得華山派真傳，溫氏五兄弟若非練就這獨門陣法，就是五人齊上，也非他敵手。區區榮彩，豈能奈何了他？耳聽得背後鐵槍風聲，黃真反手撈去，已抓住槍頭，這空手入白刃的手法，正與袁承志剛才抓住呂七煙管如出一轍，只是黃真以數十年的功力，更加迅捷厲害，順手將榮彩拉過，同時左掌「單掌開碑」，拍開溫方山打來的一拳，右腿踏上半步，讓去了溫方義從後面踹上來的一腳。

只聽得「啊喲」一聲，大槍飛起，榮彩跟著從六人頭頂飛了出來，摔在地下。游龍幫的弟兄們忙搶上扶起。游龍幫副幫主、以及榮彩的大弟子、二弟子見幫主失手，當即一起搶入，不數招，三人接二連三的給黃真借著五老之力摔將出來。副幫主更折斷了右臂，身受重傷。這一來，游龍幫無人再敢加入戰團。

黃真叫道：「大老闆、二老闆，見者有份，人人有份摔上一交，決不落空！」他力鬥溫氏五老，打到酣處，只見六條人影往來飛舞，有時黃真突出包圍，但五人如影隨形，立即裹上。黃真暗暗著急，大叫：「本小利大，周轉不靈，黃老闆一個人做五筆生意，可有點兒忙不過來啦！」溫氏兄弟也不勝駭異，心想瞧不出這土老兒模樣的傢伙，居然門戶守得如此嚴密。

黃真見敵手越打越急，五個人如穿花蝴蝶般亂轉。有時一人作勢欲踢，豈知突然往旁讓開，他身後一人猛然發拳打到：有時一人雙手合抱，意欲肉搏，他往後面退避，後心剛好有腳踢到，湊得再合拍也沒有。眼見敵招變化無窮，黃真竟倏遇兇險，全仗武功

220

精純，這才避過，長嘯一聲，從懷中取出銅筆算盤，心想你們五個打我一個，已非公平交易，黃老闆先使兵刃，算不得壞了童叟無欺的規矩。當下以攻為守，算盤旁敲側擊，銅筆橫掃斜點，兵刃所指之處，盡是五老要穴。

溫方達唸哨一聲，溫正和溫南揚等將五人兵刃拋了過來。五兄弟或挺雙戟，或使單刀，或舞軟鞭，或揮鋼杖．長短齊上，剛柔並濟，偶而還挾著幾柄飛刀。這番惡鬥，比之剛才拳腳交加，又多了幾分兇險，黃老闆這樁買賣，眼見是要大蝕而特蝕，只怕要血本無歸了。

崔希敏見師父情勢危急，明知自己不濟，卻也管不得了，虎吼一聲，拔出單刀，直向五行陣中縱去。剛跨出兩步，忽見眼前人影晃動，有人舉掌向自己肩頭按來。崔希敏橫刀便砍。那人這一按快極，倏然間已搭上他肩頭。崔希敏身子登如萬斤之重，再也跨不出步去，大駭之下，只聽得那人說道：「崔大哥，你不能去。」才看清那人原來是袁承志。剛才袁承志點倒呂七先生，他還不怎麼佩服，心想不過是一時僥倖，可是此刻讓他一掌輕輕搭在肩頭，自己半邊身體竟絲毫使不出勁，才知人家武功比自己高得太多，那就當真奇了。

袁承志放開了手，說道：「你師父還可抵擋一陣，別著急。」他見六人又鬥了一陣，忽然想起一個難題，眉頭微蹙，一時拿不定主意。

安小慧走到他身前，說道：「承志大哥，你快去幫黃師伯啊。他們五個人打他一個，多不要臉。」袁承志正自凝思，不欲分心，揮手叫她走開。小慧討了個沒趣，撅起

了小嘴走開。青青看在眼裏，芳心暗喜。

只見六人越打越快，黃眞每次用鐵算盤去鎖拿對方兵刃，五老總是迅速閃開，六人打得雖緊，卻絲毫不聞金鐵交併之聲，大廳中但聽得兵刃揮動和衣衫飛舞的呼呼風聲。

袁承志忽地躍起，走到小慧跟前，說道：「小慧妹妹，你別怪我無禮。剛才我在想一件事出了神，現下可想通啦。」小慧忽道：「這當口還道甚麼歉啦，快去幫黃師伯呀。」承志笑道：「我想通了就不怕了。」小慧道：「你這人眞是的，也不分個輕重緩急。有甚麼爲難的事，打完了再想不成麼？」承志笑道：「我想的就是怎麼破這陣法。你有沒看出來，這五個老頭兒的兵器，從來沒跟師哥的銅筆鐵算盤碰過一下？」小慧道：「我也覺得奇怪。」

崔希敏這時對承志已頗有點佩服，問道：「小師叔，那卻是甚麼道理？」承志道：「這陣勢圓轉渾成，不露絲毫破綻，雙方兵器一碰，稍有頓挫，就不免有空隙可尋。破陣之道，在於設法擾亂五人的腳步方位，只消引得五個老頭兒中有一人走錯腳步，或是慢得一慢，這陣就破了。」崔希敏搖頭道：「他們是熟練了的，包管閉了眼睛也不會走錯。」

承志點頭道：「他們練得當眞熟極。」轉頭對小慧道：「你的髮釵請借我一用。」小慧把插在頭髮上的玉簪拔了下來遞給他。這玉簪清澄晶瑩，發出淡淡碧光，承志接了過來，突然高聲叫道：「大師哥，戊土生乙木，踏坤宮，走坎位。」

黃眞一怔，尚未明白，溫氏五老卻已暗暗駭異：「怎麼我們這五行陣的秘奧，給這

222

「小子瞧出來了？」袁承志又叫：「丙火尅庚金，走震宮，出離位！」

黃真纏鬥良久，不論強攻巧誘，始終脫不出五老的包圍，他早想到，這陣勢既叫五行陣，必含五行生尅變化之理，然五老穿梭般來去，攻勢凌厲，只得奮力抵禦，毫無絲毫餘暇去推敲陣法，忽聽承志叫喊，心想：「試一試也好。」立時走震宮，出離位，果然見到了個空檔。

他閃身正要穿出，急聽承志大叫：「走乾位，走乾位！」但乾位上明明有溫方山、溫方施二人擋著，黃真知道機不可失，不及細想，猛向二人衝去，剛搶近身，兩人已分開從兩側包抄，而填補空檔的溫方達和溫方悟還沒補上，黃真身手快極，銅筆右點，鐵算盤左砸，已然直竄出來，站在承志身旁。

溫氏五老見他脫出了五行陣，這是從所未有之事，不禁駭然，五人同時退開，排成一行。溫方達道：「你能逃出我們的五行陣，身手也自不凡。閣下是華山派的嗎？跟穆人清老前輩怎樣稱呼？」

黃真武功精純，不似承志的駁雜，五老只跟他拆得十餘招，便早認出了他的門派。

黃真身脫重圍，登時又是嬉皮笑臉，說道：「穆老前輩是我恩師。怎麼，我這徒弟丟了他老人家的臉麼？」溫方達道：「神劍仙猿』及門弟子，自然高明。」黃真道：「不敢當！不怕不識貨，只怕貨比貨。咱們貨比貨比過了。姓黃的小老闆沒能佔得溫家五位大老闆上風，各位也沒能抓住區區在下。算是公平交易，半斤八兩。這批金子怎麼辦？」轉頭對榮彩道：「掌櫃的，你的生意是蝕定啦，這批金子，沒你老人家的份兒。」

223

榮彩自知功夫跟人家差得太遠，可是眼睜睜的瞧著滿地黃金，委實心疼，只得說幾句門面話遮羞：「姓黃的你別張狂，總有一天教你落在我手裏。」黃眞笑道：「寶號有甚麼生意，儘管作成小號，吃虧便宜無所謂，大家老主顧，價錢可以特別商量。」榮彩明知鬥他不過，那姓袁的又跟他是師兄弟，呂七先生尚且鎩羽而去，何況自己？當下帶了徒弟幫眾，氣忿忿的走了。臨出門口，忍不住又向滿地黃金望了一眼，突然大悔：

「剛才他們六人惡鬥之時，我怎地沒偷偷在地下撿上一兩條，諒來不會給人瞧見，也未必有人有空阻攔。」游龍幫人眾都是衢州附近的龍游縣人，將「龍游」兩字倒了轉來，稱爲「游龍幫」。龍游人大多方正端嚴，游龍幫將兩字倒轉，人品便不怎麼規矩了。

溫方達也不去理會游龍幫人眾的來去，對黃眞道：「閣下這身武功，也算是當世豪傑。這樣吧，這批金子瞧在你老哥臉上，我們奉還一半。」他震於華山派的威名，不願多結冤家，頗想善罷。

黃眞笑道：「這批金子倘使是兄弟自己的，雖然現今世界不太平，賺錢不大容易，不過朋友們當眞要使，拿去也沒關係。須知勝敗乃兵家常事，賺蝕乃商家常事。和氣生財，生意不成仁義在。可是老兄你要明白，這是闖王的軍餉呀。我這個不成材的徒兒負責運送，給老兄的手下撿了一半去，我怎麼交代呀？」

溫方義道：「要全部交還，也不是不可以，但須得依我們兩件事。」黃眞道：「有價錢開出盤來，就好商量。你不妨漫天討價，我大可著地還錢。請你開出價錢來，咱們慢慢來討價還價。」溫方義道：「這沒價錢好講。第一，你須得拿禮物來換金子，禮物

224

多少不論。這是我們的規矩，到了手的財物，決不能輕易退還。」

黃眞知道這句話不過是爲了面子，看來對方已肯交還金子，既然如此，也不必多結

冤家，當下收起嬉皮笑臉，正色道：「溫爺吩咐，兄弟無有不遵。明兒一早，兄弟自去

衢州城裏，探辦一份重禮送上，再預備筵席，邀請本地有面子的朋友作陪，向各位道

謝。」

溫方義聽他說話在理，哼了一聲，道：「這也罷了。第二件事，這姓袁的小子可得

給我們留下。」

黃眞一楞，心想你們既肯歸還金子，我也給了你們很大面子，又何必旁生枝節？有

我在此，我小師弟你豈容你們欺侮？他可不知袁承志和他們之間的牽涉甚多。他既得悉金

蛇郎君與溫方儀之間的隱事，五老已必欲殺之而後甘心，尤其要緊的，是要著落在他身

上，找到金蛇郎君那張寶藏地圖。五老雖知他武功精強，但自信五行陣奧妙無窮，定可

制他得住。黃眞笑道：「我這師弟飯量很大。你們要留他，本是一件好事，只是一年半

載吃下來，就怕各位虧蝕不起。」

溫方達冷笑道：「這位老弟剛才指點你走出陣勢，定是明白其中關訣。那就請他來

試試如何？」

原來溫氏五行陣共有五套陣法，適才對付黃眞，只用了戊土陣法，還有甚多奇妙的

招術變化未用。溫方達心想適才你已左支右絀，雖然僥倖脫出包圍，卻未損得陣勢分

毫，你這師弟旁觀者清，才瞧出了一些端倪，當眞自身陷陣，也不免當局者迷了，是以

225

他有恃無恐，向袁承志叫陣。

黃真領略過這陣法的滋味，心想憑我數十年功力，尚且闖不出來，他知這五行八卦生剋術數，師父並不擅長，也未教過，小師弟未必精通，剛才師弟雖然出言點撥了幾下，但顯是在旁靜心細觀，忽有所見，真要過招，五敵此去彼來，連綿不斷，他如何對付得了？卻不知承志另有師承，於這陣法的種種變化盡數了然。便道：「你們的陣法屬害，在下已領教過了。我這個小師弟還沒你們孫子的年紀大，老爺子們何必跟他為難？要是真的瞧著他不順眼，你們隨便那一位出來教訓教訓他就是啦。」這話似乎示弱，其實卻是擠兌五老，要他們單打獨鬥，想來以師弟點倒呂七先生的身手，一對一的動手，還不致輸了。

溫方山冷笑道：「華山派名氣不小，可是見了一個小小五行陣，立刻嚇得藏頭縮尾，從今而後，還是別在江湖上充字號了吧！」

崔希敏大怒，從黃真身後搶出，叫道：「誰說我們華山派怕了你？」溫方山笑道：「你也是華山派的嗎！嘿嘿，厲害，厲害，厲害！那麼你來吧。」

崔希敏只道他說自己厲害，縱出去就要動手。袁承志一把拉住，低聲道：「崔大哥，我先上，我不成的時候，你再來幫手。」崔希敏點頭道：「好！你要我幫忙時，叫一聲『希敏』，我就上來，用不著甚麼崔大哥、崔二哥的客氣。」袁承志點點頭。小慧在旁突然噗哧一笑。崔希敏雙眼一瞪，問道：「你笑甚麼？」小慧笑道：「沒甚麼，我自己覺得好笑。」

崔希敏還待再問，袁承志已邁步向前，手拈玉簪，說道：「棋仙派五行陣如此厲害，晚輩確是生平從所未見。」

溫方義道：「你乳臭未乾，諒來也沒見識過甚麼東西，別說我們的五行陣了。」

袁承志點頭道：「正是，晚輩見識淺陋，老爺子們要把我留下，晚輩求之不得，正可乘此機會，向老爺子們討教一下五行陣的秘奧。」

崔希敏急道：「小師叔，他們那是好心留你？你別上當。」小慧又是嘻哧一笑。袁承志向崔希敏道：「他們老人家不會欺侮咱們年輕人，崔大哥放心好啦。」轉頭對五老道：「晚輩學藝未精，華山派武功只粗知皮毛，請老爺子們手下容情。」

眾人見他言語軟弱，大有怯意，但神色間卻漫不在乎，都不知他打得是甚麼主意。

黃真暗自著急，卻又不便阻攔師弟，心中只說：「唉，這筆生意做不過。」

溫氏五老試過他的功力，不敢輕忽，五人一打手勢，溫方義、溫方山向右跨步，溫方施、溫方悟向左轉身，陣勢布開，只幾步之間已將他圍在垓心。

袁承志似乎茫然不覺，抱拳問道：「咱們這就練嗎？」溫方達冷冷的道：「你亮兵器吧！」

袁承志平伸右掌，將玉簪托在掌中，說道：「各位是長輩，晚輩那敢無禮動刀動槍？便使用這玉簪向老爺子們領教幾招！」此言一出，眾人又各一驚，都覺得這人實在狂妄大膽，這玉簪也未必刺得死，一碰便斷，怎能經得起五老手中鋼杖、刀戟等物砸撞？如此胡鬧，豈不是自速其死？青青心中憂急，只是暗叫：「那怎……怎生

是好？」

　　黃眞知道這時已難於勸阻，心想這小師弟定是給師父寵慣了，初涉江湖，不知天高地厚，只得緊緊抓住銅筆鐵算盤，一待他遇險，立即竄入相救，爲了報答師恩，今日就算送了老命，也所不惜。低聲囑咐崔希敏和小慧：「敵人太強，咱們寡不敵眾，非蝕本不可。待會我喝令你們走，你二人立即上屋衝出。我和袁師弟斷後，不論如何兇險，你們千萬不可回頭出手，黃金也不必顧了。」崔希敏和小慧答應。

　　黃眞思忖自己捨命擋敵，救得師弟設法脫身，想來還不是難事，只要崔安兩人不成爲累贅，就好辦得多。今日落荒而逃，暫忍一時之辱，他日約齊華山派五位高手，同時攻打五行陣，定可破了。那時才教這五個老頭兒知道華山派是否浪得虛名。他心中預計的五人，除自己外，是二師弟歸辛樹夫婦、自己的大弟子「八面威風」馮難敵，再加上師父穆人清親自主持，只須將溫氏五老分別纏住，令五人各自爲敵，不能分頭合擊，五行陣立即破去，論到單打獨鬥，溫氏五老可不是自己對手。黃眞面子上嬉皮笑臉，內裏卻深謀遠慮，未思勝，先慮敗，定下了眼前脫身之策，又籌劃好了日後取勝之道。他破五行陣的人選中，還不把袁承志計算在內，料想小師弟功力尚淺，遠不及自己的得意門徒馮難敵。

　　只聽得袁承志道：「老爺子們既然誠心賜教，怎麼又留一手，使晚輩學不到全套？」

　　溫方達一怔道：「甚麼全套不全套？」袁承志道：「各位除了五行陣外，還有一個輔佐的八卦陣，何不一起擺了出來，讓晚輩開開眼界？」溫方義喝道：「這是你自己說

的，可教你死而無怨。」轉頭對溫南揚道：「你們來吧！」

溫南揚右手揮動，帶同十五人同時縱出。溫南揚一聲吆喝，十六人便發足繞著五老奔跑，左旋右轉，穿梭來去。這十六人中有溫南揚、溫正，有的是溫家子姪，有的是五老的外姓徒弟，都是棋仙派的好手，特地挑選出來練熟了這八卦陣的。

黃真見了這般情勢，饒是見多識廣，也不禁駭然，心道：「袁師弟實在少不更事，給自己多添難題。單和五老相鬥，當真遇險之時，我還可衝入相救，現下外圍又有十六人擋住，所有空隙全給填得密密實實，只怕雀鳥也飛不進去。明明本錢短缺，怎地生意卻越做越大？頭寸調動不過來，豈不要倒大吉？」

袁承志右手大拇指與中指拈了玉簪，左手輕揚，右足縮起，以左足為軸，身子突轉，一個陀螺般在原地滴溜溜的旋轉，並不移步出手。

四五個圈子。他身形甫動，溫氏五老立即推動陣勢，都凝目注視他動靜。袁承志只是如

原來金蛇郎君當日與五老交手，中毒遭擒，得人相救脫險之後，躲在華山之下的小鎮中，反覆推敲昔日惡鬥的情境，自忖其時縱使不服「醉仙蜜」，筋骨完好，內力無滯，終究也攻不破五行陣，只不過多支撐得一時三刻而已。

他將五老的身法招術逐一推究，終於發見這陣法的關竅，在於敵人入圍之後，不論如何硬闖巧閃，五老必能以厲害招術反擊，一人出手，其他四人立即綿綿而上。五老招數互為守禦，相補空隙，臨敵之際，五人猶似一人，而招數中全無破綻。一人武功中全

無破綻，如何可破？金蛇郎君於五老當日所使的身法手法，記得清清楚楚，苦思焦慮，各種各樣古怪的方法策略都想到了，越想越覺這陣勢實是不可摧破。

他自然也曾想到暗殺下毒，只須害死五老中的一人，五行陣便不成其為五行陣了。

但他心高氣傲，自不屑行此無賴下策。何況他筋脈已斷，武功全失，縱使想出破陣之法，此陣也不能毀於自己親手。既說是破陣，就須堂堂正正，以真實本領將其攻破。

一日早晨，他在鎮外空曠處閒步，忽見一條小青蛇在草叢遊走，聽得人聲，立即蜷盤成圈，昂起了頭，略不動彈。

他所以得了金蛇郎君這外號，固因他行事滑溜，狠毒兇險，卻也因他愛養毒蛇，擠取毒液來調製暗器藥箭。當年溫氏兄弟中溫方祿的妻子中他藥箭立時斃命，箭頭上所餵的便是蛇毒。他熟知蛇性，知道打圈昂首，便是等敵人先行動手進攻，然後趁虛而入，從敵人破綻中反擊，敵人如若不動，蛇類極少先攻。蛇身蜷盤成團，係隱藏己身所有弱處，昂首蓄勢，係以己身最強的毒牙伺機出擊。如貿然竄出噬敵，蛇身極長，弱點甚多，不免為敵所乘，擊中蛇頸七寸或蛇腹、蛇尾。此乃蛇類自保的天性。這些行動，金蛇郎君往昔也不知見過幾百次了，從來不以為意，但此刻他正潛心思索攻破五行陣的訣竅，突然之間，腦海中靈光一閃，登時喜得縱聲號叫，破五行陣的策略就此制定，那就是：「後發制人」四字。

武學中本來講究的是制敵機先，這「後發制人」卻是全然反其道而行。根本方略一定，其餘手段迎刃而解，不用多少功夫，便將摧破五行陣的方法全部想定，詳詳細細的

寫入了《金蛇祕笈》。他明知這祕笈未必能有人發見，即使有人見到，說不定也在千百年後，那時溫氏五老屍骨早已化為塵土。只是他心中一口怨氣不出，又想那五行陣總要流傳下來，要是始終無人能破，豈非讓棋仙派稱霸於天下？在他內心，破陣之法既已想出，五行陣便算已經破了。若真能以此法摧破五行陣，自然再好不過，可是那畢竟渺茫之極，他從來沒想要收個徒弟來為己完成心願。

袁承志當下持定「後發制人」的方略，轉了幾個圈子，已將五行陣與八卦陣全部帶動。

八卦陣法雖為五老後創，《金蛇祕笈》中未曾提及，但根本要旨，與五行陣全無二致。袁承志只看十六人轉得幾個圈子，已了然於胸，心想：「對手倘若破不了五行陣，何必再加個八卦陣？若是破了五行陣，八卦陣徒然自礙手腳。溫氏五老的天資見識，和金蛇郎君果然差得甚遠。看來這五行陣也是上代傳下來的，諒五老自己也創不出來。他們自行增添一個陣勢，反成累贅。金蛇郎君當年若知溫氏五老日後有此畫蛇添足之舉，許多苦心的籌謀反可省去了。要破五行陣，關鍵在於找到陣中破綻，若無破綻，便須讓它生一個出來，組成八卦陣的眾弟子功夫差勁，要弄它個破綻出來容易得多。」

五老要等他出手，然後乘勢撲上，卻見他身子越轉越慢，殊無進攻之意，最後竟坐下地來，雙手放在膝上，臉露微笑。五老固心下駭然，旁觀各人也都大惑不解，均想他大敵當前，怎地如此頑皮。殊不知袁承志並非輕敵，而是故意用一件全無殺傷之力的玉

231

簪作為兵器，令對手不作提防，再加坐倒在地，純非前擊進攻之勢，似乎全然輕視對方，對手不免激怒，難以沉著，心浮氣粗之餘，一見有機可乘，便失了謹慎，自己再故意露出破綻，對方本不該進攻，卻忍不住要攻，一攻即暴露自身破綻。袁承志這時的作為，既為誘敵，又係慢軍，似是魯莽輕敵，實則是要誘得對方魯莽輕敵。

溫方義見他坐下，果然忍耐不住，雙掌分錯，便要擊他後心。溫方悟忙道：「二哥，莫亂了陣法！」溫方義這才忍住。五老腳下加速，繼續變陣，只待他出手，立即擁上。須知不論大軍交鋒，還是二人互搏，進攻者集中全力攻擊對方，己方必有大量弱點不加防禦，只須攻勢凌厲，敵人忙於自守，無暇反擊，己方的弱點便不守而守。五行陣以一人來引致對方進攻，自顯弱點，其餘四人便針對敵人身上的弱點進襲，所謂相生相剋，便是這個道理。現下袁承志全不動彈，那便是週身無一不備，五老一時倒也無法可施。

又過一會，袁承志忽然打個呵欠，躺臥在地，雙手疊起放在頭下當枕頭，顯得十分優閒舒適。外面八卦陣的十六名弟子遊走良久，越奔越快，功力稍差的人已額角見汗，微微氣喘。五老也真耐得，仍不出手。

袁承志心想：「虧你們這批老傢伙受得了這口氣。」忽地一個翻身，背脊向上，把臉埋在手裏，呼呼打起鼾來。自來武林中打鬥，千古以來，從未有過這項姿勢，後心向上而臥，豈非任人宰割？

崔希敏、小慧、青青、溫儀等人又好笑，又代他擔心。黃真先見他坐下臥倒，已悟

出了他對敵的方略，不禁佩服他聰明大膽，這時見他肆無忌憚的翻身而臥，暗叫不妙，

覺得大減價減得未免過了份，五老若向他背後突襲，卻又如何閃避？招徠生意，不妨甜

言蜜語，自吹自擂，王婆賣瓜，無瓜不甜，可以虛言浮誇，卻不能用苦肉計。

溫方達眼見良機，大喜之下，左手向右急揮，往下猛按，溫方施四柄飛刀快如閃

電，已向袁承志背心插去。這下發難又快又準，旁觀眾人驚叫聲中，白光閃處，四把明

晃晃的飛刀一齊斬向袁承志背心。袁承志聽得飛刀來向，翻身雙手連抓，抓住四柄飛

刀，向八卦陣中使勁擲出，溫南揚及溫家三名二代弟子臂腿中刀，大呼聲中，已給袁承

志分別提起一一擲進五行陣中。

五老一怔之際，步法稍緩，見袁承志搶步從空隙中竄出，但見陣外十六名弟子猶如

渴馬奔泉，寒鴉赴水，紛紛向五行陣中心投去。袁承志這裏揮拳，那邊踢腿，每一招下

的都是重手，眾弟子不是給他制住要害，抓起擲了進去，就是讓他用掌力揮進陣內。溫

正等人功力較深，運拳抵抗，也是三招兩式，立給打倒，不由自主的摔入五行陣中。

這麼一來，五行八卦陣登時大亂。陣中不見敵人，來來去去的盡是自己人。眾人萬

料不到袁承志當橫臥在地之際，能奇兵突出，引得五行陣及八卦陣破綻大現。

溫氏五老連聲怪叫，手忙腳亂的接住飛進陣來的眾弟子。袁承志怎還容得他們緩手

重行布陣，搶上兩步，左手三指直戳溫方施穴道。

溫方施見他攻來，又是四柄飛刀向他胸前擲去。袁承志左手一一在刀柄處伸指撥落

飛刀，手指直向溫方施咽喉下二寸六分「璇璣穴」點落。溫方山鋼杖挾勁風，猛向袁

承志右胳打去。袁承志順手拉扯，將一名棋仙派弟子拖過來向他杖頭擋去。

溫方山大駭，這一杖雖沒盼能打中敵人，但估計當時情勢，他前後無法閃避，除了以兵器擋架之外，更無別法，然而他使的卻是一枚脆細的玉簪，只要鋼杖輕輕在玉簪上一擦，就把簪子震爲粉碎。那知他竟拖了一名本門弟子來擋，這一杖上去，豈不將他打得筋斷骨折？總算他武功高強，應變神速，準頭偏過，危急中猛然踏上一步，左手在杖頭力扳，叫道：「大哥，留神！」鋼杖餘勢極大，猛向溫方達砸去。他知大哥儘可擋得住這一杖，果然溫方達雙戟豎立，只聽得噹的一聲大響，火星四濺，鋼杖和短戟各自震了回來。

袁承志卻已乘機向溫方悟疾攻。他左掌猛劈，右手中的玉簪不住向他雙目刺去。溫方悟連連倒退，揮動皮鞭想封住門戶，但袁承志已欺到身前三尺之地，手中皮鞭只嫌太長，所謂「鞭長莫及」，此時卻另有含義了，霎時之間，給玉簪連攻了六七招。溫方悟見玉簪閃閃晃動，不離自己雙目，連續兩次都已刺到眼皮之上，嚇得魂飛天外，此時方知玉簪的厲害，最後一次實在躲不過了，丟開皮鞭，雙手蒙住眼睛，倒地接連打了幾個滾，這才避開，但後心已中了重重一腳，痛徹心肺。他當年以一條皮鞭在鄭州擂台上連敗十二條好漢，威風遠震，數十年來盛名不衰，那知今日在這少年人手中的一枚碧玉簪下敗得如此狼狽，躍起身時固羞憤難當，旁觀衆人也盡皆駭然。

黃眞見小師弟如此了得，出手之怪，從所未見，驚喜之餘，心想就是師父也不會這此功夫，「他這家寶號貨色繁多，五花八門，看來不是從我華山派一家進的貨。他生意

的路子可廣得很啊。」崔希敏狂叫喝采。小慧抿著嘴兒微笑。

袁承志摧破堅陣，精神陡長，此時勝券在握，著著進逼，他一時使動華山派的伏虎

掌法，接著用玉簪使出《金蛇秘笈》中的金蛇劍法。這身法便是神劍仙猿穆人清親臨，

金蛇郎君夏雪宜復生，也只識得一半，溫氏五老如何懂得？他打退溫方悟後，轉向溫方

義攻擊，也是險招連施，逼得他手忙腳亂。

溫方達見情勢緊急，大聲唿哨，突然發掌把一名弟子推了出去。溫方山也手腳齊

施，把陣中弟子或擲或踢，一一清除。練武廳中人數一少，五行陣又推動起來。但袁承

志逼住了溫方義毫不放鬆，令五人無法連環邀擊。酣鬥中溫方義左肩中掌，溫方山鋼杖

筆直向袁承志後心搗去，同時溫方達雙戟向左攻到，溫方義左肩雖痛，仍按照陣法施

為。這時八卦陣已破，五行陣也已打亂，但五老仍然按照陣法，併力抵禦。

青青雖見袁承志用小慧的碧玉簪作為兵刃，不由得心頭有氣，但見他取勝，卻也暗

喜。溫儀瞧著袁承志在五老包圍中進退趨避，身形瀟灑，正是當年金蛇郎君在五行陣中

的模樣，又看一會，只見自己朝思夜想的情郎，白衣飄飄，正在陣中酣戰，不由得心神

激盪，站起身來，叫道：「夏郎，夏郎，你……你終於來了。」邁步便向廳心走去。青

青忙拉住她手臂，叫道：「媽，你別去。」溫儀眼睛一花，凝神看清楚陣中少年身形彷

佛，面目卻非，登覺暈眩，倒在青青懷中。

便在此時，袁承志忽地躍起，右手將玉簪往自己頭髮中一插，左手挽住了廳頂的橫

樑，翻身而上。五老鬥得正緊，忽然不見了敵人，一怔之際，便覺頭頂風生，數十件暗

235

器從空中撒將下來，知道不妙，待要閃避，溫方山與溫方施已給錢鏢分別打中穴道，跌倒在地。本來照著金蛇郎君原來訣竅，要以寶劍緊護自身，再攻對方破綻，袁承志手無寶劍，略加變通，先以翻身俯臥引得對方發射飛刀，乘勢攻破八卦陣，再發暗器，以代寶劍，一舉破陣，手法雖然有異，其根本方策，還是依據於金蛇郎君的遺意。

溫方達俯身去救，袁承志又是一把銅錢撒了下來。溫方達雙戟「密雲不雨」，在頭頂一陣盤旋，只聽叮叮之聲不絕，砸飛了十多粒銅錢。當下舞動雙戟，化成一團白光護住頂門，忽然間手上劇震，雙戟已給甚麼東西纏住，舞不開來。他吃了一驚，用力迴奪，那知就這麼一奪，雙戟突然脫手飛去。他不暇細思，於旁觀眾人驚呼聲中向旁躍開三步，伸掌護身，只見袁承志已自空躍下，站在廳側，手持雙戟，溫方悟的皮鞭兀自纏在戟頭。

袁承志喝道：「瞧著！」兩戟脫手飛出，激射而前，分別釘入廳上的兩根粗柱，戟刃直透柱身。兩根柱子一陣搖動，頭頂屋瓦亂響。站在門口的人紛紛逃出廳外，只怕大廳倒坍。

當年穆人清初授袁承志劍術時，曾脫手飛擲，劍身沒入樹幹，木桑道人譽為天下無雙劍法，袁承志今日顯這一手，便是從那一招變來。黃真見他以本門手法擲戟撼柱，威不可當，不禁大叫：「袁師弟，好一招『天外飛龍』呀！」袁承志回頭一笑，說道：「不敢忘了師父教導，請大師哥指教。」

溫方達四顧茫然，只見四個兄弟都已倒在地下。

袁承志緩步走到黃眞身邊，拔下頭上玉簪，還給了小慧。

溫方達見本派這座天下無敵的五行八卦陣，竟讓這小子在片刻之間，如摧枯拉朽般一番掃蕩，鬧了個全軍覆沒，一陣心酸，竟想衝向柱子自行碰死。但轉念又想：「我已垂暮之年，這仇多半難報。但只要留得一口氣在，總不能善罷干休！」雙手一擺，對黃眞道：「金子都在這裏，你們拿去吧。」

崔希敏不待他再說第二句話，當即將地下金條盡行撿入皮袋之中，棋仙派空有數十人站在一旁，卻眼睜睜的不敢阻攔。袁承志適才這一仗，已打得他們心驚膽戰，鬥志全失。

溫方達走到二弟方義身邊，但見他眼珠亂轉，身子不能動彈，知是給袁承志以錢鏢打中要穴，當即給他在「雲台穴」推宮過血，但揉搓良久，溫方義始終癱瘓不動。又去察看另外三個兄弟，一眼就知各人吃點中了穴道，然而依照所學的解穴法潛運內力施治，卻全無功效，心知袁承志的點穴法另有怪異之處，可是慘敗之餘，以自己身分，實不願低聲下氣的相求，轉頭瞧著青青，嘴唇一努。

青青知他要自己向袁承志求懇，故作不解，問道：「大爺，你叫我嗎？」溫方達低聲道：「你這刁鑽丫頭，這時來跟我爲難，等此事過了，再瞧我來整治你們娘兒倆。」

青青走到袁承志跟前，福了一福，高聲道：「我大爺爺說，請你給我四位爺爺解開穴道。」

暗罵：「你要他給四位爺爺解開穴道。」

穴道。這是我大爺爺求你的，可不是我求你啊！」

袁承志道：「好。」上前正要俯身解治，黃真忽然在鐵算盤上一撥，說道：「袁師弟，你實在一點也不懂生意經。奇貨可居，怎不起價？你開出盤去，不怕價錢怎麼俏，人家總是要吃進的。」

袁承志知道大師兄對棋仙派很有惡感，這時要乘機報復。他想師父常說：「出手寬容，留有餘地」，青青又已出言相求，金子既已取回，雅不願再留難溫氏五老，但大師兄在此，自然一切由他主持，便道：「請大師哥吩咐。」

黃真道：「溫家在這裏殘害鄉民，仗勢橫行，衢州四鄉怨聲載道，我這兩天已打聽得清清楚楚。我給人治病，那是要落本錢的，總得收點兒診費才不蝕本，這筆錢咱們自己倒也不用要了，若是去救濟給他溫家害苦了的莊稼人，這椿生意做得過吧？」

袁承志想起初來靜岩之時，見到許多鄉民在溫家大屋前訴怨說理，給溫正打得落花流水，又想起靜岩鎮上無一人不對溫家大屋恨之入骨，俠義之心頓起，道：「不錯，這裏的莊稼漢真給他們害苦啦。大師哥你說怎麼辦？」

黃真在算盤上滴滴篤篤的撥上撥下，搖頭晃腦的唸著珠算口訣，甚麼「六上一去五進一」、「三二三十一」、「二三添作五」說個不停，也不知算甚麼帳。袁承志對大師兄恭敬，見他算帳算得希奇古怪，卻不敢嘻笑。棋仙派眾人滿腔氣憤，那裏還笑得出？只青青卻嗤的一聲笑了出來。

崔希敏和小慧見慣黃真如此裝模作樣。

238

黃真搖頭晃腦的道：「袁師弟，你的診費都給你算出來啦！救一條命是四百石白米。」袁承志道：「四百石？」黃真道：「不錯，四位老爺子是大大的英雄好漢，算得少了，不夠面子。四百石上等白米，不許攙一粒沙子敗穀，斤兩升斗，可不能有一點兒搗鬼。」也不問溫方達是否答允，已說起白米的細節來。

袁承志道：「這裏四位老爺子，那麼一共是一千六百石了？」黃真大拇指一豎，讚道：「師弟，你的心算真行，不用算盤，就算出一個人四百石，四個人就是一千六百石。」崔希敏衝口說道：「我也算得出！」黃真向他點點頭，示意嘉許。

黃真對溫方達道：「明兒一早，請你大寶號備齊一千六百石白米，分給四鄉貧民，每人一斗。你發滿了一千六百石，我師弟就來給你救治這四位令弟。」

溫方達忍氣道：「一時三刻之間，我那裏來這許多白米？我家裏搬空了米倉，只怕也不過七八十石罷了。」黃真道：「診金定價劃一，折扣是不能打的。不過看在老朋友份上，分期發米，倒也不妨通融。你發滿四百石，就給你救一個人。等你發滿八百石，再給你救第二個。要是你手頭不便，那麼隔這麼十天半月、一年半載之後再發米，我師弟隨請隨到，就算是在遼東、雲南，也會趕來救人，決不會有一點兒拖延推搪。」

溫方達心想：「四個兄弟給點中了穴道，最多過得十二個時辰，只不過弟隨請隨到，就算是在遼東、雲南損耗些內力而已，不必受他如此敲詐勒索。」黃真見他眼珠亂轉，已猜中了他心思，說道：「其實呢，你我都是行家，知道過得幾個時辰，穴道自解，這一千六百石白米，大可省了。不過我們華山派混元功的點穴有點兒霸道，若不以本門功夫解救，給點了穴道

之人日後未免手腳不大靈便，至於頭昏眼花，大便不通，小便閉塞，也在所難免，內力大損，更不在話下。好在四位年紀還輕，再練他五六十年，也就恢復原狀了。」

溫方達知道此言非虛，咬了咬牙，說道：「好吧，明天我發米就是。」黃真笑道：「大老闆做生意爽快不過，一點也不討價還價。下次再有生意，務必請你時時光顧。」溫方達受他奚落了半天，一言不發，拂袖入內。

袁承志向溫儀和青青施了一禮，說道：「明天見。」他知棋仙派現下有求於己，決不敢對她們母女為難。師兄弟等四人提了黃金，興高采烈的回到借宿的農民家裏。

這時天才微明。小慧下廚弄了些麵條，四人吃了，談起這場大勝，無不眉飛色舞。

黃真舉起麵碗，說道：「袁師弟，當時我聽師父說收了一位年紀很輕的徒弟，曾對你二師哥歸辛樹夫婦講笑，說咱們自己的弟子有些年紀都已四十開外了，師父忽然給他們添上了一位小師叔，只怕大夥兒有點尷尬吧。那知師弟你功夫竟這麼俊，別說我大師哥跟你差得遠，你二師哥外號神拳無敵，大江南北少有敵手，但我瞧來，只怕也未必勝得過你。咱們華山派將來發揚光大，都應在師弟你身上了。這裏沒酒，我敬你一碗麵湯。」說罷舉起碗來，將麵湯一飲而盡。

袁承志忙站起身來，端湯喝了一口，說道：「小弟今日僥倖取勝，舉止輕浮，是為了要引得對方輕敵，出手攻擊，但不免違了師父的教導。大師哥稱讚實在愧不敢當。請大師哥多多教誨。」

240

黃真笑道：「就憑你這份謙遜謹慎，武林中就極為難得，快坐下吃麵。」他吃了幾筷，轉頭對崔希敏道：「你只要學到袁師叔功夫的一成，就夠你受用一世了。」

崔希敏在溫家眼見袁承志大展神威，舉手之間破了那厲害異常的五行陣，心裏佩服之極，聽師父這麼說，突然跪倒，向袁承志磕了幾個頭，說道：「求小師叔教我點本事。」袁承志忙跪下還禮，連說：「不敢當，你師父的功夫，比我精純十倍。」

黃真笑道：「我功夫不及你，可是要教這傢伙，卻也綽綽有餘了，只是我實在少了耐心。師弟若肯成全這小子，做師哥的感激不盡。」

原來黃真因不過崔秋山的情面，收了崔希敏為徒。但這弟子資質魯鈍，聞十而不能知一，與黃真機變靈動的性格極不相投。黃真怎能分辨師父的言語哪一句是真，哪一句是假？黃真明明說的是諷刺反話，他還道是稱讚自己。如此學藝，自然難有成就。後來袁承志感念他叔叔崔秋山初傳拳掌及捨命相救之德，又見他是小慧的愛侶，曾設法指點。崔希敏雖因天資所限，不能領會到多少，但比之過去，卻已大有進益了。

四人在稻草堆中草草睡了幾個時辰。中午時分，黃真和袁承志剛起身，外邊有人叫門，進來一名壯漢，拿了溫方達的名帖，邀請四人前去。黃真笑道：「你們消息也真靈通，我們落腳的地方居然打聽得清清楚楚。」

四人來到溫家，只見鄉民雲集，一擔擔白米從城裏挑來，原來溫方達連夜命人到衢州城裏採購，衢州是浙東大城，甚是富饒，但驟然要運出一千六百石白米，卻也不免米

價陡起，讓溫家又多花了幾百兩銀子。溫方達當下請黃真過目點數，然後一斗斗的發給貧民。四鄉貧民紛紛議論，都說溫家怎地忽然轉了性。

黃真見溫方達認真發米，雖知出於無奈，但也不再加以譏誚，說道：「溫老爺子，你發米濟貧，乃是為子孫積德。有個新編的好歌，在下唱給你聽聽。」放開嗓子，拍手頓足，唱了起來：

「年來蝗旱苦頻仍，嚼齧禾苗歲不登，米價升騰增數倍，黎民處處不聊生。

草根木葉權充腹，兒女呱呱相向哭；釜甑塵飛甑絕煙，數日難求一餐粥。

官府徵糧縱虎差，豪家索債如狼豺。可憐殘喘存呼吸，魂魄先歸泉壤埋。

骷髏遍地積如山，業重難過饑餓關。能不教人數行淚，淚灑還成點血斑？

奉勸富家同振濟，太倉一粒恩無既。枯骨重教得再生，好生一念感天地。

天地無私佑善人，善人德厚福長臻。助貧救生功勛大，德厚流光裕子孫。」

他嗓子雖然不佳，但歌詞感人，聞者盡皆動容。

袁承志道：「師哥，你這首歌兒作得很好啊。」黃真道：「我那有這麼大的才學？這是闖王手下大將李岩李公子作的歌兒。」袁承志點頭道：「原來又是李岩大哥的大作。他念念不忘黎民疾苦，那才是真英雄、大豪傑。」

袁承志也不待一千六百石白米發完，便給溫氏四老解開穴道，推宮過血。四老委頓了半夜，均已有氣無力，臉色氣得鐵青。袁承志向五老作了一揖，說道：「多多得罪，晚輩萬分抱歉。」

242

黃真笑道：「你們送了一千六百石米，不免有點肉痛，但靜岩溫家的名聲卻好了不少。這椿生意你們其實是大有賺頭，不可不知。」五老一言不發，掉頭入內。

黃真見發米已畢，貧民散去，說道：「咱們走吧！」

袁承志心想須得與青青告別，又想她母女和溫家已經破臉，只怕此處已不能居，正待和師哥商議，忽見青青抱著母親，哭叫：「承志大哥！」快步奔了出來。只見溫方施滿臉戾氣，搶步出來，雙手連揮，四柄飛刀向青青背上射去。

袁承志急躍而前，雙手抄出，抓住了四柄射向青青的飛刀。溫方施見袁承志出手接取飛刀，已知不妙，急忙快步退去，想避入門後。袁承志見他肆惡殺害親人，大怒之下，疾縱而前，在他後心重重踹了一腳。這一腳用上了混元功，勁力非凡。溫方施哼也不哼，摔進門去，鮮血狂噴。袁承志踹這一腳，雖沒傷了他性命，但功透要穴，溫方施就此成為廢人，終身不能治愈，武功全失。

青青哭道：「四爺爺下毒手殺……殺了我媽。」

袁承志又怒又悲，伸手要去拔刀。黃真把他手擋開，說道：「拔不得，一拔立時就死！」眼見溫儀傷重難救，便點了她兩處穴道，使她稍減痛楚。

溫儀臉露微笑，低聲道：「青兒，別難受。我……我去……去見你爸啦。在你爸爸身邊，沒人再欺侮我。」青青哭著連連點頭。

溫儀對袁承志道：「有一件事，你可不能瞞我。」袁承志道：「伯母要知道甚麼

事？晚輩決不隱瞞。」溫儀道：「他有沒有遺書？有沒提到我？」袁承志道：「夏前輩留下了此武功圖譜。昨天我破五行陣，就是用他遺法，總算替他報了大仇，出了怨氣。」

溫儀道：「他沒留下給我的信麼？」袁承志不答，只緩緩搖了搖頭。

溫儀好生失望，道：「他喝了那碗蓮子羹才沒力氣，這碗……這碗蓮子羹是我給他喝的。可是我真的……真的一點也不知道呀。」袁承志安慰她道：「夏前輩在天之靈，一定明白，決不會怪伯母的。」溫儀道：「他定是傷心死的，怪我暗中害他，現今就算明白，可是也已遲了。」青青泣道：「媽，爹爹早知道的。那日你也喝了蓮子羹，要陪爹爹一起死，還擋在他身前。他當時就明白了。」溫儀道：「他……他當真明白嗎？為甚麼一直不來接我？連……連遺書也不給我一封？」

袁承志見她臨死尚為這事耿耿於懷，一時之間，想不出甚麼話來安慰，但見她目光散亂，雙手慢慢垂了下來，忽然心念一動，想起了金蛇秘笈中那張「重寶之圖」，其中提到過溫儀的名字，忙從衣囊中取出來，道：「伯母，你請看！」

溫儀雙目本已合攏，這時又慢慢睜開，一見圖上字跡，突然精神大振，叫道：「這是他的字，我認得的。」低聲唸著那幾行字道：「得寶之人……務請赴浙江衢州靜岩……尋訪溫儀，……尋訪溫儀，那就是我呀……贈以黃金十萬兩。」又見到那兩行小字：「此時縱聚天下珍寶，亦焉得以易半日聚首，重財寶而輕別離，愚之極矣，悔甚，恨甚。」她滿臉笑容，伸手拉住袁承志的衣袖，滿懷欣慰，說道：「他沒怪我，他心裏仍記著我，想著我……而今我要去了，要去見他了……」說著慢慢閉上了眼。

244

袁承志見此情景，不禁垂淚。溫儀忽然又睜開眼來，說道：「袁相公，我求你兩件事，請你一定得答允。」袁承志道：「伯母請說，只要做得到的，無不應命。」溫儀道：「第一件，請你把我葬在他身邊。第二件……第二件……」袁承志道：「第二件是甚麼？伯母請說。」溫儀道：「我……我世上親人，只有……只有這個女兒，請你……一生一世……照看著她……」手指著青青，忽然一口氣接不上，雙眼一閉，垂頭不動，已停了呼吸。

青青伏在母親身上大哭，袁承志輕拍她肩頭。黃眞、安小慧、和崔希敏三人眼見袁承志對她極是關切，又見她母親慘遭殺害，均感惻然，只是於此中內情一無所悉，不知說甚麼話來安慰才好。

青青忽地放下母親屍身，拔劍而起，奔到大門之前，舉劍亂剁大門，哭叫：「你們害死我爹爹，又害死我媽媽，我……我要殺光了你溫家全家。」縱身躍起，跳上了牆頭。

袁承志也躍上牆頭，輕輕握住她左臂，低聲道：「青弟，他們果然狠毒。不過，三爺爺終究是你外公。」

青青一陣氣苦，身子一晃，摔了下來。袁承志忙伸臂挽住她腰，卻見她已昏暈過去，大驚之下，連叫：「青弟，青弟！」

黃眞道：「不要緊，只是傷心過度。」取出一塊艾絨，用火摺點著了，在青青鼻下燻得片刻，她打了個噴嚏，悠悠醒來，呆呆瞧著母親屍身，一言不發。

承志問道：「青弟，你怎麼了？」她只不答。承志垂下淚來道：「你跟我們去吧，這裏不能住了。」青青呆呆的點點頭。承志抱起溫儀屍身，五人一齊離了溫家大屋。

　袁承志走出數十步，回頭望去，但見屋前廣場上滿地白米，都是適才發米時掉下來的，數十隻麻雀跳躍啄食。此時紅日當空，濃蔭匝地，溫家大屋卻緊閉了大門，靜悄悄地沒半點聲息，屋內便如空無一人。

　黃眞對崔希敏道：「這一百兩銀子，拿去給咱們借宿的農家，叫他們連夜搬家。」崔希敏接了，瞪著眼問師父道：「幹麼要連夜搬家呀？」黃眞道：「棋仙派的人對咱們無可奈何，自然會遷怒於別人，定會去向那家農家爲難。你想那幾個莊稼人，能破得了五行陣嗎？」崔希敏點頭道：「那可破不了！」飛奔著去了。

　四人等他回來，繞小路離開靜岩鎭，行了十多里，見路邊有座破廟。黃眞道：「進去歇歇吧。廟破菩薩爛，旁人不會疑心咱們順手牽羊、偷雞摸狗。」崔希敏道：「這個自然！破廟裏有甚麼可偷的。」

　走進廟中，在殿上坐了。黃眞道：「這位太太的遺體怎麼辦？是就地安葬呢，還是到城裏入殮？」袁承志皺眉不語。黃眞道：「如到城裏找靈柩入殮，她是因刀傷致死，官府查問起來，咱們雖然不怕，總是麻煩。」言下意思是就在此葬了。

　青青哭道：「不成，媽媽說過的，她要跟爸爸葬在一起。」黃眞道：「令尊遺體葬在甚麼地方？」青青說不上來，望著袁承志。袁承志道：「在咱們華山！」四人聽了都

246

感詫異。

袁承志又道：「她父親便是金蛇郎君夏前輩。」

黃真年紀比夏雪宜略大數歲，但夏雪宜少年成名，黃真初出道時，金蛇郎君的威名早已震動武林，一聽之下，登時肅然動容，微一沉吟，說道：「我有個主意，姑娘莫怪。」青青道：「老伯請說。」

黃真指著袁承志道：「他是我師弟，你叫我老伯可不敢當，還是稱大哥吧。」崔希敏向青青直瞪眼，心想：「這樣一來，我豈不是又得叫你這小妞兒作姑姑？」青青向袁承志望了一眼，竟然改了稱呼，道：「黃大哥的說話，小妹自當遵依。」崔希敏暗暗叫苦：「糟糕，糟糕，這小妞居然老實不客氣的叫起黃大哥來。」

黃真怎想得到這渾小子肚裏在轉這許多念頭，對青青道：「令堂遺志是要與令尊合葬，咱們總要完成她這番心願才好。但不說此處到華山千里迢迢，靈柩難運，就算靈柩到了華山腳下，也運不上去。」青青道：「怎麼？」袁承志道：「華山山峯險峻之極，武功稍差一些的就上不了。運靈柩上去是決計不成的。」黃真道：「另外有個法子，是將令尊的遺骨接下來合葬。不過令尊遺體已經安居吉穴，再去驚動，似乎也不很安當。」

青青見他說得在理，十分著急，哭道：「那怎麼辦呢？」黃真道：「我意思是把令堂遺體在這裏火化了，然後將骨灰送上峯去安葬。」說到這件事，他可一本正經，再不胡言亂語了。青青雖然不願，但除此之外也無別法，只得含淚點頭。

當下衆人收集柴草，把溫儀的屍體燒化了。青青自幼在溫家頗遭白眼，雖然溫正等

幾個表兄見她美貌，討好於她，卻也全是心存歹念，只母親一人才真心疼她愛她，這時見至愛之人在火光中漸漸消失，不禁伏地大哭。

袁承志在破廟中找了一個瓦罐，等火熄屍銷，將火滅屍銷，將骨灰撿入罐中，拜了兩拜，暗暗禱祝：「伯母在天之靈儘管放心，小姪定將伯母骨灰送到華山絕頂安葬，決不敢有負重託。」

黃真見此事已畢，對袁承志道：「我們要將黃金送去江西九江府。闖王派了許多兄弟在江南浙贛一帶聯絡，以待中原大舉之時，南方也豎義旗響應，人多事繁，在在需錢。袁師弟奪還黃金，功勞不小。」

青青道：「小妹不知這批金子如此事關重大，要不是兩位大哥到來，可壞了闖大事。」崔希敏道：「也要你知道才好。」青青在口頭上素不讓人，說道：「此去如不是黃大哥親自護送，多半路上還要出亂子。」崔希敏急道：「甚……甚麼？你又要來盜金條嗎？」

黃真眼睛一橫，不許他多言，說道：「袁師弟與夏姑娘如沒甚麼事，大家同去九江如何？」袁承志道：「小弟想念師父，想到南京去拜見他老人家，還想見見崔叔叔。大師哥以為怎樣？」黃真點頭道：「師父身邊正感人手不足，他老人家也想念你得很。師弟，你這一次在衢州開張大發，賺了個滿堂紅。今後行俠仗義，為民除害，盼你諸事順遂，大吉大利，生意興隆，一本萬利。」袁承志肅然道：「還請大師哥多多教誨。」黃真笑道：「我不跟你來這套，咱們就此別過。夏姑娘，你以後順手發財，可得認明人家

招牌字號呀。」站起來一拱手，轉頭就走。崔希敏也向師叔拜別。

小慧對袁承志道：「承志大哥，你多多保重。」袁承志點頭道：「見到安嬸嬸時，說我很記掛她。」小慧道：「媽知道你長得這麼高了，一定很歡喜。我去啦！」行禮告別，追上黃真和崔希敏，向西而去。

她一面走，一面轉頭揮手。袁承志也不停揮手招呼，直至三人在山邊轉彎，不見背影，這才停手。

袁承志和青青聽曲秦淮河上，兩名歌女合唱〈掛枝兒〉小曲，歌聲宛轉，詞意纏綿。

第八回

易寒強敵膽　難解女兒心

青青哼了聲，冷冷的道：「幹麼不追上去再揮手？」袁承志一怔，不知這話是甚麼意思。青青怒道：「這般戀戀不捨，又怎不跟她一起去？」袁承志才明白她原來生的是這個氣，說道：「我小時候遇到危難，承她媽媽相救，我們從小就在一塊兒玩的。」

青青更加氣了，拿了一塊石頭，在石階上亂砸，只打得火星直迸，板著臉道：「那就叫做青梅竹馬了。」袁承志道：「你要破碎的玉簪，幹麼不用旁的兵刃，定要用她頭上的玉簪？」袁承志道：「我使一根一碰就碎的玉簪，好教你五位爺爺心無所忌，便出手進攻，招式中就露出破綻，他們倘若守不攻，此陣難破。」青青道：「難道我就沒簪子嗎？」說著拔下自己頭上玉簪，折成兩段，摔在地下，踹了幾腳。

袁承志覺得她在無理取鬧，只好默不作聲。青青怒道：「你跟她這麼有說有笑的，見了我就悶悶不樂。」袁承志道：「我幾時悶悶不樂了？」青青道：「人家的媽媽好，在你小時候救你疼你，我可是個沒媽媽的人。」說到母親，又垂下淚來。

袁承志急道：「你別盡發脾氣啦。咱們好好商量一下，以後怎樣？」青青聽到「以後怎樣」四字，蒼白的臉上微微一紅，更加惱了，發作道：「商量甚麼？你去追你那小慧妹妹去。我這苦命人，在天涯海角飄泊罷啦。」袁承志心中盤算，如何安置這位大姑娘，確是件難事。

青青見他不語，站起來捧了盛著母親骨灰的瓦罐，掉頭就走。袁承志忙問：「你去那裏？」青青道：「你理我呢？」逕向北行。袁承志無奈，只得緊跟在後。一路上青青始終不跟他交談，袁承志逗她說話，總是不答。

到了金華，兩人入客店投宿。青青上街買了套男人衣巾，又改穿男裝。袁承志知她倉卒離家，身邊沒帶甚麼錢，乘她外出時在她衣囊中放了兩錠銀子。青青回來後，撅起了嘴，將銀子送回他房中。

這天晚上她出去做案，在一家富戶盜了五百多兩銀子。第二日金華城裏便轟傳起來。袁承志料知是她幹的事，不禁暗皺眉頭，真不懂得她為甚麼莫名其妙的忽然大發脾氣？如何對付實是一竅不通。軟言相求吧？不知怎生求懇才是；棄之不理吧？又覺讓她一個少女孤身獨闖江湖，未免心有不忍。想來想去，不知如何是好。

這日兩人離了金華，向義烏行去。青青沉著臉，袁承志跟在後面。

行了三十多里，忽然天邊烏雲密佈，兩人忙加緊腳步，行不到五里，大雨已傾盆而下。袁承志帶著雨傘，青青卻嫌雨傘累贅沒帶。她展開輕功向前急奔，附近卻沒人家，也無廟宇涼亭。袁承志腳下加快，搶到她前面，遞傘給她。青青伸手把傘一推。袁承志道：「青弟，咱們是結義兄弟，說是同生共死，禍福與共。怎麼你到這時候還在生哥哥的氣？」

青青聽他這麼說，氣色稍和，道：「你要我不生氣，那也容易，只消依我一件事。」

袁承志道：「你說吧，別說一件，十件也依了。」青青道：「好，你聽著。從今而後，你不能再見那個安姑娘和她母親。如你答允了，我馬上向你陪不是。」說著嫣然一笑。

袁承志好生為難，心想安家母女對己有恩，將來終須設法報答，無緣無故的避不見面，那成甚麼話？這件事可不能輕易答允，不由得頗為躊躇。

253

青青俏臉一板，怒道：「我原知你捨不得你那小慧妹妹。」轉過身來，向前狂奔。

袁承志大叫：「青弟，青弟！」青青充耳不聞，轉了幾個彎，見路中有座涼亭，便直竄進去。

袁承志奔進涼亭，見她已全身濕透。其時天氣正熱，衣衫單薄，雨水浸濕後甚是不雅，青青羞又急，伏在涼亭欄杆上哭了出來，叫道：「你欺侮我，你欺侮我。」

袁承志心想：「這倒奇了，我幾時欺侮過你了？」尋思：「到底她要甚麼？」當下也不分辯，解下長衫，給她披在身上。他有傘遮雨，衣衫未濕。小慧妹妹又沒得罪她，為甚麼我今後不可和她再見？難道為了小慧妹妹向她索討金子，因而害死她媽媽？這可也不能怪小慧啊。」他將呂七先生、溫氏五老這些強敵殺得大敗虧輸，心驚膽寒，也不算是何等難事，可是青青這個大姑娘忽喜忽嗔，忽哭忽笑，實令他搔頭摸腮，越想越胡塗。他一生從沒跟年輕姑娘打過交道，青青偏又加倍刁蠻，當眞令他手足無措。

青青想起母親慘死，索性放聲大哭，直哭得袁承志頭暈腦脹，不知如何是好。過了一陣，雨漸漸停了，青青卻仍哭個不休。她偷眼向袁承志一瞥，見他也正望著自己，忙轉過眼光，繼續大哭。袁承志也橫了心，心想：「看你有多少眼淚！」

正自僵持不決，忽聽得腳步聲響，一個青年農夫扶著一個老婦走進亭來。老婦身上有病，哼個不停。那農夫是他兒子，不住溫言安慰。青青見有人來，便收淚不哭了。

袁承志心念一動：「我試試這法兒看。」過不多時，這對農家母子出亭去了。青青

254

見雨已停，正要上道，袁承志忽然「哎唷，哎唷」的叫了起來。

青青吃了一驚，回頭看時，見他捧住了肚子，蹲在地下，忙走過去看。袁承志運起混元功，額上登時黃豆般的汗珠直淌下來。青青慌了，連問：「怎麼了？」

袁承志心想：「裝假索性裝到底！」運氣閉住了手上穴道。青青一摸他手，只覺一陣冰冷，更加慌了手腳，忙道：「你怎麼了？怎麼？」袁承志大聲呻吟，只是不答。青青急得又哭了起來。

袁承志呻吟道：「青弟，我……我這病是好不了的了，你莫理我。你你……自己去吧。」青青急道：「怎麼好端端的生起病來？」袁承志有氣無力的道：「我從小有一個病……受不得氣……要是人家發我脾氣，我心裏一急，立刻會心痛肚痛，哎唷，哎唷，痛死啦！昨天跟你的五位爺爺相鬥，又使力厲害了，我……我……」

青青驚惶之下，雙手摟住了他，給他胸口揉搓。袁承志給她抱住，很是不好意思。「我若不繼續裝假，不免給她當作了輕薄之人。」此時騎虎難下，只得垂下了頭，呻吟道：「我是活不成啦，我死之後，你給我葬了，去告訴我大師哥一聲。」他越裝越像，肚裏卻在暗暗好笑。

青青哭道：「承志大哥，都是我不好，你別生氣啦。」袁承志心想：「我是活不成啦，你給我葬了，去告訴我大師哥一聲。」

青青哭道：「你不能死，你不知道，我生氣是假的，我是故意氣你的，我心裏……心裏很喜歡你呀。你對你那小慧妹妹好，我心裏好生難過，以為你對我不好了。你要是死了，我便跟你一起死！」

255

袁承志心頭一驚：「原來她是愛著我。」他生平第一次領略少女的溫柔，心頭一股說不出的滋味，又是甜蜜，又是羞愧，怔怔的不語。

青青只道他真的要死了，緊緊的抱住他，叫道：「大哥，大哥，你不能死呀。沒有了你，我也活不成啦。」袁承志只覺她吹氣如蘭，軟綿綿的身體偎依著自己，不禁一陣神魂顛倒。青青又道：「我生病也是假的呀，你別當真！」

青青一呆，忽地跳起，劈臉重重一個耳光，啪的一聲大響，只打得他眼前金星亂冒。青青掩臉就走。袁承志愕然不解：「剛才還說很喜歡我，沒有我就活不成，怎麼忽然之間又翻臉打人？」他不解青青的心事，只得跟在後面。青青一番驚惶，一番喜慰，早將對安小慧的疑忌之心拋在一旁，見袁承志左邊臉上紅紅的印著自己五個手指印，不禁有些歉然，也不禁有些得意，想到終於洩露了自己心事，又感羞愧難當。

兩人都是心中有愧，一路上再不說話，有時目光相觸，都臉上一紅，立即同時轉頭迴避。心中卻都甜甜的，這數十里路，便如是飄飄蕩蕩的在雲端行走一般。

這天傍晚到了義烏，青青找到一家客店投宿。袁承志跟著進店。

青青橫他一眼，說道：「死皮賴活的跟著人家，真討厭。」袁承志摸著臉頰，笑道：「我肚痛是假，這裏痛卻是真的。」青青一笑，道：「你要是氣不過，就打還我一記吧。」

兩人於是和好如初，晚飯後閒談一會，兩人分房睡了。青青見他於自己吐露真情之

後，仍溫文守禮，不再提起那事，倒免了自己一番尷尬狼狽，可是忍不住又想：「我說了喜歡他，他又怎不跟我說？不知他心裏對我怎樣？他喜歡我呢，還是不喜歡我？」這一晚翻來覆去，又怎睡得安穩？只是思量：「他喜歡我呢，還是不喜歡我？」

次日起身上道，青青問起他如何見到她爹爹的遺骨。袁承志於是詳細說了兩猿怎樣發現洞穴，他怎樣進洞見到骷髏、怎樣掘到鐵盒、怎樣發現圖譜等情，又講到張春九和那禿頭夜中前來偷襲、反而遭殃的事。

青青只聽得毛骨悚然，說道：「張春九是我四爺爺的徒弟，最是奸惡不過。那汪禿頭是二爺爺的徒弟。我五個爺爺每年正月十六，總是派了幾批子姪徒弟出去尋訪探找。到底尋甚麼人，還是找甚麼東西，大家鬼鬼祟祟的，從來不跟我說。不過每個人回來，全都垂頭喪氣的，定是甚麼也找不到。現下想來，自然是在找我爹爹的下落了。」過了一會，又道：「我爹爹死了之後還能用計殺敵，眞了不起。」言下讚歎不已，又道：「要是爹爹活著，見到你把溫家那些壞人打得這般狼狽，定是高興得很……嗯，媽媽是親眼見到的，她定會告訴爹爹……你再把爹爹的筆跡給我瞧瞧。」袁承志取出那幅圖來，遞給她道：「這是你爹爹的東西，該當歸你。」青青瞧著父親的字跡，又是傷心，又是歡喜。

這天來到松江，青青忽道：「大哥，到了南京，見過你師父後，咱們就去把寶貝起出來。」袁承志奇道：「甚麼寶貝？」青青道：「爹爹這張圖不是叫做『重寶之圖』麼？他說得寶之人要酬我媽媽黃金十萬兩，媽媽又說這是皇宮內庫中的物事，其中不知

257

有多少金銀珠寶。」袁承志沉吟道：「話是不錯，可是咱們辦正事要緊。」他一心記掛的，只是會見師父之後去報父仇。青青道：「按圖尋寶，也不見得會耽擱多少時候。」

袁承志神色不悅，說道：「咱倆拿到這許多金銀珠寶，又有甚麼用？青弟，我勸你總要規規矩矩的做人，別這麼貪財才好。」只說得青青撅起了小嘴，賭氣不吃晚飯。

次日上路，青青道：「我不過拿了闖王二千兩黃金，他們就急得甚麼似的，要你大師兄親自出馬來討回去。闖王幹麼這樣小家氣啊？」袁承志道：「闖王那裏小家氣了？我見過他的。他待人最是仗義疏財，他爲天下老百姓解除疾苦，自己節儉得很，當眞是一位大英雄大豪傑。這二千兩黃金他有正用，自然不能輕易失去。」青青道：「是呀，要是咱們給闖王獻上黃金二十萬兩，甚至二百萬兩、三百萬兩，你說這件事好不好呢？」

這一言提醒，只喜得袁承志抓住了她手，道：「青弟，我眞胡塗啦，多虧你說。」

青青把手一摔，道：「我也不要你見情，以後少罵人家就是啦。」袁承志陪笑道：「要是我們找到這批金珠寶貝，獻給闖王，可不知能救得救多少受苦百姓的性命。」

兩人坐在路邊，取出圖來細看，見圖中心處有個紅圈，圈旁註著「魏國公府」四字。兩人又細看了一會。袁承志道：「寶藏是在魏國公府的一間偏房底下。」青青道：「咱們到南京後，只消尋到魏國公府，就有法子。魏國公是大將軍徐達的封號，他是本朝第一大功臣，府第定然極大，易找得很。」

袁承志搖搖頭道：「大將軍的府第非同小可，防守定嚴，就算混得進去，要這麼大舉挖掘，實在也爲難得緊。」青青道：「現下憑空猜測，也是無用，到了南京再相機行

事吧。」

路上數日，到了南京。那金陵石頭城是天下第一大城，乃太祖當年開國建都之地，眼下仍延用舊稱，叫做應天府，千門萬戶，五方輻輳，朱雀橋畔簫鼓，烏衣巷口綺羅，王孫公子、世族子弟，仍相聚居，雖逢亂世，不減昔年侈靡。

兩人投店後，承志便依著大師哥所說地址去見師父。一問之下，卻知穆人清往安慶府去了，至於到了安慶府何處，在南京聯絡傳訊之人也不知情。承志鬱鬱不樂，青青拉他出去遊玩，也是全無心緒，只坐在客店中發悶。

青青把店伴叫來，詢問魏國公府的所在。那店伴茫然不知，說南京那裏有甚麼魏國公府。青青惱了，說道：「魏國公是本朝第一大功臣，怎會沒國公府？」店伴道：「要是有，相公自己去找吧。小人生在南京，長在南京，在南京住了四十多年，可就沒聽見過。」青青怪他挺撞，伸手要打，給承志攔住。那店伴嘮嘮叨叨的去了。

兩人在南京尋訪了七八天，沒找到絲毫線索。承志便要去安慶府尋師，青青說既然到了南京，總得查個水落石出才罷。兩人又探問了五六日。有人說：大將軍逝世後追封中山王，南京鍾山有中山王墓，兩位不妨去瞧瞧。又有人說，南京守備國公爺是姓徐，但他住在守備府，卻不知魏國公府在那裏。兩人去守備府察看，卻見跟地圖上所繪全然不對。

樂皇帝時改封定國公，府第聽說現今是在北京順天府。有人說：大將軍逝世後追封中山王，南京鍾山有中山王墓，兩位不妨去瞧瞧。又有人說，南京守備國公爺是姓徐，但他住在守備府，卻不知魏國公府在那裏。兩人去守備府察看，卻見跟地圖上所繪全然不對。

259

這一晚兩人僱了艘河船，在秦淮河中遊河解悶。承志道：「你爹爹何等本事，他得了這張地圖卻找不到寶藏，可見這件事本來是很渺茫的。」青青道：「我爹爹明明這樣寫著，那會有錯？又不是一兩金子、二兩銀子的事，當然不會輕輕易易就能得到。」承志道：「再找一天，要是仍沒端倪，咱們可得走了。」青青道：「再找三天！」承志笑道：「好，依你，三天就三天。你道我不想找到寶藏麼？」

河中笙歌處處，槳聲輕柔，燈影朦朧，似乎風中水裏都有脂粉香氣，這般旖旎風光承志固是從所未歷，青青僻處浙東，卻也沒見過這等煙水風華的氣象。她喝了幾杯酒，臉上酡紅，聽得鄰船上傳來陣陣歌聲，盈盈笑語，不禁有微醺之意，笑道：「大哥，咱們叫兩個姐兒來唱曲陪酒好嗎？」承志登時滿臉通紅，說道：「你喝醉了麼？這麼胡鬧！」

遊船上的船夫接口道：「到秦淮河來玩的相公，那一個不叫姐兒陪酒？兩位相公如有相熟的，小的就去叫來。」承志雙手亂搖，連叫：「不要，不要！」

青青笑問船夫：「河上那幾位姑娘最出名呀？」船夫道：「講到名頭，像卜玉京啦，柳如是啦，董小宛啦，李香君啦，哪一位都是才貌雙全，又會做詩，又會唱曲的美貌姑娘。」青青道：「那麼你把甚麼柳如是、董小宛給我們叫兩個來吧。」船夫伸了舌頭，笑道：「你這位相公定是初來南京。」青青道：「怎麼？」船夫道：「這些出名的姑娘，相交的不是王孫公子，就是出名的讀書人。尋常做生意的，就是把金山銀山抬去，要見她們一面，也未必見得著呢，又怎隨便叫得來？」青青啐道：「一個妓女也有

260

這麼大的勢派？」

船夫道：「秦淮河裏有的是好姑娘，小的給兩位相公叫兩個來吧。」袁承志道：「咱們要回去啦，改天再說吧。」青青笑道：「我可還沒玩夠！」對船夫道：「你叫吧！」

那船夫巴不得有這麼一句話，放開喉嚨喊了幾聲。不多一刻，一艘花舫從河邊轉出，兩名歌女從跳板上過來，向承志與青青福了兩福。承志起身回禮，一副狼狽模樣，心中暗暗好笑。青青卻大模大樣的端坐不動，祇微微點了點頭，見承志一副狼狽模樣，心中暗暗好笑，又想：「他原是個老實頭，就算心裏對我好，料他也說不出口。」

那兩名歌女姿色平庸。一個拿起簫來，吹了個〈折桂令〉牌子，倒也悠揚動聽。青青知道這等曲牌該用笛子吹奏，但女子吹簫較為文雅。

另一個歌女對青青道：「相公，我兩人合唱個〈掛枝兒〉給你聽，好不好？」青青笑道：「好啊。」那歌女彈起琵琶，唱的是男子腔調，唱道：

「我教你叫我，你只是不應，不等我說就叫我，才是真情。要你叫聲『親哥哥』，推甚麼臉紅羞人？你口兒裏不肯叫，想是心裏兒不疼。你若疼我是真心也，為何開口難得緊？」

袁承志聽到這裏，想起自己平時常叫「青弟」，可是她從來就不叫自己一聲「哥哥」，只是叫「承志大哥」，要不然便叫「大哥」，不由得向青青瞧去。只見她臉上暈紅，也正向自己瞧來，兩人目光相觸，都感不好意思，同時轉開了頭，只聽那歌女又唱道：

「俏冤家，非是我好教你叫，你叫聲無福的也自難消。你心不順，怎肯便把我來叫？」

261

叫的這聲音兒嬌，聽的往心窩裏燒。就是假意兒的殷勤也，比不叫到底好！」

另一個歌女以女子腔調接著唱道：

「俏冤家，但見我就要我叫，一會兒不叫你，你就心焦。我疼你那在乎叫與不叫。叫是口中歡，疼是心想著。我若疼你是真心也，就不叫也是好。」

歌聲嬌媚，袁承志和青青聽了，都不由得心神蕩漾。

只聽那唱男腔的歌女唱道：

「我只盼，但見你就聽你叫，你卻是怕聽見的向旁人學。才待叫又不叫，只是低著頭兒笑，一面低低叫，一面把人瞧。叫得雖然艱難也，心意兒其實好。」

兩人最後合唱：「我若疼你是真心也，便不叫也是好！」琵琶玎玎琤琤，輕柔流盪，一聲聲挑人心弦，襯著曲詞，當真如蜜糖裹調油、胭脂中摻粉，又甜又膩，又香又嬌。

袁承志一生與刀劍為伍，識得青青之前，結交的都是豪爽男兒，那想得到單是叫這麼一聲，其中便有這許多講究，想到曲中纏綿之意，綢繆之情，不禁心中怦怦作跳。青青眼皮低垂，從那歌女手中接過簫來，拿手帕蘸了酒，在吹口處擦乾淨了，接嘴吐氣，吹了起來。袁承志當日在靜岩玫瑰坡上曾聽她吹簫，這時河上波光月影，酒濃脂香，又是一番光景，簫聲婉轉清揚，吹的正是那《掛枝兒》曲調，想到「我若疼你是真心也，便不叫也是好」那兩句，燈下見到青青的麗色，不覺心神俱醉。

袁承志聽得出神，沒發覺一艘大花舫已靠到船邊，祇聽得有人哈哈大笑，叫道：

262

「好簫，好簫！」接著三個人跨上船來。青青見有人打擾，心頭憲怒，放下簫管，側目斜視。見上來三人中前面一人搖著摺扇，滿身錦繡，三十來歲年紀，生得細眉細眼，皮肉比之那兩個歌女還白了三分。後面跟著兩個家丁，提著的燈籠上面寫著「總督府」三個紅字。

袁承志站起來拱手相迎。兩名歌女叩下頭去。青青卻不理睬。

那人大笑著走進船艙，說道：「打擾了，打擾了！」大剌剌的坐了下來。袁承志道：「請問尊姓大名。」那人還沒回答，一個歌女道：「這位是鳳陽總督府的馬公子。」馬公子也不問承志姓名，一雙色迷迷的眼睛儘在青青的臉上溜來溜去，笑道：「你是那個班子裏的？倒吹得好簫，怎不來伺候我大爺啊？哈哈！」承志心中惱怒，淡淡問道：「閣下在總督府做甚麼官？」馬公子微微一笑，道：「總督馬大人，便是家叔。」

青青聽他把自己當作優伶樂匠，柳眉一挺，當場便要發作。承志向她連使眼色，說道：「這位是我兄弟，我們是到南京來訪友的。」馬公子笑道：「訪甚麼友？今日遇見了我，交了你公子爺這個朋友，你們就吃著不盡了。」

這時那邊花舫上又過來一人，那人穿著一身藕色熟羅長袍，身材矮小，留了兩撇小鬍子，神情一團和氣，向馬公子笑道：「公子爺，這兄弟的簫吹得不錯吧？」袁承志瞧他模樣，料想他是馬公子身邊的清客。馬公子道：「景亭，你跟他們說說。」那人自稱姓楊名景亭，當下諾諾連聲，對袁夏二人道：「馬公子是鳳陽總督馬大人的親姪兒，交朋友是最熱心不過的，一擲千金，毫無吝色。誰交到了這位朋友，那真是

一交跌進青雲裏去啦。馬大人最寵愛這個姪兒，待他比親生兒子還好，這位兄弟要交朋友嘛，最好就搬到馬公子府裏去住。」承志聽他們出言不遜，生怕青青發怒，那知青青卻笑逐顏開，說道：「那是再好不過，咱們這就上岸去吧。」馬公子大喜，伸手去拉她手。青青一縮，把一名歌女在他身上推去。承志大奇，當下默不作聲。

青青站起身來，對馬公子道：「這兩位姑娘和船家，小弟想每人打賞五兩銀子……」

馬公子忙道：「當然是兄弟給，你們明兒到賬房來領賞！」青青笑道：「今兒賞了他們，豈不爽快？」馬公子道：「是，是！」手一擺，家丁已取出十五兩銀子放在桌上。

船夫與兩名歌女謝了。馬公子目不轉睛的瞧著青青，眉花眼笑，心癢難搔，如同撿到了天上掉下來的奇珍異寶一般。不一會，船已攏岸。楊景亭道：「我去叫轎子！」青青忽道：「啊喲，我有一件要緊物事放在下處，這就要去拿。」馬公子道：「我差家人給你去取好啦，好兄弟，你住在那裏？」青青道：「我在太平門覆舟山的和尚廟裏借住。這東西可不能讓別人去拿。」楊景亭在馬公子耳邊低聲道：「釘著他，別讓這孩子溜了。」

馬公子眨眨眼道：「不錯！」轉頭對青青道：「好兄弟，我和你一起去吧！」說著伸手去摟她肩膊。青青嗤的一笑，向旁避開。

馬公子神魂飄蕩，對楊景亭道：「景亭，這孩子若是穿上了女裝，金陵城裏沒一個娘們能比得上。天下居然有這等絕色少年，今日卻叫我遇上了！真是祖宗積德。」

青青道：「大哥，咱們去吧！」挽了袁承志的手便走。馬公子一使眼色，四人都跟在後面。他搶上幾步，和青青說笑。青青有一搭沒一搭的跟他閒談。

青青與承志爲了尋訪魏國公府，十多天來南京城內城外、大街小巷都走遍了，於道路已很熟悉。承志見她儘往荒僻之地走去，知她已動殺機，心想：「這馬公子雖然無行，但看錯了人，卻也罪不致死。師父常說，學武之人不能濫殺無辜，我豈可不阻？」於是停步道：「青弟，別跟馬公子開玩笑了，咱們回水西門客店去吧。」青青笑道：

「你一人先回去！」馬公子大喜，道：「對，對，你一個人回去。你要不要銀子使？」承志搖頭嘆息，心道：「我說回水西門客店，已點明並非在覆舟山和尚廟借住。這人死到臨頭，還是不悟！」

說話之間，到了一片墳場，馬公子已走得上氣不接下氣，問道：「快……快到了嗎？」青青一聲長笑，說道：「你們已經到啦！」馬公子一楞，心想到這墳堆中來幹甚麼。那篾片楊景亭看出情形有些兒不對，但想我們共有四人，兩名家丁又孔武有力，諒這兩個文弱少年也使不出甚麼好來，說道：「小兄弟，別鬧著玩了，大夥兒去公子府裏，熱烘烘的喝兩鍾樂上一樂，你給大夥唱上幾支曲兒，豈不是好？」青青冷笑兩聲。

袁承志喝道：「你們快走。做人規規矩矩的，便少碰些釘子。」楊景亭怒道：「你這人惹厭得很，還是自己規規矩矩的先回去吧！別招得馬公子生氣。」馬公子詐瘋納福，說道：「好兄弟，我累啦，你扶我一把！」挨近青青身旁，伸右臂往她肩頭搭去。

青青身子一側，向承志道：「大哥，那邊是甚麼？」伸手東指。承志轉過頭去一望，祇聽得背後嗤得一聲響，急忙回頭，馬公子那顆胡塗腦袋已滾下地來，頸子中鮮血直噴。楊景亭和兩個家丁都驚呆了。青青上前一劍一個，全都刺死。承志心想既已殺了

265

一個，索性斬草除根，以免後患，當下也不阻擋。青青在馬公子身上拭了劍上血跡，嘻嘻嬌笑。

袁承志道：「這種人打他一頓，教訓教訓也就夠了，你也忒狠了一點。」青青眼一橫，嗔道：「咱兩個在河上吹簫聽曲，多好玩，這傢伙卻來掃興，你說他該不該死？」袁承志心想單是打擾掃興，自然說不上該死，但馬公子和楊景亭這種人仗勢橫行，傷天害理之事定是做了不少，殺了他也不能說濫殺無辜，於是正色道：「這樣的壞蛋，殺就殺了，可是你將來亂殺一個好人，咱們的交情就此完了。」青青吐了吐舌頭，笑道：「兄弟不敢！」

兩人把屍首踢入草叢，正要回歸客店，袁承志忽在青青衣袖上扯了一把，低聲道：「有人！」兩人當即縮身躲在一座墳墓之後。

祇聽得遠處腳步聲響，東面和西面都有人過來。兩人從墳後探眼相望，見兩邊各有十多人，提著油紙燈籠。雙方漸行漸近，東面的人擊掌三下，停一停，又擊兩下。西邊的人也擊掌三下，跟著又擊兩下，走近聚在一起，圍坐在一座大墳之前。所坐之處，與兩人相距十多丈，說話聽不清楚。青青好奇之心大起，想挨近去聽。袁承志拉住她衣袖，低聲道：「等一下。」青青道：「等甚麼？」袁承志搖手示意，叫她別作聲。青青等得很不耐煩。

約莫過了一盞茶時分，一陣疾風吹來，四下長草瑟瑟作聲，墳邊的松柏枝條飛舞。

承志右手托著青青右臂，左手摟住她腰，施展輕功，竟不長身，猶如腳不點地般奔出十多丈，到了那批人身後一座墳後伏下。這時風聲未息，那些人絲毫不覺，兩人一伏下，承志立即雙手縮回。青青心想：「他確是個志誠君子，但也未免太古板了些。」

這時和眾人相距已不過三丈，祇聽一個嗓子微沙的人道：「貴派各位大哥遠道而來，拔刀相助，兄弟萬分感激。」另一人道：「我師父說道，閔老師見招，本當親來，祇是他老人家臥病已一個多月，起不了床，因此上請萬師叔帶領我們十二弟子，來供閔老師差遣。」那沙嗓子的人道：「尊師龍老爺子的貴恙，只盼及早痊愈。此間大事一了，兄弟當親去雲南，向龍老爺子問安道謝。追風劍萬師兄劍法通神，威震天南，兄弟一見萬師兄駕到，心頭立即大石落地了。」一人細聲細氣的道：「好說，好說，只怕我們點蒼派不能給閔老師出甚麼力。」

袁承志心頭一震，想起師父談論天下劍法，曾說當世門派之中，峨嵋、崑崙、華山、點蒼，武林中稱為四大劍派。四派人材鼎盛，劍法中均有獨得之秘。其他少林、武當等派武學雖深，卻不專以劍術見稱。這姓萬的號稱追風劍，又是點蒼派高手，劍術必是極精的了。他千里迢迢來到金陵，不知圖謀甚麼大事。

只聽兩人客氣了幾句，遠處又有人擊掌之聲，這邊擊掌相應。過不多時，已先後來了三起人物，聽他們相見敘話，一起是山西五台山清涼寺的僧眾，由監寺十力大師率領；一起是浙閩沿海的海盜，由七十二島總盟主碧海長鯨鄭起雲率領；第三起是陝西秦嶺太白山太白派的三個盟兄弟，號稱「太白三英」的史秉光、史秉文、黎剛三人。

袁承志越聽越奇，心想這些都是武林中頂兒尖兒的人，都曾聽師父說起過他們的名頭，怎麼忽然聚到南京來？只聽那姓閔的不住稱謝，顯然這些人都是他邀來的。

青青早覺這夥人行跡詭秘，只想詢問承志，但耳聽得眾人口氣皆非尋常之輩，自己只要稍發微聲，勢必立讓察覺，因此連大氣也不敢透一口。

只聽得那姓閔的提高了嗓子說道：「承各位前輩、師兄、師弟千山萬水的趕來相助，義氣深重，在下閔子華實是感激萬分，請受我一拜！」聽聲音是跪下來叩頭。眾人忙謙謝扶起，都說：「閔二哥快別這樣！」「折殺小弟了，這那裏敢當？」武林中路見不平，拔刀相助，那是份所當爲，閔兒不必客氣。」

亂了一陣，閔子華又道：「這幾日內，崑崙派的張心一師兄，峨嵋派的幾位道長，華山派的幾位師兄也都可到了。」有人問道：「華山派也有人來嗎？那好極了，是誰的門下呀？」袁承志心想：「你問得倒好，我也正想問這句話。」閔子華道：「是神拳無敵門下的幾位師兄。」袁承志心道：「那是二師哥的門下了。」那人又問：「閔二哥跟歸二爺夫婦有交情麼？那好極啦，有他們夫婦撐腰，還怕那姓焦的奸賊甚麼？」

閔子華道：「歸氏夫婦前輩高人，在下怎夠得上結交？他大徒弟梅劍和梅兄，卻跟在下有過命的交情。」另一人道：「梅劍和？那就是在山東道上一劍伏七雄的『沒影子』了。」閔子華道：「不錯，正是他。」袁承志聽到這裏，登時釋然，心想既有本門中人參預，那定是正事，我且不露面，如有機緣，不妨暗中相助。

又聽閔子華道：「先兄當年遭害身亡，兄弟十多年來到處訪查，始終不知仇家是

誰。現下幸蒙太白山史氏昆仲見告，才知害死先兄的竟是那姓焦的奸賊。此仇不報，誓不爲人！」語氣悲憤，又聽嗆的一聲，想是用兵器在墓碑上重重一擊。

一個蒼老的聲音說道：「那鐵背金鰲焦公禮是江湖上有名的漢子，金龍幫名聲向來也並不壞，料不到竟做出這等事來。史氏昆仲不知那裏得來的訊息？」言下似乎頗有懷疑。

閔子華不等史氏兄弟答腔，搶著說道：「史氏昆仲已將先兄在山東遭難的經過，詳細跟晚輩說了，那是有憑有據的事，十力大師倒不必多疑。」

另一人道：「焦公禮在南京數十年，根深柢固。金龍幫人多勢眾，雖然沒聽說有甚麼了不起的高手，畢竟是地頭蛇，咱們這次動他，可要小心了。」閔子華道：「正是如此。小弟自知獨力難支，是以斗膽遍邀各位好朋友的大駕。明天酉時正，兄弟在大功坊舍下擺幾席水酒，跟各位洗塵接風，務請光臨。」眾人紛紛道謝，都說：「自己人不必客氣。」

閔子華道：「這次好朋友來的很多，難保對頭不會發覺。明日各位駕到，請向在門口接待的兄弟伸出右手中指、無名指、小指三個指頭作一下手勢，輕輕說一句：『江湖義氣，拔刀相助』，以免給金龍幫派人混進來摸了底去。」

眾人都說正該如此，助拳者來自四方，多數互不相識，以後對敵，都以這手勢和暗號爲記。眾人說罷正事，又談了一會李自成、張獻忠等各地義軍和軍官打仗的新聞，便陸續散了。

待眾人去遠，袁承志和青青才躺下來休息。青青蹲著良久不動，這時腳都麻了，說道：「大哥，咱們明兒瞧瞧熱鬧去。」袁承志道：「瞧瞧倒也不妨。可是須得聽我的話，不許鬧事。」青青道：「誰說要鬧事了啊？要鬧事也只跟你鬧，不跟人家鬧。」

次日中午，馬公子被殺的消息在南京城裏傳得沸沸揚揚。袁承志和青青整天躲在客店不出。傍晚時分，兩人換了衣衫，改作尋常江湖漢子的打扮，踱到大功坊去。那宅第甚大，但牆垣殘舊、階石斷缺，門口略作修整粉刷，看來也是急就章，頗為草草。

承志和青青走到門口，伸出三指一揚，說道：「江湖義氣，拔刀相助。」一個身穿長袍的人連連拱手，旁邊一個壯漢陪他們進去，獻上茶來，請教姓名。承志和青青隨口胡謅兩個名字。那壯漢道：「久仰久仰，兄弟在江湖上久聞兩位大名。」青青肚裏暗笑，心想：「這大名連我們自己也還是今日初次聽到，你倒久聞了。」不久客人越來越多，那壯漢見兩人年輕，料想必是那一派中跟隨師長而來的弟子，也不如何看重，說了聲「失陪」，招呼別人去了。不一會開出席來，承志和青青在偏席上坐了，陪席的是仙都派的一個小徒弟，同席的都是些後輩門人，也沒人來理會他們。

酒過三巡，閔子華到各席敬酒，敬到這邊席上時，承志見他約莫三十歲左右年紀，手上青筋凸起，一臉剽悍之色，舉止步武之間，顯得武功不低。他雙目紅腫，料是想起兄長被害之仇，連日悲傷哀哭。承志心想：「此人篤於手足之情，甚是可敬。他大舉邀朋集友，想來那姓焦的仇人和甚麼金龍幫聲勢定然不小。」

270

閔子華先向眾人作了三揖，連聲道謝後敬酒。席上眾人都是晚輩，全都離席還禮。

閔子華敬完酒歸座，剛坐定身，一名弟子匆匆走到他身邊，俯耳說了幾句。閔子華滿臉喜色，便即出去，不多一會，恭恭敬敬的陪著三人進來，到首席上坐下。

袁承志見了閔子華的神氣，料知這三人來頭不小，仔細看了幾眼。見頭一人儒生打扮，背負長劍，雙眼微翻，滿臉傲色，大模大樣的昂首直入。第二人是個壯漢，形貌樸實。第三人卻是個二十二三歲的高瘦女子，相貌頗美，秀眉微蹙，杏眼含威。

閔子華大聲說道：「梅大哥及時趕到，兄弟實在感激之至。」那儒生道：「閔二哥的事，兄哥豈有不來之理？」袁承志心道：「原來這人便是二師哥的弟子梅劍和，怎地神態如此傲慢？」只聽梅劍和道：「我給你多事，代邀了兩個幫手。這是我三師弟劉培生，這是我五師妹孫仲君。」閔子華道：「久仰五丁手劉兄與孫女俠的威名，兄弟萬分有幸。」他沒說孫仲君的外號。原來這外號不大雅致，叫作「飛天魔女」。閔子華又給十力大師、太白三英、鄭起雲、萬里風等眾人引見。各人互道仰慕，歡呼暢飲。

酒意漸酣，閔家一名家丁拿了一張大紅帖子進來，呈給主人。閔子華一看，臉色立變，乾笑數聲，說道：「焦老兒果然神通廣大，咱們還沒找他，他倒先尋上門來啦。梅大哥，你們剛到，他竟也得到了消息。」

梅劍和接過帖子，見封面上寫著：「後學教弟焦公禮頓首百拜」幾個大字，翻了開來，裏面寫著閔子華、十力大師、太白三英等人姓名，所有與宴的成名人物全都在內，連梅劍和等三人的名字也加在後面，墨瀋未乾，顯是臨時添上去的。帖中邀請諸人明日

271

中午到焦宅赴宴。梅劍和將帖子往桌上一擲，說道：「焦老兒這地頭蛇也真有他的，訊息靈通之極。咱們夠不上做強龍，可是這地頭蛇也得鬥上一鬥。」

閔子華道：「送帖來的那位朋友呢？請他進來吧！」那家丁應聲出去。眾人停杯不飲，目光一齊望向門口。只見那家丁身後跟著一人，三十歲左右年紀，身穿長袍，緩步進來，向首席諸人躬身行禮，跟著抱拳作了四方揖，說道：「我師父聽說各位前輩駕臨南京，明天請各位過去敘敘，我師父好向各位致敬。吩咐弟子邀請各位大駕。」

梅劍和冷笑道：「焦老兒擺下鴻門宴啦！」轉頭對送請帖的人道：「喂，你叫甚麼名字？」那人聽他言語無禮，但仍恭謹答道：「弟子羅立如。」梅劍和喝道：「焦公禮邀我們過去，有甚麼詭計？你知道麼？」羅立如道：「家師聽得各位前輩大駕到來，十分仰慕，想和各位見見，得以稍盡地主之誼，以表敬意。」

梅劍和道：「哼，話倒說得漂亮。我問你，焦公禮當年害死閔老師的兄長閔大爺，你在不在場？」羅立如道：「家師說道，明日請各位過去，一則是向各位前輩表示景仰之意，二則是要向閔二爺賠話謝罪。盼閔二爺大人大量，揭過了這個樑子。」

梅劍和喝道：「賠話謝罪就成了麼？」羅立如道：「這件事的前因後果，家師說實有難言之隱，牽涉到名門大派的聲名，因此……」

孫仲君突然尖聲叫道：「你胡扯些甚麼？我師哥問你，當時你是不是在場？」羅立如道：「弟子那時候年紀還小，尚未拜入師門。但我師父向來爲人謹慎正派，決不致濫殺無辜……」

孫仲君喝道：「好哇，你還強嘴！依你說來，閔大爺是死有餘辜了？」喝叫聲中，她突然飛鳥般縱了出來，右手中已握住了明晃晃的一柄長劍，左手出掌向羅立如胸口按到。羅立如大吃一驚，右臂一招「鐵門閂」，橫格她這一掌急按。

袁承志低聲道：「糟了！他右臂不保……」話未說完，只聽得羅立如大聲慘叫，一條右臂果真已給利劍斬落，鮮血直噴。廳中各人齊聲驚呼，都站了起來。

羅立如臉色慘白，但居然並不暈倒，左手撕下衣襟，在右肩上一纏，俯身拾起斷臂，大踏步走了出去。眾人見他如此硬朗，不禁駭然，面面相覷，說不出話來。

孫仲君拭去劍上血跡，還劍入鞘，神色自若的歸座，舉起酒杯一飲而盡。這一劍乾淨利落，出手快極，可是廳上數百人竟沒一人喝采，均覺不論對方如何不是，卻也不該這般辣手對待前來邀客的使者。連閔子華於震驚之下，也忘了叫一聲好。孫仲君心下甚不樂意。

閔子華道：「這人如此兇悍，足見他師父更加奸惡。咱們明日去不去赴宴？」

萬里風道：「那當然去啊。倘若不去，豈非讓他小覷了。」鄭起雲道：「咱們今晚派人先去踩踩盤子，摸個底細，瞧那焦公禮邀了此甚麼幫手，金龍幫明天有甚麼鬼計，是否要在酒菜中下毒。有備無患，免得上當。」

閔子華道：「鄭島主所見極是。我想他們定然防備很緊，倒要請幾位兄長辛苦一趟才好。」萬里風道：「小弟來自告奮勇吧！」閔子華站起來斟了一杯酒，捧到他面前，說道：「兄弟先敬一杯，萬大哥馬到成功。」兩人對飲乾杯。

273

筵席散後，各人紛紛辭出。袁承志拉拉青青的手，和她悄悄跟隨萬里風。這時已初更時分，只見他回客店換了短裝，向東而去。兩人遠遠跟著，見他轉彎抹角的穿過七八條街道，繞到一所大宅第後面，逕自竄進。

袁承志見他身法極快，心想：「倒也不枉了『追風劍』三字。」兩人隨後跟進，見一間房中透著燈光，在窗縫中張去。見室中坐著三人，朝外一人五十多歲年紀，臉頰紅潤，額頭全是皺紋，眉頭緊鎖，憂形於色。

只聽那人嘆了一口氣道：「立如怎樣了？」下首一人道：「羅師哥暈過去了幾次，現下血是止住了。」袁承志聽兩人口氣，料想這老者便是焦公禮，師徒們在談羅立如的傷勢。

又聽另一人道：「師父，咱們最好派幾名兄弟在宅子四周巡查，只怕對頭有人來踩盤子。」焦公禮嘆道：「查不查都是一樣，我是認命啦！明天上午，你們送師娘、師妹和小師弟到徐州吳家去。」那徒弟道：「師父！對頭雖然厲害，你老人家也不必灰心。本幫單在南京城裏就有兩千多兄弟，大夥兒一起跟他們拚個死活，怕他們怎的？」

焦公禮嘆道：「對頭邀的都是江湖上頂兒尖兒的好手，幫裏這些兄弟跟他們對敵，只是白送性命……唉，我死之後，你們好好侍奉師娘。師弟和師妹，都要靠你們教養成人了。」說著不禁流下淚來。一個徒弟道：「師父快別這麼說，你老人家一身武功，威鎮江南，就算不勝，也決不致落敗。咱們二十五名師兄弟，除了羅師哥之外，還有二十

274

四人。真的打不贏，你老交遊遍天下，廣邀朋友，跟他們再拚過。他們有好朋友，難道咱們就沒有？」

焦公禮道：「當年我血氣方剛，性子也是跟你一般暴躁，以致惹了這場禍事。現下我讓他們殺了，還了這筆血債，也就算了。」袁承志和青青均感惻然，心想：這焦公禮似乎也非窮兇極惡之輩，當年做錯了事，現下卻已誠心悔過。

過了一會，聽得一名徒弟叫了聲：「師父！」焦公禮道：「怎麼？」那人道：「師父既不願跟他們對敵，那們咱們連夜動身，暫且避他們一避。大丈夫能屈……」另一人急道：「那怎麼成？師父一世英名，難道怕了他們？」焦公禮道：「甚麼英名不英名，我也不在乎了，不過避是避不掉的。再說，金龍幫的幫主這麼縮頭一走，幫中數千兄弟，今後還能挺直腰背做人嗎？明天一早，你們大家都走。我一人留在這裏對付他們。」

兩個徒弟都急了起來，齊聲道：「我留著陪師父。」焦公禮怒道：「怎麼？我大難臨頭，你們還不聽我話嗎？」兩個徒弟不敢言語了。焦公禮道：「你們去幫師娘收拾收拾，瞧車子套好了沒有？也不用帶太多東西，該儘快上路要緊。」兩人嘴裏答應，卻只站著不動。焦公禮道：「也好，去叫大家進來！」

兩人答應了，開門走出。袁承志和青青忙在牆角一縮，一瞥之下，見西邊牆角有兩人伏著，看身形一個是追風劍萬里風，另一個身材苗條，是個女子，正是孫仲君。

袁承志惱她先前出手歹毒，要懲戒她一下，悄聲對青青道：「你在這裏，可別動！」青青身子輕擺，低聲道：「我偏要動幾動。」袁承志微笑，伏低了身，見萬里風與孫仲

275

君正凝神裏瞧，便悄沒聲的從孫仲君身旁掠過，隨手已把她腰間佩劍抽出。這一下手法輕極快極，只長劍出鞘時一聲輕響，孫仲君全神貫注的瞧著焦公禮，竟沒察覺。承志回到青青身邊。青青見他偷了人家大姑娘的佩劍，頗為不悅。承志把劍遞了給她，低聲道：「你收著！」青青這才高興，將劍插入後腰腰帶。

兩人又從窗縫中向室內張望，只見陸續進來了二十多人，年長的已近四旬年紀，最年輕的卻只十六七歲，想來都是焦公禮的徒弟了。眾徒弟向師父行了禮，垂手站立，人臉上均有氣憤之色。

焦公禮臉色慘然，說道：「我年輕時身在綠林，現時也不必對大家相瞞了。」袁承志見眾徒臉現詫異，心想原來他們均不知師父的身世經歷。

焦公禮嘆了口氣，說道：「眼下仇人找上門來，我要跟大家說一說結仇的緣由。

「那一年我在雙龍崗開山立櫃，弟兄們報說，山東省東兗道丘道台年老致仕卸任，帶同了家眷回籍，要從雙龍崗下經過，油水很多。咱們在綠林的，吃的是打家劫舍的飯，遇到貪官污吏，那是最好不過，一來貪官搜刮得多了，劫一個貪官，勝過劫一百個尋常客商。二來劫貪官不傷陰騭，他積的是不義之財，拿他的銀子咱們是心安理得。不過打聽護送他的，卻是個大有來頭的人物，是山東濟南府會友鏢局的總鏢頭閔子葉，那就是閔子華的兄長了……」

聽到這裏，袁承志和青青已即恍然，心想：「雙方的樑子原來是這樣結的，焦公禮要劫財，閔子葉要保鏢，爭鬥起來，閔子葉不敵被殺。」

袁承志一面傾聽室內焦公禮的說話，一面時時斜眼察看萬里風與孫仲君的動靜。忽見孫仲君伸手到腰間一摸，突然跳起，發現佩劍讓人抽去，忙向萬里風作了個手勢，兩人不敢再行逗留，越牆走了。

袁承志暗暗好笑，再聽焦公禮說下去：「……閔子葉在江湖上頗有名望，是仙都派的高手……」袁承志暗暗點頭，心道：「原來閔氏兄弟是仙都派的。聽師父說，仙都派是內家正宗，淵源於武當，可說是武當派旁支。掌門人素愛結交，跟各門各派廣通聲氣。怪不得閔子華一舉便邀集了這許多能人。」

焦公禮道：「我一聽之後，倒不敢貿然動手了，於是親自去踩盤。那天晚上在客店中察看他們行蹤，卻聽到了一件氣炸人肚子的事。

「原來閔子葉那人貪花好色，見丘道台的二小姐生得美貌，便定下了計謀。他暗中與飛虎寨的張寨主約好，叫他在飛虎寨左近下手，搶劫丘道台，閔子葉假裝奮力抵抗，終於寡不敵眾，由張寨主殺死丘道台全家，搶走財物，將二小姐擄去。閔子葉然後孤身犯險，將二小姐救出來。所有財物，全歸飛虎寨。丘二小姐家破人亡，無依無靠，又是感恩圖報，自然會委身下嫁於他。張寨主要討好閔子葉，又貪圖財寶，答應一切遵命。兩人在密室中竊竊私議，都教我聽見啦。我惱怒異常，回去招集弟兄，埋伏飛虎寨之旁，到了約定的時候，丘道台一行人果然到來……」

這番言語實大出袁承志意料之外，只聽焦公禮又道：「那時我想咱們武林中人，雖然窮途落魄，陷身黑道，做這沒本錢買賣，但在色字關頭上總要光明磊落，才不失好漢

子行徑。那知這閔子葉如此無恥。他是名門正派的弟子，江湖上也算得頗有名望，身爲總鏢頭，卻做這等勾當。我眼見張寨主率領了嘍囉前來搶劫，閔子葉卻裝腔作勢，大聲叱喝，揮劍亂七八糟的假打，不由得火氣直冒，就跳將出來跟他動手。閔子葉劍法果然了得，本來我不是他對手，但我叫破了他鬼計，把他的圖謀一五一十都叫了出來。他羞憤交加，沉不住氣，終於給我一刀砍死……」

一個徒弟叫了起來：「師父，這人本該殺，咱們何必怕他們？等明日對頭來了，大家抖開來說個明白，就算他兄弟定要報仇，別的人也不見得都不明是非。」

袁承志心想：「不錯啊，要是這姓焦的果眞是路見不平，殺了閔子葉，武林中自有公論，只怕他這番話只一面之詞，未必可信，又或不盡不實，另有隱情。」

焦公禮嘆了口氣，道：「我殺了那姓閔的之後，何嘗不知闖了大禍。他是仙都派中響噹噹的角色，他師父黃木道人決不能干休，勢必率領門下眾弟子向我尋仇，我便有三頭六臂也抵擋不住。幸好我手下把那張寨主截住了，我逼著他寫了一張伏辯，將閔子葉的奸謀清清楚楚的寫在上面。

「那丘道台自然對我十分感激，送了我二千兩銀子。我說本來是要搶光了你的，現下難得強盜發善心，做了一件行俠仗義之事，索性連一兩銀子也不收你的。丘道台千恩萬謝，寫了一封謝書，言明詳細經過，還叫會友鏢局隨同保鏢的兩個鏢頭簽名畫押，作個見證。這兩個鏢頭本來並不知情，聽張寨主和飛虎寨其餘盜夥說得明白，大罵閔子葉無恥，說險此給他賣了，說不定性命也得送在這裏，反而向我道勞，很套交情。

「我做了這件事後，知道不能再在黑道中混了，於是和眾兄弟散了伙，拿了那兩封信，上仙都山龍虎觀去見黃木道人。

「那時仙都派門人已得知訊息，不等我上山，中途攔住了我就跟我為難，大家氣勢洶洶，也不容我分辯。幸虧一位江湖奇俠路過見到，拔劍相助，將我護送上山，和黃木道長三對六面的說了個清楚。那黃木道長很識大體，約束門人，永遠不得向我尋仇。但為了仙都派的聲名，要我不可在外宣揚此事。我自然答應，下山之後，從此絕口不提，因此這事的原委，江湖上知道的人極少。那時閔子葉的兄弟閔子華年紀幼小，多半不知內情，仙都派的門人自然也不會跟他說。」

一名門徒道：「師父，那兩封信你還收著麼？」

焦公禮搖頭道：「這就要怪我瞎了眼珠、不識得人了。去年秋天，有朋友傳話給我，說閔子葉的兄弟在仙都派藝成下山，得知我是他殺兄仇人，要來報仇。後來我打探出來，太白三英跟閔子華交情不差。他們是我多年老友，雖然已有十幾年不見面，但大家年輕時在綠林道上是一起出死入生過的。於是我便去找三英中的史家兄弟……」

一名門徒插嘴道：「啊，師父去年臘月趕去陝西，連年也不在家裏過，就為這事了？」

焦公禮道：「不錯。我到了陝西秦嶺太白山史家兄弟家裏，滿想寒天臘月，哥兒倆一定在家，那知並不見人，卻原來上遼東去了，說是去做一筆大買賣。我在他們家等了十多天，史秉光、秉文兄弟才回來，老朋友會面，大家十分歡喜。我把跟閔家結仇的事

一說。史老大當場即拍胸膛擔保沒事。我把丘道台的信與張寨主的伏辯都給了他。兩兄弟都說，只要去閔子華一看，閔老二那裏還有臉來找我報仇，只怕還要找人來賠話謝罪，求我別把他兄長的醜事宣揚出去呢。他兄弟對我殷勤招待，反正我沒甚麼要緊事，天天跟他們一起打獵、聽戲。他兄弟從遼東帶來了不少人參、貂皮，送了我一批。

「有一日三人喝酒閒談，史老大忽說大明的氣數已完，咱哥兒們都是一副好身手，為甚麼不投效明主，做個開國功臣？我說去投闖王，幹一番事業，倒也不錯。他哈哈大笑，說李自成是土匪流寇，成得甚麼氣候。眼見滿清兵勢無敵，指日入關，要是我肯投效，他可在滿清九王爺面前力保。我一聽之下，登時大怒，罵他們忘了自己是甚麼人，怎麼好端端的大明豪傑，竟去投降韃子？那豈不是去做不要臉的漢奸？死了之後也沒面目去見祖宗。」

袁承志暗暗點頭，心想焦公禮這人雖出身盜賊，是非之際倒也看得明白，遇上了大事倒挺不含糊。

焦公禮道：「當時我拍案大罵，三人吵了一場。第二日史家兄弟向我道歉，史老大說昨天喝多了酒，不知說了些甚麼胡塗話，要我別介意。我們是多年老友，吵過了也就算了。他們一般的殷勤招待，再也不提此事。我在陝西又住了十多天，這才回南京。

「那知史家兄弟竟狼心狗肺，非但不去向閔子華解釋，反而從中挑撥，大舉約人，整整籌劃了半年。我可全給蒙在鼓裏，半點也沒得到風聲，一心只道史家兄弟已跟閔子華說明真相。突然間晴天霹靂，這許多武林中的一流高手到了南京。

「那兩封信史家兄弟多半不會給閔子華瞧。事情隔了這麼多年，當時在場的人不是死了，就已散得不知去向，任憑我怎麼分說，閔子華也不會相信。只怕他怒氣更大，反而會說我瞎造謠言，毀謗他已去世的兄長……我就是不懂，我和史家兄弟素來交好，就算有過一次言語失和，也算不了甚麼。何必這般處心積慮、大舉而來？瞧這番布置，不是明明要把我趕盡殺絕麼？到底我有甚麼事得罪了他們，實在想不出來。」

眾弟子聽了這番話，都氣惱異常，七張八嘴，決意與史家兄弟以死相拚。

焦公禮手一擺，道：「你們出去吧。今晚我說的話，不許漏出去一句。我曾在黃木道長面前起過誓，決不將閔子葉的事向外人洩漏。咱們是自己人，說一說還不打緊。寧可他們無義，我可不能言而無信。我死之後，誰都不許起心報仇，只須提到『報仇』二字，便是對我不住，金龍幫上下，務須遵依。」嘆了一口氣，道：「叫師弟、師妹來。」

眾門徒人人臉現悲憤之色，退了出去。

跟著門帷掀開，進來一個十六七歲少女，一個七八歲男孩。那少女容貌甚美，瓜子臉，高鼻樑，頗有英氣，臉有淚痕，叫了一聲「爹！」撲到焦公禮懷裏。

焦公禮輕輕撫摸她頭髮，半晌不語，那少女只抽抽噎噎的哭，那孩子睜大了眼睛，不知姊姊為甚麼傷心。焦公禮問：「媽媽東西都收拾好了嗎？」那少女點點頭。焦公禮道：「弟弟長大之後，你教他好好念書耕田，可是千萬別考試做官，也不要再學武了。」

那少女哭道：「弟弟要學武的，學好了將來給爹爹報仇。」

焦公禮怒喝：「胡說！你要把我先氣死嗎？『報仇』兩字，提也休提。」過了一

會，又柔聲道：「武林中怨怨相報，何時方了？不如做個安份守己的老百姓，得終天年。你弟弟資質不好，學武決計學不到我一半功夫。就算是我吧，今日也給人如此逼迫，不得善終……唉，只是沒見到你說好婆家，終是一椿心事未了……你跟大家說，我死之後，金龍幫的事，都聽副幫主高叔叔的吩咐。」那少女道：「我這就派人到鳳陽去找高叔叔來。」

焦公禮臉一沉，說道：「怎麼你還不明白我的心思？把高叔叔找來，他是火爆霹靂的性子，豈容別人欺我？這樣一來，勢不免大動干戈，不知要死傷多少人命。就算我逃得一條性命，讓幾百兄弟為我而死，於心何忍？你去吧！」抱起兒子，在他臉上親了親，微微一笑，道：「乖兒子，今後要聽姊姊的話。」

那孩子道：「是。爹爹，你為甚麼哭了？」焦公禮強笑道：「我幾時哭了？」將孩子放下地來，摸摸他頭頂，臉上顯得愛憐橫溢，似乎生死永別，甚是不捨。

焦姑娘淚流滿面，牽了兄弟的手出去，走到門口，停步回頭，道：「爹，難道你除了死給他們看之外，真的沒第二條路了？」焦公禮道：「甚麼路子我都想過了，如能不死，難道不想麼？唉！這當兒就只一人能救我性命，可是這人多半已去世了。」

焦姑娘臉上露出光采，忙走近兩步，道：「爹，那是誰？或許他沒死呢？」焦公禮道：「這位恩公姓夏，外號叫做金蛇郎君。」

袁承志和青青聽了，都大吃一驚。

焦公禮又道：「他是江湖上的一位奇俠，我殺閔子葉的原委，他知道得清清楚楚。」

當年仙都派十一名大弟子跟我爲難，全仗他獨力驅退，護送我上仙都山見黃木道人。現下黃木道人雲遊離山，多年來不知去向，料來早已逝世。聽說金蛇郎君十多年前遭人暗算，也已不在人世。我大恩不報，心中常覺不安。只要這人還活著……唉，你們去吧。」

焦姑娘神色淒然，走了出來。

袁承志向青青一作手勢，悄悄跟在兩人身後，來到一座花園，眼見四下無人，袁承志突然飛身搶上，叫道：「焦姑娘，你想不想救你爹爹？」

焦姑娘一驚，拔劍在手，喝道：「你是誰？」袁承志道：「要救你爹爹，就跟我來！」陡然躍起，輕飄飄躍出牆外。青青連續三躍，翻過牆頭。焦姑娘想不到說話那人的輕身功夫竟如此了得，實是從所未見，一怔之下，仗劍翻牆追出。

她追了一段路，起了疑懼之心，突然停步不追，轉身想回。剛回過身來，身旁一陣風掠過，腰裏的飄帶揚了起來，但覺手腕微麻，手指一鬆，長劍已讓袁承志奪了過去。

焦姑娘大驚，兵刃脫手，退路又給擋住，不知如何是好。袁承志道：「姑娘別怕，我要傷你，易如反掌。我是你家朋友。」說著雙手托劍，將劍還給了她。焦姑娘接了劍，點了點頭。

袁承志見她將信將疑，說道：「你爹爹眼下大難臨頭，你肯不肯冒險救父？」焦姑娘眼睛一紅道：「只要能救得爹爹，粉身碎骨，也所甘心。」袁承志道：「你爹爹爲人很好，寧可捨了自己性命，也不願大動干戈，多傷無辜。我要幫他個忙。」焦姑娘聽他說得誠懇，何況危難之中，只要有一絲指望，也決不放過，作勢要跪。

袁承志道：「姑娘且勿多禮，事情能否成功，我也沒十分把握。」焦姑娘只覺右臂給他輕輕一架，一股極大的力量托將上來，就此跪不下去，又對他多信了幾分。

袁承志道：「請你領我去府上，我要寫個字條給你爹爹。」焦姑娘道：「兩位請跟我來！」

三人越牆入內。焦姑娘引二人走進一間小書房中，拿出紙墨筆硯，磨好了墨，遠遠坐在旁邊，只見袁承志一揮而就，不知寫了些甚麼。青青在桌旁坐著，臉現詫異之色。

袁承志把紙箋摺了套入信封，用漿糊粘住了，交給焦姑娘，說道：「這信快去給你爹爹，但須答應我一件事。」焦姑娘道：「尊駕吩咐，自當遵命。」袁承志道：「你千萬不能對你爹爹說到我的相貌年紀。」焦姑娘奇道：「為甚麼？」袁承志道：「你一說，我就不能幫你忙了。」焦姑娘道：「好，我答應。」袁承志道：「明日卯時正，請你到水西門興隆客棧黃字第三號房來。我跟你商議怎生解除令尊的危難。但此事務須嚴守秘密。」焦姑娘點頭答應。袁承志一拉青青的手道：「好啦，咱們走吧！」

焦姑娘見兩人越牆而出，心中又是驚疑，又是歡喜。忙奔回父親臥房，見房門緊閉，她拍了幾下門，大叫：「爹爹，開門！」半天不聞聲息，心中大急，忙繞到窗邊，揮掌打斷窗格，越窗進去，只見焦公禮神色慘然，手舉酒杯正要放到唇邊。焦姑娘叫道：「爹！你看這信！」焦公禮木然一瞥，見紙上畫著一柄長劍，不由得全身大震，手一鬆，噹啷一聲，酒

道：「爹！你看這信！」焦公禮呆呆不語。焦姑娘拆開信封，抽出紙來，遞了過去。

284

杯在地下跌得粉碎。焦姑娘嚇了一跳。焦公禮卻滿臉喜色，雙手微微發抖，連問：「這是那裏來的？誰給你的？他……他來了麼？真的來了麼？」焦姑娘湊近看時，見紙上沒寫一字，只畫著一柄長劍。劍身曲折如蛇，劍尖是個蛇頭，蛇舌伸出，分成兩叉。

她不知何以父親一見此劍，竟然如此喜出望外，問道：「爹，這是甚麼？」焦公禮道：「只要他一到，爹爹的老命就有救了，你見到了他麼？」焦姑娘道：「誰呀？」焦公禮道：「畫這柄劍的人。」焦姑娘點點頭，道：「他叫我明天再去找他。」焦公禮道：「有沒有要我也去？」焦姑娘道：「他沒說起。」焦公禮道：「這位奇俠脾氣古怪，咱們不可不遵他吩咐。明天你一個人去吧！唉，你遲來一刻，爹爹就見你不到了。」

焦姑娘心中一驚，才明白原來剛才酒杯中盛的竟是毒藥，忙拿掃帚來掃去，服侍父親睡下。

焦夫人與眾弟子聽說到了救星，雖想不論他武功如何了得，以一人之力，終究難與對方這許多高手相抗，但焦公禮既如此放心，必有道理，登時都大為喜慰。焦公禮要他們四散避難，大家本來不願，現下自然都不走了。

袁承志和青青從焦家出來，青青問道：「你畫這柄劍是甚麼意思？」袁承志道：「焦公禮說世上只有你爹爹一到，才能救他性命。我畫的就是你爹爹用的金蛇劍。」青青點頭不語，過了一會問道：「你為甚麼要救他？」袁承志道：「那焦公禮不是壞人，給朋友賣了，逼成這樣子，難道見死不救？何況他又是你爹爹的朋友。」

青青笑道：「嗯，我還道你見他女兒生得美貌，想討好這個大姑娘。」袁承志怒

道：「你當我是甚麼人？」青青笑道：「啊喲，別發脾氣，幹麼你又約她到客店來找你？」承志笑道：「你這小心眼兒真是不可救藥，別囉唆啦，快跟我來。」

青青嗤的一笑，跟著他向西而行。不多時來到大功坊閔子華的宅第。

兩人越牆進內，躲在牆角，察看動靜，袁承志低聲道：「屋裏不知住著多少高手，一給發覺，咱們的事就幹不成啦。」青青低聲笑道：「你要幫那美貌姑娘，我可不許，偏偏要跟你搗蛋。我要大叫大嚷啦！」袁承志一笑，不去理她。

過了一會，見無異狀，兩人悄悄前行，抓住一個男僕，問明了史氏兄弟住宿的所在。袁承志把他點了啞穴，拋入樹叢，來到史氏兄弟臥房窗外，悄沒聲的捏斷窗格，躍了進去。史氏兄弟也甚了得，立即驚覺，正待喝問，雙雙已給點中穴道。

袁承志晃亮火摺，點了蠟燭，和青青在枕頭下、抽屜中、包裹裏到處搜檢，見到的卻只是些衣物銀兩、兵刃暗器。正要再查，忽聽房外腳步輕響，袁承志忙吹熄燭火，伸手在史氏兄弟衣袋中一摸，都是些紙片信札之類，心中大喜，盡數取出，放入懷裏，悄聲道：「走吧，外面好像有人。」袁承志道：「等一下。」拿起史氏兄弟的一把匕首，黑暗中在桌面上劃了「焦公禮拜上」五個大字。

猛聽得門外有人喝問：「甚麼人？」兩人忙從窗中躍出，隨即翻過牆頭，只聽得擊掌之聲四下響動，此擊彼應，知道對方布置周密，高手內外遍伏，不敢貿然闖出，兩人蹲在牆腳邊不動，只聽得屋頂有人來去巡邏。

青青忽然低聲道：「這是甚麼？」拿住他手，牽引到牆腳邊。袁承志手指摸去，牆

286

腳青苔下似乎刻得有字，手指順著這字筆劃中的凹處寫去，彎彎曲曲的是個篆文。他不識得篆字，悄聲問道：「甚麼字？」青青道：「是」第一字，「第」字。

再向上摸去，又是一字，青青跟他說是個「賜」字。上面是個「公」字，再上是個「國」字，最後一字筆劃極多，青青說是「魏」字。袁承志心中將這五字自上而下的連接起來，竟是「魏國公賜第」。

尋訪了十多天而毫無影蹤的魏國公府，豈知就是對方的大本營所在，正是「踏破鐵鞋無覓處，得來全不費功夫」了。這幾個字字跡斑剝，年代已久，爲苔蘚所遮，定是徐大將軍後人將宅子出賣了，數代之後，輾轉易手，再也無人得知。袁承志心中正喜，忽覺頸頸中癢癢的，原來是青青在呵氣，想是她找到了魏國公府，樂極忘形。袁承志一縮，低聲喝道：「別頑皮！」聽得西首掌聲漸向南移，說道：「走吧！」兩人從西首疾奔而出，回到客店。

其時已是四更時分，青青點亮蠟燭。袁承志取出信件，揀了兩通顏色黃舊的信來，抽出一看，果然是張寨主的伏辯與丘道台的謝函。

青青笑道：「你這一下救了她爹爹多性命，不知她拿甚麼來謝你？」袁承志愕然道：「甚麼她？」青青嘻嘻一笑，道：「焦公禮的大小姐哪！」袁承志向她扁嘴，不去理她，細細看了兩通書信，說道：「那焦公禮說的，確是句句眞話，要是他另有私弊，那我就袖手不管了，何必去得罪這許多江湖上的前輩？何況其中還有二師哥的弟子。」

青青似笑非笑的道：「那個飛天魔女倒很美啊。」袁承志道：「這女子心狠手辣，

287

作事不當，毫沒來由把人家一條臂膀砍了下來。」沉吟道：「若不是怕二師哥見怪，我倒真要出手管上一管。我要焦姑娘到這裏來找我，是怕露出了形跡。要是我們同門師兄弟之間有了嫌隙，那就對不起師父養育之恩了。」青青見他神色蕭然，不敢再開玩笑。

袁承志又打開另外幾封信來一看，不覺大怒，叫道：「你看。」

青青從來沒見過他如此憤怒，以往他即使在臨敵之際，也是雍容自若，這時忽見他滿臉脹得通紅，額頭上一條青筋猛凸起來，不禁嚇了一跳，忙接過來看。原來是滿清九王多爾袞的記室寫給史氏兄弟的密函，吩咐他們殺了焦公禮後，乘機奪過金龍幫來，先在江南樹立勢力，刺探消息，聯絡江湖好漢，待清兵大舉入關之時，便在南方起事作為內應。信末蓋了兩個大大的朱印，青青識得上面一個是「大清睿親王」五字隸文，下面是「多爾袞」三字的篆文。

青青一時呆住了說不出話，越想越怒，就要扯信。袁承志一把搶住，道：「扯不得！」青青登時醒悟，道：「不錯，這是天大的證據。」

袁承志道：「你想史氏兄弟拿到焦公禮那兩封信後，幹麼不毀去？」青青道：「他們要用來挾制閔子華！」袁承志道：「定是這樣。我本想救了焦公禮後，就此袖手不管。那知這中間另有這麼個大奸謀。別說得罪二師哥，再大的來頭，我也不怕！」

青青瞧著他，目光中流露仰慕的神色，說道：「咱們當然要管，就算二師哥告到你師父那裏，他老人家也一定說是你對……咱們去請你那大師哥來，要他用鐵算盤來二一添作五的算一算，到底你有理，還是你二師哥有理。」袁承志笑道：「好啦，你快去睡

吧。我得好好想一想，怎生來對付這批奸賊。」青青微笑道：「我坐在你身邊，陪著你想。」袁承志搖搖頭，青青一笑回房。

次日早晨，袁承志起身後坐在床上打坐，調勻呼吸，意守丹田，一股內息在全身百穴運行一遍，從小腹下直暖上來，自覺近來功力精進，頗為欣慰。

下得床來，見桌上放了兩碗豆漿，還有一碟大餅油條。忽聽青青嘻嘻一笑，從門後鑽了出來，笑道：「老和尚，打完了坐嗎？」袁承志笑道：「你倒起得早。」

兩人剛吃完早點，店小二引了一個人進來，口中嘮嘮叨叨的道：「是找這兩位吧？問你找姓甚麼的，又說不知道。」袁承志連忙還禮。青青拉著她手，扯了起來。

焦姑娘見這美貌少年拉住自己手，羞得滿臉通紅，但他們有救父之恩，不便掙脫，過了一會，才輕輕縮手。青青道：「焦姑娘，你叫甚麼名字？」焦姑娘道：「我叫宛兒。兩位貴姓？」青青向袁承志一指，笑道：「他凶得很，不許我說，你問他吧。」

焦宛兒知是說笑，微微一笑，斂容道：「兩位救了我爹爹性命，大恩大德，粉身難報。」袁承志道：「令尊是江湖前輩，俠義高風，令人欽佩。晚輩稍效微勞，不足掛齒。姑娘回去稟告令尊，請他今日中午照常宴客。這裏兩包東西，請你交給令尊。在緊急關頭當眾開啟，必有奇效。這兩包東西事關重大，須防有人半路劫奪。」

焦宛兒見一個是長長包裹，份量沉重，似是包著兵刃，另一包卻是輕輕的一個小

289

包，雙手接過，又再拜謝。

等她走出店房，袁承志道：「咱們暗中隨後保護，別讓壞蛋奪回去。」帶上房門出去，只見焦宛兒坐在客廳之中。兩人疾忙縮身，微覺奇怪，不知她何以還在客店逗留。

只聽焦宛兒朗聲說道：「叫掌櫃的來。金龍探爪，焦雷震空！」袁承志奇道：「她說甚麼？」青青低聲道：「多半是他們幫裏的切口。」那店小二本來盛氣凌人，聽得這話，一呆之下忙躬身答應：「是，是。」掌櫃過來，呵了腰恭恭敬敬的道：「姑娘有甚麼吩咐，小的馬上去辦。」焦宛兒道：「我是焦大姑娘。你到我家去，說我有要緊事，請師哥們都來。」那掌櫃聽得是焦大姑娘，更加嚇了一跳，騎上快馬，親自馳去。只一頓飯功夫，店外湧進二十多名武師來，手中都拿兵刃，擁著焦宛兒去了。

袁承志道：「金龍幫在這裏好大聲勢。咱們不必跟去了，待會到焦家吃酒去吧。」

兩人閒談一會，午時將到，慢慢踱到焦府，見客人正陸續進門。承志和青青隨眾入內。走到門口，焦公禮和兩人相互一揖，他只道這兩人是對方的門人小輩，也不在意。

等客人到齊，已然過午，開出席來，一番勢派，與閔子華請客時又自不同。金龍幫財雄勢大，這次隆重宴客，桌椅都蒙了繡金紅披，席上細瓷牙筷，菜肴精致異常，自少不了南京名肴鹽水鴨子，作菜的是南京名廚，酒壺中斟出來的都是胭脂般的陳年紹酒。

閔子華和十力大師、鄭起雲、崑崙派名宿張心一、梅劍和、萬里風、劉培生、孫仲君等坐在首席，焦公禮親自相陪，殷勤勸酒。梅劍和等卻不飲酒，只瞧著閔子華臉色。

290

閔子華突然提起酒杯，擲在地下，啪的一聲，登時粉碎，喝道：「姓焦的，今日武林中的好朋友們，都賞臉到這裏來啦。我的殺兄之仇如何了結，你自己說吧。」

他開門見山的提了出來，焦公禮一時倒感難以回答。

他大弟子吳平站了起來，說道：「閔二爺，你那兄長見色起意，敗壞武林中的規矩，我師父……」他話未說完，驀地裏一股勁風射向面門，急忙側頭，登的一枚五寸長的三角鋼釘釘在桌面。吳平見這鋼釘是孫仲君所發，怒氣勃發，拔出單刀，叫道：「好哇，你暗算我羅師弟，傷了他臂膀，你這婆娘還想害人！」搶上去就要斷拚。

焦公禮急忙喝止，斥道：「貴賓面前，不得無禮。」轉頭向孫仲君笑道：「孫姑娘是華山派高手，何必跟小徒一般見識……」

閔子華紅了眼，抓起身前一雙筷子，對準焦公禮眼中擲去，喝道：「今日跟你這老賊拚了。」焦公禮也伸出筷子，輕輕挾住迎面飛來的兩隻筷子，放在桌上，說道：「閔二爺怎地偌大火氣，有話慢慢好說。來人哪，給閔二爺拿雙乾淨筷子來。」閔子華見他武功了得，暗暗吃驚，心道：「怪不得我哥哥命喪他手。」

梅劍和見閔子華輸了一招，疾伸右手，去拉焦公禮手膀，說道：「焦幫主好本事，咱哥兒倆親近親近。」焦公禮見他手掌來得好快，身子略偏，避了開去。梅劍和一把抓住椅背，喀喇一聲，椅背上橫木登時斷了。

焦公禮見對方越逼越緊，閔方諸人有的摩拳擦掌，有的抽出了兵器，自己這邊的幫眾門徒也都嚴行戒備，雙方羣毆一觸即發，而那金蛇郎君還沒到來解圍，眼見情勢危

急，雙方一動上手，那就不知要傷折多少人命了，於是向女兒使個眼色。

焦宛兒捧著那兩個包裹，早已心急異常，見到父親眼色，立即打開長形包裹，只見包裹是一柄長劍，托過來放在父親面前。

焦公禮見了那劍，不知是何用意，正自疑惑，孫仲君已見到是自己兵刃，不禁羞怒交集，搶過去一把抓起，罵道：「有本事的，大家明刀明槍的比拚一場。偷人東西，算甚麼英雄好漢？」焦公禮愕然不解，孫仲君跨上兩步，劍尖青光閃閃，向他胸口疾刺過去。

袁承志讓焦公禮交還孫仲君的長劍，只道她體念昨晚自己手下留情，心中感激，今日必可從中出力調解息爭，那知她竟反而兇狠橫蠻，甚爲惱怒。

焦公禮見對方劍招狠辣，疾退兩步，一名弟子把他的折鐵刀遞了上來。焦公禮接在手中，並不還招。但孫仲君出手甚快，一劍刺空，跟著劍尖抖動，又刺向他咽喉。孫仲君劍身下沉，似是避開刀砍，那知沉到下盤，突然迅如閃電的翻上，急刺對方小腹。這招快極準極，饒是焦公禮在這把折鐵刀上沉浸數十年，也已不及迴刀招架，急忙中縱身躍起，從旁人頭頂竄出，這才避過利劍破腹之厄，但嗤的一聲，褲腳管終於爲劍尖劃破。

他心中暗叫：「好險！」回頭瞧她是否繼續追來，一瞥之下，不由得大喜過望，但見女兒手中托著的，正是給太白三英騙去的那兩封信。

這時他兩名徒弟已揮刀攔住孫仲君。兩人深恨她壞了羅師哥的手膀，刀風虎虎，捨

292

命相撲。孫仲君嘴角邊微微冷笑，左手叉在腰裏，右手長劍隨手揮舞，登時便把這兩個大漢逼得手忙腳亂，團團亂轉。焦公禮接過信來，大叫：「住手，住手！我有話說。」

兩名徒弟聽得師父喝叫，忙收刀退下。一個退得稍慢，砰的一聲，胸口吃孫仲君踢了一腳，連退數步，大口鮮血噴出，臉色立轉慘白。

焦公禮向孫仲君瞧了一眼，強抑怒氣，叫道：「各位朋友，請聽我說句話！」大廳中本已十分混亂，當下慢慢靜了下來。焦公禮道：「這位閔朋友怪我害了他的兄長，不錯，他兄長閔子葉是我殺的！」大廳中一時寂靜無聲。

閔子華嗚咽道：「欠債還錢，殺人抵命。」閔方武師紛紛起轟，七張八嘴的叫道：「不錯，殺人抵命！十條命抵一條。」「焦公禮，你自己了斷吧！」

焦公禮待人聲稍靜，朗聲道：「這裏有兩封信，要請幾位德高望重的前輩過目。這幾位前輩看信之後，如說焦某該當抵命，焦某立即自刎，皺一下眉頭都不算好漢。」

眾人好奇心起，紛紛要上來看信。焦公禮道：「慢來。請閔二爺推三位前輩先看。」

閔子華不知信中內容，叫道：「好，那麼請十力大師、鄭島主、梅大哥三位看吧。」

三人接過信來，湊在桌邊低聲唸誦。太白三英鐵青著臉，在旁竊竊私議。

十力大師第一個看完了信，說道：「依老衲之見，閔二爺還是捐棄前嫌，化敵為友吧！」他在武林中聲望極高，武功見識，眾人素來欽服，此言一出，大廳上盡皆愕然。

閔子華接過信來，先看張寨主的伏辯，張寨主文理不通，別字連篇，看來還不大了然，再看丘道台的謝函，那卻是敘事明晰、文詞流暢之作，只看到一半，不禁又是羞

293

愧，又是難過，呆在當地，做聲不得。突然之間，心頭許多一直大惑不解之事都冒出了

答案：「太白三英來跟我說知，害死我哥哥的乃是金龍幫焦公禮。我邀眾位師哥助我報

仇，大家都推三阻四。水雲大師哥又說要等尋到師父，再由他老人家主持。眾師哥向來

和我交好，怎地如此沒同門義氣？只洞玄師弟一人，才陪我前來。我仙都派人多勢眾，

遇上這等大事，本門的人卻不肯出頭，迫得我只好去邀外人相助，實在太不成話。原來

我哥哥當年幹下了這等見不得人之事。眾位師哥定知真相，是以不肯相助，卻又怕掃了

我臉面，就此往失蹤多年的師父頭上一推，只洞玄師弟年輕不知……」

忽聽梅劍和叫道：「這是假造的，想騙誰呀？」伸手搶過兩信，扯得粉碎。

焦公禮萬料不到他竟會在眾目睽睽之下扯碎了兩通書信，這一來，他倚為護身符之

物重又消失，不由得又急又怒，臉皮紫脹，大喝：「姓梅的，你要臉不要？」

梅劍和冷冷的道：「也不知是誰不要臉？害了人家兄長，還假造幾封狗屁不通的書

信來冤枉死人。明知死無對證，任由你撒個漫天大謊。這樣子的信哪，我關上了門，一

天可以寫一百封。我馬上就寫給你看，你信不信？你要冤枉十力大師無惡不作，冤枉鄭

島主殺了閔二哥的師長，那樣的信我都會寫。」

十力大師與鄭起雲本覺閔子華理屈，聽梅劍和一說，又躊躇起來，不知這兩通書信

到底是真是假，兩人面面相覷，難以委決。

吳平見師父如此受人欺辱，怒氣填膺，撲地跳出，揮刀砍向梅劍和。梅劍和身子微

側，拔劍在手。白光閃動，吳平狂叫聲中，單刀脫手，梅劍和的劍尖已指在他喉頭，喝

294

道：「你跪下，梅大爺就饒你一條小命！」吳平連退三步，敵人劍尖始終不離喉口。梅劍和笑道：「你再不跪，我可要刺了！」吳平道：「快刺！婆婆媽媽幹甚麼？」

焦門弟子各執兵刃，搶到廳中。閔方武師中一些勇往直前之輩也紛紛抽出兵器，分別邀鬥，登時乒乒乓乓的打得十分熱鬧。

焦公禮躍上椅子，大聲叫道：「大家住手，瞧我的！」手腕一翻，折鐵刀橫在喉頭，叫道：「冤有頭，債有主！我今日給閔子葉抵命便了。徒兒們快給我退下。」

眾門徒依言退開，慘然望著師父。

焦宛兒急呼：「爹，且慢！那封信呢？他說會來救你的呀！」

焦公禮取出信封，扯出一張白紙，向人羣招了幾招。眾人見紙上畫著柄怪劍，不知是何用意，只聽他高叫：「金蛇大俠，你來遲一步了！」橫刀往脖子上抹去。

袁承志見梅劍和狂妄自大，有意要挫折他的驕氣，接連震斷他數劍，又將他長劍繞得脫手飛出，啪得一響，在空中斷為兩截。

第九回

雙姝拚巨賭　一使解深怨

只聽得噹的一聲，有物撞向刀上，折鐵刀嗆啷啷啷跌落，焦公禮身旁已多了一人。眾人見這人濃眉大眼，膚色黝黑，是個二十歲左右的少年，他如何過來，竟沒一人看清楚。

這少年自然便是袁承志了。他在人羣中觀看，本以爲有了那兩封書信，焦公禮之事迎刃可解，自己不必露面，以免與二師哥的門人生了嫌隙，不料梅劍和竟要了這一手，焦公禮無可奈何逼得要橫刀自刎，自己再不挺身而出，已不可得，於是發錢鏢打下折鐵刀，縱身而前，朗聲說道：「金蛇郎君不能來了，由他公子和兄弟前來，給各位做個和事老。」

老一輩中，不少人都曾聽過金蛇郎君的名頭，知他武功驚人，行事神出鬼沒，但近十多年來江湖上久已不見蹤跡，傳言都說已經去世，那知這時突然遣人前來，各人都凜然一驚。

焦宛兒又驚又喜，低聲對父親道：「爹，就是他！」焦公禮心神稍定，側目打量，見是個後生少年，不禁滿腹狐疑，微微搖頭。

孫仲君尖聲喝道：「你叫甚麼名字？誰叫你到這裏來多事？」

袁承志心想：「我雖然年紀小過你，可比你長著一輩，待會說出來，瞧你還敢不無禮？」當下不動聲色，說道：「在下姓袁。承金蛇郎君夏大俠之命來見焦幫主。今日得有機緣拜見各位前輩英雄，甚是榮幸。」說著向眾人抱拳行禮。

焦方眾人見他救了焦公禮性命，一齊恭謹還禮。閔方諸人卻只十力大師等幾個端嚴

守禮的拱手答禮，餘人見他年輕，均不理會。

孫仲君不過二十多歲年紀，不知金蛇郎君當年的威名，她性子又躁，高聲罵道：「甚麼金蛇鐵蛇，快給我下去，別在這裏礙手礙腳。」

青青冷笑一聲，向她鼻子一聳，伸伸舌頭，做個鬼臉。孫仲君大怒，只道這油頭粉臉少年見自己美貌，輕薄調戲，喝道：「小子無禮！」突然欺近，挺劍向她小腹刺去，劍勢勁急，正是華山劍術的險著之一，叫做「彗星飛墮」，是神劍仙猿穆人清獨創的絕招，青青怎能躲避得開？

袁承志識得此招，登即大怒，心想她跟你初次見面，無怨無仇，你不問是非好歹，一上來就下殺手，要制她死命，委實太過，側身擋在青青之前，抬高左腳，一腳踹將過去，將孫仲君的長劍踏在地下。這是金蛇秘笈中的怪招，大廳上無人能識。人叢中登時起了一陣鬨聲，嘖嘖稱奇。

孫仲君用力抽劍，紋絲不動，眼見對方左掌擊到，直撲面門，只得撒劍跳開。袁承志恨她歹毒，腳下運勁，喀喇一聲響，將長劍踏斷了。

劉培生見師妹受挫，便要上前動手。梅劍和見袁承志招式怪異，當即伸手拉住劉培生，低聲道：「等一下，且聽他胡說此甚麼。」

袁承志高聲道：「閔子華爺爺的兄長當年行為不端，焦幫主路見不平，拔刀殺死。這件事的前因後果，金蛇郎君知道得十分清楚。他說當年有兩封書信言明此事，他曾和焦幫主同去拜見仙都派掌門師尊黃木道長，呈上兩信。黃木道長閱信之後，便不再追究

299

此事。想來這兩封信多半就是了。」說著向地下的書信碎片一指，又道：「這位爺台將兩封信扯得粉碎，不知是甚麼用意？」

焦公禮聽他說得絲毫不錯，心頭大喜，這才信他真是金蛇郎君所使，緊緊握住了女兒的手，心中突突亂跳。

梅劍和冷笑道：「這是捏造的假信，這姓焦的妄想藉此騙人，不扯碎了留著幹麼？」

袁承志道：「我們來時，金蛇大俠曾提到書信內容。這兩封信雖已粉碎，這位大師與這位爺台是看過的。」轉頭向十力大師與碧海長鯨鄭起雲拱手道：「只消讓在下和金蛇君夏大俠的後人把書信內容約略一說，是真是假，就可分辨了。」

十力大師與鄭起雲都道：「好，你說吧！」

袁承志望著閔子華道：「閔爺，令兄已經過世，重提舊事，於令兄面上可不大光采。到底要不要說？」閔子華早就在心虛，但給他這麼當眾擠逼住了，總不能求他不可吐露信中內容，一時張皇失措，額上青筋根根爆起，叫道：「我哥哥豈是那樣的人？這信定是假的。」袁承志對青青道：「青弟，那兩封信中的言語，都說出來吧！」

青青當即朗聲背信。她在客店中看信之後，雖不能說過目不忘，但也記得清清楚楚。於是先把丘道台的謝函唸了起來。她語音清爽，口齒伶俐，一字一句，人人聽得分明，有些地方忘了，便自撰幾句，唸到要緊關節之處，她忍不住又自行加上幾句刻薄言語，把閔子葉狠狠的損幾下。她只唸得數十句，眾人交頭接耳，紛紛議論，唸到一半，閔子華再也忍耐不住，大聲喝道：「住口！你這小子男不男、女不女的，是甚麼東西？」

青青還未回答，梅劍和冷冷的道：「這小子多半是姓焦的手下人，要麼是金龍幫邀來助拳的。他們自然是事先串通好了，那有甚麼希奇？」

閔子華猛然醒悟，叫道：「你說是甚麼金蛇郎君派來的，誰知是真是假，卻在這裏胡說八道。」袁承志道：「你要怎樣才能相信？」

閔子華長劍一擺，道：「江湖上多說金蛇郎君武功驚人，你如真是金蛇郎君後輩，定已得他真傳。你只要勝得我手中長劍，我就信了。」在他內心，早已有七八成相信書信是真，否則各位同門師兄決不會袖手不理，反有人力勸他不可魯莽操切，此時越辯越醜，不如動武，可操必勝，眼見袁承志年幼，心想就算你真是金蛇郎君傳人，學了此怪招，這幾歲年紀，又怎能練得甚麼深厚功夫，只要一經比試，將你打得一敗塗地，那白臉少年所唸的信就沒人信了；是否要殺焦公禮為兄報仇，不妨擱在一邊，眼前大事，總是要維護已死兄長聲名，否則連仙都派的清譽也要大受牽累。

袁承志心下盤算：「金蛇郎君狂傲怪誕，眾所周知。我冒充是他使者，也須裝得驕傲狂放，怪模怪樣，方能使人入信。」於是哈哈大笑，坐了下來，端起酒杯喝了一口，又伸筷夾個肉丸吃了，笑道：「要贏你手中之劍，只須學得金蛇郎君的一點兒皮毛，也已綽綽有餘。你受人利用，尚且不悟，可嘆啊可嘆。」

閔子華怒道：「我受甚麼人利用？你這小子，敢比就比，若是不敢，快給我滾出去！」只因袁承志適才足踹孫仲君長劍，露了手怪招，閔方武師才對他心有所忌，否則早就有人上來攆他下去，那容他如此肆無忌憚，旁若無人？

袁承志又喝了口酒，道：「久聞仙都派位居四大劍派，劍法精微奧妙，今日正好見識領教。不過咱們話說在前頭，要是我勝了，你跟焦幫主的過節只好從此不提。你再尋仇生事，這裏武林中的諸位前輩，可都得說句公道話。」

閔子華道：「這個自然，這裏十力大師、鄭島主等各位都可作證。要是你贏不了我呢？」袁承志道：「我向你叩頭賠罪。這裏的事，我們自然也不配多管。」

閔子華道：「好，來吧！」長劍抖動，劍身嗡嗡作響，閔方武師齊聲喝采。這一記振劍果然功力不淺。他甚是得意，心想非給你身上留下幾個記號，顯不了我仙都派的威風。

袁承志道：「金蛇大俠吩咐我說，仙都派靈寶拳、上清拳、上清劍，都是博大精深的武林絕藝，只不過這些拳術劍法太過艱深，閔師傅年紀尚輕，多半還領會不到，只一路兩儀劍法，想來他是練熟了的。金蛇大俠說道：『你這次去，要是閔師傅不聽好言相勸，動起手來，須得留神他們這路劍法。』」閔子華斜眼睨視，心想：「這話倒不錯，他又怎知道了？」

原來閔子華的師父黃木道人性格剛強，於仙都派歷代相傳以輕靈見長的靈寶拳、上清拳劍造詣不高，最得意的武功是自創的一路兩儀劍法，曾向金蛇郎君提及。金蛇秘笈「破敵篇」中敘述崆峒、仙都等門派的武功及破法，於兩儀劍法曾加詳論。

袁承志料想其師既專精於此，閔子華於這路劍法也必擅長，說到此處，注視他的神情，心知果已說中，又道：「金蛇郎君說道：『其實這路劍法，在我眼中，也是不值一

笑，現今教你幾招破法！」……

說到此處，人羣中忽地縱出一名青年道人，怒道：「好哇！兩儀劍法不值一笑，我倒要瞧瞧金蛇郎君怎生破法？」唰的一劍，疾向袁承志臉上刺來。

袁承志向左避過，躍到大廳中心，左手拿著酒杯，右手筷子夾著一條雞腿，說道：「請教道長法號？」那道人叫道：「我叫洞玄，仙都派第十三代弟子，是閔師哥的師弟。」

袁承志道：「那再好也沒有。金蛇大俠與尊師黃木道長當年在仙都山龍虎觀論劍，黃木道人自稱他獨創的兩儀劍法無敵於天下。金蛇大俠一笑了之，也不跟他置辯。今日有幸，咱們後一輩的來考較考較。」洞玄道人大聲道：「兩儀劍法無敵於天下的話，我師父從來沒說過。我仙都派決不敢如此狂妄自大。但要收拾你這乳臭未乾的黑小子，只怕也輕而易舉。」向閔子華打個招呼，雙劍齊出，風聲勁急，向袁承志刺來。

袁承志身形微晃，從雙劍夾縫中鑽了過去。洞玄與閔子華揮劍一攻一守，快捷異常。

青青忽然叫道：「三位住手，我有話說。」閔子華與洞玄道人收劍當胸，閔子華右手執劍，洞玄左手執劍，兩人已站成「兩儀劍法」中的起手式。青青道：「袁大哥只答應跟閔爺一人比，怎麼又多了位道爺出來？」

洞玄雙眼一翻，說道：「你這位小哥不打自招，擺明了是冒牌。誰不知兩儀劍法是兩人同使？你不知道，難道金蛇郎君這麼大的威名，他也會不知麼？」

青青臉上一紅，難以回答，心想：「這回可糟了。給他拆穿了西洋鏡。」只得給他

東拉西扯，說道：「原來仙都派跟人打架，定須兩人齊上。倘若道爺落了單，豈不是非得快馬加鞭回到仙都山去，邀了一位同門師兄弟，再快馬加鞭的回來，這才兩個人打人家一個？人家若是不讓你走，定要單打獨鬥，兩儀劍法又怎麼樣個無敵於天下？」

袁承志插口道：「兩儀劍法，陰陽生剋，本領差的固須兩人同使，功夫到家的，當然是一個人使的了。難道尊師這麼高的武功，他也不會獨使麼？」

青青於兩儀劍法一無所知，見二人夾擊袁承志，關懷之下隨口質問，竟露出了馬腳。袁承志只得信口開河，給她圓謊。其實仙都派這兩儀劍法，向來是兩人合使的。

閔子華與洞玄對望一眼，均想：「師父可沒說過這劍法一人可使，敢情這小子胡說八道。」卻也不肯承認師父不會獨使。

青青聽袁承志說得天衣無縫，大是高興，心想：「他素來老實，今日卻滑頭起來。」

笑嘻嘻的道：「既然你們兩位齊上，賭賽的利物又得加一些了。」閔子華道：「賭甚麼？」青青道：「要是你們輸了，除了永遠不得再找焦幫主生事之外，你在大功坊的那所大宅子，可也得輸給了袁大哥。」閔子華心想：「不妨甚麼都答應他們，反正頃刻之間，不是把他一劍刺死，也要教他身受重傷。」說道：「就這樣！你要一起來兩對兩也成。別說我們以大壓小，以多勝少。」青青道：「你又怎知不是以小壓大，以少勝多？」閔子華怒火更熾，叫道：「姓袁的，要是你給我傷了，又輸些甚麼？」袁承志一時倒答不出來。

焦公禮道：「閔二哥，你這所宅子值多少錢？」閔子華怒道：「誰跟你稱兄道弟

了？這宅子我還是上個月買來的，花了四千三百兩銀子。宅子雖舊，地方卻大。」焦公禮點頭道：「大功坊舊宅敞得緊哪，閔爺買得便宜了。三位請等一下。」轉頭向女兒囑咐了幾句。焦宛兒奔進內室，拿了一疊錢莊的莊票出來。

焦公禮道：「這位袁爺為在下如此出力，兄弟感激不盡。這裏是四千三百兩銀子，要是袁爺雙拳不敵四手，那麼請閔爺拿去便了。另外的事，閔爺再來找我。咱們冤有頭，債有主。好朋友仗義助拳，只須點到為止，還請大家手下留情。」他料想袁承志定然不敵，可不願他為自己受到損傷。

鄭起雲性子豪爽，最愛賭博，登時賭性大發，叫道：「這話不錯，只比輸贏，不決生死。我看好閔二哥！」從身邊摸出兩隻金元寶來，往桌上一擲，叫道：「咱們賭三賠一，這裏是三百兩金子，算三千兩銀子，博誰的一千兩銀子？」他叫了幾聲，沒人答應。眾人見袁承志年紀輕輕，怎能是仙都派兩位高手之敵，雖然以一博三，甚佔便宜，卻也均不投注。

焦宛兒挺身而出，說：「鄭伯伯，我跟你賭。」除下腕上的一隻金鑲寶石鐲子，往桌上一放。眾人見這鐲上寶石在燭光下燦然耀眼，十分珍貴。鄭起雲畢生為盜，多識珍寶，拿起寶鐲瞧了一下，說道：「你這隻鐲子值得三千兩銀子，我不能欺小孩子。喂，給我加六千兩。」他手下人又捧上四隻金元寶來。鄭起雲笑道：「倘若你贏，這筆錢作你的嫁妝吧！」青青聽到「嫁妝」兩字，向宛兒瞪了一眼，霎時之間，心中老大不自在起來。

飛天魔女孫仲君忽把半截斷劍往桌上一丟，厲聲叫道：「我賭這劍！」她長劍先前給袁承志踏斷了，此劍是師娘所賜，因此當眾人口舌紛爭之時，已過去將兩截斷劍拾了起來。

青青奇道：「你這半截劍，誰要呀？」旁人也均感奇怪。孫仲君厲聲道：「我也是三博一。要是這小子僥倖勝了，你用這半截劍在我身上戳三個窟窿。他輸了，我在你身上戳一個窟窿。臭小子，這可懂了麼？」

廳上一眾江湖豪傑生平也不知識過多少兇殺，經歷過多少大賭，但這般以性命相搏的賭賽，卻從所未見，聽了孫仲君的話，都不禁暗暗咋舌。青青笑道：「你這麼個千嬌百媚的美人兒，我怎捨得下手？」梅劍和喝道：「混帳小子，嘴裏乾淨些！」青青笑笑不語。

孫仲君瞪眼瞧著焦方眾人，冷笑道：「我只道金龍幫在江南開山立櫃，總有幾個響噹噹的腳色，那知儘是些娘兒們也不如的膿包。」焦宛兒叫道：「娘兒便怎樣？我跟你賭了。」焦門弟子中有四五人同時站出，叫道：「師妹，我跟她賭。」宛兒道：「不用，我來賭。」孫仲君冷笑道：「好，鄭島主，你作公證。」

鄭起雲雖是個殺人不眨眼的大海盜，生性又最好賭，但對這項賭賽卻也有些不忍卒睹，勸道：「兩位大姑娘，要賭嘛，就賭些胭脂花粉兒甚麼的，何必這麼認真？」宛兒道：「她廢了我們羅師哥一條手臂，回頭我也斬斷她一條手臂。」鄭起雲嘆了口氣，不便再勸。

梅劍和冷冷的道：「焦大姑娘對這位金蛇門人，倒也真一往情深，寧願陪他饒上條性命。」焦宛兒臉一紅，說道：「你要不要賭？」

青青聽了梅劍和的話，不禁一楞，甚是惱怒，叫道：「我跟這個沒影子賭。」梅劍和道：「賭甚麼？」青青道：「我也是三賠一跟你賭。他輸了，我當場叫你三聲爺爺。他贏了呢，你叫我一聲就夠了，算你便宜。」眾人不禁好笑，覺這少年實在頑皮得緊。

梅劍和慍道：「誰跟你胡鬧？我這裏等著，要是他勝了，我再來領教。」青青道：「如此說來，你單人獨劍，比仙都派兩人同使的兩儀劍法還要厲害？」梅劍和道：「我是華山派，他們是仙都派，各有各的絕招。你別挑撥離間。」

洞玄道人聽他們說個不了，心頭焦躁，叫道：「別說啦，喂，小子，看招。」挺劍向袁承志刺去。閔子華跟著踏洪門，進偏鋒。仙都派一俗一道兩名弟子，一人左劍，一人右劍，按著易經八八六十四卦的卦象，雙劍縱橫，白光閃動，劍招生生滅滅，消長長，隱隱有風雷之勢。

金蛇郎君先時在仙都山和黃木道人論劍，即知兩儀劍法雖然變化繁複，凌厲狠辣，其實還不及仙都派原有的上清劍法，其中頗有不少破綻，隨口指出了兩處。但黃木道人甚為自負，說道：「我這劍法中就算尚有漏洞，只怕天下也已無人破得。」金蛇郎君也不再說。後來溫氏五老大舉邀人對抗金蛇郎君，所邀來的高手之中，有仙都派劍客在內。對敵時金蛇郎君成竹在胸，乘虛而入，數招間即把兩儀劍法破去。他後來在秘笈之中曾詳細敘明。是以袁承志有恃無恐，在兩人劍光中穿躍來去，瀟洒自如。

307

閔子華與洞玄道人雙劍如疾風，如閃電，始終刺不到他身上，旁觀眾人愈看愈奇。

鄭起雲對十力大師道：「這少年輕身功夫的確十得，金蛇郎君當真名不虛傳。」十力大師點頭道：「後輩之中，如此人才也算十分難得了。」梅劍和與孫仲君卻都不禁有些擔心。孫仲君大聲道：「這小子就是逃來躲去不敢真打，那算甚麼比武了？」

閔子華殺得性起，劍走中宮，筆直向袁承志胸前刺去。洞玄同時一招「左右開弓」，左刺一劍，右刺一劍。兩人夾攻，要教他無處可避。袁承志突然欺身直進，在劍底鑽過，左肩挺出，撞正閔子華左膀。他只使了三成力，閔子華腳步踉蹌，險些跌倒。洞玄大驚，唰唰唰連環三劍，奮力擋住。閔子華這才站定，罵道：「小雜種，撞你爺爺嗎？」

袁承志這次出手，本來但求排解糾紛，不想得罪江湖上人物，更不願結怨種仇，這時聽閔子華口吐污言，辱及自己先人，不禁大怒，心下盤算：今日如不露上幾手上乘武功，將這二人當場壓倒，這件事難以輕易了結，同時威風不顯，待會處置通敵賣國的太白三英之時，只怕旁人不服，勢須多費唇舌。最好是冒充金蛇門人到底，別洩露了自己師承門戶，以免二師哥臉上不好看，只是須得狂傲古怪，與自己平日為人大不相同才成。於是躍到桌邊，伸手拿起酒杯，仰頭喝乾，叫道：「快打，快打，我酒沒喝夠，飯沒吃飽呢。」

閔子華見他對自己如此輕蔑，更是惱怒，長劍越刺越快。洞玄低聲道：「閔師哥，沉住氣，別中了激將之計。」閔子華立時醒悟。兩人左右盤旋，雙劍沉穩狠辣，又把袁承志裹在垓心。袁承志左手持杯，右手持筷，隨劍進退。兩人劍法雖狠，卻怎奈何得了

他？」

劍光滾動中，袁承志忽地躍出圈子，酒杯往桌上一放，叫道：「青弟，給我斟酒。」

青青道：「好！」袁承志左手提了張椅子，站在桌邊，將兩人攻來劍招隨手擋開，待酒斟滿，伸筷夾了條雞腿，放下椅子，拿了酒杯又躍入廳心，咬了口雞腿，叫道：「兩儀劍法本來就有毛病，你們又使得不對，怎能傷我？你們這單買賣生意經，今日定要蝕大本了。」

青青見這個素來謹厚的大哥忽然大作狂態，卻始終放不開，不大像樣，要說幾句笑話，也只能拾他大師哥的牙慧，不禁暗暗好笑。要知袁承志生平並未見過真正疏狂瀟洒之人，這時想學金蛇郎君，其實三分像了大師哥黃真的滑稽突梯，另有三分，卻學了當日在溫家莊上所見呂七先生的傲慢自大。

兩儀劍法越出越快，袁承志連避三記險招，突然轉身，筷上雞腿迎面往閔子華擲去，伸筷夾住洞玄刺來之劍，力透箸尖，猛喝：「撤劍！」只聽嗆啷啷一聲，洞玄拿持不穩，長劍落地。他右掌豎立，左腿倏地掃出，欲圖敗中求勝。袁承志雙足輕點，身子躍起，避開了這腿，手中酒杯同時飛出，正打中閔子華左手「曲尺穴」上。閔子華手臂酸麻，劍已脫手。

袁承志撲身下去，搶起雙劍，手腕一振，叫道：「兩位沒見過一人使兩儀劍法，料想黃木道長還沒教過，這就留神瞧著。」

只見他雙劍舞了開來，左攻右守，右擊左拒，一招一式，果然跟兩儀劍法毫無二

致。劍招繁複，變化多端，洞玄和閔子華適才分別使出，人人都已親見，此時見他一人雙劍竟囊括仙都派二大弟子的劍招，盡皆駭然。

袁承志舞到酣處，劍氣如虹，勢若雷霆，真有氣吞河嶽之概，兩儀劍法六十四招使完，只聽他一聲斷喝，雙劍脫手飛出，插入屋頂巨樑，直沒劍柄。這一記「天外飛龍」，卻是華山派穆人清的絕招。袁承志絕技一顯，垂手退開，只聽廳中采聲四起，鼓掌如雷。·

袁承志心中卻暗暗後悔：「啊喲不好，我使得興起，竟用上了本門的絕招，二師哥的門人怎會看不出來？」

青青叫道：「哈哈，有人要叫我親爺爺啦！」梅劍和鐵青著臉，手按劍柄。

鄭起雲笑道：「焦姑娘，你贏啦，請收了吧！」隨手把金元寶一推。宛兒躬身道謝，說道：「鄭伯伯，我代你賞了人吧！」高聲叫道：「這裏九千兩銀子，是鄭島主跟我鬧著玩打賭的采金。各位遠道而來，金龍幫招待不週，很是慚愧，現今借花獻佛，眾位前輩叔伯、兄長姊姊帶來的僕從管事，由鄭島主奉送每位銀子一百兩。待會我去兌了銀子，送到各位寓所，倘若不夠，由金龍幫補足。」

眾人見不傷人命，解了這場怨仇，金龍幫處置得也很得當，每名從人都無端得了厚賞，都甚快慰，而且用的是鄭島主之名，不算受了對頭之禮，雖不歡呼，卻均臉有喜色。鄭起雲也覺頗有光采，朗聲說道：「多謝焦大姑娘了，今後你出閣，鄭伯伯再送厚禮。」

焦公禮又道：「在下當年性子急躁，做事莽撞，以致失手傷了閔二爺的兄長，實在萬分抱愧。現下當著各位英雄，向閔二爺謝罪。宛兒，你向閔叔叔行禮。」一面說，一面向閔子華作揖。焦宛兒是晚輩，便磕下頭去。

閔子華有言在先，江湖上好漢說一是一，若要反悔，邀來的朋友未必肯再相助，這金蛇郎君的弟子武功如此高強，自己萬萬不是敵手，而且看了那兩通書信後，心中已知曲在己方，不如乘此收篷，於是作揖還禮，想起過世的兄長，不禁垂淚。

焦公禮道：「閔二爺寬洪大量，不咎既往，兄弟感激不盡。至於賭宅子的話，想來這位爺台也是一句笑話，不必再提。兄弟明天馬上給兩位爺台另置一所宅第就是。」

青青下頦一昂，道：「那不成，君子一言，快馬一鞭，說出了的話怎能反悔不算？」

眾人都是一楞，心想焦公禮既然答應另置宅第，所買的房子比閔子華的住宅好上十倍，也不希奇，何必定要掃人顏面？這白臉小子委實太不會做人了。

焦公禮向青青作了一揖，道：「老弟台，你們兩位的恩情，我是永遠補報不過來的了。請老弟台再幫我一個忙。兄弟在南門有座園子，在南京也算是有名氣的，請兩位賞光收用，包兩位稱心滿意就是。」

青青道：「這位閔爺剛才要殺你報仇，你說別殺我啦，我另外拿個人給你殺，這人在南京也算挺有名氣的，請閔爺賞光殺了，包你稱心滿意就是。他肯不肯呀？」

焦公禮給她幾句搶白，訕訕的說不出話來，只有苦笑，轉頭對女兒道：「這位爺台既然喜歡閔二叔的宅子，你差人把四千三百兩銀子的屋價，回頭給閔二叔送過去。」

閔子華氣忿忿的大聲道：「罷了，罷了，我還要甚麼銀子？大丈夫一言既出，駟馬難追，我跟焦幫主的怨仇就此一筆帶過。兄弟明日回到鄉下，挑糞種田，再也沒臉在江湖上混了。這所宅子兩位取去便是。」團團向眾人作揖，道：「各位好朋友遠來相助，那知兄弟不爭氣，學藝不精，沒能給過世的兄長報仇，累得各位白走一趟，兄弟只有將來再圖補報了。」

袁承志見他說得爽快，自覺適才辱人太甚，不留餘地，好生過意不去，說道：「閔二爺，你雖敗在我手下，其實全憑金蛇郎君事先指點，兄弟本身的真正功夫，其實遠遠不及閣下和洞玄道長，務請兩位別介意。晚輩適才無禮，大是不該，謹向兩位謝過。」

說著向二人一躬到地，跟著躍起身來，拔下樑上雙劍，橫托在手，還給了二人。

眾人見他躍起取劍的輕功，又都喝采，均想：這黑臉少年武功奇高，又謙遜知禮，給人臉面，只是自謙功夫不如人家，卻是誰也不信。

袁承志又道：「兩位並不是敗在我手裏，而是敗在金蛇大俠手裏。他料到了兩位的招術，吩咐晚輩故意輕狂，裝模作樣，激動兩位怒氣，以便乘機取勝。晚輩對兩位不敬，實非膽敢有意侮辱，乃是激將之計，好使兩位十成中的功夫，只使得出一成。金蛇大俠是當世高人，武功深不可測，晚輩也不能說真是他傳人，只不過偶然相逢，奉命前來解圍說和而已。兩位敗在他手裏，又何足為恥？晚輩要說句不中聽的話，別說是兩位，就是尊師黃木道長，當年對金蛇大俠也是很佩服的。」

洞玄與閔子華對這番話雖然將信將疑，但也已大為心平氣和。洞玄說道：「閣下為

仙都派跟我們兄弟圓臉，貧道多謝了，但不知閣下高姓大名，可得與聞嗎？」袁承志心想：「自己真姓名，可不必說了，以免引起二師哥門人的注意。」於是向青青一指道：「這位是金蛇大俠的哲嗣，姓夏。晚輩姓袁。」

閔子華向焦公禮一揖，道：「多多吵擾，告辭了。」焦公禮道：「明日兄弟再到府上負荊請罪。」閔子華道：「不敢當。」

擾攘多時，天已傍晚，羣豪正要分別告辭，青青忽然叫道：「半截劍的賭賽又怎麼了？」焦宛兒見父親脫卻大難，心下已喜不自勝，那願再多生事端，忙道：「夏爺，請到內堂奉茶，這些事不必提了。」青青道：「還有一個小子還沒叫我親爺爺哪，這可不成。」她贏得魏國公賜第，本已心滿意足，但剛才梅劍和說焦宛兒對袁承志一往情深，這句話她卻耿耿於懷，不肯罷休。

梅劍和本來見袁承志武功高強，身法怪異，雅不欲向他生事，但青青一再叫陣，再也忍耐不住，指著袁承志道：「你是甚麼人？你雙劍插樑，這一招『天外飛龍』，是從那裏偷學來的？快說。」袁承志道：「偷學？我幹麼要偷學？」孫仲君罵道：「呸，小賊，偷學了還想賴。」梅劍和冷冷的道：「那麼你是從那裏學來的？」袁承志心覺倘若說謊，有違本性，而且師門不能隱瞞，便道：「我是華山派門下。」

孫仲君跨上一步，戟指罵道：「你這小子揹著甚麼金蛇銀蛇的招牌招搖，旁人不知你來歷，只好由得你胡說八道。好呀，現下又吹起華山派來啦！你可知你姑奶奶是甚麼

門戶，嘿嘿，假李鬼遇上眞李逵啦。老實對你說，我們三人正是華山派的。」

袁承志道：「我早說過，我跟金蛇郎君沒甚麼干係，只不過是他這位賢郎的朋友。」

至於你們三位，我早知是華山派的，咱們正是一家人。」

三人中劉培生較爲持重，說道：「黃師伯的門人我全認得，可沒你老哥在內。孫師妹，你可聽說黃師伯新近收了甚麼徒弟嗎？」孫仲君道：「黃師伯眼界何等高，怎會收這等招搖撞騙之徒？」她因袁承志折斷了她長劍，惱怒異常，出言越來越難聽。

袁承志不動聲色，道：「不錯，銅筆鐵算盤黃師哥的眼界的確很高。」

眾人聽他稱黃眞爲「黃師哥」，都吃了一驚。劉培生問道：「你叫誰黃師哥？」

袁承志道：「我師父姓穆，名諱上『人』下『清』，江湖上尊稱他老人家爲『神劍仙猿』。銅筆鐵算盤是我大師兄。」

梅劍和聽袁承志自稱是華山派門人，本有點將信將疑，以爲他或許是帶藝投師，新近拜在黃眞門下，這時聽他說竟是師祖的徒弟，顯然信口胡吹，心想師祖素來行蹤飄忽，自己也只見過他三面，師父神拳無敵歸辛樹已近五十歲了，這小子年紀輕輕，居然來冒充自己師叔，當眞大膽狂妄之至，冷冷的道：「這樣說來，閣下是我師叔了？」

袁承志道：「我可也眞不敢認三位做師姪。」

梅劍和聽他話中意存嘲諷，說道：「莫非我辱沒了華山派的門楣嗎？師叔大人，哈哈，你教訓教訓我們三個可憐的小師姪吧！」梅劍和年紀已有三十六七，這麼一說，閔方武師轟然大笑。

袁承志正色道：「歸師哥要是在這裏，自會教訓你們。」

梅劍和勃然而起，颼的一聲，長劍出鞘，罵道：「渾小子，你還在胡說八道！」

焦公禮見事情本已平息，這時為了此枝節小事，又起爭端，很是焦急，忙道：「這位袁爺開開玩笑，梅爺不必動怒。來來來，咱們大家來喝一杯和氣酒。」言下顯然不信袁承志是梅劍和的師叔。

梅劍和朗聲道：「渾小子，你便磕頭叫我三聲師叔，我沒影子還不屑答應呢。」這邊青青卻叫了起來：「喂，沒影子，你先叫我聲親爺爺吧。賭輸了想賴，是不是？」

袁承志轉頭向青青道：「青弟，別胡鬧。」又對梅劍和道：「歸師哥我還沒拜見過，你們三位又比我年長，按理我的確不配做師叔。不過你們三位這次行事，卻實在是太不該了。歸師哥知道了，只怕要大大生氣。」

梅劍和雙眉直豎，仰天大笑，憤怒已極，喝道：「你小子當真教訓起人來啦。倒要請教，我們三人甚麼地方錯了？朋友有事，難道不該拔刀相助麼？」

袁承志森然道：「咱們華山派風祖師爺傳下十二大戒，門人弟子，務當凜遵。第三條、第五條、第六條、第十一條是甚麼？」

梅劍和一怔，還未回答。孫仲君提起半截斷劍，猛向袁承志面門擲來，喝道：「使使你的華山派功夫吧！」青光閃爍，急飛而前。

袁承志待斷劍飛到臨近，左掌平伸向上，右掌向下一拍，噗的一聲，把斷劍合在雙掌之中，說道：「這叫『橫拜觀音』，對不對？」

315

梅劍和與劉培生又都一怔：「這確是本門掌法，不過這招是用來拍擊敵人手掌的。

他變化接劍，手法巧妙之極，師父可沒教過我們。」

劉培生搶上一步，說道：「閣下剛才所使，正是本門掌法，在下要想請教。」

袁承志道：「劉大哥，你外號五丁手，五丁開山，想必拳力掌力甚是了得。」劉培生見了袁承志剛才這一招，暗暗佩服，便道：「在下不過學了師門所授的一點皮毛，談不上甚麼心得。」

袁承志道：「劉大哥不必過謙。你跟尊師餵招，他要是使出真功夫來，比如說使了伏虎掌法與劈石、破玉兩路拳法，你定是很有心得的了。」劉培生道：「我師父內力深厚，跟門人過招，從來不真使內勁，否則我們一招也擋不住。倘若只拆拳法，那麼頭上十招，勉強還可對付。十招以後，就吃力得很了。」袁承志道：「尊師外號『神拳無敵』，拳法定然精妙之極。劉大哥能接到十招以外，在江湖上自已少見，『五丁手』三字，自可當之無愧。」劉培生道：「這是別人開玩笑說的，在下功夫還差得很遠，實在愧不敢當。」

孫仲君聽他語氣，對這少年竟然越來越恭敬，頗有認他為師叔之意，怒道：「劉師哥，你怎麼了？憑人家胡吹幾句，就把你嚇倒了麼？」

袁承志不去理她，問劉培生道：「要怎樣，你才信我是師叔？」劉培生道：「我想請你跟我過過招，閣下的本門拳法如確比我好……」袁承志見過梅劍和與孫仲君二人出手，料想劉培生的武功跟他們相差不遠，便道：「你說你師父倘若當真使出內勁，你只怕一招也接不住。我的功夫比之尊師自然大大不如。他使一招，我得使五招。你只要接

得住我五招，那我就是假冒的，好不好？」

梅劍和本來擔心師弟未必能勝他，但聽他竟說只用五招，就能把同門中拳法第一的劉師弟打敗，心便寬了，料想必是信口胡吹，插口道：「就這樣，我數著。」

劉培生作了一揖，說道：「在下功夫不到之處，請您手下留情。」承志緩緩走近，說道：「我第一招是『石破天驚』，你接著吧！」劉培生道：「好！」心想：「動手過招，那有先把招數說給人聽的？其中定當有詐，叫我留心上盤，卻出其不意的來攻我下盤。」於是右掌虛擋擋門面，左掌橫守丹田，只待袁承志向下盤攻到，立即沉拳下擊，只聽袁承志叫道：「第一招來了！」左掌虛撫，右拳颼的一聲，從掌力中猛穿出來，果然便是華山派的絕招「石破天驚」。

劉培生疾伸右掌擋格，袁承志一拳將到他面門，忽地停住，叫道：「你怎不信我的話？單掌攔不住，雙手同時來。」

劉培生見他拳勢，已知右掌無法阻擋，眼見這一拳便要打破自己鼻子，正自焦急，幸得他拳勢忽停，忙提起左掌，橫擋胸前，雙掌「鐵門橫閂」，口中「嘿」的一聲，運勁推了出去。袁承志這才揮拳打出，和他雙掌相抵。劉培生只感掌上壓力沉重之極，雙臂格格有聲，心想：「他這拳在中途停止，又再中途擊出，並非收拳再發，如何能有如此勁力？」

袁承志收拳說道：「以後三招我接連發出，那是『力劈三關』、『拋磚引玉』、『金剛掣尾』。你怎生抵擋？」

劉培生毫不思索，說道：「在下用『封閉手』、『白雲出岫』、『傍花拂柳』接著。」

袁承志道：「前兩招對了，後一招不對。要知『傍花拂柳』守中帶攻，如跟功力悉敵的對手過招，那當然極好，但這一招要回手反擊，守禦的力道減了一半，我這招『金剛掣尾』你就接不住了。」劉培生道：「那麼我用『千斤墮地』。」袁承志道：「不錯，接著！」

只見他右掌一起，劉培生忙擺好勢子相擋，那知他右掌懸在半空，左掌卻倏地劈了下來，說道：「武學之道，不可拘泥成法，師父教你『力劈三關』是用右掌，但隨機應變，用左掌也無不可。」口中說著，拳勢不停，不等劉培生封閉，已搶住他手腕往前一拉。劉培生用『白雲出岫』隨勢送出，招數中暗藏陰著，如對方不察，胸口穴道立被點中。但他這時不敢反擊，一招解開，立即收勢，沉氣下盤，雙腿猶如釘在地上一般，這招『千斤墮地』果如有千斤之重。袁承志『金剛掣尾』使出，左掌伸到他的後心運力一推，劉培生還是立足不定，向前衝出兩步，滴溜溜打了兩個旋子，轉了過來，臉上脹紅，深深吸了口氣。

袁承志道：「你不硬抗我這一招，免得受傷，那好得很。二師哥調教的弟子，大是不凡。我這第五招是破玉拳的『起手式』。」劉培生很是奇怪，沉吟不語。

袁承志道：「你以爲起手式只是客套禮數，臨敵時無用的麼？要知咱們祖師爺創下這套拳來，沒一招不能克敵制勝。你瞧著。」身子微微一弓，右拳左掌，合著一揖，身子隨著這一揖之勢，向前疾探，連拳連掌，正打在劉培生左膝之上。他再也站立不穩，

318

身子飛起，摔了下來。

袁承志一躍而前，雙手穩穩接住，將他放落。

劉培生撲翻在地，拜道：「晚輩不識師叔，適才無禮冒犯。請師叔看在家師面上，多多擔待。」袁承志連忙還禮，說道：「劉大哥年紀比我長，咱們兄弟相稱吧。」劉培生道：「這個晚輩如何敢當？師叔拳法神妙莫測，適才這五招明說過招，其實是以本門拳法中的精義相授。晚輩感激不盡，回去一定細心體會，好好學練。」

袁承志微微一笑。劉培生從這五招之中學得了隨機應變的要旨，日後觸類旁通，拳法果然大進，終身對袁承志恭敬萬分。要知他師父歸辛樹的拳法決不在袁承志之下，但生性嚴峻，拘泥固執，不喜變通，授徒時不會循循善誘，徒兒一見他面心中就先害怕，拆招時墨守師傳手法，不敢有絲毫走樣，是以於華山派武功的精要處往往領會不到。

梅劍和與孫仲君這時那裏再有懷疑。只是梅劍和自恃劍法深得本門精髓，心想你拳腳上功夫雖高，劍術未必能勝我，正自沉吟，孫仲君叫了起來：「梅師哥，你試試他的劍法！」梅劍和道：「好！」向袁承志道：「我想在劍上向閣下領教幾招。」語氣雖已較前大為謙遜，臉上卻仍是一股傲氣。

袁承志心想：「大概此人劍法確已得到本門真傳，在江湖之上未遇強敵，給人家你捧我拍，奉承得驕傲不堪，以致行為狂悖。這人不比劉培生，須得好好挫折他一下，以後才不致使得華山派門戶貽羞。」便道：「比劍可以，不過決了勝敗之後，須得聽我幾句逆耳之言。」梅劍和傲然道：「此刻勝負未決，你說這話未免太早了些。」當下長劍

橫胸，站在左首。劉培生叫道：「梅師哥，你站下首吧。」梅劍和不加理睬，只當沒聽見。各門派中的規矩，晚輩跟長輩試劍學武，必須站在下首，表示並非敢與對敵，不過是學習藝業、向尊長討教。梅劍和站在左首，那是平輩相待，不認他是師叔。他左掌抱住劍柄，拱手道：「閣下用劍吧。」

袁承志決意挫他驕氣，對焦公禮道：「焦老伯，請你叫人取十柄劍來。」焦公禮忙道：「袁相公快別這樣稱呼，我萬萬不敢當。」

焦宛兒手一揮，早有焦公禮的幾個門徒捧了十柄長劍出來。他們見袁承志為師門出力，自然選了最好的利器，十柄劍一列排在桌上。其時天已入黑，燭光照耀下，十劍光芒互激，閃爍不定。眾人目光在十柄利劍與袁承志之間來回，瞧他選用那一柄。

不料袁承志拈起孫仲君剛才擲來的前半截斷劍，笑道：「我用這斷劍吧！」此言一出，眾人又是一陣驚訝，心想這劍沒劍柄，如何使法？只見他將半截劍夾在右手拇指與食指之間，說道：「進招吧！」

梅劍和大怒，心想：「你對我如此輕視，死了可怨不得我。管你是真師叔，假師叔，如此狂妄自大，便是該死！」臂運內勁，劍身振盪，只見寒光閃閃，接著是一陣嗡嗡之聲，叫道：「看招！」劍走偏鋒，向袁承志右腕刺來，心想你如此持劍，右手一定轉動不靈，我對準你這弱點攻擊，瞧你怎生應付。聽上數百道目光一齊隨著他劍尖光芒跟了過去。

劍尖將要刺到，袁承志手腕微側，半截斷劍已然伸出。雙劍相交，只聽喀喇一聲，

320

接著噹啷一響，梅劍和手中長劍齊柄折斷，劍刃落地，手中只賸了個劍柄。

袁承志向桌上一指道：「給你預備著十柄劍。換劍吧！」眾人才知他要十柄劍，原來是預先給對方備下的。

梅劍和又驚又怒，搶了桌上一劍，向他下盤刺去。袁承志知是虛招，並不招架，果然他此劍下刺，立即迴招，改刺小腹。袁承志伸斷劍擋格，喀喇一聲，梅劍和手中長劍又給震爲兩截。梅劍和跟著連換三劍，三劍均爲半截斷劍震折，不由得呆在當地，做聲不得。

孫仲君叫道：「說是比劍，怎麼儘使妖法，那還比甚麼？」

袁承志抛去斷劍，微微一笑，從桌上拿起兩柄長劍，一柄抛給了梅劍和，轉頭對孫仲君道：「虧你還是本門中人，這手混元功也不知，說甚麼妖法！」

梅劍和乘他轉頭，突然出劍，快如閃電般刺向他後心，劍尖即將及身，口中才喝：

「看劍！」這一劍實是偷襲，人人都看了出來。

袁承志身子側過，也喝：「看劍！」梅劍和使的是一招「蒼鷹搏兔」，袁承志依式而爲，使的也是一招「蒼鷹搏兔」。梅劍和跟著側身，想照樣讓開來劍，那知袁承志一劍刺出，立即轉圈，等他身子側過，劍尖跟著點到。梅劍和只覺劍尖已刺及後心，嚇出一身冷汗，使勁前撲，接著向上縱躍。豈料敵劍始終點在他後心，如影隨形，任他閃避騰挪，劍尖總不離開，幸好袁承志手下容情，只點著他背上衣衫，只要輕輕向前一送，他

再多十條性命也都了帳了。

梅劍和外號叫做「沒影子」，輕功自然甚高，心裏又驚又怕，連使七八般身法，騰挪閃躍，極盡變化，要想擺脫背上劍尖，始終擺脫不了。

袁承志見他已嚇得雙手發抖，心想他終究是自己師姪，也別迫得太緊，收劍撤招，笑道：「這是本門中的劍法呀，你沒學過麼？」梅劍和略一定神，低頭喘息道：「這叫『附骨之蛆』。」袁承志笑道：「不錯，名稱不大好聽，劍法卻挺有用。」

那邊青青又叫了起來：「你叫沒影子，怎麼背後老是跟著人家一把劍呢？『沒影子』的外號，還是改為『劍影子』吧！」

梅劍和沉住了氣不睬，他精研二十多年的劍法始終沒機會施展，心中不服，向袁承志道：「咱們好好的來比比劍。你的雜學太多，我可不會。」

袁承志道：「這些都是本門正宗武功，怎說是雜學？好，看劍！」挺劍當胸平刺。

梅劍和舉劍擋開，還了一劍，袁承志回劍格過。梅劍和待要收劍再刺，不知怎樣，己劍已給黏在對方劍上，只覺袁承志反手轉了兩個圈子，自己手臂不能跟著旋轉，只得撤手，一柄劍脫手飛去。袁承志道：「要不要再試？」

梅劍和橫了心，搶了桌上一柄劍，劍走輕靈，斜刺對方左肩，這次他學了乖，再不和敵劍接觸，一見袁承志伸劍來格，立即收招。那知對方長劍乘隙直入，竟指自己前胸，如不抵擋，豈不給刺個透明窟窿？只得橫劍相格。雙劍劍刃一交，袁承志手臂旋轉，梅劍和長劍又向空際飛出，啪的一聲，竟在半空斷為兩截。

他搶著又取一劍在手，袁承志喝道：「到這地步你還不服？」唰唰兩劍，梅劍和後

仰避開，下盤空虛，給袁承志左腳輕輕一勾，便即跪倒，面目卻是向天。袁承志劍尖指

住他喉頭，問道：「你服了麼？」梅劍和自出道以來，從未受過這般折辱，一口氣轉不

過來，竟自暈去。

孫仲君見他雙目上翻，躺在地下不動，只道已給袁承志殺死，縱身撲上，大叫：

「連我一起殺了吧！」

袁承志見梅劍和閉住了氣，不覺大驚，心想：「如失手打死了他，將來如何見得師

父和二師哥之面？」忙俯身察看，一摸他胸膛，覺到心臟還在緩緩跳動，這才放心，忙

在他脅下和頸上穴道中拍了幾下。孫仲君雙拳此落彼起，在他背上如擂鼓般敲打，袁承

志只是不理，忙著為梅劍和施救。

青青和劉培生一齊躍近喝止。孫仲君坐倒在地，大哭起來。不久梅劍和悠悠醒來，

青青向孫仲君笑道：「他又沒死，你哭甚麼？你對他倒眞一往情深！」

低聲喝道：「你殺了我吧！」劉培生勸道：「梅師哥，咱們聽師叔教訓，別任性啦。」

青青向孫仲君笑道：「他又沒死，你哭甚麼？你對他倒眞一往情深！」

孫仲君羞怒交加，忽地縱起，揮拳向青青打去，她究是華山派好手，這一拳又快又

狠，青青竟沒能避開，只打得她左肩一陣劇痛。青青待要還手，孫仲君忽然「哎唷，哎

唷」大叫起來，彎下腰去。青青一呆，怒道：「打了人家，自己反來叫痛？」袁承志向

她使個眼色，青青不知是何用意，也就不再言語了。但見孫仲君雙拳紅腫，提在面前，

痛得眼淚直流。

原來她剛才猛力在袁承志背上敲擊，袁承志運氣於背，每一下打擊之力，都給反彈出來回到她自己拳上。初時還不覺得，待得在青青肩頭打了這拳，突然間奇痛入骨，如千枚細針在肉裏亂鑽亂刺。原來袁承志恨她出手毒辣，不由分說就砍去了那姓羅的一條臂膀，相較之下，梅劍和雖然狂妄，真正過惡倒沒甚麼，是以存心要給她吃點苦頭。

旁人不知，還道青青既是金蛇郎君的兒子，武功只怕比袁承志還高，孫仲君不自量力，當然是自討苦吃了。十力大師、鄭起雲、萬里風等卻知孫仲君是受了反彈之力，只要拿筋按摩，點解相應穴道，便可止痛消腫，只是自知非袁承志之敵，不敢貿然出手解救。

梅劍和自幼便在歸辛樹門下，見到嚴師，向來猶似耗子見貓一般，壓抑既久，獨自闖蕩江湖，竟加倍的狂傲自大起來。歸辛樹又生性沉默寡言，難得跟弟子們說些做人處世的道理，不免少了教誨。梅劍和自己受挫，那是寧死不屈，但見師妹痛楚難當，登時再也不敢倔強，站起身來，定了定神，向袁承志連作三個揖，低聲下氣的道：「袁師叔，晚輩不知你老駕到，多多冒犯，請你老給孫師妹解救吧。」

袁承志正色道：「你知錯了嗎？」梅劍和低頭道：「晚輩不該擅自撕毀焦幫主的書信，又不該強行替閔二哥出頭。」袁承志道：「以後梅大哥做事，總要再加謹慎才好。」

梅劍和道：「晚輩聽師叔教訓。」

袁承志道：「閔二爺不知當年緣由，要為兄長報仇，本來並無不當。你和這裏眾位英雄受邀助拳，也都是出於朋友義氣。現今既已明白此事緣由，大家罷手，化敵為友，

324

足見高義。這一點我決不怪你。可是你做了一件萬分不對的事，只怕梅大哥還不明白呢。」

梅劍和一楞，問道：「甚麼？」袁承志道：「咱們華山派十二大戒，第三條是甚麼？」梅劍和道：「適才師叔問弟子四條戒律，第三條『濫殺無辜』，孫師妹確是犯了過錯，只好待會向羅大哥鄭重謝罪，我們再賠他一點損失……」

焦公禮的一名弟子在人叢中叫道：「誰要你的臭錢？斷了膀子，銀子補得上麼？」

梅劍和自知理曲，默不作聲。

袁承志轉頭向發話那人道：「我這師姪確是行為魯莽，兄弟十分抱愧。待羅大哥傷愈之後，兄弟想跟他切磋一路獨臂刀法。這功夫不是華山派的，兄弟不必先行稟明師尊。」

眾人見過他的驚人武功，知他雖然謙稱「切磋刀法」，實則答允傳授一項絕藝。這樣一來，羅立如雖然少了一臂，但因禍得福，將來武功一定反而高出同門儕輩了。焦門弟子見他又把孫仲君的過失攬在自己身上，倒不便再說甚麼。

梅劍和又道：「第六條是『不敬尊長』，這條弟子知罪。第十一條是『不辨是非』，弟子也知罪了。只是第五條『結交奸人』，閔二哥為人正直，是位夠朋友的好漢子。」

眾人大半不知華山派的十二大戒是甚麼，一聽梅劍和這話，閔子華第一個跳了起來，叫道：「甚麼？我是奸人？」

袁承志道：「閔二爺請勿誤會，我決不是說你。」閔子華怒道：「那麼你說誰？」

325

袁承志正要回答，只見兩名焦門弟子把羅立如從後堂扶出，向袁承志拜了下去。袁承志連忙還禮。羅立如右袖空垂，臉無血色，但神氣仍很硬朗，說道：「袁大俠救了我師父，又答允授我武藝，弟子真是感激不盡。」袁承志連聲謙讓，說道：「朋友間切磋武藝，事屬尋常，羅大哥不必客氣。」

等到羅立如進去，但見孫仲君額頭汗珠一滴一滴的落下，痛得全身顫抖，嘴唇發紫，袁承志見她已受苦不小，走近身去，便要伸手推穴施救。孫仲君怒道：「別碰我，痛死了也不要你救。」

袁承志臉上一紅，想把解法說給梅劍和知曉，突然間砰砰兩響，兩扇板門為人掌力震落，飛進廳來。

眾人吃了一驚，回頭看時，只見廳外緩步走進兩人。一個是五十左右年紀的漢子，腰纏草繩，一身莊稼人衣著，另一個是四十多歲的農婦。一個是五十左右年紀的漢子，腰纏草繩，一身莊稼人衣著，另一個是四十多歲的農婦。一個手裏抱著個孩子，孫仲君大叫：「師父，師娘！」奔上前去。眾人一聽她稱呼，知道是神拳無敵歸辛樹夫婦到了。

歸二娘把孩子遞給丈夫抱了，鐵青了臉，給孫仲君推宮過血。梅劍和與劉培生也忙上前參見。劉培生低聲說了袁承志的來歷。

袁承志見歸辛樹形貌質樸，二師嫂卻英氣逼人，於是跟在梅劉兩人身後，也上前拜倒。歸辛樹伸手扶起，說句：「不敢當！」就不言語了。歸二娘給孫仲君一面按摩手臂，一面側了頭冷冷打量袁承志，連頭也不點一下。

孫仲君腫痛漸消，哭訴道：「師娘，這人說是我的甚麼師叔，把我的手弄成這個樣子，還把你給我的劍也踩斷了。」

袁承志一聽，心裏暗叫糟糕，暗想：「早知這劍是二師嫂所賜，可無論如何不能踩斷了。」忙道：「小弟狂妄無知，請師哥師嫂恕罪。」

歸二娘對丈夫道：「喂，二哥，聽說師父近來收了個小徒弟，就是他麼？怎麼這樣沒規矩。」歸辛樹道：「我沒見過。」歸二娘道：「要知學無止境，天外有天，人上有人。學了點功夫，就隨便欺侮人。哼！我的徒兒不好，自有我來責罰，不用師叔來代勞啊！」袁承志忙道：「是，是！是小弟莽撞。」歸二娘板起了臉道：「你弄斷我的劍，目中還有尊長麼？就算師父寵愛你，難道就可對師哥這般無禮！」

旁人聽她口氣越來越兇，顯然是強詞奪理，袁承志卻一味的低聲下氣。焦公禮一邊的人都忿忿不平。閔子華和洞玄、萬里風等人卻暗暗得意，心想：「剛才給你佔足了上風，你師哥師嫂一到，還有你狠的嗎？」

孫仲君道：「師父師娘，他說有一個甚麼金蛇郎君給他撐腰，把梅師哥、劉師哥也都給打了，還胡說八道的教訓了我們半天，全不把師父、師娘瞧在眼裏。」

原來歸辛樹夫婦因獨子歸鍾身染重病，四出訪尋名醫。幾位醫道高明之士看了，都說歸二娘在懷孕之時和人動手，傷了胎氣，孩子在胎裏就受了內傷，現下發作出來，這種胎傷千不一活，古方上說如有大補靈藥千年茯苓，再加上成了形的何首烏或可救治。要不然便是千年人參、靈芝仙草，那可更加難得了。如無靈藥，至多再拖得一兩年，便

會枯瘦而死。

歸辛樹夫婦中年得子，對孩子愛逾性命，遍託武林同道訪藥。但千年茯苓已萬分難得，再加成形何首烏，卻到那裏去尋？訪了年餘，毫無結果。眼見孩子一天天的瘦下去，歸二娘只偷偷垂淚。夫妻倆一商量，金陵是江南第一重鎮，奇珍異物必多，於是同來南京訪藥。向武林同道打聽，得知梅劍和等三名弟子都在此地。夫婦二人心想這三人都很能幹，可以幫同尋藥，立即找來焦家，那知竟見到孫仲君手掌受傷。

歸辛樹本來性子暴躁，加之兒子病重，心中焦急，聽了愛徒的一面之辭，當下沒頭沒腦的把袁承志訓責了一頓，聽說他尚有外人撐腰，更加憤怒，側頭問丈夫道：「這金蛇怪物還活著？」歸辛樹道：「聽說過世了，不過誰也不清楚。」

青青聽她無理責罵袁承志，早已有氣，待聽她又叫自己父親為怪物，更是惱怒，罵道：「你這潑婦！幹麼亂罵人？」歸二娘怒道：「你是誰？」孫仲君道：「他就是金蛇怪物的兒子。」歸二娘手腕一抖，一縷寒星，疾向青青肩頭射去。

袁承志暗叫不好，待欲躍起拍打，但歸二娘出手似電，那裏還來得及？只見青青身子一顫，暗器已中左肩。袁承志大驚，搶上去握住她手臂一看，見烏沉沉的是枚喪門釘。青青又驚又怒，已痛得面容失色。袁承志道：「別動！」左手食中雙指按在喪門釘兩旁，微一用勁，見鋼釘脫出了三四分，知道釘尖沒安倒鉤，這才力透兩指，一運內勁，那釘從肉裏跳出，叮的一聲，跌落地下。焦宛兒早站在一旁相助，忙遞過兩塊乾淨手帕。

袁承志替青青包紮好了，低聲道：「青弟，你聽我話，別跟她吵。」青青怒道：

「為甚麼？」袁承志道：「衝著我師哥，咱們只好忍讓。」青青委委屈屈的點了點頭。袁承志知她素性倔強，這次吃了虧居然肯聽自己的話，不予計較，比往昔溫柔和順得多，很是歡喜，向她微微一笑。

歸二娘等他們包紮好傷口，冷笑道：「我隨手發枚小釘，試試他虛實，要是他父親金蛇郎君真有本領，怎麼他連一枚小釘也躲不開？可見甚麼金蛇銀蛇，只不過是欺世盜名、招搖撞騙之徒罷啦！」

袁承志心想：「二師嫂誤會很深，如加分辯，只有更增她怒氣。」便默不作聲。

歸二娘道：「這裏外人眾多，咱們門戶之事不便多說。明晚三更，我們夫婦在紫金山雨花台邊相候，請袁爺過來，可要查個明白，到底你真是我們當家的師弟呢，還是嘿嘿……」說著冷笑幾聲。

眾人一聽，這明明是叫陣動手了。焦公禮很感為難，說道：「賢伉儷威鎮江南，大夥兒聽到神拳無敵的大名，向來仰慕得緊，今日有幸光臨，那真是請也請不到的。」歸二娘哼了一聲，歸辛樹抱著兒子，心神不屬，便似沒聽見。焦公禮又道：「這位袁爺見兄弟遇上了為難之事，仗義排解。梅大哥、劉大哥、孫姑娘三位也都說清楚了。明晚兄弟作東，給賢伉儷接風，同時慶賀三位師兄弟相逢，要不然，今晚水酒一杯……」

歸二娘不耐煩聽他說下去，轉頭對袁承志道：「怎樣？你不敢去麼？」袁承志道：

「師哥師嫂住在那裏？小弟明日一早過來請兩位教訓。師哥師嫂要怎麼責罰，小弟一定不

敢規避。」歸二娘哼了一聲，道：「誰知你是真是假，先別這樣稱呼。明晚試了你的真假再說。走吧！」拉了孫仲君手臂，轉身走出。

太白三英先見袁承志出頭干預，已知所謀難成，料想昨晚制住自己而盜去書函的，無疑必為此人，只怕他隨時會取出多爾袞的函件，揭露通敵賣國醜事，一直在想乘機溜走，恰好歸辛樹夫婦到來，爭鬧又起。三人暗暗欣喜，只盼事情鬧大，就可混水摸魚，待見他們約定明晚在雨花台比武，今晚已經無事，三人一打眼色，搶在歸氏夫婦頭裏溜了出去。

袁承志叫道：「喂，慢走！」飛身出去攔阻。

歸二娘大怒，喝道：「小子無禮，你要攔我！」右掌往他頭頂直劈下去。

袁承志縮身偏頭，歸二娘的手掌從他肩旁掠過，掌風所及，微覺酸麻。歸二娘與丈夫在家之時，無日不對掌過招，勤練武功，掌法之凌厲狠辣，自負除了丈夫之外，武林中已少有敵手，但這一掌居然沒打到對方，那是近十年來所未有之事，心頭火起，手掌變劈為削，隨勢橫掃。袁承志雙足使勁點地，身子陡然拔起，躍過了一張桌子。這一來，歸二娘不便再行追擊，狠狠瞪了他一眼，與歸辛樹、孫仲君、梅劍和、劉培生直出大門。

太白三英見此良機，立即隨著奔出。袁承志生怕歸二娘又起誤會，不敢再行呼喝，縱身撲出，一把抓住走在最後的黎剛，隨手點了穴道，擲在地下。史氏兄弟卻終於逃了出去。

330

袁承志追出門外，此刻天已入黑，四下黑沉沉地已不見影蹤，心想抓住一人，也可以追問口供了，當即轉身回入。忽聽得身後一個蒼老的聲音笑道：「小朋友，多時不見，功夫可俊得很啦。」

袁承志耳聽聲音熟識，心頭一震，疾忙回頭，只見廳外大踏步走進兩個人來。當先一人鬚眉皆白，背上負著一塊黑黝黝的方盤，竟是傳過他輕功和暗器秘術的木桑道人。只見他一手提著史秉文，一手提著史秉光。袁承志這一下喜出望外，忙搶上拜倒在地，叫道：「道長，你老人家好！」

木桑道人笑道：「起來，起來！你瞧這人是誰。」

袁承志起身看時，見他身旁站著個中年漢子，兩鬢微霜，一臉風塵之色，再一細看，認出是當年曾傳過自己拳掌，又捨命救過自己的崔秋山。木桑道人分別未久，面貌沒甚麼改變，崔秋山在闖王軍中出死入生，從少年而至中年，久歷風霜，相貌神情已大不相同。袁承志這一下又驚又喜，搶上去抱住了他，叫道：「崔叔叔，原來是你。」不禁淚水奪眶而出。崔秋山見他故人情重，真情流露，眼中也不禁濕潤。

忽聽閔子華叫了起來：「喂，你們幹麼跟太白三英為難？怎地拿住了他們不放？」

眾人素知史氏兄弟武功了得，可是給這老道抓在手中，如提嬰兒，絲毫沒有掙扎，顯讓點中了穴道，均感驚奇。

木桑哈哈一笑，將史氏兄弟擲在地下，笑道：「拿住了玩耍玩耍不可以麼？」

袁承志伸手向木桑道人身旁一擺，說道：「這位木桑道長，是鐵劍門的前輩高人。」

又向崔秋山一擺，說道：「這位崔大叔以伏虎掌法名重武林，是兄弟學武時的開蒙師傅。」

廳上老一輩的素聞「千變萬劫」木桑道人的大名，只是他行蹤神出鬼沒，十之八九都沒見過他面，只十力大師和崑崙派張心一是他舊識，但算來也是晚輩了，兩人忙過來廝見。眾人見十力大師和張心一以如此身分地位，尚且對他這般恭謹，無不肅然。

木桑道人道：「貧道除了吃飯，就愛下棋，囉裏囉唆的事向來不理，否則的話，老道的棋術怎能如此出神入化？可是上個月忽然得到消息，說有人私通外國，要到南京來謀幹一件大大的賣國勾當，貧道可就不能袖手了，因此上一路跟了過來。」

閔子華奇道：「誰是賣國奸賊？難道會是太白三英？」木桑道：「不錯，正是這三個大名鼎鼎的英雄豪傑，狗熊耗子！」閔子華道：「三位是好朋友，怎會做這等無恥勾當，你別冤枉好人。」木桑道：「老道跟這三個傢伙從來沒見過面，無怨無仇，幹麼要冤枉他們？他們和滿洲韃子偷偷摸摸搗鬼，我在關外親眼見到，親耳聽到，那還能有錯？」閔子華道：「有甚麼證據？」木桑奇道：「證據？要甚麼證據？難道憑老道的一句話，還作不得數？」閔子華道：「這個誰相信呀？」

木桑怒喝：「你是誰？」袁承志道：「這位是仙都派閔子華閔二爺。」木桑怒道：「你師父黃木道人，聽了我的話也從來不敢道半個不字。你這小子膽敢不信道爺的話？」

眾人雖都敬他是武林前輩，但覺如此武斷，未免太過橫蠻無理，均感不服，卻也無人出言跟他爭辯。木桑捋著鬍子直生氣。

袁承志從懷中取出一封信來，交給閔子華道：「閔二爺，請你給大夥兒唸一唸。」

閔子華接過信來，只看了幾句，就嚇了一跳。袁承志守在一旁，若見他也學梅劍和的樣，要想扯碎信箋，立即便點他穴道，奪過信來。卻見他雙手捧信，高聲朗誦出來。

那信便是滿洲睿親王多爾袞寫給太白三英的，吩咐他們俟機奪取江南幫會的地盤，在武林人士中挑撥離間，引致眾人自相殘殺，同時設法擴充勢力，等清兵入關，便起事內應。信末蓋著睿親王的兩枚朱印。閔子華還沒唸完，群豪已然大怒，紛紛喝罵。鄭起雲拉起黎剛，解開他穴道，喝道：「你們還有甚麼奸計？快招出來。」黎剛瞋目不語。鄭起雲啪啪兩記耳光，他兩邊臉頰登時腫了起來。

袁承志當下把如何得到密件的經過，原原本本說了出來。

黎剛知道無法抵賴，叫道：「清兵不日就要入關，這裏便是大清國的天下。你們現下投順，還不失為開國功臣，要是……」話未說完，鄭起雲當胸一拳，把他打得暈了過去。史氏兄弟比黎剛陰騺得多，聽他這麼說，心知要糟，要想飾辭分辯，苦於給點了穴道，做聲不得。

鄭起雲道：「道長，這種奸賊留著幹麼？斃了算啦！」焦公禮道：「料想這些奸賊一定還有同黨，咱們得查問明白。今日不早了，改日再請各位一齊商量。」眾人都說不錯，當下紛紛告辭，有的還向太白三英口吐唾涎，踢上幾腳。

閔子華知受奸人利用，很是懊悔，極力向焦公禮告罪，又向袁承志道：「要不是袁相公出來排解，消弭了一場大禍，又揭破了奸人的陰謀毒計，兄弟真是罪不可赦。」十

333

力大師、鄭起雲、張心一等也均向袁承志致謝，然後辭出。

木桑解下背上棋盤，摸出囊中棋子，對袁承志道：「這些日子中我老是牽掛著你，別的倒沒甚麼，就是想你陪我下棋。」

袁承志見他興致勃勃，微笑著坐了下來，拈起了棋子，心想：「道長待我恩重，難以報答。他一生惟好下棋，只有陪他下棋來稍盡我的孝心了。」木桑眉花眼笑，向餘人道：「你們都去睡吧。老道棋藝高深，千變萬化，諒你們也看不懂。」

焦公禮吩咐安排酒飯相待眾人，隨後引崔秋山入內安睡。青青卻定要旁觀下棋，不肯去睡。焦宛兒在一邊遞送酒菜水果。

青青不懂圍棋，看得氣悶，加之肩頭受傷，不免精神倦怠，看了一陣，竟伏在几上睡著了。木桑對宛兒道：「焦大姑娘，扶她到你房裏睡去吧。」宛兒臉一紅，只裝不聽見，心想：「這位道長怎地風言風語的？」木桑呵呵笑道：「她是女孩子啊，你怕甚麼羞？」宛兒問袁承志道：「袁相公，是麼？」袁承志笑道：「她女扮男裝，在外面走動方便些。」

宛兒年紀比青青小了兩歲，但跟著父親歷練慣了，很是精明，青青女扮男裝，本來不會看不出來，只是這兩日她牽掛父親生死安危，心無旁鶩，又見青青是個美貌少年，一見面就拉她手，覺得此人甚不莊重，此後就不敢對她直視，這時聽承志說了，兀自不放心，輕輕除下青青的頭巾，露出一頭青絲秀髮，頭髮上還插了兩枚玉簪，於是扶她起身，仔細看時，但見她細眉櫻口，肌膚白嫩，果然是個美貌女子，笑道：「姊姊，我扶

你去睡。」青青迷迷糊糊的道：「我不睏，我還要看。道長……道長輸了幾盤啦？」木桑罵道：「胡說！」宛兒微笑道：「好，好，休息一下，咱們再來看。」扶她到自己房裏安睡。

袁承志好些時日沒下棋了，不免生疏，心中又儘想到明晚歸氏夫婦之約，心神不屬，連走了兩下錯著，白白的輸了個劫，一定神，忽然想起，問道：「道長，你怎知她是女子？」木桑呵呵笑道：「我和你崔叔叔五天前就見到你啦。我要暗中察看你的功夫人品，一直沒跟你相見。小心，要吃你這一塊了，點眼！」說著下了一子，又道：「你武功大進，果然了得。或許還及不上你師父，老道可不是你對手啦。」袁承志起立遜謝，道：「那全蒙恩師與道長的教誨。這幾天道長要是有空，請你再指點弟子幾手。」

木桑笑道：「你陪我下棋，向來是不肯白費功夫的。不過我教你些甚麼呢？你武功早勝過我啦，還是你教我幾招吧。你如要我教幾路棋道上的變化，那倒可以。」他越下越得意，又道：「武功好，當然不容易，但你人品端方，更是難得。少年人能夠不欺暗室，對同行少女規規矩矩的，我和你崔叔叔都讚不絕口呢。」

袁承志暗叫慚愧，臉上一陣發燒，心想要是自己跟青青有甚麼親熱舉動，豈不是全讓他瞧了去？怎麼他從旁窺探，自己竟沒發覺？這位道長的輕身功夫，實是高明之極。

又下數子，木桑在西邊角上忽落一子，那本是袁承志的白棋之地，黑棋孤子侵入，可說是干冒奇險。他道：「承志，我這一手是有名堂的。老道過得幾天，就要到西藏去。這一子深入重地，成敗禍福，大是難料。」袁承志奇道：「道長萬里迢迢的遠去西

藏幹甚麼？」木桑嘆了口氣，說道：「去找一件東西。那是先師的遺物。這件物事找不到，本來也不打緊，但如給另一人得去了，那可大大不妥。好比下棋，這是搶先手。老道倘若失先，一盤棋就輸得乾乾淨淨。原來對方早已去了幾年，我這幾天才知，現下馬上趕去，也已落了後手。」袁承志見他臉有憂色，渾不是平時瀟洒自若的模樣，知他此行關係重大，說道：「弟子隨道長同去。咱們幾時動身？」木桑搖搖頭：「不行，不行，這事你可幫不上忙。」

便在此時，忽聽廳外微有聲響，知道屋頂躍下了三個人來，袁承志見木桑不動聲色，也就不理，繼續下棋。

木桑道：「你師嫂剛才的舉動我都見到了。你放心，明天我幫你對付他們。」

袁承志道：「弟子不能跟師哥師嫂動手，只求道長設法排解。弟子自可認錯賠罪。」

木桑道：「怕甚麼？動手打好啦，輸不了！你師父生起上來，就說是我叫打的。」

說到這裏，屋頂上又竄下四個人來，隨覺一陣勁風，四枚鋼鏢激射而至。木桑隨手接住，瞧也不瞧，放在桌上，只當沒這會事。廳外七人一齊躍了進來，手中都持兵刃。

木桑笑道：「你能不能一口氣吃掉七子？」袁承志會意，說道：「弟子試試。」這時七人中有兩人去扶起地上的太白三英，其餘五人各挺刀劍，衝將過來。

袁承志抓起一把棋子，撒了出去，只聽得蓬蓬聲響，七名來人穴道齊中，嗆啷啷的一陣響晃，兵刃撒了一地。木桑點頭道：「大有長進，大有長進！」

宛兒剛服侍青青睡下，聽得響聲，忙奔出來，見二人仍在凝神下棋，地下卻倒了七

336

名大漢。她也不多問，召來家丁，命將七人和太白三英都綁縛了。

這時木桑侵入西隅的黑棋已受重重圍困，眼見已陷絕境，袁承志忽然想起：「道長把這塊棋比作他西藏之行，我如將他這片棋殺了，只怕於他此行不吉。」沉吟片刻，轉去東北角下了一子。木桑呵呵大笑，續在西隅下子，說道：「凶險之極！這著棋一下，那可活了。你殺我不了啦！我而且還能反光！」

又過半個時辰，雙方官子下完，袁承志輸了五子。木桑得意非凡，笑道：「這些年來，你武功是精進了，棋藝卻沒甚麼進展。」袁承志笑道：「那是道長妙著迭生，變化精奧，弟子抵擋不住。」木桑呵呵大笑，打從心底裏歡喜出來，自吹自擂一會，才轉頭對宛兒道：「你叫人搜搜他們。」

宛兒命眾家丁在十人身上搜查，搜出幾封書信、幾冊暗語切口的抄本。書信中有一封是滿清九王多爾袞寫信給北京皇宮司禮太監曹化淳的，說道關口盤查嚴密，是以特地繞道，從海上派遣使者前來，機密大事，可與持信的使者洪勝海接頭云云。

木桑大怒，叫道：「奸賊越來越大膽啦，哼，連皇宮裏的太監也串通了。」右腳飛出，將一名奸細踢得腦漿迸裂。他伸腳又待再踢，袁承志勸住。木桑道：「慢來，道長！且待弟子仔細盤問。」木桑怒氣不息，又要撕信，也給袁承志勸住。木桑道：「話就依你，明天可得陪我下三盤棋。」袁承志笑道：「只要道長有興，連下十盤，卻也無妨。」木桑大喜，隨著家丁進內睡了。

袁承志看了書信和切口抄本等物，心念忽動，暗想：「爹爹的大仇尚未得報，仗著

這些密件，正好混進宮去行刺昏君，為爹爹報仇。」於是把一人穴道解了，問他誰是洪勝海。那人向一個三十多歲、白淨面皮的人一指。

袁承志將洪勝海穴道解開盤問。那洪勝海倔強不說。

袁承志心想，看來他在同黨面前決不肯吐露一字半句，於是命家丁將他帶入書房，說道：「我問你話，你老老實實回答，或者還可給你條生路，只要稍有隱瞞，我叫你分作幾天，慢慢受罪而死。」

洪勝海怒道：「你那妖道使邪法迷人，我雖死亦不心服。」袁承志道：「哼，你自以為武功精強，是不是？你是漢人，卻去做番邦奴才，這是罪有應得，死有餘辜。你既不服，我就跟你比比。你若贏了，放你走路。你如輸了，一切可得從實說來。」

洪勝海大喜，心想：「剛才也不知怎樣，突然穴道上一麻，就此跌倒，必是妖道行使妖法。那妖道既已不在，這後生少年如何是我對手？樂得一切答允。」答道：「好，那道人使妖法，我輸了也不服。只要你用真功夫打敗我，不論你問甚麼，我都實說。」

袁承志走近身去，雙手執住綁在他身上的繩索，一拉一扯，繩索登時斷成數截。

洪勝海一怔，他身上所縛，都是絲麻絞成的粗索，他穴道解開後，曾暗中用力掙扎，只掙得繩索越縛越緊，那知這少年只隨手一扯，繩索立斷，本來小覷之心，都變成了畏懼之意，說道：「怎麼比法？咱們到外面去吧，是比兵刃還是比拳腳？」

袁承志笑道：「我用棋子打中你穴道，你竟以為是那道長使妖法，當真好笑。看你躍進來的身法，是棲霞派東支的內家功夫了。」

338

洪勝海又是一驚，入廳時見兩人凝神下棋，眼皮也不抬一下，宛若不覺，那知自己的行動全已清清楚楚落在他眼裏，連門派家數也說得不錯，便點了點頭。

袁承志道：「也不用出去，就在這裏推推手吧。」

洪勝海雙手護胸，身子微弓，擺好了架子，等他站起身來。

袁承志並不理會，磨墨拈毫，攤開一張白紙，說道：「我在這裏寫字，寫甚麼呢？」

洪勝海見他說要比武，卻寫起字來，很感詫異，又坐了下來。袁承志道：「你別坐！」伸出左掌，道：「你只要把我推得晃了一晃，我寫的字有一筆扭曲抖動，就算你贏了，立刻放你走路。要是我寫滿了一張紙，你還是推不動我，那怎麼說？」

洪勝海說道：「這樣比不大公平吧？」袁承志笑道：「不相干。我寫了，你來吧。」

右手握管，寫了「恢復之計」四字。

洪勝海潛運內力，雙掌一招「排山倒海」，猛向袁承志左掌推去，只覺他左掌微側，已把自己的勁力滑了開去。洪勝海一擊不中，右掌下壓，左掌上抬，想把袁承志一條胳臂夾在中間，只要上下用力，他臂膀非斷下可。

袁承志右手寫字，說道：「你這招『升天入地』，似乎是山東渤海派的招數。嗯，那是『斬蛟拳』。渤海派出自棲霞東支，那麼閣下是渤海派。」當年穆人清傳藝之餘，還將當世各家武功向承志詳細分拆解說，因此承志熟知各家各派的技法招式。

洪勝海聽他將自己的武功來歷說得半點不錯，心下駭然，這時他雙掌已挾住對方臂膀，連運幾次勁力，對方一條臂膀便如生鐵鑄成，紋絲不動。承志幾句話一說完，臂膀

後縮，如一尾游魚般從他兩掌間縮了出來，只聽啪的一聲，他左右雙掌收勢不及，自行

打了一記。洪勝海又驚又怒，展開本門絕學，雙掌飛舞，驚濤駭浪般攻出。

袁承志坐在椅上右手書寫不停，左掌瀟洒自如，把對方來招一一化解。他左臂忽前

忽後，對洪勝海始終沒瞧上一眼，偶爾還發出一兩下反擊，但左臂伸縮只到肩窩爲止，

上身穩穩不動，對方攻來時既不後仰，追擊對方時也不前俯。

拆得良久，洪勝海一套「斬蛟拳」已使到盡頭。袁承志道：「你的『斬蛟拳』還有

九招，我這篇文章卻要寫完了。好，我等你一下，你發一招，我寫一個字！」

洪勝海心下更驚，暗想此人怎麼對我拳法如此熟悉，難道竟是本門中人不成？不過

他掌法十分奇妙厲害，要說是本門之人，那又決計不是。當下把「斬蛟拳」最後九招使

了出來，凝聚功力，每一招都如刀劈斧削一般，凌厲異常，這時已不求打倒對方，只盼

將他身子震得一震，右手寫的字有一筆塗污扭曲，就可藉口脫身。只聽袁承志誦道：

「但中有所危，不敢不告」。最後還有個『告』字！」

洪勝海使到最後兩招，仍然推他不動，突然低頭，雙肘彎過，臂膀放在頭前，猛力

向他衝去，心想你武功再好，椅子總會給我推動。那知他這麼淨使蠻勁，只發不收，犯

了武家大忌，只覺肘下不知從那裏來一股大力，驀地托起，登時立足不穩，向後便仰，

身不由主的在空中連翻三個觔斗，騰的一聲，坐倒在地。過了好一會，才弄清自己原來

已讓對方打倒了，忙雙足一頓，站了起來。

就在這時，焦宛兒拿了一把紫砂茶壺，走進書房，說道：「袁相公，這是新沖的獅

峯龍井，你喝一杯吧。」說著把茶篩在杯裏。

袁承志接過茶杯，見茶水碧綠如翡翠，一股清香幽幽入鼻，喝了一口，讚道：「好茶！」拿起桌上那張紙，說道：「焦姑娘，請你瞧瞧，紙上可有甚麼破筆塗污？」

焦宛兒接了過來，輕輕唸誦了起來：

「恢復之計，不外臣昔年以遼人守遼土、以遼土養遼人，守為正著、戰為奇著、和為旁著之說。法在漸不在驟，在實不在虛。此臣與諸邊臣所能為。至用人之人，皆至尊司其鑰。何以任而勿貳，信而勿疑？蓋駁邊臣與廷臣異。軍中可驚可疑者殊多，但當論成敗之大局，不必摘一言一行之微瑕。事任既重，為怨實多。諸有利於封疆者，皆不利於此身者也。況圖敵之急，敵亦從而間之。是以為邊臣甚難。陛下愛臣知臣，臣何必過疑懼？但中有所危，不敢不告。」

她於文中所指，不甚了了，她不精擅書法，但見這一百多字書法頗為平平，結構章法，可說相當拙劣，但一筆一劃，力透紙背，並無絲毫扭曲塗污，說道：「清清楚楚，一筆不苟，這是甚麼文章？」袁承志嘆了口氣，道：「這是袁督師當年守遼之時，上給皇帝的奏章。」焦宛兒道：「袁相公文武全才，留心邊事，於這些奏章也爛熟於胸。」

袁承志搖頭道：「我也只讀過這幾篇，那是我從小就背熟了的。」

此上這篇奏章。後來崇禎果然中了滿洲皇太極的反間計，先前對袁崇煥本有猜忌之心，又信了奸臣的言語，將袁崇煥殺了。

袁崇煥當年守衛遼邊，抗禦滿洲入侵，深知崇禎性格多疑，易聽小人中傷挑撥，因此上這篇奏章。後來崇禎果然中了滿洲皇太極的反間計，先前對袁崇煥本有猜忌之心，又信了奸臣的言語，將袁崇煥殺了。袁崇煥所疑懼的，都不幸而一一料中。袁承志年幼

時，應松教他讀書習字，曾將他父親袁崇煥的諸篇奏章詳為講授。他除此之外，讀書無多，此刻要寫字，又想起滿洲圖謀日亟，邊將無人，隨手便寫了出來。

焦宛兒道：「袁相公這幅字，就給了我吧。」袁承志道：「我的字實在難看。剛才跟這朋友打賭，才好玩寫的。焦姑娘要，拿去不妨，可不能給有學問的人見到，讓人家笑話。」焦宛兒謝了收起，走出書房。

袁承志問洪勝海道：「滿洲九王派你去見曹化淳，商量些甚麼事？」洪勝海吞吞吐吐的不說。袁承志道：「咱們剛才不是打了賭麼？你有沒推動我？」洪勝海低頭道：

「相公武功驚人，小人確是聞所未聞，見所未見，拜服之至。」

袁承志道：「你左乳下第二根肋骨一帶，有甚麼知覺？」洪勝海伸手一摸，驚道：

「那裏完全麻木了，沒一點知覺。」袁承志道：「右邊腋下呢？」洪勝海一按，忽然「哎唷」一聲叫了出來，說道：「不摸倒不覺甚麼，一碰可痛得不得了。」袁承志笑道：

「這就是了。」斟了杯茶，一面喝茶，一面翻開案頭一本書來看，不再理他。

洪勝海想走，卻又不敢。過了好一會，袁承志抬起頭來，說道：「你還沒走麼？」

洪勝海喜道：「相公放我走了？」袁承志道：「是你自己來的，我又沒請你。你要走，我也不會留客。」洪勝海出望外，跪下磕頭，站起來作了一揖，說道：「小人不敢忘了相公恩德。」袁承志點點頭，又自看書。

洪勝海走到書房門口，忽想出去怕有人攔阻，推開窗格，飛身而出，回頭望去，見袁承志仍在看書，並無追擊之狀，這才放心，躍上屋頂，疾奔而去。

342

焦宛兒自袁承志救她父親脫卻大難，衷心感激，心想他武功驚人，今後也沒有可以報答的時候，只有乘著他留在自己家裏這幾天盡心服侍。這時三更將過，已然夜深，她在書房外來回數次，見門縫中仍透出光亮，知他還沒睡，命婢女弄了幾色點心，親自捧向書房。在門上輕敲數下，推門進去，見袁承志拿著一部《忠義水滸傳》正看得起勁。

焦宛兒道：「袁相公，還不安息麼？請用一些點心，便安息了，好麼？」袁承志起身道謝，說道：「姑娘快請安睡，不必招呼我啦。我在這裏等一個人……」正說到這裏，窗格一動，有人跳進。焦宛兒一驚，看清楚便是洪勝海。

他在承志面前跪倒，道：「袁大英雄，小人知錯了，求你救命。」承志伸手相扶，洪勝海跪著不肯起身，道：「從今以後，小人一定改過自新，求袁大英雄饒命。」宛兒在一旁睜大眼睛，愕然不解。

只見袁承志伸手一托，洪勝海又身不由主的翻個觔斗，騰的一聲坐倒。他隨手一摸腋下，登現喜色，再按胸間，卻又愁眉重鎖。袁承志道：「你懂了麼？」

洪勝海一轉念間，已明袁承志之意，說道：「袁大英雄你要問甚麼，小人一定實說。剛才小人已說過，比武只要輸了，甚麼事都據實稟告。」

焦宛兒知道他們所說的是機密大事，當即退出。

原來洪勝海離焦家後，疾奔回寓，解衣看時，見胸前有銅錢大小一個紅塊，摸上去毫無知覺，腋下卻有三個蠶豆大小的黑點，觸手劇痛，知在推手時不知不覺間給對手內力震傷。當下盤膝坐在床上，運內功療傷，豈知不運氣倒也罷了，一動內息，腋下奇痛

徹心，連忙躺下，卻又無事。這麼一連三次，想到高深武功能以內力傷人於無形，受者重傷難治，不由得越想越怕，只得又趕回來求救。

袁承志道：「你身上受了兩處傷，一處有痛楚的，我已給你治好；另一處目前沒知覺，三個月之後，麻木處慢慢擴大，等到胸口心間發麻，那就壽限到了。」洪勝海又嘆的跪下，磕下頭去。

袁承志正色道：「你投降番邦，去做漢奸，本來罪不容誅。我問你，你願不願將功折罪？」洪勝海垂淚道：「小人做這件事，有時中夜捫心自問，也覺對不起先人，辱沒上代祖宗。相公給小人一條自新之路，實是再生父母。小人也不是自甘墮落，只是當年為了一件事，迫得無路可走，才出此下策。」

袁承志見他說得誠懇，便道：「你起來，坐下慢慢說。是誰迫得你無路可走？」

洪勝海恨恨的道：「是華山派的歸二娘和孫仲君師徒。」

這句話大出袁承志意料之外，忙問：「甚麼？是她們？」

「相公識得他們？」袁承志道：「剛才還跟她們交了手。」

洪勝海聽了一喜一憂，喜的是眼前這樣一個大本領的人是她們對頭，憂的是這兩人竟在南京，只怕冤家路窄，狹路相逢，說道：「這兩個娘兒本領雖不錯，但決不是相公對手。不過她師徒倆心狠手辣，甚麼事都做得出來，相公可要小心。」

袁承志哼了一聲，問道：「她們迫你，為了何事？」

洪勝海微一沉吟，道：「不敢相瞞，小人本在山東海面上做些沒本錢的買賣。夥伴

中有個義兄，看中了那孫仲君，向她求婚。她不答應也就罷了，那知一言不發，突然用劍削去了他兩隻耳朵。小人心頭不忿，約了幾十個人，去將她擄了來，本想迫她和我那義兄成親，不料她師娘二娘當晚趕到，將我義兄一劍殺死，其餘朋友也都給她殺了。小人逃得快，總算走脫了性命。」袁承志道：「擄人迫婚，本來是你不好啊。」洪勝海道：「小人也知事情做得鹵莽，闖了大禍，逃脫後也不敢露面。那知她們打聽得小人家鄉所在，趕去將我七十歲的老母、妻子和三個兒女，殺得一個不留。」

袁承志見他說到這裏時流下淚來，料想所言不虛，點了點頭。

洪勝海又道：「我鬥不過她們，可是此仇不報，難下得這口氣……小人在中原無法存身，知道遲早會給這兩個潑辣婆娘殺了，一時意左，便到遼東去投了九王……」說到這裏，又是氣憤，又是慚愧。

袁承志道：「她們殺你母親妻兒，雖然太過，但起因總是你不好。而且這是私仇，你怎麼可以投降番邦，甘作漢奸？」洪勝海道：「只求袁大英雄給我報了此仇，你叫我作甚麼全成。」袁承志道：「報仇？你這生別作這打算了，歸二娘武功極高，她丈夫神拳無敵更是了得，是我的師兄。我問你，九王叫你去見曹太監幹麼？」

洪勝海道：「九王爺吩咐小人，要曹太監將宮裏朝中的大事都說給小人聽，然後去轉告九王爺。」袁承志問道：「曹化淳做到司禮太監，已是太監中的頂兒尖兒，他投降滿清，又圖的是甚麼？多爾袞許給他的好處，難道能比大明皇帝給他的更多？」洪勝海道：「滿清九王爺只答允他一件事：將來攻破北京，不殺他的頭，讓他保有家產；他如

不作內應，北京終究還是能破，那時便將他千刀萬剮。」袁承志這才恍然，說道：「曹太監肯做漢奸，只是怕死，爲了先鋪一條後路。」洪勝海道：「正是！」袁承志嘆了口氣，心想：「有些人甚麼都有了，便就怕死，怕失了家產。榮華富貴沒有了，那無可奈何。但性命家產卻必須保全，便甚麼都肯幹。」

他向洪勝海瞧去，心道：「這人也怕死，只求保住性命，甚麼都肯幹。壞事固然肯做，好事何嘗不能？」問道：「你願意改邪歸正，做個好人呢，還是寧可在三個月後死於非命？」洪勝海道：「請袁英雄指點條明路，但有所命，小人不敢有違。」袁承志道：「好吧，你跟著我作個親隨吧。」洪勝海大喜，撲地跪倒，磕了三個響頭。

袁承志道：「以後你別叫我甚麼英雄不英雄了。」洪勝海道：「是，我叫你相公。」

心中暗喜：「只要跟定了你，再也不怕歸二娘和孫仲君這兩個女賊來殺我了。三個月後傷勢發作，你自然也不會袖手旁觀。」當下心安理得，胸懷大暢，以前做滿清奸細之時，神明內疚，恍惚不安，此刻宛如心頭移去一塊大石，說不出的舒服。

袁承志忙了一夜，這才入內安睡，命洪勝海和他同室，睡在地下。洪勝海見袁承志對己信任，殊無提防之意，很是感激。其實袁承志用混元功傷他之後，知他要靠自己解救，如敢加害，那就是害了自身。

一打開鐵箱，但見寶光耀眼，滿箱都是寶石、珍珠、瑪瑙、翡翠之屬，沒一件不是價值鉅萬的珍物。

抄到底下，見下半箱疊滿了金磚。

第十回

不傳傳百變 無敵敵千招

袁承志睡到次日日上三竿，這才起身。焦宛兒親自捧了盥洗用具和早點進房，袁承志連忙遜謝。洪勝海便在旁服侍。

剛洗好臉，木桑道人拿了棋盤，青青拿著棋子，兩人一齊進來。青青笑道：「貪睡貓，到這時候才起身，道長可等得急壞了，快下棋，快下棋。」袁承志向著她瞧了一眼，忽然一笑。青青笑道：「笑甚麼？」袁承志笑道：「道長給你甚麼好處？你這般出力幫他找對手。」青青笑道：「道長教了我一套功夫。這功夫啊，可真妙啦。別人向你拳打腳踢，你卻只管跟他捉迷藏，東一溜，西一晃，他再也別想打到你。」

袁承志心裏一動，偷眼看木桑道人時，見他拿了兩顆白子、兩顆黑子，放在棋盤四角，手中拈著一顆黑子，輕輕敲擊棋盤，發出丁丁之聲，嘴角邊露出微笑。本來在華山下棋時，袁承志已要讓木桑一先，後來更加非讓上三子不可，此時卻又平手分先。袁承志心想：「今晚二師哥、二師嫂雨花台之約，非去不可。瞧二師嫂神氣，尚且未必能勝，如再相讓，非受重傷不可，真有差池，只怕連命也送了。道長傳授她武功，似乎別有深意。」便道：「下棋倒也可以，可是你得把這套功夫轉教給我。」青青笑道：「好哇，這叫見者有份，你跟我講起黑道上的規矩來啦。」兩人說笑幾句，承志就陪木桑下棋。此時承志多歷世事，已不似兒時一味好勝，手下自然留情，讓木桑贏得心情大快。

午飯後，袁承志和崔秋山談起別來情由。一個知道闖王勢力大張，不久就要大舉入京；另一個見舊時小友已英武如斯，藝成品立，均覺喜慰。談了一陣，又說到崔希敏和

350

安小慧失金奪金之事。青青不住向承志打手勢，叫他出去。崔秋山笑道：「你小朋友叫你呢，快去吧！」承志臉一紅，不好意思便走。

崔秋山笑著起身走出。青青奔了進來，笑道：「快來，我把他長教的功夫跟你說。」我怕再過一陣他教的時候我壓根兒就不懂。他說：『你硬記著，將來慢慢兒就懂了。』我怕再過一陣就全給忘了。」當下連比帶劃，把木桑所授的一套絕頂輕功「神行百變」說了出來。

木桑道人輕功與暗器之術天下獨步，這套「神行百變」更是精微奧妙，當年在華山之時，承志所學尚淺，無法領會修習，是以沒有傳他。青青武功雖不甚精，但記性極好，人又靈悟，知道木桑傳她是賓，傳承志是主，只不明白為甚麼要自己轉言，當時生吞活剝的硬記，這時把口訣、運氣、腳步、身法等項一一照說，只聽得承志心花怒放。

他習練木桑所傳的輕功已歷多年，這套「神行百變」只不過更加變化奧妙，須以更深內功作為根柢，基本道理卻也與以前所學的輕功無別。此時他武學修為大進，一聞要訣，便即領悟。青青有幾處地方沒記清楚，承志一問，她答不上來，便又奔進去問木桑道人。等到二次指點，承志已盡行明白，當下在廳中按式練了一遍。

但覺這套輕功轉折滑溜，直似游魚一般，與人動手之際，倘若但求趨避自保，敵人兵刃拳腳萬難及身，這才明白木桑的用意。然他知二師哥武功精絕，當年師父曾說：「你大師哥為人滑稽，不免有點浮躁。二師哥卻木訥深沉，用功尤為紮實。」料想二師哥的功力多半在大師哥之上，這套功夫新練未熟，以之閃避抵擋，只怕未必能成。他凝思良久，忽然想起師父初授武功之時曾教過一套十段錦，當時自己出盡本事，也摸不到師

父一片衣角。木桑道人的「神行百變」功夫雖輕靈已極，但始終躲閃而不含反擊伏著，對方不免無所顧忌，如和本門功夫混合使用，守中含攻，對手便須分力守禦，更具靈效。他在書房中閉目尋思，一招一式的默念。旁人也不去打擾。

到得申牌時分，袁承志已全盤想通，但怕沒有把握，須得試練一番。於是請焦宛兒約了十多位師兄弟，各人提了一大桶水，圍在練武場四周，自己站在中心，打個手勢，各人便用木杓舀水向他亂潑，他竄高伏低，東躲西避，等到十桶水潑完，只右手袖子與左腳上濕了一灘。各人紛紛上前道喜，賀他又練成一項絕技。

木桑道人卻一直在房中呼呼大睡，全不理會。

晚膳過後，袁承志便要去雨花台赴約。焦公禮、焦宛兒父女想同去解釋，青青要隨伴助陣，袁承志都婉言相卻。青青撅起了嘴很不高興。

承志道：「他們是我師哥師嫂，今晚我只挨打不還手，你瞧著定要生氣，豈不要壞我事？」青青道：「你讓他們三招也就是了，幹麼老不還手？」承志道：「我要用你教我的功夫，瞧他們打不打得著我。」青青拍手笑道：「那我更要去瞧瞧，親眼看我乖徒兒大顯身手。你怕我得罪你師哥師嫂，我一句話不說就是。」承志笑道：「你肯裝啞巴？」青青點頭道：「我不裝，我天生就是啞巴。」做幾下手勢，嘴裏「啊、啊」的乾嚷，裝作啞巴。承志一笑，只得讓她同去。進去向木桑告辭，只見他向著裏床而睡，叫了幾聲不醒。崔秋山卻自行出門去了。

兩人向焦家借了兩匹健馬，二更時分，已到了雨花台畔。見四下無人，便下馬相

候，等了半個時辰，只見東邊兩人奔近，跟著輕輕兩聲擊掌。袁承志拍掌相應。

一人說道：「袁師叔到了麼？」聽聲音是劉培生。袁承志道：「我在這裏等候師哥

師嫂。」眼見劉培生和梅劍和走近，遠處一個女子聲音叫道：「好啊，果然來了！」

語聲剛畢，兩個人影便奔到跟前。青青一驚，心想這兩人來得好快。梅劉二人往外

一分，那兩個人影倏地竄出，正是歸辛樹和歸二娘夫婦。遠處又有一個人奔來，袁承志

見她身形，知是飛天魔女孫仲君。她功夫可就比師父師娘差得遠了，奔了好一陣才到跟

前。她手中抱著個小孩，是歸氏夫婦的孩子。

歸二娘冷冷的道：「袁爺倒是信人，我夫婦還有要事，別耽擱辰光，這就進招吧。」

袁承志躬身行禮，恭恭敬敬的道：「小弟今日是向師哥師嫂請來的。小弟折斷師嫂的

寶劍，實是事前未知。冒犯之處，還請師哥師嫂瞧在師父面上，大量包容。」歸二娘冷

笑道：「你是不是我們師弟，誰也不知，先過了招再說。」袁承志推讓不肯動手。

歸二娘見他一味退縮，心想若非假冒，何以如此膽怯氣餒？忽地左掌提起，斜劈下

來。袁承志疾向後仰，掌鋒從鼻尖上急掠而過，心中暗驚：「瞧不出她女流之輩，掌法

如此凌厲了得。」歸二娘一擊不中，右拳隨上，使的正是華山派的破玉拳。袁承志對這

路拳法研習有素，成竹在胸，當下雙手下垂，緊貼大腿兩側，以示決不還手，身子晃

動，使開融會了「神行百變」和十段錦的輕功，在歸二娘拳腳的空隙中穿來插去。歸二

娘連發十餘急招，勢如暴風驟雨，都給他側身避開。

歸辛樹在旁瞧得凜然心驚，暗想這少年恁地了得，他的輕功有些確是本門身法，但大半卻又截然不同，莫非這少年是別派奸徒，不知如何，竟偷學了本門的上乘功夫去？

當下全神注視，只怕妻子吃虧。

歸二娘見袁承志並不還手，心想你如此輕視於我，叫你知道歸二娘的厲害，雙拳如風，越打越快，她既知對方並不反擊，便把守禦的招數盡數擱下，招招進襲。

袁承志暗暗叫苦，想不到二師嫂將這路破玉拳使得如此勢道凌厲，加之只攻不守，威力更是倍增，心想當眞抵擋不住之時，說不得，也只好伸手招架了。

孫仲君見袁承志雙手下垂，任憑師娘出手如何迅捷，始終打不中他一招，越看越惱，斜眼間見青青站在一旁，看得興高采烈，滿臉笑容，當即將小師弟往梅劍和手中一送，拔出長劍縱身而前，向青青胸口刺去。

青青吃了一驚，疾忙側身避開。她受袁承志之囑，此行不帶兵刃，給孫仲君唰唰數劍，逼得手忙腳亂。她武功本就不及，更何況赤手空拳，數招之後，立即危險萬狀。

袁承志聽她驚呼，便想過去救援，但給歸二娘緊緊纏住了無法脫身。

歸辛樹向孫仲君喝道：「別傷人性命。」孫仲君道：「師父，這人是金蛇郎君的兒子。」這輕薄少年，正是罪魁禍首。」歸辛樹曾聽江南武林中人說起金蛇郎君心狠手辣，並非善良之輩，也就不言語了。孫仲君見師父已然默許，劍招加緊，白光閃閃，眼見青青便要命喪當地。

袁承志見局勢緊迫，忽地雙腿齊飛，兩手仍貼在胯側，但兩腿左一腳右一腳，連環

六腳，都是快要踢到歸二娘身上時候地收回，然已將她逼得連退六步。袁承志就此擺脫，縱身躍起，空中轉身前撲，左手雙指點向孫仲君後心，要奪落她手中長劍，忽聽身旁一聲長嘯，一股勁風猛向腰間襲來。承志不暇攻敵，先拆來招，右掌勾住來人手腕斜帶，那知來人絲毫不動，自己卻給他反力推了出去。袁承志自下山以來，從未遇到勁力如此深厚之人，知道必是二師兄出手，不由得心驚：「我原知二師哥武功非同小可，沒料到他身材瘦瘦小小，竟具如此神力。」

他落下地後，身子便如木樁般猛然釘住，毫不搖晃。叫道：「二師哥，小弟得罪！」

叫聲未歇，歸辛樹左掌已到身前。袁承志這次有了提防，左肩微側，來掌打空，正是今日學會的「神行百變」身法。

歸辛樹適才跟他一帶一推，已察覺他內勁全是本門混元功，招式可以偷學，內力卻須親傳，只這一推之間，便知他確是師父新收的小徒弟。第二招出手如電，眼見一掌便可打到他肩頭，生怕打傷了他，師父臉上須不好看，手掌將到時潛力斜迴，只使了三成力，那知道對方滑溜異常，在間不容髮之際竟爾躲開，不覺也是一驚，喝道：「好快的身法！」拳隨聲落，呼呼數招。他拳法與歸二娘一模一樣，但功力之純，收發之速，實已臻爐火純青之境，袁承志既驚且佩，心想怪不得二師哥享名如此之盛，他幾個徒兒出來，武林中一般好手都對之恭敬異常，原來他手下也當真了得。這時那裏還敢有絲毫怠忽？「神行百變」的身法初學乍練，尚頗生疏，對付歸二娘綽綽有餘，用來與二師哥過招只怕躲不過他十拳，於是也展開師門所授絕藝，以破玉拳法招架。

355

二人拳法相同，諸般變化均了然於胸，越打越快，意到即收，未沾先止，可說是熟極而流。袁承志心想：「我在華山跟師父拆招，也不過如此。」但與師父拆招，明知並無兇險，二師哥卻是拳掌沉重，萬萬受不得他一招，雖知青青命在頃刻，竟無餘暇去瞧她一眼，霎時之間，背上冷汗直淋。他急欲去救青青，出招竭盡全力，更不留情，心想：「青弟倘若喪命，就算你是師哥，我也殺了你！」

這邊孫仲君見袁承志讓師父絆住了，心中大喜，劍法更見凌厲。劉培生與梅劍和同時叫道：「師妹不可傷人……」叫聲未歇，孫仲君挺劍猛向青青胸口刺到。青青難以閃避，急向後仰，打個滾逃開。孫仲君反劍橫削，青青急忙低頭，頭巾登被削落，長髮四散，下垂披臉。孫仲君見她原來是個女子，一呆之下，挺劍又刺，青青已難閃避。

忽聽得頭頂一個蒼老的聲音喝道：「好狠的女娃子！」樹頂一團黑影直撲下來，起腳將她長劍踢飛。孫仲君大驚，退了兩步，月光下見那人道裝打扮，鬚眉俱白，擋在青青身前。她與梅、劉二人不知這老道是誰，歸二娘卻認得他是師父的好友木桑道人，便即過來見禮。木桑笑道：「別忙行禮，且瞧他哥兒倆練武。」

歸二娘回頭看丈夫時，只見兩條人影夾著呼呼風聲，鬥得激烈異常。歸辛樹力勁招沉，袁承志身手快捷。一個嫻熟本門武功，一個兼習三家之長，各擅勝場，難分高下。

袁承志初時掛念青青的安危，甚是焦急，不免分心，待見木桑道人到來相救，這才全神與師兄拆解，招數中形同拚命的狠辣之勁，卻也收了。兩人越鬥越緊，本門的伏虎掌、劈石拳、破玉拳、混元掌等等上乘功夫全都使上了。袁承志畢竟功力較淺，修習沒

356

歸辛樹之久，鬥到近千招時，便漸落下風。

歸二娘見丈夫越來越攻多守少，心中暗喜，但見袁承志本門功夫如此純熟，也已毫不懷疑他確是師弟，於他拳術造詣之精，也不禁暗暗佩服。

又拆得數十招，袁承志突然拳法一變，身形便如水蛇般游走不定。這是金蛇郎君手創的「金蛇遊身掌」，係從水蛇在水中遊動的身法中所悟出。不過這套掌法中所有陰毒擊敵的招數，袁承志此時都捨棄不用，卻加上神行百變和十段錦的輕功。但見他倏進倏退，忽東忽西，旁觀各人眼都花了。歸辛樹拳法雖高，可也看不明白他的身法，竟無下手之處，不由得焦躁：「我號稱神拳無敵，可是跟這個小師弟已拆了一千招以上，兀自奈何他不得。我這個外號，可有點名不副實了。」

袁承志橫趨斜行，正自急繞圈子，歸辛樹忽地跳開，叫道：「且住！」袁承志疾忙站定，說道：「是！」心想：「他打我不到，雙方就算平手。各人顧住面子，也就算了。」卻見歸辛樹向空中一揖，說道：「師父，你老人家也來啦。」袁承志吃了一驚，見大樹上連續縱下四人，當先一人正是恩師穆人清。

袁承志大喜，搶上拜倒，站起身來時，見師父身後是崔秋山和大師兄銅筆鐵算盤黃真，最後一人竟是啞巴。

袁承志忽遇恩師故人，欣喜異常，和啞巴打了幾個手勢，心想自己終究閱歷太淺，只顧跟二師哥過招，沒留神四下情勢，要是樹上躲著的不是師父而是敵人，勢不免要中暗算？二師哥卻眼觀六路，耳聽八方，江湖上大行家畢竟不同，不由得心中欽佩。

穆人清摸摸承志的頭頂，微笑道：「你大師哥說了你在浙江衢州的事，做得不錯。」

隨即臉色一沉，道：「少年人爲甚麼不敬尊長，跟師哥、師嫂打起架來？」袁承志低頭道：「是弟子不是，下次決計不敢啦。」走過去向歸辛樹夫婦連作了兩個揖，躬身說道：「小弟向師哥師嫂請罪。」

歸二娘性子直爽，對穆人清道：「師父，你倒不必怪師弟動手，那是我們夫婦逼他的。我們怪他用別派武功，折辱這幾個不成器的徒弟。」說著向梅劍和等三人一指。

穆人清道：「說到門戶之見，我倒看得很淡。喂，劍和，過來，我問你，你袁師叔跟師兄動手，是他不好。你們三人卻怎麼又跟師叔過招了？咱們門中的尊卑之分，大家都不管了麼？」梅劍和在師祖面前不敢隱瞞，便把閔子華尋仇的經過，原原本本說了，提到孫仲君斷人臂膀之事，只說「跟焦公禮的一名徒弟動了手」，就此輕描淡寫的一言帶過。他言語中所著重的，卻是袁承志踩斷了歸二娘賜給孫仲君的長劍。

青青忍不住插口道：「老師父，這位飛天魔女孫姑娘，好沒來由的，一劍就把人家一條臂膀斬了下來。那個人只不過奉師父之命送信來請客，老老實實的，手無寸鐵。袁大哥說，他華山派門人不能濫傷無辜，他既見到了，倘若不管，要給師父責罰的，無可奈何，只得出頭管上這椿事。他說無意中得罪了師哥、師嫂，心裏難過得很，可又沒法子。」她知袁承志不擅言辭，且不肯爲自己聲辯，一切都代他說了，低聲對承志道：

「啞巴說話了，對不起。」

穆人清臉如嚴霜，問道：「眞的麼？」歸氏夫婦不知此事，望著孫仲君。梅劍和低

358

聲道：「師祖爺爺，孫師妹當時認定他是壞人，是以下手沒容情，而今已很是後悔，請師祖饒恕。」穆人清大怒，喝道：「咱們華山派最大的戒律是不可濫傷無辜。辛樹，你收這徒兒之時，有沒教訓過她？」

歸辛樹從來沒見過師父氣得如此厲害，急忙跪倒，說道：「弟子失於教誨，是弟子不是。請師父息怒，弟子一定好好責罰她。」歸二娘、梅、劉、孫四人忙跟著跪在歸辛樹之後。穆人清怒氣不息，罵袁承志道：「你見了這事，怎麼折斷了她的劍就算了事？怎麼不把她的臂膀也砍下來？咱們不正自己門風，豈不給江湖上的朋友們恥笑？」

袁承志跪下磕頭，說道：「是，是，弟子處置得不對。」

穆人清道：「這女娃兒，」說著向青青一指，對孫仲君道：「又犯了甚麼十惡不赦的惡行，你卻連使九下狠招殺著，非取她性命不可？你過來。」

孫仲君嚇得魂不附體，那敢過去？伏在地下連連磕頭，說道：「徒孫只道她是男人，是個輕薄之徒⋯⋯」

穆人清怒道：「你削下她帽子，已見到她是女子了，卻仍下毒手。再說，是男人就可濫殺嗎？單憑你『飛天魔女』這四字外號，就可想見你平素爲人。你不過來嗎？」歸二娘知道師父要將她點成廢人，卸去全身武功，只得磕頭求道：「師父你老人家請息怒，弟子回去，一定將她重重責打。」穆人清道：「你砍下她的臂膀，明兒抬到焦家去求情賠罪。」歸二娘不敢作聲。袁承志道：「徒兒已向焦家賠過罪，還幫了他們一個大忙，救了他們幫主性命，又應承傳授一門武功給那人，因此焦家這邊是沒事了。」穆人

清哼了聲，道：「木桑道兄幸虧不是外人，否則真叫他笑死啦。究竟是他聰明，吃了本

門中不肖子弟的虧，一生不收徒弟，免得丟臉嘔氣。都起來吧！」眾人便都站起。

穆人清向孫仲君一瞪眼，孫仲君嚇得又跪了下來。穆人清道：「拿劍過來。」孫仲

君心中怦怦亂跳，只得雙手捧劍過頂獻上。

穆人清抓住劍柄，微微一抖，孫仲君只覺左手一痛，鮮血直流，原來一根小指已給

削落。穆人清再將劍一抖，長劍斷為兩截，喝道：「從今而後，不許你再用劍。」孫仲

君忍痛答道：「是。徒孫知錯了。」她又驚又羞，流下淚來。

歸二娘撕下衣角，給她包裹傷處，低聲道：「好啦，師祖不會再罰你啦。」

梅劍和見師祖隨手一抖，長劍立斷，這才知袁承志接連震斷他手中長劍，確是本門

功夫，心想原來本門武術如此精妙，我只學得一點兒皮毛，便在外面耀武揚威，想起過

去的狂妄傲慢，甚是惶恐慚愧，又怕師祖見責，不禁汗流浹背。

穆人清狠狠瞪了他一眼，卻不言語，轉頭對袁承志道：「你答允傳授人家功夫，可

得好好的教。你教甚麼呀？」袁承志臉上一紅，道：「弟子未得師父允准，不敢將本門

武功妄授別人，只想傳他一套獨臂刀法。那是弟子無意中學來的雜學。」

穆人清道：「你的雜學也太多了一點呀，剛才見你跟你二師哥過招，好似用上了木

桑道長的『神行百變』功夫。有這位棋友一力相幫，二師哥自然奈何你不得了。」說罷

呵呵大笑。木桑道人笑道：「承志，你敢不敢跟你師父撒謊？」承志道：「弟子不敢。」

木桑道：「好，我問你，自從離開華山之後，我有沒有親手傳授過你武功？聽著，我有

沒親手傳授？」承志這才會意，木桑所以要青青轉授，原來是怕師父及二師哥見怪，這位道長機靈多智，一切早在他料中，於是答道：「在華山之上，道長傳過不少功夫，弟子一直感激萬分，自下華山之後，道長沒親手教過我武功，這次見面，就只下過兩盤棋。」又想：「這話雖非謊言，畢竟意在欺瞞，至少是存心取巧。但這時明言，二師哥必定會對道長見怪，待會背著二師哥，須得向師父稟明實情。」

木桑笑道：「這就是了，你再跟師兄練過。我以前教過你的武功，一招都不許用。」

袁承志道：「二師哥號稱神拳無敵，果然名不虛傳。弟子本已抵擋不住，只有躲閃避讓，正要認輸，請二師哥停手，那知他已見到了師父。一過招，弟子就再沒能顧到旁的地方。」穆人清笑道：「好啦，好啦。道長既要你們練，獻一下醜又怕怎的？」

袁承志無奈，只得走近去向歸辛樹一揖，躬身說道：「請二師哥指教。」歸辛樹拱手道：「好說。」轉頭對穆人清道：「我們錯了請師父指點。」兩人重又放對。

這一番比試，和剛才又不相同。歸辛樹在木桑道人、師父、大師兄及眾徒弟之前那能丟臉？只見他攻時迅如雷霆，守時凝若山岳，名家身手，果真不凡。袁承志也是有攻有守，所使的全是師門絕技，拆了一百餘招，兩人拳法中絲毫不見破綻。

穆人清與木桑在一旁撚鬚微笑。木桑笑道：「真是明師門中出高徒，強將手下無弱兵。看了你這兩位賢徒，我老道又有點眼紅，後悔當年不好好教幾個徒兒了。」說話之間，兩人又拆了數十招。

歸辛樹久鬥不下，漸漸加重勁力，攻勢頓驟。袁承志尋思，打到這時，我該當相讓

361

一招了。但歸辛樹招招厲害異常，只要招架不出全力，立即身受重傷，要讓他一招，實是大大的難事，鬥到分際，忽想：「聽師父剛才語氣，對我貪多務得，研習別派雜學，似乎不大贊可。先前我單使本門拳法，數百招後便居劣勢，直至用上了木桑道長與金蛇郎君的功夫，才稍微佔了一點上風，現下又單使本門武功，仍只能以下風之勢打成平手，這豈不是說別派武功勝過本門功夫了？我得以別派武功輸了給他。道長不許我用他所傳的功夫，我便使金蛇郎君的武功。」當下拳招忽變，使的是一套「金蛇制鶴拳」。

歸辛樹見招拆招，攻勢絲毫不緩。袁承志突然連續四記怪招，歸辛樹吃了一驚，回拳自保。袁承志緩了一口氣，運氣於背。歸辛樹見他後心突然露出空隙，見虛即入，武家本性，此時更不思索，發掌撲擊對方背心。袁承志早已有備，身子向前撲出，跌出四五步，回身說道：「小弟輸了。」歸辛樹一掌既出，便即懊悔，只怕師弟要受重傷，忙搶上去扶，那知他茫然未覺，甚是驚疑。原來袁承志既已先運氣於背，乘勢前撲時再消去了對方大半掌力，又有木桑所賜的金絲背心保護，雖然背上一陣劇痛，卻未受傷。

袁承志回過身來，眾人見他長衣後心裂成碎片，一陣風過去，衣片隨風飛舞。青青極為關心，忙奔過來問道：「不礙事嗎？」袁承志道：「你放心。」

穆人清向歸辛樹道：「你功夫確有精進，但這一招使得太狠，你知道麼？」歸辛樹道：「是。袁師弟武功了得，弟子很是佩服。」穆人清道：「他本門功力是不及你精純，還差著這麼一大截。」頓了一頓，說道：「前些時候曾聽人說，你們夫婦縱容徒弟，在外面招搖得很厲害。我本來想你妻子雖然不大明白事理，你還不是那樣的人，但

362

瞧你剛才這樣對付自己師弟，哼！」歸辛樹低下了頭，道：「弟子知錯了。」木桑道：

「比武過招，下手誰也不能容情，反正承志又沒受傷，你這老兒還說甚麼的？」穆人清這

才不言語了。

歸辛樹夫婦成名已久，隱然是江南武林領袖，這次給師父當眾責罵，雖因師恩深

重，於師父毫無怨懟之意，對袁承志卻更懷憤。歸辛樹明知師弟有意讓招，但受了師父

責罵，卻也不領他的情。

穆人清道：「闖王今秋要大舉起事，你們招集門人，立即著手聯絡江南武林豪傑，

一待闖王義旗南下，便即揭竿響應。」歸辛樹夫婦齊聲應道：「是。」穆人清眼望歸辛

樹，臉色漸轉慈和，溫言道：「辛樹，你莫說我偏愛小徒弟。你年紀雖已不小，在我心

中，你仍與當年初上華山時的小徒弟一般無異。」歸辛樹低下頭來，心中一陣溫暖，說

道：「是，弟子心中也決沒說師父偏心。」穆人清道：「你性子向來鯁直，三十年來專

心練武，旁的事情更是甚麼也不多想。可是天下的事情，並非單憑武功高強便可辦得了

的。遇上了大事，更須細思前因後果，不可輕信人言。」歸辛樹道：「是，弟子牢牢記

住師父的教訓。」

穆人清對袁承志道：「你和你這小朋友動身去北京，打探朝廷動靜，但不可打草驚

蛇，也不能傷害皇帝和朝中權要，若訪到重大消息，就去陝西報信。」袁承志答應了。

穆人清道：「我今晚要去見七十二島盟主鄭起雲和清涼寺的十力大師。聽說十力大

師剛接到五台山清涼寺住持法旨，派他接任河南南陽清涼下院的住持，一來向他道喜，

363

二來要跟他商量河南武林中的事情。道兄，你要去那裏？」木桑笑道：「你們是仁人義士，憂國爲民，整天忙得馬不停蹄。貧道卻是閒雲野鶴，我想耽擱你小徒弟幾天功夫，成麼？」穆人清笑道：「反正他應承教人家武功，在南京總得還有幾天逗留。你們多下幾盤棋吧。你還有多少本事，棋道武功，索性一股腦兒傳了他吧。」

木桑卻似意興闌珊，黯然道：「這次下了這幾局棋，也不知道以後是不是還有得下。」穆人清一愕，道：「道兄何出此言？眼下民怨如沸，闖王大事指日可成。將來四海宴安，天下太平，眾百姓安居樂業，咱們無事可爲。別說承志，連我也可天天陪你下棋。」木桑搖頭道：「未必，未必！舊劫打完，新劫又生，局中既有白子黑子，這劫就循環不盡。」穆人清笑道：「多日不見，道兄悟道更深。我們俗人，這些玄機可就不懂了。」哈哈一笑，拱手道別。黃眞和崔秋山都跟了過去。

那啞巴卻大打手勢，要和承志在一起。穆人清點頭允可，笑道：「你記掛你的小朋友，就跟著他吧。」啞巴大喜，奔過來將承志抱起，將他擲向空中，落下時伸手接住，那是承志幼時他二人在華山常幹的玩意，此時承志身軀已重，但啞巴神力驚人，仍將他擲得高高地。青青嚇了一跳，月光下見他臉有喜色，才知他並無惡意。

啞巴跟著從背上包袱中抽出一柄劍來，交給袁承志，正是那柄金蛇劍。原來他上次隨袁承志進入山洞插回金蛇劍，此次離山，見穆人清示意要去和袁承志相會，心想山上無人，這把寶劍可別讓人偷了去，於是進洞去拔了出來，藏入包袱，卻連穆人清也不知道。袁承志心想：「此劍是青弟父親的遺物，我暫且收著使用，日後我傳她金蛇劍法，

364

再將這劍歸還給她。」青青拿過劍來觀看，想到父親母親，心中難過。

袁承志與師父剛見面又要分手，很戀戀不捨。穆人清笑道：「你很好，我很歡喜，不枉大家教了你一場。」袍袖一拂，已隱沒入黑暗。歸辛樹夫婦拱手相送，待師父及大師兄走得不見，向木桑躬身一揖，一言不發，抱了孩子，帶領三個徒弟就走。

木桑向袁承志道：「他們已對你心中懷恨，這兩人功夫挺厲害，日後遇上可要小心。」袁承志點頭答應，無端端得罪了二師兄，心頭鬱鬱，回到焦家，倒頭便睡。

第二日剛起身，青青大叫大嚷的進來，捧著個木製的拜盒，笑道：「你猜是甚麼？」青青揭開盒蓋，滿臉笑容，如花盛開。

只見盒中一張大紅帖子，寫著「愚教弟閔子華拜」幾個大字。青青拿起帖子，下面是一張房契，一張屋裏傢具器物的清單。袁承志見閔子華遵守諾言，將宅子送來，很過意不去，忙換了長袍過去道謝。那知閔宅中人已盡數走了，只留下兩個下人在各處打掃。袁承志一問，說是閔二爺一早就帶同家人朋友走了，去甚麼地方卻不知道。

袁承志和青青取出金蛇郎君遺圖與房子對看，見屋中通道房舍雖有不少更動，但大局間架，若合符節。兩人大喜，知道這座「魏國公賜第」果然便是圖中所指，按著圖上藏寶記號尋索，原來是在後花園的一間柴房之中。

這天下午，焦宛兒派了人來幫同打掃布置，還撥了兩名婢女服侍青青，其他廚子、門公、花匠、侍僕、更夫、馬夫一應俱全，洪勝海便做了總管。袁承志道：「這位焦姑

娘年紀輕輕，想得倒真周到。」青青抿嘴笑道：「若能請得到她來這大宅子親主家務，那就更加周到之極啦！我可……我可……」臉上一紅，下面的話可不便說了。袁承志一怔，隨即明白，心想她甚麼都好，就是小心眼兒，一笑之下，不再接口。

當晚二更過後，袁承志叫了啞巴，二人搬出柴房中柴草，拿了鐵鍬，挖掘下去。青青仗劍在柴房外把風。挖了半個時辰，只聽得錚的一聲，鐵鍬碰到了一塊大石，鏟去石上泥土，露出一塊大石板來。兩人合力將石板抬起，下面是個大洞。

青青聽得袁承志叫，奔進來看。袁承志道：「在這裏啦。」取了兩綑柴草，點燃了丟在洞裏，待穢氣驅盡，打手勢叫啞巴守在外面，與青青循石級走下去，火把光下只見十隻大鐵箱排成一列。鐵箱都用巨鎖鎖住，鑰匙卻遍尋不見。

袁承志再取圖細看，見藏寶之處左角畫著一條小小金龍，靈機一動，拿起鐵鍬依著方位挖下去，挖不了幾下，便找到一隻鐵盒，盒子卻沒上鎖。他記起金蛇郎君的盒中毒箭，用繩縛住盒蓋上的鐵環，將鐵盒放得遠遠的，用繩拉起盒蓋，過了一會，見無異狀，移進火把看盒中時，見盒裏放著一串鑰匙，還有兩張紙。

取起上面一紙，見紙上寫道：「吾叔之叛，武臣無不降者。魏國公徐輝祖以功臣世勳，忠於社稷，殊可嘉也。內府重寶，倉皇不及攜，魏公為朕守之。他日重光宗廟社稷，以此為資。建文四年六月庚申御筆。」

袁承志看了不禁凜然，心想這果然是燕王篡位之時建文帝所遺下的重寶。

原來明朝開國，大將軍徐達功居第一。他和明太祖朱元璋是布衣之交。朱元璋做了

皇帝後，還是稱他為「徐兄」。徐達自然不敢再和皇帝稱兄道弟，始終恭敬謹愼。

有一日，明太祖和他一起喝酒，飲酒中間，說道：「徐兄功勞很大，還沒安居的地

方，我的舊邸賜了給你吧。」《明史‧徐達傳》原文是：「徐兄功大，未有寧居，可賜以舊

邸。」）所謂舊邸，是太祖做吳王時所居的府第，他登極為帝之後，自然另建宮殿了。徐

達心想：太祖自吳王而登極，自己倘若住到吳王舊邸之中，這個嫌疑可犯得大了。他深

知太祖猜忌心極重，當下只是道謝，卻說甚麼也不肯接受。

太祖決定再試他一試，過了幾天，召了徐達同去舊邸喝酒，不住勸酒，把他灌醉

了，命侍從將他抬到臥室之中，放在太祖從前所睡的床上，蓋上了被。徐達酒醒之後，

一見情形，大為吃驚，急忙下階，俯伏下拜，連稱：「死罪！」坐著便不再睡。侍從將

情形回奏，太祖一聽大喜，心想此人忠字當頭，全無反意，當即下旨，在舊邸之前另起

一座大宅賜他，親題「大功」兩字，作為這宅第所在的坊名。那便是南京「大功坊」和

「魏國公賜第」的由來。

據筆記中載稱，徐達雖對皇帝恭順，但他精於韜略，善於將兵，戰無不勝，太祖還

是怕他造反。洪武十八年，徐達背上生疽。據說生背疽之人，吃蒸鵝立死。太祖派人慰

問，附賜蒸鵝一隻。徐達淚流滿面，當著使者把一隻蒸鵝吃個乾淨，當夜就毒發而死。

生背疽（一種癌腫）而吃蒸鵝，未必便死，但朱元璋賜這蒸鵝，便是賜死，徐達縱然吃了

蒸鵝無事，也只好服毒自盡。此事正史不載，不知真假。徐達有四子三女，三個女兒都

作太祖兒子的王妃，長女是燕王王妃，後來便是成祖的皇后，次女是代王王妃，三女是安王王妃。燕王造反，徐達的長子徐輝祖忠於建文帝，帶兵力抗燕軍。徐達的幼子徐增壽卻和姊夫燕王暗中勾結。燕王兵臨南京城下，建文帝召徐增壽來質問。徐增壽不答，建文帝親手揮劍斬了他。

成祖篡位後，徐輝祖搬入父親的祠堂居住，不肯朝見。成祖派官吏審問，徐輝祖寫了「我父開國功臣，子孫免死」十個大字回報。成祖見了大怒，但他初即帝位，要收羅人心，饒了他不殺。徐輝祖對建文帝忠心耿耿，始終在圖謀復辟。他後人世襲魏國公，一直統帶守衛南京的兵將，直至明亡。明朝南京守備府位尊權重，南京百姓只知「守備府徐公爺」，卻不知魏國公，是以袁承志和青青打聽不著。

成祖感念徐增壽為己而死，追封他為定國公。因此徐達的子孫共有魏國公和定國公兩個公爵。兩位公爵的後裔一居南京，一居北京。徐輝祖得罪了成祖，他子孫不敢再在大功坊的賜第居住，另行遷居。大功坊賜第數度易手，經過二百四十多年，後人再也不明這座舊宅的來歷。這中間的經過，袁承志和青青自然不知。

袁承志看第二張紙時，見寫的是一首律詩，詩云：

「牢落西南四十秋，蕭蕭白髮已盈頭。乾坤有恨家何在？江漢無情水自流。
長樂宮中雲氣散，朝元閣上雨聲收。新蒲細柳年年綠，野老吞聲哭未休。」

筆跡與另一信一模一樣，只是更見蒼勁挺拔。原來此詩是建文帝在閩粵川滇各地漫

368

遊四十年後，重還金陵所作。他經歷永樂（成祖）、洪熙（仁宗）、宣德（宣宗）、正統（英宗）各朝之後，已然六十餘歲，復位之想早已消盡，回到魏國公府撫視故物，不禁感慨無已，從此飄然出世，不知所終。此中過節，袁承志和青青自然猜想不到。承志不懂詩中說些甚麼，青青更急欲察看箱中物事，對詩箋隨意一瞥，便放在一旁。

袁承志取出鑰匙，將鐵箱打開，一揭箱蓋，耀眼生花，一大箱滿滿的都是寶玉、珍珠，又開一箱，卻是瑪瑙、翡翠之屬，沒一件不是價值鉅萬的珍物。青青低聲驚呼，不由得臉上變色，又驚又喜。抄到底下，卻見下半箱疊滿了金磚，十箱皆是如此。

袁承志道：「這些寶物是明太祖當年在天下百姓身上搜刮而來，咱們用來幹甚麼？」

青青和他相處日久，明白他心意，知道只要稍生貪念，不免遭他輕視，便道：「咱們說過，尋到財物，要助闖王謀幹大事，自然是取之於民，用之於民。」袁承志大喜，握住她手，說道：「青弟，你真是我的知己。」

袁承志自幼即知父親盡瘁國事，廢寢忘食，非但不貪錢財，連家庭中的天倫之樂、朋友間的交遊之娛，也難以得享。當年應松教他讀書，曾教過袁崇煥自敍心境的一篇文章，其中說道：「予何人哉？十年以來，父母不得以為子，妻孥不得以為夫，手足不得以為兄弟，交遊不得以為朋友。予何人哉？直謂之曰『大明國裏一亡命之徒』可也。」以為兄弟，交遊不得以為朋友。予何人哉？直謂之曰『大明國裏一亡命之徒』可也。」當時年幼，還不能完全體會父親盡心竭力、守土禦敵的精忠果毅，成長後每想到「大明國裏一亡命之徒」那句話，不由得熱血沸騰，早就立志以父為榜樣。袁崇煥為人題字，也只愛寫「心術不可得罪於天地，言行要留好樣與兒孫」兩句，袁承志所存父親遺物，也只

有這一幅字而已。這時他見到無數金銀財寶，所想到的自然是如何學父親的心術好樣，如何將珍寶用於保國衛民。

青青卻出身於大盜之家，向來見人逢財便取，管他有主無主，義與不義。何況這許多價值連城的珠寶，都是憑她父親遺圖而得，若不是她對袁承志鍾情已深，豈肯不據為己有？聽袁承志稱自己為「知己」，不由得感到一陣甜意，霎時間心頭浮起了兩句古詩：

「易求無價寶，難得有情郎。」

承志笑道：「不錯。你掉書包的本事可了不起。」

承志道：「有了這許多資財，咱們就可到北京去大幹一番事業。明朝皇帝搜刮而來，咱們就用來相助闖王，推倒明朝皇帝。」青青笑道：「這叫做即以其人之道，還治其人之身。」承志笑道：「不錯。你掉書包的本事可了不起。」

次日下午，袁承志命洪勝海到焦家去把羅立如叫來。他斷臂傷勢還很沉重，聽得袁承志見招，立即命人相扶，喜氣洋洋的到來，見面後便要行拜師之禮。羅立如武功本有根柢，袁承志又一招一式的教得甚是仔細，連續教了五天，羅立如已牢牢記住，只待臂傷痊了，就可習練。承志這套刀法得自金蛇秘笈，與江湖上流傳的左臂刀法大不相同，招招險，刀刀快，實是厲害不過。羅立如雖斷一臂，卻換來了一套足以揚名江湖的絕技，可說是因禍得福了。結這件心事後，歡喜不盡。焦氏門下弟子之中，此後以他為武功第一。

袁承志了結這件心事後，雇了十多輛大車，預備上道赴京。焦公禮父女及眾門徒大

擺筵席，殷勤相送。袁承志請焦公禮送信給閔子華，將大功坊宅第仍然交還。焦公禮甚喜，覺得袁承志處事得體，圓了江湖朋友的面子。太白三英等漢奸則送交官辦。

這日天氣晴朗，草木清新，袁承志、青青、啞巴、洪勝海一行人別過木桑道人，將十隻鐵箱裝上大車，向北進發。焦公禮父女及眾弟子同過長江，送出三十里外，方才作別。江北一帶仍是金龍幫的地盤，焦公禮早已派人送訊，每個碼頭都有人殷勤接送。

行了十多日，來到山東界內。洪勝海道：「相公，這裏已不是金龍幫的地界。從今日起，咱們得多留一點兒神啦。」青青道：「怎麼？有人敢來太歲頭上動土嗎？」洪勝海道：「方今天下盜賊如毛，山東強人尤多。最厲害的是兩幫。」青青道：「一幫是你們渤海派的。」洪勝海笑道：「渤海派專做海上買賣，陸上的東西，就算黃金寶貝丟在地下，我們見到也是不撿的。」青青笑道：「原來貴派不算，那麼是哪兩幫？」洪勝海道：「一幫是滄州千柳莊、褚紅柳褚大爺的手下。」袁承志道：「我也曾聽師父說起過，褚紅柳以硃砂掌馳名江湖。」洪勝海道：「正是。另一幫在惡虎溝開山立櫃，大當家陰陽扇沙天廣武功了得，手下人多勢眾。」袁承志點頭道：「咱們以後小心在意，每晚一人輪流守夜。」

走了兩日，正當中午，迎面鸞鈴響處，兩匹快馬疾奔而來，從眾人身旁擦過。洪勝海說道：「那話兒來啦。」他想袁承志武功極高，自己也非庸手，幾個毛賊也不放在心上。過不一個時辰，那兩乘馬果然從後趕了上來，在驟車隊兩旁掠了過去。青青只是冷笑。洪勝海道：「不出十里，前面必有強人攔路。」那知走了十多里地，竟然太平無

事。當晚在雙石舖宿歇。洪勝海嘖嘖稱奇，道：「難道我這老江湖走了眼了。」

次日又行，走不出五里，見後面四騎馬遠遠跟著。洪勝海道：「是了，他們昨兒人

手還沒調齊，今日必有事故。」中午打過尖後，又有兩騎馬趕過。洪勝海

道：「這倒奇了，道上看風踩盤子，從來沒這麼多人。」行了半日，又有兩乘馬掠過。洪勝海

洪勝海皺眉思索，忽道：「是了。」對袁承志道：「跟著咱們的，不止一個山寨的人

市鎮投宿才好。」承志道：「怎麼？」洪勝海道：「要是每一家派了

馬。」承志道：「是麼？有幾家寨主看中了這批貨色？」洪勝海道：「相公，咱們今晚得趕上一個大

兩個人，那麼前前後後已有五家。」青青笑道：「那倒熱鬧。」袁承志問道：「他們又

怎知咱們攜了金銀財寶？倘若咱們這十隻鐵箱中裝滿了沙子石頭，這五家大寨主豈不是

白辛苦一場？」青青笑道：「這個你就不在行了。大車中裝了金銀，車輪印痕、行車聲

響、揚起的塵土等等都不相同。別說十隻大鐵箱易看得很，便是你小慧妹妹的二千兩黃

金，當日也給我這小強人看了出來。」袁承志笑道：「佩服，佩服！」洪勝海心想：

「小姐這樣嬌滴滴的一個小姑娘，難道從前也是幹我們這一行的？」

說話之間，又有兩乘馬從車隊旁掠過，青青冷笑道：「想動手卻又不敢，騎了馬跑

來跑去，就是瞎起忙頭。這般膿包，人再多也沒用！」洪勝海正色道：「小姐，好漢敵

不過人多。咱們雖然不怕，但箱籠物件這麼許多，要一無錯失，倒也得費一番心力。」

袁承志道：「你說得不錯，咱們今晚就在前面的石膠鎮住店，就少走幾十里吧。」

到了石膠鎮上，揀了一家大店住下。袁承志吩咐把十隻鐵箱都搬在自己房中，與啞

巴兩人合睡一房。剛放好鐵箱，只見兩條大漢走進店來，向袁承志望了一眼，對店伴說要住店。店伴招呼兩人入內，前腳接後腳，又有兩名粗豪漢子進來。

袁承志暗暗點頭，心下盤算已定，晚飯過後，各人回房睡覺。

睡到半夜，只聽得屋頂微微響動，知道盜夥到了。他起身點亮了蠟燭，打開鐵箱，取出一把把明珠、寶石、翡翠、瑪瑙，在燈下把玩。奇珍異寶在燈下燦然生光，只見窗櫺之邊、門縫之中，不知有多少隻貪婪的眼睛在向裏窺探。

洪勝海聽得聲音，放心不下，過來察看，他一走近，十餘名探子俱各隱身。洪勝海微微冷笑，在袁承志房門上輕敲數下。袁承志道：「進來吧！」

洪勝海一推門，房門呀的一聲開了，原來沒關上。他見桌上珠光寶氣，耀眼生輝，不覺呆了，走近看時，但見有指頭大小的渾圓珍珠，有兩尺來長的朱紅珊瑚，有晶瑩碧綠的大塊祖母綠，此外貓兒眼、紅寶石、金剛鑽、紫玉，沒一件不是無價之寶。

洪勝海本不知十隻鐵箱中所藏何物，只道都是金銀，這才引起羣盜的貪心，那知竟有如許珍品。他在江湖多年，見多識廣，但這麼多、這麼貴重的寶物卻從未見過。他走到袁承志身邊，低聲道：「相公，我來收起了好麼？外面有人偷看。」袁承志也低聲道：「正要讓他們瞧瞧。反正是這麼一回事。」拿起一串珍珠，大聲問道：「這串珠子拿到京裏，你瞧賣得多少銀子？」

洪勝海道：「三百兩銀子一顆，那是再也不能少了。這裏共是二十四顆，少說也值得一萬五千兩銀子。」袁承志奇道：「怎麼是一萬五千兩？」洪勝海道：「單是這麼

373

大、這麼圓、這麼光潔的一顆珠子，已十分少見，難得的是二十四顆竟一般大小，全無瑕疵。一顆值三百兩銀子，那麼二十四顆至少值得一萬五千兩。」

這番話只把房外羣盜聽得心癢難搔，恨不得便跳進去搶了過來，免傷同道和氣，誰也不許先行下手。眼看中這批貨的山寨太多，大夥要商量得好了再動，珠寶也不收拾，攤滿了一桌，只把羣盜引得面紅耳赤，不住乾嚥唾涎。

見袁承志向洪勝海擺擺手，笑著睡了，燭火不熄，珠寶也不收拾，攤滿了一桌，只把羣盜引得面紅耳赤，不住乾嚥唾涎。

袁承志自發覺羣盜大集，意欲劫奪，一路上便在盤算應付之策，正如洪勝海所說：

「好漢敵不過人多。箱籠物件這麼許多，要一無錯失，倒也得費一番心力。」自然而然的便想：「要是金蛇郎君遇上這件事，他便如何對付？」跟著想到：金蛇郎君為溫氏五老及崆峒派諸人所擒，以寶藏巨利引得雙方互相爭奪，溫氏五老出手殺了所邀來的崆峒派朋友，他由此而乘機逃脫；連師兄弟也都殺了；又想到：那晚棋仙派的張春九和汪禿頭偷襲華山，見到有毒的假秘笈，游龍幫和青青為了爭奪闖王黃金而相爭鬥，著實殺了不少人。足見大利所在，見利忘義之人非互相殘殺不可。「羣盜人多，但若你殺我，我殺你，人便少了。」想明白了此節，便在客店中故意展示寶物，料想財寶越多，羣盜自相斫殺起來便越激烈。

又行兩日，已過濟南府地界，掇著車隊的盜寇愈來愈多。洪勝海本來有恃無恐，但見羣盜遲遲不動手，不知安排下甚麼奸謀，不由得惴惴不安起來，力勸袁承志改走海道，說自己海上朋友很多，坐船到天津起岸，再去北京，雖然要繞個大彎，多費時日，

374

但擔保不出亂子。袁承志笑道：「我本要用這批珠寶來結交天下英雄好漢，便散盡了也不打緊。錢財是身外之物，咱們講究仁義爲先。」洪勝海聽了，也就不便再勸。

袁承志卻自沉思卻敵之計，雖盼能引得羣盜爲了爭寶而自相殘殺，但想萬事不可托大，倘若盜首中竟有焦公禮一般的老成智士，或能避過自相殘殺，那便如何應付？他得寶之後，本意是要遵從師父的吩咐，用以結交天下英豪，爲闖王謀幹大事的臂助。倘若羣盜能講義氣，那麼就拿些鐵箱中的財寶出來，俵分衆人，結交一些同夥，因此並不擔心覬覦財物的羣盜衆多，也不太擔憂財物的得失。但轉念忽想，倘若這些強盜不講義氣，個個恃強行兇，自私貪財，便如棋仙派溫氏五老一般，定要將財物盡數奪去，反而跟闖王爲敵，那便糟了。心想青青本來是幹這一行的，棋仙派五老的行徑她最爲熟知，當即便去跟她商量：「青弟，倘若這夥盜夥跟你先前一樣，並不識得我，自然跟我毫無交情，你遇上了這許多財寶，那怎麼辦？」

青青白他一眼，說道：「那有甚麼客氣？自然伸手便搶啊！」承志道：「要是我跟你套交情呢？分一些財寶給你，你肯跟我做好朋友嗎？肯聽我話嗎？」青青道：「你不用分財寶給我，我不但跟你做好朋友，還跟你結拜，叫你做大哥哥。我不但聽你話，而且死死活活都跟著你，永遠不分開了。」她雖語帶戲謔，畢竟充滿了真誠，承志心下感動，伸手握住了她手，說道：「我也是這樣！」青青道：「那些強盜賊人，卻不會跟你結拜的。他們見到這許多金銀財寶，眼都紅了，就算你是他們的老子娘，他們也決不聽你的話。」承志道：「好，咱們先禮後兵，先講義氣，拉交情，不要傷人結怨。但盜夥

375

勢大，真要不傷人、不傷和氣，卻也很難。」

青青道：「事到臨頭之時，咱們先沉住氣，待得認出了盜魁，你一下子把他抓住，小嘍囉們就不敢動了。」袁承志大喜，笑道：「擒賊先擒王，這主意最好。」

次日上路，一路上羣盜哨探來去不絕，明目張膽，全不把袁承志等放在眼裏。洪勝海道：「相公，瞧這神氣，過不了今天啦。」袁承志道：「到時你只管照料車隊，別讓騾子受驚亂跑。強人由我們三人對付。」洪勝海應了。袁承志打手勢告訴啞巴，叫他看自己手勢才動手，專管捉人。啞巴點頭答應。

行到未牌時分，將到張莊，眼前黑壓壓一大片樹林，忽聽得頭頂嗚嗚聲響，幾枝響箭射過，鑼聲響處，林中鑽出數百名大漢，一個個都是青布包頭，黑衣黑褲，手執兵刃，默不作聲的攔在當路。衆車夫早知情形不對，拉住牲口，抱頭往地下一蹲。這是行腳的規矩，只要不亂逃亂闖，劫道的強人不傷車夫。又聽得呼哨連連，蹄聲雜沓，林中斜刺裏衝出數十騎馬來，擋在車隊之後，攔住了退路，隨即肅靜無譁。

袁承志見前面八人一字排開，一個三十多歲的白臉漢子越衆而出，手中不拿兵刃，只搖著一柄摺扇，細聲細氣的道：「袁相公請了！」袁承志見他腳步凝重，心想這人武功不弱，手持鐵骨摺扇，多半擅於打穴，當下一拱手道：「寨主請了。」

那寨主說道：「袁相公遠來辛苦。」袁承志索性裝蒜，說道：「寨主你也辛苦。兄弟趕道倒沒甚麼，就是行李笨重，金銀珠寶太多，帶著討厭。」

376

那寨主笑道：「袁相公上京是去趕考麼？」袁承志道：「非也！小弟讀書不成，考來考去，始終落第，只好去納捐行賄，活動個功名，因此肚子裏墨水不多，手邊財物不少，哈哈，慚愧啊慚愧。」寨主笑道：「閣下倒很爽直，沒讀書人的酸氣。」

袁承志笑道：「我本來讀書不成呢！昨天有位朋友跟我說，今兒有許多家寨主在道上相候，個個是英雄豪傑，心想這一來可挺熱鬧了，可以交上好多好朋友。我一路之上沒敢疏忽，老是東張西望的等候寨主，就只怕錯過了，那知果然在此相遇。今日一見，三生有幸。瞧閣下這副打扮，莫不是也上京麼？咱們結伴而行如何？一路上談談講講，飲酒玩樂，倒是頗不寂寞。」那寨主心中一樂，暗想原來這人是個書獃子，笑道：「袁相公在家納福，豈不是好，何必出門奔波？要知江湖上險惡得很呢。」

這人是山東「惡虎溝」的寨主，名叫沙天廣，這次合夥來行劫的共有八家盜夥，以惡虎溝最為人多勢眾，也以沙天廣武功最強，因此他自然而然成了山東八寨的首領。

袁承志道：「在家時曾聽人說道，江湖上有甚麼騙子痞棍，強盜惡賊，那知走了上千里路，一個也沒遇著。想來多半是欺人之談，當不得真的。這許多朋友們排在這裏幹甚麼？大夥兒玩操兵麼？倒也有趣。」

其餘七家盜寨的寨主聽袁承志半癡半呆的嘮叨不休，早已忍耐不住，不停向沙寨主打眼色，要他快下令動手。沙寨主笑容忽斂，一聲長嘯，扇子倏地張開。只見白扇上畫著一個黑色骷髏頭，骷髏口中橫咬一柄刀子，模樣可怖。

青青見了不覺心驚，輕聲低呼。袁承志雖然藝高膽大，卻也感到一陣陰森森的寒

氣。沙寨主磔磔怪笑，扇子一招，數百名盜寇齊向騾隊撲來。

袁承志正要縱身出去擒拿沙寨主，忽聽得林中傳出一陣口吹竹葉的尖厲哨聲。沙寨主聽了，臉色斗變，扇子再揮，羣盜登時停步。

只見林中馳出兩乘馬來，當先一人是個鬚眉皆白的老者，後面跟著一個垂髻青衣少女，一瞥之間，但見容色絕麗。兩人來到沙寨主與袁承志之間，勒住了馬。

沙寨主瞪眼道：「這裏是山東地界。」那老者道：「誰說不是啊！」沙寨主道：「咱們當年在泰山大會，怎麼說來著？」老者道：「我們青竹幫不來山東做案，你們也別去北直隸動手。」沙寨主道：「照呀！今日甚麼好風把程老爺子吹來啦？」那老者道：「聽說有一批貨色要上北直隸來，東西好像不少，因此我們一來迎客，二來先來瞧瞧貨樣成色。」沙寨主變色道：「等貨色到了程老爺子境內，你老再瞧不遲吧。」那老者呵呵笑道：「怎麼不遲？那時貨色早到了惡虎溝你老弟寨裏，老頭兒怎麼還好意思前來探腦，那可不是太不講義氣了嗎？」

袁承志和青青、洪勝海三人對望一眼，心想原來河北大盜也得到了消息，要來分一杯羹，且瞧他們怎麼打交道。

只聽山東羣盜紛紛起轟，七張八嘴的大叫：「程青竹，你蠻不講理！」「他媽的，你如講義氣，就不該到山東地界來。」「你不守道上規矩，不要臉！」

那老者程青竹道：「大夥兒亂七八糟的說些甚麼？老頭兒年紀大了，耳朵不靈，聽不清楚。山東道上的列位朋友們，都在讚我老頭兒義薄雲天嗎？這可多謝了！」

沙寨主摺扇連揮，羣盜住口。沙寨主道：「咱們有約在先，程老爺子怎麼又來反悔？無信無義，豈不見笑於江湖上的英雄好漢？」

程青竹不答話，問身旁少女道：「阿九啊，我在家裏跟你說甚麼了？」那少女道：「你老人家說，咱們閒著也是閒著，不如到山東逛逛，乘便就瞧瞧貨樣。」

青青聽她吐語如珠，聲音又柔和又清脆，動聽之極，向她細望了幾眼，見她十六七歲年紀，神態天真，雙頰暈紅，膚色白膩，一雙眼燦然晶亮，年紀雖幼，卻容色清麗，氣度高雅，當真比畫兒裏摘下來的人還要好看，想不到盜夥之中，竟會有如此明珠美玉一般俊極無儔的人品。青青向來自負美貌，相形之下，自覺頗有不如，此女之美，生平未見，忍不住向袁承志斜瞥一眼，形相他臉上神色。

程青竹笑道：「咱們說過要伸手做案沒有？」阿九道：「沒有啊。你老人家說，咱們跟山東的朋友們說好了的，山東境內，就是有金山銀山堆在面前，青竹幫也不能拿一個大錢，這叫做言而有信。」

程青竹轉頭對沙寨主道：「老弟，你聽見沒有？我幾時說過要在山東地界做案哪？」阿九道：「你老人家又說甚麼來著？」阿九道：「你老人家說貨色不少，路上若是失落了甚麼，咱們可吃虧不起，要是讓人家順手牽了羊去，咱們的臉就丟大了。」程青竹道：「嗯，要是人家不給面子，定要拿呢？」阿九

沙寨主繃緊的臉登時鬆了，微微一笑，道：「好啊，這才夠義氣。程老爺子遠道而來，待會也分一份。」

道：「你老人家說，咱們在北直隸黑道上發財，到了山東，轉行做做保鏢的，倒也新鮮。倘若有人要動手，咱們無可奈何，給人家逼上梁山，也只好出手保護了。」

程青竹笑道：「年輕人記性眞不壞，我記得確是這麼說過的。」轉頭對沙寨主道：「老弟可明白了吧。我們不能在山東做案，那一點兒也沒錯，可是青竹幫要轉行幹保鏢的。泰山大會中，我可沒答應不走鏢啊。」

沙寨主鐵青了臉，道：「你不許我們動手，等貨色進了北直隸地界，自己便來伸手，是不是？」程青竹道：「是啊！泰山大會上的約定，總是要守的，一回到北直隸，我們本鄉本土，做慣了強人，不好意思再幹鏢行，阻了老鄉們的財路。」

羣盜聽他一番強辭奪理、轉彎抹角的說話，說穿了還不是想搶奪珍寶，無不大怒，欺他兩人一個老翁，一個幼女，當場就要一擁而前，亂刀分屍。

阿九將手中兩片竹葉放到唇邊，噓溜溜的一吹，林中突然擁出數百名大漢，衣服各色，頭上卻都插著一截五寸來長、帶著竹葉的青竹。

沙寨主一驚：「原來這老兒早有佈置。他這許多人馬來到山東，我們的哨探全是膿包，竟沒探到一點消息。」摺扇揮動，七家寨主連同惡虎溝譚二寨主率領八寨人馬，列成陣勢，眼見就是一場羣毆惡鬥。人數是山東羣盜居多，但青竹幫有備而來，挑選的都是精壯漢子，爭鬥起來也未必處於下風。

袁承志和青青相視而嘻。青青低聲笑道：「東西還沒到手，自夥裏先爭了起來，也眞好笑。」袁承志心想：「雙方先鬥個你死我活，我們漁翁不失利，倒也挺好。」只見

山東羣盜預備羣毆，卻留下數十人監視車隊，以防運寶車乘亂逃走。

袁承志向洪勝海招招手，待他走近，問道：「那青竹幫是甚麼路道？」洪勝海道：

「北直隸地界全是青竹幫的勢力，那老頭程青竹就是幫主。別瞧他又瘦又老，功夫可著實厲害。」青青道：「那女孩子呢？是他孫女兒麼？」洪勝海道：「聽說程青竹脾氣怪得厲害，一生沒娶妻，該沒孫女兒。難道是乾孫女兒？」青青點點頭不言語了，見阿九神色自若，並無懼怕之色，心想她大概也會武功，且看雙方誰勝誰敗。

這時只聽得青竹幫裏竹哨連吹，數百人列成四隊。程青竹和阿九勒馬回陣，站在四隊之前，手中仍不拿兵刃。

眼見雙方劍拔弩張，一觸即發。忽聽南方來路上鸞鈴響動，三騎馬急馳而來。當先一人高聲大叫：「大家是好朋友，瞧著兄弟的面子，可別動手！」袁承志心想：「和事老來了，事情有變。」三騎馬奔近，當先一人是個五十來歲的胖子，身穿團花錦緞長袍，手持一枝粗大煙管，面團團的似乎是個土財主。後面跟著兩名粗壯大漢。那胖子馳到兩隊人馬中間，煙管一擺，朗聲道：「自家兄弟，有甚麼話不好說的，卻要動刀動槍，不怕江湖上朋友們笑話麼？」沙寨主道：「褚莊主，你倒來評評這個理看。」當下把青竹幫要越界做案的事簡略說了。程青竹只是冷笑，並不插嘴。

洪勝海對袁承志道：「相公，那沙寨主沙天廣綽號陰陽扇，跟這褚莊主褚紅柳，是山東省內的兩霸。」青青道：「嗯，早先你說的就是這兩人。」袁承志道：「怎麼他又

是甚麼莊主?」洪勝海道:「沙天廣開山立櫃,在線上開扒。那褚紅柳卻安安穩穩的做

員外,有座莊子,前後千來株柳樹,稱為千柳莊。其實他是個獨腳大盜,出來做買賣常

常獨來獨往,最多只帶兩三個幫手。」青青心道:「原來他跟我五個公公是同行,做的

是一路生意。小妹從前也是你行家,諒來你這大胖子就不知道了。」

只聽褚紅柳道:「程大哥,這件事說來是老哥的不對了。當年泰山大會,承各位瞧

得起,也曾邀兄弟與會。大家說定不能越界做案呀!」程青竹道:「我們並非來做案,

青竹幫不過玩玩票,改行走一趟鏢。大明朝的王法,可沒許人走鏢這一條啊。褚老

哥,你訊息也真靈通,那裏有油水,你的煙袋兒就伸到了那裏。」

褚紅柳呵呵大笑,向身後兩名漢子一指道:「這兩位是淮陰雙傑,前幾天巴巴的趕

到我莊上來,說有一份財喜要奉送給我。兄弟身子胖了,又怕熱,本來懶得動,可是他

哥兒倆十分熱心,兄弟只得出來瞧瞧。那知遇上了各位都在這裏,可真熱鬧了。」

袁承志和青青對望一眼,心中都道:「好哇,又多了三隻夜貓子。」

沙天廣心想:「這姓褚的武功高強,不如跟他聯手,一起對付青竹幫。」說道:

「褚莊主是山東地界上的人,要分一份,我們沒得說的。可是別省的人橫來插手,這次讓

了,下次山東兄弟們還有飯吃麼?」褚紅柳道:「程大哥怎麼說?」

程青竹道:「我們難得走一趟鏢,沙寨主一定不給面子,那有甚麼法子?大家爽爽

快快,刀槍上見真章吧。」褚紅柳轉頭道:「沙老弟你說呢?」沙天廣道:「咱們山東

好漢,不能讓人家上門欺侮。」這話明明是把褚紅柳給拉扯在一起了。

程青竹道：「咱們大夥齊上呢，還是一對一的較量？沙寨主劃下道兒來，在下無不從命。」沙天廣陰陽怪氣地張開，嘿嘿連聲，問褚紅柳道：「褚莊主你怎麼說？」

褚紅柳自得淮陰雙傑報信，本想獨吞珍寶，但得訊較遲，已然慢了一步，他人手單薄，這時只想厚厚的分得一份。他知青竹幫中好手不少，幫主程青竹享名多年，決非庸手，也不願開罪於他，便道：「既然這樣，比劃一下是免不了的啦。羣毆多傷人命，大家本來無冤無仇，又何必傷了和氣？讓兄弟出個主意怎樣？」程青竹和沙天廣齊聲道：「褚莊主請說。」

褚紅柳提起煙袋，向十輛大車一指，說道：「這裏有十口箱子。咱們山東北直隸各派十個人，一共比試十場，點到為止，不可傷害人命。勝一場，取一口箱子，最是公平不過。咱們就算鬧著無事，練練武功，印證觀摩。得到箱子，那是采頭。得不著，反正不是自家東西，也不傷脾胃。兩位瞧著怎樣？」

程青竹覺此法甚佳，首先叫好。沙寨主對程青竹本就忌憚，瞧他青竹幫有備而來，部勒嚴整，遠勝於山東羣盜的烏合之眾，決戰實無勝算，又想：「我叫每寨派人上陣，我和譚老二出陣，決不會敗，總可奪到兩箱。另一箱讓褚莊主自己去取。」當下也應承了。

雙方收隊商量人選。褚紅柳命人在鐵箱上用黃土寫上了甲乙丙丁戊己庚辛壬癸十個大字號碼。袁承志和青青由得羣盜胡搞，毫不理會。程青竹見兩人並無畏懼之色，倒有些奇怪，不由得向他們望了幾眼。羣盜圍成個大圈子，褚紅柳在中間作公證。

第一陣山東羣盜先派人出陣，雙方比拳。兩人都身材粗壯，臂力甚大，砰砰蓬蓬的打了好一陣。北直隸那人腳下讓對方一勾，撲地倒了，跳起來待要再打，褚紅柳搖手止住，在「甲」字號的鐵箱上寫了個「魯」字。山東勝了第一陣，羣盜歡聲雷動。

第二陣北直隸派人出來。沙天廣識得他是鐵沙掌好手，但己方譚二寨主還勝他一籌，心想機不可失，忙叫譚二寨主上陣。兩人掌法家數差不遠，譚二寨主功力較深，拆了數十招，一掌打在對方臂上，那人臂膀再也舉不起來，山東又勝了一陣。

山東羣盜正自得意，那知第三、第四、第五、第六四陣全輸了，四隻鐵箱上都寫了個「直」字。第七陣比兵刃，山東殺豹崗侯寨主提了一柄潑風九環刀上陣，威風凜凜，果然一戰成功，把對方的手臂砍傷了。

褚紅柳心想眼前只賸下三隻鐵箱，再不出戰，給雙方分完了，自己豈非落空？第八陣由青竹幫派人先出，自己便作爲魯方人馬出戰，拿隻鐵箱再說，於是對沙天廣道：「沙老弟，對方越來越厲害了，下一陣我給你接了吧。」沙天廣知他絕不能空手而歸，就道：「全仗褚莊主給咱們山東爭面子。」只見對方隊中出來一人，褚紅柳不覺一呆。

原來出來的竟是那少女阿九，看來不過十六七歲年紀，手裏也沒兵刃，只握著兩根細細的竹桿。褚紅柳心想我是武林大豪，豈能自失身分，去跟這小姑娘廝拚，本已跨出數步，又退了回來，對沙天廣道：「你另外派人吧。下一陣我接。」沙天廣知他不願跟這女孩兒交手，那是勝之不武，叫道：「那一位兄弟興致好，陪這小妞耍耍。」

羣盜中竄出一人，身高膀闊，面皮白淨，手提一對判官筆，正是山東八寨中黃石坡寨主秦棟。這人風流自賞，見那少女美貌絕倫，雖然年幼，但艷麗異常，不禁心癢難搔，聽得沙天廣叫喚，忙應聲而出。沙天廣微微一笑，說道：「咱們這些人中，也只你老弟配得上。」

秦棟故意賣弄，斗然躍起，輕飄飄的落在阿九面前，他本想炫耀一下輕功，再說幾句便宜話，那知足剛著地，眼前青影晃動，一根青竹桿已剌向胸口要穴，桿來如風，迅捷之極。秦棟使判官筆，自然熟悉穴道，這一下大吃一驚，左筆格架，眼見對方左手竹桿又到，百忙中撲倒打滾，這才避開，但已滿頭灰土，一身冷汗。山東羣盜見阿九小小年紀，武功竟如此了得，都感驚詫。袁承志和青青也大出意外，互相對望了幾眼。

只見阿九手中竹桿使的是雙槍槍法，竹桿性柔，盤打挑點之中，又含著軟鞭與大桿子的招數，百忙中還找敵人穴道。秦棟心想連一個小小女娃子也拾奪不下，那裏還能在山東道上立足？心中焦躁，判官雙筆使愈緊。阿九突然左手桿在地下一撐，便即飛起，落下右手竹桿在地下再撐，又再躍起，左手桿居高臨下，俯擊敵人。秦棟不知如何抵禦，不住倒退，一個疏神，給阿九一桿點在「肩貞穴」上，左臂酸麻，判官筆落地，滿臉通紅，敗了下去。

阿九正要退下，褚紅柳大踏步出來，叫道：「姑娘好了得，待我領教幾招如何？」

阿九笑道：「我正玩得還沒夠，褚伯伯肯賜教，那是再好沒有。褚伯伯使甚麼兵刃？」

褚紅柳笑道：「大人跟小孩兒玩耍，還能用兵刃嗎？就是空手接著。」

385

他在一旁觀戰，心想這小女孩兒已如此厲害，下面兩陣，對方必更有高手，不如攔住她打一陣，先贏隻鐵箱再說。青青幫眾人覺得阿九連鬥兩陣，未免辛苦，早有三人躍出，均要接替。阿九年少好勝，說道：「我已答應褚伯伯啦。」那三人只得退下。

程青竹向阿九招招手，阿九縱身過去。程青竹在她耳邊囑咐了幾句。阿九點頭答應，回進場子，彎了彎腰行個禮，雙桿飛動，護住全身，卻不進擊。

褚紅柳腳步遲緩，一步一步走近，突然左掌打出，攻她右肩。阿九雙桿撐地，飛身避開，手迴桿出，右桿方發，左桿隨至，攻勢猶如狂風驟雨，一片青影中一桿已戳在褚紅柳肩胛骨下。青竹幫幫眾齊聲喝采。褚紅柳卻渾若不覺，臉上的硃砂之色直紅到脖子裏，仍一步一步攻去。阿九身法輕靈，飄蕩來去，只要稍有空隙，便一陣急攻。褚紅柳身子粗壯，只護住要穴，四肢與肩背受了幾桿，竟漫不在意。

承志對青青道：「這人年紀一大把，卻去欺侮小姑娘。瞧著，這就要下毒手啦。」

青青急道：「我去救她。」承志笑道：「兩個都是要奪咱們財物的，救甚麼？」青青道：「這小姑娘怪討人喜歡的，救了再說。大哥，你出手吧。」承志一笑，點點頭。

場中兩人越打越激烈。褚紅柳通紅的臉上似乎要滴出血來，再過一陣，手臂上也慢慢紅了。承志道：「等他手掌一紅，那小姑娘就要糟了。」

這時褚紅柳身上又連中數桿，他一言不發，一掌一掌的緩緩發出，又穩又狠。阿九漸覺不妙，給對方掌風逼得嬌喘連連，身法已不如先前迅捷。

程青竹叫道：「阿九，回來。褚伯伯贏了。」阿九轉身要退，褚紅柳卻不讓她走

386

了，喝道：「戳了我這許多桿，還想走嗎？」出手雖慢，阿九卻總脫不出他掌風籠罩。

眼見他手掌越來越紅，從中隔開，叫道：「勝負已分。褚兄說過點到為止，還請掌下留情。」程青竹從部屬手中接過兩條竹桿，縱身而前，在褚紅柳和阿九之間虛刺過去。

沙天廣叫道：「兩個打一個嗎？」提起鐵扇，欺身而進，逕點程青竹穴道。

程青竹揮桿格開。褚紅柳冷笑道：「點到為止，固然不錯，嘿嘿，可是還沒點到呢。」加緊動掌力。程青竹想救阿九，但讓沙天廣纏住了無法分身，只得凝神接戰。

阿九滿頭大汗，左右支撐，眼見便要傷於褚紅柳掌底。

袁承志忽然大叫：「啊喲，啊喲，不得了。救命呀，救命呀！」騎著馬直衝進場中，衝入程青竹與沙天廣之間。

程青竹與沙天廣倏地往旁跳開。只見袁承志在馬上搖來晃去，雙手抱住馬頸，忽然翻到了馬肚之下，跟著又翻了上來，雙腳亂撐，狼狽之極。那馬直衝向阿九身旁，在她和褚紅柳之間站定了。袁承志氣喘喘的爬下馬來，一個踉蹌，又險些跌倒，大叫：「危乎險哉，真是死裏逃生。畜生，畜生，你這不是要大爺的命麼？」這麼一阻，阿九暗叫慚愧，抹了抹額頭汗水，收桿退回。褚紅柳雖然不甘，可也不敢追入對方隊伍。

程青竹道：「沙寨主，老夫還要領教你的陰陽寶扇。」沙天廣道：「正是，最後這一箱，便由咱倆來決勝負吧。」兩人剛才交手十餘招，未分高下，二次交鋒，各不容情，齊下殺手。程青竹雙桿甚長，招術精奇，沙天廣一柄鐵扇始終欺不近身。

這時紅日西斜，歸鴉聲喧，一陣陣在空中飛過。再戰數十招，沙天廣漸落下風，腳

步已見虛浮。褚紅柳叫道：「雙方勢均力敵，難分勝敗。這一箱平分了吧。」程青竹一聲長笑，竹桿著地橫掃。沙天廣忙躍起閃避。程青竹雙手急收急發，連戳數桿。沙天廣身子凌空，難以閃避，左腿窩裏三桿早著，落下來站立不穩，撲地倒了。程青竹拱手道：「承讓！」收桿回頭。

沙天廣一咬牙，急按扇上機括，向程青竹背後搧去，五枚鋼釘疾射而出。程青竹待得聽到風聲，已然不及避讓，五枚鋼釘一齊打在背心，只覺一陣酸麻，知道不妙，迸住氣一言不發，縱身躍近，兩桿疾出，點中了沙天廣小腹。這兩下含憤而發，使足了勁力，沙天廣登時暈去。

山東羣盜各挺兵刃撲上相救，尚未奔近，程青竹也已支持不住，仰天摔倒，五枚鋼釘在地下一碰，又刺進了一截。阿九急奔上前扶回。

青竹幫幫眾見幫主生死不明，無不大憤，四隊人馬一齊撲上，與山東羣盜混戰起來。這時已非比武，片刻間各有死傷，鮮血四濺。

褚紅柳抓住惡虎溝譚二寨主的手臂，叫道：「快命弟兄們停手。」譚二寨主拿出號角，嘟嘟嘟的吹響，山東羣盜退了下來。那邊竹哨聲響，青竹幫人眾也各後退。原來阿九見程青竹醒轉，知道混戰不是了局，見對方收隊，也就乘機約束幫眾。

褚紅柳站在雙方之間，高聲叫道：「大家別傷了和氣，咱們把鐵箱分了，這層過節慢慢再算。」譚二寨主道：「最後一箱是我們的。」青竹幫的人叫道：「要不要臉哪？輸了施暗算，還逞甚麼好漢？」雙方洶洶叫罵，又要動手。

388

褚紅柳道：「這箱打開來平分吧。」雙方均見首領身受重傷，不敢拂逆褚紅柳之意，反正已得到不少珍寶，也已心滿意足，當下便派人來搬。

阿九道：「第八箱是我贏的，我不要，留給那位客人。誰也不許動他的。」褚紅柳笑道：「小妞倒也恩怨分明。好吧，大夥兒搬吧。箱上寫著字，可別弄錯了。」羣盜正要動手去搬鐵箱，袁承志忽道：「各位剛才是練武功嗎？倒也熱鬧好看，勝過了江湖上賣藝的。現下又要幹甚麼了？」

阿九嘆哧一笑，道：「你不知道麼？我們要搬箱子。」袁承志道：「這個可不敢當，我已雇了大車。各位如此客氣，萍水相逢，怎好勞駕？」阿九笑道：「我們不是代你搬，是自己搬啊。」袁承志道：「咦，這倒奇了，這些箱子好像是我的啊。難道各位認錯了箱子？」山東盜幫中一人罵道：「這種公子哥兒就會吃飯拉屎，跟他多說幹麼？這次留下了他的小命，算他祖上積德。」俯身就去抬箱。

袁承志叫道：「啊喲，動不得的。」爬到箱上，一抬腿間，那大漢直跌了出去。袁承志爬在箱上，手足亂舞，連叫：「啊喲，救人哪！」

阿九還道他真的摔跌，縱上去拉住他手臂提了起來，半嗔半笑，罵道：「你這人真是的！」羣盜見他如此狼狽，以為他這一腳不過踢得湊巧，又要去搬箱子。

袁承志雙手連搖，叫道：「慢來，慢來，各位要把我箱子搬到那裏去？」阿九道：

「咱們各回各的家呀。」袁承志道：「那麼我呢？」阿九笑道：「你這人獸頭獸腦的，還

是乖乖的也趕快回家吧，別把性命在道上送了。」袁承志點頭道：「姑娘此言有理，我這就帶了箱子回家。」

剛才給踢了一交的那大漢心下惱怒，伸手向他肩頭猛力推去，喝道：「走你媽的！」

一聲未畢，後心已給袁承志抓住，一揚手處，那大漢當真高飛遠走，在空中劃了個弧形，落在七八丈外一株大樹頂上，拚死命抱住樹幹，大叫大嚷。一羣烏鴉從樹上驚飛起來，聒噪不已，在他頭頂亂兜圈子。這一來，羣盜方知眼前這少年身懷絕藝，這一副公子哥兒般的酸相，全是裝出來開玩笑的，然而自恃人多勢眾，也沒將他放在心上。

這時程青竹背上所中五枚鋼釘已由部屬拔出，自知受傷不輕，運氣護住傷口，只待分到贓物後立即退走，忽見袁承志露了這一手，實是高深已極的武功，眼前無一人是他敵手，不由得大驚，忙招手叫阿九過來，低聲道：「此人武功極高，務須小心。」

阿九點頭答應，又驚又喜，料不到這樣一個秀才相公竟會是武學高手，又想到他適才縱馬解圍，並非無心碰巧，實是有心相救，不禁暗暗感激。

只聽袁承志高聲說道：「你們打了半天，又在我箱上寫甚麼甲乙丙丁，山東直隸，現下玩夠了吧？哈哈，我可要擦去啦！」隨手抓起身旁一條大漢，打橫提在手中，繞著鐵箱奔跑一週，便將他當抹布使，把箱上「甲乙丙丁」及「直魯」等字擦得乾乾淨淨，雙手一送，那大漢又飛到了樹頂之上。山東盜幫中十餘人大聲吶喊，手執兵刃撲上。袁承志拳打足踢，但見空中兵刃和大漢齊飛，驚呼共鴉鳴交作，片刻之間，十餘名大漢都給他先後抓起，摔上四周樹巔。他出手甚有分寸，給他摔出的羣盜沒一人落地受傷。

山東羣盜和青竹幫都是一陣大亂，到這時方始心驚。程青竹和沙天廣各受重傷，羣盜齊望著褚紅柳待他作主。

褚紅柳哼了一聲，朗聲說道：「閣下原來也是武林一脈，要請教閣下的萬兒，是何人的門下？」袁承志道：「晚生姓袁，我師父是嘰哩咕嚕老夫子。他老人家是經學大師，對《禮記》和《春秋》是最有心得的了。還有一位李老夫子，他是教我八股時文的，講究起承轉合……」

褚紅柳道：「這時候還裝甚麼蒜？你把武學師承說出來，要是我們有甚麼淵源，大家也不是不講交情義氣的人。」袁承志道：「那再好也沒有了。說到淵源，過去是沒有，今日一見，那不是有了見面之情麼？各位生意不成仁義在，雖然沒賺到，卻也沒蝕了本。天色不早啦，請請，在下要走啦。」

殺豹崗侯寨主大罵「你奶奶的」聲中，提起潑風九環刀，一招「風掃敗葉」，向袁承志肩頭橫砍過去。袁承志身子稍側，九環刀從他身旁削過。侯寨主這一招用力極猛，大刀餘勢不衰，直砍褚紅柳前胸。

眾人驚呼聲中，褚紅柳側身避刀，伸出左手，食中兩指鉗住刀背，向後一拉，那刀才停住了。侯寨主只臊得滿臉通紅，低聲道：「褚莊主，對……對不住！」褚紅柳微微一笑，放開手指，對袁承志道：「憑這手功夫，得你一箱財物，還不算不配吧？」

袁承志道：「這手甚麼功夫？」褚紅柳得意洋洋的道：「我這門『蟹鉗功』，你要是也會，我就服了。」袁承志道：「甚麼蟹鉗、蝦鉗？我沒瞧見。」褚紅柳大怒，喝道：

「我用兩根手指鉗住了他大刀，難道你瞎了眼？」袁承志道：「啊，原來是這個，那是你們兩個串通的，有甚麼希奇？青弟，來，咱們也來練一招。」青青笑嘻嘻的從地下撿起一柄單刀，作勢向袁承志砍來，砍到臨近，放慢了勢頭，輕輕推將過去。袁承志雙手毛手毛腳抓住刀背。青青假意用力掙扎，亂跳一陣，始終沒能掙開，大叫：「啊喲，好厲害的蟹鉗功！」

阿九見兩人作弄褚紅柳，不禁格格嬌笑。直魯羣盜也忍不住放聲轟笑。

褚紅柳縱橫山東，一向頤指氣使慣了的，那容得兩個後生小輩戲侮於他？夾手奪過侯寨主的九環刀，橫托在手，對袁承志道：「你來劈我一刀試試。那總不是串通了吧！」他見袁承志拋擲羣盜，武功甚高，若和他動拳腳比兵刃，未必能勝，自己這門「蟹鉗功」練了數十年，極有把握，這少年不識貨，正可憑此猛下毒手。

袁承志道：「劈死了人可不償命！你也不能報到官裏去。要打官司，咱們就不幹。」

褚紅柳愈怒，已起殺心，黑起了臉道：「不論誰死，都不償命！」

袁承志叫道：「小心，刀來啦！」忽地反手橫劈一刀。

褚紅柳萬料不到這一刀竟會從這方位劈來，大吃一驚，急忙低頭，帽子已給削了下來，羣盜又是一陣轟笑。

袁承志笑道：「你的蟹鉗呢？怎麼我好像沒瞧見啊！」話聲方歇，揮刀著地砍去。

褚紅柳騰身急跳，鋼刀已把他一雙靴子的靴底切下，啪啪兩聲，靴底跌落。這一刀若是上得三寸，褚莊主便成為無腳莊莊主了。

袁承志道：「是了，太高太低都不成，太快了你又不成，我慢慢的從中間砍來吧！」

這一刀果然便與青青剛才那樣，慢慢推將過去。褚紅柳伸出左手來鉗，準擬一鉗鉗住對方兵刃，右掌毒招立發，非將他五官擊得稀爛不可。不料袁承志這一刀快要推近，突然一翻一劃，刃鋒已在他兩根手指上各自輕輕劃了一道口子，登時鮮血淋漓。這三刀高下快慢，變化莫測，似是遊戲之作，實則包含了極高深的武功，而且勁力拿揑極準，最後這招使力稍重，便割斷了褚紅柳兩根手指。褚紅柳大怒，喝道：「鼠輩，你我掌底見生死！」袁承志反手擲出大刀，攀在樹頂的那大漢正往下爬，這刀飛將過去，恰好割斷了他落腳的樹枝，一個倒栽蔥，跌了下來。

眾人亂叫聲中，袁承志吸一口氣，已運起了混元功，提起十隻鐵箱，隨手亂丟，一隻接一隻的疊了起來，幾達三丈，說道：「比就比！你們這些人賊頭賊腦的，別乘我打得起勁，偷了箱子去。」踴身跳上箱頂，大叫道：「上來比吧。」

褚紅柳見他把一口口沉重的箱子越擲越高，已自驚駭於他的神力，待見他輕飄飄的一躍而上，輕功造詣尤其不凡，更是吃驚。他自知輕功不成，那敢上高獻醜，喝道：「你有種就下來！」袁承志在上面高叫：「你有種就上來！」

褚紅柳踏步上前，抱住下面幾隻鐵箱一陣搖動，只見袁承志頭下腳上，倒栽下來。羣盜一陣歡呼，卻見袁承志跌到褚紅柳頭頂時，倏地一招「蒼鷹搏兔」，左掌凌空下擊。袁承志一伸手，已扣住他脈門，待得雙足著地，喝一聲：「起！」把褚紅柳一個肥肥的身軀揮了起來，剛落在一疊鐵箱之頂。十口箱子本就

疊得東歪西斜，這麼一個大胖子加了上去，登時一陣搖晃。褚紅柳在上面雙手亂舞，狼狽不堪，到後來情不自禁，俯下身來，抱住了箱蓋。羣盜又是吃驚，又是好笑。

青青叫道：「你有種就下來！」阿九想起褚紅柳剛才的說話，不禁抿嘴微笑。

褚紅柳的武功深得「穩、狠、準、韌」四字訣中精要，適才與阿九比武，就十足顯示了這四字訣的長處。他身材肥胖，素不習練輕功，自來以穩補快，以狠代巧，掌法由拙見功，現下突然登高，正犯了他的大忌，雖一身武功，卻登時手足無措。適才袁承志見他出手，看出了他的短處，故意佈置這個陷阱來跟他為難。承志本想跟羣盜結交，但見褚紅柳適才追打少女阿九，直欲傷她性命，心狠手辣，因此對他稍作懲戒，一來挫折他的氣燄，二來乘此立威，好令羣盜對已心服。

羣盜誰也不敢去移動鐵箱，只怕一動，上面箱子倒將下來，不但摔壞了褚紅柳，還會壓死多人。當下都站得遠遠地。

僵持了一陣，沙天廣低聲道：「譚賢弟，圍攻那小子，先幹掉他。」一言提醒了譚二寨主，當即吹動號角，山東羣盜拔出兵刃，齊向袁承志衝來。

啞巴、青青、洪勝海一齊站到袁承志身邊。青青持劍，洪勝海使刀，舞動砍殺。袁承志和啞巴卻是空手，抓住了人亂丟亂擲。羣盜出道以來，從未見過這般打法。二人所到之處，羣盜紛紛走避。袁承志數躍之間，已奔到沙天廣身旁。他臥在地下，兩名盜首在旁照料，忽見袁承志衝來，一個舉刀砍擋，另一個揹起沙天廣避讓。袁承志頭一低，從刀下鑽過，抓住前面盜首的頭一扭，那人痛得大叫，撒手把沙天廣丟下。袁承志伸手

394

接住，縱身跳上一輛大車，叫道：「你們要不要他性命？」羣盜見首領被擒，一時都呆住了，誰也不敢動手。

袁承志向啞巴一打手勢，啞巴逕往青竹幫衝去。青竹幫幫眾本來袖手觀戰，忽見啞巴衝來，各舉兵刃攔阻。啞巴追隨神劍仙猿穆人清多年，武功已非尋常武師所能敵，只見他頭頂刀槍亂飛，赤手空拳的衝到程青竹身旁。

袁承志在高處相望，見啞巴即將得手，正自欣喜，忽見阿九撫著程青竹的身子，伏地大哭，這一下倒大出他的意料之外，倘若程青竹死了，要對付羣龍無首的青竹幫就頗為不易，忙縱聲大叫：「勝海，快叫啞巴老兄回來。」

洪勝海撤下對手，衝到啞巴跟前，打手勢叫他回來。啞巴回頭向站在大車頂上的袁承志一望。袁承志招招手，啞巴隨即退回。

袁承志把手中半死不活的沙天廣交給啞巴，縱身入圍，問道：「怎麼？」阿九哭著叫道：「我師父死啦！」

袁承志俯身一探程青竹的鼻息，果然已無呼吸，再摸他胸膛，一顆心卻還在微微跳動，翻過他的身子，只見背上五個小孔，雖然血已止住，但五孔都在要穴，饒是程青竹武功精湛，也已抵受不住。袁承志運起混元功，在他的「天府穴」和足底「湧泉穴」各點一指。內力到處，程青竹血脈流轉，悠悠醒來，睜開了眼睛。阿九大喜，高叫：「師父，師父！」程青竹點了點頭。袁承志道：「放心！你師父的傷治得好。」阿九明艷的臉蛋上兀自掛著幾滴淚珠，清澈的大眼卻已充滿了喜色，說道：「嗯，多謝你啦。」

這時青青、啞巴、洪勝海三人挾著沙天廣，已退入青竹幫的圈子。山東羣盜見首領被擒，要闖進來救人，青竹幫幫眾出手攔阻。雙方亂喝，混亂中交起手來，登時乒乒乓乓打得十分激烈，頃刻間雙方各有數十人死傷。青青道：「再打半個時辰，雙方都死得差不多啦！」袁承志卻盼制止雙方惡鬥，以免死傷太多。

突然之間，站在鐵箱頂上的褚紅柳揚臂大呼：「不好啦，官兵來啦，總有幾千人，大家快退……不，有上萬人，扯呼，扯呼！」他站得高，首先瞧見。眾人聽了，盡皆心驚，刀槍齊停。只見三騎馬急奔而來。兩騎是山東盜幫放出的卡子，一騎是青竹幫的哨探，三人連連呼嘯，高聲大叫：「大隊官兵到啦！」褚紅柳再也顧不得危險，蹤身從箱頂跳下，立足不穩，在地下打了三個滾，爬起身來，雙足腫痛異常，搶了一匹馬，率領山東羣盜退卻。

袁承志命啞巴送回沙天廣，山東羣盜接住放上馬背，紛紛湧入樹林。青竹幫中也是竹哨連聲，搶起地下死傷人眾，仍分成四隊退了下去。霎時之間，一片空地上只膡下袁承志等一千人。

右峯上喊聲大作，

山東羣盜從山坡上衝將下來，殺入清兵陣中，

跟著各處埋伏的羣豪一時盡起。

袁承志熱血如沸，

高舉金蛇劍，叫道：「大夥兒殺啊！」

第十一回

慷慨同仇日　間關百戰時

袁承志跳上箱頂，運起混元功，把箱子逐隻輕輕放落，啞巴一一拾起，放上大車。

青青笑道：「他們傷了這許多人，只在鐵箱外面摸得幾下，你說是賺了還是蝕了，得請你大師哥用鐵算盤來算一下。」只聽得遠處號角連聲，人喧馬嘶，果有大隊人馬到來。袁承志心道：「要拉攏山東、河北這兩批英豪，這次看來是不成的了。」說道：「咱們走吧！」檢視車輛伕役，幸無損傷。

正要啟行，只見數百名官兵分成兩隊，當先衝到。一名把總手舞長刀，喝道：「幹甚麼的？」洪勝海道：「趕路的老百姓。」那把總道：「幹麼這裏有血跡，有兵器？」洪勝海道：「正有強人攔路打劫，幸得官兵到來，嚇退了強人。」

這時已有數隊官兵前去追擊退走的羣盜。那把總斜著眼打量大車上的鐵箱，冷冷的問道：「那些是甚麼東西？」洪勝海道：「是行李。」那把總道：「打開來瞧瞧。」洪勝海道：「是些隨身衣物，沒甚麼特別物事。」那把總道：「我說打開，就打開，囉唆甚麼？」青青道：「又沒帶違禁犯法的東西，瞧甚麼？」那把總罵道：「你這小子好橫！」倒提長刀，將刀桿夾頭夾腦砸過去。青青閃身避開。

那把總見十隻鐵箱結結實實，料想定是裝著貴重財物，一見早就起了貪心，這時乘機叫道：「好小子，膽敢拒捕？喂，弟兄們，把贓物充公！」官兵搶奪百姓財物，那還用多說？一聽「充公」二字，早有十餘官兵一擁而上，七手八腳來抬鐵箱。

那把總存心狠毒，只怕事主告到上官，高聲叫道：「這些都是土匪流寇，竟敢抗拒官兵，一概格殺勿論！」當即提刀殺來。袁承志大怒，心想：「要是我們不會武藝，豈

400

不給你殺了滅口。這人不知已害了多少良民！」待他鋼刀砍到，側身避開，反掌打在他背心。這人如何禁受得起，倒撞下馬，登時斃命。

眾官兵驚叫起來：「強人攔路，搶劫漕運啦，搶劫漕運啦！」當先的官兵給青青、啞巴、洪勝海三人一衝，四散奔逃，但後面大隊人馬跟著湧到。袁承志拾起那把總的大刀，揮舞斷後。啞巴等三人率領車隊，退入林中。

只聽得金鐵交鳴，樹林中官兵正與山東羣盜及青竹幫打得火熾。盜幫雖然都有武藝，但擋不住官兵人多勢眾，不多時已紛紛敗退。沙天廣和程青竹都受傷甚重，無人領頭，羣盜勢成散沙，各自為戰，給官兵一堆堆的圍住攻擊，慘呼聲此起彼伏。

袁承志和青青等將車隊集在樹林西角。青青問：「怎麼辦？」袁承志道：「幫強盜，殺官兵！你在這裏守住！」青青點頭答應，與啞巴、洪勝海三人聚集車隊，守住一個小角，官兵過來立即格殺，眾官兵一時不敢逼近。

袁承志飛身上樹，察看形勢，見阿九與幾名青竹幫的頭目正正受數十名官兵圍攻，形勢最險，當即下樹，疾奔而前，左臂長出，震飛兩枝戳向阿九的鐵槍，叫道：「退回西首山崗！」又有一名軍官揮刀向阿九砍來。袁承志飛腳踢去鋼刀，當胸一拳，將那軍官打得口噴鮮血，仰面跌倒。

阿九吹起竹哨，青竹幫的幫眾齊向西退，漸漸集攏。袁承志縱橫來去，命山東羣盜也向西退，見有盜眾給官兵圍住無法脫身的，立即衝入解救。眾人一會齊，聲勢頓壯，在袁承志率領下且戰且退，上了山崗。袁承志又率領了數十名武功較高的幫眾盜夥，衝

401

下去把青青等車隊接引上崗。眾官兵在崗下吶喊叫嚷，團團圍住。

袁承志命羣盜發射暗器，守住山崗。羣盜本已一敗塗地，人人性命難保，有人出來領他們暫脫險境，對他的號令自是奉命唯謹。二百餘名官兵向崗上衝來，給一陣暗器射回，死傷了數十人。官兵得勝時勇往直前，一受挫折，大家怕死，誰肯捨命攻山？只大聲吶喊，敷衍長官，殺聲倒是震天，卻是前仆有人，後繼無兵，不再有官兵衝近。

袁承志安排防禦，命譚二寨主、褚紅柳、洪勝海、阿九四人各率一隊守住一方，餘下的救死扶傷，就地休息。他再為程青竹按摩了一番，又給沙天廣推宮過血。過了一會，兩人竟先後在山崗上睡著了。

袁承志向盜夥首領問明當地地形，再跳上車頂，察看官兵隊形，見官兵後隊有大批輜重車輛，跳了下來，問青青道：「剛才官兵叫嚷甚麼搶劫漕運？」

這時褚紅柳正由淮陰雙傑接替了下來休息，聽袁承志問起，說道：「這些官兵，定是運送糧餉漕銀去北京的。咱們剛好遇上，真是不巧。」袁承志道：「運送漕銀，怎地要大隊官兵？」褚紅柳道：「現今天下大亂，羣雄並起，那一處沒開山立櫃的豪傑？朝廷全靠江南運去的漕米銀兩發餉發糧。崇禎既要防禦遼東的滿洲兵，又要應付闖王和各路英雄，這漕銀是他命根子，倘若出了岔子，他龍廷也坐不穩了，自然要多派人馬護送。漕米銀兩本來都由運河水運，想是皇帝要錢要得急了，才由陸路起運。」

袁承志道：「這些官兵身上挑著這麼重的擔子，居然還來多管閒事，跟人為難。」

褚紅柳笑道：「他們以為一下子就把咱們盡數殺了，只須給咱們安上幾個甚麼王、甚麼

星的厲害匪號，奏報上去，豈不是大功一件？」又道：「我們本是土匪強人，倒也不冤枉，只可惜累了相公。」袁承志嘆道：「官逼民反，今日可教我親身遇上了。」他幼時曾跟應松學過粗淺兵法，沉吟片刻，說道：「此處向西北有個峽口，咱們從那邊衝出去吧。」褚紅柳這時對他已佩服得五體投地，便道：「請袁相公吩咐，大夥兒齊聽號令。」一聲令下，羣盜齊聲發喊。

袁承志在地下畫了圖，計議突圍之策已定，便即分撥人手。

袁承志和啞巴當先開路，率領眾人衝下崗去。

到，殿後的盜幫也已退入峽口。

來。追了一陣，殿後的數十名盜幫忽然回身邀鬥，把官兵追勢一擋。待得官兵大隊攻到，來勢兇猛，稍加抵擋，就給衝破一道口子。羣盜向峽口直奔，官兵叫喊著隨後追

官兵本已怠懈疲倦，除了少數奉命守禦，餘人均已就地坐休息，忽見羣盜驟然衝中伏。忽然前面大車中一隻鐵箱滾落，箱蓋翻開，道上丟滿金磚銀錠，閃閃發光。統兵總兵大喜，下令急追。追了一陣，見羣盜拋下衣甲兵器，亂竄亂奔，道旁丟滿了財物珠寶。眾官兵你搶我奪，亂成一團。那總兵見羣盜潰散，連兵器也隨地亂丟，不再存防備之念，一意要搶寶箱，下令前、中、後三隊齊趕。

那峽口兩旁都是高峯峭壁，形勢險惡，官兵一追入峽口，率隊長官下令緩追，以防有分教：抗外敵不妨落後，搶金銀務必爭先。

這時袁承志已攀上峭壁，手足並用，拉著石壁上的藤枝樹條，抄向官兵後路。走了一會，果見官兵隊中車輛一輛接著一輛，蜿蜒而來，不計其數，車輛都用黃布蒙住，車

上插了旗幟，旗上寫的是「大明江南漕運」紅字，放眼下望，車隊便如一條極長的黃龍。

袁承志又驚又喜，官兵勢大，不易對敵，但如能劫下漕運，確是對大仇人崇禎皇帝一個當頭猛擊，闖王義兵就更易成事，見坡下樹木茂密，當即穿林而下，要就近察看。

不一刻，靠近官兵隊伍，藉著樹木遮掩，連官兵的說話都聽得清清楚楚。

車輛不斷，隆隆而過，過了好一陣，忽聽得車行轔轔之聲漸輕，車中所裝似乎已非糧銀，從樹木空隙中向外望去，見是百餘輛囚車。車中囚徒雙手反縛而坐，車上插有白旗，寫著「候斬巨寇某某某」等字樣，又是甚麼「江洋大盜」、「流寇頭目」、「反叛逆首」、「淮南巨賊」等等，顯見都是反抗朝廷的饑民或山寨盜魁。

袁承志心想：「這些人都須搭救，但如何下手？」正自尋思，忽見一輛車子過來，旗上寫著「候斬反逆孫仲壽一名」九字，袁承志大驚，追了幾步細看，見車中所坐的果然便是孫仲壽。但見他兩鬢斑白，滿臉風霜之色，較之昔日在聖峯嶂上之時已蒼老得多，但一副慷慨風致，雖在難中，仍不減當年。袁承志驚訝未定，只見後面囚車中推來的又都是父親舊部，當時教導撫養自己的倪浩、朱安國、羅大千三人都在其內，只不見應松。袁承志一陣心酸，隨又暗暗歡喜：「老天爺有眼，教我今日撞見眾位叔叔。」

不久囚車過完，袁承志向上奔了數丈，疾向後追。官兵望見，鼓噪起來，有的便發箭射來。但袁承志身法快捷，箭枝到時，人早不見。他奔出數十丈，官兵隊伍已盡，最後一名軍官騎在馬上，手提大刀押隊。

袁承志正想躍下動手，忽然望見遠處塵土飛揚，幾騎馬奔來，心想：「原來後面還有接應，等他們過來看個明白再說。」不一刻五騎馬奔到，當先一人是個女子，卻是飛天魔女孫仲君，後面四人正是二師兄歸辛樹夫婦以及梅劍和、劉培生。

袁承志一見大喜，叫道：「二師哥！」飛身落下，落在歸辛樹夫婦馬前。

歸氏夫婦一起勒馬，見到是他，歸二娘點了點頭，說道：「嗯！是你，有甚麼貴幹？」袁承志道：「小弟有件急事，求師哥師嫂幾位伸手相助。」歸二娘道：「我們自己也有要事，沒空！」和歸辛樹二人一提韁，雙騎從他兩側擦過，向前衝了過去。梅劍和拱手叫聲：「師叔！」跟著師父師娘去了。

劉培生跳下馬來，說道：「師父師娘正有一件要緊事。弟子辦了之後，立刻過來聽師叔差遣。」袁承志道：「那不必了，我借坐一下劉大哥的牲口。」劉培生道：「師叔請用。」將韁繩遞將過去。袁承志道：「咱倆合騎，追上前面官兵就行了。」說著飛身上馬。劉培生也跳上馬來。袁承志雙腿一夾，那馬發足奔馳。

劉培生問道：「師叔追官兵幹甚麼？」袁承志道：「救人！」劉培生喜道：「那好極啦，我們也正要尋官兵的晦氣。」袁承志聽了大喜，催馬急行，不一會已望見押隊軍官的背影。但不見歸辛樹等人，想已搶過了頭。袁承志縱馬前衝。

押隊的游擊聽身後馬蹄聲疾，回頭望時，見一人從馬背躍起撲來，他大吃一驚，身子已落在他馬上，左手早點中他後心穴道。那游擊只覺背心酸麻，要待掙扎，卻已動彈不得。袁承志喝道：「快下令，

揮起大刀往空中橫掃。

405

叫後隊囚車停下。」那游擊只得依言下令。

突然之間，歸辛樹夫婦從樹林中衝出，師徒四人抽出兵刃，往官兵隊裏殺去。隊伍登時大亂。

袁承志吩咐劉培生自行隨師父去辦事，搶了兩柄大刀，奔到孫仲壽身邊，劈開車子，大叫：「孫叔叔，我是袁承志。」孫仲壽如在夢中，一陣迷惘。袁承志又已把朱安國、倪浩、羅大千等人救出。這些人都是身經百戰的武將，現今雖已年老，但英風猶存，搶了兵器，有的亂殺官兵，有的劈開囚車救人，脫險的囚犯也均劈車救人，不一刻，百餘輛囚車齊都劈爛，放出百餘條好漢來。其中三數十人是袁崇煥部屬的「山宗」舊侶，聽說趕來相救的是督師公子，無不振奮，一陣砍殺，將官兵後隊殺得七零八落，向前逃竄。

這時官兵前隊也已發現前面巨石攔路，不能通行，登時兩頭大亂。

袁承志見官兵雖然勢亂，但人數眾多，卻也不易抵擋，當下撇下大刀，在一長列漕運車輛頂上跑將過去。行出里許，見領隊的總兵官頭戴鐵盔，正手舞長刀，指揮作戰。袁承志躍上那總兵坐騎的馬臀，那總兵回刀來砍，袁承志夾手便奪，那知這總兵一個觔斗從馬背上翻了下去，竟沒能抓住他手腕。

袁承志心道：「沒料想官軍之中還有如此好手。」左手揚動，三枚銅錢發了出去。那總兵一一用長刀格開。袁承志道：「好本事！你再格格看。」雙手連揮，三九二十七枚銅錢分上中下三路同時打到。就算武林高手，這一

來也不易抵擋，那總兵武藝雖強，卻那裏躲得開這「滿天花雨」的手法。噹啷一聲，先是長刀脫手，接著膝彎、腰脅、背心各處都中銅錢，竟朝著袁承志迎面跪下。

袁承志笑道：「不必多禮！」伸手挽住他左臂。那總兵當胸一拳，勢急力勁。袁承志笑道：「就讓你打一拳出氣。」這一拳明明打在他胸前，卻如打中一團棉花，無聲無息，全無著力處。袁承志運起內力，提起那總兵往上拋出。只見他就如斷線風箏般往上直飛，眾官兵高聲大叫起來。袁承志自分這一下必死，閉住了雙眼，那知落下時爲人雙手托住，睜開眼來，見仍是那書生打扮的少年。他知此人武功比己高出十倍，既然落入他手，無可抗拒，生死只好置之度外。何況就算硬要置之度內，卻也無從置起。

袁承志道：「你下令全體官兵拋下兵刃，饒你們不死。」那總兵心想：「這遭運何等要緊，給盜賊劫了去，反正也是死罪。」於是頸項一挺，朗然說道：「你們要殺便殺，何必多言。」袁承志一笑，手上使勁，又將他身軀拋向空中，落下來時接著再拋，連拋了三次，那總兵已頭暈腦脹，不知身在何處。袁承志道：「你若不下令，你死了，部下也都活不成。不如降了吧。」那總兵心想，眼下只有這條活路，只得點了點頭。袁承志問道：「你貴姓？」那總兵道：「小將姓水。」他定一定神，命親兵把手下參將、守備、游擊、都司等都叫了來，眾將聽得要投降盜賊，嚇得面面相覷。一員都司罵了起來：「你食君之祿，不忠不……」話未說完，袁承志已抓住他往地下摔落，登時暈去。

承志也傳下號令：「標下奉……奉總座將令。」水總兵喝道：「下令停戰！」水總兵餘下眾將顫聲齊道：「標下奉……奉總座將令。」袁承志也傳下號令，命山東羣盜不再厮殺，又吩咐水總兵命官兵拋下兵刃。水總兵

無奈，只得依言。火把照耀下雙方兵戈齊息。

忽見五個人在車隊中奔馳來去，亂翻亂找，打開了許多箱籠，見是銀子糧食，便踢在一旁。眾官兵見五人勢惡，敗降之餘，不敢阻攔。奔到臨近，原來是歸辛樹夫婦師徒五人。袁承志叫道：「二師哥，你們找甚麼？我叫他們拿出來。」

歸辛樹見統兵將官都集在袁承志身旁，三個起落，已奔到水總兵身邊，一把揪住他胸脯，提了起來。水總兵驚魂未定，那想突然又遇到一個武功極高之人，給他抓住了，任憑如何猛力掙扎，總歸無用。歸辛樹喝道：「馬士英進貢的茯苓首烏丸，藏在那裏？」

水總兵道：「馬督撫嫌我們車多走得慢，另行派人送到京裏去了。」歸辛樹道：「此話當真？」水總兵道：「我性命在你們手裏，怎敢說謊？」

歸辛樹把他往地下拋落，喝道：「要是查到你胡言騙人，回來取你狗命。」轉頭對歸二娘道：「往前追。」歸二娘抱著孩子，心頭煩躁，單掌起處，把擋在面前的官兵打得東倒西歪。

袁承志知道二師兄夫婦對自己心存芥蒂，默然不語。待五人去後，問水總兵道：「他們找甚麼藥丸？」水總兵被擒降敵，心亂意煩，神不守舍，一時想到家中是否會給皇帝下旨滿門抄斬，一時又想自己功名前程，從此付與流水。袁承志接連詢問，他答非所問，不知所云，說了半天，袁承志才明白了個大概。

原來最近黃山深谷裏找到了一塊大茯苓，估計已在千年以上，湊巧浙東又有人掘到一個人形何首烏。這兩樣都是千載難逢的寶物。鳳陽總督馬士英得到訊息，差幕客一半

強取、一半價購的買了來，命高手藥師製成了八十顆茯苓首烏丸，還配上了老山人參、五色靈芝、麝香牛黃等珍貴藥材，單是藥材本錢就花了兩三萬銀子。這件事轟動了江南官場和醫行藥業。據古方所載，這藥丸實有起死回生的神效，體質虛弱的人，只服一丸便即見功。馬士英自己留下四十顆，以備此後四十年中每年服食一顆，餘下四十顆便去進貢，盼崇禎再做四十年皇帝，年年升自己的官。

袁承志好容易聽得明白，心道：「那就是了，二師哥愛子有病，久治不愈，急著要這些藥丸。」水總兵又道：「馬總督本想差我一併將寶藥送去北京，但後來嫌我們車多行得慢，又押著死囚不吉利，因此另差金陵永勝鏢局的董鏢頭護送赴京，獻給皇上。」

至於馬總督自己留下四十顆藥丸，那是天大機密，連他最得寵的姬妾也都不知，水總兵自然更不會知道。袁承志一心盼望二師哥能奪到藥丸，救得孩子之命，忙問：「那鏢師走了幾天啦？」水總兵道：「啓程是在同一天，不過鏢局子只十來個人，行道快得多，算來搶在我們之前，總有五六天路程了。」

這時孫仲壽、朱安國、倪浩、羅大千等袁部舊將紛紛過來相見。各人得脫大難，又見袁承志長大成人，一身武藝，今日這一戰雖只小試牛刀，亦已略有乃父當日雄風，無不驚喜。袁承志問起被捕緣由，孫仲壽約略說了。原來當日「山宗」舊友在聖峯嶂聚會，明兵突施襲擊，幸而大部人衆早已散走，只應松終於被害，孫仲壽等都告脫險，後來重又聚集。衆人在淮北魯南一帶會聚豪傑，準擬大舉，不料事機不密，上個月爲鳳陽總督馬士英所破，衆首要一鼓成擒，械繫赴京問斬。差幸天緣巧合，竟蒙得救。

孫仲壽聽說袁承志和闖王頗有連絡，說道：「公子，這裏又有盜幫，又有投降的大批官兵，他們對你都很敬服，正是難遇的良機。何不暫緩赴京，把這批人手好好整頓一下。」袁承志喜道：「孫叔叔說得是，不過要請孫叔叔、朱叔叔各位加盟，共圖大事。」孫仲壽一拍大腿，道：「好極了，何不就去泰山？」袁承志道：「泰山相去不遠，再好也沒有了。」

當下收拾好鐵箱中拋散開的珠寶金銀，把漕運銀子取出二十萬兩，俵分給青竹幫與山東各寨羣盜。褚紅柳也得了五千兩。再取出二十萬兩賞給投降的官兵，一時峽谷前後，歡聲雷動。投降的軍官本來心情鬱鬱，分得大批銀兩後，才精神為之一振。

青竹幫的兩名幫衆抬著擔架，將幫主程青竹抬過來。袁承志見他臉上已現血色，喜道：「程幫主的傷勢好得很快啊，足見內功深厚。」程青竹道：「多謝公子，在下得知公子是袁督師的骨肉，實是歡喜之極。」說到這裏，聲音中竟微帶嗚咽。袁承志道：「程幫主當年識得先父嗎？」程青竹搖了搖頭，吩咐隨從在一隻布囊中取出一卷手稿，交給袁承志，說道：「公子看了這個，便知端的。」

袁承志接過，見封面上寫著「漩聲記」三個大字，又有「程本直撰」四字，右上角題著一副對聯：「一對痴心人，兩條潑膽漢。」心中不解，問道：「這位程本直程先生，跟程幫主是……」程青竹道：「那是先兄。小人本名程本剛。」

袁承志點點頭，翻開手稿，只見文中寫道：

「崇煥十載邊臣，屢經戰守，獨提一旅，挺出嚴關……」

袁承志心中一凜，問道：「書中說的是先父之事？」程青竹道：「正是。令尊督師大人，是先兄平生最佩服之人。」

袁承志當下雙手捧住手稿，恭恭敬敬的讀下去：

「……迄今山海而外，一里之草萊，崇煥手闢之也；一堡之壘，一城之堞，崇煥手築之也。試問自有遼事以來，誰不望敵於數百里而逃？棄城於數十里而遁？敢與敵人畫地而守，對壘而戰，翻使此敵望而逃、棄而遁者，舍崇煥其誰與歸？」

袁承志閱了這一段文字，眼眶不由得濕了，翻過一頁，又讀了下去：

「客亦聞敵人自發難以來，亦有攻而不下，戰而不克者否？曰：未也。客亦知乎有寧遠丙寅之圍，而後中國知所以守？有錦州丁卯之功，而後中國知所以戰否也？曰：然也！」

袁承志再看下去，下面寫道：「今日灤之復、遵之復也，誰兵也？遼兵也。誰馬也？遼馬也。自崇煥未蒞遼以前，遼亦有是兵、有是馬否也？」

袁承志隨手又翻了一頁，讀道：

「舉世皆巧人，而袁公一大痴漢也。唯其痴，故舉世最愛者錢，袁公不愛也。唯其痴，故舉世最惜者死，袁公不惜也。於是乎舉世所不敢任之勞怨，袁公直任之而弗辭也；於是乎舉世所不得避之嫌疑，袁公直不避之而獨行也；而且舉世所不能耐之飢寒，袁公直耐之以為士卒先也；而且舉世所不肯破之禮貌，袁公力破之以與諸將吏推心

而置腹也。」

袁承志讀到此處，再也忍耐不住，淚水涔涔而下，滴上紙頁，淚眼模糊之中，看到下面一行字道：「予則謂掀翻兩直隸、踏遍二十三省，求其渾身擔荷、徹裏承當如袁公者，正恐不可再得也。此所以惟袁公值得程本直一死也。」

袁承志掩了手稿，流淚道：「令兄真是先父的知己，如此稱譽，在下實在感激不盡。」程青竹嘆道：「先兄與令尊本來素不相識。他是個布衣百姓，曾三次求見，因令尊事忙，未曾見著。先兄心終不死，便投入督師部下，出力辦事，終於得蒙督師見重，收爲門生。令尊蒙冤下獄，又遭凌遲毒刑。先兄向朝廷上書，爲令尊鳴冤，只因言辭切直，昏君大爲惱怒，竟把先兄也處死了。」袁承志「啊喲」一聲，怒道：「這昏君！」

程青竹道：「先兄遺言道，爲袁公而死，死也不枉，只願日後能葬於袁公墓旁，碑上題字『一對痴心人，兩條潑膽漢』，那麼他死也瞑目了。」袁承志道：「卻不知這事可辦了麼？」程青竹長長嘆了口氣，說道：「令尊身遭奇冤，昏君奸臣都說他通敵，勾結滿清，一般無知百姓卻也不辨忠奸是非，信了這話。令尊給綁上法場後，愚民一擁而上，將他身子咬得粉碎，說道……說道要吃盡賣國奸賊的血肉……」

孫仲壽垂淚點頭，道：「眞是如此。當年你年紀幼小，我們不跟你說，免你傷心。」

袁承志聽到這裏，不由得放聲大哭，問孫仲壽道：「孫叔叔，這……這是眞的麼？」

孫仲壽道：「老百姓不明眞相，只道皇帝的聖旨，是再也不會錯的。清兵在北京城外燒

袁承志怒道：「昏君奸臣爲非作歹，那也罷了，北京城的老百姓，卻也如此可惡！」

殺擄掠，害死的人成千成萬，因此百姓對勾結敵兵的漢奸痛恨入骨。」

程青竹道：「在下不忿兄長被害，設法投身皇宮，當了個賤役，想俟機行刺昏君，為先兄和袁督師報仇。只武藝低微，行刺不成，反為侍衛所擒，幸得有人相救，逃出皇宮。這些年來在黑道上幹些沒本錢買賣，有眼無珠，竟看上了公子的財物。」

袁承志道：「大家說來深有淵源，若非如此，也不得跟幫主認識。」

青青忽問：「咦，那個小姑娘呢？她沒事吧？」程青竹道：「多謝關懷。小徒已自行去了。」青青道：「我正想找她說話，怎麼她走了？」

眾人休息了一日。袁承志派遣青竹幫、山東群盜得力人員，分赴各地送信，約定七月二十在泰山頂上取齊；又請孫仲壽、朱安國等山宗舊部，會同水總兵帶領投降的官兵，在荒僻險峻之地起造山寨紮營，大家就稱之為「山宗營」。

這一役馬士英部下六千官兵全軍覆沒，二百餘萬兩漕銀沒留下半星一忽，京師魯豫一帶，無不震動。等到馬士英再調大軍前來追剿，盜幫早影蹤全無，那裏還追尋得著。

過得七月十五，約會之期將屆。泰山各處寺廟道觀之中，陸陸續續到了千餘位各幫各派的英雄豪傑。

七月二十清晨絕早，羣雄在石經谷會聚。谷中一片平廣，數畝石場，光潔異常，相傳是古代高僧講經之所。山石上刻有八分書金剛經，字大如斗，筆力雄勁。

這天到會的除袁承志、青青、啞巴、洪勝海等人外，有袁部舊將孫仲壽、朱安國、

413

倪浩、羅大千等人；有江蘇金龍幫焦公禮、焦宛兒、吳平、羅立如等人；有河北青竹幫程青竹等人；有山東羣盜沙天廣、褚紅柳、譚文理等人；有浙江游龍幫的榮彩等人；有從囚車獲救的淮南飛虎峪寨主聶天風、贛北鄱陽幫幫主梁銀龍等人；有投降過來的明總兵水鑒等人。此外尚有無數江湖好漢，武術名手。一時泰山頂上羣豪聚會，英賢畢至。袁承志不見青竹幫美麗的小姑娘阿九到來，微感失望，頗有悵惘之意，但過不多時，也就忘了。

這日凌晨，山谷間忽吐白雲一縷，扶搖直升，良久，東邊一片黑暗中隱隱朱霞炫晃，顏色變幻不定，或白或橙，緩緩的血線四映，一噴一耀，轉瞬間太陽如一個大赤盤踴躍而出。下面雲彩爲日光一照，奇麗變幻，白虹蜿蜒。羣豪盡皆喝采。

觀日出已畢，羣豪席地坐下。陰陽扇沙天廣是山東當地的地主，這時他傷勢已愈，站起身來朗聲說道：「各位前輩大哥賞臉，來到敝省，兄弟招待不週，請多多包涵。」沙天廣又道：「兄弟是粗人，不明事理，現下請青竹前輩說話。」這兩人以前互不相下，那天出死入生的斷拚了一場之後，各自欽佩對方武功，反結成了好友。

程青竹站起身來，說道：「我們江湖上的朋友，以前在泰山也聚過會，不過人數從來沒這麼多。不怕各位笑話，以前我們到這裏幹甚麼？不過是劃地盤、分贓銀罷啦。」羣豪一陣轟笑。程青竹道：「這次這許多英雄朋友大駕光臨，咱們可不能再沒出息啦。眼前天下大亂，老百姓活不下去，昏君無道，朝中全是貪官污吏，關外韃子又時時犯界

414

擄掠，當真人命賤似螞蟻。咱們總要好好商議，做一番事業出來。咱們今日擺明了是要結義造反，那一位不願入夥的，儘可乘早下山。」

眾人聽得血脈僨張，齊聲喝采。有少數人不願冒險造反，便紛紛告別下山。

程青竹又道：「今日到會的都是好朋友，咱們歃血為盟，以後患難相助，共圖大事。如有貪圖富貴，出賣朋友，或是貪生怕死，自私自利的，大家一齊幹他奶奶的。」

眾人又是一陣喝采。

沙天廣道：「會盟不可沒盟主。咱們推舉一位大家佩服的英雄大哥出來，以後都奉他的號令。不管是誰當盟主，兄弟必定追隨到底，決無異言。」十力大師站起身來，說道：「羣龍無首，決不能成大事。推舉盟主，老衲一力贊成。這位盟主必須智勇雙全，有仁有義，方能服眾。」鄭起雲道：「那是當然的了，我瞧你大師就很不錯。」十力大師笑道：「老衲風燭殘年，那能擔當重任？鄭島主別取笑了。」

眾人交頭接耳，紛紛議論，都覺盟主應該推舉，以便號令一致，好使散處各地、互不統屬的豪傑聯成一起。那時相互之間固然不會殘殺爭鬥，連官府也不敢輕易剿捕。只是羣雄向來各霸一方，誰也不肯服誰，別要為了爭做盟主，反而毆殺一場，那就弄巧成拙了。各路造反民軍結盟，事屬尋常，大家均知晉陝一帶曾有「三十六營」、「七十二營」，滎陽有「十三家」大會等大舉結盟之事，李自成均曾參與。

程青竹待眾人議論了一會，高聲說道：「各位如無異議，現下就來推舉如何？」

只見人羣中站起一條身高七尺的魁梧大漢，聲若洪鐘，大聲說道：「蓋孟嘗孟老爺

415

子在武林無人不敬，無人不服。今日他老人家雖然不在此地，但盟主一席自然非他莫屬，兄弟以為不必另推了。」他話一說畢，羣雄中登時便有許多人隨聲附和。

袁承志問洪勝海：「蓋孟嘗是甚麼人？」洪勝海道：「孟伯飛孟老爺子人稱蓋孟嘗，仗義疏財，最愛朋友，武林中人緣極好。他獨創的孟家神拳、快活三十掌，變幻莫測，投拜在他門下的弟子數也數不清，說得上桃李滿天下。北方學武的人提到蓋孟嘗，那是沒人不佩服的。這大漢是他大弟子，叫做丁甲神丁遊。」袁承志道：「嗯，那麼推孟老爺子做盟主倒也很好。」心想：「這位孟老爺子多半人緣極好，武功卻不如何了得，否則師父不會不跟我說起。作武林盟主的，原本人緣比武功要緊。」

七十二島盟主鄭起雲道：「孟老爺子威名遠震，兄弟雖然亡命海外，卻也是久仰的了，推他做盟主，論德望，論見識，那是再好也沒有。不過兄弟有一點顧慮……」丁遊道：「鄭島主請說。」鄭起雲道：「孟老爺子在保定府這些年，身家極厚。咱們大家所幹的，卻是嘯聚山林、殺官造反的勾當，不知孟老爺子肯不肯跟大夥兒一起幹，給咱們帶頭？否則的話，牽累於他，大家心裏不安。」羣雄都覺這話倒也有理，各人靜默了一會。

金龍幫幫主焦公禮站起來說道：「兄弟推舉另外一位武功蓋世、仁義包天的英雄。這位英雄雖然年紀還輕，武林中許多朋友大都不識，但兄弟斬釘截鐵的說一句，只要這位英雄肯出來帶頭，做事一定公正，管教威風大震，官府不敢小覷了咱們。」

416

沙天廣說道：「兄弟心裏，也有一位年輕的英雄，只怕不見得比焦幫主所說的那位差了。」他聲音尖細，提高了嗓子，更是刺耳。

焦公禮道：「兄弟年紀不敢說長，也已虛活了五十多歲；見識不敢說廣，也會過了天下無數成名的豪傑。可是像我所說的那位英雄，讓兄弟佩服得五體投地的，當世卻也只一人而已。」程青竹冷冷的道：「沙天廣沙寨主的聲望脾氣我是知道的。他口服心服的人，一定不會錯，我們青竹幫一致贊成沙寨主的話。」焦公禮脹紅了臉道：「盟主到底是怎生推法？我們金龍幫雖然無用，人數卻比青竹幫多些。」眼見兩人就要爭吵起來。

十力大師道：「焦幫主且莫心急，你說的那位英雄是誰，老衲猜個九成兒不會錯。請問沙寨主，你說的朋友是誰？兩家都說出來，請在場的朋友們秉公評定就是。也說不定大家對這兩位英雄都不心服呢？」

沙天廣向袁承志一指，道：「我說的就是這位袁相公。各位莫瞧他年紀輕輕，武功行事卻高人一等。我聲明在先，兄弟與袁相公還是最近相識，純因佩服英雄，這才一力推薦。」這番話一說，山東各寨羣盜與青竹幫眾人齊聲歡呼，聲勢極壯。

袁承志聽他說到自己，事先全沒想到，站起身來雙手亂搖，連說：「不行！」沙天廣怒道：「焦幫主，在下對你素來佩服，可是對沙寨主這等無禮，在下卻瞧不過眼了。」焦公禮拱手笑道：「兄弟那敢譏

焦公禮待人聲稍靜，仰天大笑：「哈哈，哈哈！」好一陣不絕。沙天廣怒道：「焦幫主，我倒要請教，你幹麼譏笑兄弟？」程青竹也怒道：「焦

417

笑？沙寨主、程幫主，你兩位可知兄弟要推舉的是那一位？」沙天廣慍道：「我當然不知。」焦公禮道：「除了這位袁相公還有何人？」程青竹、沙天廣轉怒爲喜，也都仰天大笑。

眾人聽三人爭了半天，說的原來同是一人，登時滿山轟笑。

袁承志很是著急，忙道：「兄弟年輕識淺，今日得能參與泰山大會，已感榮幸，只盼追隨各位前輩之後，稍效微勞，豈敢擔當大任？還請別選賢能。」

孫仲壽道：「袁公子是我們袁督師的獨生親子，我們『山宗』舊友內舉不避親，以爲請他擔當盟主，最是合適不過。」鄭起雲道：「那一位袁督師？」孫仲壽道：「就是在遼東力抗清兵、無辜被昏君害死的袁崇煥袁督師。」

袁崇煥抗敵禦侮，有大功於國，當時只北京城中百姓才以爲他叛國通敵，實因強敵兵臨城下，君臣百姓盡皆張皇失措，以致不明是非。但袁崇煥慘遭殺害，各地聞知，卻都極是憤慨。羣雄聽了這話，嘆聲四起，本來無不可的人也一致贊成。

袁承志極力推辭，又怎推辭得掉？加之投降過來的水總兵、由袁承志從囚車上救出來的矗天風、梁銀龍等人也極力推崇附和，盟主一席勢成定局。

游龍幫幫主榮彩本跟袁承志有點過節，但一則見眾望所歸，小小一個游龍幫不能力排眾議，再則想到他當日在衢江中不爲已甚，擲板相救，使自己不致落水出醜，也算受過他恩惠，索性錦上添花，說幾句好話，便站起來說道：「這位袁相公武功精湛，在場許多朋友都知道的了。兄弟就曾栽過在他手裏。」眾人不覺一楞，榮彩又道：「可是他

418

很給兄弟留餘地，兄弟雖然栽了，卻也心下感激。選他做盟主，兄弟一力贊成。」眾人見與他敵對過的人也這樣說，羣相歡呼。只青青低聲罵道：「老滑頭！」

丁甲神丁遊走到袁承志身邊，向他細細打量，見他身材不高，面目黝黑，貌不驚人，年紀又輕，何以羣雄對他如此擁戴？心想這麼一來，他聲威一下子便蓋過了自己師父，很不服氣，說道：「恭喜你啦，袁相公。」伸手出去，拉著他手，顯得甚是親熱。

袁承志道：「兄弟實在難以……」話未說完，手上忽緊。原來丁遊使出了「霸王扛鼎」的師傳絕藝，用力拉扯，想摔他一交，讓這位「盟主」在眾人面前出個大醜，雖然這樣一來，不免得罪無數英雄好漢，說不定當場給眾人打成一團肉漿，但他向來莽撞，氣憤之下，也顧不到這麼許多了。袁承志不動聲色，暗中使出「千斤墜」功夫。丁遊連扯三下，胳臂上肌肉賁起，出盡平生之力，對方就如生牢在石山上一般，只聽他繼續說道：「……擔當大任。丁兄令師孟老爺子德高望重，定比兄弟適當。」

丁遊又再出力猛扯，自己右臂上格的一聲，險此扯脫了骱，疾忙放手，見袁承志卻似毫無所覺，知道對方武功比自己不知要高出多少，適才若乘勢反擊，自己早給丟下山谷，但他顧全自己面子，令旁人絲毫瞧不出來，不禁感激，大聲道：「好，你做盟主很好！」說著便即拜倒。袁承志連忙還禮，心喜這大漢莽得可愛。

程青竹道：「咱們既然會盟，就得有個盟規，現下請盟主宣布，大夥兒共同商酌。」

袁承志還待推辭，孫仲壽在他耳邊低聲說道：「公子，你謙辭不就，倘若盟主一席不幸落入奸人之手，禍害不小。你如能領袖羣雄，謀幹大事，督師的血海深仇就可得

419

報。督師一生做事，向來就是當仁不讓，不避艱危。」袁承志聽他責以大義，更提到先公的「好樣」，不覺凜然心驚，站起身團團一揖，說道：「既然各位美意，兄弟恭敬不如從命。只是兄弟識見淺薄，還望各位前輩隨時指教，兄弟決不敢狂妄自大。」

羣雄聽他允任盟主，泰山頂上登時歡聲雷動，山谷鳴響，四下裏都是鼓掌和歡呼的回音，似乎腳底的千峯萬壑也一齊在鼓掌喝采一般。

羣雄當下點起香燭，一齊拜天禱祝。

袁承志向孫仲壽道：「盟約就請孫叔叔起草了。」孫仲壽也不推辭，回進廟裏草擬。他知羣雄以信義爲先，不重文采，當下言簡意深的寫了二百餘字。袁承志當眾宣讀了。羣雄歃血宣誓，決不背盟。一個轟動南北各省武林的泰山大會，至此告成。

袁承志出道只短短數月，仗著武功卓絕，至誠待人，再加之機緣巧合，以及父親的威名及舊部擁戴，竟爾成爲南北直隸、魯、豫、浙、閩、贛七省草莽羣豪的大首領。

當晚羣雄席地歡宴，鬥酒轟飲，喧鬧歡笑之聲，布滿峯谷。

正熱鬧間，突見一個流星直沖上天，這是山下有警的訊號，羣雄登時停杯不飲。袁承志和孫仲壽等人，立時便想起當年聚會聖峯嶂而官兵來襲的情景，莫非官府得知漕銀被劫，因而調兵來攻麼？過不多時，兩名在山坡上哨守的漢子奔上山來，向袁承志稟報：「啓稟盟主，山下哨探急報，滿洲兵大軍已攻下青州，正向泰安進軍，離此處已不過二百餘里，請盟主定奪。」

袁承志驚道：「滿洲兵來得這麼快！」他雖曾聽說滿洲兵於去年入關，攻到山東，但一直只在登州、萊州一帶騷擾，搶劫焚殺，想不到竟會一舉破了青州。

孫仲壽道：「滿洲兵去年十月翻過牆子嶺，直打到袞州，在山東各地燒殺劫掠。聽說帶兵的頭子是奉命大將軍阿巴泰。這人是努爾哈赤的第七個兒子，還是韃子皇帝的哥哥，他善能用兵，曾和滿清睿親王多爾袞來打過山東，對山東的情形是很熟悉的。」袁承志問道：「多爾袞來打過山東？」他潛心武學，於世事所知實甚有限。孫仲壽嘆道：「山下兄弟急報，滿洲兵攻破青州，正向泰安而來。各位請繼續喝酒，盟主自有主張。」

羣雄中有人叫道：「大夥兒衝下山去，殺他媽的韃子兵。」又有人叫道：「韃子兵可欺侮得咱們狠了，這回非跟他拚個你死我活不可。」滿山轟叫，羣情憤激。

孫仲壽回到袁承志身邊，說道：「盟主，眾兄弟都要去打韃子兵，你瞧怎樣？」袁承志道：「我爹爹一生盡忠報國，為的就是殺韃子。眼下韃子欺上門來，正好眾兄弟在此聚會，咱們就此下山去打。只是我不懂行軍打仗，還是請孫叔叔發令。」

孫仲壽沉吟片刻，派了十幾個人出去查探滿洲兵虛實，然後說道：「自從督師袁公被害，朝中無人，再也無力抗禦清兵了。崇禎九年六月，滿清頭子皇太極派了阿齊格、阿巴泰等大將攻進長城，直打到北直隸腹地。十一年，九王多爾袞率領阿巴泰等人又打到北直隸，忠臣盧象昇和孫承宗先後殉國。多爾袞那年還攻破了濟南，俘虜了我四十多

421

萬百姓北去。這一次又是阿巴泰這韃子將軍來。」袁承志道：「清兵怎地又不攻北京，只攻打河北、山東各處？」孫仲壽道：「皇太極是挺會用兵的。他派兵來河北、山東，其志不在佔地，而是搶奪財物，殺人放火，擄人為奴，摧破我中國的精華，要令得大明精疲力盡，然後再一舉而佔北京。當年他進攻北京，在袁督師手下吃了個大敗仗，幾乎給截斷後路，成了驚弓之鳥，此後就不敢再攻京師。」

袁承志忽想：「闖王和各路義軍四下造反，豈不是幫了韃子兵的大忙？」這句話卻不便出口，只心中隱隱覺得不安。

孫仲壽道：「這些年來，韃子兵幾次三番打來北直隸、山東，一路上勢如破竹，明兵從來沒打過一場勝仗，韃子兵將不把明兵放在眼裏。常言道驕兵必敗，咱們正好乘機殺殺他們威風，狠狠打上一仗。」

袁承志大喜，站起來說道：「眾位兄弟，咱們這就殺韃子兵去，今晚好好安睡，明日清晨下山。」羣雄大聲吶喊：「殺韃子兵，殺韃子兵！」

袁承志不懂韜略，當晚和孫仲壽等計議，次晨分遣羣雄先後出發。約定在錦陽關設伏，見到盟主中軍的黃色大旗高高豎起，便齊向清兵衝殺。命水總兵帶同兩千名本部兵馬，打頭陣迎敵，生怕水總兵下山後變卦，派了焦公禮率同金龍幫的手下監視。要水總兵只許敗，不許勝，引誘清兵過來。水總兵所部兵甲器仗一應俱全，盡是明軍服色，實無半分破綻，至於打敗仗乃明兵家常便飯，更能盡展所長。

那錦陽關兩側雙峯夾道，只中間一條小徑。到第四日傍晚，耳聽得喊聲大作，眾明

422

兵甩甲曳兵，從小徑奔來。水總兵跨下戰馬，手執大刀，親自斷後。過不多時，便見一羣辮子兵蜂擁而來。袁承志伏在左峯的岩石之後，初次見到滿洲兵，想起父親連年與韃子兵血戰，不由得全身熱血如沸，高舉金蛇劍，說道：「孫叔叔，咱們衝下去！」孫仲壽道：「等一會，待韃子兵大隊過來。那時咱們再豎起黃旗，四面伏兵齊起，清兵便走不脫了。」

只聽得號角聲響起，大隊清軍騎兵衝到，數十名落後的明兵登時給刀砍槍刺，屍橫就地。袁承志心下不忍，說道：「快衝下去接應！」孫仲壽道：「還得等一會。」青青急道：「再不下去，我們的人要給他們殺光了。」孫仲壽道：「再等一會！」青青得只是頓足。

突然之間，右峯上喊聲大作，沙天廣率領山東各寨羣盜，從山坡上殺將下來。孫仲壽叫道：「啊喲，不好！」袁承志道：「怎麼？」孫仲壽道：「清兵來的只是先鋒，這一來，就抓不到他們的元帥了。怎麼不見旗號，便自行動手了？」只見山東羣盜一鼓作氣的殺入清兵陣中，跟著青竹幫、金龍幫，以及各處埋伏的羣豪一時盡起，水總兵也帶同明兵回頭截殺。

孫仲壽連聲嘆氣，說道：「當年袁公帶兵，部下倘若這般不聽號令，自行殺敵，所有的大將一個個都非給袁公請出尚方寶劍斬了不可。」袁承志心下歉然，道：「都是我事先沒嚴申號令的不是。」孫仲壽安慰他道：「咱們這些英雄好漢，每個人武功都強，但只是一羣烏合之眾，怎比得袁公當年在寧遠所練的精兵？盟主你也是無法可施的。」

唉，黃旗還沒豎起，大夥兒就亂糟糟的衝殺出去了，這那裏是打仗，簡直是胡鬧！」不住的唉聲嘆氣，想起當年袁崇煥在寧錦帶兵時號令嚴峻，十餘萬之眾沒一兵一卒不肅然奉命，懊惱之中，又感心酸。

青青道：「事已如此，嘆氣也無用了。承志哥哥，咱們動手吧！」袁承志早已心癢難搔，叫道：「好，大夥兒殺啊！」手執金蛇劍，衝下峯去。孫仲壽驚叫：「盟主，盟主！你是主帥，須當坐鎮中軍，不可親臨前敵……」叫聲未畢，袁承志展開輕功，早去得遠了，但見他疾衝入陣，金蛇劍揮動，削去了兩名清兵的腦袋。孫仲壽長嘆一聲，淚如雨下，心想：「連盟主也是如此，豈能跟當年的袁督師相比。」

千餘名清兵擠在山道之中，雖然勇悍，但難以結陣爲戰。敵人衝到身前，弓箭也用不上了，爲羣雄四面八方的圍上攻打，不到一個時辰，已盡數就殲。清軍統帥阿巴泰得報前鋒在錦陽關中伏覆沒，當即率兵退回青州。

這一役雖沒殺了阿巴泰，但聚殲清軍一千餘人，實是十餘年來從所未有的大勝。羣雄在錦陽關前大叫大跳，歡呼若狂。袁承志瞧著金蛇劍上的點點血跡，心想：「此劍今日殺了不少韃子兵，才不枉了這劍身上的隱隱碧血！」

當晚袁承志、孫仲壽與朱安國、倪浩、羅大千等談到今日一場大捷，實可慰袁督師的在天之靈，都不禁熱淚盈眶。孫仲壽以殺不了清軍元帥阿巴泰，兀自恨恨不已。袁承志道：「孫叔叔，咱們這批人，當真要打大仗是不成的。明日我北上，這些明軍官兵和別的弟兄們請你與朱叔叔、倪叔叔、羅叔叔各位好好操練，日後再碰上韃子兵，可不會

424

再像今日這般亂殺一陣了。」孫仲壽等俱各奉命。

朱安國、羅大千、倪浩等曾在錦州、寧遠與清兵多次血戰，雖覺屬下兵將不聽號令，紀律不整，非精銳之師，但憑心而論，也覺這一仗勝得委實頗為僥倖。他們素知清兵精於騎射，步兵衝殺時一往無前，勇悍無倫，明兵實非敵手。袁督師當年所以得能寧錦大捷，全仗了守監城、用大砲，若在平野交鋒，通常明兵必敗。這一次交戰，一來伏兵突出，殺了個清兵出其不意；二來截斷了清兵千餘名先鋒，羣豪及明兵以數倍之眾圍攻，人數上大佔上風，清兵援軍開不上來；三來袁承志手下武藝精熟之士甚眾，以之對戰清兵，殊不見弱。

朱安國搖頭道：「孫先生、袁盟主，我不是長他人志氣，滅自己威風，這一仗倘若敵軍是一萬旗兵對我軍一萬人，我軍只怕要敗。倘若敵軍是二萬旗兵對我軍二萬人，我軍更加要敗。唉！辮子兵這麼厲害，當真不好打！」

孫仲壽道：「朱大哥，我理會得。你提醒我們，這一仗勝得僥倖，今後大夥兒要加倍努力，驕兵必敗，哀兵可勝！」

此後各人練兵，常教練士卒武藝，重視號令紀律，雖不能將隊伍練得就此強過了清兵，但也不致如過去明兵那樣一觸即潰了。然對於清兵自幼熟習的騎射功夫，終究難以練得與之不相上下。

袁承志與青青並肩漫步，眼見羣雄東一堆、西一堆的圍著談論，人人神情激昂，說

425

的自都是日間的大勝。袁承志道：「咱們今日還只一戰，要滅了滿清韃子，尚須血戰百

場，當真是：『慷慨同仇日，間關百戰時。』」青青讚道：「你這兩句詩做得真好。」袁

承志微笑道：「我怎會做詩？這是爹爹的遺作。」青青嗯了一聲。

袁承志嘆道：「我甚麼都及不上爹爹，他會做詩，會用兵打仗，我可全不會。」青

青道：「你的武功卻定然比你爹爹強。」袁承志道：「我爹爹進士出身，沒練過武。但

武功強只能辦此小事，可辦不了大事。」青青道：「也不見得，武功，當然很有用

處。」

袁承志突然拔出金蛇劍來，虛劈兩下，虎虎生風，說道：「對，青弟，我去刺殺韃

子皇帝皇太極，再去刺殺崇禎皇帝，為我爹爹報仇。」

袁承志當下與孫仲壽、程青竹、沙天廣、水總兵等商議，將魯直羣豪、明軍降兵、

山宗舊侶、各地英豪等分成三營，由朱安國、水鑒、羅大千三位懂得布陣打仗的舊將分

統，孫仲壽則總其成。袁承志與三營首領商議，大家說既已跟朝廷開仗斷殺，該當歸附

李闖王，三營兵馬開赴襄陽、南陽，助攻陝西督師孫傳庭的明兵。袁承志說道，朝廷雖

然無道，然而眼下大局以抗禦滿洲入侵為重，倘若打垮了明兵，清兵乘奪機取我漢人江

山，豈非成為千古罪人。眾人商議之下，決定三營兵馬暫且開向山東東北，在直魯交界

處的鹽山、騮山、馬谷山一帶駐紮。該處山深林密，偏僻荒蕪，人煙稀少，兩省官吏平

時都照顧不到。好在這次劫得糧餉甚多，尚可在當地屯田開墾，承志又留下兩鐵箱金

磚，六七千人馬食用幾年也當夠了，不必出動打家劫舍，引得朝廷發兵來剿。倘若清兵

入關，或是再犯山東，三營人馬便北上抗敵，袁承志等得到訊息，自即歸隊，與羣豪並肩而戰：倘若闖軍軍陣不利，三營也當支援救助。於此隱伏一支有力人馬，爲國爲民，待時而動。

眾人聽了這番計議，俱都拍掌稱善。

次日袁承志與孫仲壽等別過，偕同青青、啞巴、洪勝海等押著鐵箱逕往京師順天府。

孫仲壽、水總兵等統率三營，於夜間悄悄行軍，往魯直交界處馬谷山一帶駐紮。

袁承志、孫仲壽、焦公禮、水鑒等在山東青州、泰安、錦陽關這一戰，不但劫了朝廷的百餘萬糧餉，又殲滅清軍阿巴泰麾下的一批精銳，登時轟動了魯直河朔一帶。有人問起領頭之人，羣雄知道袁承志不喜張揚姓名，都只支支吾吾的含糊其辭，問得急了，金龍幫中各人就說帶頭的英雄是當年金蛇郎君的傳人，是李闖王的朋友。闖王屬下這時有橫天王、爭世王、亂世王、改世王、左金王等等名號，各領一營人馬，在中原、西北各地與明軍對抗，袁承志這路人馬，江湖上就稱之爲「金蛇王」營，隱然與闖王麾下著名的十三營相埒。自己內夥，則稱爲「山宗營」或「崇字營」，以示志在承繼父志。

袁承志心想父親忠於明室，當時手握大軍兵權，遭受奇冤之意，雖爲皇帝冤枉碟死，卻始終不願負上個「反賊、叛逆」之名，因此一再通傳，不可說他是袁崇煥之子，以免父親地下有知，心中不安。蓋當時官宦之家，於「忠孝」兩字看得比天還大，袁承志雖爲百姓求生而造反，卻決不敢公然舉旗反明，他本不喜「金蛇王」的稱號，但用以掩飾「袁崇煥之子」，倒也可行，也就任由江湖朋友隨口亂叫。

427

青青劍招變幻，突然之間，使的盡是虛招。

西洋劍術中雖然也有佯攻偽擊之法，

但決沒有如這般數十下盡是虛招的。

那葡萄牙軍官心想這種花巧只圖好看，有何用處？

第十二回

王母桃中藥　頭陀席上珍

袁承志和青青、啞巴、洪勝海三人押著鐵箱首途赴京。沙天廣豪興勃發，要隨盟主去京師逛逛，程青竹久在北京住，人地均熟，也求同行。袁承志多有兩個得力幫手隨行，自欣然同意：又見洪勝海一直忠心耿耿，再無反叛之意，便給他治好身上傷處，洪勝海更是感激。

一行六人揚鞭北上，縱馬於一望無際的山東平原。這一帶是沙天廣屬下所統，進入北直隸後是青竹幫地界，自有沿途各地頭目隆重迎送。青青見意中人如此得人推崇，得意非凡，本來愛鬧鬧小脾氣的，這時也大為收斂了。

這日來到河間府，當地青竹幫的頭目大張筵席，為盟主接風，作陪的都是河間府武林中大有名望之士。酒過三巡，眾人縱談江湖軼聞，武林掌故，豪興遄飛。

忽有一人問程青竹道：「幫主，再過四天，就是孟伯飛孟老爺子的六十大壽，你不去了吧？」程青竹道：「我要隨盟主上京，祝壽是不能去了。我是禮到人不到，已備了一份禮，叫人送去保定府。」沙天廣也道：「兄弟的禮也早已送去。孟老爺子知道我們不到，必是身有要事，決不能見怪。」袁承志心中一動：「這蓋孟嘗在北五省大大有名，既是他壽辰在即，何不乘機結交一番？」說道：「孟老爺子兄弟是久仰了，原來日內就是他老人家六十大慶，兄弟想前去祝賀，各位以為怎樣？」眾人鼓掌叫好，都說：

「盟主給他這麼大面子，孟老爺子一定樂極。」

次日眾人改道西行，河間府羣豪也有十餘人隨行。這天來到高陽，離保定府已不過一日路程。眾人到大街上悅來客店投宿，安頓好鐵箱行李，到大堂飲酒用飯。

430

只見東面桌邊坐著個胖大頭陀，頭上一個銅箍，箍住了長髮，相貌威猛，桌上已放了七八把空酒壺。店小二送酒到來，他揭開酒壺蓋，將酒倒在一隻大碗裏，骨都骨都一口氣喝乾，雙手左上右落，抓起盤中牛肉，片刻間吃得乾乾淨淨，一疊連聲大嚷：「添酒添肉！快快！」這時幾個店小二正忙著招呼袁承志等人，不及理會。那頭陀大怒，伸掌在桌上猛力一拍，酒壺、杯盤都跳了起來，連他鄰桌客人的酒杯也震翻了，酒水流了一桌。

那客人「啊喲」一聲，跳了起來，是個身材瘦小的漢子，上唇留了兩撇鼠鬚，眸子一翻，精光逼人，叫道：「大師父，你要喝酒，別人也要喝啊。」那頭陀正沒好氣，又重重一掌拍在桌上，猛喝：「我自叫店小二，干你屁事？」那漢子道：「從來沒見過這般兇狠的出家人。」那頭陀喝道：「今日叫你見見！」

青青瞧得不服氣，對袁承志道：「我去管管。」袁承志道：「等著瞧，別看那漢子矮小，只怕也不是個好惹的。」青青正想瞧兩人打架，不料那漢子好似怕了頭陀的威勢，說道：「好，好，算我錯，成不成？」頭陀見他認錯，正好店小二又送上酒來，也就不再理會，自行喝酒。那漢子走了開去，過了一會，才又回來。袁承志等見沒熱鬧好瞧，自顧飲酒吃飯。突然一陣風過去，一股臭氣撲鼻而來，青青摸出手帕掩住鼻子。袁承志一轉頭，見頭陀桌上端端正正放著一把便壺，那頭陀竟未察覺。他忍不住要笑出聲來，向青青使個眼色，嘴角向頭陀一努。青青一見之下，笑得彎下腰來。

大堂中許多吃飯的人還未發覺，都說：「好臭，好臭！」那瘦小漢子卻高聲叫道：

431

「香啊，香啊！」青青悄聲說道：「這定是那漢子拿來的了。他手腳好快，不知他怎麼搞的。」

這時那頭陀伸手去拿酒壺，提在手裏，赫然是把便壺，而且重甸甸的，顯然裝滿了尿，不由得怒不可遏，左手反手一掌，把身旁店小二打得跌出丈餘，翻了個觔斗。只聽那瘦小漢子還在大讚：「好酒，好酒！香啊，香啊。」才知是他作怪，劈臉將便壺向他擲去。那漢子早有提防，身法滑溜異常，矮身從桌底鑽過，已躲在頭陀身後。便壺在桌上碰得粉碎，尿水四濺。眾人大呼小叫，紛紛起立閃避。那頭陀怒氣更盛，伸出兩隻大手掌回身就抓。那漢子又從桌底下鑽過。那頭陀起腿踢翻桌子。大堂中亂成一片，眾人早都退在兩旁。

只見那漢子東逃西竄，頭陀拳打足踢，始終碰不到他身子。過不多時，大堂中桌櫈都已給兩人推倒。碗筷酒壺掉了一地。那漢子拾起酒壺等物，不住向頭陀擲去。頭陀吼叫連天，接過回擲。兩人身法快捷，居然都有一身好武功。

打到後來，大堂中已清出一塊空地。那漢子不再退避，拳來還拳，足來還足，施展小巧功夫跟頭陀對打。頭陀身雄力壯，使的是滄州大洪拳，拳勢虎虎生風。那漢子的拳法卻頗爲特異，時時雙手在身側划動，矮身蹣跚而走，模樣古怪，偏又身法靈動。

青青笑道：「這樣子真難看，那又是甚麼武功了？」袁承志也沒見過，只覺他手腳矯捷，模樣雖醜，卻自成章法，盡能抵敵得住。程青竹見多識廣，說道：「這叫做鴨形拳，江湖上會的人不多。」青青聽了這名稱更覺好笑，見那漢子身形步法果然活脫像是

432

隻鴨子。

那頭陀久鬥不下，焦躁起來，突然跌跌撞撞，使出一套魯智深醉打山門拳，東歪西倒，宛然是個醉漢，有時雙足一挫，在地下打個滾，等敵人攻到，倏地躍起猛擊。他又滾又翻，身上沾了不少酒飯殘羹，連便壺中倒出的尿水，也有不少沾在衣上。

鬥到分際，頭陀忽地搶上，左拳兜轉，擊那漢子後心，右掌直劈敵人胸口。那瘦小漢子前後受擊，無法閃避，運起內力，雙掌橫胸，喝一聲：「好！」三張手掌已抵在一起。頭陀的手掌肥大，漢子的手掌遠較常人瘦小，雙掌恰好抵在頭陀一掌之中。

兩人各運全力，向前猛推。頭陀左手雖然空著，但全身之力已運在右掌，左臂就如廢了一般，不能再運力出拳。雙方勢均力敵，登時僵持不動，進既不能，退亦不得，均知誰先收力退縮，不免立斃於對方掌下，但如此拚鬥下去，勢不免內力耗竭，兩敗俱傷。兩人俱感懊悔，心想與對方本無怨仇，只不過一時忿爭，如此拚了性命，委實無謂。再過一陣，兩人額頭都冒出黃豆般的汗珠來。

沙天廣道：「程老兄，你拿叫化棒兒去拆解一下吧，再遲一會，兩個都要糟糕。」

程青竹道：「我一人沒這本事，還是咱哥兒齊上。」沙天廣道：「好，不過這兩個胡鬧傢伙性命雖然可保，重傷終究難免。」正要上前拆解，袁承志笑道：「我來吧。」緩步走近，雙手分在兩人臂彎裏一格。頭陀與漢子的手掌倏地滑開，收勢不住，嘆的一聲，三掌同時打在袁承志胸口。青青和程沙三人大叫：「啊唷，不好！」同時搶上相救，卻見他神色自若，並未受傷。原來袁承志知道倘若用力拆解或是反推，這兩人正在全力施

433

為，剛猛內力逼回去反打自身，必受重傷，因此運氣於胸，接了這三掌，仗著內功神妙，輕輕易易的卸開了掌力。

頭陀和那漢子這時力已使盡，軟綿綿的癱瘓在地。程青竹和沙天廣扶起兩人，命店小二進來收拾。袁承志摸出十兩銀子，遞給掌櫃的道：「打壞了的東西都歸我賠。好多客人還沒吃完飯，你照原樣重新開過，都算在我帳上。」那掌櫃的接了銀子，不住稱謝，叫齊夥計，收拾了打爛的物事，再開酒席。眾酒客紛紛過來道謝。

過得一會，頭陀和那漢子力氣漸復，齊來向袁承志拜謝救命之德。

袁承志笑道：「不必客氣。請教兩位高姓大名。」兩位如此武功，必是江湖上成名的英雄好漢了。」那頭陀道：「我法名義生，但旁人都叫我鐵羅漢。」那漢子道：「在下姓胡名桂南。請教高姓大名，這兩位是誰？」

袁承志尚未回答，沙天廣已接口道：「原來是聖手神偷胡大哥。」胡桂南見他知道自己姓名和外號，很是歡喜，忙道：「不敢，請教兄長尊姓大名。」

程青竹把沙天廣手中的扇子接過一抖。胡桂南見扇上畫著個骷髏頭，模樣可怖，便躬身道：「原來是陰陽扇沙寨主，久慕寨主之名，當真幸會。」又見到倚在桌邊的一根青竹，知道青竹幫中的人所持青竹以竹節多少分位份高下，這枝青竹竟有十三節，那是幫中最高的首領，便向程青竹作揖，說道：「這位是程老幫主吧？」程青竹呵呵笑道：「聖手神偷眼光厲害，果然名不虛傳。兩位不打不相識。來來來，大家同乾一杯。」

「莽撞！得罪了！」鐵羅漢、胡桂南與鐵羅漢各敬了一杯酒，道聲：眾人一齊就坐，

笑道：「也不知從那裏偷了這把臭便壺來，真是古怪！」眾人一齊大笑。胡鐵兩人對乾

杯酒，便即化敵爲友，兩人性子相近，說得投機。

胡桂南知道程、沙二人分別是北直隸和山東江湖豪傑首領，見二人對袁承志神態恭

敬，此人剛才出手相救，內功深湛，必定非同小可，只是未通姓名，也不敢貿然再問。

他本來生性滑稽，愛開玩笑，這時卻規規矩矩的不敢放肆。

程青竹道：「兩位到此有何貴幹？胡老弟可是看中了甚麼貴人，要一顯身手麼？」

胡桂南笑道：「兄弟在程老前輩貴處不敢胡來。我是去給孟伯飛孟老爺子拜壽去的。只不

鐵羅漢一拍桌子，叫道：「何不早說？我也是拜壽去的。早知道，就打不起來了。只

過你在孟大爺的酒筵上，可別又端一把臭便壺出來。」眾人又是一陣大笑。程青竹笑

道：「那好極啦，我們也是要去給孟老爺子祝壽的，明日正好結伴同行。兩位跟孟老爺

子是好朋友吧？」

鐵羅漢道：「好朋友是高攀不上，但相識也有二十多年了。只近年來我多在湖廣一

帶，少到北方。」胡桂南笑道：「那麼羅漢大哥還得給我引見引

見。」鐵羅漢奇道：「怎麼？你不識孟大爺麼？那又給他去拜甚麼壽？」胡桂南道：

「兄弟對蓋孟嘗孟大爺一向仰慕得緊，只沒緣拜見。這次無意中得到了件寶物，便想借花

獻佛，作爲壽禮，好得會一會這位四海聞名的豪傑。」鐵羅漢道：「那就是了。別說你

有壽禮，就算沒有，孟大爺還不是一樣接待。誰叫他外號蓋孟嘗呢？」

程青竹卻留了心，問道：「胡老弟，你得了甚麼寶物啊？給我們開開眼界成不成？」

沙天廣也道：「尋常物事那會在聖手神偷的眼裏？這麼誇讚，那定是價值連城了。」

胡桂南很是得意，從懷裏掏出一隻鑲珠嵌玉、手工精致的黃金盒子，說道：「這裏耳目眾多，請各位到兄弟房裏觀看吧。」眾人見盒子已然價值不菲，料想內藏之物必更珍貴。

胡桂南待眾人進房，掩上房門，打開盒子，露出兩隻死了的白蟾蜍來。這對蟾蜍通體雪白，眼珠卻血也般紅，模樣甚是可愛，卻也不見有何珍異之處。胡桂南向鐵羅漢笑道：「剛才我跟老兄對掌，要是一齊嗚呼哀哉，那也是大難臨頭，無法可施了。但如只身受重傷，我卻有解救之方。」指著白蟾蜍道：「這是產在西域雪山上的朱睛冰蟾，任他多厲害的內傷、刀傷，只要當場不死，一服冰蟾，藥到傷愈，真是靈丹妙藥，無此神奇。要是中了劇毒，這冰蟾更有解毒之功。」

程青竹問道：「如此寶物，胡大哥卻那裏得來？」胡桂南道：「上個月我在河南客店裏遇到個採藥老道，病得快死了，見他可憐，幫了他幾十兩銀子，還給他延醫服藥。但他年壽已到，藥石無靈，終於活不了。他臨死時把這對冰蟾給了我，說是報答我看顧他的情意。」鐵羅漢道：「這盒子倒也好看。」胡桂南道：「那老道本來放在一隻舊木盒裏，可是拿去送禮，豈能不裝得好看一點⋯⋯」沙天廣笑道：「於是你妙手空空，到一家富戶去借來了這隻金盒。」胡桂南笑道：「沙寨主料事如神，佩服，佩服！那本是開封府劉大財主的小姐裝首飾用的。」眾人一齊大笑。

胡桂南道：「剛才我兩人險此兒攜手齊赴鬼門關，拚鬥之時我心中在想，我和鐵羅

漢大哥若僥倖不死，我就自服一隻冰蟾，再拿一隻救他性命。我兩人又無怨仇，何必爲了一把臭便壺，搞出人命大事？這事本來是我不對。」鐵羅漢笑道：「那倒生受你了。」

眾人又都大笑。

胡桂南道：「總而言之，這兩隻冰蟾，已不是我的了。」雙手捧起金盒，送到袁承志面前道：「不敢說是報答，只是稍表敬意。請相公賞臉收下了。」

袁承志愕然道：「那怎麼可以？這是胡兄要送給孟老爺子的。」胡桂南道：「若不是相公仗義相救，兄弟非死即傷，這對冰蟾總之是到不了孟老爺子手中啦。至於壽禮嘛，不是兄弟誇口，手到拿來，隨處皆是，用不著操心。」袁承志不住推謝。胡桂南有些不高興了，說道：「這位相公既不肯見姓名，又不肯受這冰蟾，難道疑心是兄弟偷來的，嫌髒不要麼？」袁承志道：「胡兄說那裏話來？適才匆忙，未及通名。小弟姓袁名承志。」

鐵羅漢和胡桂南同時「啊」的一聲驚呼。胡桂南道：「原來是七省盟主袁大爺，怪不得如此好身手。袁大爺率領羣雄，在錦陽關大破韃子兵，天下無不景仰。」鐵羅漢道：「我先幾日聽到這消息，不由得伸手大打自己耳光。」眾人愕然不解。青青道：「爲甚麼打自己耳光？」鐵羅漢道：「我惱恨自己運氣不好，沒能趕上打這場大仗，連一名韃子兵也沒殺到。」眾人又都給他逗得笑了起來。

袁承志道：「胡大哥既然定要見賜，兄弟卻之不恭，只好受了，多謝，多謝。」雙手接了過去，放在懷裏。胡桂南喜形於色。

袁承志回到自己房裏，過了一會，捧著一株朱紅的珊瑚樹過來。那珊瑚樹有兩尺來高，遍體晶瑩，難得的是無一處破損，無一粒沙石混雜在內，放在桌上，登覺滿室生輝，奇麗無比。胡桂南吃了一驚，說道：「兄弟豪富之家到過不少，卻從未見過如此長大完美的珊瑚樹。恐怕只皇宮內院，才有這般珍物。這是袁相公家傳至寶吧？眞令人大開眼界了。」

袁承志笑道：「這也是無意中得來的。這件東西請胡兄收著，明兒到了保定府，就作爲胡兄的賀禮如何？」胡桂南驚道：「那太貴重了。」袁承志道：「這些賞玩之物，雖然貴重，卻無用處，不比冰蟾可以救人活命。胡兄快收了吧。」胡桂南只得謝了收起。他和鐵羅漢見袁承志出手豪闊，都暗暗稱奇。

次日傍晚到了保定府，眾人先在客店歇了，第二日一早到孟府送禮賀壽。

孟伯飛見了袁承志、程青竹、沙天廣三人的名帖，忙親自迎接出來。他早知袁承志年輕，還道必有過人之處，此刻相會，見他只是個黝黑少年，形貌平庸，不覺一楞，老大不悅，心想：「七省的英雄好漢怎地顛三倒四，推舉這麼個毛頭小夥子做盟主？」但眾人遠道前來拜壽，自是給自己極大面子，於是和大兒子孟錚、二兒子孟鑄連聲道謝，迎了進去，互道仰慕。袁承志見孟伯飛身材魁梧，鬚髮如銀，雖以六旬之年，仍是聲若洪鐘，步履更穩健異常，想來武功深厚。兩個兒子均在壯年，也都英氣勃勃。

說話之間，孟伯飛對泰山大會似乎頗不以爲然，程青竹談到泰山之會，他都故作不

聞，並不接口。過了一會，又有賀客到來，孟伯飛說聲：「失陪！」出廳迎賓去了。青

青心道：「這人號稱蓋孟嘗，卻原來是浪得虛名。早知他這麼老氣橫秋的，就不來給他

拜甚麼壽了。老傢伙我還見得不夠多麼？再老的也見過。我自己家裏就有五個。」

家丁獻過點心後，孟鑄陪著袁承志等人到後堂去看壽禮。這時孟伯飛正和許多客人

圍著一張桌子，讚嘆不絕。見袁承志等進來，孟伯飛忙搶上來謝道：「袁兄、夏兄送這

等厚禮，兄弟如何克當？」袁承志道：「老前輩華誕，一點兒敬意，太過微薄。」

眾人走近桌邊，只見桌上光采奪目，擺滿了禮品，其中袁承志送的白玉八駿馬，青

青送的翡翠玉西瓜，尤其名貴。胡桂南送的珊瑚寶樹也甚搶眼。

孟伯飛對袁承志給推爲七省盟主一事，本來頗爲不快，但見他說話謙和，口口聲聲

老前輩，送的又是這般珍貴非凡的異寶，足見對自己十分尊重，覺得這人年紀雖輕，行

事果然不同，不覺平增好感，說話之間也客氣得多了。

各路賀客拜過壽後，晚上壽翁大宴賓朋。蓋孟嘗富甲保定，素來愛好交友，這天六

十大壽，各處來的賀客竟有三千多人。孟伯飛掀著鬚向各路英豪不停口的招呼道

謝。大廳中開了七八十席。位望不高、輩份較低的賓客則在後廳和偏廳入席。

袁承志、程青竹、沙天廣三人都給讓在居中第一席上，孟伯飛在主位相陪。在第一

席的還有老英雄駕鴦膽張若谷、駐防保定府倒馬關的馮參將、永勝鏢局的總鏢頭董開

山，此外也都是武林中的領袖人物。羣豪向壽翁敬過酒後，猜拳鬥酒，甚是熱鬧。

飯酒正酣，一名家丁匆匆進來，捧著一個拜盒，走到孟錚身邊，輕輕說了幾句。孟

錚正陪客人飲酒，一聽家丁說話，忙站起來，走到孟伯飛身旁，說道：「爹，你老人家真好大面子，神拳無敵歸二爺夫婦，帶了徒弟給您拜壽來啦。」孟伯飛一楞，道：「我跟歸老二素來沒交情啊！」揭開拜盒，見大紅帖子上寫著：「眷弟歸辛樹率門人暨犬子歸鍾敬賀」幾個大字，另有小字註著「菲儀黃金十兩」，帖子旁邊放著一對各重五兩的小金元寶。孟伯飛心下甚喜，向席上眾賓說聲：「失陪。」帶了兩個兒子出去迎客。

不多時，只見他滿面春風，陪著歸辛樹夫婦、梅劍和、劉培生、孫仲君五人進來。

歸二娘手中抱著那個皮包骨頭、奄奄一息的孩子歸鍾。

袁承志早站在一旁，作了一揖，道：「二師哥、二師嫂，您兩位好。」歸辛樹點點頭道：「嗯，你也在這裏。」歸二娘哼了一聲，卻不理睬。袁承志道：「師哥師嫂請上座，我與劍和他們一起坐好啦。」孟伯飛聽袁承志這般稱呼，笑道：「好哇，有這樣一位了不起的師哥撐腰，別說七省盟主，就是十四省盟主，也好當呀！」言下似是說袁志少年得意，當上七省盟主，全是仰仗師兄的大力。袁承志微微一笑，也不言語。

歸辛樹這些日子忙於為愛子覓藥，尚不知泰山大會之事，愕然問道：「甚麼盟主？」孟伯飛陪笑道：「我是隨便說笑，歸二哥不必介意。」當下請歸氏夫婦在鴛鴦膽張老英雄下首坐了。眾賀客均是豪傑之士，男女雜坐，並不分席。承志過去和青青、梅劍和等坐在一桌。程青竹和沙天廣卻去和啞巴、胡桂南同席。

歸辛樹與孟伯飛等互相敬酒。各人喝了三杯後，永勝鏢局總鏢頭董開山站起身來，說道：「兄弟酒量不行，各位寬坐。兄弟到後面歇一下。」歸辛樹冷然道：「我們到處

找董鏢頭不到，心想定在這裏，果然不錯。」董開山神色艦尬，說道：「兄弟跟歸二爺

往日無怨，近日無仇，歸二爺何必苦苦逼我？」眾人停杯不飲，望著二人。

孟伯飛笑道：「兩位有甚麼過節，瞧兄弟這個小面子，讓兄弟來排解排解。」說到

排難解紛，於他實是生平至樂。董開山道：「在下久仰歸二爺大名，一向是很敬重的，

不過素不相識，更不敢得罪了，不知何故一路跟蹤兄弟。」

孟伯飛一聽，心中雪亮：「好啊，你們倆都不是誠心給老夫拜壽來著。原來一個避

難，一個追人。這姓董的既然瞧得我起，到了我屋裏，總不能讓他吃虧丟人。」便對歸

辛樹道：「歸二爺有甚麼事，咱們過了今日再說。大家是好朋友，總說得開。董鏢頭要

是得罪了歸二爺，他非得好好賠罪不可。」他不問情由，先派了董開山不是。

歸辛樹不善言辭，歸二娘一指手中孩子，說道：「這是我們二爺三房獨挑單傳的兒

子，眼見病得快死啦。想求董鏢頭開恩，賜幾粒藥丸，救了這孩子條小命。我們夫婦永

感大德。」孟伯飛道：「那是應該的。」轉頭對董開山道：「董鏢頭，救人一命，勝造

七級浮屠。何況是歸二爺這樣的大英雄求你。甚麼藥丸，快拿出來吧！你瞧這孩子確是

病重。」董開山道：「這茯苓首烏丸倘若是兄弟自己的，只須歸二爺一句話，兄弟早就

雙手奉上了。不過這是鳳陽總督馬大人進貢的貢品，著落永勝鏢局送到京師。只消少了

一顆，兄弟不免身家性命難保，非滿門抄斬不可。只得請歸二爺高抬貴手。」

眾人聽了這話，都覺事在兩難。馮參將聽得是貢物，忙道：「貢物就是聖上的東

西，那一個大膽敢動？」歸二娘道：「哼，就算是玉皇大帝的，這一次也只得動上一動

了。」馮參將喝道：「好哇，你這女人想造反麼？」歸二娘大怒，伸筷在碗中夾起一個牛肉圓，乘馮參將嘴還沒閉，噗的一聲，擲入了他口中。馮參將一驚，那知又是兩個牛肉圓接連而來，把他一張大嘴巴塞得滿滿的，吞也不是，吐也不是，登時狼狽不堪。

老英雄張若谷一見大怒，心想今天是孟兄弟壽辰，這般搞法豈不是存心搗蛋，隨手拿起桌上一隻元寶形筷架，用力一拍，筷架整整齊齊的嵌入了桌面。他明顯武功，要歸氏夫婦嚇得不敢生事惹非。

歸辛樹手肘靠桌，潛運混元功內力向下抵落，全身並未動彈分毫，嵌在桌面裏的筷架突然跳出，撞向張若谷臉上。張若谷急忙閃避，雖未撞中，卻已顯得手忙腳亂。他滿臉通紅，霍地站起，反手出掌，將桌面打下一塊，轉身對孟伯飛道：「孟老弟，老哥哥在你府上丟了臉了。」說著大踏步向外就走。職司招待的兩名孟門弟子上前說道：「張老爺子不忙，請到後堂用杯茶吧。」張若谷鐵青著臉，雙臂分張，兩名弟子蹌蹌跌開。

孟伯飛怫然不悅，心想好好一堂壽筵，卻給歸辛樹這惡客趕到鬧局，以致老朋友不歡而去，正要發話，馮參將十指齊施，不知使甚麼招式，已將兩個牛肉圓從口中挖出，先入口的一個終於嚥了下去，哇哇大叫：「反了，反了，這還有王法嗎？來人哪！」

兩名親隨還不知老爺為何發怒，忙奔過來。馮參將叫道：「抬我大關刀來！」

原來這馮參將靠著祖蔭得官，武藝低微，卻偏偏愛出風頭，要鐵匠打了一柄刃長背厚、鍍金垂纓、薄鐵皮的空心大關刀，自己騎在馬上，叫兩名親兵抬了跟著走，務須口中「杭育、杭育」，叫聲不絕，裝作十分沉重、不勝負荷的模樣，他只要隨手一提，卻顯

442

得輕鬆隨便。旁人看了，自然佩服參將老爺神力驚人。他把「抬我大關刀來」這句話說順了口，這時脾氣發作，又喊了出來。兩名親隨一楞，這次前來拜壽，並未抬這累贅之物，一名親隨當即解下腰間佩刀，遞了上去。

馮參將草菅人命慣了的，也不知歸辛樹多大來頭，眼見他是個鄉農模樣，那放在心上，站起身來接過佩刀，揮刀摟頭向歸二娘砍去。歸二娘右手抱著孩子，左手前探，彎食中兩指鉗住刀背，問道：「大將軍，你要怎樣？」

馮參將用力後拉，那知這把刀就如給人用鐵鉗鉗住了，力拉之下，竟紋絲不動。他雙手握住刀柄，雙足紮起馬步，運力往後拉奪，霎時間一張臉漲得通紅，手中雖無大關刀，但臉如重棗，倒也宛若關公，所差者也不過關公的丹鳳眼變成了馮公的鬥雞眼而已。歸二娘突然放手。馮參將仰天便跌，跌得結結實實，刀背砸在額頭之上，登時腫起了圓圓一塊，有似適才吞下肚去的牛肉圓鑽上了額頭。兩名親隨忙搶上扶起。馮參將不敢罵人，不敢開口說話，手按額頭，三腳兩步的走了。只聽他出了廳門，這才一路大聲喝罵親隨：「混帳王八蛋！就是怕重偷懶，不抬老爺用慣了的大關刀來。否則的話，還不是一刀便將這潑婦劈成兩半。」

董開山乘亂想溜。歸辛樹道：「董鏢頭，你留下丸藥，我決不難為你。」董開山受逼不過，站到廳心，叫道：「姓董的明知不是你神拳無敵的對手。性命是在這裏，你要，就來拿去吧。」歸二娘道：「誰要你性命？把丸藥拿出來！」

443

孟伯飛的大兒子孟錚忍耐不住，叫道：「歸二爺，我們孟家沒得罪了你，你們有過節，請到外面去鬧。」歸辛樹道：「好，董鏢頭，咱們出去吧。」董開山卻不肯走。

歸辛樹不耐煩了，伸手往他臂上抓去。董開山既做到鏢局子的總鏢頭，武功自然也非泛泛，眼見歸辛樹掌到，疾忙縮肩，出手相格，卻那碰得到對方手掌？但聽得嗤的聲響，肩頭衣服已給削下一塊。

孟錚搶上前去，擋在董開山身前，說道：「歸二爺，董鏢頭是來賀壽的客人，不能讓他在舍下受人欺侮。」歸二娘道：「那怎樣？我們當家的不是叫他出去嗎？」孟錚道：「你們有事找董鏢頭，不會到永勝鏢局去找？幹麼到這裏攪局？」言下越來越不客氣。歸二娘厲聲道：「就算攪了局，又怎麼樣？」這些日子來她心煩意亂，兒子病重難愈，自己的命也不想要了，否則以孟伯飛在武林中的聲望地位，她決不能如此上門胡來。

孟伯飛氣得臉上變色，站了起來，道：「好哇，歸二爺瞧得起，老夫就來領教領教。」孟錚道：「爹爹，今兒是您老人家好日子。兒子來。」命家丁搬開廳中桌椅，露出一片空地，叫道：「你們要攪局，索性大攪。歸二爺，這就顯顯你的無敵神拳！」

歸二娘冷笑道：「你要跟我們當家的動手，再當壯年，再練二十年，還不知成不成？」

孟錚已盡得孟伯飛快活三十掌眞傳，方當壯年，生平少逢敵手，雖然久聞神拳無敵大名，但當著數千賓朋，這口氣那裏咽得下去？喝道：「歸老二，你強兇霸道，到這裏來撒野！孟少爺拳頭上只要輸給了你，任憑你找董鏢頭算帳，我們孟家自認沒能耐管這

444

件事。要是勝了你，卻又怎樣？」歸辛樹不愛多言，低聲道：「你接得了我三招，歸老二跟你磕頭。」旁人沒聽見，紛紛互相詢問。孟錚怒極而笑，大聲說道：「各位瞧這人狂不狂？他說只要我接得他三招，他就向我磕頭。哈哈，是不是啊，歸二爺？」

歸辛樹道：「不錯，接招吧！」呼的一聲，右拳「泰山壓頂」，猛擊下來。

這時青青已站到袁承志身邊，低聲道：「你師哥學了你的法子。」袁承志道：「怎麼？」青青道：「你跟他徒弟比拳，不也是限了招數來讓他接麼？」袁承志低聲道：「這姓孟的不識好歹，他那知我師哥神拳的厲害。」

孟錚見對方拳到，硬接硬架，右臂用力上擋，左手隨即打出重拳。兩人雙臂一交，歸辛樹心道：「此人狂妄，果然有點功夫。」左掌啪的一聲，打中他左肘，發力往外送出。那知孟錚的功夫最講究馬步堅實，這一送竟只將他推得身子晃了幾晃。袁承志低聲道：「糟糕，這一招沒打倒他，姓孟的要受重傷。」但見歸辛樹跟著揮掌打出，孟錚雙臂奮力推抵，猛覺一股勁風逼到，登時神智胡塗，仰天跌倒，昏暈過去。

眾人大聲驚呼。孟伯飛和孟鑄搶上相扶，只見孟錚慢慢醒轉，口中連噴鮮血，一口氣漸漸接不上來。歸辛樹剛才一送沒推動他，只道他武功果高，言明只使三招，第三掌便出了全力。孟錚拚命架得兩招，力氣已盡，這第三招就算輕輕一指，也就倒了，這股掌力排山倒海而來，又怎禁受得住？歸辛樹萬想不到他已經全然無力抵禦，眼見他受傷必死，倒也頗為後悔。

丁甲神丁遊是孟錚的至交好友，他和孟鑄兩人氣得眼中冒火，齊向歸辛樹撲擊。孟

445

伯飛忙給兒子推宮過血，眼見他氣若遊絲，不禁老淚泉湧，突然轉身，向歸辛樹打來。

歸辛樹見正點子董開山乘機想溜，回身下挫，從丁遊與孟鑄拳下鑽過，伸指在董開山脅下點落。董開山登時呆住，左足在前，右足在後，一副向外急奔的神氣，卻移動不得半步，嘴裏兀自在叫：「歸老二，老子……老子跟你拚了！」

這時孟伯飛已跟歸二娘交上了手，兩人功力相當，歸二娘吃虧在抱了孩子，給他勢如瘋虎般的一輪急攻，送遇險招。梅劍和、劉培生、孫仲君三人也已跟孟門弟子打得十分激烈。程青竹對袁承志道：「袁相公，咱們快勸，別弄出大事來。」袁承志道：「我師哥師嫂跟我很有嫌隙，我若出頭相勸，事情只有更糟，且看一陣再說。」

這時歸辛樹上前助戰，不數招已點中孟伯飛的穴道。他在大廳中東一晃，西一閃，片刻之間，已將孟家數十名弟子親屬全都點中穴道。這些人有的伸拳，有的踢足，有的彎腰，有的扭頭，姿式各不相同，然而個個動彈不得，只眼珠骨碌碌的轉動。賀客中雖有不少武林高手，但見神拳無敵如此厲害，那個還敢出頭？

歸二娘對梅劍和道：「搜那姓董的。」梅劍和解下董開山背上包裹，在他全身裏裏外外仔細搜索，卻那裏有茯苓首烏丸的蹤影？歸辛樹解開他穴道，問道：「丸藥放在那裏？」董開山道：「哼，想得丸藥，跟我到這裏來幹甚麼？虧你是老江湖了，連這金蟬脫殼之計也不懂。」歸二娘問：「甚麼？」董開山道：「丸藥早到了北京啦。」歸二娘怒問：「當真？」董開山道：「我仰慕孟老爺子是好朋友，專誠前來拜壽。難道明知你們想搶丸藥，還會把這東西帶上門來連累他老人家？」

娘又驚又怒，喝道：「當真？」歸二

眾人聽了，都覺董開山有理，紛紛指責歸氏夫婦，喝叫他們一行快快離去。歸氏夫婦莽撞暴躁，不善應變，一時不知如何是好。梅劍和等三人也都停手罷鬥。

聖手神偷胡桂南走到袁承志身邊，低聲道：「袁相公，這鏢頭扯謊。」

袁承志道：「怎麼？」胡桂南道：「他的丸藥藏在這裏。」說著向「壽」字大錦軸下的一盤壽桃一指。袁承志很是奇怪，低聲問道：「你怎知道？」胡桂南笑道：「這些江湖上偷偷摸摸的勾當，別想逃過我眼睛。」青青在一旁聽著，笑道：「旁人想在神偷老祖宗面前搞鬼，當真是魯班門前弄大斧了。」胡桂南笑道：「姓胡的別的能耐是半點沒有，說到偷偷摸摸甚麼的勾當，卻輸不了給人。這姓董的好刁滑，他料到歸二爺定會追來，因此把丸藥放在壽桃之中，等對頭走了，再悄悄去取出來。」

袁承志點點頭，從人叢中出來，走到孟伯飛身邊，伸掌在他「璇璣」、「神庭」兩穴上按捏推拿幾下，內力到處，孟伯飛身子登時活動。

歸二娘厲聲道：「怎麼？你又要來多管閒事？」把孩子往孫仲君手裏一送，伸手往袁承志肩頭抓來。袁承志往左偏讓，避開了她這抓，叫道：「師嫂，且聽我說話。」

孟伯飛筋骨活動之後，左掌「瓜棚拂扇」，右掌「古道揚鞭」，連續兩掌，向歸二娘拍來。他這快活三十掌馳譽武林，自有獨得之秘，遇到歸辛樹時棋差一著，縛手縛腳，但與歸二娘卻不相上下。兩人拳來掌往，迅即交了十多招。歸辛樹道：「你讓開。」歸二娘往左閃開。孟伯飛右掌飛上。歸辛樹側拳而出，不數招又已點中了他穴道。袁承志若再過去解他穴道，勢必跟師哥動手，當下皺眉不動。

歸二娘脾氣本來暴躁，這時愛子心切，行事更增了幾分乖張，叫道：「姓董的，你不拿藥出來，我把你兩條臂膀折了。」左手拿住董開山手腕，將他手臂扭轉，右拳起在空中，只消下落，一拳打在肘關節上，手臂立斷。董開山咬緊牙關，低聲道：「藥不在我這裏，折磨我也沒用。」賀客中有些人瞧不過眼，挺身出來叫陣。

袁承志眼見局面大亂，叫道：「大家住手！」叫了幾聲，沒人理睬，心想：再過得片刻，倘若殺傷了人命，那就難以挽救，非快刀斬亂麻不可。突然縱起，落在孫仲君身旁，左手一招「雙龍搶珠」，食中二指往她眼中挖去。孫仲君大驚，疾忙伸右臂擋架。豈知他這一招只是聲東擊西，乘她忙亂中迴護眼珠，右掌在她肩頭輕推，孫仲君退開三步，懷中孩子已給袁承志夾手搶去。孫仲君大驚，急叫：「師父，師娘！快，快，他搶了小師弟……」

歸辛樹夫婦回過頭來。袁承志已抱著孩子，跳上一張桌子，叫道：「大家別動手，聽我說話。」

青青擲過劍去，袁承志伸左手接住了，叫道：「青弟，劍！」

歸二娘紅了眼睛，嘶聲叫道：「小雜種，你敢傷我孩子，我……我跟你拚了！」說著要撲上去拚命。歸辛樹左手拉住，低聲道：「孩子在他手裏，別忙。」袁承志道：「二師哥，請你把孟老爺子的穴道解開了。」歸辛樹鐵青著臉哼了一聲，雖然怒極，還是依言將孟伯飛穴道拍開。

袁承志叫道：「各位前輩，眾家朋友。我師哥孩子有病，要借貪官馬士英的丸藥救命，可是這位董鏢頭甘心給贓官賣命，我師哥才跟他過不去。孟老爺子是好朋友，今日

是他老人家千秋大喜之日，我們決不會有意前來無禮擾局。」眾人一聽，都覺奇怪，明

明見他們師兄弟互鬥，怎麼他卻幫師兄說起話來了？歸氏夫婦更加驚異。歸二娘又叫：

「快還我孩子！」

袁承志高聲道：「孟老爺子，請你把這盤壽桃擘開來瞧瞧，中間可有點兒古怪。」

董開山一聽，登時變色。孟伯飛不知他葫蘆裏賣甚麼藥，依言擘開一個壽桃，只見棗泥

餡子之內露出一顆白色蠟丸，不禁一呆，一時不明是甚麼東西。

袁承志高聲說道：「這董鏢頭要是真有能耐給贓官賣命，那也罷了，可是他心腸狠

毒，前來挑撥離間，要咱們壞了武林同道的義氣。孟老爺子，這幾盤壽桃是董鏢頭送

的，是不是？」孟伯飛點點頭。袁承志又道：「他把丸藥藏在壽桃之內，明知壽桃一時

不會吃，等壽筵過了，我師哥跟孟老爺子傷了和氣，他再偷偷取出，送到京裏，豈不是

奇功一件？」

袁承志怕歸氏夫婦來奪孩子，仍高高站在桌上，左手高舉利劍，以阻人來奪孩子，

叫道：「青弟、勝海、胡桂南胡兄，請你們去擘開壽桃，取出藥丸來。」

青青等三人依言走向中堂大畫軸下的供桌邊，把董開山所送那盤壽桃都擘開了，從

餡裏取出四十顆藥丸。眾賀客靜靜旁觀，都張大了嘴，不住議論：「咦！」「啊！」「還

有！」「沒啦！」「都取出來了！」「這董鏢頭可真夠神的。」「這年輕相公怎麼知道？」

「你去問他啊，問我幹麼？」

青青等三人把別的壽桃也都擘開了，遍尋更無餘藥，青青拍拍手，笑道：「都在這

449

兒啦，再沒有了！」笑逐顏開，嘻嘻哈哈的捧著一把藥丸，舉起交給承志。承志將劍交

了給她，空出手來接過一顆藥丸，說道：「請去拿杯清水來，要溫的，別太熱太涼！」

孟家僕人聽到，即刻轉身去端了杯水來，交給青青。

承志捏破手中的白色蠟丸，芳香撲鼻，露出龍眼大一枚朱紅丸藥。他怕藥力過猛，

孩子挺受不起，捏開丸藥只用半顆，在清水中調了，餵入孩子口中。那孩子早已氣若遊

絲，也不哭鬧，一口口的都嚥了。歸二娘雙目含淚，又是感激，又是慚愧，心想今天若

不是小師弟識破機關，就算殺了那董鏢頭，也仍救不了兒子的命，還得罪了不少英雄豪

傑，累了丈夫一世英名。

袁承志等孩子服過藥後，跳下桌子，雙手抱著孩子交過。歸二娘接過，低聲道：

「師弟，我們夫婦真是感激不盡。」歸辛樹只道：「師弟，你很好，很好。」青青和胡桂

南、洪勝海把丸藥盡數都遞給歸二娘，青青笑道：「孩子再生幾場重病，也夠吃的了。」

歸二娘心中正自歡喜不盡，也不理會她話中含刺，連聲稱謝接過。

歸辛樹忙著給點中穴道的人解穴，解一個，說一句：「對不住！」孟伯飛默然，心

想：「你兒子是救活了，我兒子卻給你打死了。定當邀約能人，報此大仇。」

袁承志見孟門弟子抬了垂死的孟錚正要走入內堂，叫道：「請等一下。」孟鑄怒

道：「我哥哥已死定啦，還想怎樣？」袁承志道：「我師哥素來仰慕孟老爺子的威名，

親近還來不及，那會真的傷害孟大哥性命？這一掌雖然使力大了一點，但孟大哥性命無

礙，儘可不必擔心。」眾人一聽，都想：「眼見他受傷這般沉重，你這話騙誰？」

袁承志道：「我師哥並未存心傷他，只要給孟大哥服一劑藥，調養一段時候，就沒事了。」說著從懷中取出金盒，揭開盒蓋，拿了一隻朱晴冰蟾出來，用手捏碎，在碗中沖酒調合，給孟錚喝了下去。不一刻，孟錚果然臉上見紅，呻吟呼痛。孟伯飛喜出望外，忍不住淚水直流，顫聲道：「袁相公，袁盟主，你真是我兒子的救命恩人。」袁承志連聲遜謝。當下孟鑄指揮家人，將兒長抬到內房休息。廳上重整杯盤，開懷暢飲。

歸二娘向孟伯飛道：「孟老爺子，我們實在鹵莽，千萬請你原諒。」一拉丈夫，與三個徒弟一齊拜了下去。孟伯飛呵呵笑道：「兒子要死，誰都心慌，老夫也是一般，這也怪不得賢孟梁。」當即跪下還禮。歸氏夫婦又去向適才動過手的人分別道歉，打躬作揖，極盡禮數。羣雄暢飲了一會。孟伯飛終不放心，進去察看兒子傷勢，見他沉沉睡熟，呼吸勻淨，料已無事，這才當真放心。

孟伯飛心無掛礙，出來與敬酒的賀客們酒到杯乾，直飲到八九分。他更叫拿大碗來，滿滿斟了兩碗，端到袁承志面前，朗聲說道：「袁盟主，泰山大會上眾英雄推你為尊，老實不客氣說，在下本來心裏不服。但今日你的所作所為，在下不但感激，且是佩服得五體投地。來，敬你一碗。」端起大碗，骨都都一口氣將酒喝了。袁承志酒量本不甚高，但見他一番美意，也只得把碗中酒乾了。羣雄轟然叫好。孟伯飛大拇指一翹，說道：「袁盟主此後但有甚麼差遣，在下力量雖小，要錢，十萬八萬銀子還對付得了。要人，在下父子師徒，自然赴湯蹈火，在所不辭。要再邀三四百位英雄好漢，在下也還有這點小面子。」

451

袁承志見他說得豪爽，又想一場大風波終於順利化解，師兄弟間原來的嫌隙也煙消雲散，很是暢快。這一晚眾人盡醉而散，那董鏢頭早不知躲到那裏去了。崇禎皇帝既得不到靈藥，難以延年益壽，他董總鏢頭自己如何延年益壽，這大事自須儘早安排。

袁承志等人在孟家莊盤桓數日，幾次要行，孟伯飛總是苦留不放。孟錚受的是外傷，這幾日中好得甚快。歸辛樹的兒子歸鍾服了茯苓首烏丸後，靈藥有效，果然也是一日好於一日。歸辛樹夫婦心中歡喜無限，那也不用說了，還分了三顆茯苓首烏丸給孟錚，以資傷後調補。

到第七日上，蓋孟嘗雖然好客，也知不能再留，只得大張筵席，替歸辛樹與袁承志等送行。席間程青竹說道：「孟老哥，永勝鏢局那姓董的不是好東西，他失卻貢品交代不了，又找不上歸二爺，只怕要推在老哥身上，須得提防一二。」孟伯飛道：「這小子要是真來惹我，可不再給他客氣。」歸二娘道：「孟老哥，這全是我們惹的事，要是有甚麼麻煩，可千萬得給我們送信。」孟伯飛道：「好！這小子我不怕他。」沙天廣道：「就須防他勾結官府。」孟伯飛哈哈笑道：「要是混不了，我就學你老弟，佔山為主。」

羣雄在笑聲中各自上馬而別。歸二娘抱了孩子，歸辛樹拉著袁承志的手，心想大恩難報，空言無用，只誠誠懇懇的道：「師弟，自今而後，你便如我的親兄弟一般！」承志道：「是，二哥！」歸氏夫婦帶著三個徒弟欣然南歸。袁承志、青青、程青竹、沙天廣、啞巴、鐵羅漢、胡桂南、洪勝海等押著鐵箱，連騎北上。

這日來到高碑店，天色將暮，因行李笨重，也就不貪趕路程，當下在鎮西的「燕趙居」客棧歇宿。眾人行了二天路，都已倦了，正要安睡，忽然門外車聲隆隆，人語喧嘩，吵得雞飛狗走。除啞巴充耳不聞之外，各人都覺奇怪。只聽得聲音嘈雜，客店中湧進一群人來，聽他們嘰哩咕嚕，說的話半句也不懂。

眾人出房看時，只見廳上或坐或站，竟是數十名外國兵，拿著奇形怪狀的兵器，亂闖闖的說話。袁承志等從沒見過這等綠眼珠、高鼻子的外國人，都感驚奇，注目打量。

忽聽得一個中國人向掌櫃大聲呼喝，要他立即騰出十幾間上房來。掌櫃道：「大人，實在對不住啦，小店幾間上房都已住了客人。」那人不問情由，順手就是一記耳光。那掌櫃左手按住面頰，又氣又急，說道：「你……你……」那人喝道：「不讓出上房來，放火把你店子燒了。」掌櫃無法，只得來向洪勝海哀求，打躬作揖，請他們挪讓兩間房。

沙天廣道：「好哇，也有個先來後到。這人是甚麼東西？」掌櫃忙道：「達官爺，別跟這吃洋飯的一般見識。」沙天廣奇道：「他吃甚麼洋飯？吃了洋飯就威風些麼？」掌櫃的悄聲道：「這些外國兵，是運送紅夷大砲到京裏去的。這人會說洋話，是外國大人的通譯。」袁承志等這才明白，原來這人狐假虎威，仗著外國兵的勢作威作福。

沙天廣鐵扇一展，道：「我去教訓教訓這小子。」袁承志一把拉住，說道：「慢來！」把眾人邀入房裏，說道：「先父當年鎮守關遼，寧遠兩仗大捷，很得力於西洋國的紅夷大砲，殺傷滿洲官兵甚多。現下滿清兵勢猖獗，這些外國兵既是運砲去助戰的，

咱們就讓一讓吧。」沙天廣道：「難道就由得這小子發威？」袁承志道：「這種賤男子，何必跟他一般見識。」眾人聽他如此說，就騰了兩間上房出來。

那通譯姓錢名通四，見有了兩間上房，雖仍吱吱責罵，也不再叫掌櫃多讓房間了。

他出去了一會，領了兩名外國軍官進店。

這兩個外國軍官一個四十餘歲，另一個三十來歲。兩人嘰哩咕嚕說了一會話，那年輕軍官出去陪著一個西洋女子進來。這女子年紀甚輕，青青等也估不定她有多大年紀，料想是二十歲左右，一頭黑髮，襯著雪白的肌膚，眼珠卻是碧綠，全身珠光寶氣，在燈下燦然閃耀。

袁承志從沒見過外國女人，不免多看了幾眼。青青卻不高興了，低聲問：「你說這女人好看麼？」袁承志道：「外國女人原來這麼愛打扮！」青青哼了一聲。

次日清晨起來，大夥在大廳上吃麵點。兩個外國軍官和那女人坐在一桌。通譯錢通四不住過去諂媚，卑躬屈膝，滿臉陪笑，等回過頭來，卻向店伴大聲呼喝，要這要那，稍不如意，就是一記巴掌。

程青竹實在看不過眼了，對沙天廣道：「沙兄，瞧我變個小小戲法！」當下也不回身，順手向後一揚，手中的一雙竹筷飛了出去，噗的一聲，正插入了錢通四口裏，把他上下門牙撞得險些兒掉將下來。程青竹所用暗器就是一枝枝細竹，這門青竹鏢絕技，二十步內打人穴道，百發百中，勁力不輸鋼鏢。也是他聽了袁承志的話才手下留情，否則這雙筷子稍高數寸，錢通四的一雙眼珠就別想保住了。

錢通四痛得哇哇大叫，可還不知竹筷是那裏飛來的。兩個外國軍官叫他過去查問。

錢通四說了，那女子笑得花枝招展，耳環搖晃。

年長的軍官向袁承志笑這一桌人望了幾眼，心想多半是這批人作怪，拿起桌上兩隻酒杯，忽往空中擲去，雙手已各握了一枝短槍，一槍一響，把兩隻酒杯打得粉碎。袁承志等聽得巨響，都嚇了一跳，心想這火器果然厲害，而他放槍的準頭也自不凡。

年長軍官面有得色，從火藥筒中取出火藥鉛丸，裝入短槍，對年輕軍官道：「彼得，你也試試麼？」彼得道：「我的槍法怎及得上咱們葡萄牙國第一神槍手？」那西洋女人微笑道：「雷蒙是第一神槍手麼？」彼得道：「若不是世界第一，至少也是歐洲第一。」雷蒙笑道：「歐洲第一，難道不就是世界第一麼？」彼得道：「東方人很古怪，他們有許多本領，比歐洲人厲害得多，因此我不敢說。若克琳，你說是麼？」若克琳笑道：「我想你說得對。」

袁承志等聽三人嘰哩咕嚕的說話，自是半句不懂。

雷蒙見若克琳對彼得神態親熱，頗有妒意，說道：「東方人古怪麼？」又是兩槍連發，這一次卻是瞄準了青青的頭巾。火光一閃，青青的頭巾打落在桌，露出了一頭女子的長髮。袁承志等齊吃一驚。雷蒙與另桌上的許多外國兵都大笑起來。

青青大怒站起，颼的一聲，長劍出鞘。袁承志心想：「要是動手，對方火器厲害，雙方必有死傷。這些外國兵是去教官兵放砲打滿清韃子的，殺了他們於國家有損，還是忍一下。」對青青道：「青弟，算了吧。」青青向三個外國人怒目橫視，坐了下來。

455

若克琳笑道：「原來是個姑娘，怪不得這般美貌。」雷蒙笑道：「好呀，你早在留心人家小夥子美不美啦。」彼得道：「她還會使劍呢，好像想來跟我們打一架。」雷蒙道：「她來時誰去抵敵？彼得，咱倆的劍法誰好些？」彼得道：「我希望永遠沒人知道。」雷蒙臉有怒色，問道：「為甚麼？」若克琳道：「喂，你們別為這個吵嘴。」抿嘴笑道：「東方人很神秘，只怕你們誰也打不贏這漂亮大姑娘呢。」

雷蒙叫道：「通四錢，你過來！」錢通四連忙過去，道：「上校有甚麼吩咐？」雷蒙道：「你去問那個大姑娘，是不是要跟我比劍？快去問。」錢通四道：「是，是！」雷蒙從袋裏抓出十多塊金洋，拋在桌上，笑道：「她要比，就過來。只要贏了我，這些金洋都是她的。她輸了，我可要親一個嘴！你快去說，快去說。」

錢通四大模大樣的走了過去，照實對青青說了，說到最後一句「親一個嘴」時，青青反手一掌，啪的一聲大響，正中他右頰。這一掌勁力好大，錢通四「哇」的一聲，吐出了滿口鮮血，四枚大牙，「啊，啊！」大叫，半邊臉頰登時腫了起來，從此嘴裏四通八達，當真不枉了通四之名。

雷蒙哈哈大笑，說道：「這女孩子果然有點力氣！」拔出劍來，在空中呼呼呼的虛劈了幾下，走到大廳中間，叫道：「來，來，來！」

青青不知他說此甚麼，但瞧他神氣，顯然便是要和自己比劍，當即拔劍出座。

袁承志道：「青弟，你過來。」青青以為他要攔阻，身子一扭，道：「我不來！」

袁承志道：「我教你怎樣勝他。」青青適才眼見那外國人火器厲害無比，只怕劍法也是

如此威力驚人，又或是劍上會放出此甚麼霹靂聲響的物事來，本有此害怕，一聽大喜，忙走過來。袁承志道：「瞧他剛才砍劈這幾下，出手敏捷，勁道也足。他這劍柔中帶韌，要防他直刺，不怕他砍削。」青青道：「那麼我可想法子震去他劍！」袁承志喜道：「不錯，正是這樣，但別傷了他。」

雷蒙見兩人談論不休，心中焦躁，叫道：「快來，快來！」

青青反身躍出，回手突然出劍，向他肩頭削去。雷蒙萬想不到她出手如此快捷，總算他是葡萄牙的劍術高手，又受過法國與意大利名師的指點，危急中滾倒在地，舉劍格擋，錚的一聲，火花四濺，站起身來，已嚇出了一身冷汗。若克琳在一旁拍手叫好。

兩人展開劍術，攻守刺拒，鬥了起來。

袁承志細看雷蒙的劍法，見他迴擋進刺，甚是快速。鬥到酣處，青青劍法忽變，全是虛招，劍尖即將點到，立即收回，這是棋仙派的「雷震劍法」，六六三十六招，竟無一招實招，那是雷震之前的閃電，把敵人弄得頭暈眼花之後，跟著而上的便是雷轟霹靂的猛攻。雷蒙劍法雖然高明，但這樣的劍術卻從來沒見過，只見對方劍尖亂閃，似乎劍劍要刺向自己要害，待得舉劍抵擋，對方卻不攻來。西方劍術中原也有佯攻偽擊的花招，但最多一二招而已，決無數十招都是佯攻的，心想這種花巧只圖好看，有何用處？正要笑罵，青青突然揮劍猛劈。雷蒙舉劍擋架，虎口劇震，長劍脫手飛出。

青青乘勢直上，劍尖指住他胸膛。雷蒙只得舉起雙手，作投降輸之狀。青青嘻嘻一笑，收劍回座。雷蒙滿臉羞慚，想不到一向自負劍術高強，竟會敗給一個中國少女。

若克琳笑吟吟的拿起桌上那疊金幣，走過來交給青青。青青搖手不要。若克琳一面笑，一面咭咭咯咯的大說葡語，定要給她。程青竹伸手接過，將十多塊金洋疊成一疊，雙掌用力在兩端抵住，運起內力，過了一陣，將金幣還給若克琳。若克琳接了過來，想再交給青青，一拿上手，不覺大吃一驚，原來十多枚金幣已互相黏住，結成一條圓柱，竟然拉不開來，不禁睜大了圓圓的眼睛，喃喃說道：「東方人真是神秘，真是神秘！」

回去把金柱給兩個軍官看。雷蒙道：「這些人有魔術！」彼得道：「別惹他們啦！走吧！」兩人傳下號令，不一會只聽得門外車聲隆隆，拖動大砲而去。

鐵羅漢道：「紅夷大砲到底是甚麼樣子？我從來沒見過。」胡桂南道：「咱們去瞧瞧。」沙天廣笑道：「胡兄，要是你能妙手空空，偷一尊大砲來，那我就佩服你了。」

胡桂南笑道：「大砲這笨傢伙倒真沒偷過。咱們要不要打個賭？」沙天廣笑道：「大砲是拿去打滿清韃子的，可偷不得，否則我真要跟你賭上一賭。」眾人在笑語聲中出店。

不一刻，已追過押運大砲的軍隊。見大砲共有十尊，均是龐然大物，單觀其形，已是威風凜凜，每尊砲用八匹馬拖拉，後面又有伏役推送，砲車過去，路上壓出了兩條深溝。

羣雄馳出二十餘里，忽聽前面鸞鈴響處，十多騎迎面奔來。待到臨近，見馬上乘者負弓持箭，馬上掛滿獐兔之類的野味，卻是出來打獵的。這些人衣飾華貴，都是緞袍皮靴，氣派甚大，環擁着一個韶齡少女。

那少女見了袁承志等人，拍馬迎上，叫道：「師父，師父！」程青竹笑道：「好

458

哇，你也來啦！」原來那少女便是他的女徒阿九。青青等在劫鐵箱時曾和她會過。她上次穿件青布衣衫，似個鄉下姑娘，這時卻打扮得明艷無倫，衣飾華貴，左耳上戴著一粒拇指大的珍珠，衣襟上一顆大紅寶石，閃閃生光。這小姑娘荊釵布裙，裝作鄉姑時秀麗脫俗，清若水仙，這時華服珍飾，有如貴女，花容至豔，玫瑰含露，袁承志心中砰的一跳，似是給內家高手擊了一拳，忙轉過了頭，不敢多看。阿九見了袁承志，嫣然一笑，道：「沙寨主，咱們不打不成相識！」袁承志笑著點點頭。阿九向沙天廣道：「沙寨主，咱們不打不成相識！」

程青竹叫她見過了胡桂南、鐵羅漢等人，問道：「你到那裏去？」阿九道：「出來打獵，瞧我走得遠不遠？」程青竹道：「我們正要上京，你跟我們一起去吧！」阿九很是歡喜，說道：「好！」傍在師父身邊，並馬而行。袁承志和青青見她雖然幼小，但自有一股頤指氣使的勢派，氣度高華，眾隨從奉命唯謹，聽她指揮。不禁納悶，當日山東道上初遇，本以為她是程青竹的孫女，後來才知是徒弟。這時看來，竟是一位豪門巨室的嬌女，出來打獵，竟帶了這許多從人，也不知如何會拜程青竹為師，又混在青竹幫中，倒真奇了。

當晚在飲馬集投店。袁承志見阿九的從人說話都帶官腔，除了對阿九十分恭謹之外，對旁人誰也不理，神態倨傲，單獨看來，一個個竟是官宦，那裏像是從僕，心下更奇。青青向阿九道：「九妹妹，那日咱們大殺官兵，打得好痛快，後來忽然不見了你。你這樣美貌，我那天一見，便永遠忘不了。我老是惦記，你到那裏去了？」阿九早

瞧出她是女子，臉上一紅，唔了一聲，道：「姊姊，你才美呢！我怎及得上？你不用脂粉嗎？」竟顧左右而言他。青青待要追問，程青竹忽在對面連使眼色。青青微微一笑，道：「在道上走，滿頭滿臉的灰土，打扮給誰看啊？」各人閒談了一會，分別安寢。

袁承志回房後正要上床，程青竹走進房來，說道：「袁相公，有一件事想跟你說。」袁承志道：「好，請坐！」程青竹低聲道：「還是到外面空曠之地說的好。」袁承志知是機密之事，於是穿上長衣，出了客店，來到鎮外一個小山崗上。

程青竹見四下無人，說道：「袁相公，我這女徒弟阿九來歷很是奇特。她於我曾有大恩，拜師之時，我曾答允過，決不洩露她身分。」袁承志道：「我也瞧她並不尋常。你既答允過她，就不用對我說了。」程青竹道：「她手下所帶的都是官府中人，因此咱們的圖謀，決不可在他們面前漏了口風。」袁承志點頭道：「原來果然是官府中人。」

程青竹道：「料想這女徒是決不致賣我，但她年紀小，世事多變，終究難料。」袁承志道：「咱們在她跟前特別留神就是了。」兩人三言兩語就說完了，下崗回店。

來到客店門口，只見一個漢子從東邊大街上過來，手裏提著盞燈籠，閃身進店。微光之下，袁承志見那漢子有些眼熟，一時想不起在那裏見過。睡在床上，一路往回推溯，細想在孟家莊壽筵、在泰山大會、在奪鐵箱時亂戰、在南京、在衢州靜岩、在闖王軍中，都沒見過這人，然而以前一定會過，此人到底是誰？

正自思索，忽然門上有輕輕剝啄之聲，便披衣下床，問道：「誰呀？」門外青青笑道：「要不要吃東西？」袁承志點燈開門，見她托著隻盤子，裝著兩隻碗，每碗各有三

460

個雞蛋，想是剛才阿九下廚做的。袁承志笑道：「多謝了，這麼晚了，怎還不睡？」青青低聲道：「我想著那阿九很古怪，睡不著。知道你也在想她，也一定睡不著。」袁承志笑道：「我想她幹麼？」青青笑道：「想這個姑娘當真美之極矣，美得不一笑。袁承志笑道：「我想她幹麼？」青青笑道：「想這個姑娘當真美之極矣，美得不像是人！你說她美不美？」袁承志知她很小性兒，如說阿九美，定要不高興，說阿九不美吧，又是明明撒謊，既違良心，她也不信，只得笑道：「不像是人，像女鬼嗎？」青青道：「你心裏明明想說她像仙女，偏又不說。」承志拿匙羹抄了個雞蛋，咬了一口，突然把匙羹一擲，叫道：「對了，原來是他。」

青青嚇了一跳，問道：「甚麼是他？」袁承志道：「回頭再說，快跟我出去。」青青見他不吃雞蛋，有些著惱，問：「到那裏去？」袁承志從洪勝海身旁拿了一柄劍，交給她道：「拿著。」青青接住，才知是要去會敵。原來袁承志一吃到雞蛋，忽然想起當年在安大娘家裏，錦衣衛胡老三來捉小慧，他拚命抵抗，幸得安大娘及時趕回，用雞蛋擊打胡老三，才將他趕跑。剛才見到的就是那個胡老三了，不知他鬼鬼祟祟的來幹甚麼，須得探個明白。

兩人矮著身子，到每間店房下側耳傾聽，來到一間大房後面，果然聽到有人在談論。正要竊聽，房門推開，有人出來。袁承志在青青耳邊低語：「你叫沙天廣他們防備，我跟著去瞧瞧。」青青點點頭，低聲道：「小心了。」

袁承志站在暗處，見第一個出來的正是胡老三，後面跟著八名手持兵刃之人，燭光下看得明白，都是阿九的從人。九人一一越牆而出。青青低聲道：「啊，是他們！我早

知這女娃子很有古怪。」袁承志也感奇怪，當下越牆出店，悄悄跟在九人之後。

那九人全不知有人跟蹤，出市鎮行得里許，走向一座大屋。胡老三一叫門，大門打開，放了九人進去。

袁承志繞到後門，越牆入內，走向窗中透出燈光的一間廂房，躍上屋頂，輕輕揭開瓦片，望將下去，見房中坐著一個四十來歲的漢子，身材高大。胡老三與阿九的八名從人魚貫入房，向那人行禮參見。只聽胡老三道：「小的在鎮上撞見王副指揮，知道他們湊巧在這裏，因此上邀了這幾位來做幫手。」那人道：「好極了，好極了！王副指揮怎麼說？」一人道：「王副指揮說，既然安大人有事，當得效勞！」那安大人道：「這次要是得手，大夥兒這件功勞可不小啊，哈哈！」一人道：「全憑大人栽培。」安大人道：「咱們哥兒可別分誰是內廷侍衛，誰是錦衣衛的，大夥兒都是為皇上出力！」眾人道：「安大人說得是，全憑您老吩咐。」安大人道：「好啊！走吧。」

袁承志更是驚奇，心想：「胡老三和安大人一夥是錦衣衛的，那麼阿九那些隨從竟是內廷侍衛了。阿九這小姑娘到底幹甚麼的，怎地帶了一批內廷侍衛到處亂走？」

過不多時，安大人率領眾人走出。袁承志伏在屋頂點數，見共有十六人，知道安大人自己帶著六人，等眾人走遠，又悄悄跟在後面。這批人越走越荒僻，走了七八里路，有人輕輕低語了幾聲，大夥兒忽然散開，圍住了一所孤零零的房子，各人矮了身子，悄沒聲的逼近。袁承志學他們的樣，也這般俯身走去。黑暗中有人見到他人影，只道是同夥，也不在意。安大人見包圍之勢已成，揮手命眾人伏低，伸手敲門。

462

過了一會，屋中一個女人聲音問道：「誰啊？」安大人一呆，問道：「你是誰？」

女人聲音驚道：「啊，是……是……是你，深更半夜來幹麼？」安大人叫道：「真叫做不是冤家不聚頭了。原來你在這裏，快開門吧！」聲音中顯得又驚又喜。那女人道：「我說過不再見你，又來幹甚麼了？」安大人笑道：「你不要見我，我卻想念我的娘子呢！」那女人怒道：「誰是你的娘子？咱們早已一刀兩斷！你要是放不過我，放火把這屋燒了吧，我寧死也不願見你這喪心病狂、沒良心的人。」

袁承志越聽越覺聲音好熟，終於驚覺：「是安大娘！原來這安大人是她丈夫、是小慧的父親。當年胡老三就是奉安大人之命來捉小慧的。」

【金庸簡介】

本名查良鏞，浙江海寧人，一九二四年生。曾任報社記者、編譯、編輯，電影公司編劇、導演等：

一九五九年在香港創辦明報機構，出版報紙、雜誌及書籍，一九九三年退休。先後撰寫武俠小說十五部，廣受當代讀者歡迎，至今已蔚為全球華人的共同語言，並興起海內外金學研究風氣。曾獲頒眾多榮銜，包括英國政府 O.B.E 勳銜、香港大學名譽博士、加拿大 UBC 大學名譽文學博士、法國「榮譽軍團騎士」勳銜、北京大學名譽教授、日本創價大學名譽教授、英國牛津大學、劍橋大學等校榮譽院士、台北清華大學、南開大學、蘇州大學、華東師大等校名譽教授。現任英國牛津大學中國學術研究所高級研究員、加拿大 UBC 大學文學院兼任教授、浙江大學人文學院院長、教授。其《金庸作品集》分由香港、廣州、臺灣、新加坡／馬來西亞四地出版，有英、日、韓、泰、越、印尼等多種譯文。

為使全世界金庸迷能夠彼此分享閱讀心得，遠流特別架設「金庸茶館」網站，以整合、提供、聯結、傳播一切與金庸作品相關的資訊，站址是：http://jinyong.ylib.com

梁千秋「蘭生而芳」。

梁千秋，江蘇揚州人，明末死於兵變戰亂之中。評者謂其篆刻創意清新。此印清代大篆刻家蔣仁十分欣賞，但認為可能是梁千秋之侍姬韓約素代作。

全世界華人的共同語言 金庸新校新序‧全十五部

金庸作品集

從台北到紐約，從香港到倫敦，從東京到上海，中國人在不同的地方，可能說不同的方言，可能吃不同的菜式，也可能有不同的政治立場，但他們都讀——金庸作品集。

碧血劍／金庸作.-- 四版. -- 臺北市：
　遠流, 2003 [民92]
　　冊；　公分. --（金庸作品集；3-4）
ISBN 957-32-5083-7（全套：精裝）

857.9　　　　　　　　　　　　92017303

金庸作品集❸

碧血劍 （一）〔公元 2003 年金庸新修版〕
The Blue Blood Sword, Vol. 1

作者 金庸

※本書由查良鏞（金庸）先生授權遠流出版公司限在臺灣地區出版發行。
※使用本書內容作任何用途，均須得本書作者查良鏞（金庸）先生正式授權。

封面原圖 元黃公望富春山居圖，國立故宮博物院（臺灣）藏品。
封面設計 霍榮齡 內頁插畫 姜雲行 內頁圖片構成 霍榮齡設計工作室
執行主編 李佳穎 執行副主編 鄭祥琳 特約編輯 黃麗群

發行人 王榮文
出版‧發行 遠流出版事業股份有限公司
臺北市南昌路二段 81 號 6 樓
電話 23926899
傳真 23926658
郵撥 01894561

1987 年 2 月 1 日 初版一刷
2003 年 12 月 1 日 四版一刷

新修版 每冊 280 元（本作品全二冊‧共 560 元）
〔另有典藏版共 36 冊（不分售）、平裝版共 36 冊，文庫版共 72 冊，大字版共 72 冊（陸續出版中）〕

行政院新聞局局版臺業字第 1295 號

ISBN 957-32-5083-7（套：精裝）
ISBN 957-32-5068-3（第一冊：精裝）
Printed in Taiwan

金庸茶館網站
http://jinyong.ylib.com E-mail:jinyong@ylib.com
遠流博識網
http://www.ylib.com E-mail:ylib@ylib.com